리틀
스트레인저

THE LITTLE STRANGER
by Sarah Waters

Copyright © Sarah Waters 2009
Korean Translation Copyright © MUNHAKDONGNE Publishing Corp., 2015
All Rights Reserved.

This Korean edition is published by arrangement with
Greene & Heaton Limited Literary Agency through EYA(Eric Yang Agency).

이 책의 한국어판 저작권은 EYA(Eric Yang Agency)를 통해
Greene & Heaton Limited Literary Agency와 독점 계약한 (주)문학동네에 있습니다.
저작권법에 의해 한국 내에서 보호를 받는 저작물이므로
무단 전재 및 무단 복제를 금합니다.

이 도서의 국립중앙도서관 출판예정도서목록(CIP)은
서지정보유통지원시스템 홈페이지(http://seoji.nl.go.kr)와
국가자료종합목록 구축시스템(http://kolis-net.nl.go.kr)에서 이용하실 수 있습니다.
(CIP제어번호: CIP2015020026)

리틀 스트레인저

THE LITTLE STRANGER

Sarah Waters

세라 워터스
장편소설

엄일녀
옮김

문학동네

나의 부모님 메리와 론 그리고 언니 데버러에게

등장인물
소개

닥터 패러데이

에어즈가의 주치의. 노동자계급에서 중상류계급으로 올라선 자수성가형 인물.
어렸을 적부터 에어즈 가문의 대저택 헌드레즈홀을 동경하여 마음에 품었다.

닥터 패러데이 주변 인물

패러데이의 부모	아버지는 가게 점원, 어머니는 헌드레즈홀의 유모였다. 두 사람 모두 세상을 떠났다.
데이비드 그레이엄	패러데이의 파트너 의사이자 이런저런 일들을 터놓고 지내는 동료. 패러데이가 주치의가 되기 전 에어즈가의 주치의였다.
앤 그레이엄	데이비드 그레이엄의 부인
짐 실리	패러데이의 동료 의사. 헌드레즈홀에서 일어나는 기이한 일에 대해 패러데이가 의견을 구한다.
모리스 밥	건축업자. 카운티 의회에서 매입한 헌드레즈홀 영지를 임대주택 단지로 개발한다.
톰 프리쳇	패러데이의 먼 친척
블랜드	패러데이의 동료 의사
리킷	패러데이의 동료 의사
닥터 워런	정신병원 원장
러시 부인	패러데이의 집안일을 돌봐주는 가정부

헌드레즈홀의 에어즈 가문

에어즈 부인	에어즈가의 안주인. 가문이 몰락해가는 중에도 철저히 귀족적인 삶과 정신을 유지하며, 어려서 세상을 떠난 딸 수전을 평생 잊지 못한다.

캐럴라인	에어즈가의 장녀. 집안의 재정 상황을 고려해 손수 집안일을 거드는 등 억척스럽게 헌드레즈홀을 지켜나간다.
로더릭	에어즈가의 장남. 2차대전에 공군으로 참전했다가 부상당해 장애를 입었으며, 쇠락해가는 가문의 주인 역할을 홀로 떠안고 있다.
수전	에어즈가의 실질적인 장녀이나 어렸을 적 세상을 떠났다.
지프	캐럴라인이 매우 아끼는 늙고 순한 래브라도 리트리버. 파티에서 의문의 사고를 일으키며 저택에서 벌어지는 기이한 일들의 물꼬를 튼다.

에어즈 가문 주변 젠트리*

피터 베이커하이드	런던에서 이사 온 건축가. 헌드레즈홀에서 딸에게 큰 사고가 생겨 다시 런던으로 이사 간다.
다이애나 베이커하이드	피터 베이커하이드의 부인
질리언	베이커하이드 부부의 딸. 헌드레즈홀에서 열린 파티에서 뜻밖의 사고를 당한다.
몰리	다이애나의 남동생
빌 데즈먼드 부부	대지주 부부
레이먼드 로시터 부부	은퇴한 치안판사 부부
대브니	중년의 독신녀
브렌다	캐럴라인의 옛친구
시씨	에어즈 부인의 여동생
해럴드 헵턴	에어즈가의 사무변호사

헌드레즈홀의 일꾼

베티	헌드레즈홀의 유일한 하녀. 꾀병 소동을 일으켜 닥터 패러데이를 헌드레즈홀로 이끈다. 이후 저택에서 일어난 모든 일을 지켜본 인물이다.
베이즐리 부인	저택에 들러 집안일을 거들어주는 가정부. 어느 사건 이후 겁에 질려 헌드레즈홀에 발을 끊는다.
마킨스	농장 일꾼. 로더릭을 도와 힘겹게 농장을 꾸려나간다.
배럿	임시고용인

* **젠트리** 14~15세기경에 생겨나 19세기에 이르기까지 두터운 층을 형성한 영국의 계급으로, 귀족은 아니지만 가문 휘장을 사용할 수 있도록 허락받은 자유민. 토지를 소유하거나 법률가, 의사 등 전문직에 종사하거나 무역업과 상업으로 부를 축적해 신흥 상류계급으로 떠올랐으나, 20세기 초 사회개혁 이후 차츰 몰락의 길을 걸었다.

차례

1

내가 처음 헌드레즈홀을 본 것은 열 살 때였다. 전쟁이 끝난 이듬해 여름, 당시 에어즈가는 재산의 상당 부분을 아직 보유하고 있었고, 여전히 이 지방의 유명 인사였다. 그날은 엠파이어 데이* 기념일이었다. 나는 동네 아이들과 함께 한 줄로 서서, 에어즈 부인과 대령이 우리 앞을 지나가며 기념 메달을 나눠주는 동안 보이스카우트 경례를 했다. 그리고 부모님과 함께 아마 남쪽 정원이라 생각되는 곳에 차려진 기다란 테이블에 앉아 차를 마셨다. 에어즈 부인은 스물넷이나 스물다섯쯤 되었고, 남편은 그녀보다 몇 살 더 많았으며, 딸 수전은 여섯 살쯤이었을 것이다. 분명 무척 보기 좋은 가족이었겠지만, 그들에 관한 내 기억은 희미하다. 가장 또렷이 기억

---

* 영국 빅토리아 여왕의 탄생일인 5월 24일을 기념하는 국경일.

나는 건 그 집 자체다. 내게는 천하에 둘도 없는 완전무결한 대저택으로 보였다. 근사하게 낡은 그 집 구석구석이 생각난다. 빛바랜 붉은 벽돌, 물결 모양으로 굴곡진 창유리, 풍화된 사암 가두리. 덕분에 집은 약간 흐릿하고 불분명해 보였다. 이제 막 햇볕에 녹기 시작한 얼음 같다고 생각했다.

당연히 실내 구경은 할 수 없었다. 문과 프랑스식 창문은 활짝 열려 있었지만, 저마다 리본이나 줄을 가로질러 묶어놨다. 화장실은 마구간 쪽에 있는 것을 사용해야 했다. 정원사와 하인들이 쓰는 화장실이었다. 어머니는 하인 가운데 몇 명과 여전히 친분이 있었다. 차를 다 마시고 사람들이 하나둘 한가로이 정원을 거닐 때쯤 되자 어머니는 슬쩍 나를 데리고 옆문을 통해 집안으로 들어갔고, 우리는 부엌에서 일하는 하녀들과 요리사와 함께 잠깐 시간을 보냈다. 그때 받은 인상은 이루 말할 수 없이 강렬했다. 부엌은 지하에 있었고, 천장이 아치 모양으로 둥글고 서늘한 복도가 성채의 지하동굴처럼 이어져 있었다. 그 복도를 따라 엄청나게 많은 사람이 바구니며 쟁반을 들고 정신 사납게 왔다갔다했다. 하녀들 앞에는 설거지감이 산처럼 쌓여 있었고, 어머니는 소매를 걷어붙이고 그네들을 도왔다. 어머니의 노동에 대한 보상으로 나는 축제에서 아무도 손대지 않은 케이크의 설탕과자 장식과 젤리를 먹을 수 있었다. 나에게는 더할 나위 없는 기쁨이었다. 나는 상판이 소나무로 된 식탁 앞에 앉아 에어즈가 전용 식기장에서 꺼낸 스푼을 받았다. 약간 색이 바랜 묵직한 은스푼으로, 음식을 뜨는 부분이 내 입보다 더 컸다.

그때 훨씬 더 신나는 일이 벌어졌다. 아치형 통로 벽 높은 곳에 전선과 종들이 어지럽게 걸린 배선함에서 종이 하나 울렸다. 위층의 호출이었다. 호출받은 팔러메이드*를 따라간 나는 저택 후미와 본관을 분리하는 성긴 초록색 모직 커튼 사이로 집안을 훔쳐볼 수 있었다. 그녀는 나보고 착하게 조용히 있을 거면 거기서 자기를 기다려도 된다고 했다. 나는 반드시 커튼 뒤에 숨어 있어야 했다. 만약 대령이나 부인이 나를 발견하면 질책을 할 테니까.

나는 대체로 어른 말을 잘 듣는 아이였다. 그러나 그날만큼은 아니었다. 커튼을 젖히자 대리석으로 바닥을 깐 복도가 서로 만나는 모퉁이였고, 각 복도는 눈이 휘둥그레지는 물건으로 가득차 있었다. 메이드가 살며시 복도 한쪽으로 사라지자 나는 대담하게 그 반대쪽으로 몇 걸음 내디뎠다. 엄청난 전율이 온몸을 훑고 지나갔다. 단순히 몰래 침입했기 때문이 아니라 집 자체에 대한 전율이었다. 집의 외양 하나하나가 기가 막혔다. 반짝반짝 윤이 나는 바닥, 목제 의자와 장식장에 흐르는 고색창연한 빛, 비스듬히 뒤로 젖혀진 거울, 창틀의 소용돌이 장식. 나는 먼지 하나 없는 새하얀 벽 쪽으로 뭔가에 끌리듯 다가갔다. 회반죽으로 도토리와 나뭇잎 모양을 본떠 가장자리를 장식한 벽이었다. 그런 건 교회의 외관에서밖에 본 적이 없었다. 나는 다시 한번 유심히 들여다보다가 지금 생각하면 참 엄청난 짓을 저질렀다. 도토리 하나를 꽉 그러쥐고 틀에서 억지로 비틀어 떼어내려다 마음대로 되지 않자 주머니칼로 그 도토리를 파냈던 것이다. 망가뜨릴 생각은 아니었다. 나는 짓궂거나 뭔가

---

* 식사 시중이나 손님 접대를 하는 하녀.

를 함부로 때려 부수는 아이가 아니었으니까. 단지 그 집을 숭배하는 마음에서 집의 일부를 갖고 싶었을 뿐이다. 아니, 그토록 숭배하니까, 물론 좀더 평범한 아이였다면 그런 식으로 생각하지 않겠지만, 내게 그럴 권리가 있다고 생각했다. 갑자기 사랑에 눈이 멀어 상대의 머리카락 몇 올을 갖고 싶어하는 남자의 심정이었달까.

신경을 곤두세우고 분투한 끝에 마침내 하얀 부스러기 가루를 날리며 도토리가 떨어져나왔다. 상상했던 것과 달리 모양새가 예쁘지 않았다. 적잖이 실망했던 기억이 난다. 아마도 대리석으로 만들어졌을 거라 상상했던 모양이다.

어쨌든 그러는 동안 아무도 오지 않았고, 아무한테도 들키지 않았다. 사람들 말마따나 눈 깜짝할 새에 벌어진 일이었다. 나는 도토리를 호주머니에 넣고 도로 커튼 뒤로 숨어들었다. 잠시 후 팔러메이드가 돌아와 나를 아래층으로 다시 데려갔고, 어머니와 나는 부엌 하인들에게 작별 인사를 하고 정원에 있던 아버지와 합류했다. 그제야 나는 흥분과 메스꺼움을 느끼며 주머니 속에 든 단단한 석고 덩어리를 만지작거렸다. 무시무시한 에어즈 대령이 누군가 장식을 망가뜨린 걸 알고 축제를 중지시키면 어쩌나 걱정이 되기 시작했다. 그러나 아무 일 없이 오후가 푸르스름한 빛을 띠며 저물어갔다. 부모님과 나는 다른 리드코트 사람들과 함께 집까지 먼 길을 걸어갔다. 보이지 않는 끈에 묶여 날아다니는 것 같은 박쥐떼가 푸드덕거리며 길을 따라 우리 주위를 맴돌았다.

나중에 어머니는 당연히 도토리에 관해 알아냈다. 도토리를 주머니에 넣었다 뺐다 하는 바람에 회색 플란넬 반바지에 하얀 석고 흔

14

적이 남았던 것이다. 어머니는 손에 들어온 이 기묘한 작은 물건이 무엇인지 알고 나서 거의 울음을 터뜨릴 뻔했다. 하지만 나를 때리지도, 아버지에게 이르지도 않았다. 언쟁을 감당할 용기가 없었기 때문이다. 대신 눈물이 그렁그렁한 눈으로 어떻게 이처럼 수치스럽고 당황스러운 일이 있을 수 있느냐는 듯 나를 바라보았다.

"알아서 잘할 줄 알았는데…… 너처럼 똑똑한 애가." 대충 이런 말을 했던 것으로 기억한다.

사람들은 내가 어렸을 때부터 항상 그런 식으로 말했다. 부모님, 친척, 학교 선생, 내 장래에 관심이 있는 이런저런 어른은 다 그랬다. 그 말을 들으면 나는 속에서 부아가 치밀곤 했다. 영리하다는 내 평판에 필사적으로 부응하고 싶으면서도, 한편으로는 그게 무척 불공평해 보였기 때문이다. 내가 원한 것도 아닌데, 그 좋다는 내 머리는 나를 깎아내리는 도구로 돌변할 수도 있었으니까.

도토리는 화형에 처해졌다. 나는 새카맣게 타버린 도토리의 잔해를 이튿날 아궁이의 재 틈에서 발견했다. 어쨌든 그때가 헌드레즈홀의 마지막 영광의 시절이었을 것이다. 이듬해의 엠파이어 데이 축제는 다른 가문, 즉 이웃한 대저택 중 한 곳에서 열렸고, 헌드레즈는 한 걸음 한 걸음 내리막길을 걷기 시작했다. 한두 해 뒤에 그 집의 무남독녀가 죽었고, 에어즈 부인과 대령은 외출을 거의 하지 않기 시작했다. 그 밑으로 두 아이, 캐럴라인과 로더릭이 태어났다는 얘기를 얼핏 들은 것 같은데, 그 무렵 나는 레밍턴 칼리지에 다니며 내 몫의 소소하고 치열한 전투로 정신없이 바빴다. 어머니는 내가 열다섯 살 때 돌아가셨다. 내 유년 시절 내내 유산에 유산을 거듭하던 어머니는 마지막 유산 때 기어이 목숨을 잃었다. 아버지는 내가 의대를 졸업하고 의사가 되어 리드코트로 돌아오는 것까지만 보고 숨을 거두었다. 그로부터 몇 년 후에는 에어즈 대령이 세상을 떠났다. 동맥류 때문이었다고 기억한다.

대령의 죽음과 함께 헌드레즈홀은 더욱 세상으로부터 멀어졌다. 저택을 에워싼 대정원의 문들은 거의 늘 잠겨 있었다. 경계를 이루는 견고한 갈색 돌담은 아주 높은 건 아니었지만, 접근을 허락지 않을 정도의 높이는 되었다. 그래서 저택은 그 거대한 규모에도 불구하고 워릭셔* 인근의 어느 길 어느 지점에서도 보이지 않았다. 왕진을 다니면서 헌드레즈홀의 돌담 옆을 지날 때면 이따금 그 안쪽에 틀어박힌 저택이 떠올랐다. 내 기억속에서는 언제나 1919년 그날 보았던 모습 그대로였다. 근사한 벽돌 외관, 어디나 눈이 휘둥그레지는 물건으로 가득차 있던 서늘한 대리석 복도.

다시 그 저택을 보게 됐을 때, 몰라보게 변한 모습에 등골이 오싹할 지경이었다. 첫번째 방문 이후 거의 삼십 년이 흘렀고, 또 한번의 전쟁이 끝난 직후였다. 내가 그곳에 들르게 된 건 순전히 우연이었다. 원래 에어즈가의 주치의는 내 파트너 의사인 데이비드 그레이엄이었다. 그런데 에어즈가에서 의사를 부르러 온 그날 마침 그레이엄에게 응급환자가 생기는 바람에 내가 대신 가게 된 것이었

---

* 영국 잉글랜드 중부에 위치한 카운티.

다. 헌드레즈 대정원에 들어서는 순간 내 마음은 무겁게 가라앉았다. 내 기억에 저택으로 이어지는 긴 진입로는 철쭉과 월계수로 깔끔하게 단장되어 있었다. 그러나 삼십 년 만에 다시 찾은 정원에는 수목이 제멋대로 우거져, 내 작은 자동차는 악전고투하며 그사이를 헤쳐나가야 했다. 마침내 관목숲을 벗어나자 울퉁불퉁한 자갈길이 펼쳐지면서 헌드레즈홀이 눈앞에 나타났다. 차를 세운 나는 기가 막혀 입을 다물지 못했다. 집은 내가 회상한 대저택과는 거리가 멀었다. 당연히 기억하던 것보다 작았지만, 그 점은 예상한 바였다. 정작 기가 찼던 것은, 곳곳에서 보이는 쇠락의 징후였다. 세월의 흔적을 오롯이 담고 있던 멋진 가두리 부분은 완전히 떨어져나간 듯했고, 덕분에 안 그래도 불분명했던 조지 양식의 윤곽이 더욱 알아보기 힘들게 바뀌었다. 마구 퍼진 담쟁이덩굴은 군데군데 시들어 꼭 쥐꼬리처럼 너덜거렸다. 널따란 정문에 이르는 계단은 여기저기 금이 갔고, 그 틈바구니로 잡초가 무성하게 자랐다.

나는 주차를 하고 내렸지만, 자동차 문을 닫기가 두려웠다. 엄청나게 거대하고 견고한 건물에 왠지 모를 위험이 도사린 것 같았다. 아무도 내가 도착하는 소리를 듣지 못한 듯해 잠시 망설이다가 자갈길을 저벅저벅 소리 내어 밟으며 걸어가 금이 간 석조 계단을 조심스럽게 올랐다. 바람 한 점 없이 무더운 늦여름 날이었다. 녹슬고 낡은 놋쇠와 상아로 된 초인종의 줄을 당기자 깨끗하고 맑은 종소리가 마치 저택의 뱃속 깊은 곳에서 울리듯 아련히 들려왔다. 종이 울리자마자 개가 사납게 짖어대는 소리도 어렴풋이 들렸다.

개 짖는 소리는 금세 잦아들었고, 몇 분 동안 침묵이 흘렀다. 이

옥고 오른편 어딘가에서 바닥을 스치는 불안정한 발소리가 들리더니, 잠시 후 에어즈가의 장남 로더릭이 모퉁이를 돌아 모습을 드러냈다. 그는 눈을 가늘게 뜨고 의심스러운 시선으로 나를 쳐다보다 내 손에 들린 왕진용 가방을 알아보았다. 그러고는 거의 다 타들어 간 담배를 입에서 빼어 들고 말했다. "의사로군. 그렇죠? 닥터 그레이엄이 올 줄 알았는데."

말투는 자못 호의적이었지만, 내 모습을 보고 첫눈에 따분해졌다는 듯 심드렁한 표정을 감추지는 못했다. 나는 계단을 벗어나 그에게로 다가가, 나는 그레이엄의 파트너이고 그레이엄은 응급환자가 생겨 오지 못했다고 설명했다. 그는 딱히 상관없다는 듯 말했다. "뭐, 하여간 이렇게 와주셔서 고맙습니다. 것도 일요일에, 것도 이렇게 지독히 더운 날 말이죠. 이쪽으로 오시겠습니까? 집안을 통해 가는 것보다 더 빠르거든요. 아, 저는 로더릭 에어즈라고 합니다."

사실 우리는 전에 몇 번인가 만난 적이 있었다. 그러나 그는 까맣게 잊은 게 분명했고, 걸음을 옮기면서 내게 손을 내밀어 형식적인 악수를 청했다. 내 손에 닿은 그의 손가락은 느낌이 묘했다. 어떤 부분은 악어 껍질처럼 울퉁불퉁했고 다른 부분은 기이하게 부드러웠다. 그의 얼굴 대부분과 마찬가지로, 전쟁에서 화상을 입은 것이었다. 화상 흉터만 빼면 그는 잘생긴 남자였다. 키도 나보다 컸고, 스물네 살인데도 여전히 소년처럼 몸이 호리호리했다. 옷도 소년처럼 목이 파인 셔츠와 헐렁한 바지를 입었고, 때 묻은 캔버스 운동화를 신었다. 그는 서두르지 않고 천천히 걸었는데, 눈에 띄게 다리를 절었다.

걸으면서 그가 말했다. "저희가 의사를 부른 이유는 아시죠?"

"하녀 가운데 한 명이 아프다고 들었습니다." 나는 대답했다.

"하녀 가운데 한 명이라고요! 거 듣기 좋네. 하녀는 애당초 한 명뿐이에요. 우리 베티. 배가 좀 아프다는 것 같더군요." 그는 수상쩍어하는 눈치였다. "글쎄요. 어머니와 누이와 나는 의사를 부르지 않고 버티는 편입니다. 감기와 두통 같은 건 어떻게든 견디지요. 하지만 요즘 같은 시절에 하인을 무시하는 건 사형감이니까요. 정말 하인이 우리보다 훨씬 더 좋은 대우를 받습니다. 그래서 누구라도 불러야겠다고 생각한 거예요. 아, 거기 발밑을 조심하세요."

로더릭은 헌드레즈홀 북쪽을 둘러싼 자갈 깔린 테라스를 가로질러 안내하면서, 위험하게 균열되고 푹 꺼진 곳을 가리켰다. 나는 그곳을 피해 조심스럽게 발 디딜 곳을 골랐다. 저택의 그런 면을 볼 수 있는 기회를 얻었다는 점에서는 사뭇 즐거웠지만, 그 장소가 얼마나 흉하게 영락했는지 또다시 확인하고는 아연실색했다. 정원은 쐐기풀과 메꽃 천지였다. 희미하게 떠도는 냄새는 막힌 배수관에서 나는 악취가 틀림없었다. 지나가면서 본 유리창에는 모두 흙먼지로 얼룩덜룩 줄무늬가 나 있었다. 창문은 전부 닫혔고 메꽃이 수두룩이 자란, 난간 없는 돌계단 끝의 유리문 한 쌍만 열렸을 뿐 나머지는 대부분 덧창이 내려져 있었다. 문 안쪽으로 어질러진 큰 방이 보였다. 서류 무더기가 난잡하게 쌓인 책상과 묵직 커튼의 가장자리…… 그 정도만 힐끗 볼 수 있었다. 좁다란 하인용 출입구에 이르자 로더릭은 내가 지나갈 수 있도록 옆으로 비켜섰다.

"그럼 내려가시겠습니까?" 그는 화상 자국이 있는 손을 들어 문을 가리켰다. "누이는 아래층에 있습니다. 누이가 베티에게 안내하고 자세한 설명을 해줄 겁니다."

나중에 가서야 나는 그가 다친 다리 때문에 계단과 힘겹게 씨름하는 모습을 내게 보이고 싶지 않았을 거라는 생각이 들었다. 그러나 그때는 그의 태도가 어쩐지 제멋대로라고 생각해 아무 말 없이 그의 앞을 지나쳐 걸어갔다. 곧바로 로더릭의 고무밑창 달린 신발이 자박자박 차분히 멀어지는 소리가 들렸다.

나는 소리 내지 않고 발걸음을 옮겼다. 그 좁은 출입구는 옛날에 어머니가 나를 몰래 숨기다시피 해서 데리고 들어갔던 바로 그곳이었다. 문 안쪽의 밋밋한 돌계단이 낯익었고, 계단을 내려가자 어릴 적 그토록 인상 깊었던 어두침침한 아치형 복도가 나왔다. 그곳은 나에게 또 한번 실망을 안겨주었다. 나는 그 통로를 지하 미로나 동굴 같은 것으로 기억했다. 그러나 실제 모습은 기억과 달랐다. 경찰서나 소방서처럼 크림색과 녹색이 섞인 반질반질한 벽에, 판석 바닥에는 야자 깔개가 쭉 깔렸으며, 퀴퀴한 냄새가 나는 대걸레가 양동이에 꽂혀 있었다. 아무도 나를 맞이하러 나오지 않았지만, 오른편에 반쯤 열린 문 틈으로 부엌이 언뜻 보이기에 살그머니 그쪽으로 가서 안을 들여다보았다. 이번에도 기대는 무참히 깨졌다. 생기 없는 널찍한 공간에 박박 문질러 닦은 휑뎅그렁한 빅토리아풍 조리대와 영안실의 염습대 같은 것이 있었다. 오래된 소나무 식탁만이 그 옛날 첫 방문 때의 황홀함을 되살려주었는데, 생김새로 보건대 내가 설탕과자 장식과 젤리를 먹었던 바로 그 식탁 같았다. 그것이 부엌에서 유일하게 생활의 활력이 담긴 물건이었다. 흙 묻은 채소 무더기가 그 위에 쌓였고, 물 한 바가지와 칼이 옆에 놓여 있었다. 물은 깨끗하지 않았고 칼도 젖은 걸로 봐서 누군가 채소를 막 다듬으려다 부르는 소리에 나간 듯했다.

나는 뒷걸음질로 부엌을 나왔다. 그런데 신발 때문에 삐걱거리는 소리가 났던가, 아니면 야자 깔개에 끌리는 소리가 났나보다. 흥분한 개가 으르렁거리며 짖어대는 소리가 또다시 들렸고, 이번에는 당황스러울 만치 가까웠다. 곧이어 개 한 마리가 어디선가 튀어나와 복도에 있는 나를 향해 달려들었다. 나이 든 검은색 래브라도였다. 나는 개가 짖어대며 주변에서 경중거리는 동안 가방을 쳐들고 가만히 서 있었다. 순간 개 뒤에서 젊은 여자가 나타나 부드럽게 타일렀다. "됐어, 이 멍청한 것아. 이제 그만해! 지프! 그만! 정말 죄송해요." 그녀가 가까이 다가왔고, 나는 로더릭의 누이 캐럴라인임을 알아보았다. "수선스러운 개는 참을 수가 없어요. 애도 그걸 잘 알고요. 지프!" 캐럴라인은 앞으로 나와 손등으로 개의 엉덩이를 찰싹 때렸다. 개는 그제야 잠잠해졌다.

"바보 같으니." 캐럴라인은 애틋한 표정을 지으며 개의 귀를 잡아당겼다. "참 마음이 짠해요. 애는 낯선 사람만 보면 주인의 목을 베거나 가문의 은식기를 훔치러 왔다고 생각하거든요. 은식기는 이미 다 사라졌다고 말해줄 용기가 없었어요. 닥터 그레이엄이 올 줄 알았는데, 닥터 패러데이시군요. 서로 정식으로 인사한 적은 없었네요, 그렇죠?"

캐럴라인이 손을 내밀며 싱긋 웃었다. 그녀의 악수는 로더릭보다 듬직했고, 솔직하고 따뜻했다.

예전에 먼발치에서 그녀를 본 적이 있었다. 카운티 행사 때 혹은 워릭셔나 레밍턴의 길거리에서. 그녀는 로더릭보다 몇 살 더 많아서 스물여섯인가 일곱인가 그랬다. 동네에서 사람들이 그녀를 두고 "활달한 편"이라거나 "천생 노처녀"라거나 "똑똑한 아가씨"라고 하는 소리를 이따금 들었다. 그 말인즉슨, 참 인물 없고 여자치곤 키가 크며 다리와 발목이 굵다는 뜻이었다. 어깨까지 내려오는 연한 갈색 머리칼은 잘만 관리하면 꽤 예쁠 것도 같은데 한번도 단정히 꾸민 모습은 보지 못했다. 그날도 흡사 세탁비누로 감은 다음 빗질을 잊은 것처럼 부스스했다. 게다가 그렇게 패션 감각이 없는 여자는 난생처음 봤다. 남성용 같은 플랫샌들에 옷맵시가 영 나지 않는 옅은 색 원피스는 튼실한 엉덩이와 커다란 가슴을 전혀 살려주지 못했다. 담갈색 눈은 너무 이마 쪽으로 올라붙었다. 얼굴이 길고 턱이 각져서 옆모습이 나부죽했다. 내 생각에 그나마 괜찮은 건 그녀의 입이었다. 놀랄 만큼 크고 선이 예쁜 입은 표정이 풍부했다.

나는 닥터 그레이엄에게 응급환자가 생겨 내가 대신 오게 됐다고 다시 한번 사정을 설명했다. 그녀는 자기 남동생과 똑같이 말했다. "뭐, 하여간 이렇게 먼길을 와주다니 친절한 분이네요. 베티는 우리하고 같이 지낸 지 얼마 안 돼요. 한 달도 채 안 됐을 거예요. 저애 가족은 사우샘 반대편에 사는데 굳이 연락하기에는 좀 먼 것 같아서요. 어차피 저애 어머니라는 사람도 꽤나 악질로 유명하고…… 하여간 어젯밤부터 배가 아프다고 칭얼거렸는데 오늘 아침까지도 낫지를 않아서, 음, 의사가 봐야 할 것 같더라고요. 지금 바로 봐주시겠어요? 베티는 바로 저쪽에 있어요."

그녀는 말을 끝내기 무섭게 뒤로 돌아 근육질 다리로 걸음을 뗐다. 개와 내가 그 뒤를 따랐다. 캐럴라인이 안내한 방은 복도 맨 끝에 있었는데, 한때 가정부가 살던 곳 같았다. 부엌보다는 작았지만 지하의 다른 공간과 마찬가지로 바닥은 돌로 되어 있고 위쪽에 들창이 나 있으며 벽에는 관공서 분위기의 단조로운 황갈색 페인트가 칠해져 있었다. 방에는 깨끗이 청소된 조그만 벽난로, 빛바랜 안락의자와 탁자, 그리고 사용하지 않을 때는 접어올려 눈에 띄지 않게 뒤쪽 벽장 속에 집어넣을 수 있는 철제 프레임 침대가 있었다. 페티코트인지 소매 없는 잠옷인지를 입고 침대 이불 속에 누워 있는 이는 체구가 하도 작고 가냘파서 처음엔 어린아이인 줄 알았다. 하지만 자세히 보니 아직 성장기에 있는 십대 소녀였다. 소녀는 문간에 서 있는 나를 보고 몸을 일으키려 했지만, 내가 들어가자 가엾게도 다시 베개 쪽으로 픽 쓰러졌다. 나는 침대 옆에 걸터앉아 말을 걸었다. "아하, 네가 베티로구나. 맞지? 나는 닥터 패러데이란다. 에어즈 양 말로는 복통이 있다던데, 지금은 좀 어떠니?"

소녀는 지독한 시골 억양으로 대답했다. "하이고 의사 선생님, 아파 죽을 것 같아요!"

"전에 어디 아픈 적 있었니?"

소녀는 고개를 절레절레 저었다.

"설사는? 설사가 뭔지 아니?"

소녀는 고개를 끄덕였다. 그러고 나서 다시 고개를 저었다.

나는 왕진가방을 열었다. "그래, 한번 보자꾸나."

소녀는 어린애 같은 입술을 간신히 벌렸다. 체온계의 수은구만 겨우 혀 밑에 끼울 수 있을 만큼이었다. 내가 잠옷의 목깃을 내리고 차가운 청진기를 가슴에 대자 움찔하며 앓는 소리를 냈다. 그애도 이 지방에서 자랐을 테니 우리는 한 번쯤 대면한 적이 있을 터였다. 하다못해 학교에서 예방접종을 할 때만이라도. 하지만 당시 내 기억에는 전혀 들어 있지 않았다. 기억하기 힘든 부류의 소녀였다. 아무렇게나 자른 엷은 색 머리카락은 한쪽 옆으로 잡아맸다. 얼굴은 넙데데하고 눈은 길게 찢어졌다. 회색 눈동자는 밝은 빛깔의 눈이 흔히 그렇듯 깊이가 없었다. 볼은 창백했지만, 복부를 검사하기 위해 잠옷을 들어올려 때문은 플란넬 속바지가 드러났을 때만큼은 부끄러움 때문인지 살짝 핏기가 돌았다.

배꼽 위쪽에 손가락을 가볍게 갖다대자마자 소녀는 숨넘어갈 듯 소리를 질렀다. 거의 절규에 가까웠다. 나는 달래듯 말했다. "알았다. 괜찮아. 자, 어디가 제일 아프니? 여기?"

"악! 안 아픈 데가 없어요!"

"그러니까, 날카로운 것에 베인 것처럼 아프니? 아니면 쑤시는 거야? 아님 불에 덴 것처럼 쓰라리니?"

"쑤시는 것 같아요." 소녀는 소리쳤다. "그러면서 막 다 베인 것 같아요! 아니, 덴 것처럼 쓰라리기도 해요! 아이고 나 죽네!" 소녀는 다시 비명을 내질렀고, 기어이 입을 있는 대로 벌려 건강한 혀와 멀쩡한 목구멍과 고르지 못한 자잘한 치열을 드러냈다.

"알았다." 나는 소녀를 다시 한번 진정시키고, 잠옷을 원래대로 내렸다. 그리고 잠시 생각한 후 돌아서서 캐럴라인한테 말했다. 그녀는 래브라도를 뒤꽁무니에 매달고 열린 문간에 서서 계속 걱정스레 쳐다보고 있었다. "잠시만 베티와 단둘이 얘기할 수 있을까요, 에어즈 양?"

캐럴라인은 내 심각한 어조에 미간을 찌푸렸다. "네, 물론이죠."

그녀는 개를 손짓으로 불러 데리고 복도로 나갔다. 문이 닫히자 나는 청진기와 체온계를 가방에 집어넣고 탁 닫았다. 그러고는 얼굴이 창백한 소녀를 쳐다보며 조용히 말했다. "자, 베티. 지금 아주 처치 곤란한 상황이야. 네 병을 치료하려고 엄청난 수고를 감내한 에어즈 양은 지금 나가 있고, 너를 위해 할 수 있는 일이 아무것도 없다는 사실을 아는 나는 여기 남아 있지."

소녀는 물끄러미 나를 쳐다보았다. 나는 좀더 쉽게 풀어서 말해주었다. "내가 비번인 날에 리드코트에서 여기까지 꾀병쟁이 꼬마 아가씨를 봐주러 5마일이나 좇아오는 것 말고 다른 중요한 일이 없었을 것 같니? 마음 같아선 그냥 확 레밍턴으로 보내 맹장을 떼어내버리고 싶구나. 지금 너한테서 아픈 데라곤 눈 씻고 찾아봐도 없다."

소녀의 얼굴이 토마토처럼 붉어졌다. "엄마야, 의사 선생님, 저 아픈 데 있어요!"

"연기는 여배우 뺨치겠더라. 그건 인정해주지. 소리 지르고 몸부림치고 뒹군 것 모두. 하지만 내가 연극을 좋아한다면 극장에 가면 돼. 누가 네 진료비를 낼 거라고 생각하니, 응? 너도 알겠지만 내 왕진비는 만만치 않다고."

돈에 관해 언급하자 소녀는 겁에 질렸다. 그러더니 진짜로 사색이 되어 말했다. "저 아파요! 진짜로 아프다고요! 어젯밤에 아팠어요! 끔찍하게 아팠다니까요! 그래서 저는……"

"그래서 뭐? 침대에 누워 하루 편하게 쉬어보겠다고?".

"아녜요! 맘대로 나쁜 애 만들지 마세요! 저 진짜로 몹시 안 좋았어요. 그래서 저는 그냥……" 여기서 소녀의 목소리는 잠겨들었고, 회색 눈에는 눈물이 글썽글썽해졌다. "저는 그냥 생각에," 소녀는 울먹이며 한 말을 하고 또 했다. "제가 그렇게 심하게 아프면, 그러면…… 그러면 당분간 집으로 돌려보내지 않을까 생각했어요. 다 나을 때까지."

베티는 내게서 고개를 돌리고 눈을 껌벅거렸다. 눈물이 밀려나와 어린애 같은 두 뺨을 타고 곧장 흘러내렸다. 나는 말했다. "그래서 이런 짓을 벌인 거야? 집에 가고 싶어서? 그게 다야?" 소녀는 두 손으로 얼굴을 가리고 엉엉 울었다.

의사는 수많은 눈물을 본다. 어떤 눈물은 유난히 더 사무친다. 나는 거짓말 안 보태고 집에 할 일이 정말 태산같이 쌓여 있었는데, 아무것도 아닌 일로 그것들을 다 놔두고 끌려나온 상황이 절대로 즐거울 리 없었다. 그러나 소녀가 너무 어리고 가엾어 보여 실컷 울게 놔두었다. 그러고 나서 그애의 어깨를 가볍게 감싸며 단호하게 말했다. "자, 이제 그만. 뭐가 문제인지 나한테 말해보렴. 여기 있는 게 싫어?"

소녀는 베개 밑에서 후줄근한 하늘색 손수건을 꺼내 코를 풀었다. "네." 소녀는 말했다. "싫어요."

"왜 싫은데? 일이 너무 힘들어?"

베티는 힘없이 어깨를 으쓱했다. "일은 할 만해요."

"집안일을 너 혼자 다 하는 건 아니겠지, 물론?"

소녀는 고개를 끄덕였다. "베이즐리 아주머니가 와서 매일 세시까지 있어요. 일요일만 빼고요. 아주머니가 요리와 설거지를 하고, 나머지는 제가 다 해요. 가끔 정원 일을 해주는 아저씨도 있고요. 캐럴라인 아가씨도 좀 도와주시고……"

"그럼 그리 나쁘진 않은 것 같은데."

베티는 대답하지 않았다. 그래서 나는 계속 다그쳤다. 부모님이 보고 싶니? 이 질문에 소녀는 인상을 썼다. 남자친구가 보고 싶어? 이 질문에는 더더욱 얼굴을 찡그렸다.

나는 가방을 집어들었다. "뭐, 네가 말하지 않겠다면 나도 도울 방법이 없지."

내가 일어나려 하자 베티가 마침내 입을 열었다. "그니까 그냥, 이 집이 싫어요!"

"이 집이? 어허, 이건 또 무슨 소리야?"

"세상에, 선생님, 이 집은 제대로 된 집 같지가 않아요! 너무 크다고요! 어딜 가려고 해도 1마일은 족히 걸어야 해요. 게다가 너무 조용해서 소름이 쫙 끼쳐요. 낮에는 그래도 괜찮아요, 일도 하고 베이즐리 아주머니도 계시니까. 하지만 밤에는, 저 혼자 있단 말이에요. 쥐죽은듯 조용하니 아무 소리도 안 나고! 무서운 꿈도 꾸고…… 그리고 그것만이라면 어떻게든 참겠는데, 마님이랑 아가씨랑 도련님이 자꾸 불러서 저 뒤쪽의 낡은 계단을 오르락내리락해야 한다고요. 모퉁이도 잔뜩 있는데, 거길 돌 때마다 어떤 기분이 드는지 선생님은 모르세요. 어떤 때는 이렇게 벌벌 떨다 꼴까닥 죽겠구나 하는 생각이 든다니까요!"

"무서워서 죽는다고? 이렇게 멋진 집에서? 이런 곳에 살다니 넌 운이 좋은 아이야. 이런 식으로 돌려 생각해봐." 나는 타일렀다.

"운이 좋다고요?" 소녀는 말도 안 된다는 듯 외쳤다. "친구들은 다들 나더러 미쳤대요, 메이드가 되었다고. 식구들도 비웃었다고요! 저는 아무도 못 만나요. 밖에 나가본 적도 없어요. 내 사촌들은 죄다 공장에 취직했어요. 저도 공장에 일자리를 얻을 수 있었어요, 아버지만 반대하지 않았다면! 아버지가 싫어했어요. 여자애가 공장에 다니면 허파에 바람이 든다나. 먼저 여기서 일 년 정도 머물면서 집안일하구 몸가짐 같은 걸 좀 배우래요. 어이구야 일 년이라니! 그전에 내가 겁이 나서 죽고 말지. 암, 죽고말고. 그게 아니라면, 창피해서 죽을 거고요. 나한테 입히는 그 우스꽝스러운 한물간 모자하고 드레스를 꼭 보셔야 하는데! 의사 선생님, 정말 이건 말도 안 된다고요!"

소녀는 푹 젖은 손수건을 공처럼 돌돌 말더니 얘기하는 중간에 바닥으로 휙 내던졌다.

나는 허리를 숙여 손수건 공을 집어들었다. "이런이런, 짜증내지 말고…… 일 년은 금세 지나가잖니. 나이가 들면 이런 건 아무것도 아니었구나 하고 생각하게 될 거야."

"그래두, 하지만, 지금 저는 나이들지 않았잖아요!"

"지금 몇 살인데?"

"열네 살요. 이런 곳에 처박혀 있으니 아흔 살쯤 된 것 같지만!"

나는 웃음을 터뜨렸다. "헛소리 그만하고. 자자, 이제 이 사태를 어떻게 수습할까? 어찌됐든 나도 진료비는 받아야 하거든. 주인댁에 뭐라고 말을 넣어줬으면 좋겠니? 그들도 네가 편히 지내기를 바랄 거라고 생각하는데."

"하이고 픽이나. 주인님들은 단지 제가 일을 하길 바랄 뿐이에요."

"뭐, 그럼 내가 네 부모님과 얘기를 좀 해볼까?"

"웃기지 좀 마세요! 우리 어머니는 온종일 다른 사내들하고 싸돌아다니는 양반이에요. 내가 어디 있는지 신경도 안 써요. 아버지는 말짱 허당이고. 아버지가 하는 일이라곤 목이 터져라 고함치는 거밖에 없어요. 주구장창 고함 지르고 싸우고. 그러고 돌아올 때면 꼭 어머니를 붙잡아 끌고 온다니까요! 아버지가 나를 메이드 하라고 집어넣은 건 순전히 어머니처럼 바람나지 말라는 거예요."

"흠. 그럼 도대체 집에 가고 싶은 이유가 뭐야? 여기 있는 게 더 나을 것 같은데."

"집 따위에 가고 싶은 게 아니에요." 소녀는 말했다. "전 그냥…… 에이, 그냥 다 지긋지긋해요!"

베티의 얼굴이 오롯한 절망감으로 어두워졌다. 이제는 아이 같다기보다 어딘지 모르게 위험한 짐승 새끼에 더 가까워 보였다. 소녀는 자기를 바라보는 나를 마주 쳐다보았고, 분노의 기미가 점차 옅어졌다. 소녀는 다시 자기 신세를 한탄했다. 처량하게 한숨을 쉬며 퉁퉁 부은 눈을 감았다. 우리는 한동안 그렇게 말없이 앉아 있었고, 나는 거의 지하실이나 다름없는 칙칙한 방안을 둘러보았다. 적막이 너무 완전해 고른 압력으로 느껴질 지경이었다. 최소한 그 점에 대해서는 베티의 말이 옳았다. 공기는 서늘했지만 이상하게 무거웠다. 위에 놓인 장엄한 저택을 인지하고 있는 것이었다. 심지어 바로 위에서 쐐기풀과 잡초가 빚어내는 혼돈의 향연까지도.

나는 어머니가 생각났다. 어머니가 처음 헌드레즈홀에 오셨을 때는 아마 베티보다 더 어렸을 것이다.

나는 일어섰다. "자, 꼬마 아가씨, 우리 모두는 때론 싫은 것도 참고 살아야 하는 법이야. 사는 게 다 그런 거지. 뾰족한 해법은 없어. 하지만 이러면 어떨까? 오늘은 휴일이라 치고 이대로 침대에서 쉬는 거야. 에어즈 양에게 네가 꾀병을 부렸다는 소리는 안 할게. 가서 너한테 몇 가지 배앓이 약을 섞어서 지어 보내마. 약병을 보면 맹장 떨어질 뻔했다는 사실이 실감나겠지. 그리고 어쨌든 에어즈 양에게 네가 이곳에서 조금 더 기분좋게 지낼 수 있도록 조치를 취해줄 수 있는지 물어보마. 그동안 너도 다시 한번 잘 생각해보고. 알았지?"

소녀는 잠시 깊이 없는 회색 눈동자로 나를 빤히 쳐다보다 고개를 끄덕였다. 그리고 애처로운 목소리로 중얼거렸다. "감사합니다, 선생님."

나는 방을 나왔고, 소녀는 침대에서 돌아누웠다. 새하얀 목덜미와 자그맣고 앙상한 어깨뼈가 드러났다.

밖으로 나오자 복도는 비어 있었다. 그러나 아까와 마찬가지로 문 닫는 소리에 개가 짖기 시작했다. 한바탕 요란하게 발톱으로 긁어대는 소리가 나더니 부엌에서 우당탕탕 개가 튀어나왔다. 이번에는 아까만큼 소란스럽지 않았고, 금방 얌전해져서 내가 가볍게 토닥이고 귀를 잡아당겨도 기분좋게 받아들였다. 곧이어 캐럴라인이 행주로 손을 닦으며 부엌 문간으로 나왔다. 행주로 민첩하게 손가락 사이사이를 닦아내는 품이 완연한 주부의 모습이었다. 그녀 뒤로 보이는 벽 위쪽에는 호출용 종과 전선이 여전히 달려 있었다. 위층의 콧대 높은 상류사회로 하인을 불러올리기 위해 고안된 조그맣고 도도한 기계장치.

"다 잘됐나요?" 개와 함께 부엌 쪽으로 가는 내게 캐럴라인이 물었다.

나는 지체 없이 대답했다. "위장에 약간 문제가 있었습니다. 그뿐입니다. 위험할 정도는 아니지만, 어쨌든 제게 전화하시길 잘했습니다. 배가 아플 때는 아무리 경미하더라도 절대 소홀히 해서는 안 되거든요, 특히 이런 날씨에는. 처방전을 보내드릴 테니 하루나 이틀 정도 쉬게 해주는 편이 좋겠습니다. 아, 그리고 또 한 가지." 어느새 캐럴라인 바로 옆까지 가까워진 상태여서 목소리를 낮추어 말했다. "아이가 꽤 심하게 향수병을 앓는 듯 보입니다만. 모르셨습니까?"

캐럴라인은 미간을 찡그렸다. "여태 별일 없이 잘 있었던 것 같은데. 적응할 시간이 필요한 거겠죠."

"그리고 밤에는 여기서 아이 혼자 자는 모양이죠? 혼자 있으면 겁도 나고 외로울 겁니다. 뭔가 뒤쪽 계단 얘기를 하던데, 삐거덕거린다면서……"

그녀는 그제야 무슨 말인지 알겠다는 듯 사뭇 재밌다는 표정을 지었다. "아, 바로 그게 문제였군요, 맞죠? 그애가 그렇게 맹한 구석이 있다니까요. 처음 들어왔을 때는 제법 똘똘해 보였는데. 하여간 시골 애들하고는 대화가 안 된다니까. 시골 여자애들은 딱 두 부류예요. 무신경하고 힘만 세서 닭 모가지를 손으로 비틀어버리는 애들, 아니면 구스터*처럼 툭하면 기절하는 애들. 베티는 이상한 영화를 너무 많이 봤어요. 헌드레즈홀이 조용하긴 하지만, 기괴한 데는 손톱만큼도 없다고요."

나는 틈을 두지 않고 대답했다. "에어즈 양이야 이곳에서 평생을 살았으니 물론 그렇겠죠. 베티를 안심시킬 만한 방법이 없을까요?"

그녀는 팔짱을 끼었다. "흠, 잠들기 전에 동화책이라도 읽어줄까요?"

"베티는 아직 어린애입니다, 에어즈 양."

"어머, 우리가 베티를 막 대한다고 생각하시나본데, 천만에요! 우리 형편에 과분한 급료를 주고 있다고요. 베티는 우리랑 똑같은 음식을 먹어요. 솔직히 말해 베티가 여러모로 우리보다 낫죠."

"네, 남동생분도 그와 비슷한 말을 하더군요."

나의 냉담한 반응에 그녀는 어울리지 않게 얼굴을 붉혔다. 목덜미부터 울긋불긋해지더니 마른 뺨까지 얼룩덜룩하게 시뻘게졌다. 캐럴라인은 시선을 딴 데로 돌리고 애써 참을성을 발휘하는 것 같았다. 다시 입을 열었을 때는 약간 차분해진 음성이었다.

"아직도 뭔가 더 듣고 싶으시다면, 우리는 베티를 편하게 해주기 위해 열과 성을 다할 것이라고 말씀드릴게요. 사실 우린 그애가 없으면 어떻게 생활해나갈 수가 없어요. 매일 들르는 아주머니가 있긴 하지만 이 집에는 하인이 한 명 이상은 있어야 하고, 지난 몇 년

---

* 찰스 디킨스의 소설 『황폐한 집』에 나오는 간질병을 앓는 하녀.

간 여자애를 고용해보려 했는데 정말 하늘의 별 따기였어요. 집이 버스정류장에서 너무 멀기도 하고, 뭐 이런저런 이유로. 제일 마지막에 있었던 메이드는 사흘 만에 나갔죠. 그게 올 1월의 일이에요. 베티가 오기 전까지는 나 혼자 떠맡다시피 했고…… 어쨌든 베티의 병이 별거 아니라니 다행이군요. 진심으로."

빰의 붉은 기운은 가셨지만 그녀의 얼굴은 전체적으로 약간 핼쑥하니 피곤해 보였다. 나는 캐럴라인 어깨 너머로 부엌 식탁을 곁눈질했다. 채소 더미는 깨끗이 씻겨 다듬어져 있었다. 그때 그녀의 손이 눈에 들어왔고, 그 손이 얼마나 엉망인지 처음으로 깨달았다. 짧게 깎은 손톱은 갈라지고 손등의 울퉁불퉁한 마디는 벌겠다. 어쩐지 머쓱한 기분이 들었다. 물 한 방울 안 묻히고 사는 곱디고운 손일 거라고 지레짐작했던 모양이다.

캐럴라인도 내 시선을 알아차린 게 틀림없었다. 의식적으로 등을 돌리면서 행주를 둥글게 말아 부엌 안쪽으로 솜씨 있게 내던졌다. 행주는 식탁 위의 진흙투성이 광주리 옆에 딱 맞게 떨어졌다. "위층으로 안내해드릴게요." 캐럴라인은 나의 방문을 이쯤에서 끝내자는 투로 말했다. 우리는 아무 말 없이 돌계단을 올랐다. 개가 발뒤꿈치를 졸졸 쫓아와 같이 계단을 오르더니 한숨을 쉬며 으르렁거렸다.

마침 계단참에서, 즉 테라스 쪽으로 난 하인용 출입구가 있는 곳에서 막 들어오는 로더릭과 마주쳤다.

"누나, 어머니가 찾아." 그가 말했다. "티타임이 궁금하신 모양이야." 그는 내게 고개를 끄덕여 보였다. "안녕하세요, 패러데이.

진찰은 다 끝났습니까?"

그 '패러데이'라는 말이 못내 거슬렸다. 그는 스물넷이고 나는 마흔이 다 되었으니 말이다. 그러나 내가 뭐라고 답하기도 전에 캐럴라인이 동생에게 다가가 팔짱을 끼었다.

"닥터 패러데이는 우리를 인간 말종으로 여긴다니까!" 캐럴라인은 눈꺼풀을 바르르 떨며 말했다. "우리가 베티한테 굴뚝 속으로 기어 올라가라고 시키거나 뭐 그러는 줄 알아."

로더릭은 보일락 말락 미소를 지었다. "그것도 괜찮은 아이디어네. 안 그래?"

나는 말했다. "베티는 괜찮습니다. 위염이 약간 있을 뿐이에요."

"전염성은 없죠?"

"전혀 없습니다."

"하여간 베티의 침대로 아침을 대령해야 하고," 캐럴라인이 계속해서 말했다. "날마다 전체적으로 애 버릇을 잘못 들이게 되는 거지. 내가 부엌일에 훤하다는 게 참 다행이지 않아? 말이 나왔으니까 말인데……" 그녀는 내 쪽을 똑바로 쳐다보았다. "어딜 가시려고요, 닥터 패러데이. 딱히 급한 일이 없다면 좀 계시면서 차나 한잔하세요, 네?"

"네, 같이하시죠." 로더릭이 말했다.

로더릭의 말투는 여전히 심드렁했지만 캐럴라인은 진심인 것 같았다. 베티 일로 잠시 어긋났던 분위기를 만회하고 싶은 듯했다. 나도 그런 마음이 없지 않아서 그러마고 했다. 한편으로는 솔직히 차를 마시며 머무는 동안 저택을 더 많이 구경할 수 있으리라는 심산에서였다. 두 사람은 내게 길을 양보하며 옆으로 비켜섰다. 얼마 남지 않은 계단을 마저 올라가자 별 특징 없이 좁은 복도가 나왔다. 그곳은 1919년에 사람 좋은 팔러메이드가 나를 데리고 갔던, 성긴 초록색 모직 커튼이 쳐진 바로 그 아치형 복도였다. 로더릭은 천천히 계단을 올랐고, 캐럴라인은 여전히 남동생과 팔짱을 끼고 있었다. 계단을 다 올라서야 팔짱을 풀고 앞으로 나가 커튼을 획 젖혔다.

커튼 너머의 통로는 어두침침했고 묘하게 텅 비어 보였다. 그것만 빼면 내가 기억하던 그대로의 집이 부채처럼 펼쳐졌다. 천장이 시원스럽게 높아지고 바닥에 깔린 판석이 대리석으로 바뀌었으며, 관공서 같은 반질반질한 민무늬 벽은 실크와 치장벽토 세공에 자리를 내주었다. 나는 어릴 적 도토리를 몰래 떼어냈던 장식 벽면부터 찾아보았다. 눈이 서서히 어둠에 적응한 뒤, 나의 첫번째 습격 이후로 개구쟁이 녀석들 한 무리가 회반죽 세공 벽을 작살내놓은 듯한 광경을 확인하고 넋을 잃고 말았다. 도토리와 장식은 거의 다 떨어져나갔고, 그나마 남은 것도 변색되고 금이 갔다. 다른 벽면도 오십보백보였다. 훌륭한 그림과 거울도 몇 개 눈에 띄긴 했지만, 한때 뭔가 걸려 있었던 게 분명한 거무스름한 직사각형과 타원형 흔적이 여기저기 보였다. 물결무늬 비단 액자 하나는 찢어져서 양말 깁듯 꿰매놓았다.

나는 캐럴라인과 로더릭 쪽을 돌아보았다. 그들이 민망해하거나 하다못해 무슨 변명이라도 할 줄 알았다. 그러나 두 사람은 전혀 개의치 않는 듯 아무렇지도 않게 나를 데리고 망가진 벽면 앞을 지나갔다. 오른쪽으로 꺾어들자, 집안사람들에게만 허용된 내밀한 영

역이 나타났다. 햇빛은 복도 한쪽에 면한 방들을 통해서만 들어왔
는데, 방문이 대개 닫혀 있는 탓에 맑은 날에도 짙은 어둠이 웅덩이
처럼 여기저기 깔려 있었다. 빛과 그림자 속을 연이어 타박타박 걷
는 검정색 래브라도가 이승과 저승의 경계를 들락날락하는 것처럼
보였다. 복도는 또다시 직각으로, 이번에는 왼쪽으로 꺾였고 마침
내 활짝 열린 문이 나왔다. 문 사이로 흐릿한 쐐기 모양 햇빛이 비
쳐들었다. 문은 어느 방으로 이어졌다. 집안사람들은 대체로 이곳
에서 지내며, 이곳은 수백 년 동안 '작은 응접실'로 불렸다고 캐럴
라인이 내게 설명해주었다.

물론 헌드레즈홀에서 '작다'는 것은 내가 일찍이 깨달았듯 어디
까지나 상대적인 말이다. 응접실은 대략 길이 30피트, 너비 20피트
크기였고, 천장과 벽의 조형은 무척 섬세해 다소 정신이 사나울 정
도였으며, 으리으리한 대리석 벽난로가 있었다. 그러나 복도와 마
찬가지로 세부 장식은 모서리가 나가거나 깨지거나 완전히 사라진
상태였다. 툭 튀어나와 삐그덕거리는 마룻장에는 나달나달해진 러
그를 여러 겹 깔아놓았다. 푹 꺼진 소파는 타탄 담요로 반쯤 가렸
다. 닳고 닳은 벨벳 윙체어 두 개가 벽난로 가까이에 있었고, 의자
발치의 마룻바닥에는 물이 담긴 호화로운 빅토리아풍 요강이 개
물그릇 대신 놓여 있었다.

그래도 참혹하게 상한 얼굴 아래 감춰진 잘생긴 골상骨相처럼 방
본래의 아름다움은 여전했다. 스위트피와 목서초, 그리고 비단향
꽃무 같은 여름 꽃의 향기가 가득했다. 햇빛은 부드럽고 온화하게
엷은 색을 띠며 흡사, 아니 실제로 창백한 벽과 천장의 품에 안겼다.

프랑스식 창문은 저택 남쪽의 테라스와 잔디밭으로 내려갈 수 있는 한 쌍의 난간 없는 돌계단 쪽으로 열려 있었다. 우리가 응접실에 들어섰을 때, 다름 아닌 에어즈 부인이 돌계단 꼭대기에 서서 야외용 샌들을 발로 차 벗어던지고 스타킹 신은 발을 구두 속에 밀어넣고 있었다. 챙 넓은 모자 위로 얇은 실크스카프를 둘러 턱 밑에서 느슨하게 묶은 모습이었는데, 캐럴라인과 로더릭이 그런 어머니의 모습에 웃음을 터뜨렸다.

"자동차가 처음 등장했을 무렵에나 볼 수 있을 법한 모습이네요, 어머니." 로더릭이 말했다.

"그러게." 캐럴라인이 맞장구쳤다. "아니면 양봉업자! 정말 벌을 키웠으면 좋았을걸, 꿀 맛있잖아요. 이쪽은 닥터 패러데이예요. 그러니까…… 닥터 그레이엄의 파트너고 리드코트에서 왔어요. 베티 일은 벌써 잘 마무리돼서 차나 한잔 같이하자고 청했어요."

에어즈 부인은 모자를 벗으면서 다가와 손을 내밀었다. 스카프가 그녀의 어깨 위로 슬쩍 떨어졌다.

"닥터 패러데이, 처음 뵙겠어요. 드디어 정식으로 인사하게 되어 기쁘네요. 마침 정원을 가꾸던 중이라, 뭐, 이런 잡초밭이라도 일단 정원은 정원이니까요. 휴일 같은 옷차림을 양해해주었으면 좋겠군요. 그런데 참 이상하지 않아요?" 에어즈 부인은 손등으로 이마를 쓸어 머리카락을 옆으로 넘겼다. "어렸을 때는 일요일이 가장 좋은 옷을 입는 날이었는데 말이에요. 하얀 레이스 장갑을 끼고 소파에 앉아서 숨도 크게 못 쉬었죠. 이제 일요일은 청소부처럼 일하는 날이 됐네요. 옷도 그렇게 입고."

에어즈 부인은 미소를 지었다. 그러자 하트 모양 얼굴에서 통통하게 솟은 뺨이 더욱 볼록해졌고, 아름다운 검은 눈은 살짝 처지며 짓궂은 장난기가 어렸다. 세상에서 이보다 더 청소부 같지 않은 사람을 상상하기도 힘들 거라고 나는 생각했다. 낡은 리넨드레스를 입고 긴 머리카락을 느슨히 올려 핀으로 고정해 우아한 목선을 드러낸 자태는 완벽했다. 오십을 훌쩍 넘긴 나이에도 여전히 곱고 날씬했으며, 지금 그녀의 딸보다 더 젊었을 때 엠파이어 데이 메달을 나눠주던 그날처럼 머리칼도 여전히 칠흑같이 까맸다. 스카프 때문이었을까, 아니면 그녀의 옷맵시 혹은 드레스 밑에서 움직이는 모양 좋은 엉덩이 때문이었을까, 왠지 모르게 그녀에게서 프랑스인 같은 분위기가 났다. 두 자녀가 밝은 갈색 피부의 전형적인 영국인 외양인 것에 비추어 보면 다소 뜻밖이었다. 에어즈 부인은 내게 난롯가의 의자 가운데 하나에 앉으라고 손짓하면서 그 맞은편 의자에 앉았다. 그녀가 앉을 때 방금 갈아신은 신발이 눈에 들어왔다. 크림색 줄무늬의 검은 에나멜가죽 구두였는데, 무척 잘 만들어진 것으로 보아 전쟁 전 제품이 틀림없었다. 잘 만든 여성용 구두가 다 그렇듯 남자 눈에는 지나치게 재주를 부린 터무니없는 물건, 즉 아무짝에도 쓸모없지만 기발한 작은 장치처럼 보이면서도 어렴풋이 가슴이 두근거렸다.

부인이 앉은 의자 옆 탁자 위에는 묵직한 옛날식 반지가 올망졸망 놓여 있었다. 그녀는 반지들을 하나씩 손가락에 끼우기 시작했다. 그러느라 팔을 움직이는 바람에 실크스카프가 어깨에서 흘러내려 바닥에 떨어졌다. 그때까지 서 있던 로더릭이 어정쩡하게 허리를 굽혀 스카프를 주위 다시 부인의 목에 둘러주었다.

"어머니와 있으면 토끼와 사냥개 놀이*를 하는 것 같아요." 로더릭이 내게 말했다. "어딜 가시든 뭔가를 뒤에 흘리고 다니시거든요."

에어즈 부인은 스카프를 더욱 단단히 추슬렀다. 그녀의 눈이 아까처럼 살짝 처졌다. "닥터 패러데이, 우리 애들이 날 얼마나 못살게 구는지 봤죠? 나는 아무도 돌보지 않아 침대에서 굶어 죽어가는 노파처럼 생을 마감할까봐 두렵답니다."

"아, 가끔은 뼈다귀라도 던져드릴게요. 가엾은 노친네." 로더릭은 하품을 하며 소파 쪽으로 건너갔다. 그러고는 소파에 앉는데, 이번에는 그의 어색한 움직임이 확연히 눈에 띄었다. 나는 좀더 주의를 기울여, 그의 뺨이 창백해지며 주름이 패는 모습을 놓치지 않았다. 그제야 로더릭의 다리 부상이 아직도 얼마나 그를 괴롭히는지, 그가 얼마나 주의 깊게 그것을 숨기려 노력해왔는지 깨달았다.

캐럴라인은 이번에도 개를 꽁무니에 매달고 차를 가지러 나갔다. 에어즈 부인은 베티에 대해 물어보더니, 그리 심각한 병이 아님을 알고 한숨 돌리는 눈치였다.

"몹시 번거롭게 했네요." 에어즈 부인이 말했다. "이렇게 먼길을 오시게 하다니. 훨씬 급한 환자가 많을 텐데."

나는 대답했다. "저는 가정의입니다. 두드러기가 나거나 손가락을 베거나 하는 환자들이 대부분입니다."

---

* 두 아이가 토끼가 되어 종잇조각을 뿌리며 달아나면 나머지 아이들이 늑대가 되어 토끼를 쫓는 놀이.

"너무 겸양할 것 없어요…… 왜 의사의 진가를 담당 환자 병세의 경중으로 판단해야 하는지 도무지 이해가 안 가요. 뭔가 다른 방식으로 해야 하지 않을까."

나는 싱긋 웃었다. "글쎄요, 예나 지금이나 의사는 원래 도전을 좋아하지요. 전쟁 때 럭비*에 있는 군병원에서 제법 오래 근무했는데, 저도 그때가 그립긴 합니다." 나는 그녀의 아들을 힐끗 보았다. 로더릭은 담배통과 말지 한 묶음을 꺼내 직접 담배를 마는 중이었다. "그 당시에 근육 치료를 맡았던 적이 있습니다. 전기요법 같은 것들이었죠."

로더릭은 투덜거렸다. "내가 부상당하고 나서 나한테도 그 비슷한 걸 받으라고 하더군요. 하지만 영지에서 나갈 시간을 낼 수 없었습니다."

"가엾게도."

에어즈 부인이 말했다. "로더릭은 공군에 복무했어요, 알고 있겠지만."

"네. 어느 전투에 참전했나요? 무척 고통이 컸으리라 생각합니다."

로더릭은 고개를 기울이고 턱을 쭉 내밀어 흉터를 두드러지게 내보였다.

"이걸 보고 그렇게 생각했죠? 하지만 내 비행은 대부분 정찰이었으니 무슨 대단한 명예를 바라긴 힘들죠. 남부 해안에서 좀 재수가 없어 결국 추락했어요. 다른 놈은 완전 최악이었죠. 그 녀석하고

---

* 영국 중부의 도시.

항법사. 불쌍한 놈들. 나야 요 귀여운 얼룩 몇 개와 무릎이 나간 정도로 끝났지만."

"유감입니다."

"뭐, 그곳 병원에서 더 험한 꼴도 많이 봤을 텐데요. 이런, 내 불찰을 양해해주세요. 한 대 피우겠습니까? 이 망할 것을 하도 많이 피워서 나도 모르게 또 말고 있었네요."

그가 말아놓은 담배는 의대 시절 동료들끼리 '황천길'이라 부르며 피워대던 아주 질 나쁜 싸구려 담배였다. 나는 받지 않기로 마음먹었다. 그때 내 주머니에는 질 좋은 담배가 있었지만, 그걸 꺼내 그에게 무안을 주고 싶지는 않았다. 그래서 그냥 고개를 저었다. 어차피 그는 화제를 바꾸기 위한 방편으로 내게 담배를 권했을 것이다.

그의 어머니도 같은 생각을 했던 모양이다. 에어즈 부인은 난감한 표정으로 아들을 쳐다보다 고개를 돌려 나를 향해 미소지으며 말했다. "이제 전쟁은 먼 옛날 얘기 같아요, 안 그래요? 그게 어떻게 겨우 이 년 전에 일어난 일인지. 알다시피 전쟁 때 우리집은 군인 숙사로 지정되어 군부대가 머물렀어요. 군인들이 영지 내 대정원에 이상한 물건들을 두고 갔지요. 가시철사와 철판 같은 것들. 벌써 녹슬어 한 세기 전의 물건 같아 보여요. 물론 이 평화가 얼마나 오래갈지는 신만이 아시겠지요. 난 이제 뉴스를 듣지 않는답니다. 너무 겁이 나서요. 과학자들과 장군들이 애들처럼 폭탄을 갖고 놀며 세상을 좌지우지하는 것 같아요."

로더릭은 성냥을 그었다. "뭐, 아무 일 없을 거예요, 여기 헌드레즈에는." 그는 담배를 지그시 물었고, 말지가 그의 화상 흉터 바로 근처까지 불안할 정도로 타들어갔다. "독자적인 조용한 삶이죠, 여기 헌드레즈에 뚝 떨어져 사는 건."

그가 말하는 사이, 주판알 튕기는 소리 비슷하게 지프가 복도의 대리석 바닥에 발을 내딛는 소리가 났고, 그와 함께 캐럴라인의 플랫샌들이 바닥을 짝짝 때리는 소리가 들렸다. 개는 코를 들이밀어 문을 열었다. 많이 해본 솜씨였다. 문틀은 개가 문질러댄 탓에 까맣게 얼룩이 졌고, 고풍스러운 멋진 문짝도 지프 혹은 지프 이전의 개들이 대대로 나무를 긁어댔는지 아래쪽이 아주 못쓰게 됐다.

캐럴라인은 무거워 보이는 찻쟁반을 들고 들어왔다. 로더릭이 누이를 도우려 소파 팔걸이를 짚고 몸을 일으키려 했다. 나는 선수를 쳤다.

"이쪽으로 주십시오. 내가 하겠습니다."

그녀는 내게 감사의 눈길을 보냈다. 자신이 고마워서라기보다 남동생을 생각해서였을 것이다. 그러나 내 호의는 가볍게 거절했다. "별거 아니에요. 기억하는지 모르겠지만 나는 이런 거 잘해요."

"그럼 내려놓을 자리를 좀 치워드리죠."

"아뇨, 그냥 둬요. 내가 할게요! 나중에 코너하우스* 같은 데라도 취직해 벌어먹고 살려면 방법을 다 알아둬야…… 지프, 발밑에서 거치적거리지 말고 저리 좀 가 있어, 알았니?"

나는 다시 자리에 앉았고, 캐럴라인은 탁자 위에 난잡하게 흐트러진 책이며 종이 사이에 찻쟁반을 내려놓은 다음 차를 따르고 찻

---

* 영국의 고급 레스토랑과 호텔 체인.

잔을 돌렸다. 잔은 오래되고 아름다운 본차이나였다. 그중 한두 개
는 손잡이가 떨어져 다시 붙였는데, 그런 찻잔은 가족에게 냈다. 그
리고 차에 이어 접시에 담은 케이크를 돌렸다. 아주 얇게 자른 과일
케이크였다. 얼마 남지 않은 케이크를 사람 수대로 최선을 다해 자
른 모양이었다.

"세상에, 스콘과 잼과 크림은?" 케이크를 나누어줄 때 에어즈 부
인이 말했다. "하다못해 맛 좋은 비스킷이라도! 우리 얘기가 아니
라, 속으로 이렇게 생각했죠, 닥터 패러데이? 우리 집안은 원래 단
것을 좋아하지 않아요. 그리고 말이야 바른 말로." 그녀는 또 그 짓
궂은 표정을 지었다. "우리도 젖소를 키우는 집이지만 낙농업이 요
즘 같아서야 어디 버터가 우리 차례까지 돌아오겠나요? 배급의 가
장 나쁜 점은 무엇보다 융숭한 접대를 못하게 됐다는 거예요. 정말
이지 애석한 일이 아닐 수 없어요."

그녀는 한숨을 내쉬고는 케이크를 조각내 우유를 넣지 않은 홍
차에 우아하게 적셨다. 얼핏 보니 캐럴라인은 케이크를 반으로 접
어 두 입 만에 다 먹어치웠다. 로더릭은 접시를 옆으로 치워놓고 담
배만 열심히 피웠고, 과일 껍질과 건포도를 집어먹는 둥 마는 둥 하
다 남은 케이크를 지프에게 주어버렸다.

"로디!" 캐럴라인이 나무라듯 말했다. 나는 그녀가 아까운 음식
을 개한테 주었다고 뭐라 하는 줄 알았다. 그러나 그녀는 남동생이
개 버릇을 잘못 들이는 게 싫은 것이었다. 캐럴라인은 개의 눈을 똑
바로 쳐다보며 말했다. "이 못된 것! 구걸하지 말랬지, 알면서 그
래! 쟤 눈 흘기는 것 좀 봐요, 닥터 패러데이. 어휴, 저 능구렁이."

캐럴라인은 샌들을 벗고 발을 뻗어 개의 옆구리를 발가락으로 툭툭 쳤다. 다시 보니 그녀는 맨다리였고, 햇볕에 그을린 다리는 면도도 하지 않았다.

"늙고 가엾은 것." 나는 개의 쓸쓸한 표정을 보며 예의바르게 말했다.

"속지 마세요. 이 녀석 아주 신파 연기에 재미 들렸다니까. 안 그래? 이 녀석, 이 샤일록 같은 녀석!"

캐럴라인은 한번 더 발로 개를 쿡 찌르고 나서 거칠게 어루만지기 시작했다. 개는 처음에는 그녀의 발에 떠밀리면서도 균형을 잡으려 애쓰다 결국 항복하고, 어찌할 바 몰라하는 무기력한 늙은이처럼 그녀의 발밑에 벌렁 누워 네 발을 들고 가슴의 잿빛 털과 맨송맨송한 배를 내보였다. 캐럴라인은 발을 더욱 세게 놀렸다.

에어즈 부인이 딸의 부숭부숭한 맨다리를 힐끗 쳐다보았다.

"정말이지 애야, 제발 스타킹 좀 신었으면 좋겠구나. 닥터 패러데이가 우리를 보고 야만인인 줄 알겠다."

캐럴라인은 너털웃음을 터뜨렸다. "스타킹을 신기에는 날이 너무 더운걸요. 게다가 닥터 패러데이가 맨다리를 보는 게 진짜 난생처음이라면 그게 더 놀랄 일이죠!"

말은 그렇게 했어도 캐럴라인은 금세 다리를 내리고 짐짓 새침하게 앉았다. 쳐든 네 발을 구부리고 계속 누워 있던 개는 김이 빠졌는지 몸을 굴려 엎드리더니 침을 묻혀가며 앞발을 갉작거리기 시작했다.

로더릭이 내뿜는 담배 연기가 무덥고 답답한 공기중에 푸르게 떠다녔다. 정원에서 독특하게 떨리는 새 울음소리가 들렸다. 우리는 그쪽으로 고개를 돌리고 귀를 기울였다. 나는 다시 한번 방안을, 아름답게 스러져가는 그 모든 세부 장식을 유심히 살폈다. 그러고는 앉은 자리에서 몸을 더 돌려 열린 창문 바깥을 처음으로 제대로 조망했는데, 놀라움과 즐거움에 한 대 얻어맞은 느낌이었다. 웃자란 잔디밭이 저택에서 30 내지 40야드 너머까지 펼쳐져 있었다. 그다음 꽃밭을 경계로 그 끝에 철제 장식 울타리가 둘러쳐져 있었다. 울타리 바깥쪽은 초원이고, 초원은 다시 부지에 속한 대정원의 들판으로 이어졌다. 들판은 족히 4분의 3마일은 뻗어나갔다. 그 끄트머리에 있는 헌드레즈의 경계를 표시하는 돌담이 겨우 보일락 말락 했다. 그리고 담벼락 너머의 땅도 경작지와 옥수수밭으로 이루어진 목초지라, 전망은 걸리는 것 없이 쭉 뻗어나가다 마침내 어슴푸레한 빛으로 번져 희뿌연 하늘의 아지랑이 속으로 완전히 사라졌다.

"전망이 마음에 드나요, 닥터 패러데이?" 에어즈 부인이 내게 물었다.

"네, 마음에 듭니다." 나는 그녀를 돌아보며 대답했다. "이 집이 언제 지어졌지요? 1720년? 1730년?"

"그런 걸 다 기억하다니 굉장하네요. 1733년에 완공됐지요."

"아, 네." 나는 고개를 끄덕였다. "건축가가 머릿속에 어떤 그림을 그렸을지 알 것 같습니다. 그늘진 복도와 그곳으로 열리는 널찍하고 밝은 방들."

에어즈 부인은 만면에 미소를 띠었다. 그러나 정작 흥에 겨워 나를 쳐다본 건 캐럴라인이었다.

"나도 늘 그게 좋았어요." 캐럴라인이 말했다. "다른 사람들은 우리집의 어두침침한 복도가 좀 지루하다고 생각하는 모양이에요…… 하지만 겨울을 안 겪어봤으니 그런 소리가 나오지! 겨울에는 창문을 몽땅 벽돌로 막아버리고 싶다니까요. 작년에는 두 달 동안 우리 식구 모두 이 방에서 살다시피 했어요. 로디하고 나는 불법 거주자처럼 매트리스를 이리로 끌고 와서 잤어요. 파이프는 꽝꽝 얼어붙고, 발전기는 망가지고, 고드름이 3피트는 얼어붙었죠. 고드름에 찔려 죽을까봐 집밖에 나가지도 못했어요…… 닥터 패러데이는 의원 위층에 사는 거 맞죠? 전에 닥터 길의 의원이었던 곳."

나는 말했다. "맞습니다. 길 선생님의 견습 파트너로 들어간 것이었는데 여태 이사를 못했습니다. 그냥 보잘것없는 평범한 곳이죠. 하지만 환자들도 익히 잘 아는 곳이고, 독신 남자에게는 그럭저럭 안성맞춤입니다."

로더릭이 담뱃재를 재떨이에 톡톡 떨며 말했다.

"닥터 길도 좀 괴짜 아니었습니까? 어렸을 때 한두 번 그 의원에 갔었어요. 거기 커다란 유리대접이 있었는데, 거머리를 넣어둔다고 하더라고요. 그때는 그게 굉장히 무서웠는데."

"넌 툭하면 무섭다고 벌벌 떨었잖아." 내가 뭐라 대답하기도 전에 그의 누이가 말을 가로챘다. "겁주기 참 쉬운 애였지. 우리 어렸을 때 부엌에서 일하던 그 덩치 큰 여자애 기억나? 어머니, 그애 기억나세요? 이름이 뭐였더라? 메리였던가? 그 여자애 키가 6피트 2.5인치였죠. 그애 여동생도 6피트 3인치였고. 한번은 아버지가 그애한테 아버지 장화를 신어보라고 했어요. 맥러드 씨와 내기를 하신 거였죠, 장화가 너무 작아서 안 맞을 거라고. 아버지 말이 맞았어요. 그런데 진짜 굉장한 건 그애 손이었어요. 빨래를 비틀어 짜는데 압착기보다 낫더라고요. 손가락은 항상 차가웠는데, 꼭 고기저장고에서 막 꺼내온 소시지처럼 차디찼어요. 어릴 때 로디를 놀리곤 했죠, 네가 자고 있을 때 그애가 살그머니 네 침실에 들어가 두 손을 담요 밑에 넣고 데울 거라고. 그럼 로디가 징징거렸죠."

"거의 괴수였지." 로더릭이 말했다.

"그애 이름이 뭐였지?"

"미리엄이었을 거다." 에어즈 부인이 잠깐 생각해보더니 대답했다. "미리엄 아널드. 그리고 네가 말한 그 여동생은 마저리였고. 그런데 여자애가 하나 더 있었단다. 그렇게까지 덩치가 큰 아이는 아니었는데, 태플리가에서 일하던 남자애하고 결혼했지. 그리고 둘이 우리 카운티를 떠나 어느 저택에 운전사와 요리사로 들어갔어. 미리엄은 우리집에서 랜들 부인 댁으로 갔을 거다. 하지만 랜들 부인이 그애를 탐탁지 않게 여겨 한 달인가 두 달밖에 두지 않았지. 그후로는 어떻게 됐는지 모르겠구나."

"강도단에 들어가 사람들 목을 조르고 금품을 털었을 거야." 로더릭이 말했다.

"서커스단에 들어갔을지도 모르지." 캐럴라인이 응수했다. "전에 진짜로 달아나 서커스단에 들어간 여자애도 하나 있지 않았어요?"

"그래, 서커스단 남자와 결혼한 애가 있었지." 에어즈 부인이 말했다. "그애 어머니 가슴에 못을 박았어. 또 그애 사촌 라벤더 휴잇의 가슴도 찢어졌지. 라벤더도 그 남자를 좋아했거든. 그런데 남자가 딴 여자와 도망가버리는 바람에 라벤더가 곡기를 끊고 죽으려 했단다. 그런데 그애 어머니가 종종 말했듯 토끼 덕분에 살았지. 딴건 다 끊을 수 있었지만 어머니가 해주는 토끼 스튜만은 도저히 거부할 수 없었다고 하더라. 그래서 한동안 우리도 그애 아버지가 영지의 대정원에 족제비를 풀어놓는 걸 눈감아주었단다. 실컷 토끼를 잡을 수 있게 말이야. 어찌됐든 라벤더를 살린 건 토끼였으니까……"

캐럴라인과 로더릭은 주거니 받거니 기억을 되살려나가며 이야기를 계속했다. 나한테 말한다기보다 자기들끼리 얘기하는 형국이었기에, 게임에서 소외된 나는 어머니와 딸과 아들을 번갈아 바라보다, 이윽고 그들 사이의 유사점을 발견했다. 긴 팔다리와 이마 쪽으로 올라붙은 눈의 위치 같은 외모의 유사점뿐만 아니라 몸짓과 말투에서 그 집안의 특징 혹은 버릇 같은 것이 몇 가지 보였다. 나는 언뜻 쌉쌀한 반감이 일며 불쾌한 기분이 들었고, 그 멋진 방에 머물고 있다는 즐거움이 퇴색해버렸다. 아마도 내 안에 흐르는 농민의 피가 고개를 들었기 때문이리라. 헌드레즈홀은 그들이 대화 중에 비웃는 바로 그 농민과 노동자에 의해 만들어지고 유지되어왔을 것이다. 이백 년이 흐른 후 노동자들은 이 집에서 자신들의 노동력과 신뢰를 철회하기 시작했고, 저택은 카드로 만든 피라미드처럼 무너지고 있었다. 그 와중에도 그 집안사람들은 거기 그렇게 앉아 여전히 즐겁게 젠트리 생활을 즐겼다. 벽의 치장벽토가 다 떨어져나가고, 터키산 카펫은 낡아서 올이 다 풀리고, 깨진 도자기잔은 손잡이를 다시 붙이면서……

에어즈 부인이 또다른 하녀 한 명을 기억해내자 로더릭이 말했다. "아, 그 저능아."

"정신박약아는 아니었어." 캐럴라인이 딱 잘라 말했다. "머리가 아주 나빴던 건 사실이지만. 한번은 나한테 봉랍이 뭐냐고 물어보기에 천장에 바르는 특별한 종류의 왁스라고 말해줬어. 그리고 사다리를 꺼내다 아버지 서재 천장에 발라보라고 했지. 서재는 완전히 엉망진창이 됐고, 그 불쌍한 애는 무척 곤란한 지경에 빠졌지 뭐야."

그녀는 안됐다는 듯 고개를 저으면서도 다시 웃음을 터뜨렸다. 그때 그녀와 내 눈이 마주쳤다. 분명 내 표정은 냉랭하기 그지없었을 것이다. 캐럴라인은 얼굴에서 웃음기를 애써 지웠다.

"미안해요, 닥터 패러데이. 못마땅한 거죠. 네, 맞아요. 로드와 나는 아주 못된 애들이었어요. 하지만 이제는 훨씬 나아졌답니다. 지금 베티를 떠올리며 불쌍하다고 생각했죠?"

나는 차를 한 모금 홀짝였다. "전혀 아닙니다. 사실대로 말하면, 나는 내 어머니를 생각했습니다."

"어머니요?" 캐럴라인이 여전히 웃음기 머금은 말투로 내 대답을 되풀이했다.

이어지는 침묵 속에서 에어즈 부인이 입을 열었다. "참, 그러고 보니 닥터 패러데이의 어머니도 한때 여기서 유모로 일했지요? 그런 얘기를 들었던 기억이 나네요. 여기 있었던 게 언제였더라? 내 세대보다 약간 전이었던 것 같은데."

그녀의 말투가 아주 선선하고 자연스러워 날을 바짝 세웠던 내가 오히려 무안해졌다. "우리 어머니는 이 집에서 1907년까지 일했습니다. 이곳에서 아버지를 만났죠. 뒷문 연애라고, 여기서는 그렇게들 불렸던 것 같더군요."

캐럴라인이 애매하게 반응했다. "어머 신기해라."

"네, 신기하죠?"

로더릭은 담뱃재를 떨기만 할 뿐 아무 말이 없었다. 그러나 에어즈 부인은 뭔가 깊이 생각하는 표정이었다.

"그러면 아마." 에어즈 부인이 자리에서 일어났다. "내 생각에는…… 이게 맞을 것 같은데."

그녀는 가족사진이 든 액자를 늘어놓은 탁자 쪽으로 다가갔다. 그리고 액자 하나를 집어 팔을 쭉 뻗고 실눈으로 바라보더니 이내 고개를 저었다.

"안경이 없어서 잘 보이지 않네." 에어즈 부인은 액자를 내게 내밀었다. "확실하지는 않지만 이중에 어머니가 있을 것 같네요, 닥터 패러데이."

조그만 귀갑 액자에 넣은 에드워드 시대의 사진이었다. 진한 세피아색 사진을 자세히 들여다보니 헌드레즈홀의 남쪽 외관이었다. 마침 우리가 있는 방의 기다란 프랑스식 창문이 사진에서도 오후 햇살 속에 활짝 열려 있는 것을 알아볼 수 있었다. 저택 앞 잔디밭에 모여 있는 사람들은 당시 에어즈가 사람들이었고, 그들 주위를 빙 둘러 가정부, 집사, 하인, 주방 하녀, 정원사 등 상당히 많은 고용인이 마지못해 나온 듯 두서없이 무리지어 있었다. 마치 사진사가 이런 식으로 찍으면 어떨까 뒤늦게 아이디어를 낸 것처럼, 그리하여 한창 일하는 사람들을 불러내 모아놓은 것처럼. 반면에 집안사람들은 아주 편안해 보였다. 캐럴라인과 로더릭의 할머니이자 가문의 여주인인 고故 비어트리스 에어즈 부인은 간이의자에 앉았고, 그녀의 남편은 그 옆에 서서 한 손을 그녀의 어깨에 올리고 다른 손은 주름 잡힌 흰색 바지 주머니에 편하게 찔러넣었다. 그들 발치에 약간은 어색한 자세로 느긋하게 누워 있는 호리호리한 열다섯 살 소년은 나중에 자라서 대령이 되었다. 그는 지금의 로더릭과 똑 닮았다. 그 옆에 타탄 러그를 깔고 앉은 아이들은 대령의 손아래 형제자매였다.

나는 좀더 유심히 아이들을 살펴보았다. 대부분은 어린이라 할 수 있는 나이였지만, 아직 아기였던 막내는 금발인 유모 품에 안겨 있었다. 카메라 셔터를 누를 때 아기는 유모 품에서 벗어나려 발버둥쳤고, 유모는 아기의 팔꿈치에 맞을까봐 고개를 약간 뒤로 젖혔다. 그 바람에 유모의 시선이 카메라를 벗어났고 얼굴도 희미하게 찍혔다.

캐럴라인이 소파에서 일어나 내 옆으로 오더니 같이 사진을 들여다보았다. 내 옆에 서서 허리를 숙이고 부스스한 갈색 머리카락을 하나로 묶으며 조용히 말했다. "이분이 닥터 패러데이의 어머니인가요?"

"그런 것 같군요. 하지만 다시 보니……" 다시 보니 얼굴이 잘 안 보이는 유모 바로 뒤에 하녀가 한 명 더 있었고, 그녀 역시 금발에다 똑같은 치마와 모자를 걸쳤다. 나는 열없이 웃어버렸다. "이 사람일지도요. 잘 모르겠습니다."

"어머니가 아직 살아 계시죠? 그럼 이 사진을 보여드리면 되지 않아요?"

나는 고개를 저었다. "부모님 두 분 다 돌아가셨습니다. 어머니는 내가 아직 학생일 때 돌아가셨고, 아버지도 그 몇 년 뒤에 심장마비로 세상을 떠나셨지요."

"저런, 미안해요."

"뭐, 오래전 일인걸요……"

"어머니가 이곳에서 행복했다면 좋겠군요." 캐럴라인이 소파로 돌아갈 때 에어즈 부인이 나에게 말했다. "닥터 생각엔 어떨 것 같아요? 어머니가 이 집에 대해 얘기한 적이 있나요?"

나는 잠시 대답을 보류하고 어머니가 헌드레즈홀에 있을 때 해준 이야기를 몇 개 떠올렸다. 가령, 매일 아침 가정부가 손톱을 검사하는 동안 손가락을 쫙 펴고 서 있어야 했다든가, 비어트리스 에어즈 부인이 시도 때도 없이 다짜고짜 하녀들 방에 들어가 서랍을 뒤집어엎고 소지품을 샅샅이 뒤졌다든가…… 나는 마침내 입을 열었다. "어머니는 여기서 여러 하녀와 같이 지내며 좋은 친구들을 만났던 것 같습니다."

에어즈 부인은 흡족한 듯 보였다. 아니, 안도했던 것 같다. "그랬다니 다행이군요. 그때는 아무래도 지금과 좀 다른 시대였으니까. 하인들 나름대로 오락거리와 로맨스와 재미가 있었지요. 크리스마스 때는 그들끼리 만찬도 즐겼고."

그 말에 또 옛날 일이 떠올랐다. 나는 계속 사진을 들여다보았다.

솔직히 말하면 나는 내 감정에 약간 북받친 상태였다. 아무렇지도 않은 듯 말했지만, 전혀 뜻밖에 마주친 어머니의 얼굴에—그게 어머니의 얼굴이 맞는다면—나는 생각했던 것보다 더 가슴이 메었던 것이다. 마침내 나는 의자 옆 탁자에 사진을 내려놓았다. 우리는 저택과 그에 딸린 정원, 그리고 더 화려하고 영광스러웠던 시절에 관해 이야기를 나눴다.

그러나 대화중에도 자꾸 사진에 눈이 갔고, 내가 그렇게 자주 한눈파는 모습은 다른 사람들이 보기에도 확연했을 것이다. 우리는 차를 다 마셨다. 나는 몇 분 더 앉아 있다 시계를 보고 이만 가야겠다고 말했다. 그리고 일어나는데 에어즈 부인이 온화하게 말했다. "닥터 패러데이, 이 사진을 가져가요. 받아주면 기쁘겠군요."

"가져가다니요?" 나는 펄쩍 뛰면서 말했다. "아뇨, 아닙니다. 그럴 수야 없지요."

"가져가요, 당연히 그래야 해요. 액자째 다 가져가세요."

"네, 받으세요." 내가 계속 사양하자 캐럴라인이 거들었다. "베티가 다 나을 때까지는 내가 집안일을 해야 한다는 점을 기억해줘요. 먼지 떨어야 할 물건을 하나라도 던다면 나도 이루 말할 수 없이 기쁘겠어요."

그래서 나는 "감사합니다"라며 받아들고는 얼굴이 새빨개져 말까지 더듬었다. "정말 뭐라고 감사의 인사를 드려야 할지…… 이건 정말…… 고마워서 몸 둘 바를 모르겠습니다."

그들은 갈색 재활용 종이를 찾아 액자를 싼 다음 내게 건넸고, 나는 그것을 왕진가방 속에 잘 갈무리했다. 나는 에어즈 부인에게 작별 인사를 하고, 개의 따스한 까만 머리를 가볍게 쓰다듬어주었다. 자리에서 먼저 일어나 있던 캐럴라인이 차 있는 데로 나를 안내하려고 했다. 그러자 로더릭이 상체를 내밀며 말했다. "됐어, 누나. 닥터 패러데이는 내가 모셔다드릴게."

그는 얼굴을 있는 대로 찌푸리며 힘들게 소파에서 일어났다. 캐럴라인이 걱정스러운 눈으로 남동생을 바라봤지만, 그는 나를 배웅하기로 단단히 작정한 듯했다. 그래서 캐럴라인은 그쯤에서 마음을 접고 거칠지만 모양 좋은 손을 내밀어 다시 한번 악수를 청했다.

"안녕히 가세요, 닥터 패러데이. 그 사진을 찾아내서 참 다행이에요. 사진을 볼 때면 우리 생각도 해줄 거죠?"

"그러겠습니다." 나는 대답했다.

나는 로더릭을 따라 방을 나섰고, 갑자기 어둑한 곳으로 나온 바람에 잠시 눈을 끔벅거렸다. 오른쪽으로 안내하는 그를 따라 닫힌 방문을 몇 개 지나자 금세 환하고 널찍한 홀이 나왔다. 저택의 현관 홀이었다.

나는 발을 멈추고 주위를 둘러보았다. 홀은 굉장히 멋졌다. 바닥은 분홍색과 고동색 대리석으로 바둑판처럼 짜였고, 밝은 나무판자를 입힌 벽은 바닥에서 반사된 빛깔 탓에 불그스름해 보였다. 그러나 그 모든 것을 압도한 것은, 우아하고 부드러운 장방형 나선을 그리며 삼층까지 올라가는 마호가니 층계였다. 반들반들한 뱀 대가리 모양 난간은 끊김 없이 하나의 선으로 이어졌다. 계단통은 폭 15피트에 높이 60피트는 되어 보였다. 게다가 바로 위 천장에 난

우윳빛 유리돔을 통해 서늘하고 쾌적한 빛이 비쳤다.

"효과 한번 끝내주지 않습니까?" 입을 쩍 벌리고 위를 올려다보는 나에게 로더릭이 말했다. "저 돔 천장은 등화관제 때 진짜 골칫덩이였죠."

로더릭은 널찍한 현관문을 힘껏 끌어당겨 열었다. 문짝은 습기가 찬 적이 있는지 약간 휘었고, 움직일 때마다 대리석 바닥에 끌리며 몹시 귀에 거슬리는 소리를 냈다. 나는 바깥 계단참에 발을 내디딘 로더릭 옆에 섰다. 대낮의 열기가 소용돌이치며 우리 주위를 감쌌다.

로더릭은 얼굴을 찌푸렸다. "이거야 원, 아직도 푹푹 찌는군요. 리드코트까지 돌아가는 길이 조금도 부럽지 않은데요…… 저건 차종이 뭔가요? 루비? 저 차를 어떻게 구했습니까?"

내 차는 아주 평범한 기본 모델로, 그리 대단할 것도 없었다. 그러나 로더릭은 순수한 취미로 자동차에 관심이 많은 부류의 청년이 분명했다. 나는 그와 함께 차로 가서 몇 가지 특징을 얘기해주고, 결국 보닛을 열어 엔진 구조까지 보여주었다.

그리고 보닛을 닫으며 말했다. "이런 비포장도로는 차에 좋지 않답니다."

"당연하죠. 매일 얼마나 달려요?"

"그냥 평범한 날 말입니까? 열다섯 번에서 스무 번 정도 나가죠. 왕진이 많은 날에는 서른 번 넘게 나가기도 하고. 대개 동네 근처예요. 저멀리 밴버리에 사는 환자도 한두 명 있긴 하지만."

"바쁜 분이로군요."

"이따금 눈코 뜰 새 없이 바쁘기도 합니다."

"다 그 두드러기와 손 좀 베인 걸로 말이죠. 아, 그리고 보니," 그는 주머니에 손을 집어넣었다. "베티의 진료비가 얼마죠?"

처음에 나는 에어즈 부인이 선뜻 가족사진을 내어준 데 대한 고마움으로 돈을 받지 않을 생각이었다. 그러나 로더릭이 자꾸 고집을 부려 나중에 청구서를 보내겠다고 했다. 그는 웃음을 터뜨렸다. "보세요, 내가 선생이라면 준다고 할 때 받겠어요. 얼마입니까? 4실링? 더 해요? 자자, 우리가 아직까진 자선구호가 필요한 처지는 아니라고요."

나는 어쩔 수 없이 처방과 왕진 값으로 4실링을 받겠다고 했다. 그는 호주머니에서 따뜻하게 데워진 조그만 동전을 한 움큼 꺼내 세어본 뒤 내 손에 쥐여주었다. 그러면서 자세를 바꿨는데 그 바람에 어디가 삐끗한 모양이었다. 그의 뺨이 또 일그러지며 아까처럼 주름이 팼고, 나는 이번에는 한번 말해볼까 싶었다. 그러나 담배 때와 마찬가지로 그에게 무안을 주고 싶지 않아 그냥 잠자코 있었다. 내가 차에 시동을 거는 동안 그는 팔짱을 끼고 제법 자연스럽게 서 있다가, 차가 출발하자 심드렁하니 손을 들어 보이고는 등을 돌려 저택으로 돌아갔다. 나는 백미러로 그를 쭉 주시했다. 그는 고통스러워 보이는 발걸음으로 현관까지 계단을 올랐다. 어두운 홀 안으로 절룩거리며 들어가는 그를 보면서, 나는 집이 그를 삼키는 것 같다고 생각했다.

길은 제멋대로 자란 덤불 사이로 이내 휘어졌고, 자동차는 덜컹거리며 요동치기 시작했다. 그리고 저택은 시야에서 사라졌다.

그날 밤, 나는 일요일이면 종종 그러듯 데이비드 그레이엄과 그의 아내 앤과 함께 저녁을 먹었다. 그레이엄의 응급 건은 상당히 특이한 경우였음에도 어쨌든 잘 마무리됐고, 우리는 밥을 먹으며 주로 그 환자에 관해 의견을 나누었다. 그리고 사과푸딩을 먹을 때에야 나는 그날 그레이엄 대신 헌드레즈홀에 갔던 일을 얘기했다.

그는 단박에 부럽다는 표정을 지었다. "자네가 갔나? 요새 거긴 어떻던가? 그 집안사람들은 요 몇 년간 나를 부른 적이 없어. 그 집 형편이 사납게 되어간다는 얘기는 들었네. 사실 돼지우리 같은 데서 저들끼리 우글거린다는 얘기였지."

나는 내가 본 대로 저택과 정원에 대해 자세히 묘사한 다음 말했다. "가슴이 저리더군. 그곳이 그렇게까지 변했을 줄이야. 로더릭은 자기가 무슨 짓을 하고 있는지 아는지나 모르겠어. 별로 신경쓰지 않는 것 같던데."

"로더릭도 참 안됐어요." 앤이 말했다. "근사한 청년이라고 늘 생각했는데. 누구나 로더릭을 보면 안타까울 수밖에 없을 거예요."

"화상 자국이나 뭐 그런 것 때문에요?"

"뭐, 그것도 그렇지만, 자기 힘으론 어쩔 수 없는 상황에 처해 있는 것 같아서요. 너무 빨리 어른이 되어야만 했잖아요. 그 나이 또래 아이들은 다 그랬지만. 하지만 로더릭은 전쟁뿐 아니라 헌드레즈에도 신경을 써야 했죠. 게다가 어떻게 보면 로더릭은 자기 아버지하고 닮은 구석도 별로 없잖아요."

"뭐, 그건 로더릭에게 잘된 일일지도요. 내 기억에 대령은 꽤 난폭하고 잔인한 남자였습니다. 어렸을 때, 대령이 어느 운전자한테 갑자기 미친듯이 화를 내는 장면을 본 적이 있어요. 자동차 때문에 자기 말이 놀랐다면서. 막판엔 안장에서 뛰어내려 자동차 헤드라이트를 막 차더라고요."

"확실히 그 양반 성미가 제법 고약했지." 그레이엄은 사과푸딩을 숟가락으로 떠먹으며 말했다. "한물간 시골 대지주 타입이랄까."

"다른 말로는 한물간 깡패라고도 하지."

"뭐, 나라고 그 양반이 좋았겠나. 그도 분명 돈 걱정 하느라 하루하루 제정신이 아니었을 거야. 땅에서 얻는 수입은 그가 물려받았을 때 이미 악화일로였던 것 같네. 1920년대 내내 그는 땅을 팔아 댔어. 우리 아버지가 하셨던 말씀이 생각나는군. 가라앉는 배에서 바가지로 물을 퍼내는 격이라고. 듣기로는 대령이 죽은 뒤 상속세가 어마어마하게 나왔다더군! 그 집안사람들이 도대체 어떻게 생계를 꾸려나가는지 나로서는 수수께끼일세."

나는 말했다. "로더릭의 부상에 대해서는 어떻게 생각하나? 다리 상태가 안 좋아 보이더군. 전기치료가 도움이 될지도 모르는데, 한번 시험해보게 해준다면 말이지만. 그 사람들은 거기서 그렇게 브론테 자매처럼 사는 데 긍지를 느끼는지, 자기네 상처엔 뜸질이나 하면서 도대체가…… 아, 자네한테 실례가 되려나."

그레이엄은 어깨를 으쓱했다. "아닐세. 자네 좋을 대로 하게. 아까 말했다시피 그 사람들도 나를 부른 지 한참 됐어. 이제 와서 그 집 주치의 노릇을 하기도 애매하지. 로더릭의 부상은 나도 기억하네. 손상이 무척 심했는데 정형을 형편없이 해놨더군. 화상이야 보이는 대로고." 그레이엄은 푸딩을 몇 스푼 더 떠먹고 나서 깊이 생각에 잠겼다. "정신적인 문제도 약간 있는 것 같았어, 로더릭이 처음 귀환했을 때는."

나는 금시초문이었다. "정말인가? 별로 심각한 건 아니었겠지. 오늘은 제법 편안해 보였는데."

"흠, 그들이 쉬쉬할 만큼 자못 심각했다네. 하긴 당시 가문들이 다 그런 문제에 예민했지. 에어즈 부인은 간병인을 부르지도 않은 것 같더군. 자기가 직접 로더릭을 보살폈고, 전쟁 막바지에는 캐럴라인을 집으로 불러들여 도움을 청했지. 캐럴라인은 여성해군단의 무슨 위원회인가 여성공군지원부대인가에서 상당히 유능한 재원이었어. 물론 아주 영리한 아가씨니까."

그는 '영리하다'는 단어를 흔히 사람들이 캐럴라인 에어즈를 두고 얘기할 때 언급하는 투로 말했다. 다른 사람들처럼 그레이엄도 그 단어를 '인물 없다'는 말의 완곡어법으로 사용하고 있었다. 나는 대꾸하지 않았고, 우리는 아무 말 없이 푸딩을 다 먹었다. 앤은 스푼을 접시에 내려놓고 창문을 닫으러 자리에서 일어났다. 늦은 시각에 저녁을 먹느라 식탁 위에 초를 하나 켜놓았는데, 불이 어두워진다 싶더니 나방 몇 마리가 촛불 주위에서 파닥거렸다. 앤이 돌아와 의자에 앉으며 말했다. "헌드레즈의 첫째 딸 기억나요? 수전, 그 죽은 꼬마 여자애 말이에요. 제 엄마를 닮아서 참 예뻤는데. 나는 그애의 일곱번째 생일잔치에 갔었어요. 에어즈 부부가 생일선물로 수전한테 진짜 다이아몬드가 박힌 은반지를 주었죠. 그 반지가 어찌나 갖고 싶던지! 그리고 몇 달 뒤에 수전이 세상을 떠났죠…… 홍역이었나? 그 비슷한 걸로 아는데."

그레이엄이 냅킨으로 입가를 닦고 말했다. "디프테리아 아니었나?"

앤은 골똘히 생각하며 이맛살을 찌푸렸다. "맞아. 그렇게 고통스럽게…… 장례식 때가 생각나네. 조그만 관과 그 수많은 꽃. 화환이 산더미처럼 쌓였죠."

나도 그 장례식을 본 기억이 있음을 퍼뜩 깨달았다. 영구차가 지나가는 동안 나는 부모님과 함께 리드코트 중앙로에 서 있었다. 유령 신부처럼 온통 검은색 베일을 둘러쓴 젊은 에어즈 부인이 떠올랐다. 어머니는 소리 없이 흐느끼고, 아버지는 한 손을 내 어깨 위에 올리고 계셨다. 그리고 새 옷 냄새가 났던 뻣뻣한 내 블레이저 제복과 모자도 기억났다.

어찌된 일인지 이런 기억이 전보다 우울하게 느껴졌다. 앤과 하녀가 식기를 치웠고, 그레이엄과 나는 식탁에 앉아 몇 가지 업무에 관한 의견을 나누었다. 그러고 있자니 더욱 우울해졌다. 그레이엄은 나보다 젊었지만 이력은 더 나은 편이었다. 아버지도 의사였던 그는 든든한 돈과 배경을 업고 의원을 개업했다. 나는 선대 그레이엄의 파트너 의사였던 닥터 길의 도제 비슷하게 일을 시작했다. 닥터 길은 로더릭이 콕 집어 말한 대로 '괴짜'였다. 그 게으르고 성마른 노인네는 나의 후원자를 자처했지만, 사실은 자기 밑에 두고 부리면서 지난한 박봉의 세월 동안 조금씩 나한테 업무를 이양한 것이었다. 닥터 길은 전쟁이 터지기 전에 은퇴해 스트랫퍼드어폰이번* 근처에 있는 예쁜 목조 주택으로 이사했다. 나는 겨우 수익이 나기 시작한 지 얼마 안 되었지만, 건강보험제도가 실시되면 나 같은 개인 가정의는 좋은 시절이 다 지나간 셈이었다. 나한테 등록 되어 있는 가난뱅이 환자들이 조만간 의원을 마음대로 선택할 수 있게 되면 다른 의사한테 갈 테고, 그러면 내 수입은 치명타를 입으 리라. 그런 고민에 나는 몇 날 며칠 밤잠을 설치기도 했다.

"환자가 한 명도 안 올 거야." 나는 식탁 위에 팔꿈치를 괴고 피 곤에 지쳐 얼굴을 문질렀다.

"바보 같은 소리 말게." 그레이엄이 말했다. "환자들이 나한테 안 올 이유도 없고, 자네한테 안 갈 이유도 없어. 그건 실리나 모리 슨도 마찬가지고."

"모리슨은 감기약이나 소화제를 달라는 대로 처방해준다고. 그 러면 환자들이 좋아하지. 실리는 또 여자를 상대하는 데 일가견이 있지 않나. 자네는 좋은 집안 출신에 신수도 훤한데다 친절하니 또 환자들이 좋아하지. 하지만 환자들이 나는 좋아하지 않아. 환자들 은 나를 어느 부류에 넣어야 할지 모르는 거야. 나는 사냥도 안 하 고 브리지게임도 안 해. 그렇다고 다트나 축구를 하는 것도 아니 고. 나는 젠트리에 걸맞지 않아. 노동자한테 경외의 대상이 될 만큼 대단하지 못하다는 거지. 환자들은 의사를 우러러보고 싶어하는 데, 의사가 자기네와 다를 바 없다면 께름칙해 한다고."

"나 원, 쓸데없는 소리 작작 하게. 환자가 원하는 건 자기 일을 똑바로 할 줄 아는 사람이야! 그 방면에선 자네가 독보적이지. 자

---

* 윌리엄 셰익스피어의 출생지로 유명한 워릭셔 남부의 도시.

넌 매사에 너무 심각해서 탈이야. 시간이 남아도니까 괜히 그런 걸로 안달복달하지. 장가를 가야 해. 그러면 만사 잘 풀릴 거라고."

나는 웃음을 터뜨렸다. "맙소사! 가족이나 아내는 고사하고 내 한 몸 먹고살기도 벅차다네."

그는 때마다 나의 이 신세 한탄을 들어왔고, 그날도 너그럽게 내 넋두리를 받아주었다. 앤이 커피를 내왔다. 우리는 거의 밤 열한시가 되도록 이야기꽃을 피웠다. 더 머물러도 좋았겠지만, 그러면 두 사람만의 시간이 너무 없겠다 싶어 그만 잘 자라고 인사한 뒤 일어섰다. 두 사람의 집은 우리집에서 동네 반대편 끝에 있었고, 걸어서 십 분 거리였다. 밤인데도 여전히 무더웠고 바람 한 점 없었다. 나는 둘러가는 길을 택해 느긋하게 걷다가 중간에 한 번 걸음을 멈추고 담배에 불을 붙였다. 이어서 재킷을 벗고 넥타이를 느슨하게 푼 채 셔츠 차림으로 집까지 걸었다.

우리집 일층은 상담실과 진료실, 대기실로 사용중이었다. 부엌과 거실은 한 층 위였고 침실은 다락에 있었다. 캐럴라인 에어즈에게 말한 대로 보잘것없는 평범한 집이다. 환하게 꾸며볼 돈도 시간도 없었기 때문에, 내가 처음 이사했을 때와 똑같이 누리끼리한 벽과 '빗살무늬' 페인트칠이 전부인 우중충한 인테리어에다 부엌도 비좁고 불편했다. 파출부로 일하는 러시 부인이 날마다 방문해 청소와 식사를 맡아주었다. 나는 환자를 보지 않을 때도 대부분의 시간을 아래층에서 책상 앞에 앉아 처방전을 쓰거나 책을 읽거나 문서 작업을 하면서 보냈다. 그날 밤에는 곧장 상담실로 들어가 다음날을 위해 서류를 살피고 왕진가방을 정리했다. 가방을 열자 갈색 포장지에 대충 싸인 꾸러미가 보였고, 그제야 헌드레즈홀에서 에어즈 부인에게 사진을 받았던 게 생각났다. 나는 포장지를 벗겨내고 사진을 다시 한번 들여다보았다. 사진 속 금발 유모가 나의 어머니가 맞는지 여전히 확신이 들지 않아, 다른 사진하고 비교해볼까 싶어 위층으로 가지고 올라갔다. 침실 벽장 속에 낡은 비스킷통이 하나 있는데, 거기에 부모님이 모아놓은 집안 기념품과 서류가 가득 들어 있었다. 나는 그 통을 끄집어내 침대로 갖고 가 내용물을 뒤적거렸다.

몇 년간 열어본 적이 없어서 그 속에 뭐가 들었는지 잊고 있었다. 놀랍게도 안에 든 것은 대부분이 어렸을 적 나와 관련된 잡동사니였다. 가령, 나의 출생증명서가 세례통지서 같은 것과 함께 있었고, 털 달린 갈색 주머니에는 젖니 두 개와 아기 때 내 머리칼 한 줌이 들어 있었다. 금빛 머리칼은 상상 이상으로 부드러웠다. 그리고 올이 다 풀린 보이스카우트 배지와 수영 배지가 뒤엉켜 나왔고, 고등학교 졸업장과 학교 다닐 때 쓴 리포트, 상 받은 것과 관련된 기록이 보였다. 연도순으로 정리되어 있지는 않아서 나의 의대 졸업을 알리는 지방신문 기사가 고등학교 때 교장 선생님이 써준 편지, 즉 레밍턴 칼리지 입학장학금을 받을 수 있도록 아주 '열정적으로' 나를 추천한 추천서에 걸려 찢어져 있었다. 게다가 정말 놀랍게도 헌드레즈홀에서 젊었을 적의 에어즈 부인이 내게 수여한 바로 그 엠파이어 데이 메달까지 들어 있었다. 박엽지로 꼼꼼하게 싸여 있던 메달이 묵직하게 손바닥 위에 굴러떨어졌다. 색띠는 전혀 닳지 않았고 청동색 메달은 둔탁하긴 했지만 변색되지는 않았다.

한편, 의외로 부모님의 삶에 관해서는 별로 남은 것이 없다는 사실에 놀랐다. 그저 남길 만한 것이 거의 없었기 때문이리라. 소박하고 단조로운 문장인데 이따금 철자가 틀린 전쟁 때의 감상적인 엽서 한두 장, 끈을 매기 위해 구멍을 뚫은 행운의 동전, 종이로 접은 제비꽃 장식. 그게 전부였다. 어릴 때 기억에는 사진도 몇 장 보았던 것 같은데 비스킷통에는 딱 한 장밖에 남아 있지 않았다. 귀퉁이가 말리고 빛바랜 엽서 크기 사진이었다. 지역에서 열린 직업박람회에 갔다가 사진사 천막에서 찍은 것으로, 어머니와 아버지가 한창 연애할 때였던 것 같다. 두 분은 알프스 그림을 배경으로 열기구를 타고 있다는 설정에 따라 빨래바구니에 들어가 아주 멋스러운 포즈를 취했다.

　나는 이 사진을 헌드레즈가에서 받아 온 사진 옆에 놓고 번갈아가며 쳐다보았다. 열기구를 탄 어머니는 정면을 바라보긴 했지만 모자에 달린 초라한 깃털이 축 늘어져 얼굴을 알아보기 어렵기는 매일반이었기에 결국 단념하고 말았다. 직업박람회 때 사진도 어쩐지 가슴에 사무치는 느낌이었다. 나의 성공이 담긴 신문 스크랩과 종이 쪼가리 등을 다시 보면서, 부모님이 간직했을 자랑스러움과 걱정을 생각하니 안타까움과 부끄러움이 밀려들었다. 아버지는 내 학비를 대느라 끊임없이 빚을 졌다. 그 빚 때문에 건강을 해쳤을 것이다. 십중팔구 어머니도 그 때문에 쇠약해지셨다. 그런데 결과는 이게 뭔가? 나는 평범한 수준의 그런대로 괜찮은 의사다. 상황만 달랐다면 그런대로 괜찮은 의사 이상이 되었을지도 모른다. 하지만 나도 빚을 짊어지고 일을 시작했고, 십오 년이 지난 지금도 여전히 조그만 시골 의원에서 일하고 있다. 남부럽잖은 수입을 올리려면 아직도 멀었다.

나는 스스로를 불만이 많은 사람이라고 생각해본 적이 한 번도 없었다. 너무 바쁘고 정신없이 살아서 불만이 생길 틈도 없었다. 그러나 이따금 앞으로 살아야 할 날이 답답한 나머지, 나라는 존재는 사는 게 이다지도 신산스럽고 허망하고 비루하고 한심한 인간인 것 같아 몹시 의기소침해지면서 우울한 발작을 일으킬 때가 있었다. 그날이 바로 그런 때였다. 나는 내 이력상의 수많은 크고 작은 성공을 기억에서 싹 지우고, 매일 부딪치는 자잘한 실패에 돋보기를 갖다댔다. 잘못 처리한 임상 사례, 날려버린 기회, 소심과 낙심의 순간. 나는 이곳 워릭셔에서 별다를 바 없이 보낸 전쟁 시기를 반추했다. 나보다 젊은 동료들, 즉 그레이엄과 모리슨은 왕립의무대에 자원했다. 나는 아래층의 텅 빈 사무실을 떠올렸고, 의대 시절 깊이 사랑했던 아가씨를 생각했다. 버밍엄 출신으로 좋은 집안 아가씨였는데, 그녀의 부모는 나를 사윗감으로 못마땅하게 여겨 결국 다른 남자에게 딸을 시집보냈다. 그때 환멸을 느낀 이후로 나는 연애에 무관심해졌고, 그후에 몇 명 사귄 적이 있긴 했지만 다 건성이었다. 아무런 열정 없이 냉담하고 무미건조하게 여자를 안았을 때의 기억이 세세하게 되살아났다. 나는 자신에게 역겨움이 치밀었고, 상대 여자들에게 연민을 느꼈다.

다락방의 열기는 숨이 막힐 정도였다. 나는 전등을 끄고 담뱃불을 붙인 다음 침대 위에 흩어진 사진과 잡동사니 틈바구니에 털썩 누웠다. 창문은 커튼이 걷힌 채 열려 있었다. 달 없는 밤에 여름의 껄끄러운 어둠이 내려앉았고, 미묘한 움직임과 소리가 웅성거렸다. 나는 어둠 속을 물끄러미 응시했다. 그날의 기이한 잔상이었는지 헌드레즈홀이 보였다. 그 서늘하고 향기로운 공간이, 잔에 든 와인 같던 빛이 보였다. 나는 그 공간에 있을 사람들을 그려보았다. 베티는 자기 방에 있을 테고, 에어즈 부인과 캐럴라인은 그들 방에, 로더릭은 그의 방에……

나는 그렇게 눈을 멀거니 뜨고 미동도 하지 않은 채 한참 동안 누워 있었고, 담배는 서서히 타들어가며 손가락 사이에서 재가 되었다.

2

봇물처럼 터졌던 불평불만은 밤과 함께 물러갔다. 아침 무렵에
는 기분이 거의 괜찮아졌다. 그날부터 그레이엄과 나는 당분간 바
쁜 일정을 소화했다. 더운 날씨 때문에 갖가지 자질구레한 전염병
이 동네에 돌았고, 그다음은 악성 하계열이 온 마을을 휩쓸 차례였
다. 몸이 약한 아이 하나는 벌써 심하게 앓았고, 나는 아이가 나아
질 때까지 어쩔 땐 하루에도 두세 번 그 집에 불려가 상당 시간을
쏟아야 했다. 돈벌이는 되지 않았다. 아이는 '회원제' 환자였고, 그
말인즉슨 한 움큼의 실링만 받고 일 년 내내 그 아이와 형제자매까
지 죄다 봐줘야 한다는 소리였다. 하지만 내가 친하게 지내며 좋아
하는 식구들이었다. 아이의 병세가 호전되어 다행이었는데, 아이
부모도 진심으로 고마워했다.
　그렇게 정신없이 지내다 문득 베티의 처방전을 헌드레즈홀에 보

내야 한다는 게 생각났다. 그러나 그때 이후로 베티나 에어즈가에서는 아무런 연락이 없었다. 정기 왕진을 나갈 때마다 헌드레즈를 둘러싼 돌담을 지나면서 이따금 그 너머에 있는 뒤숭숭한 풍경과 그 한가운데에 방치되어 조용히 폐허가 되어가는 저택을 몹시 애석해하는 스스로를 발견하곤 했다. 하지만 여름도 고비가 넘어가고 더위가 한풀 꺾이면서 나의 그런 상념도 대부분 사위어갔다. 에어즈가를 방문했던 일이 나름 생생하지만 도저히 있을 성싶지 않은 꿈처럼 금세 어렴풋하고 비현실적으로 느껴졌다.

그리고 8월도 막바지에 이른 어느 날 저녁이었다. 에어즈가에 왕진을 다녀온 지 한 달 남짓 지났을 때였는데 차를 몰고 리드코트 외곽의 소로를 지나다 흙먼지 속에서 코를 킁킁거리며 돌아다니는 커다랗고 까만 개를 보았다. 일곱시 반이 조금 지났나, 아무튼 그즈음이었다. 태양은 아직 높았지만 하늘은 분홍색으로 물들고 있었다. 나는 오후 외과 진료를 마치고 옆동네 환자를 보러 가는 길이었다. 개가 자동차 소리를 듣고 짖어대며 고개를 쳐들고 앞으로 나왔을 때, 나는 잿빛 털가죽을 보고 헌드레즈의 그 늙은 래브라도 지프임을 알아챘다. 곧바로 캐럴라인도 보였다. 그녀는 그늘진 오른편 길가에 있었는데, 모자도 안 쓰고 스타킹도 신지 않은 채 울타리 쪽으로 다가가고 있었다. 나무딸기 가지에 완벽하게 가려져, 지프가 짖지 않았다면 못 보고 지나칠 뻔했다. 거리가 가까워지자 그녀가 조용히 하라고 개를 타이르는 모습이 보였다. 이어 캐럴라인이 고개를 들더니, 자동차 앞유리에 반사된 빛 때문인지 실눈을 뜨고 이쪽을 쳐다보았다. 그때 그녀의 가슴 위를 가로지른 가방끈이 보였다. 낡고 더러운 손수건 같아 보이는 무언가를 딕 휘팅턴*의 보퉁이처럼 묶어서 손에 들고 있는 것도. 나는 차를 그녀 옆으로 몰고 가브레이크를 밟고는 열린 창문 너머로 소리쳤다.

"지금 가출하는 중입니까, 에어즈 양?"

그제야 그녀는 나를 알아보고 싱긋 웃으며 덤불숲에서 걸어나왔다. 나무딸기 가지에 머리카락이 걸리지 않도록 한 손으로 머리를 잘 감싸고, 이윽고 그녀는 먼지투성이 도로 위로 폴짝 뛰었다. 지난번에 보았던 무척이나 맵시가 나지 않는 면직 원피스 차림이었다. 캐럴라인이 치마를 쓸어내리며 말했다. "어머니 심부름으로 시내에 다녀오는 길이에요. 그러다 이것 때문에 길에서 벗어났죠. 보세요."

그녀는 보퉁이를 조심스럽게 풀어 보였다. 손수건에 묻은 더러운 얼룩인 줄 알았던 것은 알고 보니 보라색 과일즙이었다. 손수건 안쪽에 소리쟁이 잎을 대고 블랙베리를 잔뜩 따 담았던 것이다. 캐럴라인은 그중에서 커다란 놈을 하나 골라 가볍게 입으로 후 불어 먼지를 떤 다음 나한테 내밀었다. 나는 블랙베리를 입안에 넣었다. 혀끝에서 터지는 감촉이 피처럼 따스했고, 기가 막히게 달았다.

"맛있지 않아요?" 내가 먹는 양을 보며 그녀가 물었다. 그러고는 내게 하나 더 건네주고 자기도 하나 먹었다. "어렸을 때 동생이랑 여기에 블랙베리를 따러 오곤 했어요. 카운티를 통틀어 여기 블랙

---

* 동화 『딕 휘팅턴과 고양이』의 주인공 소년. 보퉁이를 매단 긴 막대를 어깨에 메고 다닌다.

베리가 제일 좋아요, 이유는 모르겠지만. 다른 곳은 다 사하라사막처럼 바싹 말랐는데 여기만 항상 잘 열려요. 어딘가 샘에서 물을 대주거나 뭐 그런가봐요."

캐럴라인은 엄지손가락으로 입가에 묻은 검은 즙을 닦아내고 나서 이마를 찌푸리는 시늉을 했다. "하지만 이건 에어즈 가문의 비밀이라 말하면 안 되는데. 이제 당신을 죽여야 할지도 몰라요. 아니면 절대 누설하지 않겠다고 맹세할래요?"

"맹세하지요."

"진지하게 명예를 걸고?"

나는 웃음을 터뜨렸다. "진지하게 명예를 걸고."

그녀는 조심스럽게 블랙베리를 하나 더 골라 나에게 주었다. "흠, 그럼 믿어줘야겠군요. 어쨌든 의사를 죽이는 건 아주 모양새가 나쁠 테니까. 알바트로스를 쏴 죽이는 거나 진배없이 불길한 일이잖아요.* 게다가 쉽지도 않겠지요. 의사들은 온갖 방법을 다 알 테니."

그녀는 대화 상대가 생겨 즐거웠는지, 머리를 뒤로 모아 틀어올리며 내 차에서 1야드가량 거리를 두고 섰다. 그 튼튼한 다리로 스스럼없고 편안하게. 나는 꺼져가는 엔진과 소진되는 휘발유가 신경쓰여 결국 시동을 꺼버렸다. 차는 쉴 수 있게 되어 다행이라는 듯 잠잠해졌고, 나는 여름 공기의 달콤한 부담과 피로를 느꼈다. 들녘

---

* 옛날 선원들 사이에서는 알바트로스를 죽이거나 다치게 하면 불운이 따른다는 미신이 있었다.

저편에서 철컥거리며 농기계 돌아가는 소리와 사람들이 외치는 소리가 더위와 거리감 때문에 먹먹하게 들려왔다. 농부들이 밤 열한 시까지 수확에 매달리는 늦은 8월, 해가 아직 지지 않은 저녁나절이었다.

캐럴라인은 블랙베리를 하나 더 집어들다가 고개를 갸웃하며 말을 꺼냈다. "베티의 안부를 묻지 않네요."

"막 물어보려던 참이었습니다. 좀 어떤가요? 어디 또 아픈 데가 있습니까?"

"전혀요! 끙 소리 한번 안 내던데요. 그날 하루종일 자고 일어나더니 기적처럼 말짱해졌어요. 그후로는 우리도 베티를 편하게 해주려고 최선을 다해요. 내키지 않으면 뒤쪽 계단으로 다니지 않아도 된다고 했고요. 그리고 로디가 라디오를 하나 구해다줬는데 아주 좋아 어쩔 줄 모르던걸요. 베티네 집에도 라디오가 있었던 모양인데 식구들끼리 싸우다 망가졌다나봐요. 이젠 일주일에 한 번씩 배터리를 충전하러 리드코트까지 차를 타고 나가야 하게 생겼어요. 하지만 그런 수고를 할 만한 가치는 충분히 있죠, 베티가 좋아한다면야…… 근데 솔직히 말해보세요. 보내준 약은 그냥 분필가루 아니에요? 베티한테 어디 아픈 데가 있기는 했어요?"

"그건 말씀드릴 수 없는데요." 나는 뻐기는 투로 대답했다. "환자와 의사 간에 지켜야 할 도리가 있거든요. 정 뭐하시면 의료상 과오로 고소해도 됩니다."

"쳇!" 괜히 물었다는 표정이었다. "그 점에 있어선 아주 마음 푹 놓겠군요. 우린 변호사 비용을 댈 만한 여유가 없으니까."

지프가 두세 번 날카롭게 짖어대자 캐럴라인이 그쪽으로 고개를 돌렸다. 우리가 이야기를 나누는 동안 개는 길가의 잡초 틈에 코를 박고 킁킁거리며 돌아다녔는데, 울타리 저쪽에서 무언가 푸다닥 황급히 날아오르는 소리에 나무딸기 사이로 모습을 감췄다.

"꿩을 쫓아갔을 거예요." 캐럴라인이 말했다. "저 늙어빠진 멍청한 개가. 저 꿩들은 한때 우리 거였죠. 이제는 밀턴 씨네 소유가 됐지만. 지프가 꿩을 잡아먹으면 밀턴 씨가 싫어할 텐데. 지프! 이 녀석! 이리 와! 돌아오라니까, 이 바보야!"

허둥지둥 블랙베리 보퉁이를 나한테 맡기고 캐럴라인은 지프를 쫓아 나섰다. 그러고는 울타리에 기대어 나무딸기 가지를 젖히고 손을 내밀어 개를 불렀다. 거미나 가시에 전혀 개의치 않는 게 분명했다. 그녀의 갈색 머리칼이 다시 나뭇가지에 걸렸다. 개가 되돌아오기까지는 몇 분 정도 걸렸다. 캐럴라인이 개를 찾아다니는 사이 개는 경쾌한 걸음으로 저 혼자 차 있는 데로 돌아왔다. 입을 헤벌리고 분홍색 혀를 늘어뜨린 게 매우 만족스러운 표정이었다. 나는 환자가 떠올라 이만 가봐야겠다고 말했다.

"그럼 이 베리 좀 가져가세요." 내가 시동을 걸자 캐럴라인이 사람 좋게 말했다. 베리를 나누는 그녀를 보고 있자니 어차피 나도 헌드레즈 쪽으로 가는 길이라는 생각이 들어 그녀에게 태워주겠다고 말했다. 2, 3마일은 족히 되는 거리였다. 그녀가 나의 제안에 쾌히 응할지 어떨지 몰라 말하기 전에 잠시 망설였다. 무엇보다 그 먼지투성이 시골길에서 그녀는 아주 제집 안방처럼 굴었던 것이다. 도보여행자 혹은 집시라도 되는 듯 말이다. 일단 태워주겠다고 말을 꺼내자 캐럴라인도 망설이는 것 같았다. 그러나 그녀는 그저 순서를 짚어본 것뿐이었다. 손목시계를 쳐다보더니 그녀가 말했다. "그래주면 고맙죠. 우리 대정원 출입문이 아니라 농장 옆길에 내려주면 더 좋고요. 동생이 거기 있거든요. 동생한테 그냥 맡겨두려 했는데, 그래도 가서 좀 도와주면 농장 사람들이 좋아할 것 같아서요. 보통은 도움을 반기죠."

나는 기꺼이 그러겠노라 대답했다. 지프를 뒤쪽에 태우기 위해 조수석 문을 열어주자 캐럴라인이 지프를 뒷좌석에 주르륵 미끄러뜨리며 집어넣느라 잠시 수선을 피운 뒤 조수석으로 되돌아와 내 옆에 앉았다.

그녀가 앉자 무게가 쿵 느껴지며 차가 삐거덕하고 옆으로 기울었다. 문득 차가 이렇게까지 작고 낡은 게 아니었으면 좋았을 텐데 하는 생각이 들었다. 하지만 그녀는 전혀 마음 쓰지 않는 것 같았다. 캐럴라인은 납작한 가방을 무릎 위에 얹고, 그 위에 블랙베리 보퉁이를 올려놓은 뒤 안도의 한숨을 내쉬었다. 앉아서 간다는 사실에 정말 기뻐하는 듯 보였다. 그녀는 예의 남성용 플랫샌들을 신었고, 드러난 다리의 털은 여전히 깎지 않은 채였다. 짧은 털마다 먼지가 앉은 것이 마치 겁게 눈화장을 한 눈썹 같았다.

차가 출발하자마자 캐럴라인이 또 베리를 내밀었다. 이러다 그녀의 수확물을 몽땅 먹어치우겠다 싶어 이번에는 고개를 저어 거절했다. 그녀는 혼자서 하나를 날름 집어 먹었고, 나는 그녀의 어머니와 남동생의 안부를 물었다.

"어머니는 잘 계세요." 캐럴라인이 베리를 삼키며 대답했다. "물어봐줘서 고마워요. 어머니는 그때 닥터 패러데이를 만나 무척 즐거워하셨어요. 카운티 사람들이 누가 누군지 알고 싶어하시거든요. 알다시피, 우리가 밖에 나가는 일이 전보다 훨씬 줄었잖아요. 그래서 누군가 찾아오면 무척 뿌듯해하세요. 집이 저렇게 초라해져서 세상과 좀 단절된 기분이신가봐요. 로디는…… 뭐 늘 그렇듯 죽어라 일하고 거의 먹질 않아요…… 다리가 말썽이죠."

"네, 저도 그게 궁금했습니다."

"사실 얼마나 아픈지는 저도 잘 몰라요. 아마 꽤 고통스러울 거예요. 로디 말로는 제대로 치료받을 시간이 없다던데. 제대로 치료할 돈이 없다는 뜻이겠죠."

그녀는 두번째로 돈 얘기를 들먹였다. 이번에는 괜한 말을 꺼냈다는 기색이 전혀 없었다. 그저 단순히 사실을 언급한 것이었다. 커브길에서 기어를 바꾸며 내가 물었다. "그렇게 심각한가요?" 내 질문에 캐럴라인은 바로 답하지 않았다. 그래서 나는 다시 물었다. "내가 실례되는 질문을 했나요?"

"아뇨, 그런 거 아니에요. 그냥 뭐라 말해야 할지 생각 좀 하느라…… 사실대로 말하자면, 상당히 좋지 않은 건 맞아요. 얼마나 심각한지는 나도 아는 바가 없지만. 로디가 혼자서 모든 장부를 관리하면서 저와 어머니에게는 좀처럼 말해주지 않거든요. 그저 만날 어찌어찌 잘해보려 하고 있다는 얘기뿐이에요. 우리 둘 다 어머니에게는 들키지 않으려고 애쓰지만, 어머니 보시기에도 명백하죠. 헌드레즈의 상태가 결코 전 같지 않다는 게. 우선 토지를 너무 많이 잃었어요. 어쨌든 농장에서 나는 수익이 지금 우리의 유일한 수입원이거든요. 그리고 세상도 엄청나게 바뀌었잖아요? 우리가 베티한테 목매는 이유도 그거예요. 뜨거운 물 한 컵을 가지러 부엌까지 터벅터벅 직접 내려가지 않고 옛날 방식대로 종을 울려 하인을 부를 수 있다는 게 어머니의 기분에 얼마나 큰 영향을 미치는지 몰라요. 그런 종류의 일이 얼마나 큰 비중을 차지하는지. 전쟁 때까지만 해도 알다시피 헌드레즈에는 하인이 많았잖아요."

그녀는 또다시 당연한 사실을 나열한다는 투로 말했다. 자신과 같은 계급의 사람에게 말하듯. 그러다 잠시 말이 없더니 겸연쩍은 듯 자리에서 뒤척이며 어조를 바꿨다. "맙소사, 우릴 얼마나 경박하다고 생각할까. 내가 말을 잘못했죠."

"아뇨, 전혀."

그러나 그녀의 말뜻은 명확했고, 그녀가 드러내놓고 무안해하는 바람에 괜히 나만 더 민망해졌다. 게다가 그녀를 태우고 가는 길은 어릴 적 해마다 그맘때면 오르내리던 길이었다. 나는 헌드레즈의 추수를 거들던 외삼촌들에게 새참으로 빵과 치즈를 갖다주러 다녔다. 그때의 외삼촌들이 내가 삼십 년 뒤에 의사자격증을 따서 자가용 승용차 옆자리에 지주의 딸을 태우고 이 길을 달릴 거라는 상상을 했다면, 숨넘어갈 듯 껄껄대며 재밌어했으리라는 건 두말할 나위도 없다. 그러다 나는 뭔가 어색하고 영 잘못됐다는 엉뚱한 감각에 문득 사로잡혔다. 소박한 노동자였던 내 삼촌들이 진짜로 지금 내 앞에 나타난다면 나를 사기꾼 취급하며 비웃을 것만 같았다.

그 생각에 나는 한동안 입을 다물었고, 캐럴라인도 아무 말이 없었다. 조금 전까지 우리 사이를 흐르던 유쾌한 분위기는 온데간데

없이 사라지고 말았다. 울타리를 따라 알록달록 흐드러지게 핀 들장미와 붉은 밸러리안과 크림색 처빌 꽃이 향기를 내뿜어 드라이브 자체는 무척 상쾌했지만. 어느새 수풀이 끝나고 농장의 출입구들이 나타나면서 그 너머 들판이 한눈에 들어왔다. 어떤 곳은 벌써 추수가 끝나 그루터기만 남은 자리를 까마귀떼가 쪼아댔고, 어떤 곳은 아직 밀 천지로 농작물의 옅은 빛깔 사이에 양귀비가 주홍빛 줄무늬를 그렸다.

우리는 헌드레즈 농장의 도로 끝에 다다랐고, 나는 안쪽으로 꺾어 들어가기 위해 속도를 늦췄다. 그러자 캐럴라인이 상체를 똑바로 일으켜 앉으며 내릴 준비를 했다.

"굳이 안쪽까지 데려다줄 필요는 없어요. 금방이에요."

"정말입니까?"

"물론이죠."

"그럼, 알겠습니다."

나와 같이 가는 것을 더는 견딜 수 없는 모양이라고 나는 생각했다. 하긴 그녀를 탓할 노릇도 아니었다. 그런데 브레이크가 걸리고 엔진이 공회전하는 동안, 캐럴라인은 문손잡이를 잡은 채 그대로 머뭇거렸다. 그러다 반쯤 나를 돌아보며 어색하게 말을 꺼냈다. "태워다줘서 정말 고마워요, 닥터 패러데이. 아까는 그런 식으로 말해서 미안해요. 당신도 지금의 헌드레즈를 보고 다른 사람들과 똑같이 생각했겠죠. 저 사람들 저기서 왜 저러고 사나, 미친 거 아니야? 옛날식을 고수하려고 발악하는군, 그냥…… 포기하는 게 나을 텐데. 사실 어찌됐든 헌드레즈에서 살아온 우리가 아주 운 좋은 사람들이라는 건 알아요. 하지만 우리도 그곳을 유지 관리해야 하고, 그 집에 산다는 건 우리 입장에서도 일종의 협정을 지키는 일이에요. 이따금 그런 것이 크나큰 부담으로 느껴질 때가 있어요."

캐럴라인은 간결하면서도 무척 진지한 어조로 말했다. 낮게 노래하는 듯한 그녀의 목소리는 아주 듣기 좋았다. 훨씬 당당한 미인의 목소리였고, 따스한 어스름이 지는 가운데 차 안에서 가까이 앉아 들으니 이루 말할 수 없이 가슴이 벅찼다.

착잡하게 뒤엉켰던 나의 감정이 순간 풀어져버렸다. "나는 당신이 이상하다고는 추호도 생각지 않습니다, 에어즈 양. 다만 당신 집안의 부담을 어떻게 덜어드릴 방법이 없을까 생각했어요. 아마도 내가 의사이기 때문이겠죠. 가령 동생분의 다리를 내가 직접 검사해보면 어떨까……"

캐럴라인은 고개를 저었다. "고마운 말씀이지만, 지금은 정말로 진료비를 감당할 여력이 안 돼요."

"비용은 신경쓰지 않아도 된다면요?"

"그럼 더할 나위 없이 고마운 일이죠! 하지만 동생이 받아들일지 모르겠어요. 그런 면에서는 어리석을 만치 자존심이 센 아이라서."

"뭐, 그거야 또 어떻게 방법이 있겠지요……"

사실 헌드레즈에 왕진을 다녀온 이후 이런 생각을 쭉 마음 한구석에 품고 있었다. 마침 기회가 되어 이야기를 꺼내면서 내용을 정리해나갔다. 캐럴라인에게 내가 예전에 로더릭과 똑같은 근육 손상 치료에 전기요법을 사용해 성공한 사례에 관해 들려주었다. 치료용 인덕션 코일은 전문병원 밖에서는 좀처럼 찾아보기 어렵고,

전문병원에서도 아직 아물지 않은 상처에 주로 사용하는 경향이 있지만, 그 장치의 효능이 훨씬 광범위할 것이라는 게 나의 직감이었다.

"일반의도 확신이 필요해요." 나는 말했다. "두 눈으로 직접 확인할 필요가 있죠. 나도 그 인덕션 코일을 가지고 있는데, 딱 들어맞는 사례가 늘 있는 건 아니거든요. 만약 적당한 환자가 생겨 치료를 병행하며 그에 관한 논문을 쓸 수 있다면, 뭐 오히려 환자 쪽에서 내게 호의를 베푸는 셈이죠. 비용을 청구하다니, 꿈도 못 꿀 일입니다."

캐럴라인은 가느다랗게 실눈을 떴다. "누이 좋고 매부 좋은 협약의 윤곽이 어렴풋이 보이는 것 같네요."

"바로 그겁니다. 동생분이 내 진료실로 찾아올 필요도 없어요. 기기는 휴대하기 편하니까 내가 저택으로 가지고 가면 됩니다. 물론 효과가 있을 거라고 장담하기는 어렵습니다. 그래도 일주일에 한 번씩 두세 달가량 인덕션 코일 치료를 해본다면, 한결 나아진 느낌이 들 수 있을 겁니다…… 어떠세요?"

"굉장해요!" 그녀는 내 아이디어에 진짜 신이 난 듯 대답했다. "하지만 선생님에게는 괜한 시간 낭비가 아닐까요? 다른 더 쓸모 있는 사례가 분명 있을 텐데."

"동생분 같은 경우도 충분히 쓸모 있는 사례입니다." 나는 그녀에게 말했다. "그리고 시간 낭비라고 하니 말인데, 솔직히 이 건이 동네 의원을 운영하는 내 입지에 악영향을 미칠 거라고는 생각지 않습니다. 자발적으로 나서서 이런 일을 시도하는 모습을 보여주는 것이."

그것은 틀림없는 사실이었다. 그러나 내가 정말로 그녀에게 툭 터놓고 얘기했다면, 이 지역 젠트리 집안의 눈에 띄고 싶다는 희망 사항을 덧붙였을 것이다. 그들이 내가 로더릭 에어즈의 질환을 성 공적으로 치료했다는 얘기를 듣는다면, 이십 년 만에 처음으로 자기들도 좀 봐달라고 나를 모실지 모른다…… 우리는 자동차 시동을 켜놓은 채 잠시 더 이야기를 나눴다. 얘기하면 할수록 캐럴라인은 점점 더 들떠서 마침내 이렇게 말했다. "이러지 말고 지금 당장 나하고 같이 농장에 가서 로디에게 직접 얘기해줘요, 네?"

나는 손목시계를 흘깃 쳐다봤다. "그게, 오늘 방문하기로 한 환자가 있어서요."

"뭐, 잠깐은 기다릴 수 있지 않겠어요? 환자란 기다리는 데 도가 튼 사람이니까. 그러니까 환자라고 부르지 않겠어요,* 아무렴…… 딱 오 분이면 돼요. 로디한테 설명 좀 해줘요. 딱 오 분만 방금 나한테 얘기한 대로 동생한테 얘기해줄래요?"

캐럴라인은 막 신나서 들뜬 여고생처럼 졸라댔고, 그런 그녀의 성화에 안 된다고 거절하기가 어려웠다. "알겠습니다" 하고 나는 차를 돌렸고, 덜컹거리며 달린 지 얼마 안 되어 자갈이 깔린 농장 마당에 들어섰다. 정면에 헌드레즈 농장 가옥이 보였다. 황량한 빅토리아풍 건물이었다. 왼편에는 젖소 축사와 착유장이 있었다. 도착했을 때는 우유 짜기가 다 끝나갈 즈음인 듯, 축사에서 끌려나와

---

* 영단어 'patient'가 명사로는 '환자'를, 형용사로는 '참을성 있는' 상태를 뜻한다.

초조한 듯 구슬프게 울며 기다리는 소는 몇 마리 없었고 나머지—
쉰 마리쯤 되어 보였다—는 마당 맞은편 방목장에 있었다.

우리는 지프와 같이 차에서 내려 자갈 위로 걸음을 골라 내딛기
시작했다. 쉽지 않은 일이었다. 농장이란 곳이 원래 지저분하게 마
련이지만, 이렇게 지저분한 농장은 생전 처음이었다. 소 발굽이 천
지 사방에 휘저어놓은 진흙과 슬러리가 길고 건조한 여름날 동안
울퉁불퉁한 그대로 단단하게 굳어 있었다. 착유장은 가까이 가서
보니 오래된 목조건물로 한눈에도 무너지기 일보 직전이었고, 소
똥과 암모니아 냄새가 뒤섞여 유리 온실처럼 열기를 내뿜었다. 착
유기 같은 건 아예 없고 간이의자와 들통이 전부였다. 맨 앞 칸막이
두 곳에서 마킨스와 그의 장성한 아들이 소를 한 마리씩 붙잡고 우
유를 짜는 중이었다. 마킨스는 몇 년 전 다른 카운티에서 이사 온
농부였고, 나는 그의 얼굴만 아는 정도였다. 세파에 찌든 갸름한 얼
굴로 하루하루 힘들게 살아가는 오십대 초반 낙농장 일꾼의 전형
적인 모습이었다. 캐럴라인이 그에게 소리쳐 인사하자 그도 우리
를 향해 고개를 꾸벅하더니 내가 누군지 호기심이 동한 듯 쳐다보
았다. 좀더 가까이 걸어갔다가 놀랍게도 거기서 로더릭을 발견했
다. 나는 그가 건물 안에 있거나 농장의 다른 일로 바쁠 줄 알았다.
그러나 노동과 열기로 얼굴이 달아오른 그는 길고 가는 다리를 구
부리고 앉은 채 이마를 젖소의 지저분한 갈색 옆구리에 대고 다른
사람들과 나란히 우유를 짜고 있었다.

로더릭은 고개를 들어 나를 보고 눈을 껌벅였다. 그런 식으로 일
하는 모습을 보이게 되어 반갑지만은 않은 눈치였지만, 그래도 자

기감정을 능숙하게 감추며 아무렇지도 않은 듯 말을 걸었다. 비록 웃음기는 하나도 없었지만. "일어나서 악수하지 않는다고 뭐라 하진 마세요!" 그리고 누이를 쳐다봤다. "무슨 일 있어?"

"아니, 아무 일도 없어." 캐럴라인이 대답했다. "닥터 패러데이가 너하고 상의하고 싶은 게 있다고 해서."

"뭐, 오래 걸리진 않을 겁니다. 가만히 좀 있으라고, 이 멍청한 녀석아."

로더릭이 잡고 있던 소가 우리 말소리에 놀랐는지 조바심을 내며 움직이기 시작했다. 캐럴라인이 나를 뒤로 잡아끌며 말했다.

"소가 낯선 사람을 보면 잘 놀라요. 하지만 나는 낯이 익었거든요. 실례지만 좀 가서 도와도 될까요?"

"네, 물론이죠." 나는 대답했다.

캐럴라인은 우리 안으로 들어가 웰링턴 부츠 한 켤레를 꺼내 신고 오물 묻은 캔버스 앞치마를 두른 다음, 서성대는 젖소들 사이로 유유히 들어가 한 놈을 착유장 쪽으로 몰아 로더릭 옆 칸막이에 집어넣었다. 그리고 수도꼭지로 가서, 원래 소매 없는 옷을 입었으니 소매를 걷어올릴 필요 없이 바로 살균소독제로 손을 씻었다. 이어 간이의자와 함석 들통을 가져다 소 바로 옆에 내려놓고 팔꿈치로 소를 툭툭 밀면서 일하기 좋게 자리를 잡고는 바로 젖을 짜기 시작했다. 우유가 뿜어져나와 빈 들통에 떨어지는 요란한 소리가 들렸고, 캐럴라인의 활기차고 리드미컬한 팔동작이 눈에 들어왔다. 나는 옆으로 한 발짝 움직였다. 들통을 아래에 두고 기가 막히게 쭉쭉 늘어나는 소젖을 잡아당기는 그녀의 손이 젖소의 우람한 궁둥이 밑으로 언뜻언뜻 보였다.

캐럴라인은 로더릭이 한 마리를 채 끝내기도 전에 다음 소로 넘어갔다. 로더릭은 소를 착유장 밖으로 내보내고, 들통 안에 든 거품이 부글거리는 우유를 잘 닦은 양철통에 옮겨 부었다. 그리고 손가락을 앞치마에 문질러 닦고 아래턱을 삐죽 내밀며 내 옆으로 다가왔다.

"무슨 일이죠?"

나는 그의 일을 방해하고 싶지 않았으므로 생각하던 바를 짧게 정리해서 말했다. 내가 그의 도움을 바란다는 식으로, 어떤 중요한 연구가 있는데 그것을 위해 협력해주면 좋겠다는 식으로…… 그런데 어쩐지 차 안에서 캐럴라인에게 설명했을 때처럼 이 계획이 설득력 있게 들리지 않았다. 로더릭은 반신반의하는 표정으로 듣다 내가 기기의 전기적 성질에 대해 설명하자 아예 선을 그었다. "안타깝게도 낮에까지 발전기를 돌릴 연료가 없습니다." 로더릭은 얘기가 끝났다는 듯 고개를 가로저었다. 그러나 나는 인덕션 코일은 자체 건전지를 사용하므로 문제가 없다고 강조했다. 캐럴라인이 우리를 지켜보다가 소의 젖을 마저 다 짜고 우리 쪽에 합류해 내 의견에 힘을 실어주었다. 그녀가 말하는 동안 로더릭은 부산스럽게 기다리는 젖소 때문에 내내 안절부절못했다. 마침내 그가 내 계획에 동의한 것은 순전히 얘기를 이만 끝내고 싶어서였을 것이다. 그는 자리를 뜰 수 있게 되자마자 우유를 마저 짜기 위해 절뚝거리며 우리로 돌아가 다음 차례의 소를 데리고 나왔다. 저택에 들르는 날짜와 일정은 캐럴라인이 잡았다.

"무슨 일이 있어도 꼭 로디를 붙잡아놓을게요." 캐럴라인이 속삭였다. "걱정 마세요." 그리고 방금 생각났다는 듯 덧붙였다. "티타임을 같이할 수 있도록 여유 있게 오세요, 네? 어머니께서 함께 차를 드시고 싶어하실 거예요."

"네." 나는 기꺼이 대답했다. "저도 그러고 싶군요. 감사합니다, 에어즈 양."

내 말에 그녀는 얼굴을 우스꽝스럽게 찡그렸다. "아이참, 그냥 캐럴라인이라고 부르시죠? 나 원, 늙어 비틀어진 에어즈 양이 되려면 아직 한참 멀었다고요…… 하지만 나는 계속 선생님이라고 부를게요, 닥터 패러데이, 괜찮다면. 사람들은 보통 직업적 거리를 침해하는 것을 좋아하지 않더라고요."

그녀는 배시시 웃으며 우윳내 나는 따스한 손을 내밀었다. 그렇게 축사 안에서 우리는 모종의 거래를 성사시킨 농부처럼 악수를 나눴다.

캐럴라인과 약속한 날짜는 돌아오는 일요일이었다. 역시나 무더웠고, 몹시 건조한데다 맥없이 축 처지는 기분이 드는 날이었다. 하늘은 먼지와 모래로 우중충하고 답답했다. 도착해서 보니 붉고 네모난 헌드레즈홀의 정면도 그날따라 유난히 흐릿한 것이 묘하게 비현실적인 느낌이었다. 자갈 깔린 앞마당에 들어서고 나서야 시야의 초점이 제대로 맞춰지는 것 같았다. 초라해진 구석구석을 다시한번 눈여겨보자니, 첫번째 방문 때보다 집이 나름대로 균형을 유지하고 있다는 인상을 강하게 받았다. 최근까지 누렸던 영화로운 과거와 이미 진행중인 몰락을 한눈에 뼈아프게 목도할 수 있었다.

이번에는 로더릭이 내가 언제 오나 내다보고 있었던 게 틀림없었다. 내가 차에서 내리는 사이 현관문이 삐걱거리며 안으로 열리더니 금가고 깨진 계단 끝에 그가 나와 섰던 것이다. 나는 한 손에는 왕진가방을, 다른 손에는 인덕션 코일이 담긴 깔끔한 나무케이스를 들고 그쪽으로 올라갔다. 로더릭이 미간을 찌푸리며 물었다.

"그게 전에 말씀하신 그 장치입니까? 좀더 크고 그럴듯할 줄 알았는데. 이건 샌드위치나 넣어두는 상자 같은걸요."

"이래 봬도 제법 강력합니다."

"뭐, 그렇게 말씀하신다면야…… 내 방으로 안내하죠."

로더릭은 괜한 짓을 했다고 후회하는 말투였다. 그래도 나를 집 안으로 안내했고, 이번에는 계단 오른쪽의 서늘하고 어두침침한 통로로 데려갔다. 그는 맨 끝에 있는 방문을 열며 우물거렸다. "방이 좀 지저분합니다."

그를 따라 방으로 들어가 기기를 내려놓은 다음 주위를 둘러보다가 나는 말문이 막혔다. 그가 '내 방'이라고 했을 때 나는 당연히 흔히 보는 평범한 침실을 예상했다. 하지만 그가 안내한 방은 나무 패널을 두른 벽, 회반죽으로 격자 세공을 한 천장, 그리고 고딕풍으로 둘레를 마감한 웅장한 석조 벽난로가 갖춰진 광활한 공간이었다. 헌드레즈란 곳의 규모에 대해 아직 감이 없던 당시 내 눈에는 광활해 보였다.

"전에는 당구장이었습니다." 내 표정을 보더니 로더릭이 설명했다. "증조할아버지가 장비를 사들여 꾸몄죠. 자기가 무슨 남작이나 되는 양 뻐기신 게 분명해요. 하지만 당구대 같은 건 오래전에 다 없어졌습니다. 내가 공군에서 제대한 직후에, 그러니까 병원에서 집으로 막 돌아왔을 때는 계단을 오르내리거나 할 수가 없었거든요. 그래서 어머니와 누이가 이곳을 내 침실로 꾸미자는 생각을 한 겁니다. 이제는 하도 익숙해져서 굳이 다시 위층으로 옮겨야 할 필요를 못 느낍니다. 사무 공간이기도 해요."

"아, 그렇군요." 나는 대답했다.

그러고 보니 바로 7월에 테라스에서 언뜻 보았던 방이다. 그때 받은 인상보다 훨씬 더 엉망진창으로 흐트러져 있었다. 고문도구 같아 보이는 철제 프레임 침대가 화장대와 나란히 한쪽 구석을 차지했고, 그 옆으로 앤티크 세면대와 거울이 있었다. 고딕풍 벽난로 앞에는 낡은 가죽 안락의자가 두 개 놓였는데, 근사하긴 했지만 둘 다 여기저기 긁히고 이음매가 터졌다. 커튼이 달린 창문 중 하나는 테라스로 통하는 예의 메꽃이 흐드러지게 핀 돌계단으로 나 있고, 다른 하나는 그 앞에 로더릭이 책상과 회전의자를 갖다놔 그 길고 유려한 라인이 망가졌다. 분명 북쪽에서 들어오는 햇빛을 받으려고 책상을 거기다 두었을 테지만, 빛을 받아 번들거리는 상판 탓에—어질러진 종이와 장부와 서류철과 기술서와 씻지 않은 찻잔과 넘치는 재떨이 때문에 상판은 얼마 드러나지도 않았지만—방안 어디에 있더라도 자꾸 눈길이 그쪽으로 갔다. 확실히 그 책상은 여러 가지 의미에서 로더릭을 자석처럼 끌어당겼다. 심지어 나와 얘기를 하는 중에도 로더릭은 그쪽으로 건너가 난장판을 헤집으며 뭔가를 찾았다. 이윽고 그는 몽당연필을 찾아냈고, 주머니에서 쪽지 한 장을 꺼내 그걸 보면서 일련의 금액을 장부에 쭉 적기 시작했다.

"앉으세요." 그는 어깨 너머로 내게 말했다. "이렇게 예의 없이 굴면 안 되는데. 하지만 방금 농장에서 돌아온 터라 이 빌어먹을 숫자들을 지금 적어두지 않으면 분명 까먹고 말 겁니다."

나는 앉아서 잠시 기다렸다. 하지만 그가 책상 앞을 떠날 기미를 보이지 않아, 기기나 준비해두는 게 낫겠다 싶어 나무케이스를 가져와 흠이 잔뜩 난 두 개의 가죽의자 사이에 내려놓은 다음 자물쇠를 풀고 뚜껑을 열었다. 전에도 여러 번 사용해본 기계장치였다. 코일과 건전지와 금속 전극판으로 이루어진 단순하다면 단순한 기계였지만, 그래도 단자며 전선이며 생긴 모양은 사뭇 위압적이었다. 다시 고개를 드니 어느새 로더릭이 다가와 약간 당황스러운 얼굴로 내려다보고 있었다.

"꽤 기괴하게 생긴 장치군요." 그가 입술을 내밀며 말했다. "지금 바로 시작할 건가요?"

"흠," 나는 뒤엉킨 도선을 양손에 들고 머뭇거렸다. "그럴 생각이었습니다만, 정 뭐하다면……"

"아뇨, 아닙니다. 괜찮습니다. 어쨌거나 이왕 왔으니 그 기기하고도 친해져야죠. 옷을 벗어야 하나요? 어떻게 하는 겁니까?"

나는 바짓단을 무릎 위까지 접어 올리기만 하면 될 거라고 말했다. 로더릭은 내 앞에서 옷을 벗지 않아도 된다는 사실에 안도하는 것 같았다. 그는 운동화와 수없이 기운 양말을 벗고 바짓단을 올리더니 어색한 듯 팔짱을 끼었다.

"꼭 프리메이슨 입단식을 치르는 것 같군! 뭐 맹세를 하거나 그래야 하진 않나요?"

나는 껄껄 웃었다. "일단 그냥 거기 앉아만 있으면 제가 검사를 하겠습니다. 괜찮죠? 오래 걸리지 않을 겁니다."

그는 안락의자에 앉았고, 나는 그 앞에 쪼그리고 앉아 다친 다리를 똑바로 펴면서 찬찬히 훑어보았다. 근육이 당겨지자 그는 신음 소리를 냈다.

"참을 수 없을 만큼은 아니죠?" 나는 물었다. "다리를 좀더 움직여서 환부를 자극할 겁니다."

내 손에 잡힌 다리는 가늘었고, 검은 털이 부숭하게 돋았지만 피부는 누르스름하고 핏기가 없었다. 장딴지와 정강이 여기저기에 울퉁불퉁하고 반들거리는 분홍색 흉터가 털 대신 자리하고 있었다. 무릎은 기묘한 식물의 뿌리처럼 새하얗게 툭 불거졌고 몹시 딱딱했다. 장딴지 근육은 얄팍하고 경직됐으며 경화된 조직 때문에 마디가 졌다. 발목 위쪽의 움직임이 원활하지 않아 그 대신 발목 관절을 혹사시킨 탓에 관절에 염증이 생겨 부어오른 것 같았다.

"아주 엉망이죠?" 내가 발과 다리를 여기저기 살펴보자 로더릭은 어느 정도 누그러진 어조로 말했다.

"흠, 혈액순환이 잘 안 되고 유착된 곳이 많군요. 안 좋긴 한데…… 이보다 더 나쁜 상태도 많이 봤습니다. 이건 어때요?"

"윽! 아픈데요."

"그럼 이건요?"

그는 다리를 획 당겼다. "젠장! 지금 뭐 하는 겁니까? 이 망할 것을 비틀어 떼어내려고요?"

나는 다시 한번 다리를 조심스레 살펴본 후 자연스럽게 내려놓고 경직된 장딴지 근육을 손가락으로 잠깐 주물러 풀었다. 그리고 그의 다리에 전선을 붙이는 작업에 들어갔다. 아마천 조각을 염화나트륨 수용액에 적셔 전극판에 댄 다음, 그것을 다리의 적절한 위치에 놓고 탄력붕대로 감았다. 로더릭은 어느새 호기심이 동한 듯 허리를 숙여 내가 하는 양을 열심히 들여다보았다. 마지막으로 기기를 몇 가지 조정하는데, 그가 천진한 남자애 같은 말투로 물었다. "그거 콘덴서 맞죠? 아, 알겠어요. 그리고 저게 전류를 차단하는 거겠고…… 그런데 이거 자격증은 있습니까? 귀에서 불꽃이 튄다거나 하진 않겠죠?"

　나는 말했다. "그런 일은 없어요. 다만, 가장 최근에 이걸 꽂았던 환자는 파마 값 절약해서 한재산 모았을 거라는 말씀만 드리죠."

　로더릭은 내 어조를 잘못 알아듣고 눈을 껌벅거리며 잠시 심각해졌다. 그러다 나와 눈이 마주쳤고―그날 처음으로 나와 눈을 마주쳤다. 아니, 그때까지 최초였을 것이다. 마침내 나를 '똑바로 본' 것이다―빙그레 웃었다. 웃으니까 인상이 완전히 바뀌었고 흉터도 그리 눈에 띄지 않았다. 그러고 보니 그의 어머니와 닮았다.

　나는 물었다. "준비됐나요?"

　그는 우거지상을 지었고, 그 어느 때보다 소년 같아 보였다. "대충."

　"좋아요. 그럼 시작합니다."

　나는 스위치를 켰다. 그는 날카로운 비명을 질렀고, 다리가 앞으로 펄쩍 튀어오르며 제멋대로 비틀렸다. 그리고 이내 웃음을 터뜨렸다.

　내가 물었다. "아프진 않죠?"

"네. 좀 따끔따끔한 거 빼곤. 이젠 뜨거워지는데요! 괜찮은 건가요?"

"원래 그렇습니다. 열기가 사그라지면 말씀하세요. 좀더 올릴 테니까."

오 분에서 십 분 정도 그의 다리에서 열감이 일정하게 지속될 때까지, 그러니까 전류가 극치에 다다를 때까지 기다렸다. 그러고는 기기가 알아서 하도록 놔두고 그 옆자리 가죽 안락의자에 앉았다. 로더릭이 바지 주머니를 더듬어 담배와 말지 묶음을 찾았다. 나는 그가 또 싸구려 '황천길'을 마는 모습을 더는 두고 볼 수 없어 내 담배케이스와 라이터를 꺼내 권했고, 우리는 서로에게 담뱃불을 붙여주었다. 그는 한 모금 길게 빨고는 눈을 감고 그 가느다란 목의 긴장을 풀며 고개를 편안하게 늘어뜨렸다.

나는 그가 안돼 보여 한마디 건넸다. "피곤한가보군요."

그 말에 로더릭은 당장 허리를 꼿꼿이 폈다. "괜찮습니다. 오늘은 우유를 짜느라 아침 여섯시에 일어났거든요. 그래서 그런 겁니다. 물론 이런 날씨에는 그리 고되지 않아요. 진짜 고된 건 겨울이죠…… 근데 낙농장 일꾼으로 마킨스를 들인 건 도움이 안 되더라고요."

"도움이 안 돼요? 어째서?"

그는 또 자세를 고쳐 앉으며 주저하다 입을 열었다. "아, 물론 불평할 처지는 못 되지요. 그 사람도 이 푹푹 찌는 날씨에 참 힘들게 일하니까. 전보다 우유도 많이 안 나오는데 여물도 얼마 없어서 벌써 겨울용 먹이를 먹이기 시작했어요. 그런데도 마킨스는 도저히 불가능한 일을 끝없이 요구하고, 어떡해야 그걸 해낼 수 있는지에 대해서는 요만큼도 생각이 없어요. 안타깝게도 그런 건 다 나한테 떠넘기죠."

가령 어떤 일인지 묻자 그는 이번에도 좀 전과 마찬가지로 내키지 않는 듯 말했다. "뭐, 마킨스가 나를 위해 내놓은 대단한 아이디어는 상수도 본관에서 여기까지 파이프를 연결해 물을 끌어오자는 거예요. 그 양반 왈, 우물이 다시 차더라도 펌프가 맛이 가기 일보 직전이라는 거죠. 그걸 수도관으로 바꾸자는 겁니다. 그 김에 전기도 같이 놓자더군요. 게다가 이제는 착유장이 무너질 것 같다며 허물고 벽돌로 새로 지으라네요. 벽돌 건물과 전동 착유기로 품질 인증을 받고 우유를 생산하면 수익을 더 많이 낼 수 있다면서. 만날 그 얘기뿐입니다."

그는 자기 쪽 탁자 위에 있는 청동 재떨이를 끌어왔다. 재떨이에는 이미 애벌레 같은 꽁초가 수북이 쌓여 있었다. 나도 비스듬히 몸을 숙여 그 재떨이에 담뱃재를 떨며 말했다. "흠, 우유에 관해서는 그의 말에도 일리가 있는데요."

로더릭은 웃음을 터뜨렸다. "그가 옳다는 건 나도 압니다! 구구절절 옳은 말이죠. 농장은 어떻게 손댈 수 없을 정도로 망가졌으니까요. 하지만 그걸 내가 어쩌겠습니까? 마킨스가 자꾸 나한테 왜 자산을 풀지 않느냐고 묻습니다. 잡지 같은 데서 그럴듯한 얘기를 주워 읽었나본데, 나는 솔직히 말했습니다. 헌드레즈에는 풀고 자시고 할 자산이 아예 없다고. 근데 내 말을 안 믿어요. 그 양반 눈에 우리는 이런 훌륭한 집에 사는 사람들이죠. 우리가 금괴라도 한 무더기 깔고 앉아 있다고 생각하는 거예요. 발전기를 돌릴 기름이 없어 밤에 촛불과 기름램프를 들고 더듬더듬 돌아다니는 건 안 보이나봅니다. 누이가 마룻바닥을 닦고 찬물에 설거지하는 것도……" 그는 돌연 책상 쪽으로 팔을 뻗었다. "은행에 편지를 쓰고 있었어요. 건축 허가 신청서도 같이 내려고요. 어제 구의회 사람한테 상수도와 전기 건에 대해 얘기했습니다. 별로 기대하지 말라는 눈치더군요. 집이 너무 외진 곳에 있어서 자기네 측에서는 별 효용이 없다나. 그래도 물론 서류는 다 갖춰서 내봐야죠. 기획서하고 측량보고서하고 또 뭐라더라? 그렇게 열 군데쯤 되는 부서를 빙빙 돌고 나서야 정식으로 기각 통지가 날아오겠지요……"

처음에 그는 마지못해 얘기를 꺼냈지만, 가슴속에 샘을 묻어두었던 듯 말이 꼬리에 꼬리를 물고 스스로를 길어올렸다. 로더릭은 말하면서 쉴새없이 손을 올렸다 내렸고, 흉터가 선명하지만 조각 같은 얼굴에는 격한 분노가 수시로 드러났다 사라졌다. 그런 그의 모습을 지켜보자니, 문득 그가 부상당한 후 '정신적인 문제'가 얼마간 있었다던 데이비드 그레이엄의 말이 떠올랐다. 여태껏 나는 로더릭의 태도가 어쩐지 무성의하다고 느꼈다. 그런데 지금 보니 그 무성의함은 사실 완전히 다른 성질의 것이었다. 극도의 피로일수도 있고, 고의적인 불안 회피일수도 있다. 어쩌면 긴장일수도. 긴장은 아예 습관이 되면 무기력으로 보일 수도 있으니까.

골똘히 쳐다보는 나의 눈길을 로더릭이 알아차렸다. 그는 입을 다물고는 다시 한번 담배를 깊이 빨아들인 뒤 천천히 시간을 들여 연기를 내뿜었다. 그러고는 달라진 목소리로 말했다. "중간에 좀 끊지 그랬어요. 그 문제에 관해서라면 나는 지독히 따분한 사람이 되는데."

"아닙니다. 좀더 듣고 싶은데요."

그러나 그는 확실히 화제를 바꿨고, 오 분에서 십 분가량 우리는 다른 얘기를 나눴다. 대화중에 나는 자주 허리를 숙여 그의 다리를 확인하고 근육에 어떤 느낌이 드는지 물었다. 그의 대답은 매번 "괜찮습니다"였지만, 얼굴이 점점 붉어지는 걸로 보아 살짝 아픈 모양이었다. 이내 피부가 가려워지기 시작한 게 분명했다. 그는 전극 가장자리를 꼬집고 문지르기 시작했다. 마침내 내가 기기를 끄고 탄력붕대를 풀자 그는 살았다는 듯 손톱으로 장딴지를 벅벅 긁어댔다.

치료 부위는 예상대로 축축했고 거의 선홍빛으로 달아올랐다. 나는 그 위에 파우더를 뿌려 말리고 몇 분 동안 손으로 주물러 근육을 풀어주었다. 그러나 기기의 전선을 붙이고 있는 것과 사람이 앞에 쭈그리고 앉아 가루 묻은 뜨듯한 손으로 다리를 주무르는 것은 그에게 분명 다른 차원의 일이었다. 로더릭이 가만있지 못하고 자꾸 다리를 움직이는 바람에 결국 나는 그를 일으켜 세웠다. 양말과 운동화를 신고 바짓단을 내리는 내내 그는 한마디도 하지 않았다. 그렇지만 방안에서 몇 발짝 떼어보더니 놀랍다는 듯 밝아진 얼굴로 나에게 다가와 말했다. "거참 나쁘지 않은데요. 진짜 괜찮아요."

그제야 나는 이 방법이 성공하기를 얼마나 간절히 바랐는지 깨달았다. "다시 한번 걸어보세요. 잘 보이게…… 좋아요, 확실히 전보다 움직임이 자유로워졌군요. 다만 무리하지는 마세요. 순조로운 출발이긴 하지만, 서두르는 것은 금물입니다. 지금부터는 근육을 항상 따뜻하게 해주세요. 외용약은 있죠?"

그는 회의적인 표정으로 방안을 둘러보았다. "퇴원할 때 병원에서 무슨 연고를 준 것 같긴 한데."

"신경쓰지 마세요. 새로 처방하죠."

"아니, 저기, 이보세요. 지금까지 해준 것만도 충분한데 더는 폐를 끼칠 수 없어요."

"내가 말했잖습니까. 당신이 내게 호의를 베푸는 거라고."

"흠……"

나는 진즉에 이럴 거라 예상하고 가방에 연고를 하나 넣어가지고 왔다. 로더릭은 연고가 든 약병을 받아들고 내가 다시 기기를 챙기는 동안 지그시 라벨을 살펴보며 서 있었다. 나는 아마천을 깨끗이 떼어내다가 문 두드리는 소리에 화들짝 놀랐다. 발소리를 전혀 듣지 못했기 때문이다. 방에는 커다란 창이 두 개나 있었지만 벽에 나무판을 덧대어놔서 꼭 대형 여객선의 갑판 아래층 선실에 있는 것처럼 고립된 느낌이 들었다. 로더릭이 소리쳐 대답하자 문이 열렸다. 지프가 코를 들이밀더니 문을 밀치고 방안으로 들어와 곧장 내 쪽으로 타박타박 걸어왔다. 지프 뒤에서 캐럴라인이 머뭇거리며 들어왔다. 이번에는 에어텍스 블라우스를 몰골사나운 면스커트의 허리밴드 속으로 아무렇게나 구겨넣어 입었다.

그녀가 물었다. "잘 구워졌니, 로디?"

"잘 튀겨졌지." 그가 대답했다.

"이게 그 장치인가요? 와, 프랑켄슈타인에 나오는 것 같은걸요?"

캐럴라인은 기기를 도로 케이스 안에 집어넣는 나를 보다가 이내 아무 생각 없이 다리를 이리저리 굽혀보는 남동생에게 주의를 돌렸다. 그녀는 로더릭의 자세와 표정에서 그의 다리가 치료 덕분에 한결 나아졌음을 알아차리고, 내게 진심 어린 감사의 눈길을 보냈다. 나는 왠지 치료법의 성공보다 그게 더 기뻤다. 하지만 그녀는 이내 자기감정에 스스로 당황했는지 내게 등을 돌리고 바닥에 널브러진 종이 몇 장을 집어들더니 로더릭의 칠칠치 못함에 대해 쾌활하게 잔소리를 했다.

"방을 깨끗이 정리해주는 기계 같은 건 없나!"

로더릭은 연고 마개를 따서 코끝에 가져다댔다.

"우리집에는 이미 그 기계가 있는 것 같은데, 베티라고 하는. 우리가 뭐하러 개한테 급료를 주는데?"

"로디 말은 듣지 마요, 닥터 패러데이. 로디는 베티를 절대 여기 못 들어오게 해요."

"베티 좀 못 들어오게 했으면 좋겠네!" 로더릭이 말했다. "베티가 물건을 여기저기 옮겨놔서 도통 찾을 수가 없다고. 그러면서 자기는 전혀 손대지 않은 척하지."

로더릭은 점점 정신이 딴 데 팔린 듯 입에서 나오는 대로 지껄이면서 벌써 그의 자석 같은 책상으로 도로 끌려가는 중이었다. 연고는 한쪽으로 밀쳐놓고 다리에 관한 것도 싹 잊었다. 그는 귀가 해진 서류철을 펼쳐 인상을 쓰고 들여다보더니, 무의식적으로 말지와 담배를 꺼냈다.

나는 캐럴라인이 그런 동생을 응시하는 모습을 바라보았다. 그녀의 표정이 다시 심각해졌다.

"그 망할 것 좀 이제 그만했으면 좋겠다." 캐럴라인이 말했다. 그녀는 떡갈나무 판자를 댄 벽으로 다가가 손가락으로 나무를 훑었다. "이 벽판 좀 봐. 담배 연기 때문에 못쓰게 됐잖아. 왁스칠을 하든 기름칠을 하든 어떻게 좀 해야 해."

"뭐, 집 전체가 죄다 어떻게 좀 해야 할 것투성이잖아." 로더릭이 하품을 하며 대꾸했다. "맨입으로, 그러니까 돈 안 들이고 어떻게 좀 할 수 있는 방법을 안다면 계속해봐. 내 기꺼이 환영하지. 게다가," 그가 고개를 드는 순간 나와 시선이 마주쳤다. 밝게 말하려 애쓰는 게 빤히 보였다. "이 방에서 담배를 피우는 건 신사의 의무라고. 안 그렇습니까, 닥터 패러데이?"

로더릭은 격자 세공한 천장을 가리켰다. 나는 그게 세월이 흐르면서 미색으로 변한 줄 알았는데, 알고 보니 반세기 동안 담배 연기를 뿜어대며 당구를 치던 사내들 덕분에 여기저기 누렇게 니코틴에 찌든 것이었다.

이내 그는 서류로 눈길을 돌렸고, 캐럴라인과 나는 눈치껏 방을 빠져나왔다. 그는 잠시 우물쩍대다 자기도 금방 같이 차를 마시러 가마고 했다.

그의 누이는 고개를 절레절레 저었다. "앞으로 몇 시간은 방에 틀어박혀서 안 나올걸요." 로더릭의 방문에서 멀어지며 캐럴라인이 중얼거렸다. "나하고 일을 나눠 하면 좋을 텐데 절대 안 그런다니까요…… 그래도 저애 다리는 정말 좋아졌던데요. 이렇게까지 애써주고, 참 어떻게 감사 인사를 해야 할지 모르겠어요."

"혼자서도 더 나아질 수 있습니다." 나는 말했다. "적절한 운동을 통해. 혹은 매일 간단한 마사지만 해줘도 근육에 상당한 효과를 볼 수 있을 겁니다. 제가 로더릭에게 연고를 하나 줬는데, 잘 쓰는지 좀 봐주겠습니까?"

"네, 최선을 다해볼게요. 그렇지만 저애가 자신한테 얼마나 무관심한지 보셨죠." 그녀가 걸음을 늦추며 물었다. "동생을 어떻게 생각해요, 솔직히?"

나는 말했다. "저는 동생분이 기본적으로 매우 건강하다고 생각합니다. 게다가 매력도 있고요. 그가 자기 방을 저렇게 사용하도록 놔둔 것은 유감입니다. 사무가 나머지 생활을 몽땅 좌지우지하니까요."

"네, 나도 알아요. 아버지는 서재에서 영지를 관리하셨죠. 지금 로더릭이 쓰는 게 아버지 책상인데, 옛날에는 저렇게까지 엉망인 걸 본 적이 없어요. 그때는 운영하는 농장이 달랑 하나도 아니고 네 곳이었는데. 생각해보니 그때는 일을 도와주는 대리인을 두었네요. 매클라우드 씨. 그분은 전쟁 때 우리 일을 그만둘 수밖에 없었어요. 저쪽 바로 뒤에 그분의 사무실이 있었죠. 헌드레즈홀의 이쪽은 '남자들의 공간'이었어요, 무슨 말인지 알겠죠. 그리고 항상 바쁘게 돌아갔어요. 지금은 로더릭의 방을 빼고는 집의 이쪽 구역은 없는 거나 마찬가지예요."

그녀는 아무렇지도 않게 말했지만 나한테는 신기하고 흥미진진하게 들렸다. 남는 방이 너무 많아 문을 잠그고 잊어버려도 되는 저택에서 자란다는 건 어떤 것일까. 내 생각을 캐럴라인에게 말했더니, 그녀는 예의 애잔한 웃음을 지었다.

"내가 장담하는데, 신기한 건 금방 시들해져요! 금세 지긋지긋하고 가난한 친척과 다를 바 없게 된다고요. 완전히 절교할 수도 없고. 그런 사람들은 꼭 사고를 당하거나 병에 걸려서 아예 일찌감치 신탁연금을 쥐여주고 내쫓는 것보다 결과적으로 훨씬 더 돈이 많이 들게 되더라고요. 참 안타깝죠. 이곳엔 그래도 제법 근사하고 멋진 볼거리가 있는데…… 원한다면 집 구경을 시켜줄 수도 있어요. 최악인 몇몇 군데에 절대 눈길을 두지 않겠다고 약속한다면. 가이드 비용도 저렴한데, 어때요?"

그녀가 진심으로 집 구경을 시켜주고 싶어하는 것 같길래 나는 무척 보고 싶다고 말했다. 단, 그녀의 어머니를 괜히 기다리게만 하지 않는다면. "오, 어머니는 진정 뼛속까지 에드워드 시대 사람이에요. 네시 전에 티타임을 갖는 것은 야만적이라고 생각하시죠. 지금 몇 시죠?" 막 세시 반이 지났을 때였다. "그럼 시간 충분하네요. 현관부터 시작하죠."

캐럴라인은 손가락을 튕겨 빠른 걸음으로 앞서가던 지프를 불러 세웠다. 그리고 나를 데리고 다시 로더릭의 방문 앞을 지나쳐 갔다.

"현관홀은 물론 봤겠죠." 홀에 다다르자 그녀가 말했고, 나는 왕진가방과 치료기기를 한쪽에 내려놓았다. "바닥은 카라라 대리석이고, 두께는 3인치예요. 그래서 지하에 있는 방들은 천장이 아치형태가 된 거죠. 엄청나게 닦기 힘들어요. 다음은 계단. 이걸 설치했을 때는 토목기술의 눈부신 역작이라고 여겼죠. 이층에서 계단참이 탁 트이거든요. 이런 계단은 흔치 않아요. 우리 아버지는 이 계단이 꼭 백화점에 있는 것 같다고 말씀하시곤 했죠. 할머니는 이 계단을 이용하지 않으셨어요, 현기증이 난다면서…… 저쪽에는 우리가 옛날에 쓰던 모닝룸*이 있는데 보여드리지 않을래요. 휑하니 비기도 했고 너무 낡아서요. 대신 이쪽으로 들어오세요."

캐럴라인이 문을 열고 어두컴컴한 방안으로 들어가 창문 덧창을 열자 햇빛이 들어오면서 넓고 쾌적한 서재가 환히 드러났다. 그러나 책장에는 대부분 먼지막이용 천을 씌워놓았고 몇몇 가구는 한눈에 보기에도 제 수명을 다했다. 그녀는 천을 들추고 조심스럽게 집안의 자랑이라는 책을 몇 권 꺼냈지만, 이미 방은 예전과 같은 상태가 아니어서 그다지 오래 머물 이유가 없었다. 그녀는 벽난로 쪽으로 걸어가 쇠살대에 숯검댕이 떨어질까 조심하며 굴뚝 속을 들여다보았다. 그러고 나서 덧창을 닫고 나를 옆방으로 안내했다. 그녀가 앞서 말했던, 예전에 영지 관련 사무를 보던 서재였다. 로더릭의 방처럼 벽에는 나무 패널을 댔고 그와 비슷한 고딕풍이었다. 그 바로 옆이 그녀의 남동생 방이고, 그 너머 커튼이 쳐진 아치는 지하로 내려가는 입구였다. 우리는 두 군데 다 조용히 건너뛰고 '부츠룸'이라는, 우의와 낡은 웰링턴 부츠와 테니스 라켓과 폴로 타구봉 따위가 가득한 곰팡내 나는 방을 둘러보았다. 실제로 집에서 경주마를 키우던 시절에는 도구실로도 사용했다고 한다. 안쪽에는 예스러운 델프트 타일을 바른 화장실이 있었는데, 캐럴라인 말로는 한 세기 남짓 '신사들의 소란터'로 불렸다고 한다.

---

* 주방 곁에 있는 조식용 방.

그녀는 또 한번 손가락을 튕겨 지프를 불렀고, 우리는 다음 장소로 발걸음을 옮겼다.

"지루하지 않아요?" 그녀가 물었다.

"전혀요."

"내 가이드는 괜찮은가요?"

"아주 훌륭한 가이드입니다."

"하지만 이제, 앗, 보지 말아야 할 부분이 나왔군요. 이런, 지금 비웃는 거예요? 그건 반칙이에요."

나는 내가 웃은 이유를 설명해야 했다. 그녀가 말한 부분은, 예전에 내가 도토리 모형을 뜯어낸 바로 그 회반죽 세공 벽이었다. 나는 그녀가 어떻게 받아들일지 몰라 상당히 조심스럽게 얘기를 꺼냈다. 그러나 그녀는 전율을 느낀 듯 눈을 동그랗게 떴다.

"와, 그거 진짜 재밌네요. 우리 어머니가 정말로 선생님께 메달을 수여했어요? 알렉산드라 여왕처럼? 어머니가 그걸 기억하실지 궁금하네요."

"어머님께는 제발 말하지 말아주세요. 기억 못하실 겁니다. 그때 저는 쉰 명쯤 되는 무릎 까지고 지저분한 꼬마 중 하나였는걸요."

"하지만 그때도 이 집을 좋아했던 거예요?"

"망가뜨려서라도 갖고 싶을 만큼요."

"뭐." 그녀는 친절하게 덧붙였다. "이깟 못생긴 벽면 좀 망가뜨리고 싶어했다고 닥터 패러데이를 탓하진 않을게요. 아주 대놓고 날 뜯어가세요,라고 말하는 벽이잖아요. 선생님이 시작한 걸 저나 로디가 아마 끝맺었을 거예요…… 그런데 이상하지 않아요? 남동생이나 내가 태어나기도 전에 선생님이 먼저 헌드레즈를 봤다니."

"그렇군요." 그런 생각이 들자 나도 약간 묘한 기분이 들었다.

우리는 망가진 장식 벽면 앞을 지나 저택 투어를 계속했다. 캐럴라인은 나란히 걸린 초상화 몇 점을 보라며 내 주의를 환기시켰다. 어두운 캔버스에 육중한 황금색 프레임을 두른 그림이었다. 미국 영화에 나오는 웅장한 저택 세트장에나 걸릴 법한 그 초상화들을 그녀는 '가족 앨범'이라고 불렀다.

"아주 훌륭하거나 값이 나가거나 그런 건 아니에요, 애석하지만. 괜찮은 것들은 이미 좋은 가구하고 같이 팔려나갔어요. 그래도 조명 상태만 좀 참아준다면 이것들도 꽤 재밌어요."

그녀는 첫번째 초상화를 가리켰다. "이분은 윌리엄 바버 에어즈예요. 헌드레즈홀을 세운 분이죠. 에어즈가 사람들이 다 그렇듯 이 지방 유력 인사였고, 어쨌든 확실히 다른 조상보다 친밀한 느낌이 들어요. 왜냐면 건축가가 이분께 보낸 편지가 아직 남아 있는데, 미지급된 건축비에 불만을 터뜨리며 깡패를 보내겠다고 으름장을 놓는 내용이거든요. 그다음은 매슈 에어즈. 보스턴으로 군대를 끌고 갔다 미국인 아내를 데리고 돌아와 망신을 샀는데, 그러고는 석 달 뒤에 죽었어요. 아내한테 독살당한 거라고 우리끼리 말하곤 했죠. 이분은 랠프 빌링턴 에어즈. 매슈의 조카이자 집안의 도박꾼이에요. 한동안 노픽에서 두번째 영지를 관리했는데, 조젯 헤이어의 소설에 나오는 난봉꾼처럼 카드게임 한 판에 전 재산을 잃었죠. 그리고 이분은 캐서린 에어즈. 랠프의 며느리이자 내 증조할머니예요. 이분은 아일랜드 경주마 집안의 상속자로, 가문의 부를 다시 일으켰죠. 증조할머니 자신은 말을 무척 무서워해 말 옆에는 가지도 못했대요. 내가 누구 피를 이어받았는지 꽤나 확실해지죠, 안 그래요?"

그렇게 말하며 그녀는 웃었는데, 그림 속의 여인이 지독히 못생겼기 때문이다. 실제로 캐럴라인은 아주 약간 그녀와 닮았다. 그 사실을 깨닫자 나는 좀 당황스러웠다. 로더릭의 흉터에 익숙해진 것처럼, 캐럴라인의 부조화스러운 남자 같은 얼굴에 어느새 익숙해진 모양이었다. 나는 정중히 그렇지 않다는 몸짓을 취해 보였지만, 그녀는 이미 돌아선 뒤였다. 나에게 보여줄 방이 두 개 더 남았는데, "가장 좋은 것은 대단원을 위해 남겨둘 거"라고 했다. 그녀가 다음으로 데려간 방도 충분히 이목을 끌 만했다. 살짝 중국풍이 가미된 식당이었다. 벽에는 손으로 그린 그림 벽지가 발렸고, 반짝반짝 윤이 나는 식탁 위에는 구부러진 가지에 초받침이 달린 금도금 촛대 두 개가 놓였다. 그녀는 다시 복도 한가운데로 안내해 다른 문을 열었고, 나를 문지방 바로 안쪽에 세워둔 채 어슴푸레한 방 저편으로 가 창문에 내려진 덧창 중 하나의 빗장을 풀었다.

복도는 북에서 남으로 이어졌고, 따라서 방은 모두 서향이었다. 환한 오후 햇살이 덧창 틈으로 칼날처럼 들어왔다. 빗장을 들어올리기만 했는데도 우리가 서 있는 공간이 여기저기 하얀 천이 덮인 다양한 가구로 채워진 넓고 호화로운 방이라는 것을 알 수 있었다. 캐럴라인이 삐걱거리는 덧창을 열자 방안의 세부 장식이 내 주위에서 생생하게 살아났고, 나는 깜짝 놀라 경탄의 웃음이 절로 나왔다.

그 방은 너비가 40피트쯤 되는 팔각형 연회장으로, 선명한 노란색 벽지에 녹색기가 도는 무늬 카펫이 깔려 있었다. 벽난로는 흠집 하나 없는 새하얀 대리석이었고, 거창한 몰딩으로 장식된 천장 한 가운데에는 금박을 입힌 거대한 크리스털 샹들리에가 매달려 있었다.

"상상 이상이죠, 안 그래요?" 캐럴라인도 웃으며 거들었다.

"정말 굉장하군요! 저택의 다른 부분만 봤을 때는 이런 건 생각지도 못했어요. 다른 곳은 다 비교적 수수하잖아요."

"아, 뭐 헌드레즈홀의 원래 설계자가 앞날을 알았다면 분명 울어버렸겠죠. 이건 랠프 빌링턴 에어즈의 작품이에요. 생각나요? 우리 가문의 그 멋쟁이 양반. 그분이 1820년대에, 즉 아직 재산을 고스란히 갖고 있던 시절에 이 방을 추가했죠. 그 시절에는 다들 노란색에 미쳐 있었는데, 그 이유는 신만이 아실 거예요. 이 벽지는 당시 그대로예요. 그래서 우리가 기를 쓰고 붙잡고 있는 거죠. 여기 보시다시피," 그녀는 유서 깊은 벽지가 벽에서 들떠 축 처진 부분을 여기저기 가리켰다. "벽지는 붙잡혀 있는 데 그다지 관심이 없는 것 같지만요. 아쉽지만 발전기가 꺼져서 샹들리에에 본래의 영광을 재현해 보여줄 수가 없네요. 불을 다 켜면 진짜 장관이거든요. 저것도 원래 그대로예요. 다만 부모님이 결혼하시고 나서 전기등으로 바꿨어요. 당시 두 분은 파티를 자주 여셨고, 그 시절엔 이 집도 그 많은 파티를 너끈히 치를 수 있을 정도로 으리으리했거든요. 카펫은 물론 여러 조각으로 분리 가능해요. 춤출 때는 말아서 한쪽으로 치울 수 있죠."

그녀는 먼지막이 천을 들추고 훌륭한 리젠시 의자와 보관장, 소파를 보여주면서 한두 가지 특징들을 설명했다.

"이건 뭡니까?" 나는 조금 특이하게 생긴 물건을 가리키며 물었다. "피아노?"

캐럴라인이 퀼트 커버의 한쪽을 벗겼다. "플랑드르 하프시코드예요. 이 집보다 더 오래된 거죠. 닥터 패러데이도 연주법은 모를 것 같은데요?"

"알 리가 없죠."

"저도 몰라요. 안타까운 일이죠. 악기란 실제로 연주되어야 하는 법인데. 불쌍한 것."

그러나 그녀의 어투에는 그다지 안타까움이 실려 있지 않았다. 캐럴라인은 악기의 장식케이스를 다분히 사무적인 손짓으로 한 번 훑고는 커버를 다시 덮고 덧창을 올린 유리창 쪽으로 갔다. 나도 유리창 앞에 그녀와 함께 섰다. 창은 사실 세로로 긴 양문형 유리문이었고, 로더릭의 방이나 작은 응접실에 있는 창문과 마찬가지로 테라스로 내려가는 난간 없는 돌계단이 밖으로 나 있었다. 가까이 가서 보니 이 독특한 계단도 다 무너져내렸다. 계단 꼭대기는 아직 문지방에서 삐죽 나와 있었지만 나머지는 4피트 아래 자갈길 위에서 산산조각 났는데, 이미 새카맣게 풍화된 상태로 볼 때 한동안 그 모양이었던 것 같았다. 말릴 새도 없이 캐럴라인이 문손잡이를 잡고 문을 활짝 열었고, 우리는 좁은 낭떠러지 위에서 향긋하고 부드러운 따스한 바람을 맞으며 서쪽 잔디밭을 조망했다. 잔디밭도 한때는 평탄하게 잘 관리됐을 거라는 생각이 들었다. 아마 크로케 경기장으로 사용됐으리라. 그러나 이제는 흙더미와 엉겅퀴 때문에 울퉁불퉁했고, 여기저기 무릎 높이까지 풀이 자랐다. 온통 제멋대로 자란 관목은, 선명한 빛깔이 아름답긴 하지만 관리의 손길에서는 상당히 벗어난 자줏빛 너도밤나무 군단에 침식당했다. 너도밤나무 뒤의 영국산 느릅나무 두 그루는 거대한데다 가지치기도 안 되어 있어서 일단 해가 낮게 기울면 그 모든 풍경에 그림자를 드리울 터였다. 그 광경이 눈에 선했다.

오른쪽으로 별채가 몇 채 모여 있었다. 창고와 더는 쓰이지 않는 마구간이었다. 마구간 문 위에는 하얀 대형 벽시계가 걸려 있었다.

"여덟시 사십분이군요." 나는 멈춰버린 화려한 시곗바늘을 보며 빙그레 웃었다.

캐럴라인이 고개를 끄덕였다. "처음에 시계가 고장났을 때 로디와 내가 그렇게 해놨어요." 그리고 어리둥절한 내 표정을 보더니 덧붙였다. "『위대한 유산』에서 미스 해비샴의 시계가 멈춘 시각이죠. 저래놓고 그땐 엄청 웃긴다고 생각했어요. 지금 보니 별로 재미없네요, 인정할게요…… 마구간 너머는 옛날 정원이에요. 텃밭이나 뭐 그런 거요."

그 자리에서는 정원 담만 살짝 보였다. 저택과 마찬가지로 고르지 않은 은은한 붉은색 벽돌로 쌓은 담이었다. 둥그런 아치 입구를 통해 재가 깔린 길과 풀이 웃자란 화단 테두리와 모과나무인지 비파나무인지가 언뜻 보였다. 나는 원래 담으로 둘러싸인 정원을 좋아했기에 엉겁결에 한번 가서 보고 싶다고 말했다.

캐럴라인은 손목시계를 힐끗 보더니 한번 해보자는 듯 말했다. "뭐, 아직 십 분 정도 시간이 남았네요. 이쪽으로 가는 게 제일 빨라요."

"이쪽?"

그녀는 문틀을 잡고 몸을 앞으로 숙이며 다리를 굽혔다. "뛰어내려서요."

나는 그녀를 말렸다. "아, 그만둬요. 이 높이에서 뛰어내리기엔 난 너무 늙었다고요. 다음에 봅시다, 네?"

"정말로요?"

"정말로."

"뭐, 알았어요."

캐럴라인은 꽤나 아쉬운 눈치였다. 집 구경을 시켜주고 싶어 들떴거나, 아니면 단순히 젊음을 과시하고 싶었을지도. 그녀는 몇 분 더 내 옆에 서 있다 다시 방을 한 바퀴 둘러보며 가구에 덮개를 제대로 씌웠는지 확인하고, 카펫 한두 군데를 들춰보며 좀먹거나 곰팡이 핀 데는 없는지 확인했다.

"잘 있으렴, 버려진 가엾은 연회장." 그녀는 창문을 닫고 덧창을 잠근 후 반쯤 앞이 안 보이는 상태에서 복도까지 더듬어 나와 방에 대고 말했다. 하도 신산스러운 어조여서 그녀가 열쇠를 돌려 방문을 걸어 잠그는 동안 한마디 하지 않을 수가 없었다. "집을 보여줘서 고마워요. 아주 즐거웠어요. 정말 사랑스러운 저택이군요."

"진짜로 그렇게 생각해요?"

"당신은 안 그런가요?"

"뭐, 아주 그렇게 나쁜 허섭스레기 더미는 아니라고 생각해요."

나는 그녀의 여고생 같은 야유가 사뭇 신경에 거슬렸다. 그래서 말했다. "이봐요, 캐럴라인. 농담은 그만해요."

내가 그녀를 이름으로 부른 것은 그때가 처음이었고, 그와 함께 살짝 꾸짖는 어조 탓에 그녀는 바짝 정신이 든 듯 이내 정색을 하고 말았다. 그녀답지 않게 얼굴이 빨개졌고 껄렁한 태도도 자취를 감췄다. 나와 눈이 마주치자 정직하게 항복하겠다는 듯 말했다. "맞아요. 헌드레즈는 사랑스러운 곳이에요. 다만 사랑스러운 괴물이죠! 돈을 들이고 중노동을 해가며 항상 돌보고 먹여야 하는 괴물. 게다가 저들의 시선이 느껴지면……" 그녀는 한 줄로 걸린 칙칙한 초상화를 고갯짓으로 가리켰다. "어깨 너머로 항상 주시하고 있으니 악몽 같은 짐이 되어버리는 거예요. 로더릭이 가장 끔찍해할 거예요. 가문의 주인으로서 막중한 책임감까지 얹혀 있으니까요. 알다시피 그애는 사람들을 실망시키지 않으려고 노심초사하고 있어요."

캐럴라인이 교묘히 자신에게서 화제를 돌리는 걸 알아차리고 나는 말했다. "로더릭이 최선을 다하고 있다는 건 잘 알아요. 당신 또한 그렇고." 그러나 내 말과 동시에 집안의 괘종시계 중 하나가 빠르고 가볍게 네시를 알렸고, 캐럴라인은 내 팔을 가볍게 치며 환한 얼굴로 말했다.

"가요, 어머니가 기다리시겠어요. 저렴한 투어지만 가벼운 다과도 포함되어 있답니다. 잊지 마세요!"

우리는 복도를 따라 다음 모퉁이까지 쭉 간 다음 작은 응접실로 들어갔다.

에어즈 부인은 책상 앞에 앉아 조그만 종잇조각에 풀을 바르는 중이었다. 우리가 들어가자 그녀는 나쁜 짓이라도 하다 들킨 사람처럼 흠칫 고개를 들었고, 나는 왜 그러는지 의아했다. 그러다 이내 그 종잇조각이 실은 이미 한 번 우체국을 통과한 적이 있는 우표임을 알아챘다.

"이런, 큰일났네." 부인은 우표를 편지봉투에 붙이며 말했다. "이렇게 하면 법을 어기는 거겠죠. 하지만 하느님도 아시다시피 우린 무법 시대에 살고 있잖아요. 나를 고발하진 않을 거죠, 닥터 패러데이?"

"고발은커녕 기꺼이 범죄에 협력하겠습니다. 괜찮으시면 제가 리드코트 우체국에 가서 부쳐드리죠."

"그래주시겠어요? 이렇게 친절할 때가. 요즘 집배원은 영 미덥지가 못해서요. 전쟁 전에는 집배원 윌스가 바로 문 앞까지 하루에 두 번씩 왔는데, 지금 담당자는 거리가 멀다고 투덜대더군요. 우편물을 진입로 끝에 휙 던지고 가지 않으면 다행이죠."

말을 하면서 에어즈 부인은 안내하듯 반지를 낀 날씬한 손으로 우아하게 손짓하며 방안을 가로질렀고, 나도 그녀를 따라 벽난로 옆 의자 쪽으로 걸어갔다. 부인은 내가 처음 방문했던 날과 비슷한 차림새로, 주름진 어두운 색 리넨드레스에 목에는 매듭장식이 있는 실크스카프를 두르고 은근히 시선을 교란시키는, 반짝반짝 윤을 낸 구두를 신었다. 그녀는 다정하게 내 얼굴을 들여다보며 말했다. "캐럴라인이 말해주더군요, 당신이 로더릭을 위해 하는 일에 대해. 그 아이에게 관심을 가져줘서 고마워요. 그 치료가 정말 효과가 있을까요?"

"지금까지의 예후는 괜찮은 편입니다."

"괜찮은 정도가 아니에요." 캐럴라인이 소파를 탁 치며 앉았다.

"지금 닥터 패러데이는 그냥 겸손하게 말하는 거예요. 정말 효과가 있었어요, 어머니."

"그렇다면 굉장한 일이군요! 닥터 패러데이도 알다시피 로더릭은 몸이 부서져라 일만 하잖아요. 가엾은 것. 그 아이는 제 아버지처럼 일을 처리하는 방식이 똑 부러지지 못해서 걱정이에요. 토지나 여타 일에 관한 감각이 없어서."

나는 그녀 말이 맞는다고 생각했다. 하지만 요즘 세상이 농부에게 얼마나 힘든지 감안하면 더는 토지에 대한 감이 중요한 시대는 아닐 것 같다고 예의바르게 말했다. 그러자 대체로 매력적인 사람의 특징이 남의 말에 쉽게 현혹되는 것이라는 듯 에어즈 부인도 즉시 맞장구를 쳤다. "그래요, 정말. 그쪽 방면에 관해서는 나보다 닥터 패러데이가 훨씬 더 잘 알겠지요…… 아, 캐럴라인이 집을 여기저기 보여드렸다면서요."

"네, 그렇습니다."

"그래, 맘에 들던지요?"

"네, 무척."

"다행이군요. 사실 지금 있는 것은 옛 모습의 흔적일 뿐이에요. 하지만 우리집 애들이 늘 내게 말하듯 이나마 유지할 수 있는 것 자체가 행운이지요. 나는 18세기에 지은 집이 가장 훌륭하다고 생각해요. 그야말로 품격 있는 세기였죠. 내가 자란 집은 거대한 빅토리아풍 저택이었는데, 그런 흉물이 또 없어요. 지금은 로마가톨릭 기숙학교가 됐는데, 분명 수녀들은 아주 마음에 들어했을 거예요. 하지만 거기 다닐 불쌍한 여자애들을 생각하면 걱정이 안 될 수 없다니까요. 그 수많은 음산하고 어두운 복도와 계단 모퉁이라니. 어렸을 때는 그 집을 귀신 들린 집이라고 불렀어요. 물론 귀신이 들렸을 리는 없죠. 지금이라면 가능할지도 모르지만. 우리 아버지가 그 집에서 돌아가셨는데, 로마가톨릭이라면 치를 떠셨거든요…… 스탠디시가 어떻게 바뀌었는지 들었죠?"

나는 고개를 끄덕였다. "네, 여기저기서 대충. 주로 환자들에게 들었습니다."

스탠디시는 이웃한 '대저택'이었다. 엘리자베스 여왕 시대 장원 영주의 저택인데, 그곳에 살던 랜들가는 남아프리카에서 새로운 삶을 시작한다며 영국을 떠났다. 저택은 이 년 동안 비어 있다 최근에 피터 베이커하이드라는 런던 사람에게 팔렸다. 그는 코번트리에서 일하는 건축가로 소위 '시골구석의 매력'에 이끌려 전원에 사는 은둔자가 되겠다고 스탠디시에 들어왔다.

나는 말했다. "아내와 어린 딸이 있고, 비싼 자가용 승용차 두 대를 굴린다고 들었습니다. 말이나 개는 없고. 그 남자가 전쟁 때 이탈리아에서 대단한 활약을 해 거의 전쟁영웅 대접을 받았다더군요. 확실히 한밑천 잡은 모양입니다. 그 집을 개조하는 데 벌써 어마어마한 돈을 쏟아부었다더군요."

내 말에 심술기가 없지 않았던 것은, 스탠디시에 그렇게 돈이 쏟아부어졌어도 나하고는 아무 상관이 없었기 때문이다. 바로 그 주에 나는 베이커하이드 부부가 이 지역의 내 경쟁자 중 한 명인 닥터 실리를 주치의로 삼았다는 얘기를 들었다.

캐럴라인은 웃음을 터뜨렸다. "그 사람 아주 도시계획자로 나서

지 않으려나? 스탠디시 저택을 밀어버리고 그 자리에 롤러스케이트장을 만들지도 모르죠. 미국인한테 집을 팔아버릴 수도 있고요. 배로 싣고 가서 재조립하면 되니까. 워릭 수도원도 그렇게 했잖아요. 미국인한테는 시커멓게 낡은 나뭇조각도 팔 수 있을 거라던데요. 아든 숲*에서 나온 물건이라거나 셰익스피어가 거기 대고 재채기를 했다거나 뭐 그렇게 말하면 다 팔린대요."

"비꼬기는!" 그녀의 어머니가 말했다. "내 보기에 베이커하이드가 사람들 참 괜찮은 것 같더라. 이제 이 카운티엔 정말 훌륭한 사람들이 별로 남아 있지 않으니, 그들이 스탠디시를 이어받은 데 감사해야지. 주위의 장원 저택과 지금 그곳들이 어떻게 되었나를 생각하면 나는 거의 홀로 섬에 버려진 느낌이 든단다. 시아버지께서 자주 사냥을 가셨던 엄버슬레이드 홀은 이제 공무원 차지가 됐지. 우드코트는 비어 있고, 메리든 홀도 똑같은 형편일걸. 찰코트와 코턴은 모두 공공으로 전환됐고……"

에어즈 부인의 어조가 점점 심각해지더니 한탄조가 되어 구슬프게 들렸다. 아주 잠깐이나마 그녀가 제 나이로 보였다. 하지만 이내 고개를 돌리면서 표정이 바뀌었다.

나와 마찬가지로 에어즈 부인도 복도에서 사기찻잔과 티스푼이 부딪쳐 짤랑거리는 희미한 소리를 알아챘다. 그녀는 가슴 위에 손을 얹고 내 쪽으로 상체를 기울이며 짐짓 걱정스럽다는 듯 속삭였다. "우리 아들이 '해골의 폴카'라고 부르는 것이 오는군요. 베티는

---

* 셰익스피어의 고향과 가까워 그의 희곡에 배경으로 종종 등장한다.

선생도 알다시피 컵이며 잔을 떨어뜨리는 데 도사거든요. 게다가 우린 더 깰 사기찻잔이……" 짤그랑거리는 소리가 더욱 커지자 부인은 눈을 감았다. "아, 조마조마해라!" 그러고는 열린 문틈을 향해 소리쳤다. "조심히 걸어라, 베티!"

"조심하고 있다고요, 마님!" 성난 대답이 돌아온 뒤 곧이어 소녀가 문간에 모습을 드러냈다. 베티는 붉게 상기된 얼굴을 찡그린 채 커다란 마호가니 쟁반을 들고 곡예를 했다.

나는 베티를 도와주려 벌떡 일어섰다. 동시에 캐럴라인도 일어나 베티의 손에서 능숙하게 쟁반을 받아 내려놓더니 한번 훑어보았다.

"한 방울도 안 흘렸네! 분명 선생님께 존경을 표하느라 그런 걸 거예요. 우리가 닥터 패러데이와 같이 있는 걸 봤구나, 베티? 지난번에 널 기적처럼 치유해줬잖아, 기억나?"

베티는 고개를 숙였다. "네, 아가씨."

나는 미소를 머금고 말했다. "이젠 좀 어떠니, 베티?"

"괜찮습니다. 고맙습니다, 선생님."

"그래, 좋아 보여서 다행이구나. 아주 잘하고 있어!"

나는 진심으로 얘기한 거였는데, 베티는 비아냥거리는 소리로 들었는지 표정이 약간 어두워졌다. 문득 나는 베티가 에어즈가에서 입어야 하는 그 '우스꽝스러운 드레스와 모자'에 대해 불평했던 것이 생각났다. 확실히 좀 예스럽고 별나긴 했다. 검은색 원피스에 하얀 앞치마를 둘렀는데, 풀을 먹여 뻣뻣한 목깃과 소맷부리 때문에 베티의 어린애 같은 목과 손목이 더욱 왜소해 보였다. 머리에 쓴 섬세한 프릴이 달린 캡은 전쟁 전에도 워릭셔의 응접실에서는 본 적이 없을 것 같은 종류의 물건이었다. 그러나 초라하지만 격식을 차린 그 고풍스러운 옷이 아닌 다른 차림의 베티는 어쩐지 상상이 가지 않았다.

어쨌든 소녀는 제법 건강해 보였고, 잘 추슬러 진정이 된 듯 찻잔 과 케이크 접시를 나눠주는 수고를 감당했다. 마지막에는 어설프나마 무릎을 살짝 구부려 절까지 했다. 에어즈 부인이 "고마워, 베티. 이만 가도 돼"라고 말하자, 베티는 몸을 돌려 방을 나갔다. 두꺼운 신발 밑창을 찍찍 끌며 지하실로 돌아가는 소리가 희미하게 들렸다.

캐럴라인은 지프가 핥아먹도록 그릇에 차를 담아 내려놓으며 말했다. "가엾은 베티. 팔러메이드로서 소질이 전혀 없어요."

그러나 그녀의 어머니는 너그럽게 말했다. "아, 시간이 좀더 필요할 게다. 일이 잘 풀리는 집안은 마치 진주조개와 같다고 한 대고모님의 말씀을 나는 늘 기억한단다. 여자아이들은 모래 알갱이로 들어와서 십 년 후에 진주가 돼서 나간다는 거지."

그녀는 캐럴라인뿐 아니라 나를 향해서도 말했다. 나의 어머니도 부인의 대고모가 말한 그 모래 알갱이 중 하나였음을 깜박 잊은 게 틀림없었다. 캐럴라인마저도 까맣게 잊은 듯했다. 모녀는 각자 의자에 편안히 앉아 베티가 그들을 위해 준비하고, 그들을 위해 서툴게 나르고, 그들을 위해 잘라서 갖다 바친 차와 케이크를 즐겼다. 그리고 종을 울리면 곧 베티가 다시 나타나 이 찻잔과 접시를 치우고 설거지를 할 것이다…… 하지만 나는 이번에는 아무 말도 하지 않았다. 나 또한 그들처럼 차와 케이크를 음미했다. 만약 이 집이 진주조개처럼 베티에게 작용한다면, 이 집 나름의 특별한 매력으로 한 겹 한 겹 베티를 둘러싸고 다듬는다면, 그 비슷한 과정이 내게도 이미 시작되었던 것이다.

캐럴라인의 예상대로 로더릭은 그날 자리를 함께하지 않았다. 나중에 나를 자동차가 있는 곳까지 배웅한 사람은 캐럴라인이었다. 바로 리드코트로 돌아가느냐고 묻기에 나는 다른 마을에 들를 예정이라고 대답했다. 마을 이름을 듣고는 캐럴라인이 말했다. "아, 그럼 대정원을 가로질러 다른 쪽 문으로 나가면 되겠네요. 온 길로 되짚어 나가서 멀리 도는 것보다 더 빨라요. 이쪽 길이나 저쪽 길이나 상태는 똑같이 엉망이라 걱정스럽긴 하지만. 타이어 나가지 않게 조심하세요." 그러더니 뭔가 생각난 듯 말했다. "저, 그런데요, 대정원을 종종 이용하면 좋지 않을까요? 그러니까 왕진 다닐 때 지름길로."

"흠." 나는 잠시 생각해보고 대답했다. "그렇겠네요, 제법 도움이 될 것 같군요."

"그럼 편한 대로 쓰세요! 진즉에 이 생각을 못한 게 아쉽네. 문이 다 철사로 잠겨 있는데, 전쟁이 시작된 후에 안에 들어와 어슬렁거리는 사람들이 생겨서 그냥 대충 얽어놓은 거예요. 지나간 다음에 묶어놓기만 하면 돼요, 사실 제대로 잠근 적도 없어요."

나는 물었다. "정말 상관없겠습니까? 당신 어머니나 남동생도? 나는 당신 말을 곧이곧대로 믿고 매일 여기를 드나들 텐데."

캐럴라인은 싱긋 웃었다. "우리야 좋죠. 안 그러니, 지프?"

그녀는 뒤로 물러나 허리에 손을 얹은 채 내가 시동을 걸고 차를 돌리는 내내 그 광경을 바라보고 있었다. 그리고 손가락을 튕겨 개를 부르더니 차를 피해 자갈이 깔린 마당을 가로질렀다.

나는 저택의 북쪽 면으로 돌아서 다른 길로 나가는 문을 찾아보았다. 어느 길인지 확실치 않아 천천히 차를 몰던 중 우연찮게 로더릭의 방 창문을 보게 되었다. 그는 내 차를 눈치채지 못했지만, 나는 방에 있는 그를 똑똑히 보았다. 한 손으로 턱을 괴고 책상에 앉아 앞에 펼쳐놓은 책과 서류를 뚫어지게 응시하고 있었다. 마치 수렁에 빠져 허우적거리다 지쳐 포기한 듯.

3

그후 일요일이면 헌드레즈홀에 가서 로더릭의 다리를 치료하고, 그의 어머니와 누이와 함께 차를 마시는 것이 나의 일과가 되었다. 그리고 왕진을 갈 때 헌드레즈의 대정원을 통과하면서 종종 에어즈가에 들렀다. 나는 저택에 가는 날을 손꼽아 기다렸다. 헌드레즈홀은 나의 평범하고 무미건조한 일상과 극명한 대조를 이루었다. 영지의 대정원에 들어가 문을 잠그고 수풀이 무성한 길을 따라 달리자면 항상 모험을 하는 듯한 작은 스릴을 느꼈다. 다 부서져가는 붉은 집에 당도할 때면 늘 평범한 일상이 조각조각 갈라지면서 그 틈바구니를 비집고 어떤 기이하고 진귀한 영역으로 건너가는 느낌이 들었다.

에어즈가 사람들 자체도 좋아졌다. 가장 자주 보는 사람은 캐럴라인이었다. 그녀는 거의 매일 정원을 산책했기 때문에, 웃자란 풀을 가르며 달리는 지프를 데리고 그 인상적인 긴 다리와 평퍼짐한 엉덩이를 부지런히 놀리는 모습이 왕왕 보였다. 거리가 가까우면 나는 차를 세우고 창문을 내린 뒤, 전에 길가에서 그랬듯 담소를 나눴다. 캐럴라인은 항상 무언가 잡다한 일을 하는 중이었고, 늘 과일이나 버섯 혹은 불쏘시개용 나뭇가지가 가득 담긴 가방이나 바구니를 들고 있었다. 농부의 딸이나 다름없어 보였다. 헌드레즈의 형편을 알면 알수록 나는 그녀가 사는 모습이 안쓰러웠다. 그녀의 동생도 마찬가지로, 해야 할 일은 산더미인데 사는 낙이라곤 눈 씻고 찾아봐도 없는 사람 같았다. 어느 날 나는 이웃 사람에게서 자기가 직접 따왔다는 벌꿀 두 병을 선물로 받았다. 그 집 아들이 백일해에 걸려 심하게 앓을 때 봐준 적이 있는데, 그 사례였다. 나는 맨 처음 헌드레즈홀을 방문했을 때 캐럴라인이 벌꿀이 있으면 얼마나 좋을까 아쉬워했던 것이 생각나 한 병을 그녀에게 갖다주었다. 별다른 생각 없이 그랬는데 캐럴라인은 뜻밖의 선물에 기쁘고 당황한 모양이었다. 그녀는 햇빛에 잘 비치게 병을 높이 들어 자기 어머니에게 보여주었다.

"참, 이러지 않아도 되는데!"

"왜요?" 나는 반문했다. "나같이 나이든 독신 남자가 주면 안 되나요?"

그러자 에어즈 부인이 살짝 나무라는 투로 부드럽게 말했다. "정말이지 우리한테 과분한 친절을 베푸네요, 닥터 패러데이."

실상 나의 친절은 아주 소소한 것에 지나지 않았지만, 그 집안사람들은 너무 고립된 채 위태위태하게 살아와서 그런지, 뜻밖의 일이 슬쩍이라도 끼어들면 민감하게 반응했다. 좋은 일이든 나쁜 일이든. 9월 중순쯤, 그러니까 로더릭을 치료한 지 거의 한 달이 되었을 무렵, 길고 긴 여름도 마침내 한풀 꺾였다. 하루는 천둥 번개가 내리치더니 곧이어 기온이 뚝 떨어지고 큰비가 몇 번 퍼부었다. 덕분에 헌드레즈의 우물이 살아났고, 우유 짜기도 몇 달 만에 처음으로 순조로이 진행됐다. 로더릭은 안도하는 기색이 너무나 역력해 옆에서 보고 있기 괴로울 정도였다. 그의 분위기가 전체적으로 밝아졌다. 책상에 붙어 지내는 시간이 줄고, 농장을 개선하는 일에 관해 신나게 떠들어대기 시작했다. 로더릭은 농장 일을 도와줄 일꾼을 몇 명 더 불러들였다. 그리고 계절이 바뀌면서 이미 웃자랄 대로 웃자란 잔디가 더 활개를 치자 영지의 임시고용인 배릿을 시켜 큰 낫으로 싹 베어버렸다. 잔디가 푸르른 본모습을 드러내며 갓 털을 깎은 양처럼 산뜻하게 정돈되니 저택이 훨씬 아름답게 보였다. 그러니까 원래 모습에 더욱 가깝게, 삼십 년 전, 어린 나의 뇌리에 각인됐던 그 모습에 더욱 가깝게 말이다.

한편, 이웃에 있는 장원 영주의 저택 스탠디시에서는 베이커하이드 부부가 어느새 거의 자리를 잡았다. 그들은 종종 지역에서 모습을 보이기 시작했다. 가뭄에 콩 나듯 레밍턴으로 쇼핑을 나가던 에어즈 부인은 우연히 베이커하이드 씨의 아내 다이애나와 마주쳤는데, 자신의 바람대로 스탠디시의 안주인이 아주 매력적인 사람임을 알았다. 사실상 이 만남에 힘입어, 부인은 우리 동네에 새로 온 사람을 환영하는 의미로 헌드레즈에서 '조그만 모임'을 주최하면 어떨까 하는 생각에 이르렀다.

분명 9월 하순이었을 것이다. 로더릭의 다리를 치료하고 난 뒤 캐럴라인과 함께 앉아 있는 자리에서 에어즈 부인이 모임에 관해 털어놓았다. 헌드레즈홀을 낯선 사람들에게 개방한다는 생각에 나는 좀 불안해졌는데, 그게 얼굴에 다 드러난 모양이었다.

"아, 옛날에는 여기서 일 년에 두세 차례 파티를 열곤 했어요." 부인이 말했다. "심지어 전쟁 때도 우리집에 주둔한 장교들과 정기적으로 만찬을 열었죠. 물론 그때는 배급이 훨씬 넉넉했던 게 사실이지만. 지금은 만찬을 대접하기는 무리지. 하지만 그래도 베티가 있으니까. 이런 종류의 일은 하인이 있다는 사실만으로도 느낌이 사뭇 달라져요. 베티한테 그저 유리병을 들고 왔다갔다하는 일만 시켜도 되죠. 내 생각에는 열 명이 넘지 않는 선에서 오붓하게 칵테일파티 정도로 열면 어떨까 싶어요. 데즈먼드 부부하고 로시터 부부하고……"

"닥터 패러데이도 물론 와야죠." 에어즈 부인의 목소리가 잦아들자 캐럴라인이 말했다.

"그래." 에어즈 부인이 답했다. "그래요, 선생도 물론 와야지."

그녀는 상당히 온화하게 말했지만, 아주 짧게나마 망설임이 엿보였다. 부인을 탓할 수만도 없는 것이, 내가 당시 그 집에 정기적으로 들락거리기는 했지만 그 집안사람들의 친구라고 보기에는 무리가 있었다. 그래도 그녀는 나를 초대했고, 용감하게 일을 밀어붙였다. 나는 일요일 저녁에만 시간이 비었는데, 보통은 그 시간을 그레이엄 부부와 함께 보냈다. 그러나 부인은 일요일 저녁도 상관없다면서 그 자리에서 바로 자신의 스케줄 공책을 가져와 몇몇 날짜를 제안했다.

그날은 여기까지만 얘기가 됐고, 그다음에 내가 방문할 때까지 파티에 대한 언급이 일절 없었기에 결국 흐지부지되고 말았나보다 생각했다. 그런데 며칠 후 헌드레즈 대정원을 질러가다 캐럴라인을 만났다. 그녀는 에어즈 부인과 다이애나 베이커하이드가 한바탕 부산스럽게 연락을 주고받은 끝에 이 주 뒤 일요일 저녁으로 파티 날짜가 잡혔다고 말했다.

그다지 열의 없이 말하는 캐럴라인의 모습에 내가 물었다. "당신은 별로 기대되지 않나본데."

캐럴라인은 재킷의 칼라를 펴서 끝자락을 뺨 위까지 끌어올렸다.

"뭐, 나야 그냥 피할 수 없는 일이려니 하고 받아들이는 거죠. 다들 우리 어머니를 보고 꿈속에 사는 양반이라고 하는데, 일단 어떤 생각이 머리에 떠오르면 누가 무슨 말을 해도 소용없어요. 로더릭은 집이 이런 꼴인데 파티를 여는 건 사라 베르나르*가 외다리로 줄리엣을 연기하는 거나 마찬가지라고 말렸어요. 나도 그애 말에 일리가 있다고 생각해요. 그날 저녁엔 라디오를 끼고 지프하고 작은 응접실에 머무는 게 낫겠어요. 알지도 못하는 사람들, 십중팔구 마음에 들지도 않을 사람들한테 눈웃음치면서 호호거리는 것보다 라디오나 듣는 게 훨씬 더 재밌을 것 같아요."

---

* 빼어난 미모와 연기로 최고의 여배우라 불린 19세기 프랑스의 연극배우. 공연 도중 다친 다리가 낫지 않고 썩어들어가 결국 잘라냈다.

말은 그렇게 해도 그녀는 다분히 남을 의식했고, 말하는 투도 내게는 그리 진심으로 들리지 않았다. 계속 투덜대기는 했지만 그녀는 분명 파티를 고대했다. 그로부터 이 주 동안 캐럴라인은 종종 머릿수건을 두르고 파출부 베이즐리 부인과 베티와 같이 네 발로 기어다니며 온 힘을 다해 집안을 쓸고 닦았다. 저택을 방문할 때마다 털어서 먼지를 떤 카펫, 어느새인가 빈 벽에 걸린 그림, 창고에서 끄집어낸 다양한 가구 등을 목격했다.

"국왕 폐하라도 납시는 줄 알겠네!" 어느 일요일엔가 로더릭의 치료에 쓸 소금물을 타러 부엌에 내려갔다 베이즐리 부인에게 이런 말을 들었다. 그녀는 오는 날이 아닌데도 불려와 있었다. "이 난리법석이라니, 세상에나. 불쌍한 베티는 손에 못이 박였다우! 의사 선생님께 네 손가락 좀 보여드리렴, 베티."

베티는 식탁에 앉아 금속광택제와 하얀 행주로 각양각색의 은식기를 닦다가, 베이즐리 부인의 말에 얼른 행주를 내려놓고 손바닥을 내게 내밀어 보였다. 관심을 바라는 눈치였다. 베티의 어린애 같은 손은 헌드레즈에서 석 달을 지낸 뒤 두툼하고 얼룩덜룩해졌다. 나는 손가락 끝을 잡고 흔들어보았다.

"아무렇지도 않네, 뭐." 나는 말했다. "밭일하는 거나 마찬가지지. 아니면 공장에서 일한다 쳐도 비슷할 거다. 건강한 촌사람의 손이잖니."

"촌사람 손이라니!" 베이즐리 부인이 받아쳤고, 베티는 속상한 얼굴로 다시 식기를 닦기 시작했다. "유리 상들리에를 청소하느라 손이 저렇게 다 상했구먼. 그 빌어먹을 것을 하나하나 다 닦으라고 캐럴라인 양이 지난주에 시켰지 뭐유. 내 말이 좀 심해도 이해하구려, 의사 선생. 저 망할 상들리에는 당장 떼어 내버려야 해. 옛날에는 남자들이 샹들리에를 내려서 버밍엄으로 갖고 가 세척했는데. 도대체가 정신 산란하게 이게 다 뭔 짓이야." 그녀는 또 한탄했다. "음료수 몇 잔 마시는 거 갖고, 심지어 만찬도 아닌데. 게다가 손님이라곤 죄다 런던 것들뿐이고. 안 그러우?"

그러나 준비는 착착 진행됐고, 얼핏 보니 베이즐리 부인도 너나없이 열심히 일했다. 이러니저러니 해도 결국 새 공기를 불어넣는 일에 들뜨지 않기란 힘들었고, 엄격한 배급제 시절이니만치 이런 조그만 사모임조차 색다른 재미였던 것이다. 나 또한 아직 베이커하이드 부부를 만나보지 못했던 터라 궁금해서 보고 싶던 차였다. 또한 화려했던 시절의 양식을 재현한 헌드레즈홀도 궁금했다. 스스로도 어이없고 당혹스러웠지만, 나 역시 신경이 예민해졌다. 때와 장소에 맞게 처신해야 한다는 생각은 들었으나 도무지 어떻게 하면 좋을지 알 수 없었다. 나는 문제의 주말을 앞둔 금요일에 머리를 깎았다. 토요일에는 살림을 맡아서 해주는 러시 부인에게 야회복을 꺼내달라고 부탁했다. 꺼내놓고 보니 재킷은 솔기에 좀이 슬었고 셔츠도 여기저기 닳아 뒤쪽 끝자락을 잘라 기워야 했다. 이윽고 뿌옇게 줄무늬가 생긴 옷장 거울 앞에 서서 비춰보는데, 고치고 때워서 겨우 맞춘 모양새가 그다지 고무적이라고 할 수는 없었다. 그 즈음 갑자기 머리숱이 줄어 이발한 지 얼마 안 된 머리는 관자놀이께가 벗어진 것처럼 보였고, 간밤에 환자가 있어 나갔다 오는 바람에 수면 부족으로 눈은 빨갛고 게슴츠레했다. 문득 나는 내가 아버지를 쏙 빼닮았음을 깨닫고 실망을 금치 못했다. 아니, 아버지가 야회복을 입으신다면 이렇게 보일 것 같았다. 차라리 아버지처럼 가게 점원용 갈색 코트와 앞치마를 두르는 편이 더 행복할 것 같았다.

그레이엄과 앤은 내가 그들과 함께 일요일 저녁을 먹는 대신 에어즈가 사람들하고 어울린다고 하자 아주 신이 나서 파티에 가기 전에 한잔하러 꼭 들르라고 신신당부했다. 나는 얌전히 그들 말에 따랐고, 예상했던 대로 그레이엄은 나를 보자마자 껄껄 웃음을 터뜨렸다. 앤은 그보다는 친절했다. 옷솔로 어깨를 털어주고 넥타이를 풀라고 하더니 직접 다시 매주었다.

"자, 여기 완벽하게 잘생긴 남자 대령이오." 손질을 끝낸 뒤 그녀는 사려 깊은 여자가 못생긴 남자를 칭찬할 때 쓰는 어조로 말했다.

그레이엄이 말했다. "조끼를 입는 게 좋을 거야! 몇 년 전에 모리슨이 헌드레즈홀에서 열린 무슨 저녁 행사에 갔는데, 그렇게 추운 저녁은 난생처음이었다고 하더군."

실제로 무더운 여름이 종잡을 수 없는 가을 날씨로 넘어가 그날은 서늘하고 습했다. 리드코트를 출발할 때 비가 세차게 내리더니, 흙투성이 시골길이 흙탕물 시내로 바뀌었다. 나는 담요를 머리 위에 뒤집어쓰고 차에서 달려나가 대정원 출입문을 열었다. 이윽고 질척하게 젖은 도로를 벗어나 길게 펼쳐진 자갈마당에 들어선 나는 무아지경에 빠져 헌드레즈홀을 응시했다. 이렇게 늦은 시각에 와보기는 처음이었다. 고르지 않은 윤곽 탓에 저택은 급격히 어두워지는 하늘 위로 피를 흘리는 듯했다. 나는 서둘러 계단을 올라 초인종을 잡아당겼다. 비는 어느새 양동이로 퍼붓는 것처럼 쏟아졌다. 초인종 소리에 아무런 응답도 없었다. 모자가 귓가로 축 처졌다. 이러다 물에 빠져 죽겠다 싶어 결국 잠기지 않은 문을 직접 열고 안으로 들어갔다.

안과 밖의 분위기가 이렇게 확연히 다른 것은 이 저택이 부리는 기묘한 마술 가운데 하나였다. 들어가서 문을 닫자 빗소리가 아련히 멀어졌다. 현관홀에는 부드러운 전기 조명이 켜져 있었는데, 새로 광을 낸 대리석 바닥이 어슴푸레하게 반짝일 정도로만 밝았다. 테이블마다 놓인 꽃병에는 늦여름 장미와 구릿빛 국화가 꽂혀 있었다. 한 층 위는 조명이 어두침침했고, 그 위층은 더욱 어두워서 계단이 어둠 속으로 올라가는 듯했다. 지붕에 난 둥근 유리창은 꺼져가는 마지막 저녁 어스름을 안고 암흑 속에 떠 있는 거대한 불투명 원반처럼 보였다. 완벽한 정적이었다. 나는 흠뻑 젖은 모자를 벗고 어깨에서 빗물을 쓸어내며 조용히 앞으로 몇 걸음 내디뎠다. 그리고 반짝거리는 대리석 바닥 한가운데에서 위를 올려다보며 한동안 가만히 서 있었다.

그러고는 남쪽 복도로 발걸음을 옮겼다. 작은 응접실은 불이 켜져 있고 따뜻했지만 아무도 없었다. 조금 더 가니 열린 연회장 출입문에서 환한 불빛이 보였다. 나는 그쪽으로 향했다. 지프가 내 발소리를 듣고 짖기 시작했다. 잠시 후 개가 경중거리며 달려와 야단스럽게 나를 맞이했다. 뒤이어 캐럴라인의 목소리가 들렸다. "로디, 너니?"

목소리에 긴장한 빛이 역력했다. 나는 가까이 다가가 소심하게 외쳤다. "미안하지만 납니다, 닥터 패러데이. 혼자 문을 열고 들어왔는데 양해해줘요. 내가 대책 없이 일찍 왔나요?"

캐럴라인의 웃음소리가 들렸다. "아뇨, 전혀. 대책 없이 늦은 건 우리예요. 들어오세요! 내가 그쪽으로 갈 수가 없네요."

알고 보니 그녀는 연회장 안쪽 벽에 세워놓은 조그만 발판사다리 꼭대기에서 외치고 있었다. 첫눈에 나는 말문이 막혔다. 휘황찬란한 연회장이 너무도 눈부셨다. 가구마다 덮개가 씌워져 있고 햇빛도 잘 들어오지 않는 상황에서 봤을 때도 방은 충분히 인상적이었는데, 이제는 그 우아한 소파와 의자에 씌웠던 덮개가 싹 다 걷혀 있고, 아마도 베티의 손에 물집이 잡히게 한 원흉 중 하나일 샹들리에는 용광로처럼 타올랐다. 작은 램프도 몇 개 같이 켜놔서, 형형색색의 장식품에 입힌 금박과 각종 거울, 그리고 무엇보다 여전히 환히 빛나는 리젠시 양식의 노란 벽지가 곳곳에서 빛을 머금었다 내뿜었다.

두 눈을 껌벅이는 나를 보며 캐럴라인이 말했다. "눈부심 때문에 눈물이 나는 건 잠깐이에요, 걱정 마세요. 코트 벗고 음료라도 좀 드실래요? 어머니는 여태 옷 입는 중이시고, 로디는 농장 문제 몇 가지를 정리하느라 자기 방에 틀어박혀 있어요. 하지만 여긴 거의 다 끝났어요."

그제야 나는 캐럴라인이 뭘 하는지 알았다. 그녀는 압정을 한 움큼 쥐고 방안을 돌면서 처지거나 들뜬 노란 벽지의 가장자리를 고정하는 중이었다. 내가 도와주러 갔을 때는 이미 마지막 압정을 꽂고 있었다. 그래서 나무사다리를 붙들고 그녀가 안전하게 내려오도록 손을 잡아주었다. 캐럴라인은 치맛자락을 들어올리고 조심스럽게 내려왔다. 그녀는 푸른색 시폰 이브닝드레스 차림에 은색 구두를 신고 장갑을 끼고 있었다. 머리는 한쪽으로 틀어올려 다이아가 박힌 핀을 꽂았다. 드레스는 구식이었는데, 솔직히 그리 잘 어울리지는 않았다. 목선이 낮게 파여 그녀의 두드러진 쇄골과 목의 힘줄이 드러났고, 부푼 가슴에 비해 보디스를 너무 조였다. 눈꺼풀에 색조화장을 하고 뺨에는 연지를 칠했으며, 붉은 립스틱을 바른 입술은 깜짝 놀랄 만큼 크고 두꺼웠다. 사실 맨얼굴에 그 맵시 안 나는 낡은 치마와 에어텍스 블라우스를 입었을 때가 훨씬 멋지고 그녀답게 보이는 것 같았다. 차라리 그 모습의 캐럴라인이 훨씬 더 보고 싶었다. 그러나 이 인정사정없는 조명에 비춰질 나 자신의 결함 또한 잘 알았다. 그녀가 내 손을 잡고 무사히 바닥으로 내려오자 나는 말했다. "정말 아름답소, 캐럴라인."

볼연지를 칠한 그녀의 뺨이 한층 더 붉어졌다. 그녀는 내 눈길을 피하며 개를 향해 말했다.

"이분 아직 한 모금도 안 드신 거 맞지? 칵테일잔 너머로 보면 내가 얼마나 근사할지 생각해봐, 응, 지프?"

그녀는 안절부절못하며 거의 제정신이 아니었다. 다가올 저녁 파티 때문에 걱정이 돼서 그런 거라고 나는 짐작했다. 캐럴라인은 종을 당겨 베티를 불렀다. 전선줄이 벽 뒤에서 눈에 보이지 않게 움직이며 삐걱대는 소리가 어렴풋이 들렸다. 그러고 나서 캐럴라인은 나를 사이드테이블 쪽으로 안내했다. 그녀는 테이블 위에 아름답고 고풍스러운 크리스털 잔을 죽 진열해놓고, 당시로서는 상당히 감동적인 주류 모음을 선보였다. 셰리주, 진, 이탈리안 베르무트, 비터 맥주, 레모네이드. 나는 파티를 위해 네이비 럼 반병을 가져왔다. 우리가 작은 잔 두 개에 럼을 따르자마자 베티가 종소리에 응답하여 나타났다. 소녀도 집안의 다른 모든 것과 마찬가지로 모양을 냈다. 소맷부리와 칼라와 앞치마는 눈부시게 하얬고, 캡은 아이스크림선디 위의 웨이퍼같이 생긴 뻣뻣한 세로 프릴이 달려 평소보다 더 화려했다. 그러나 베티는 아래층에서 샌드위치를 만들다 불려와서 그런지 좀 성가시다는 표정이었다. 캐럴라인이 사다리를 치우라고 하자 베티는 우아함과는 거리가 먼 걸음으로 재빨리 다가가 사다리를 챙겨 들었다. 그러나 너무 서둘렀는지, 아니면 무게를 얕잡아봤는지 몇 걸음 못 가서 사다리를 바닥에 쾅 내려놓고 말았다.

캐럴라인과 나는 깜짝 놀랐고, 개도 마구 짖어댔다.

"지프, 이 멍청아, 조용히 해!" 캐럴라인이 지프를 나무란 다음 똑같은 어조로 베티에게 말했다. "도대체 무슨 짓이니?"

"아무 짓도 안 했어요!" 소녀가 대답하며 고개를 홱 들자 캡이 미끄러져 내려왔다. "거지같은 사다리가 흔들린 것뿐이에요. 이 집안 물건은 몽땅 흔들흔들하잖아요!"

"이런, 바보같이 굴지 마."

"난 바보가 아니에요!"

"알았다." 나는 차분히 말하며 베티가 사다리를 단단히 붙잡을 수 있도록 도와주었다. "괜찮아, 망가진 데는 없어. 이제 들고 갈 수 있겠니?"

베티는 캐럴라인을 노려보다 아무 말 없이 사다리를 들고 나갔는데, 그러다가 에어즈 부인과 부딪칠 뻔했다. 좀 전에 문 앞에 다다른 부인은 이 소동의 말미를 목격했다.

"웬 소란이니!" 부인이 방안으로 들어오며 말했다. "도대체가!" 그리고 나를 보았다. "닥터 패러데이, 벌써 왔군요. 정말 근사해 보이네요. 이런, 우릴 어떻게 생각할지."

부인은 태도와 표정을 가다듬으며 다가와 내게 손을 내밀었다. 그녀는 매혹적인 프랑스 과부처럼 짙은 색 실크드레스 차림이었다. 머리에는 검은 레이스숄을 만틸라처럼 우아하게 두르고 목 부근에서 카메오 브로치로 고정했다. 샹들리에 아래를 지나면서는 높은 광대뼈를 씰룩이며 위쪽을 곁눈질했다.

"불빛이 눈을 찌르는 것 같지 않니? 옛날에는 분명 이렇게까지 쨍하지 않았는데. 그때는 젊어서 눈이 더 좋았겠지 아마…… 캐럴라인, 얘야, 어디 한번 보자꾸나."

캐럴라인은 사다리 때문에 난리를 치고 나서 더욱 긴장한 것 같았다. 그녀는 마네킹 같은 포즈를 취하고 마네킹처럼 뻣뻣한 음성으로 말했다. "이 정도면 됐어요? 어머니의 높은 기대치에 부응하진 못하겠지만."

"무슨 소릴 그렇게 하니." 부인의 어조를 듣고 나는 앤의 말투가 떠올랐다. "정말 예쁘구나. 장갑만 좀 잘 펴고, 옳지…… 로더릭은 아직이니? 그애가 발꿈치를 끌고 다니지 않았으면 좋겠는데. 아까 낮에는 야회복이 너무 헐렁하다고 투덜거리더구나. 정말이지 야회복이 있는 게 어디냐고 말해줬단다. 고마워요, 닥터 패러데이. 네,

셰리로."

나는 부인에게 술잔을 건넸다. 그녀는 잔을 받아들고 내게 미소를 지으면서도 정신은 딴 데 가 있었다.

"짐작할 수 있으려나요?" 부인이 말했다. "이 집을 남들에게 보이는 게 하도 오랜만이라 막 떨리네요."

"글쎄요, 아무도 모를 겁니다."

그녀는 내 말을 듣지 않았다. "옆에 아들이 있으면 안심이 될 텐데. 이따금 나는 그 아이가 자신이 헌드레즈의 주인이라는 걸 잊고 있는 게 아닌가 하는 생각이 들어요."

지난 몇 주간 로더릭을 봐온 나는 그가 헌드레즈의 주인이라고 생각한 적이 있기나 한지 의심스러웠다. 캐럴라인을 보니 그녀도 똑같은 생각을 하는 게 틀림없었다. 에어즈 부인은 쉴새없이 계속 주위를 살피고 다녔다. 술을 한 모금 마신 뒤 그대로 잔을 내려놓고 사이드테이블로 가서 꺼내놓은 셰리주가 부족하지는 않을지 걱정하고, 담배상자를 확인한 다음 테이블 라이터가 잘 켜지는지 하나씩 시험해보았다. 그때 갑자기 벽난로에서 연기가 확 일었다. 부인은 난롯가로 가서 굴뚝 청소가 말끔하지 않다느니 바구니에 든 땔감이 젖었다느니 하면서 애를 태웠다.

하지만 새로 장작을 가져올 시간이 없었다. 부인이 허리를 펴자 복도에서 울리는 말소리가 들렸다. 정식 손님들이 도착한 것이었다. 빌과 헬렌 데즈먼드 부부는 리드코트에 살아서 나와 조금은 아는 사이였다. 로시터 부부는 얼굴만 알았다. 그리고 다른 한 명은 나이든 독신녀 대브니 양이었다. 휘발유를 아끼려고 다섯이 함께 데즈먼드 부부의 차에 끼어 타고 온 것이었다. 그들은 궂은 날씨에 불평을 늘어놓으며 베티에게 젖은 코트와 모자를 건넸다. 베티는 손님들을 연회장으로 안내했다. 캡을 다시 똑바로 쓴 걸 보니 화는 다 풀린 모양이었다. 나는 베티와 시선이 마주치자 윙크를 보냈다. 소녀는 흠칫 놀란 듯했지만, 이내 볼을 감싸고 어린애처럼 웃었다.

새로 도착한 사람들은 야회복을 입은 나를 알아보지 못했다. 로시터 씨는 은퇴한 치안판사였고 빌 데즈먼드는 엄청난 토지를 소유한 대지주였으니, 내가 평소에 어울리는 무리가 아니었다. 데즈먼드 부인이 가장 먼저 나를 알아보았다.

"어머!" 그녀는 걱정스럽게 말했다. "누가 아픈 건 아니죠?"

"아프다뇨?" 에어즈 부인이 말했다. 그리고 가볍게 사교적인 웃음을 지으며 덧붙였다. "아, 아니에요. 의사 선생은 오늘밤 우리 손님이에요! 로시터 씨 그리고 로시터 부인, 닥터 패러데이를 아시죠? 대브니 양도 아실 테고."

그러고 보니 대브니 양은 이전에 한두 번 진료한 적이 있었다. 그녀는 건강염려증이 있어서, 의사들에게 짭짤한 수입을 올려주는 유형의 환자였다. 그러나 그녀는 구식 '상류 인사'로 의사에게 상당히 거만하게 구는 사람이라 한 손에 럼주잔을 들고 헌드레즈에 떡하니 서 있는 나를 보고 제법 놀랐을 것이다. 하지만 그녀의 놀라움은 도착 직후의 의례적인 떠들썩함에 묻혀버렸다. 다들 연회장을 보고 한마디씩 했고, 술을 따르고 건네느라 바빴으며, 지프, 귀여운 지프가 예쁨을 받으려고 사람들 사이를 킁킁거리며 수선스럽게 돌아다녔다.

그때 캐럴라인이 담배를 권했고, 손님들은 그제야 그녀를 제대로 쳐다보았다.

"이야!" 로시터 씨가 여성에 대한 예의를 한껏 갖추어 말했다. "이 아리따운 젊은 아가씨는 누구지?"

캐럴라인은 고개를 갸웃했다. "나이 먹고 인물 없는 캐럴라인이 립스틱을 발랐을 뿐인데요, 이를 어쩌나."

"바보같이 굴긴." 로시터 부인이 상자에서 담배를 꺼내며 말했다. "정말 예쁘네. 네 아버지 딸이니까. 네 아버지는 참 잘생긴 남자였지." 그녀는 에어즈 부인에게 말했다. "대령님이 지금 이 방을 보면 참 좋아하실 텐데. 안 그래요, 앤절라? 파티를 무척 좋아하는 분이셨잖아요. 춤도 굉장히 잘 췄고. 균형 감각이 엄청 좋았죠. 언젠가 워릭에서 당신과 함께 춤추던 모습이 생각나네요. 당신을 보는 것도 참 즐거웠어요. 민들레 홀씨처럼 가벼웠죠. 요즘 젊은이들은 옛날 춤을 모르는 것 같고, 요즘 춤을 보면, 아니 내가 나이가 들어 그런지 요즘 춤은 다 너무 천박해 보이더군요. 팔짝팔짝 뛰어다니기만 하는데 꼭 정신병동의 한 장면을 보는 것 같다니까요! 내 취향으로는 도저히 좋아할 수가 없더라고요. 당신은 어떠세요, 닥터 패러데이?"

나는 적당히 모나지 않은 대답을 했고, 우리는 잠시 춤에 관해 대화를 나눴다. 그러나 화제는 금방 예전에 이 카운티에서 열렸던 화려한 파티와 무도회로 되돌아왔고, 나는 끼어들 여지가 없었다. "1928년인가 29년이었지요." 대브니 양이 유난히 화려했던 어느 행사를 언급했고, 나는 심사가 배배 꼬여 그때 당시 나의 삶을 그려보았다. 버밍엄에서 의대를 다니며 디킨스 소설에 나올 법한 구멍 뚫린 지붕 밑 다락방에 살면서 누적된 과로와 끝없는 배고픔에 시달리던 당시를. 그때 지프가 컹컹 짖었다. 캐럴라인은 지프가 연회장 밖으로 뛰쳐나가지 않도록 목줄을 꽉 잡았다. 복도에서 두런두런 소리가 났고, 그중에는 분명 어린아이의 목소리도 있었다. "개가 있어?" 우리는 모두 입을 다물었다. 입구에 한 무리의 사람들이 나타났다. 신사복을 입은 남자 두 명, 강렬한 색상의 칵테일드레스를 입은 아름다운 여성, 그리고 여덟아홉 살쯤 되어 보이는 예쁘장한 여자아이였다.

아이는 우리를 보고 눈이 휘둥그레졌다. 그애는 베이커하이드 부부의 딸 질리언이었다. 그리고 적어도 에어즈 부인은 또 한 명의 남자가 온다는 사실을 알았던 모양이다. 나는 아무런 언질도 받지 못했지만. 베이커하이드 부인의 남동생 몰리 씨라고 했다.

"저는 보통 주말에는 누님 부부와 함께 이곳에 있습니다." 그는 사람들과 악수하며 말했다. "그래서 덤으로 따라가게 되나보다 생각했지요. 벌써 다들 시작해버린 건 아니겠죠?" 그리고 자기 매형에게 소리쳤다. "형님! 아무래도 이 동네에서 쫓겨날 것 같습니다!"

두 사람이 입은 신사복을 언급한 말이었다. 빌 데즈먼드와 로시터 씨와 나는 옛날 방식대로 야회복을 입었고, 에어즈 부인과 다른 숙녀들도 모두 발밑까지 내려오는 드레스로 성장을 했다. 그러나 베이커하이드가 사람들은 어긋난 옷차림을 웃음으로 날려버릴 작정인 듯했다. 실제로, 어쩐지 옷을 잘못 고른 기분이 드는 쪽은 우리였다. 그렇다고 베이커하이드 부부가 거들먹거렸느냐 하면 그건 아니었다. 오히려 그날 밤 그들은 더할 나위 없이 유쾌하고 공손했다. 그들의 세련된 태도가 나름 독특해서, 왜 동네 사람들이 그들을 보고 이곳 시골의 상식에 어긋난다고 여기는지 충분히 이해하고도 남았지만 말이다. 꼬마애도 제 부모와 비슷한 점이 있어 어른과 동등한 입장에서 대화를 하려는 모양이었지만, 역시 애는 애였다. 예를 들어, 앞치마를 두르고 캡을 쓴 베티를 보고 킥킥거렸고, 지프를 보고는 기겁했다. 음료를 돌릴 때 아이에게는 레모네이드를 주었는데, 하도 와인을 달라고 보채서 결국 아이 아버지가 꼬마의 컵에 자기 술을 조금 따라주었다. 워릭셔의 어른들은 셰리주가 아이의 컵 속으로 사라지는 장면에 황홀한 경악을 금치 못했다.

　베이커하이드 부인의 남동생 몰리 씨는 처음부터 영 마음에 들지 않았다. 그는 스물일곱쯤 되어 보였다. 매끄러운 머리카락에 테 없는 미국식 안경을 쓴 그는 비교적 짧은 시간 내에 우리 모두에게 자신이 런던의 광고회사에서 일하며 얼마 전부터는 '문장을 다루면서' 영화계에 이름이 나기 시작했음을 주지시켰다. 우리 편의를 생각해서랍시고 무엇을 어떻게 다루는지는 부연하지 않았는데, 로시터 씨가 그 얘기를 잘못 알아듣고 몰리 씨가 나처럼 환자를 다루는 의료계 사람이라고 착각하는 바람에 잠시 혼선이 있었다. 몰리 씨는 이 실수를 관대히 웃어넘겼다. 그리고 칵테일을 홀짝이며 나를 유심히 바라보더니 이내 무시하기로 결정했고, 채 십 분이 지나기 전에 우리 모두를 도매금으로 넘기고 털어버렸다. 그러나 에어즈 부인은 주최자로서 그를 따뜻이 맞이하기로 마음먹은 모양이었다. "몰리 씨, 데즈먼드 부부는 만난 적이 있지요?" 부인은 그를 이 사람 저 사람 사이로 데리고 다니며 인사시켰다. 한 바퀴 돌고 나서 그는 다시 로시터 씨와 내가 서 있는 난롯가로 떠밀려왔다. "여기 신사분들은 좀 앉으셔야겠네…… 당신도요, 몰리 씨."

에어즈 부인은 몰리 씨의 팔을 붙잡고 어디로 데려가야 할지 몰라 잠시 망설였다. 그러다 결국, 분명 우연이겠지만 소파로 이끌었다. 거기에는 캐럴라인과 로시터 부인이 앉아 있었지만, 소파는 길었다. 몰리 씨는 잠깐 주저하다 못 이기는 척 캐럴라인 옆자리에 앉았다. 그가 앉는 순간 캐럴라인은 소파에서 일어나 지프에게 다가가 개의 목줄을 매만졌다. 일부러 그러는 티가 팍팍 나서 나는 '캐럴라인이 안됐군!' 하고 속으로 혀를 찼다. 나는 캐럴라인이 어떡하면 이 자리를 모면할까 궁리한다고 생각했다. 그러나 그녀는 되돌아와 앉았다. 나는 캐럴라인의 얼굴을 살폈다. 그녀는 이상하게 남을 의식하는 눈치였고, 그녀답지 않게 나긋나긋한 몸짓으로 손을 들어 머리칼을 만졌다. 그녀에게서 몰리 씨 쪽으로 시선을 돌리니, 그는 어쩐지 강요받은 듯 몸가짐이 부자연스러웠다. 나는 방금 전 저녁까지 계속된 그 모든 수고와 준비 작업이 떠올랐다. 아까 어색하게 굴던 캐럴라인의 모습도 생각났다. 별안간 지독한 배신감과 씁쓸함이 찾아들었다. 이 파티가 왜 기획됐는지, 이를 통해 에어즈 부인이, 그리고 의심할 바 없이 캐럴라인 자신이 무엇을 얻고자 했는지 확연히 깨달았다.

이러한 깨달음을 얻은 찰나 로시터 부인이 소파에서 일어났다.

"젊은 사람들끼리 얘기하도록 우린 자리를 비켜주지요." 그녀는 중년의 짓궂은 표정으로 자기 남편과 나를 향해 속삭였다. 그러고는 빈 잔을 내게 내밀며 말했다. "닥터 패러데이, 저의 어린양이 되어주시겠어요? 셰리주를 좀더 부탁해요."

나는 잔을 가지고 사이드테이블로 가서 술을 따랐다. 내 모습이 방안의 수많은 거울 중 하나에 비쳐 보였다. 가차 없는 조명 아래 한 손에 술병을 든 내 모습은 영락없는 식료품가게 대머리 점원이었다. 잔을 들고 로시터 부인에게 돌아가자 그녀가 호들갑스럽게 말했다. "이렇게 감사할 때가, 정말 고마워요." 그녀는 미소를 지었지만 앞서 나의 똑같은 친절에 에어즈 부인이 띤 미소와 마찬가지로 건성이었고, 시선 역시 내게서 벗어나 다른 곳에 가 있었다. 그리고 이내 자기 남편과 하던 얘기를 계속했다.

아마도 나 자신의 기분이 가라앉았던 탓에 그렇게 느껴졌을 수도 있고, 비교 불가능한 베이커하이드 부부의 세련된 태도 때문일 수도 있지만, 파티는 시작도 하기 전에 빛을 잃은 것 같았다. 스탠디시 사람들이 들어오고 나서 연회장조차 기묘하게 어두워진 느낌이었다. 시간이 지나면서 스탠디시 사람들이 이 방을 칭찬하려 최선을 다하는 모습이 눈에 보였다. 그들은 리젠시 양식의 장식품과 샹들리에와 벽지와 천장에 일일이 감탄을 연발했다. 특히 베이커하이드 부인은 천천히 음미하면서 하나하나 유심히 들여다보았다. 그러나 연회장은 넓었고 오랫동안 난방을 하지 않은 탓에 벽난로에서 불이 활활 타올랐음에도 축축하고 으스스한 냉기가 가시지 않았다. 한두 번인가 베이커하이드 부인은 몸을 떨며 드러난 팔을 쓰다듬었다. 마침내 그녀는 벽난로 양옆에 놓인 섬세하게 금박을 입힌 의자 한 쌍을 자세히 보고 싶다며 난롯가로 가까이 다가왔다. 그리고 의자의 태피스트리 깔개가 1820년대산 오리지널이며, 이 팔각형 연회장을 건축할 때 같이 주문한 것이라는 얘기를 듣고 말했다. "그럴 줄 알았어요. 깔개가 여태 멀쩡하다니 정말 운이 좋네요! 우리가 이사 올 때 스탠디시에도 멋진 태피스트리가 여럿 있었는데, 자세히 보니 다 좀이 슬었더군요. 그래서 치워버려야 했어요. 안타까운 일이지 뭐예요."

"저런, 정말 애석한 노릇이군요." 에어즈 부인이 말했다. "그 태피스트리는 매우 뛰어난 물건이었는데."

베이커하이드 부인이 심상하게 물었다. "보셨어요?"

"네, 물론이죠." 에어즈 부인이 대답했다. 확실히 그녀와 대령은 옛 시절에 정기적으로 스탠디시에 드나들었을 터였다. 나 역시 하인을 치료하러 그 집에 한 번 가본 적이 있었다. 나는 에어즈 부인이 지금 무슨 생각을 하는지 충분히 짐작할 수 있었고, 사실 우리 모두 같은 생각을 했다. 유서 깊은 카펫이 깔리고 벽걸이가 걸린 아름답고 어두운 방과 복도, 사실상 모든 벽면을 덮은 훌륭한 리넨폴드* 판자. 그러나 피터 베이커하이드는, 자세히 조사해보니 판자 중 거의 절반에 딱정벌레가 들끓어 뜯어낼 수밖에 없었다고 말했다.

"그것을 다 내버려야 한다니 너무 안타까웠지요." 수심에 잠긴 우리 얼굴을 보고 그의 아내가 말했다. "하지만 영원히 그것에 매달릴 수도 없는 노릇이고, 일부 건질 수 있는 것은 건졌어요."

"흠흠." 베이커하이드 씨가 말했다. "몇 년 더 지났으면 집 전체

---

* 리넨이 세로로 촘촘히 접힌 것처럼 양각 조각을 넣은 벽면 장식.

가 손쓸 수 없을 만큼 완전히 망가졌을 겁니다. 랜들가 사람들은 현대화가 지나가기만 바라면서 거기 꼼짝 않고 앉아 있는 것으로 나라를 위해 할 도리를 다했다고 생각했던 모양입니다. 하지만 제가 보기에는 저택을 유지할 돈이 없으면 일찌감치 짐 싸서 나가고 호텔이나 골프클럽으로 개조했어야 합니다." 그는 자못 만족스러운 듯 에어즈 부인을 향해 고개를 끄덕였다. "그래도 부인은 이곳을 잘 관리하고 계시잖습니까? 부인께서 농지를 대부분 파셨다는 얘기는 들었습니다. 그건 부인 탓이 아니죠. 우리도 땅을 팔까 하거든요. 정원이 마음에 들긴 하지만." 그는 딸을 불렀다. "안 그러니, 우리 강아지?"

아이는 제 어머니 옆에 앉아 있었다. "저는 하얀 조랑말을 탈 거예요!" 아이가 명랑하게 말했다. "말한테 장애물 넘기도 가르칠 거고요."

아이 어머니는 웃음을 터뜨렸다. "나도 그럴 거야." 그녀는 손을 뻗어 여자아이의 머리칼을 쓰다듬었다. 손목에 찬 은팔찌가 조그만 종처럼 짤랑거렸다. "우린 같이 배울 거란다, 그렇지?"

"타실 줄 아시잖아요?" 헬렌 데즈먼드가 물었다.

"아쉽게도 전혀 모른답니다."

"모터바이크를 계산에 넣지 않는다면 말이죠." 몰리 씨가 소파에 앉은 채로 크게 외쳤다. 캐럴라인에게 담배를 건네준 그는 이제 한 손에 라이터를 들고 그녀에게 등을 돌렸다. "우리는 모터바이크와 친하거든요. 누님이 그걸 몰고 폭주하는 모습을 봐야 하는데! 꼭 발키리 같다니까요."

"그만, 토니!"

둘 사이에만 통하는 농담인 듯 두 사람은 동시에 웃음을 터뜨렸다. 캐럴라인은 머리 위로 손을 올려 핀을 약간 헐겁게 했다. 피터 베이커하이드가 에어즈 부인에게 물었다. "승마 하시죠? 여기서는 다들 그런 것 같습니다만."

에어즈 부인은 고개를 저었다. "저는 말을 타기에는 나이가 많아서. 캐럴라인은 이따금 리드코트의 패트모어에게서 말을 빌려 타요. 지금은 그의 마구간도 예전만 못하지만. 남편이 살아 있을 때는 우리 소유의 마구간이 있었지요."

"아주 훌륭한 마구간이었죠." 로시터 부인이 한마디 보탰다.

"하지만 전쟁도 있었고 해서 그런 일이 점점 어려워지더군요. 아들이 부상당하고 나서는 다 손을 뗐습니다…… 로더릭은 공군에 복무했거든요."

"아." 베이커하이드 씨가 말했다. "뭐, 그렇다고 아드님을 나쁘게 생각지는 않을 겁니다. 그렇지, 토니? 뭘 탔지요? 모스키토? 좋았겠네요! 전에 한 친구가 모스키토를 태워준 적이 있는데 착륙하고 나서 바로 내리질 못하겠더군요. 정어리깡통에 담겨 내팽개쳐진 느낌이었습니다. 안치오*에서 노를 젓는 게 차라리 낫지요. 다리를 다친 것 같던데, 참 안됐습니다. 지금은 어떻게 지냅니까?"

"아, 네, 잘 지내는 편이에요."

---

* 이탈리아 로마 근처의 항구도시. 2차대전 말기 연합군이 상륙작전을 펼쳐 치열한 전투를 벌였다.

"유머 감각을 유지하는 게 가장 큰일인데…… 아드님을 만나뵙고 싶군요."

"네, 그게," 에어즈 부인이 난감해하며 말했다. "그애도 베이커하이드 씨를 뵙고 싶어할 거예요." 부인은 팔찌시계의 숫자판을 들여다보았다. "참, 로더릭이 아직 인사를 못 드려 정말 뭐라고 사과 말씀을 드려야 할지 모르겠네요. 이게 바로 직접 농장을 경영할 때의 가장 큰 단점이랍니다. 예상치 못한 일이 생기니……" 부인은 고개를 들고 주위를 둘러보았다. 순간 나는 그녀가 나를 부르려 한다고 생각했다. 그러나 부인은 베티를 불렀다.

"베티, 지금 로더릭 방에 가서 무엇 때문에 늦는지 보고 오겠니? 우리 모두 기다리고 있다고 꼭 전하렴."

베티는 막중한 임무로 얼굴이 상기되었고, 금세 방 밖으로 사라졌다. 그리고 몇 분 후에 돌아와 로더릭이 지금 옷을 갈아입는 중이며 가능한 한 빨리 오겠다고 했다는 말을 전했다.

저녁은 깊어갔지만 로드는 여전히 나타나지 않았다. 다시 잔이 채워졌고, 여자아이는 점점 생기가 넘쳐 또 와인을 맛보겠다며 졸라댔다. 누군가 애가 피곤할 것 같다고, 잘잘 시간이 지났는데도 이렇게 깨어 있게 해주니 참 좋겠다고 말했다. 그러자 아이 어머니가 또 딸의 머리칼을 쓰다듬으며 너그럽게 말했다. "아, 우리는 아이가 스스로 곯아떨어질 때까지 놔두는 편이에요. 단지 시간이 되었다고 억지로 재우는 건 이해를 못 하겠더라고요. 그러니까 온갖 노이로제가 생기죠."

아이는 새되고 격앙된 목소리로 자기는 자정 전엔 절대 자지 않는다고 직접 확인해주었다. 게다가 한술 더 떠서, 자기는 저녁식사 후 브랜디를 수시로 마시고, 담배도 반쯤 피워봤다고 말했다.

"흠, 여기서는 브랜디를 마시거나 담배를 피우지 않는 게 좋을 거다." 로시터 씨가 말했다. "왜냐면 아이들이 그런 짓을 하는 걸 닥터 패러데이가 허락할 리 없거든."

나는 짐짓 눈을 부라리며 절대 허락하지 않을 거라고, 결단코 안 된다고 말해주었다. 그때 캐럴라인이 조용하지만 분명하게 한마디 했다. "나도 같은 생각이에요. 못된 꼬마들이 먹지도 않을 오렌지를 이것저것 만지작거리는 것만도 충분히 버릇없는 짓이죠." 이 말에 몰리 씨는 깜짝 놀란 표정으로 캐럴라인을 쳐다보았고, 순간 당혹스러운 정적이 흘렀다. 그때 질리언이 이렇게 선언하며 적막을 깼다. "제가 담배를 피우고 싶다면 여러분은 절 막지 못할 거예요. 그리고 진짜로 하고 싶다면 반드시 꼭 시가도 피우고 말 거예요!"

가엾은 아이 같으니. 질리언은 우리 어머니가 말하곤 하던 '귀염성 있는' 아이가 아니었다. 그래도 아이는 털실 뭉치를 가지고 노는 고양이처럼, 할 얘기가 떨어지면 그저 바라보며 미소만 지어도 좋을 대상이 되어주었다. 우리는 모두 그 아이가 와줘서 기뻤다. 언뜻 보니 에어즈 부인만 정신이 딴 데 팔려 있었다. 분명 로더릭이 신경 쓰였을 것이다. 그로부터 십오 분이 지나도 여전히 그가 나타날 기미가 없자 부인은 베티를 다시 한번 그의 방으로 보냈고, 이번에 베티는 바로 돌아왔다. 그러고는 어쩔 줄 몰라하며 곧장 에어즈 부인에게로 가서 뭔가 귓속말로 속삭였다. 그때 나는 대브니 양에게 붙들려 있었고―그녀는 자신이 앓고 있는 질환 가운데 하나에 대해 조언을 구했다—예의바르게 빠져나올 방법이 없었다. 안 그랬으면 내가 가보았을 것이다. 하지만 상황이 이러하여 나는 에어즈 부인이 사람들에게 양해를 구하고 직접 로더릭을 찾으러 나가는 모습을 지켜볼 수밖에 없었다.

그후, 비록 우릴 흥겹게 해주는 여자아이가 있긴 했지만 파티는 허우적대며 가라앉았다. 누군가 아직 비가 온다는 말을 꺼냈고, 우리는 모두 감사하는 마음으로 고개를 돌려 빗줄기가 유리창에 그리는 무늬를 바라보며 날씨와 농장 일과 토지 상태에 관해 대화를 나눴다. 다이애나 베이커하이드가 축음기와 레코드 진열장을 보더니 음악을 듣는 게 어떠냐고 제안했다. 그러나 잠깐 판을 휘리릭 넘겨보고는 마음에 드는 레코드가 없었는지 이내 생각을 접었다.

문득 그녀가 피아노는 어때요? 하고 물었다.

"눈치 없기는, 피아노가 없잖아." 그녀의 남동생이 주위를 둘러보며 말했다. "저건 스피넷* 아닌가?"

그것이 실제 플랑드르 하프시코드임을 알고서 베이커하이드 부인이 말했다. "아니 정말? 어쩜 근사해라! 그럼 좀 쳐봐도 될까요, 에어즈 양? 너무 오래돼서 부서지는 건 아니겠죠? 토니는 어떤 피아노든 다 칠 수 있거든요. 그런 식으로 쳐다보지 마, 토니. 칠 줄 알면서!"

캐럴라인에게 한마디 말이나 눈길도 주지 않고 몰리 씨는 소파에서 일어나 하프시코드 쪽으로 가서 건반을 눌렀다. 고풍스러운

---

* 소형 하프시코드의 일종.

소리였으나 음정은 전혀 맞지 않았다. 그래도 흥이 돋았는지 그는 의자에 앉아 열정적인 재즈곡을 쏟아내기 시작했다. 캐럴라인은 은색 장갑의 손가락에서 삐져나온 실을 잡아당기며 잠시 홀로 앉아 있다 갑자기 벌떡 일어나 난롯가로 가서는 연기가 나는 벽난로에 장작을 몇 개 더 집어넣었다.

이윽고 에어즈 부인이 돌아왔다. 그녀는 하프시코드 앞에 앉은 몰리 씨를 기가 차다는 듯 흘깃 쳐다보았고, 로시터 씨와 헬렌 데즈먼드가 기대에 부풀어 "로더릭은요?" 하고 묻자 고개를 저었다.

"애석하게도 로더릭의 상태가 별로 좋지 않네요." 부인은 손가락에 낀 반지를 돌리며 말을 이었다. "오늘 저녁에는 아무래도 나오기 힘들겠어요. 로더릭도 매우 안타까워하더군요."

"저런, 어쩌나!"

캐럴라인이 고개를 들고 물었다. "어머니, 제가 뭐 도울 일은 없나요?" 나도 같은 질문을 하려고 한 발짝 내디뎠다. 그러나 에어즈 부인은 간단히 대답했다. "아니, 전혀. 로더릭은 괜찮다. 내가 아스피린을 몇 알 줬어. 농장에서 좀 과로한 것뿐이란다."

에어즈 부인이 잔을 들고 다가가자 베이커하이드 부인이 다감하게 에어즈 부인을 바라보며 물었다. "상처가 도졌나봐요?"

에어즈 부인은 머뭇거리다 이내 고개를 끄덕였다. 그 시점에서 나는 무언가 단단히 잘못되었음을 알았다. 로더릭의 다리가 좀 말썽일 수는 있겠지만, 내 치료에 힘입어 전반적으로 많이 나아졌고 지난 몇 주 동안 딱히 심각한 문제를 일으킨 적은 없었다. 그때 로시터 씨가 사람들을 둘러보며 말했다. "참 아까운 녀석입니다. 어렸을 때는 무척 활발한 아이였는데. 로더릭하고 마이클 마틴이 교장 선생의 차를 훔쳐 타고 달아났던 사건 기억합니까?"

이 얘기가 나름 자극제가 되었고, 어떤 의미에서는 파티를 살렸다. 에피소드 자체는 짧았지만 곧바로 다른 이야깃거리로 이어졌다. 다들 로더릭의 어릴 적 이야기를 좋아했는데, 첫째로는 그가 당한 사고가, 그다음으로는 너무 이른 나이에 현대적 토지 경영의 책임을 짊어져야 하는 애틋한 인생 역정이 로더릭의 과거를 더욱 사랑스럽게 만드는 듯했다. 그러나 대화중에 내가 끼어들 여지는 여전히 거의 없었다. 또한 스탠디시 일가 입장에서도 별 흥미 없는 이야기였다. 몰리 씨는 여전히 하프시코드 앞에 앉아 귀에 거슬리는 불협화음을 뚱땅거렸다. 베이커하이드 부부는 자못 예의바르게, 그러나 다소 굳은 표정으로 로더릭에 관한 일화를 경청했다. 하지만 질리언이 금세 자기 엄마에게 화장실에 가고 싶다고 다 들리게 속삭였고, 베이커하이드 부인은 캐럴라인에게 얘기한 후 아이를 데리고 나갔다. 그 김에 그녀의 남편도 무리에서 빠져나와 잠시 연회장을 둘러보며 어슬렁거렸다. 그때 마침 베티가 앤초비 토스트 쟁반을 들고 부지런히 돌아다녔고, 결국 두 사람은 마주쳤다.

"안녕?" 그가 베티에게 인사하는 소리가 들렸다. 나는 대브니 양에게 레모네이드를 갖다주러 사이드테이블로 가는 중이었다. "참 열심히 일하네. 처음엔 우리 코트를 받아주고 지금은 샌드위치를 갖다주고. 아가씨를 도와줄 집사나 뭐 그런 다른 사람은 없나?"

하인과 격의 없이 얘기를 주고받는 게 요즘 사람들 방식인가보다고 나는 생각했다. 그러나 에어즈 부인이 베티를 가르친 방식은 그렇지 않았다. 베티는 얼빠진 얼굴로 잠시 그를 쳐다보며, 이 사람이 진짜로 내 대답을 듣고 싶어서 이러나 고민하는 듯했다. 결국 베티는 말했다. "없습니다, 나리."

그는 웃음을 터뜨렸다. "저런, 거참 안됐군. 내가 아가씨라면 노동조합에 가입했을 거야. 하지만 이 말은 해주고 싶군. 이 예쁘장한 머리장식이 마음에 드는걸." 그는 베티의 캡에 달린 프릴을 가볍게 툭 건드렸다. "이걸 우리집 하녀에게 씌우려 하면 무슨 표정을 지을지 보고 싶군!"

이 마지막 말은 베티한테보다는 내게 한 말이었다. 그가 고개를 들었을 때 나와 시선이 마주쳤던 것이다. 베티는 머리를 폭 숙인 채 가버렸고, 그는 레모네이드를 따르는 내 옆으로 휘적휘적 다가왔다.

"꽤 독특한 곳 아니오?" 그는 다른 사람들을 흘깃 쳐다보며 나직하니 말했다. "초대받고 나서 솔직히 이곳을 둘러볼 기회가 생겼다는 사실만으로 기뻤소. 선생은 이 집안 주치의인 것 같은데. 이 집 장남 때문에 여차하면 바로 손쓸 수 있게 선생을 옆에 두려는 모양이지? 그의 건강이 그렇게까지 나쁜 줄 미처 몰랐소."

나는 말했다. "로더릭은 그렇게까지 아프지 않습니다. 오늘 저녁에는 저도 당신처럼 모임에 초대받아 온 겁니다."

"아, 그러시오? 왠지 모르겠지만 선생이 그 아들 때문에 여기 있다는 인상을 받아서…… 상처니 부상이니 하는 말을 듣고 몸이 안 좋은가보다 했지. 그는 손님을 싫어하는 모양이오?"

나는 내가 알기론 로더릭도 파티를 무척 기대했는데, 농장 일을 너무 많이 떠안고 몰두하는 경향이 있어 지나치게 몸을 혹사시킨 모양이라고 대답했다. 베이커하이드 씨는 고개를 끄덕였지만, 이렇든 저렇든 진심으로 신경쓰는 것 같지는 않았다. 그는 소매 커프스를 뒤로 당겨 손목시계를 확인하고는 하품을 억누르며 말했다.

"흠, 슬슬 식구들을 데리고 스탠디시로 돌아갈 시간인 것 같군. 물론 처남을 저 정신없는 피아노에서 끌어낼 수 있다면 말이지만." 그는 실눈을 뜨고 몰리 씨를 응시했다. "저런 나잇값 못 하는 멍청이를 본 적 있소? 저놈이 우리가 여기 온 이유인데! 내 아내가, 어휴, 저놈이 장가가는 걸 보고야 말겠다더군요. 아내와 여기 여주인께서 이 모든 걸 작당해가지고 처남을 이 집 딸에게 소개시켜주려고 한 거요. 뭐, 순식간에 결판났다고 보지만. 못생긴 사내놈 주제에 얼굴을 밝히거든……"

아무런 악의 없이 그냥 옆사람과 잡담하는 기분으로 내뱉은 말이었다. 하지만 그는 난롯가에서 우리 쪽을 쳐다보는 캐럴라인을 보지 못했다. 큰 목소리는 묻히는 반면 작은 속삭임은 왕왕 방 건너편까지 다 들리는, 이 괴상하게 생긴 방의 음향효과에 대해서도 전혀 몰랐다. 그는 남은 술을 마저 마시고 술잔을 내려놓은 다음, 막 질리언과 함께 돌아온 자기 아내를 향해 고개를 끄덕여 보였다. 이제 그는 사람들의 대화중에 적당한 틈이 나면 양해를 구하고 가족과 함께 집으로 돌아가려고 준비를 했다.

이어서, 그뒤로도 생각날 때마다 가슴을 치며 후회하는, 거의 죄책감마저 느껴지는 그 순간이 왔다. 그런 순간은 이후로도 몇 달 사이에 몇 번 더 있었다. 나는 얼마든지 베이커하이드 일가가 서둘러 자리를 뜰 수 있도록 도움을 줄 수 있었는데도 실제로는 그 반대로

144

행동했다. 로시터 부부는 소년 로더릭의 최신 모험담을 마무리한 참이었고, 나는 그들과 저녁 내내 거의 한마디도 나누지 못했기에 대브니 양 쪽으로 돌아가서 뭔가 진짜 하찮은, "대령님은 그걸 어떻게 생각하셨나요?"라는 둥의 질문을 던졌으며, 그걸 기화로 그들은 또다시 기나긴 추억에 빠져들었다. 베이커하이드 씨는 실망한 기색이 역력했다. 그걸 보고 나는 유치하게 고소해했다. 나는 그에게 사는 게 만만치 않다는 걸 알려주고 싶은, 무의미하고 앙심에 가까운 충동에 사로잡혔다.

내가 그때 그러지만 않았어도, 하고 하느님께 빌고 싶은 심정이다. 그의 딸 질리언에게 끔찍한 일이 벌어졌기 때문이다.

아이는 여기 왔을 때부터 지프를 보고 무섭다며 내내 질리도록 똑같은 쇼를 해댔고, 방안을 싹싹하게 돌아다니던 지프가 자기 옆에 올 때마다 호들갑을 떨며 엄마 치맛자락 뒤로 숨었다. 그러나 나중에는 전략을 바꿔 지프를 상대로 조금씩 모험을 감행하기 시작했다. 몰리 씨가 뚱땅거리는 하프시코드 소리에 예민해졌는지 지프는 창가로 가서 커튼 뒤에 자리잡았다. 그때 질리언이 개를 쫓아가 낮은 의자를 하나 끌어다놓고 조심스럽게 개의 머리를 쓰다듬으며 의미 없는 말을 걸었다. "착하지. 넌 아주 착한 개야. 넌 용감한 개야." 그 비슷한 말이었다. 아이는 창가 끝에 있어서 우리 시야에서는 잘 보이지 않았다. 아이 어머니는 지프가 아이를 물세라 안절부절못하며 자주 아이를 돌아보았고, 한번은 "질리, 조심하렴, 얘야!" 하고 목소리를 높였다. 그 말에 캐럴라인은 조그맣게 코웃음을 쳤다. 캐럴라인이 보기에 지프는 더이상 얌전할 수 없을 정도로 얌전한 개였고, 그나마 위험이 있다면 아이가 자꾸 개의 머리를 두드리고 말을 거는 바람에 개가 귀찮아하는 것 정도였다. 그런 이유로 캐럴라인도 베이커하이드 부인만큼이나 자주 질리언을 돌아보았다. 그리고 이따금 헬렌 데즈먼드나 대브니 양, 혹은 로시터 부부 중 한 명이 꼬마의 목소리에 귀여워서 못 견디겠다는 듯 흘깃 쳐다보았다. 나 또한 그쪽을 응시하곤 했다. 솔직히 말해 질리언을 보지 않았던 유일한 사람은 아마도 베티였을 것이다. 토스트를 들고 돌아다닌 뒤에 베티는 배운 대로 시선을 내리깔고 문가에 서 있었다. 귀신이 곡할 노릇이지만, 그럼에도 그 사건이 일어났을 때 우리 중 제대로 질리언을 보고 있던 사람은 아무도 없었다.

그렇지만 우리 모두 그 소리를 들었다. 참혹한 소리였다. 지금까지도 나는 그 환청에 시달린다. 지프가 물어뜯을 듯 컹컹대는 소리에 질리언의 날카롭고 새된 한 줄기 비명이 겹쳤고, 그 비명은 곧 가냘프고 낮게 흑흑거리는 울음소리로 스러졌다. 지금 생각하면 개도, 불쌍한 녀석, 우리 못지않게 놀랐을 것이다. 개는 커튼을 펄럭 젖히며 창문가에서 쏜살같이 달려나갔고, 그 때문에 우리는 잠시 아이한테서 눈을 뗐다. 순간 누군지 모르겠지만 여자 가운데 한명이 무슨 일이 일어났는지 알아차리고 울음을 터뜨렸다. 베이커하이드 씨인가 그의 처남인가가 소리를 질렀다. "맙소사! 질리언!" 두 남자는 앞으로 튀어나갔고, 한 명은 카펫의 벌어진 이음매에 발이 걸려 넘어질 뻔했다. 누군가 유리잔을 허둥지둥 맨틀피스 위에 올려놓다 벽난로 속으로 떨어뜨려 산산조각 났다. 사람들이 몰려들어 소란을 피우는 통에 잠시 동안 내 쪽에서는 아이가 잘 보이지 않았다. 아이의 맨팔과 손만 겨우 보였는데, 피가 흘렀다. 그때까지도 나는—술잔 깨지는 소리가 내 머릿속에 그런 생각을 주입시킨 것 같은데—유리창이 깨져 아이가 다치고 지프도 베었나보다고만 생각했다. 그러나 다이애나 베이커하이드가 달려가 사람들을 헤치고 딸에게 다가가더니 비명을 지르기 시작했고, 나도 앞으로 파고들어 그녀가 본 것을 목격했다. 피는 질리언의 팔이 아니라 얼굴에서 나고 있었다. 아이의 뺨과 입술에서 살점이 축 늘어져 덜렁거렸다. 실질적으로 떨어져나간 거나 다름없었다. 아이는 얼굴을 지프에게 물린 것이었다.

가엾은 아이는 새파랗게 질린 채 충격으로 얼어붙었다. 옆에 있던 아이 아버지가 떨리는 손을 얼굴 근처로 뻗었다가 상처를 만져도 될지 어떨지 몰라 다시 거뒀다. 그는 어찌할 바를 몰랐다. 나는 이미 나도 모르게 그의 옆에 와 있었다. 직업 본능으로 움직였을 것이다. 나는 그가 아이를 안아올리는 것을 도왔다. 우리는 아이를 소파로 데려가 똑바로 눕혔다. 다양한 손수건이 다투어 쏟아졌고, 나는 그것들을 아이의 뺨에 대고 눌렀다. 섬세한 레이스에 자수가 놓인 헬렌 데즈먼드의 손수건이 순식간에 진홍색으로 물들었다. 나는 지혈을 하고 상처를 깨끗이 닦아내려고 최선을 다했지만 까다로운 작업이었다. 이런 종류의 상처는, 특히나 어린아이의 경우에는 실제보다 늘 더 나쁘게 보였다. 그러나 이것은 한눈에 보기에도 물린 상태가 좋지 않았다.

"빌어먹을!" 피터 베이커하이드가 다시 소리쳤다. 그들 부부는 딸아이의 손을 꼭 잡았고, 부인은 흐느꼈다. 둘 다 옷에 피가 묻었는데―우리 모두 그랬을 것이다―환한 샹들리에 조명 때문에 혈흔은 선명하고 소름 끼치게 보였다. "빌어먹을! 애 상태를 보라고!" 그는 아이의 머리카락을 쓸어넘겼다. "이게 도대체 어떻게 된 거야? 왜 아무도 못 본 거야? 하느님 맙소사, 도대체 무슨 일이 일어난 거야?"

"지금은 거기에 신경쓸 때가 아닙니다." 나는 침착하게 말했다. 그러고는 여전히 손수건들로 상처를 꾹 누른 채로 환자의 상태를 머릿속으로 재빨리 검토했다.

"아이를 좀 보라고!"

"아이가 충격을 받기는 했지만 위험하지는 않습니다. 하지만 상처를 꿰매야 해요. 상당히 넓은 부위를 봉합해야 할 것 같습니다. 그것도 빠르면 빠를수록 좋고요."

"꿰맨다고?" 그의 표정이 사나워졌다. 내가 의사라는 사실을 잊었던 것 같다.

"제 가방이 밖에 차에 있습니다. 데즈먼드 씨, 제 가방을 좀……"

"물론이오." 빌 데즈먼드는 숨쉴 틈도 없이 대답하고 밖으로 달려나갔다.

나는 다음으로 베티를 불렀다. 베티는 다들 앞으로 몰려들 때 혼자 뒤에서 머뭇거리며 공포에 질려 지켜보았다. 얼굴이 거의 질린 언만큼이나 창백했다. 나는 베티에게 내려가서 물을 끓이고 담요와 쿠션도 준비해두라고 일렀다. 옆에서 베이커하이드 부인이 손수건 뭉치로 딸의 얼굴을 서툴게 누르는데, 손이 부들부들 떨려 팔에 낀 은색 팔찌가 주르륵 미끄러지면서 짤랑거렸다. 나는 찬찬히 아이를 안아 들었다. 셔츠와 재킷을 입었는데도 아이에게서 한기가 느껴졌다. 아이의 눈은 흐리멍덩하니 생기가 하나도 없었고, 쇼크로 땀을 흘렸다. "아이를 부엌으로 데리고 갈 겁니다."

"부엌으로?" 아이 아버지가 반문했다.

"물이 필요합니다."

그제야 그는 내 말을 알아들었다. "지금 여기서 한다는 거요? 말도 안 돼! 병원 외과로 가야지! 전화를 할 수 없나?"

"가장 가까운 병원도 9마일이나 떨어져 있습니다. 제 진료실까지도 족히 5마일은 되고요. 제 말에 따르세요. 이런 상처를 두고 오늘 같은 밤에 먼 길을 가는 것은 바람직하지 않습니다. 수술은 빠르면 빠를수록 좋습니다. 게다가 출혈로 인한 혈액 손실도 감안해야 하고요."

"여보, 의사가 하자는 대로 해요." 베이커하이드 부인이 말하며 또다시 울음을 터뜨렸다. "제발!"

"그래요." 에어즈 부인이 앞으로 나오며 베이커하이드 씨의 팔에 가볍게 손을 댔다. "지금은 닥터 패러데이가 알아서 하도록 맡겨야 합니다."

그때 나는 베이커하이드 씨가 에어즈 부인을 외면하며 거칠게 그녀의 손을 뿌리치는 모습을 본 것도 같은데, 아이 때문에 정신이 없어 그의 태도를 숙고할 틈이 없었다. 또 무언가 다른 사건이 일어났음을 당시에는 거의 알아차리지 못했다. 나중에 돌이켜보니 그것은 후일 일어난 수많은 사건의 전조였다. 베이커하이드 부인과 내가 조심스럽게 질리언을 문지방까지 데려갔을 때 빌 데즈먼드

가 내 가방을 들고 들어왔다. 헬렌 데즈먼드와 에어즈 부인은 연회
장에서 나가는 우리를 걱정스럽게 바라보며 서 있었고, 로시터 부
인과 대브니 양은 황망중에 벽난로에서 술잔의 잔해를 집어내느라
허리를 굽히고 있었다. 그러다 대브니 양이 손가락을 깊이 베여 안
그래도 여기저기 피가 묻은 카펫에 새로운 핏자국을 더했다. 피터
베이커하이드가 내 뒤에 바싹 붙었고, 뒤이어 그의 처남 몰리 씨가
따라왔다. 그런데 몰리 씨가 이 소동이 벌어지는 동안 줄곧 테이블
밑에 웅크리고 있던 지프를 발견한 모양이었다. 몰리 씨는 개에게
달려들어 욕설을 내뱉으며 발길질을 했다. 상당히 세게 차였는지
지프가 깨갱거렸다. 캐럴라인이 쏜살같이 달려가 그를 밀쳤다. 내
생각에 몰리 씨는 분명 어이가 없었을 것이다.

"지금 뭐 하는 거예요?" 캐럴라인이 소리쳤다. 나는 그녀의 음성
을 기억한다. 부자연스럽고 날카로운, 전혀 평소의 그녀답지 않은
목소리였다.

몰리 씨가 재킷을 똑바로 했다. "몰라서 물어? 당신의 빌어먹을
개가 방금 우리 조카애 얼굴을 반이나 물어뜯었잖아!"

"하지만 당신이 상황을 더 나쁘게 만들고 있잖아!" 캐럴라인은
무릎을 꿇고 앉아 지프를 가까이 잡아당겼다. "당신 때문에 얘가
겁먹었다고!"

"그게 대수야, 그보다 더한 짓을 해도 시원찮을 판에! 아이가 있
는데 개를 풀어놓다니, 도대체 무슨 생각이었던 거야? 그런 건 묶
어놨어야지!"

캐럴라인이 말했다. "누가 약 올리지만 않으면 얘는 절대 얌전하

다고!"

밖으로 나가던 몰리 씨가 이 말에 휙 돌아섰다. "그게 대체 무슨 뜻이야?"

그녀는 고개를 저었다. "소리 좀 그만 지르시지?"

"소리 지르지 말라고? 그놈이 아이한테 한 짓을 봤어?"

"한 번도 사람을 문 적이 없는 개야. 얘는 집안에서 기르는 개라고."

"그놈은 사나운 짐승이야. 총으로 쏴 죽여야 해!"

말다툼은 계속됐지만 나는 그냥 한 귀로 듣고 한 귀로 흘렸다. 뻣뻣하게 굳은 아이를 품에 안고 안전하게 옮기는 데 온 신경을 집중했고, 문간을 지나 모퉁이를 몇 번 돌아서 지하로 가는 층계에 다다랐다. 일단 아래로 내려가자 성난 목소리들은 점차 희미해졌다. 베티는 내가 주문한 대로 부엌에서 물을 끓이고 있었다. 그리고 내 쪽으로 담요와 쿠션도 가져왔다. 베티는 떨리는 손으로 식탁을 치우고 갈색 종이 몇 장을 그 위에 깔았다. 나는 담요를 펴고 질리언을 내려놓은 다음, 가방을 열고 수술도구를 찾아 정돈했다. 작업에 완전히 집중한 탓에, 손을 씻으려고 재킷을 벗다가 야회복이라서 깜짝 놀랐다. 내가 어디 와 있는지 까맣게 잊고 평소에 입는 트위드재킷이라고 생각했던 것이다.

실제로 나는 내 진료실에서든 환자의 집에서든 이런 정도의 소규모 수술에는 이골이 나 있었다. 이십대 때 한번은 어느 농가에 불려가 탈곡기에 다리가 끼어 발이 끔찍하게 짓뭉개진 청년을 보았다. 그때 나는 지금처럼 식탁 위에서 그의 다리를 무릎까지 절단해야 했다. 그리고 며칠 후 청년의 집에서 나를 저녁식사에 초대해 우리는 그 식탁 앞에 앉았다. 핏자국은 깨끗이 닦여 있었다. 청년도 우리와 함께 식탁에 앉았고, 창백하기는 했지만 활기차게 파이를 먹으며 부츠 살 돈이 굳었다고 농담을 했다. 하지만 그들은 험한 일에 익숙한 촌사람이고, 베이커하이드 부부에게는 실과 바늘을 페놀액으로 소독하고 손등과 손톱을 야채솔로 박박 문질러 씻는 내 모습이 무시무시하게 보였을 것이다. 지금 생각해보니 밋밋한 빅토리아풍 주방 기구들과 판석 바닥, 그리고 거대한 괴물 같은 화덕이 있는 헌드레즈홀의 부엌 자체에도 아연실색했을 것 같다. 게다가 지나치게 환했던 연회장과 달리 부엌은 무섭도록 어두침침했다. 나는 베이커하이드 씨에게 식품저장실에서 기름램프를 가져다달라고 해서 아이의 머리맡에 켜놓고 나서야 수술하기에 충분한 빛을 얻을 수 있었다.

아이가 그렇게 어리지 않았다면 염화에틸을 뿌려 상처 부위만 차갑게 마취해도 그럭저럭 수술할 수 있었을 것이다. 그러나 나는 아이가 몸을 뒤척일까 우려해, 상처를 물과 요오드로 소독한 후 아이를 일반 마취제로 얕게 재웠다. 그래도 상처를 꿰맬 때 아이는 아파할 게 분명했다. 나는 아이 어머니에게 다른 손님들과 함께 위층 연회장에서 기다리라고 했다. 예상대로 가엾은 여자아이는 수술 내내 가냘프게 흐느끼며 하염없이 눈물을 흘렸다. 정말 다행스럽게도 동맥은 모두 무사했지만, 살점이 뜯긴 부분의 봉합은 어지간히도 까다로운 작업이었다. 나의 주된 관심사는 앞으로 남을 흉터를 어떻게 최소화하느냐였다. 아무리 말끔히 붙인다 해도 워낙 상처 부위가 넓었다. 아이 아버지는 식탁 앞에 앉아 아이 손을 꼭 쥐고, 바늘로 한 땀 한 땀 뜰 때마다 움찔거리면서도 시선을 돌리기가 무서운 듯 내가 작업하는 모습을 지켜보았다. 실수를 찾아내기라도 할 듯, 하나라도 실수하면 좌시하지 않겠다는 듯 유심히 살폈다. 수술이 시작되고 몇 분 후 그의 처남이 캐럴라인과 싸우다 시뻘게진 얼굴로 나타났다. "진짜 진저리나는 사람들이야." 그가 말했다. "이 집 딸은 제정신이 아니라고!" 그러고 나서야 그는 내가 무엇을 하고 있는지 알아챘다. 그의 뺨에서 핏기가 싹 가셨다. 그는 담뱃불을 댕기고 식탁에서 좀 떨어져 앉아 담배를 피웠다. 잠시 후 그는 베티를 시켜 차를 끓여 돌리게 했다. 그날 저녁 그가 유일하게 한 현명한 행동이었다.

다른 사람들은 위층에서 아이의 어머니를 위로하려 애썼다. 에어즈 부인이 한 번 내려와서 일이 어떻게 진행되는지 물었다. 그녀는 아이가 걱정되어 잠시 그대로 서서 내가 수술하는 모습을 지켜보다, 상처를 꿰매는 장면에 당혹스러워했다. 피터 베이커하이드는 그녀 쪽으로 고개도 돌리지 않았다.

수술은 거의 한 시간이 걸렸다. 수술을 마치고 아이가 아직 비몽사몽인 동안 나는 아이 아버지에게 아이를 집으로 데려가라고 했다. 그러고는 내 차로 뒤따라가 진료실에 들러 한두 가지 필요한 물품을 챙긴 후, 스탠디시로 함께 가서 아이를 침대에 눕히는 것까지 확인할 생각이었다. 아이 부모에게 예후에 대해서는 언급하지 않았다. 가능성이 극히 희박하기는 하지만 그래도 경계해야 할 패혈증이나 감염의 위험이 있었기 때문이다.

아이 어머니를 부르러 베티를 보낸 후, 베이커하이드 씨와 몰리 씨는 질리언을 위층으로 옮겨 차에 태웠다. 어느 정도 정신을 차린 아이는 뒷좌석에 앉아 애처롭게 울기 시작했다. 나는 아이 얼굴에 거즈를 몇 장 붙여놓았다. 아이를 위해서라기보다 아이 부모를 배려해서였다. 꿰맨 자국과 요오드 때문에 상처가 무척이나 보기 흉했던 것이다.

작별 인사를 하려고 불이 환히 켜진 연회장으로 다시 올라가니 다들 아직 그대로 있었다. 적막 속에 넋이 나간 듯 앉거나 서 있는 모습이 전쟁 때 공습의 여파를 떠올리게 했다. 카펫과 소파에 여전히 핏자국이 있었지만, 누군가 걸레로 닦았는지 옅은 분홍색 얼룩만 남았다.

"참혹한 일이야." 로시터 씨가 말했다.

헬렌 데즈먼드는 울고 있었다. "가여워서, 저 어린것이 가여워서 어째요." 그녀가 목소리를 낮췄다. "끔찍한 흉이 남겠죠, 아무래도? 어떻게 그런 일이 생겼을까요? 지프는 사람을 무는 개가 아니잖아요?"

"당연히 아니죠!" 캐럴라인이 그 부자연스럽게 날이 선 생경한 목소리로 되받았다. 그녀는 다른 사람들과 떨어져 지프를 옆에 두고 앉아 있었다. 지프는 눈에 띄게 떨었고, 그녀는 개의 머리를 다독였다. 그러나 그녀의 손도 부들부들 떨렸다. 볼과 입술에 바른 연지가 검푸르게 보였고, 머리 핀도 비뚤어졌다.

빌 데즈먼드가 말했다. "내 생각엔 개가 뭔가에 놀란 것 같습니다. 뭘 봤거나 들었을 수도 있고. 우리 중에 소리를 지르거나 갑자기 움직인 사람이 있나요? 아까부터 계속 기억을 더듬고 있는데."

"우리가 그런 게 아니에요." 캐럴라인이 말했다. "그 여자애가 지프를 못살게 군 게 틀림없어요. 그도 그럴 것이……"

피터 베이커하이드가 내 뒤쪽 복도에서 모습을 드러내자 캐럴라인은 입을 다물었다. 그는 코트를 입고 모자를 썼다. 그의 이마에 선홍색 핏자국이 한 줄 나 있었다. 그가 조용히 말했다. "우린 준비 다 됐소, 선생." 그는 다른 사람들은 쳐다보지도 않았다. 지프를 봤는지는 알 수 없었다.

에어즈 부인이 앞으로 나왔다. "아이가 어떤지 내일 부디 우리에게 알려주겠어요?"

그는 여전히 부인을 쳐다보지도 않고 분주히 운전용 장갑을 끼면서 말했다. "그러죠, 원하신다면."

부인은 한 발짝 앞으로 나와 진심을 담아 정중하고 성의 있게 말했다. "일이 이렇게 되어 이루 말할 수 없이 유감스럽게 생각합니다, 베이커하이드 씨. 우리집에서 이렇게 되어서."

그러나 그는 아주 잠깐 그녀 쪽으로 시선을 돌렸을 뿐이다. 그가 말했다. "네, 에어즈 부인. 저도 그렇습니다."

나는 그를 따라 어두운 바깥으로 나가 차의 시동을 걸었다. 한참 만에 겨우 시동이 걸렸다. 몇 시간 동안 폭우가 쏟아져 엔진이 젖었던 것이다. 그때는 몰랐지만, 그날 밤 계절이 바뀌었고 우울한 겨울이 시작되었다. 나는 차를 돌려 앞서가는 피터 베이커하이드의 꽁무니를 쫓아갔다. 그는 대정원의 담장까지 수풀이 우거지고 울퉁불퉁한 길을 따라 고통스러울 정도로 천천히 차를 몰았다. 하지만 일단 그의 처남이 뛰쳐나가 대정원 출입문을 여닫고 도로로 나가자 액셀러레이터를 끝까지 밟아댔다. 어느새 나까지 과속으로 달렸다. 쉴새없이 움직이는 와이퍼 사이로 앞을 내다보며, 그의 고급 승용차 미등이 발하는, 눈을 찌르는 듯한 불빛에 시선을 고정했다. 붉은 미등이 구불구불한 워릭셔의 칠흑 같은 도로 위를 둥둥 떠가는 것처럼 보일 때까지.

4

나는 다음날 다시 오겠다는 약속을 남기고 새벽 한시쯤 베이커하이드 씨의 집을 나섰다. 나의 오전 진료는 아홉시부터 열시 넘어서까지 계속되기 때문에, 내가 다시 스탠디시의 안마당에 들어섰을 때는 거의 열한시가 지나 있었다. 그때 내 눈에 처음 들어온 것은 같은 동네 경쟁자인 닥터 실리의 차였다. 진흙투성이 밤색 패커드. 베이커하이드 부부가 그를 부른 것은 당연한 일이었다. 어쨌거나 그들의 주치의는 닥터 실리니까. 그래도 의사 입장에서는 환자가 자신에게 미리 알리지도 않고 그런 결정을 하면 난처해지기 마련이다. 집사인가 비서인가 하는 사람이 나를 집안으로 안내했고, 마침 아이의 침실에서 내려오는 닥터 실리와 마주쳤다. 키 크고 체격 좋은 그가 좁다란 16세기 층계에 있으니 그 몸집이 더욱 커 보였다. 내가 왕진가방을 든 그를 보고 당황했듯, 그도 한 손에 가방을 든 나를 보고 못지않게 당황한 눈치였다.

"이 집에서 날이 밝자마자 나를 불렀네." 실리는 나를 한쪽으로 데려가더니 먼저 말을 꺼냈다. "오늘 아침에만 벌써 두번째 방문이야." 그는 담뱃불을 켰다. "마침 자네가 헌드레즈에 있었다고? 운이 따랐군, 어쨌든. 저 어린 소녀한테는 진짜 지독한 일이지, 안 그래?"

"아무래도." 나는 말했다. "자네 보기에는 좀 어떻던가? 상처는 어때?"

"상처는 괜찮네. 나보다 훨씬 깔끔하게 잘 처리했던데. 그것도 부엌 식탁에서라니! 흉터야 물론 무시무시하게 남겠지만. 참 안타까운 일이야, 특히 저 또래 여자아이한테는. 아이 부모는 런던의 전문가한테 데려가고 싶어하지만, 아무리 런던이라도 아이한테 여기서 뭘 더 해줄 수 있다면 내가 더 놀라겠네. 하지만 또 모르지. 성형외과 놈들이 지난 몇 년 동안 임상을 실컷 한 건 확실하니까. 이제 아이한테 필요한 건 휴식이야. 간병해줄 간호사를 한 명 불렀고, 아이를 하루이틀 진정시키려고 루미날을 처방했네. 그다음에는, 뭐 두고 봐야지."

그는 피터 베이커하이드와 몇 마디 나누고 나서 내게 목례를 한 뒤 다음 볼일을 보러 떠났다. 나는 여전히 상황에 적응이 안 돼 현관홀 계단 아래에 서 있었다. 그래도 의사로서 당연히 아이의 상태를 내 눈으로 직접 확인하고 싶었다. 그러나 아이 아버지는 누구의 방해도 받지 않고 아이가 조용히 쉬도록 하겠다는 입장을 내게 명확히 전달했다. 그는 나의 도움에 진심으로 감사하는 듯했다. "엊저녁 선생이 거기 있어서 정말 다행이었소!" 그는 양손으로 내 손을 잡고 흔들며 말했다. 하지만 곧 내 어깨에 팔을 두르더니 부드럽지만 단호하게 나를 현관문으로 데려갔다. 나는 이 건에서 완전히 손을 떼게 됐음을 깨달았다.

"청구서를 보내주겠소?" 그는 내 차가 있는 데까지 같이 나오며 말했다. 내가 굳이 그럴 필요 없다고 대답하자, 기를 쓰고 몇 기니를 내 손에 쥐여주었다. 그리고 내가 스탠디시까지 두 번 오가느라 사용한 휘발유에 생각이 미쳤는지, 정원사를 불러 휘발유 한 통을 가져오라 일렀다. 그의 호의는 과했고, 동시에 뭔가 딱딱한 구석이 있었다. 나는 그가 돈으로 해결하려 한다는 거북한 인상을 받았다. 정원사가 내 차의 탱크에 휘발유를 넣는 동안 우리는 후드득 쏟아지는 빗속에 아무 말 없이 서 있었다. 나는 잠깐 위층에 올라가 아이를 마지막으로 한번 보지 못한 것이 못내 아쉬웠다. 돈 몇 기니나 휘발유보다 아이를 일별하는 편이 훨씬 좋았을 텐데.

차에 올라타면서야 생각이 나서 헌드레즈에 질리언은 괜찮다는 전갈을 보냈는지 물었다. 그러자 그의 태도가 전에 없이 뻣뻣해졌다.

"그 사람들," 그는 이를 앙다물며 말했다. "그 사람들에게 기별할 거요, 물론. 우리는 이 문제를 끝까지 끌고 갈 작정이오, 두고 보시오."

어느 정도 예상은 했지만, 신랄한 그의 음성에 나는 경악을 금치 못했다. 나는 다시 허리를 펴고 물었다. "무슨 말이십니까? 경찰에 연락했습니까?"

"아직은. 하지만 그럴 생각이오. 최소한 우린 그 개가 죽는 꼴을 봐야겠소."

"하지만, 저, 지프는 어리석고 늙은 개입니다."

"게다가 분명 노망이 났을 거야!"

"제가 아는 한 이번 사고는 참 그 개답지 않았습니다."

"그렇다면 아내와 내게 조그만 위로는 되겠군. 그 개를 없애기 전까지 우리가 잠이나 제대로 잘 것 같소?" 그는 현관 위의 중간 문설주가 있는, 한쪽이 열린 좁은 창문을 흘깃 올려다보고는 목소리를 낮췄다. "이번 일로 질리언의 인생은 아주 망가진 거나 다름 없소. 직접 봤으니 잘 아시겠소. 닥터 실리 말로는 딸아이가 패혈증에 걸리지 않은 게 천만다행이었다더군! 이게 다 그 사람들 때문에 생긴 일이오! 에어즈가 사람들은 그 위험한 개를 묶어두기에는 너무 잘나신 분들이라. 그놈이 딴 애를 또 물기라도 하면 어쩌려고?"

나는 지프가 누구를 물 거라고는 생각되지 않았지만 잠자코 있었다. 그러나 그는 내 표정에서 마뜩잖음을 읽어낸 게 분명했다. "이보시오, 당신이 그 집안사람들과 친하다는 건 알고 있소. 당신이 그들에 맞서 내 편을 들어주리라곤 기대하지 않아. 아마도 안 한다기보다 못 하는 거겠지. 그 사람들은 대지주가 흔히 그러듯 자기들이 주변 사람들 위에서 군림하며 한가로이 빈둥댈 수 있다고 생각하는 모양이니까. 십중팔구 무단침입자를 쫓아내려고 개를 훈련시켰을 테지! 그들은 자기네가 사는 그 고물 더미를 잘 봐야 할 거요. 그 사람들은 구시대의 유물이오, 선생. 솔직히 말해 이 빌어먹을 카운티 전체가 시대착오적이라는 생각이 들기 시작했소."

애초에 이 카운티의 시대착오적인 모습에 반해 여기 내려온 게 아니냐고 나는 곧이곧대로 말할 뻔했다. 대신, 아무리 그래도 최소한 에어즈 부인은 만나보고 나서 이 문제를 경찰에 가지고 가는 게 어떻겠느냐고 그를 설득했고, 마침내 그가 말했다. "알겠소. 질리언이 안정되는 대로 바로 헌드레즈에 가보겠소. 하지만 생각이 있는 사람들이라면 내가 가기 전에 그 개를 처치하겠지."

이후 오전 회진에서 만난 일고여덟 명의 환자 중 헌드레즈에서 일어난 사건을 입에 올리는 사람은 없었다. 하지만 이 동네에서 소문이 퍼지는 건 워낙 순식간이라, 오후 진료를 시작할 즈음에는 이미 질리언이 입은 상처에 관한 소름 끼치는 설명과 해석이 동네 상점이며 술집에 파다하게 퍼졌다. 그날 밤 저녁식사를 하고 왕진을 갔더니 환자가 전체 사건의 경위를 내게 자세히 설명해주었다. 세세한 내용까지 다 똑같았지만, 여자애의 상처를 꿰매는 장면에 나 대신 실리가 들어가 있었다. 그 환자는 오랫동안 늑막염을 앓아온 노동자였고, 나는 온 힘을 다해 그의 병세가 악화되지 않도록 애썼다. 그러나 그의 생활 조건이 도움을 주지 않았다. 그는 축축한 벽돌 바닥의 비좁은 테라스식 단칸방에 살았다. 또 노동자들이 다 그렇듯 너무 몸을 축내며 일하고 제멋대로 술을 마셨다. 그는 한바탕 기침을 쏟아내며 말했다.

"사람들 말이 개가 그 여자애 뺨을 왕창 물어뜯었다더만. 원, 코가 거의 떨어져나갔다던데. 개라는 게 원래 그런 짐승이지. 내 여러 번 말했잖소, 어떤 개든 사람을 죽일 수 있다고. 개를 길들인다는 건 다 허튼수작이야. 세상 어느 개든 금방 원래대로 돌아간다고."

피터 베이커하이드와 했던 대화가 떠올라 나는 그에게 이 경우에 개를 죽여야 한다고 생각하느냐고 물었다. 그는 일 초도 망설이지 않고 아니라고 대답했다. 왜냐면 방금 자기가 말한 대로 개라는 건 원래 물게 마련인데, 날 때부터 그렇게 생겨먹은 개를 벌해봤자 무슨 소용이 있겠느냐는 것이다.

"그럼 다른 사람들도 그렇게 말합니까?" 나는 물었다. 그는 뭐 이런 말도 있고 저런 말도 있다고 했다. "매를 때려야 한다는 사람도 있고, 쫘 죽여야 한다는 사람도 있고. 아, 물론 당연히 그 집안사람들 생각에 달린 거지."

"헌드레즈 사람들 말입니까?"

"아니, 그 사람들 말고. 그 여자애 가족, 그러니까 베이커파이즈 집안사람들 말이오." 그는 침을 튀기며 웃어댔다.

"그래도 에어즈가 사람들에겐 힘든 일이 아닐까요, 자기네 개를 포기한다는 게?"

"허." 그는 다시 기침이 도졌고, 허리를 숙여 불기 없는 난로에 대고 침을 뱉었다. "그 사람들이야 지금까지 더 힘든 것도 포기해야 했는데 뭘, 안 그러우?"

그의 말에 나는 다소 불안해졌다. 하루종일 헌드레즈홀의 분위기가 궁금했다. 환자의 단칸방에서 돌아오는 길에 어찌하다보니 헌드레즈의 대정원 출입문 근처를 지나게 되었다. 그 김에 나는 저택에 들러보기로 결심했다.

초대받지 않고 저택에 가는 것은 처음이었고, 전날 밤과 똑같이 비가 억수로 내려 내 자동차 소리를 들은 사람은 아무도 없었다. 벨을 울린 후 얼른 안으로 들어가자 불쌍한 지프가 나를 맞아주었다. 개는 현관홀로 나와 앞발로 대리석 바닥을 탁탁 짚으며 건성으로 몇 번 짖었다. 자신에게 드리운 재앙의 그늘을 어떤 식으로든 아는 게 틀림없었다. 지프는 평소답지 않게 위축되고 의기소침해 보였다. 개를 보니 전에 내가 맡았던 환자가 떠올랐다. 나이 지긋한 여자 교장이었는데, 정신을 깜박 놓기 시작하더니 잠옷과 슬리퍼 차림으로 집밖을 돌아다니기에 이르렀다. 문득 나는 지프도 치매가 진행중인 게 아닐까 하는 생각이 스쳤다. 사실 내가 이 개의 성격에 관해 뭘 알겠는가? 하지만 옆에 쭈그리고 앉아 귀를 긁어주니 지프는 원래대로 붙임성 좋은 귀여운 개로 돌아갔다. 개는 입을 벌려 누르스름한 이와 건강한 핑크빛 혀를 내밀어 보였다.

"야단났구나, 지프." 나는 부드럽게 말을 걸었다. "무슨 생각을 했던 거니, 응? 녀석아."

"거기 누구 있어요?" 안쪽에서 에어즈 부인이 소리치더니, 곧 흐릿한 어둠 속에서 모습을 드러냈다. 평소처럼 짙은 색 드레스를 입고 더 짙은 색 페이즐리 숄을 어깨에 둘렀다. "닥터 패러데이." 그녀는 숄을 꼭 여미며 놀란 목소리로 말했다. 하트 모양 얼굴이 초췌했다. "무슨 일이 있나요?"

나는 몸을 일으키며 짧게 말했다. "부인이 걱정되어 왔습니다."

"걱정이 돼서 왔다고요?" 그녀의 표정이 부드러워졌다. "어쩜 이리 친절할 때가. 어쨌든 들어와서 몸 좀 녹여요. 오늘 저녁은 쌀쌀하네, 안 그런가?"

사실 그렇게까지 춥지 않았는데, 그녀를 따라 작은 응접실로 가면서 보니 이 집 또한 계절과 함께 미묘하지만 확실히 변화를 겪는 것 같았다. 긴긴 여름 동안 놀랍도록 시원하고 바람이 잘 통하던 천장 높은 복도는 겨우 이틀 비가 왔을 뿐인데 눅눅하게 느껴졌다. 작은 응접실은 창문마다 커튼이 쳐졌고, 벽난로 안에선 장작과 전나무 열매가 타닥타닥 타들어갔으며, 난롯가의 의자와 소파 모두 벽난로에 바싹 붙어 놓여 있었다. 그러나 그다지 아늑한 효과는 보지 못했다. 오히려 의자들만 따스한 빛의 섬을 이루고 그 너머로는 해진 카펫과 어둠의 웅덩이가 광대하게 펼쳐진 형국이었다. 에어즈 부인은 여기 의자에 앉아 있다 나온 듯했고, 내가 들어갔을 때 마주 바라보는 위치에 있던 다른 의자에는 로더릭이 앉아 있었다. 그를 만난 지 겨우 한 주밖에 지나지 않았는데 그의 모습을 보고 깜짝 놀랐다. 헐렁하고 낡은 공군 스웨터에 나처럼 짧게 깎은 머리를 하고 있었다. 머리 뒤의 폭 넓은 윙체어 때문인지 그는 유령처럼 홀쭉해 보였다. 내가 들어오는 것을 본 로더릭이 인상을 찡그렸다. 찰나의 망설임이 스친 뒤 그는 내게 의자를 양보하려는 듯 의자 팔걸이를 움켜쥐고 일어나려 했다. 나는 손을 저어 그를 도로 앉히고 소파로 가서 캐럴라인과 함께 앉았다. 지프가 들어와 내 발치께 러그 위에 엎드리며 신기하게 사람 소리처럼 들리는 예의 그 표정이 풍부한 신음소리를 냈다.

아무도 입을 열지 않았고, 내게 인사조차 하지 않았다. 캐럴라인은 다리를 구부리고 앉아 긴장되고 불쾌한 표정으로 모직스타킹의 발가락 솔기를 잡아뜯었다. 로더릭은 별안간 신경질적인 손놀림으로 담배를 말기 시작했다. 에어즈 부인이 어깨에 두른 숄을 추스르고 자리에 앉으며 말했다. "아마도 짐작했겠지만, 오늘은 다들 좀 제정신이 아니라서요, 닥터 패러데이. 스탠디시에 갔다 왔지요? 얘

164

기해봐요. 아이는 좀 어떤지?"

"괜찮은 걸로 압니다." 내 대답에 부인은 이해가 가지 않는다는 표정으로 나를 쳐다보았다. "아이를 보지 못했습니다. 그 사람들이 짐 실리에게 아이를 맡겼거든요. 오늘 아침에 그곳에서 실리를 만났습니다."

"실리라니!" 경멸을 담은 그녀의 반응에 의아해하다 이내 그녀의 딸아이, 세상을 떠난 그녀의 맏딸을 맡았던 의사가 바로 실리의 아버지였다는 게 생각났다. "이발사 크라우치를 부르는 게 더 낫지! 실리가 뭐라고 하던가요?"

"별말 없었습니다. 질리언은 아주 잘 있는 것 같았습니다. 아이 부모는 질리언이 여행할 수 있을 정도로 회복되면 가능한 한 빨리 런던으로 데려갈 생각이랍니다."

"가엾어서 이를 어째. 온종일 그애 생각이 머리에서 떠나질 않아요. 내가 스탠디시에 전화했다고 말했던가? 세 번 전화를 걸었는데 안 받더군요, 하녀 외에는. 뭔가를 좀 그쪽에 보낼 생각이에요. 꽃 같은 거라도. 선물이 나을까? 사실 베이커하이드가 사람들 같은 이들에겐 아무래도 돈을 보낼 수는 없겠죠. 예전에 남자아이 하나가 다쳤을 때가 떠오르네요. 대니얼 히빗이라고, 기억나니, 캐럴라인? 우리 영지 내에서 말에 차여 거의 반신불수가 됐지. 그때는 내 기억에 우리가 하나부터 열까지 다 도맡아 처리해줬는데. 하지만 이런 경우에는 어떻게 해야 할지……" 그녀는 말끝을 흐렸다.

옆에서 캐럴라인이 자세를 바꿨다. "나도 누구 못잖게 그애가 참 안됐다고 생각해요." 그녀는 여전히 스타킹 발가락 부분의 솔기를 쥐어뜯으며 말했다. "하지만 그애가 딴 데 가서 압착롤러에 팔이 끼었거나 뜨거운 난로에 데었어도 똑같이 불쌍하다고 생각했을 거예요. 지독히 운이 없었던 거라고요, 안 그래요? 돈이나 꽃으로 고칠 수 있는 문제도 아니고. 누가 뭘 어떻게 해줄 수 있겠어요?"

캐럴라인은 고개를 숙여 턱을 끌어당기고 다소 냉담한 어조로 말했다. 잠시 후 나는 입을 열었다. "베이커하이드가에서는 확실히 바라는 게 있습니다."

그러나 내 말이 채 끝나기도 전에 캐럴라인이 다시 말했다. "아무튼 그런 사람들은 생각이라곤 도통 없어요. 어젯밤에 그 처남이라는 사람이 나한테 뭐라고 했는지 아세요? 실질적으로 스탠디시의 벽판을 다 없애버리고 있을 뿐만 아니라 저택의 남쪽 건물을 통째로 뜯어낼 생각이라잖아요! 친구들을 위해 영화관인가 뭔가를 만들 거라나. 회랑은 그대로 둔다지만, 그게 무슨 소용이겠어요. 그 남자 말이, '꼭대기 싸구려 관람석'으로 둔다더라고요."

"어머." 그녀의 어머니가 애매하게 대답했다. "하지만 집이란 변하게 마련이야. 네 아버지랑 나도 결혼하고 처음엔 이 집에 손을 많이 댔단다. 스탠디시의 태피스트리가 다 망가진 건 안타까운 일이지만. 그 집의 태피스트리를 본 적 있나요, 닥터 패러데이? 애그니스 랜들이 봤으면 억장이 무너졌을 거야."

나는 잠자코 있었다. 에어즈 부인과 캐럴라인이 태피스트리 얘기로 몇 분을 더 끄는 동안, 의식적이든 무의식적이든 한층 시급한 문제를 외면하고 있다는 느낌을 지울 수 없었다.

결국 나는 입을 열었다. "저기, 질리언이 저렇게 누워 있으니, 스탠디시를 뜯어고치는 문제는 지금 베이커하이드 부부의 관심사가 아닐 겁니다."

에어즈 부인의 표정이 일그러졌다. "오 맙소사, 애초에 그 사람들이 애를 데려오지만 않았어도! 도대체 애를 왜 데려온 거지? 애를 돌봐줄 유모나 가정교사가 있었을 텐데. 한 명쯤 고용할 여유가 분명 있으면서."

"가정교사가 아이에게 콤플렉스를 심어줄 거라고 생각했겠죠." 캐럴라인이 꼼지락거리며 말했다. 그리고 잠시 후 신경질적으로 중얼거리며 덧붙였다. "이젠 확실히 콤플렉스가 생겼네."

나는 아연실색해 그녀를 쳐다보았다. 그녀의 어머니도 소스라치게 놀라서 나무랐다. "캐럴라인!"

캐럴라인 본인도, 그녀의 명예를 위해 말해두자면, 우리 못지않게 자기 입에서 나온 말에 깜짝 놀란 눈치였다. 나와 시선이 마주친 그녀는 소름 끼친다는 표정이었다. 입은 초조한 미소로 굳었지만 두 눈에는 고뇌하는 기색이 역력했다. 그녀는 고개를 돌렸는데, 다시 보니 얼굴에 화장기가 하나도 없었다. 아니 오히려 뺨은 푸석푸석하고 입술은 살짝 부어올랐다. 마치 수건으로 박박 문질러 닦아낸 것 같았다.

로더릭이 담배를 입에 물며 누이를 건너다보았다. 그의 얼굴도 난로의 열기 때문에 한쪽만 빨갛게 상기됐고, 뺨과 턱에 군데군데 팽팽히 당겨진 분홍빛 피부가 악마의 손자국처럼 도드라져 보였다. 그러나 당혹스럽게도 그는 여전히 아무 말이 없었다. 내 보기에 이들 가운데 누구도 베이커하이드가에서 이번 사건을 얼마나 위중하게 다툴지에 대해서는 고민하지 않았다. 도리어 그 문제에서 등을 돌리고, 자기들끼리 안으로 똘똘 뭉치는 것 같았다. 폐쇄적인 상류계급…… 처음 이곳을 방문했을 때처럼 스멀스멀 넌더리가 나려고 했다. 캐럴라인의 발언으로 일었던 작은 동요가 가라앉자, 나는 다시 그들에게 그날 아침에 스탠디시 안마당에서 피터 베이커하이드와 나눴던 얘기를 가감 없이 솔직하게 털어놓았다.

에어즈 부인은 아무 말 없이 듣다 마주잡은 손을 들어올려 얼굴을 감싸고 고개를 숙였다. 캐럴라인은 완전히 겁에 질려 나를 쳐다보았다.

"지프를 없애요?"

"안됐지만 캐럴라인, 그들을 탓할 수는 없소. 당신도 이럴 거라는 걸 예상했잖소."

그녀는 예상했다. 그녀의 눈이 그렇게 말했다. 그러나 캐럴라인은 이렇게 외쳤다. "그랬을 리 없잖아요!"

캐럴라인의 음성에서 당혹감을 감지하고 지프가 몸을 일으켰다. 개는 일어선 채로 초조하고 당황한 눈빛으로 캐럴라인의 얼굴에서 시선을 떼지 않았다. 마치 자신의 긴장을 풀어줄 말이나 손짓을 기대하는 것 같았다. 캐럴라인은 허리를 굽혀 한 손으로 개의 목을 붙잡아 가까이 끌어당기며 다시 내게 말했다.

"그 사람들은 그게 무슨 소용이 된다고 생각하나보죠? 지프를 없애서 아이가 기적처럼 안 물린 상태로 되돌아갈 수 있다면 나도 기꺼이 지프를 포기하겠어요. 어젯밤 같은 일을 다시 겪느니 차라리 내가 물리고 말겠어요! 그들은 그저 애를 단죄하고 싶은 것뿐이에요, 바로 우리를. 진짜로 지프를 죽일 생각은 아니겠죠."

나는 말했다. "애석하게도 그들은 진심이오. 그리고 진짜로 경찰을 부를 생각이고."

"세상에 이런 끔찍한 일이." 에어즈 부인은 손을 비틀어 짜기라도 하듯 꾹 쥐었다. "정말 끔찍해. 경찰이 사태를 어떻게 끌고 갈까요?"

"글쎄요, 베이커하이드 같은 사람이 불만을 제기하면 경찰도 무시하기 힘들 겁니다. 게다가 상처란 워낙 사람들의 감성을 자극하는 유의 것이라서." 나는 로더릭을 쳐다보며 그를 화제에 끌어들이기로 결심했다. "안 그런가, 로드?"

그는 남의 눈을 의식한 듯 자세를 고쳐 앉았고, 잠긴 목소리로 말했다.

"솔직히 어떻게 해야 할지 모르겠어요." 그는 목청을 가다듬었다. "지프에 대한 허가증이 있지 않았나? 있으면 도움이 될 것 같은데."

"허가증이야 당연히 있지!" 캐럴라인이 말했다. "하지만 허가증이 도대체 무슨 상관이야? 길거리에 풀어놓은 위험한 개가 아니라고. 남의 집에 있는 가정견을 괜히 툭툭 건드려 화를 부른 거야. 엊저녁에 여기 있던 사람들이라면 다 그렇게 말할걸. 베이커하이드 부부가 그것도 모른다면…… 아, 정말이지 다 싫어! 그 사람들이 스탠디시를 사지 않았으면 좋았을 텐데! 그런 불쾌한 파티 따위 열지 말았어야 했어!"

나는 말했다. "베이커하이드 부부도 똑같은 심정일 거요. 질리언의 이번 사고로 그들의 삶은 망가진 거나 다름없으니."

"그래요, 그렇겠죠, 당연히." 에어즈 부인이 말했다. "그 아이의 얼굴이 아주 흉하게 될 거라는 건 어젯밤 누가 봐도 알 수 있었어요. 자식한테 그런 일이 생긴다는 건 어느 부모한테나 악몽 같은 일이죠."

그녀의 말이 끝난 뒤 잠시 침묵이 흘렀고, 나도 모르게 눈길이 자꾸 부인에게서 부인의 아들에게로 옮겨 갔다. 로더릭은 자기 손을 내려다보듯 눈을 내리깔았다. 그의 눈빛에서 어떤 감정이 치미는 것을 감지했지만, 여전히 모호한 그의 태도에 나는 당혹감을 느꼈다. 그는 고개를 들고 말하려다 또 목이 잠겨 헛기침을 했다. "나도 어젯밤 그 자리에 같이 있었으면 좋았을걸."

"오, 내 말이, 로디!" 그의 누이가 말했다.

"어쩐지," 그는 캐럴라인의 말을 듣지 못한 듯 말을 이었다. "내게 책임이 있다는 느낌을 피할 수가 없어."

"우리 모두 그렇소." 내가 말했다. "내게도 일말의 책임이 있다는 느낌이 듭니다."

그는 나를 물끄러미 쳐다보았다.

캐럴라인이 말했다. "우리 잘못은 하나도 없어요! 하프시코드로 지프를 정신 사납게 만든 건 그 처남이라는 남자였다고. 그리고 그 집 부모가 애를 잘 돌보기만 했어도, 아니 아예 애를 데리고 오지만 않았어도."

이리하여 다시 원점으로 되돌아갔다. 그리고 이번에는 캐럴라인과 에어즈 부인과 함께 이 끔찍한 사고의 전말을 처음부터 끝까지 되짚어봤는데, 그날 있었던 일에 관해 우리는 제각각 조금씩 시각 차이가 있었다. 이야기를 하면서 이따금 나는 로드 쪽을 쳐다보았다. 그는 담배를 또하나 피워 물려다가 무릎에 떨어뜨리는 바람에 절초 부스러기를 어질렀고, 우리의 대화에 심기가 불편한 듯 한시도 가만있지 못하고 부스럭거렸다. 그때까지만 해도 그가 얼마나 껄끄러워하는지 전혀 몰랐는데, 별안간 그가 벌떡 일어섰다.

"나 원!" 로더릭이 말했다. "도저히 못 참겠군. 하루종일 그 얘기를 몇 번이나 들었는지 모르겠네. 죄송합니다, 어머니, 닥터 패러데이. 나는 내 방으로 돌아가겠습니다. 미안합니다. 그냥, 미안합니다."

무척 긴장한 목소리에다 움직임도 부자연스러워 나는 엉거주춤 일어나 그를 도우려 했다.

"괜찮은가?"

"괜찮습니다." 그는 나를 밀쳐내듯 손을 휘저으며 얼른 말했다. "아뇨, 그냥 앉아 있어요. 정말로 난 괜찮습니다." 그는 미덥지 못한 미소를 지었다. "엊저녁부터 기분이 좀 별로였는데, 그래서 그런 것뿐입니다. 그러니까…… 베티한테 코코아를 갖다달라고 해야겠어요. 하룻밤 푹 자고 나면 괜찮아질 겁니다."

로더릭이 내게 말하는 동안 캐럴라인이 일어났다. 그녀는 건너편으로 걸어가 남동생의 팔짱을 끼었다.

"나도 없어도 되죠, 어머니?" 그녀는 가라앉은 목소리로 말했다. "이만 자러 갈게요." 그러고는 내게 어색한 시선을 보냈다. "일부러 와줘서 고마워요, 닥터 패러데이. 참 사려 깊은 분이군요."

이번에 나는 제대로 허리를 펴고 일어섰다. "좋은 소식을 전하지 못해 유감이오. 하지만 너무 걱정하지 마시오."

"아, 나는 걱정하지 않아요." 그녀는 남동생만큼이나 무모한 미소를 지었다. "제멋대로 떠들어대라지요. 그런 사람들 따위. 지프한테 손가락 하나 까딱하지 못할 테니까. 내가 가만두지 않을 거야."

그녀와 로더릭이 자리를 뜨자 개도 충실하게 그들을 따라 총총걸음으로 빠져나갔다. 이번에는 확신에 찬 캐럴라인의 목소리에 기운을 얻은 모습이었다.

그들이 나가고 문이 닫히자 나는 에어즈 부인을 돌아보았다. 자식들이 자리를 뜨자 그녀는 부쩍 피곤해 보였다. 전에는 한 번도 부인과 단둘이 있어본 적이 없었지만, 나까지 가버리면 안 될 것 같았다. 실은 그날 하루를 일찍 시작하는 바람에 나도 무척 피곤했다.

그런데 부인이 힘없이 나를 손짓해 불렀다. "와서 로더릭 자리에 앉아요, 닥터 패러데이. 더 편히 볼 수 있게."

나는 난롯가로 다가갔다.

그리고 자리에 앉으며 말했다. "이번 일로 충격과 심려가 무척 크셨지요."

"그러게요." 부인은 곧장 대답했다. "어젯밤에는 한숨도 못 이뤘어요. 그 불쌍한 아이를 생각하느라. 그런 소름 끼치는 사고가 생기다니, 그것도 우리집에서! 게다가……"

그녀가 어찌할 바 모르겠다는 듯 손가락에 낀 반지들을 돌리기 시작했다. 나는 부인 쪽으로 몸을 기울이고 그녀의 손을 잡아주고 싶은 심정이었다. 마침내 부인이 전에 없이 불안하고 긴장된 목소리로 말했다. "사실 나는 로더릭이 더 걱정이에요."

나는 문 쪽을 힐긋 쳐다보았다. "네. 확실히 좀 평소와 다른 것 같습니다. 이번 일로 그렇게까지 속상해합니까?"

"눈치채지 못했나요? 어젯밤에?"

"어젯밤에요?" 하도 극적인 상황을 겪느라 나는 까맣게 잊고 있었다. 그제야 기억이 났다. "부인께서 베티를 로더릭에게 보냈고……"

"가엾은 아이 같으니, 베티는 로더릭 때문에 기겁을 했지. 베티가 돌아온 뒤에 내가 직접 가서 보니 로더릭은…… 오, 그렇게 이상한 상태는 정말!"

"그게 무슨 뜻입니까? 아팠나요?"

그녀는 머뭇거리다 말을 이었다. "모르겠어요. 로더릭은 두통이 있다고 하더군요. 하지만 마치 겁에 질린 것 같았어요. 야회복을 반쯤 입다 말고 땀에 푹 절어 사시나무처럼 떨면서."

나는 부인을 물끄러미 바라보았다. "로더릭이…… 술을 마신 건 아니었습니까?"

그 외에는 아무 생각도 나지 않았고, 그렇게 물어보면서도 이건 아닌데 싶었다. 그러나 부인은 침착하게 고개를 저었다.

"그건 아니에요. 장담할 수 있어. 무엇 때문인지는 당최 모르겠지만. 처음에는 로더릭이 나더러 같이 있어달라고 하더군요. 어린 애처럼 내 손을 붙잡고 말이에요! 그러더니 또 갑자기 마음이 바뀌어서는 나가달래요. 방에서 내쫓듯 내몰았어요. 나는 베티를 시켜 로더릭에게 아스피린을 갖다주라고 했어요. 사정이 그랬으니 그 애가 파티에 나올 리 만무하지. 나는 어떻게든 핑계를 대야만 했어요. 달리 어쩔 도리가 있었겠어요?"

"제게 말씀해주지 그러셨어요."

"그러고 싶었지! 하지만 로더릭이 말리더군요. 게다가 당연히 남들이 어떻게 볼지 생각해야 했고. 나는 그애가 나타나서 난장판을 만들까봐 겁이 났어요. 지금 생각하면 로더릭이 나오는 편이 나았을 텐데. 그랬다면 그 가엾은 여자애도⋯⋯"

그녀는 점점 목이 메어 목소리가 쥐어짜듯 나왔다. 우리는 불편한 침묵 속에 앉아 있었고, 나는 다시 한번 머릿속으로 전날 밤의 사건을 되짚었다. 지프가 덥석 물어뜯는 소름 끼치는 소리, 이어지는 날카로운 비명과 흐느끼는 신음. 그때 로드는 자기 방에서 정신이 약간 이상한 상태로 앉아 있었다. 내가 질리언을 안고 아래층으로 내려가 아이의 뺨을 꿰매는 동안 그는 자기 방에 머물며 십중팔구 문밖에서 일어나는 소란을 들었을 텐데도 밖에 나와 알아볼 생각을 하지 않았다. 상상만으로도 으스스했다.

나는 의자 팔걸이를 꽉 쥐었다. "가서 제가 로더릭과 얘기를 좀 하겠습니다."

그러나 에어즈 부인은 손사래를 쳤다. "아뇨, 그러지 마요. 로더릭이 원치 않을 거야."

"나쁠 건 없지 않겠습니까?"

"오늘 그애가 어떤지 봤죠. 도무지 그애답지 않고 안절부절못하는데다, 이상하게 가라앉아 있었어요. 온종일 그런 상태였지. 저녁때 여기 나와서 같이 앉아 있던 것도 거의 빌다시피 애원한 덕분이었어요. 캐럴라인은 어젯밤 내가 로더릭을 봤을 때 어떤 상태였는지 몰라요. 그냥 두통이 심해서 자야 했나보다 정도로만 알지. 내 보기엔 로더릭이 창피해하는 것 같아요. 아무래도…… 아, 닥터 패러데이, 나는 자꾸 저애가 병원에서 돌아왔을 때가 생각나요!"

그녀는 고개를 숙이고 다시 반지들을 돌리기 시작했다.

"아직 거기에 대해서는 한 번도 말한 적이 없었죠." 그녀는 나의 시선을 피하며 말했다. "당시 로더릭를 맡았던 의사 말로는 우울증이라고 하더군요. 하지만 내가 느끼기에는 그보다 더 심했어요. 잠을 전혀 안 자는 것 같았고, 금방 불같이 화를 내거나 금방 부루퉁해졌어요. 말도 아주 거칠게 하고. 내가 아는 아이 같지가 않았어요. 내 아들인데도! 몇 달 동안 그 지경이었지. 나는 더는 사람들을 집으로 초대할 수 없었어요. 아들이 창피했어!"

부인의 얘기는 새삼스러울 것도 없었다. 어쨌든 올여름에 데이비드 그레이엄이 로드의 '정신적 문제'를 언급하기도 했거니와, 그때 이후로 줄곧 로더릭을 보아온 내 경험상 그 문제가 완전히 해결되지 않았음은 명백했다. 로더릭은 일에 과도하게 몰두하며 집착했고 이따금 신경질과 조급증을 터뜨렸다.

나는 말했다. "참 안타깝습니다. 가엾은 로드. 부인도 고생이 많으셨겠어요. 캐럴라인도 마찬가지고요. 하지만 저는 부상당한 사내들을 숱하게 치료해봤고……"

"물론 나도 알아요." 부인이 얼른 말했다. "저만하기에 다행이라는 걸."

"제가 하려던 말은 그게 아닙니다. 저는 치료법에 관해, 증상의 특이성에 관해 생각했습니다. 증상의 진행 과정은 환자마다 백이면 백 다 다릅니다. 사실 로더릭이 부상 때문에 험악해진 것은 놀랄 일이 아니잖습니까? 그토록 젊고 건강한 청년이 저렇게 됐으니까 요. 제가 로드 나이 무렵에 그와 같은 상황에 처했더라도 분노했을 겁니다. 참 많은 것을 가지고 태어났는데 순식간에 다 잃었으니까 요. 건강, 외모. 어떻게 보면 자유를 잃었다고도 할 수 있죠."

부인은 확신이 서지 않는 듯 고개를 저었다. "단순히 험악해진 정도가 아니에요. 전쟁 때문에 사람이 백팔십도 변한 것처럼 애가 아주 이상해졌어. 로더릭은 자신뿐 아니라 주위 사람들까지 모조 리 증오하는 것 같아요. 아, 그애 같은 젊은이들을 생각하면, 평화 를 지킨다는 미명하에 그애들에게 요구했던 온갖 끔찍한 일들을 생각하면!"

나는 달래듯 말했다. "자, 이제 모두 끝난 일입니다. 로드는 아직 젊어요. 나아질 겁니다."

"어젯밤에 로더릭을 못 봐서 그래요!" 그녀가 말했다. "의사 선 생, 나는 두려워요. 그애가 다시 나빠지면, 맙소사, 도대체 어떻게 될까? 우린 이미 이곳에서 많은 것을 잃었어요. 우리 아이들이 최 악의 상황은 내게 숨기려 하지만 나도 바보가 아닌걸. 토지는 원 금을 까먹으면서 버티고 있다는 것도 알고, 그게 무슨 뜻인지도 알 아…… 하지만 우리가 잃은 건 그런 한두 가지가 아니에요. 친구 들도 멀어지고 사교생활도 없어지고. 캐럴라인을 보면, 날이 갈수 록 추레하고 괴팍해지는 것 같아요. 내가 파티를 연 것도 실은 전적 으로 캐럴라인을 위해서였는데. 다른 모든 것과 마찬가지로 그것 도 재앙이었지…… 내가 죽고 나면 캐럴라인에겐 아무것도 남지 않을 거야. 만약 남동생까지 잃는다면…… 거기다 이젠 그 사람들까지 경찰을 부르네 마네 하니! 모르겠어. 솔직히 이런 일을 어떻게 견뎌내야 할지 나도 모르겠어요!"

내내 차분했던 에어즈 부인의 음성이 돌연 불안정하게 휙 높아졌다. 그녀는 손으로 눈가를 짚으며 얼굴을 가렸다.

나중에 그때를 돌이켜보고, 나는 그녀가 오랜 세월 동안 얼마나 큰 짐을 안고 살아왔는지 깨달았다. 첫 아이의 죽음, 남편의 죽음, 전쟁으로 인한 스트레스, 부상당한 아들, 잃어버린 토지…… 그러나 그동안 확실한 가정교육과 타고난 매력으로 그러한 부담을 감쪽같이 감춰왔기에, 그때 그렇게 자제심을 잃고 남 앞에서 흐느껴 우는 그녀의 모습은 가히 충격적이었다. 순간 나는 그녀 맞은편에서 앉은 채로 굳어버렸다. 그러나 곧 일어나 그녀 옆에 쪼그려 앉았고, 잠시 망설이다 그녀의 손을 잡았다. 가볍게 그러나 단단히, 여느 의사라도 그리했을 것처럼. 에어즈 부인은 내 손을 꽉 그러쥐고는 점차 침착함을 되찾았다. 나는 부인에게 손수건을 건넸다. 그녀는 겸연쩍어하며 눈가를 살짝 눌렀다.

"이러다 애들이 들어오기라도 하면!" 에어즈 부인은 걱정스럽게 어깨 너머를 흘끔거리며 말했다. "아니 베티라도! 이런 꼴을 보일 수는 없어요. 나는 우리 어머니가 우시는 건 한 번도 못 봤어. 어머니는 우는 여자를 늘 경멸했거든. 양해해줘요, 닥터 패러데이. 이건 그냥 단지, 내 아까도 말했듯 어젯밤에 잠을 거의 못 자서 그래요. 잠을 못 자면 항상 이렇게 탈이 난다니까…… 이런, 꼴이 참 말이 아니네. 저 램프 좀 꺼줄래요?"

나는 그녀가 말한 램프의 스위치를 껐다. 그녀 옆 탁자 위에 놓인, 반짝이는 크리스털 장식을 늘어뜨린 독서등이었다. 크리스털이 서로 부딪쳐 짤랑거리는 소리가 가라앉기를 기다렸다가 나는 말했다. "부인께서 빛을 두려워할 이유는 없습니다. 지금까지 한 번도 두려워하신 적이 없지 않습니까."

에어즈 부인은 다시 얼굴을 훔치다 의외라는 듯 지친 눈으로 나를 쳐다보았다. "이렇게 여성에게 배려심 있는 분인 줄 미처 몰랐네요, 선생."

나는 얼굴이 살짝 달아올랐다. 그러나 내가 채 대답하기 전에 그녀가 한숨을 내쉬며 다시 말을 이었다.

"아, 여자 얼굴에 주름살이 늘어가듯 남자는 여성을 대하는 배려심이 늘어가지. 우리 바깥양반은 무척 배려심이 깊은 남자였어요. 나는 그이가 살아서 지금 내 모습을 보지 않아 다행이라고 생각해요. 그이의 배려심이 혹독한 시험을 당하게 될 테니까. 나는 지난겨울에 십 년은 더 나이를 먹은 것 같아요. 이번 일로 또다시 십 년은 늙은 것 같고."

"그렇다면 다 합쳐 마흔쯤 되셨겠네요." 내 말에 그녀는 진심으로 깔깔 웃었고, 그녀의 얼굴에 생기와 혈색이 돌아오자 나도 마음이 놓였다.

그후 우리는 이런저런 일에 관해 잠시 대화를 나누었다. 나는 부인의 청에 따라 술을 한 잔 따라주고 담배도 한 대 건넸다. 그리고 이만 떠나려고 몸을 일으키면서, 애초에 내가 여기에 온 이유를 부인에게 상기시키고자 피터 베이커하이드를 언급했다.

그녀의 반응은 뭐가 됐든 이젠 다 지쳤다는 듯 손을 들어 보이는 것이었다.

"오늘 이 집에서 그 남자의 이름을 몇 번이나 들었는지 모르겠어요. 그가 우리를 못살게 굴고 싶다면 그냥 그러라고 내버려두지요. 그게 오래가겠나 어디?"

"정말 그렇게 생각하십니까?"

"이런 데는 도가 텄어요. 이 끔찍한 일도 하루나 이틀 사납게 휘몰아치다 사그라질 거야. 두고 봐요."

부인은 자기 딸 못지않게 확신에 찬 모습이었다. 나는 당분간 그 문제를 그냥 내버려두기로 했다.

그러나 부인과 캐럴라인이 잘못 짚었다. 그 일은 수그러들지 않았다. 바로 이튿날, 베이커하이드 씨가 헌드레즈홀로 차를 몰고 와서 만약 그들이 스스로 지프를 없애지 않으면 사건을 경찰에 넘길 계획이라고 통보했다. 그는 에어즈 부인과 로더릭과 함께 반시간 가량 앉아 있었다. 에어즈 부인이 나중에 내게 말해준 바에 따르면, 처음에는 제법 이성적으로 얘기하기에 그때까지만 해도 그를 설득해서 마음을 돌릴 수 있으리라 진심으로 믿었다고 한다.

"따님께 일어난 사고에 대해 저만큼 뼈에 사무치게 안타까워하는 사람은 없을 겁니다, 베이커하이드 씨." 에어즈 부인은 진심과 성의를 느낄 수밖에 없는 태도로 말했다. "하지만 지프를 없앤다고 해서 이미 엎질러진 물을 담을 수 있는 것도 아니지 않습니까. 저 개가 또다른 아이를 물 가능성에 대해서라면…… 글쎄요, 보시다시피 저희는 외진 곳에서 아주 조용히 살고 있습니다. 이곳에는 달리 개를 도발할 만한 어린애가 없어요."

이 발언은 아마도 꽤 불쾌하게 들렸을 테고, 나는 그녀의 말이 피터 베이커하이드의 표정과 태도에 미쳤을 악영향을 쉽게 짐작할 수 있었다. 게다가 하필 그때 최악의 타이밍으로 캐럴라인이 발치에 지프를 데리고 나타났다. 그들은 정원을 산책하고 돌아오는 길이었는데, 내가 종종 봤던 것처럼 캐럴라인은 얼굴이 발갛게 상기된 건강한 모습에 말쑥지 못한 차림이었고, 지프는 진흙투성이에 분홍색 주둥이를 만족스러운 듯 벌리고 있었다. 베이커하이드 씨는 그들을 보고 얼굴이 흉측하게 망가져 불쌍하게 집에 누워 있는 자기 딸을 생각했을 것이다. 나중에 그가 닥터 실리에게 만약 그때 총을 들고 있었다면 "그 빌어먹을 개를 쏴버리고, 그 미친 가족도 몽땅 죽여버렸을 것"이라고 말했다며 실리가 나한테 얘기해주었다.

그의 방문은 금세 저주와 위협이 오가는 싸움으로 변질됐고, 이내 그는 자갈길을 요란하게 질주해 떠나버렸다. 캐럴라인은 허리에 손을 얹고 그가 떠나가는 모습을 지켜보며 속상함과 분노로 부들부들 떨다가 창고 중 한 군데로 성큼성큼 걸어가 맹꽁이자물쇠와 쇠사슬을 찾아냈다. 그리고 정원을 가로질러 가서 대정원의 출입문 두 곳을 차례로 잠가버렸다.

이 이야기는 우리집에 오는 파출부 아주머니가 해준 것이었다. 그녀는 이웃 사람에게서 얘기를 들었는데, 그 이웃은 헌드레즈홀의 임시고용인 배럿의 사촌이었다. 여전히 온 동네 사람들이 그 사건을 가지고 신나게 찧고 까불어댔다. 에어즈가에 동정을 표하는 사람도 있긴 했지만, 그들이 지프에 대해 너무 깐깐한 입장을 고수하는 바람에 상황이 더욱 꼬였다고 생각하는 사람이 명백히 대다수였다. 나는 금요일에 빌 데즈먼드를 만났는데, 그도 에어즈가에서 '도의적으로 처신하여' 그 불쌍한 개를 쏴 죽이는 것은 이제 시간문제일 뿐이라고 생각하는 듯했다. 그후로 며칠이 조용히 흘러갔고, 나는 그대로 일이 유야무야될지 몹시 궁금했다. 그다음주 초, 케닐워스에 사는 환자의 집에 들렀을 때 그가 '베이커하이드가의 조그만 따님'은 잘 있는지 내게 물었다. 지나가듯 묻는 말이었지만, 환자는 감탄 섞인 어조로 내가 그 사건에 관련되어 있으며 사실상 아이의 생명을 살린 사람이 나라는 얘기를 들었다고 했다. 깜짝 놀란 나는 대체 어디서 그런 말을 들었느냐고 물었다. 그러자 환자가 주간 〈코번트리〉 최신호를 건네주었다. 신문을 펼치자 사건의 전체 경위가 실린 기사가 있었다. 베이커하이드 부부는 추가 진료를 위해 딸아이를 버밍엄의 한 병원에 입원시켰고, 그곳에서 그 사건이 신문기자의 눈에 띈 것이었다. 여자아이는 '매우 사나운 공격'을 받았으나 상태는 순조로이 호전되고 있고, 아이 부모는 문제의 개를 안락사시키길 강력히 원해 그에 관한 법률 상담을 받고 있으며, 개의 주인인 에어즈 대령 부인과 로더릭 에어즈 군, 캐럴라인 에어즈 양과는 연락이 닿지 않았다고 써 있었다.

내가 아는 한 헌드레즈홀에서는 〈코번트리〉를 구독하지 않았다. 그러나 그 신문은 카운티 전체에 걸쳐 널리 보급되었고, 여기서 사건을 다뤘다는 사실 자체가 상당히 우려할 만한 상황이라는 생각이 들었다. 나는 헌드레즈홀에 전화를 걸어 신문을 보았는지 물었다. 아직 못 보았다기에 집에 가는 길에 한 부를 사서 갖다주었다. 로더릭은 불길하게 침묵을 지키며 신문을 읽은 뒤 자기 누이에게 넘겼다. 캐럴라인은 기사를 훑어보았고, 사건이 일어난 뒤 처음으로 그녀의 확고부동했던 태도가 흔들렸다. 나는 그녀의 얼굴을 보고 그녀가 진짜로 두려워하고 있음을 알았다. 에어즈 부인은 숨김 없이 소스라치게 놀랐다. 전쟁중에 로더릭의 부상에 대해 언론에서 상당히 많은 관심을 보인 바람에 부인은 언론에 노출되는 것을 병적으로 꺼리게 된 것 같았다. 일단 내가 자리에서 일어서자 부인은 자식들이 듣지 않는 곳에서 얘기하기 위해 차가 있는 곳까지 나를 배웅했다.

부인은 스카프로 머리를 감싸며 조용히 말했다. "선생에게 할 얘기가 또 있어요. 캐럴라인과 로더릭에게는 아직 말하지 않았는데, 앨럼 경감이 전화해서 베이커하이드 씨가 우리를 고소할 예정이라고 알려주더군요. 미리 경고하고 싶었던 게지. 경감과 우리 남편은 같은 연대에서 근무했어요. 그가 아주 딱 잘라 말하더군요. 이번 사건처럼 어린아이가 관계된 경우엔 우리가 승소할 가능성이 매우 희박하다고. 헵턴 씨에게 말해봤는데, 우리 집안 사무변호사예요, 그도 같은 의견이에요. 벌금을 무는 데서 끝나지 않을 수도 있다고, 손해배상을 해야 할지도 모른다고…… 어쩌다 일이 이 지경까지 됐는지. 무엇보다 우린 이 문제를 재판까지 가져갈 돈이 없어요! 캐럴라인에게 최악의 사태에 대비해야 한다고 말해도 통 듣지를 않고. 난 그애를 이해할 수가 없어. 그애는 남동생이 사고를 당했을 때보다 훨씬 더 속상해하고 있어요."

나도 캐럴라인을 이해할 수 없었다. 하지만 나는 말했다. "아무래도 그녀에겐 지프가 많이 소중한가봅니다."

"지프는 우리 모두에게 소중해요! 하지만 이러니저러니 해도 결국 개잖아요. 늙은 개. 나는 우리 집안이 법정에 서는 꼴은 못 봅니다. 나 자신은 둘째치고 로더릭을 생각하면 더욱. 그애는 나아지려면 아직 멀었어. 이건 로더릭에겐 절대 피해야 하는 일이에요."

그녀는 내 팔에 손을 얹고 내 얼굴을 똑바로 쳐다보았다. "선생은 이미 우리에게 과분한 친절을 베풀었고, 뭘 더 부탁하는 게 참 염치없는 짓이라는 것도 잘 알아요. 하지만 나는 우리 집안일에 빌 데즈먼드나 레이먼드 로시터를 끌어들이기는 싫어요. 때가 되면, 그러니까 지프의 일로…… 당신이 우리를 도와줄 수 있을까요?"

나는 당혹감을 감추지 못하고 암울하게 말했다. "그러니까, 지프를 안락사시키는 일 말입니까?"

그녀는 고개를 끄덕였다. "로더릭에게 기댈 수는 없는 노릇이고, 캐럴라인은 말할 것도 없고."

"그럼요, 절대."

"달리 누구한테 부탁해야 할지 모르겠어요. 바깥양반이 살아 있었다면……"

"네, 물론이죠." 나는 주저하며 대답했지만, 그 밖에 다른 말은 할 수 없을 것 같았다. 그래서 다시 한번 단호히 말했다. "네, 물론이죠. 제가 도와드리겠습니다."

부인은 여전히 내 팔을 잡고 있었다. 나는 그녀의 손 위에 내 손을 얹었다. 부인은 안도와 고마움으로 고개를 깊이 숙였고, 얼굴 피부가 살짝 처지면서 노년의 주름살이 깊어졌다.

"그런데 캐럴라인이 정말 허락할까요?" 그녀가 손을 떼자 나는 물었다.

그녀는 간단히 대답했다. "허락할 거예요, 집안을 위해서. 그것이 최우선이니까."

이번에는 에어즈 부인이 옳았다. 그날 저녁 부인은 내게 전화해서, 앨럼 경관이 베이커하이드 부부와 다시 얘기를 했고, 오랫동안 설득한 끝에 즉시 지프를 없앤다는 조건으로 고소를 취하하는 데 마지못해 동의했다고 알렸다. 부인은 겨우 마음을 놓은 눈치였고, 나도 일이 잘 풀려 기뻤다. 그러나 이튿날 내가 하겠다고 부인과 약속한 일이 마음에 걸려 밤늦도록 뒤척이며 잠을 이루지 못했다. 게다가 새벽 세시쯤엔가 겨우 잠다운 잠에 빠져들려는 찰나 진료실의 비상벨이 울려 잠에서 깼다. 이웃 마을에 사는 한 남자가 헐레벌떡 달려와 자기 부인이 난산이라며 봐달라고 했다. 나는 옷을 갈아입고 그의 집으로 차를 몰았다. 초산이라 꽤 신중을 요하는 분만이었고, 오전 여섯시 반에야 모든 일이 마무리되었다. 아기는 집게로 잡혀 나오다 관자놀이를 좀 긁히긴 했지만, 울음소리는 우렁찼고 건강했다. 남자는 일곱시까지 밭에 나가야 했기에 나는 산모와 아기를 산파에게 맡기고 남자를 농장까지 태워다주었다. 그는 일터까지 가는 내내 휘파람을 불었다. 아기는 사내아이였고, 그의 표현에 따르면 자기 형제들 마누라는 "계집애밖에 못 만들었기" 때문에 신바람이 났던 것이다.

나는 내 일처럼 기뻤고, 무사히 분만을 마친 후 으레 따라오는 행복감에, 특히 잠이 부족한 상태에서는 더한 그 행복감에 슬그머니 도취되었다. 그러나 내 앞에 놓인 헌드레즈홀에서의 임무에 생각이 미치자 잠시 들떴던 기분이 이내 딱딱하게 굳어버렸다. 리드코트까지 돌아갔다 다시 나오기가 귀찮아, 나는 차를 몰고 숲을 지나 좁은 길로 들어섰다. 수풀이 무성한 연못 옆의 작은 공터에 이르는 길이었다. 여름에는 경치가 끝내줘서 연인들이 자주 찾았다. 그러나 뒤늦게 생각났는데, 전쟁 때는 자살 무대가 되기도 했던 곳이다. 차를 세우고 시동을 끄는데, 검푸른 수면과 물에 젖어 비틀리고 벗겨진 나무들이 구슬프게 보였다. 밖에 나가기엔 너무 추웠다. 나는 담뱃불을 붙이고 유리창을 열어 찬바람을 맞았다. 전에는 여기서 가끔 왜가리나 짝짓기하는 논병아리도 보았다. 그러나 그날은 연못에 개미 한 마리 얼씬하지 않는 것 같았다. 새 한 마리가 가지에서 울고 또 울었지만 돌아오는 대답은 없었다. 이내 부슬비가 내리기 시작하더니 난데없이 한 줄기 바람이 불어와 따가운 빗방울을 내 뺨에 뿌렸다. 나는 담배를 비벼 끄고 얼른 유리창을 올렸다.

그 길을 따라 2, 3마일 정도만 내려가면 헌드레즈 대정원의 서쪽 문으로 가는 길이 나왔다. 나는 여덟시가 될 때까지 기다렸다 차에 시동을 걸고 달렸다.

그때쯤에는 문에 걸린 쇠사슬과 맹꽁이자물쇠도 다 치워서 수월하게 안으로 들어갈 수 있었다. 너른 대정원은 도로보다 밝았지만, 저 멀리 서 있는 저택은 서쪽에서 보니 어둑한 여명 속에서 광활하고 쓸쓸하게 보였다. 거대하고 불길한 정육면체 같았다. 그러나 에어즈가 사람들은 아침 일찍 일어나는 편이어서, 집에 가까워지니 이미 굴뚝 몇 군데에서 연기가 피어올랐다. 집 뒤쪽으로 돌아가며 타이어가 자갈길에서 잘그락거리는 소리를 내자 현관 옆 창문에 불이 들어왔다.

계단을 채 오르지도 않았는데 문이 열렸다. 에어즈 부인이었다. 그녀는 창백해 보였다.

나는 물었다. "제가 너무 일찍 왔나요?"

부인이 고개를 저었다. "어차피 우리한테는 별 상관 없어요. 로더릭은 벌써 농장에 나갔고. 식구들 다 어제 제대로 잠을 못 잤으니. 얼굴을 보니 선생도 그런 것 같은데. 누가 죽은 건 아니겠지요?"

"분만이 한 건 있었습니다."

"아기는 건강한가요?"

"아기와 산모 모두 건강합니다…… 캐럴라인은 어디 있습니까?"

"위층에 지프하고 같이 있어요. 아마 자동차 소리를 들었을 텐데."

"제가 온다는 건 말했나요? 그 이유도요?"

"예. 그애도 알아요."

"어떻게 받아들이던가요?"

그녀는 다시 고개를 설레설레 저었고, 그 외에 별다른 말은 없었다. 부인은 나를 작은 응접실로 안내한 다음, 새로 불을 지펴 탁탁 타오르는 벽난로 옆에 남겨두고 나갔다. 그러고는 잠시 후 차와 빵과 차가운 베이컨이 든 쟁반을 들고 돌아왔다. 그리고 내 옆에 앉아 내가 아침을 먹는 동안 자리를 지켰다. 그녀 자신은 아무것도 먹지 않았다. 하녀 역을 맡은 에어즈 부인을 보고 있자니 자리가 더욱 불편했다. 나는 식사를 마친 후 지체 없이 왕진가방을 들고 부인과 함께 홀로 나가 계단을 올라 이층으로 갔다.

에어즈 부인은 나를 캐럴라인의 방문 앞까지 데려다주고 돌아갔다. 문은 조금 열려 있었지만 나는 노크를 했고, 아무 대답이 없어 천천히 문을 밀고 들어갔다. 넓고 쾌적한 방이었다. 벽에는 밝은색 판자를 덧댔고 가느다란 기둥 네 개가 서 있는 침대가 놓여 있었다. 그러나 그 모든 것이 다 색이 바래고 낡았다. 침대 커튼은 얼룩덜룩했으며, 카펫은 닳아서 올이 드러났고, 하얀 페인트를 칠한 마룻바닥에는 회색 금이 갔다. 내리닫이창이 두 개 있었는데, 그중 한쪽 창가에 캐럴라인이 지프를 곁에 두고 푹신한 오토만 위에 앉아 있었다. 지프는 그녀의 무릎에 머리를 얹고 있다 나를 보더니 코를 들었고, 주둥이를 벌리며 꼬리를 탁탁 쳤다. 캐럴라인은 창문 쪽으로 얼굴을 돌리고는 내가 가까이 갈 때까지 침묵을 지키다 한마디 툭 던졌다.

"일찍도 오셨군요."

나는 대답했다. "환자가 생겨 밖에 나와 있었소. 지금 해버리는 게 낫지 않을까, 캐럴라인? 시간을 끌다 경찰에서 사람이 올지도 모르는데. 생판 남이 하는 게 더 나을까?"

마침내 그녀는 내 쪽으로 고개를 돌렸다. 그녀의 표정은 섬뜩했다. 머리는 빗질도 하지 않았고 얼굴은 송장처럼 창백했으며, 울었는지 내내 뜨고 있었는지 빨갛게 충혈된 눈은 퉁퉁 부었다. 캐럴라인이 말했다. "왜 그렇게 아무것도 아닌 일처럼, 반드시 해야 하는 당연한 일처럼 말하는 거죠?"

"자자, 캐럴라인. 해야만 하는 일이라는 건 잘 알잖소."

"그저 다들 그렇게 말하기 때문이죠! 이건 마치…… 마치 전쟁에 끌려가는 것 같아요. 내가 왜 그래야 해요? 이건 내 전쟁도 아닌데."

"캐럴라인, 그 여자애는……"

"우리는 이 사건을 법정으로 끌고 갈 수도 있고, 그럼 재판에서 이겼을 수도 있어요. 헵턴 씨도 그렇게 말했다고요. 그런데 어머니는 시도도 한번 못하게 하세요."

"하지만 법정 소송이잖소! 딴 건 차치하더라도 비용을 생각해봐야지."

"어떻게든 돈을 마련해야죠."

"그럼 당신에게 쏟아질 사람들의 눈길을 생각해봐요. 이 일을 어떻게 볼지. 그렇게 상처 입은 아이를 상대로 당신을 변호한다고 생각해봐요! 체면상 보기 좋지 않을걸."

그녀는 안절부절못하며 말했다. "사람들 눈이 무슨 상관이에요? 그런 데 신경쓰는 사람은 어머니뿐이에요. 어머니는 사람들이 우리가 얼마나 가난한지 알게 될까봐 전전긍긍하시죠. 체면 말이 나왔으니 말인데, 요즘 세상에 그런 걸 따지는 사람이 어디 있어요?"

"당신 집안은 지금까지 숱한 우여곡절을 겪었소. 당신 남동생만 해도……"

"아, 그래요." 그녀가 말했다. "내 남동생! 그럼 로드 얘기를 해볼까요? 뭐 다른 얘기라고 한 적이 있는 건 아니지만. 로드는 어머니 말에 반대할 수도 있었어요. 그런데 아무것도 안 했어. 손가락 하나 까딱하지 않았다고!"

캐럴라인이 재미 삼아 그럴 때 빼고는 로더릭을 비난하는 걸 처음 봤기에 나는 그녀의 험악한 기세에 적잖이 놀랐다. 하지만 눈은 점점 빨개지고 목소리에서도 힘이 빠지는 것이, 그녀 역시 달리 수가 없음을 알고 있는 것 같았다. 캐럴라인은 고개를 돌려 다시 창밖을 바라보았다. 나는 묵묵히 그런 그녀를 바라보다 부드럽게 말을 걸었다. "마음을 굳게 먹어요, 캐럴라인. 나도 유감이오…… 이제 시작해도 되겠소?"

"하느님, 맙소사." 그녀는 눈을 감았다.

"캐럴라인, 지프는 나이를 먹을 만큼 먹었소."

"그렇다고 뭐가 달라지나요?"

"약속하지. 고통스럽지 않게 보내주겠소."

캐럴라인은 잠시 신경을 곤두세우고 앉아 있다가 이내 어깨를 내리고 숨을 길게 내쉬었다. 가슴에 맺힌 모든 서러움과 한이 그녀에게서 흘러나오는 것 같았다. "아아, 데려가세요. 어차피 다 잃었는데, 얘도 마저 빼앗아가요. 이제는 버티는 것도 지긋지긋해."

그녀의 말투에는 절망감이 가득했다. 나는 비로소 그녀의 강경한 태도 이면에 다른 상실과 비탄이 존재하고 있음을 깨달았다. 내가 여태 그녀를 오해했던 것이다. 캐럴라인이 지프의 머리에 손을 얹었다. 지프는 주인이 자기 얘기를 하는 걸 알고, 그러나 또한 그녀의 목소리에 실린 고통을 감지하고 신뢰와 염려가 담긴 눈빛으로 그녀를 쳐다보다 앞발로 일어나 주둥이를 그녀의 얼굴에 갖다 댔다.

"이 바보 같은 개!" 캐럴라인은 지프가 얼굴을 핥도록 내버려둔 채로 말했다. 그러더니 개를 밀어냈다. "패러데이 선생님이 너 좀 보재. 알겠니?"

나는 물었다. "여기서 할까?"

"아뇨, 싫어요. 보고 싶지 않아. 아래층이나 어디 다른 데로 데려가요. 어서 가, 지프." 캐럴라인은 개를 내 쪽으로 거칠게 밀어냈다. 그 바람에 개는 오토만에서 바닥으로 떨어져 굴렀다. "어서 가." 개가 머뭇거리자 그녀는 한번 더 말했다. "이 바보야! 패러데이 선생님이 오라잖아. 어서 가라고!"

그리하여 지프는 주인의 말에 따라 충직하게 내 쪽으로 왔고, 마지막으로 캐럴라인을 흘깃 한 번 쳐다보았다. 나는 지프를 데리고 나와 조용히 방문을 닫았다. 지프는 내 뒤를 따라 부엌까지 내려왔다. 나는 좁은 부엌방으로 개를 데려가 낡은 러그 위에 앉혔다. 지프도 뭔가 이상한 낌새를 눈치챈 것 같았다. 그도 그럴 것이 캐럴라인은 그의 동선에 엄격했기 때문이다. 하지만 집안에 난리가 났다는 것을, 그게 아마 자기 때문이라는 것까지도 알고 있는 게 분명했다. 지프의 머릿속이 무슨 생각으로 가득차 있을지 궁금했다. 파티 때의 기억, 아니면 자기가 저지른 일, 그래서 죄책감 혹은 창피함을 느낄까. 그러나 개의 눈을 들여다봐도 어리둥절함밖에 보이지 않았다. 나는 가방을 열고 필요한 물건을 꺼낸 뒤 전에도 그랬듯 개의 머리를 만지며 말을 걸었다. "야단났구나, 지프. 하지만 이젠 신경쓰지 마. 착하지." 그런 식으로 무의미한 말을 중얼거리며 나는 지프의 겨드랑이 아래로 팔을 넣었다. 주사약이 돌자 개는 내 손 위로 쓰러졌다. 불규칙하게 뛰는 심장이 손바닥에 느껴졌고, 이내 박동은 사라졌다.

에어즈 부인이 지프를 땅에 묻는 일은 배럿이 할 거라고 말했으므로, 나는 지프의 몸뚱이 위에 러그를 덮어주고 손을 씻은 뒤 부엌으로 돌아왔다. 베이즐리 부인이 와 있었다. 방금 도착했는지 앞치마 끈을 묶는 중이었다. 내가 한 일을 얘기했더니 그녀는 우울하게 고개를 저었다.

"참 딱하지 않우?" 그녀가 말했다. "그 늙은 사냥개가 집안에 없으면 영 집이 집 같지 않을 텐데. 이해가 가우, 선생? 난 그놈이 평생 여기서 쏘다니는 것을 봤다우. 그놈이 내 머리털보다 더 해로울 게 없다는 데 맹세라도 하겠어. 내 손자랑 같이 있대도 아주 마음 푹 놨을 거구면."

"나도 그랬을 겁니다, 베이즐리 부인." 나는 비통하게 말했다. "나에게 손자가 있다면요."

그러나 막상 부엌 식탁을 보니 며칠 전의 그 끔찍한 밤이 어쩔 수 없이 뇌리를 스쳤다. 부엌에는 아까는 못 봤는데 베티도 있었다. 다른 부엌 통로로 나가는 문에 반쯤 가린 채, 새로 빨아 말린 행주 더미를 쌓아두고 하나씩 개고 있었다. 그런데 묘하게 움찔거리면서 가냘픈 어깨를 들썩이기에 눈여겨보니, 소녀는 울고 있었다. 베티는 고개를 돌려 나를 보고는 본격적으로 엉엉 울기 시작했다. 소녀가 맹렬히 소리치는 바람에 나는 깜짝 놀랐다. "개가 정말 가엾어요, 패러데이 선생님! 다들 개를 탓하지만, 그건 개 잘못이 아니에요! 이건 온당치 못하다고요!"

베티의 목소리가 갈라졌고, 베이즐리 부인이 다가가 베티를 품에 안았다.

"자자, 진정하고." 베이즐리 부인이 엉거주춤한 자세로 베티의 등을 토닥였다. "이번 일로 우리가 얼마나 난처한지 알겠수? 도무지 뭘 어째야 될지 모르겠다니까. 베티도 뭔가 지 생각이 있는 모양인데. 아휴, 나도 모르겠수." 베이즐리 부인은 곤혹스러운 표정이었다. "얘는 그 여자애가 물린 게 좀 괴상한 구석이 있다 하는데."

나는 물었다. "괴상한 구석이라뇨? 그게 대체 무슨 뜻입니까?"

베티는 베이즐리 부인의 어깨에 기대고 있던 고개를 들며 말했다. "이 집엔 뭔가 사악한 게 있어요, 바로 그게 그랬어요! 그 사악한 것이 이런 못된 짓을 벌이는 거예요!"

나는 한동안 베티를 빤히 쳐다보다 손을 들어 얼굴을 쓰다듬었다. "베티, 좀……"

"진짜예요! 저는 알아요!"

베티는 나와 베이즐리 부인을 번갈아 쳐다보았다. 소녀는 회색 눈을 휘둥그렇게 뜨고, 온몸을 약하게 떨었다. 그러나 전부터 이따금 베티를 봐오면서 느낀 건데, 이 아이는 내심 이 소동과 관심을 즐기는 게 분명했다. 나는 인내심의 한계를 느끼며 말했다. "그래 안다. 우리 모두 피곤하고, 우리 모두 안타까워하고 있어."

"피곤한 거랑은 다르다니까요!"

"알았다니까!" 이제는 내 목소리도 날카로워졌다. "바보 같은 생각이라는 거 너도 잘 알잖아. 이 집은 크고 삭막하지. 하지만 지금쯤은 익숙해졌을 것도 같은데?"

"이제는 물론 익숙하지요! 하지만 단지 그런 게 아니래도요."

"아무것도 아니라니까. 이 집에 사악한 것 따위는 없어. 유령 같은 건 없다고. 지프와 그 불쌍한 아이에게 일어난 일은 그냥 끔찍한 사고일 뿐이야. 그뿐이라고."

"그건 사고가 아니에요! 그 사악한 것이 지프한테 속삭인 거라고요. 아니면, 아니면 지프를 꼬집었거나."

"네가 그 속삭임을 들었니?"

소녀는 마지못해 대답했다. "아니요."

"그래. 나도 못 들었어. 파티에 왔던 그 많은 사람 중에 그런 걸 들은 사람은 아무도 없어. 베이즐리 부인, 베티가 말하는 그 '사악한 것'의 흔적을 보신 적이 있습니까?"

베이즐리 부인은 고개를 절레절레 저었다. "아니, 없지. 여기서 이상한 건 한 번도 본 적이 없구면."

"이 집에 다니신 지 몇 년이나 됐죠?"

"어디 보자, 한 십 년 됐지 아마."

"그렇지요." 나는 베티에게 말했다. "자, 이래도 안심이 안 되니?"

"안 돼요!" 베티가 대답했다. "단지 아주머니가 보지 못했다고 그게 사실이 아니라고 할 수는 없죠! 이건 아마, 어…… 어, 새로 나타난 걸 거예요."

"하느님 맙소사! 자자, 말썽부리지 말고 눈물이나 좀 닦아. 그리고 일러두는데," 나는 덧붙였다. "방금 한 말은 절대 에어즈 부인이나 캐럴라인 양한테 입도 벙긋하지 마. 지금 그 사람들에게 그런 말은 전혀 도움이 못 되니까. 지금까지 너한테 잘해줬잖아, 기억해? 널 위해 나를 불렀던 거 기억나지? 7월에 너 아팠을 때 말이야."

나는 이 말을 하면서 베티의 눈을 똑바로 쳐다보았다. 베티는 내 말뜻을 알아듣고 얼굴을 붉혔다. 그러나 얼굴만 빨개졌을 뿐 표정은 점점 완고해졌다. 소녀는 중얼거렸다. "이 집엔 사악한 것이 분명 있다고요! 분명히 뭔가 있어요!"

　그러더니 다시 베이즐리 부인의 어깨에 얼굴을 파묻고 조금 전처럼 서럽게 울기 시작했다.

5

당연한 얘기지만, 이후 몇 주간 헌드레즈홀의 분위기는 판이하게 바뀌어 착 가라앉고 울적했다. 우선 지프의 부재라는 물리적 상황 자체에 익숙해져야 했다. 원래 날이 흐린 계절이긴 했지만, 방마다 쏘다니며 붙임성 있게 굴던 개가 없으니 저택은 부쩍 어둡고 적막한 느낌이었다. 나는 여전히 매주 한 번씩 로드의 다리를 치료하러 헌드레즈홀에 들렀고, 덕분에 그 집안의 일원인 듯 스스럼없이 그 집에 드나들 수 있었다. 가끔 문을 열면서 무심결에 개가 걷는 소리나 발톱이 바닥에 부딪는 소리를 들으려 귀를 기울였고, 혹은 고개를 돌려 어둠에 잠긴 쪽을 바라보았다. 얼핏 시야 끄트머리에 들어온 어두운 형체를 보고 지프인가 싶을 때도 있었다. 그럴 때마다 나는 지난 일이 와락 되살아나 가슴을 에는 듯한 낙심과 고통에 시달려야 했다.

이런 마음을 에어즈 부인에게 털어놓자 그녀는 고개를 끄덕였다. 에어즈 부인도 어느 비 오는 날 오후에 현관홀에 혼자 서 있다 위층 어딘가에서 개가 빠르게 걸어가는 소리를 분명히 들은 것 같았다며 말을 꺼냈다. 그 소리가 너무 확연해 그녀는 쭈뼛거리며 계단을 올라가보았다. 지프가 마룻바닥을 밟으면서 나는 소리로 착각했던 것은, 알고 보니 바깥의 깨진 홈통에서 물방울이 후드득 떨어지는 소리였다. 베이즐리 부인도 그와 비슷한 일을 겪었다. 그녀는 빵과 고기즙을 섞어 한 그릇을 만들어 부엌문 옆에 내려놓았다. 지프에게 먹이를 주던 습관대로 무심코 놔둔 것이었다. 삼십 분 정도 그렇게 밥그릇을 놔두고 이놈의 개가 어디 갔을까 의아해하다 문득 개가 죽었다는 걸 깨닫고 울음을 터뜨릴 뻔했다고 한다. "근데 참 희한한 게 말이우." 그녀는 내게 말했다. "지프가 부엌으로 내려오는 소리를 들은 것 같아서 먹이를 준 거거든. 그놈이 늙은이처럼 숨을 헉헉거렸던 거 선생도 잘 알잖우. 아 글쎄, 진짜로 그 소리를 들었다니까!"

가엾은 캐럴라인으로 말할 것 같으면, 그녀가 얼마나 자주 다른 소리를 지프의 발소리로 착각했는지, 다른 그림자를 지프인 줄 알고 고개를 돌렸는지 나로서는 알 수 없는 노릇이다. 헌드레즈 대정원의 조림지 한쪽에는 옛날식으로 조성된 아담한 애완동물 묘지가 있었다. 캐럴라인은 배럿을 시켜 그곳의 대리석 비석들 사이에 지프의 무덤을 팠다. 그리고 우울하게 집안을 돌면서 이 방 저 방 지프를 위해 마련해둔 물그릇이며 담요 등을 거둬서 치워버렸다. 그런 과정을 통해 캐럴라인은 속에 담아둔 분노와 슬픔을 봉인하는 듯했는데, 그 모습이 어찌나 철저하고 완벽한지 내가 다 불안할 정도였다. 지프를 잠재워야 했던 그 비참한 아침 이후 처음으로 헌드레즈홀을 찾았던 날, 나는 그녀를 꼭 만나 우리 사이에 앙금이 남지 않도록 하고 싶었다. 그런데 내가 기분이 어떠냐고 묻자 캐럴라인은 그저 무덤덤한 목소리로 짤막하게 답했다. "괜찮아요. 이제 다 끝난 일이잖아요? 저번엔 내가 좀 말이 지나쳤어요, 미안해요. 당신 잘못이 아니라는 건 나도 잘 알아요. 그 얘긴 이제 그만하죠. 이것 좀 보세요, 어제 위층 방에서 찾아냈는데……" 그녀는 서랍 뒤쪽에 처박혀 있던 걸 발견했다며 조그마한 골동품 장신구를 보여주었다. 그리고 다시는 지프 얘기를 입에 올리지 않았다.

　이걸로 다 잘됐다고 결론을 짓기에는 내가 캐럴라인을 잘 알지 못한다는 느낌이 들었다. 그녀의 어머니와도 얘기를 해봤는데, 부인은 딸아이가 '자기 나름의 방식으로 회복하는 중'이라고 여기는 모양이었다.

　"캐럴라인은 원래 자기감정을 드러내는 아이가 아니에요." 에어즈 부인은 한숨을 내쉬며 말했다. "하지만 사리 분별이 똑 부러지는 아이지. 그래서 로더릭이 아플 때 좀 도와달라고 제 누이를 불러들인 거예요. 그때는 여느 간호사 못지않은 베테랑이었으니까…… 아, 최근에 소식 들었나? 바로 오늘 아침에 로시터 부인이 와서 얘기해주더군요. 베이커하이드 부부가 이곳을 뜰 것 같다고. 아이를 도로 런던으로 데려간다네요. 하인들은 다음주에 따라간다고 하고. 안타깝게도 스탠디시는 다시 빈집이 되어 팔릴 모양이야. 결국 잘된 일이지. 캐럴라인이나 로더릭이, 혹은 내가 리드코트나 레밍턴에서 그 집 사람들과 마주친다고 생각해봐요!"

나 역시 그 소식에 안도했다. 에어즈 부인뿐 아니라 나도 베이커하이드 부부와 종종 마주칠 가능성이 반가울 리 없었다. 카운티 신문들이 마침내 이 사건에 흥미를 잃은 것도 다행스러운 일이었다. 비록 동네 입방아를 막을 도리도 없고, 가끔은 내가 그 건과 약간 관련이 있다는 걸 아는 환자들이나 대학 동료들이 말을 꺼낼 때도 있지만, 그럴 때마다 나는 늘 말머리를 돌리거나 아예 그 얘기는 그만하자고 덮었다. 그러면 다들 곧 잠잠해졌다.

그러나 여전히 캐럴라인이 걱정되었다. 이따금 대정원을 가로질러 차를 몰다 예전처럼 산책하는 그녀를 볼 때가 있었다. 곁에서 성큼성큼 활보하는 지프가 없으니 그녀의 모습은 이루 말할 수 없이 쓸쓸해 보였다. 차를 세우고 말을 걸면 그럭저럭 전과 다름없는 태도로 기꺼이 대화에 응하긴 했지만 얼굴에는 지난 몇 주간의 비참하고 끔찍한 기억이 고스란히 드러났다. 어떻게 보면 인상이 훨씬 모질고 험해진 듯했다. 지프가 사라지면서 그녀의 낙천성과 젊음이 마지막 한 줌까지 날아가버린 것 같았다.

"캐럴라인이 요즘 심정이 어떤지 자네한테는 얘기하나?" 11월의 어느 날, 나는 로더릭의 다리를 치료하며 슬쩍 물었다.

그는 미간을 찡그리며 고개를 저었다. "누이는 별로 내키지 않는 모양이에요."

"자네가 좀 어떻게…… 얘기해볼 수 없을까? 툭 터놓고 대화를 해보지그래?"

그의 미간 주름이 더욱 깊어졌다. "해볼 수는 있겠죠. 근데 시간이 좀처럼 나지 않아서."

나는 가벼운 어투로 말했다. "아니, 친누나하고 얘기할 짬도 없나?"

로더릭은 대답이 없었고, 어두워지는 그의 얼굴을 걱정스레 지켜봤던 기억이 난다. 그는 그런 질문에 대답할 리 있느냐는 듯 나를 외면했다. 이제 와 말하자면, 그때쯤에는 캐럴라인보다 로더릭을 상대하는 게 더 껄끄러웠다. 캐럴라인이 베이커하이드 부부와 지프에 관한 일로 지우기 힘든 상처를 받았다는 건 충분히 이해할 만한 일이었다. 그러나 로더릭까지 그 일로 엄청난 충격을 받은 것처럼 구는 게 나는 여간 당혹스러운 게 아니었다. 이건 단순히 자기 방에 혼자 틀어박혀 딴생각만 한다든가 너무 오래 일한다든가 하는 문제가 아니었다. 실제로 그는 지난 몇 달 동안 쭉 그래 왔으니까. 뭔가 다른 것이 분명 또 있었다. 그의 표정 뒤에 감춰진 무언가를 나는 끊임없이 보았고 또 느꼈다. 뭔가 혼자만 알고 있다는 부담감, 아니 공포에 가까운 무엇.

나는 그의 어머니가 파티 날 밤 그의 모습이 어땠는지 들려준 얘기를 잊지 않았다. 그의 행동거지가 이 같은 새로운 국면으로 접어든 것이, 내 보기에는 바로 그때부터였다. 나는 여러 번 그에 관해 로더릭과 얘기를 해보려 했지만, 매번 로더릭이 입을 다물거나 화제를 피해버리는 바람에 통 진전이 없었다. 어쩌면 그를 내버려뒀어야 했는지도 모른다. 안 그래도 그 무렵 나는 내 일만으로도 주체할 수 없을 만큼 바빴다. 날이 추워지면서 흔한 겨울철 질병이 빈번히 발생했고, 나의 회진 스케줄도 몹시 빡빡해졌다. 하지만 문제를 그대로 놔두는 것은 도무지 내 성미에 맞지 않았다. 아니 그보다도 이제 나는 그 집안사람들과 떼려야 뗄 수 없는 관계가 된 기분이었다. 서너 주 전까지만 해도 이럴 줄 몰랐는데. 그래서 나는 전극을 로더릭의 다리에 부착하고 코일 스위치를 켠 다음, 내내 마음에 걸리던 부분에 관해 숨김없이 그에게 털어놓고 말았다.

그리고 그의 반응에 나는 간담이 서늘해졌다.

"비밀로 하자던 건 우리 어머니 생각이겠죠, 그렇죠?" 그는 격분해 앉은 자리에서 마구 날뛰었다. "내 이럴 줄 알았어. 어머니가 정확히 뭐라고 합디까? 내가 죽을 듯이 벌벌 떨더라고 하던가요?"

"어머님은 자네를 걱정하셨네."

"젠장! 난 그 웃기는 파티에 가기 싫었던 것뿐이라고! 머리가 죽도록 아파서 혼자 방에 처박혀 술을 마셨어. 그리고 바로 잤고. 그게 무슨 범죄라도 됩니까?"

"로드, 그럴 리가 없지 않나. 난 그냥 어머님이 말씀하시는 투가……"

"나 원. 어머니는 원래 호들갑이 심해요! 만날 혼자 보태서 일을 크게 만드시지. 말이야 바른 말로, 어머니는 바로 코앞에 있는 것도, 어휴, 관둡시다. 만약 어머니가 내가 돌아버리기 직전이라고 생각하는 거면, 그냥 혼자 그렇게 생각하시라고 놔두세요. 어머니는 아무것도 몰라요. 당신네 전부 다 쥐뿔도 몰라. 만약 그걸 봤다면……"

그는 돌연 말을 끊었다. 그의 격렬한 반응에 놀라 나는 물었다. "뭘 봤더라면 말인가?"

순간 그는 돌처럼 굳었다. 말을 할까 말까 속으로 갈등하는 게 분명했다. 그러나 대뜸 "어휴, 관둡시다" 하고 다시 도리질을 쳤다. 그러더니 갑자기 상체를 숙이고 다리에서 코일로 이어지는 전선을 획 잡아 뽑았다. "이것도 다 관둡시다. 아주 진절머리가 나. 하등 소용도 없고."

붙여놨던 전극이 탁 떨어져 마룻바닥에서 통통 굴렀다. 로더릭은 탄력붕대를 느슨하게 풀고 엉거주춤 일어나 바짓자락은 그대로 말아올린 채 맨발로 책상 있는 데로 가서 내게 등을 돌리고 섰다.

나는 그날 치료를 포기하고, 그가 혼자 성질을 부리든 말든 내버려두었다. 그다음주에 로더릭은 내게 정중히 사과했고, 우리는 평소처럼 치료를 진행했다. 그는 많이 진정된 것 같았다. 그러나 다음번 방문 때 또 새로운 일이 벌어졌다. 저택에 도착해 로더릭을 만나보니 콧날이 까지고 한쪽 눈에 멍이 들어 있었다.

"어허, 그렇게 빤히 보지 마세요." 그가 내 표정을 읽고 말했다. "누이가 오전 내내 베이컨 조각하고 또 뭔가 수상한 걸 붙여준답시고 난리를 쳤어요."

캐럴라인은 나를 기다린 모양인지 로더릭의 방에 앉아 있었다. 나는 캐럴라인을 힐긋 쳐다보고 그녀의 남동생에게 다가가 두 손으로 머리를 잡고 얼굴을 창가 햇빛 쪽으로 돌렸다.

"대체 어쩌다 이렇게 됐나?"

"아 정말 별거 아닌데, 바보같이." 그는 신경질적으로 얼굴을 빼며 말했다. "하도 어이가 없어서 말도 안 나오네. 한밤중에 일어나 화장실에 가려다 바보같이 실수한 것뿐이에요. 어떤 멍청이가, 그러니까 나 말입니다, 문을 활짝 열어놓은 바람에 모서리에 찍혔어요."

"완전히 나동그라졌다니까요." 캐럴라인이 말했다. "베티가 아니었다면 아주…… 모르죠 뭐, 혀라도 깨물었을지."

"바보 같은 소리 하지 마." 로더릭이 말했다. "나동그라지진 않았어."

"그랬잖아! 바닥에 큰대자로 뻗었어요, 선생님. 그리고 외마디 비명을 지르는 바람에 아래층에서 자던 베티가 깬 거예요. 가엾은 것, 아마 도둑이 들었다고 생각했나봐요. 베티가 기어올라와 얘가 누워 있는 걸 보고 나를 깨우러 왔어요. 베티가 판단이 빨랐죠. 내가 내려올 때까지도 로더릭은 여전히 차가운 바닥에 뻗어 있었다고요."

그가 캐럴라인을 노려보았다. "누이 말은 듣지 마요. 잔뜩 부풀린 거니까."

"과장이 아니라는 거 너도 알잖아." 캐럴라인이 말했다. "물 한 바가지를 얼굴에 퍼붓고 나서야 정신을 차렸다니까요. 정신이 들고 나서는 감히 은혜도 모르고 우리한테 욕을 퍼부으며 다 나가라고……"

"알았으니까 그만해." 로더릭이 말했다. "그러니까 우린 간밤에 내가 멍청이라는 사실을 입증했다는 거지. 하지만 그건 좀 전에 내 입으로 실토한 것 같은데. 자, 이제 좀 나가주시죠, 누님?"

그는 짜증을 냈다. 캐럴라인은 순간 당황한 듯하다가 곧바로 화제를 돌렸다. 그러나 로더릭은 뚱하니 침묵을 지키며 앉아 있을 뿐, 캐럴라인과 내가 이야기를 나누는 동안 한마디도 섞지 않았다.

그러다 내가 치료 준비를 하려 하자 그제야 입을 열더니 하는 말이 무작정 치료를 안 받겠다는 것이었다. 또다시 "진절머리가 난다" 느니 "아무 소용도 없다"느니 하면서.

캐럴라인이 기가 차서 동생을 빤히 쳐다보았다. "세상에, 로드, 너 무슨 마음에도 없는 소리를!"

로더릭은 심술궂게 대꾸했다. "이건 내 다리잖아, 안 그래?"

"하지만 닥터 패러데이가 여태껏 어렵사리 봐주셨는데……"

"닥터 패러데이가 오지랖 넓게 잘 알지도 못하는 사람들을 위해 굳이 자기 몸을 혹사하고 싶어한다면, 그건 뭐 자기 탓이지. 여기저기 꼬집고 당기는 데 난 아주 진력이 났다고! 아니면 내 다리도 부동산인가? 이 집의 다른 모든 물건들처럼? 대충 수선해서 좀더 쓸 수 있으면 된다, 쓰다쓰다 발목만 댕강 남든 말든 상관없다, 뭐 그런 건가?"

"로드! 말이 너무 심하잖니!"

"됐습니다." 나는 차분히 말했다. "본인이 원하지 않는다면 치료받을 필요 없어요. 어차피 비용을 내는 것도 아니니."

"하지만," 캐럴라인은 듣지 못한 듯 말을 이었다. "선생님 논문은……"

"논문은 사실상 다 마무리됐소. 게다가 로드도 알 거라 생각하는데, 효과는 이미 충분히 봤소. 지금 하는 일은 그저 근육이 굳지 않도록 계속 자극하는 것뿐이오."

로드는 저만치 떨어져 우리와 말도 하지 않으려 했다. 결국 캐럴라인과 나는 그를 혼자 내버려두고 작은 응접실로 가서 에어즈 부인과 함께 티타임을 가졌다. 여전히 가라앉은 분위기였다. 그리고 돌아가기 전에 잠깐 지하실에 들러 베티와 몇 마디 나눴는데, 베티는 전날 밤 있었던 일에 관해 캐럴라인의 얘기가 다 사실이라고 확인해주었다. 소녀는 한참 잘 자고 있다 고함소리에 잠이 깼고, 비몽사몽간에 주인댁 식구 중 누가 부르나보다 하고 반쯤 졸면서 위층으로 올라갔다. 로드의 방문이 열려 있길래 들어가보니 로드가 얼굴에서 피를 흘리며 마룻바닥에 뻗어 있었다. 꼼짝도 안 하고 창백한 얼굴로 누워 있어서 순간 그가 죽은 줄 알고 "하마터면 비명을 지를 뻔"했다. 그러나 단단히 마음을 다잡고 캐럴라인을 부르러 달려갔고, 둘이서 로드의 정신이 들게 했다. 근데 그는 깨어나서는 "욕을 퍼부으며 웃기는 말을" 했다.

나는 물었다. "무슨 말을 했는데?"

베티는 인상을 쓰며 기억을 더듬었다. "그냥 웃기는 말요. 뜬금없는 말. 치과의사가 언제 가스를 주느냐는 둥 뭐 그런."

베티가 내게 해줄 수 있는 말은 그게 다였기에 그 문제는 일단락 지어야 했다.

그러나 며칠 후 로드는 또 사소한 부상을 당했다. 로드의 눈에 든 멍이, 캐럴라인의 표현에 의하면 "노르께 푸르께하니" 보기 좋게 옅어졌지만 완전히 없어지지는 않은 때였다. 한밤중에 일어나 방 안을 가로지르다 "바보 같은 실수"를 한 모양이었다. 이번에는 신기하게도 평소 있던 자리에서 제멋대로 벗어나 로드가 다니는 길목에 떡하니 놓여 있던 발받침 의자에 발이 걸려 넘어져 손목을 삐었다. 그는 아무것도 아니라며 손사래를 치다가 "노친네 비위 맞춰

주는 셈" 친다며 거들먹거리는 태도로 다친 손목에 붕대를 감게 해주었다. 그러나 팔의 상태로 보나 내가 상처를 치료할 때 그가 보인 반응으로 보나 보통 접질린 게 아니어서, 나는 그의 태도가 도통 이해되지 않았다.

나중에 그의 어머니에게 이 사실을 얘기했더니 에어즈 부인은 곧장 걱정스러운 표정이 되었다. 두 손을 모으고, 언젠가부터 자주 그러듯 유행 지난 반지들을 만지작거렸다.

"문제가 정말 뭐라고 생각해요?" 부인이 내게 물었다. "그애는 내게 아무 말도 하지 않아요. 내가 아무리 애써도 입을 열지 않아. 로더릭은 잠을 제대로 못 이루는 게 분명해요. 하지만 따지고 보면 요새 우리 식구 중 누가 제대로 잠을 자겠어…… 그래도 한밤중에 그렇게 배회하다니! 건강에 이상이 있는 거 아닐까요?"

"그럼 부인은 로드가 발이 걸려 넘어졌다고 보십니까?"

"달리 무슨 일이겠어요? 로더릭의 다리는 누웠다 일어날 때 가장 말을 안 들으니까."

"그야 그렇죠. 하지만 그 의자는 어떻게 된 걸까요?"

"뭐, 로더릭의 방은 항상 어질러져 있으니까. 늘 그랬죠."

"그래도 베티가 치우지 않습니까?"

내 목소리에 실린 우려를 눈치챈 에어즈 부인은 불안감을 떨치려 나를 집요하게 바라보았다. "설마 로더릭한테 뭔가 심각한 문제가 있다고 생각하는 건 아니죠? 두통이 너무 심해서 아팠던 게 아닐까?"

나도 이미 그 점을 의심해봤다. 로더릭의 손목에 붕대를 감으며 두통은 어떠냐고 물었더니 그는 대단찮은 상처 두 군데만 빼고는 모두 말짱하다고 했다. 그는 사실대로 말하는 듯했고, 좀 피곤해 보이긴 했지만 실제로 그의 몸이나 눈빛, 태도, 안색에서 별다른 질병의 징후는 보이지 않았다. 뭐라 딱히 꼬집어 말하기 힘든 어떤 것만이, 희미한 기운이나 흔적 같은 어떤 것만이 끈질기게 나를 괴롭혔다. 하지만 몹시 불안해 보이는 에어즈 부인에게 더는 부담을 주고 싶지 않았다. 파티 다음날 저녁 헌드레즈홀을 찾았을 때 그녀가 흘렸던 눈물이 떠올랐다. 나는 부인에게 쓸데없는 기우인 것 같다며, 로드가 그랬던 것처럼 죄다 별것 아닌 척했다.

하지만 나는 누군가와 상의하고 싶을 정도로 그 문제에 신경이 쓰였다. 그래서 그 주 후반에 헌드레즈홀에 들를 핑계를 만들었고, 캐럴라인을 찾아 조용히 둘이서 얘기를 해보기로 했다.

그녀는 서재에 있었다. 가죽정장 책을 쌓아둔 트레이를 앞에 두고 마룻바닥에 책상다리를 하고 앉아 책 커버를 라놀린으로 닦고 있었다. 흐릿한 북향 빛에 의지해 겨우 일을 했는데, 날씨가 점점 습해져 창문 덧창이 휘는 바람에 창을 딱 하나밖에 열 수 없었고, 그나마도 완전히 열리지 않았다. 대부분의 서가에는 여전히 하얀 천이 장막처럼 드리워 있었다. 캐럴라인은 굳이 불을 피우지 않았고, 방은 냉기가 돌아 몹시 춥고 으스스했다.

그녀는 주중 오후에 방문한 나를 보고 뜻밖이라는 듯 명랑하게 굴었다.

"이 사랑스러운 오래된 판본을 좀 보세요." 그녀는 내게 조그만 황갈색 책 몇 권을 들어 보였다. 라놀린으로 닦은 덕분에 번쩍번쩍 빛나고 촉촉한 것이 마치 막 겉껍데기를 벗긴 마로니에 열매 같았다. 나는 스툴 하나를 끌어당겨 캐럴라인 옆에 앉았다. 그녀는 책한 권을 펼치고 페이지를 넘기기 시작했다.

"솔직히 말하면 그다지 많이 하진 못했어요. 일하다보면 만날 읽는 데 정신이 팔려버리거든요. 방금 새로운 걸 발견했어요. 헤릭*의 시인데, 재밌더라고요. 이것 보세요." 캐럴라인이 조심스럽게 책을 펼치자 책에서 찌지직 하는 소리가 났다. "한번 들어보고 뭐가 떠오르는지 말해주세요." 그녀는 기분좋은 중저음으로 크게 소리 내어 읽기 시작했다.

> 새끼 염소의 혀는 그대의 고기가 될 것이고,
> 그 젖은 그대의 음료이니 그대가 먹을 것이오.
> 개암 반죽은 그대의 빵이오.
> 노란 구륜앵초로 만든 버터를 발랐다오.
> 그대의 잔칫상에는 데이지 잼과 수선화가
> 산처럼 쌓일 것이오.
> 그대는 그곳에 앉을 것이고,
> 옆에서는 방울새가 먹이를 달라며
> 그대에게 노래를 불러줄 것이오.

캐럴라인은 고개를 들었다. "이런 건 농수산식품부에서 나서서

---

* 로버트 헤릭. 17세기 영국의 목사이자 서정시인.

널리 알려야 한다고 생각지 않으세요? 배급통장만 빼고 다 있네. '개암 반죽'이 어떤 맛일지 궁금한데."

내가 대꾸했다. "궁금할 것도 없지, 땅콩버터 비슷할 거요."

"하긴. 더 역겹기만 하겠죠."

우리는 마주보며 싱긋 웃었다. 그녀는 헤릭의 책을 내려놓고 내가 막 들어왔을 때 손질하던 책을 다시 집어들어 정확한 손놀림으로 커버를 닦기 시작했다. 그러나 내가 속에 담아둔 말을, 로더릭에 관해 하고 싶었던 말을 꺼내자, 순간 미소가 사라지며 일손이 느려졌다.

그리고 말했다. "나도 그 일을 닥터 패러데이가 어떻게 생각하는지 궁금하던 차였어요. 안 그래도 선생님과 상의라도 해야 하나 고민하고 있었죠. 하지만 다른 일 때문에……"

캐럴라인은 처음으로 지프 사건을 입 밖에 낼 뻔했다. 말을 하면서 그녀는 고개를 푹 숙였고, 마른 뺨 위로 눈시울이 촉촉해진 모습이 묘하게 벌거벗은 듯한 느낌을 주었다.

캐럴라인이 다시 입을 열었다. "로드는 계속 괜찮다고 하지만 내가 보기엔 분명 뭔가 이상해요. 어머니도 아세요. 가령 그 문만 해도 그래. 로드가 밤중에 언제 그 문을 열어놨겠어요? 게다가 말로는 안 그렇다고 하지만, 의식이 돌아왔을 때 동생은 거의 광란 상태였어요. 내 생각엔 로드가 악몽을 꾸는 것 같아요. 아무것도 없는데 자꾸 무슨 소리가 난대요." 캐럴라인은 손을 뻗어 라놀린 병에 손가락을 살짝 담갔다. "로드가 말 안 했죠? 지난주에는 한밤중에 내 방에 왔어요."

"로드가 당신 방에?" 금시초문이었다.

캐럴라인은 고개를 끄덕이고 손을 바지런히 움직이며 나를 흘깃 쳐다보았다. "나를 깨웠어요. 몇 시였는지는 모르겠는데, 어쨌든 동트기 훨씬 전이었어요. 대체 무슨 일인가 영문을 몰랐죠. 로드가 내 방에 쳐들어와 제발 부탁인데 물건 좀 이리저리 움직이지 말아달라고, 그 소리 때문에 미치겠다고 하는 거예요! 그러다 침대에서 자고 있던 나를 보고는 진짜로 얼굴이 붉으락푸르락해지더라고요. 마치 그애의 멍든 눈처럼 말이에요. 알다시피 로드 방은 내 방 바로 밑에 있잖아요, 근데 동생 말로는 한 시간 가까이 마룻바닥 위로 물건을 이리저리 끌고 다니는 소리를 들으면서 누워 있었대요. 내가 가구 배치를 다시 하는 줄 알았다니! 당연히 꿈이었던 거죠. 집은 늘 그렇듯이 교회처럼 고요했거든요. 하지만 동생한테는 내 설명보다 꿈이 훨씬 생생했나봐요. 정말 애먹었어요. 로드를 진정시키는 데 하 세월이 걸렸다니까요. 결국 내 침대에서 재웠어요. 나는 도로 잠이 들었는데, 로드는 좀 잤는지 모르겠어요. 아마 그날 밤 내내 깨어 있었을 거예요. 말똥말똥하게, 마치 뭔가를 보거나 기다리는 것처럼."

그녀의 말을 듣고 나는 깊은 생각에 잠겼다. "정신을 잃거나 그런 일은 없었소?"

"정신을 잃다뇨?"

"그러니까…… 일종의 발작 같은 건 아니었을까?"

"간질을 말하는 건가요? 아뇨, 전혀. 그런 건 절대 아니었어요. 어렸을 때 간질 발작을 일으킨 여자애를 본 적이 있어요. 지금도 기억나는데, 끔찍했죠. 거기에 대해선 내가 착각했을 리 없어요."

"흠, 발작이라고 다 똑같은 건 아니니까. 어쨌든 뭔가 일맥상통하는 구석이 있군. 로드의 상처, 혼란, 이상행동……"

그녀는 회의적인 듯 고개를 저었다. "모르겠어요. 그런 것 같지는 않아요. 이제 와서 발작을 일으킬 이유가 어디 있겠어요? 전에는 한 번도 그러지 않았는데."

"흠, 원래 앓고 있었을지도 모르지. 로드가 당신에게 말하려 했던 게 아닐까? 사람들은 간질을 묘하게 창피해하는 경향이 있더군."

그녀는 미간을 찡그리며 그에 대해 생각하는 듯하다가 다시 고개를 저었다. "그럴 리 없어요."

캐럴라인은 손가락에 묻은 라놀린을 닦고 병뚜껑을 돌려 닫은 다음 자리에서 일어났다. 빠끔 열린 유리창 밖으로 보이는 하늘은 빠르게 어두워졌고, 방은 전에 없이 춥고 음산하게 보였다. "어휴, 여긴 아주 냉골이네!" 그녀가 손에 입김을 불며 말했다. "이것 좀 도와주겠어요?"

그녀는 손질한 책이 쌓인 트레이를 가리켰다. 나는 앞으로 가서 캐럴라인과 함께 트레이를 들어 테이블 위에 놓았다. 그녀는 스커트의 먼지를 떨면서 나를 쳐다보지도 않고 말했다. "지금 로드가 어디 있는지 아나요?"

"도착했을 때 배럿과 함께 밖에 있는 걸 봤소. 옛날 정원으로 가는 것 같던데. 로드는 왜? 그와 얘기를 해봐야 할 것 같소?"

"아뇨, 그건 아니에요. 그냥, 최근에 그애 방에 가본 적 있어요?"

"로드의 방에? 아니, 최근에는 안 갔지. 내가 들어가는 걸 싫어하는 눈치더군."

"내가 들어가도 싫어하는 눈치예요. 하지만 며칠 전에 동생이 없을 때 잠깐 들어갈 일이 있었는데, 뭔가 좀…… 하여간 좀 이상하더라고요. 그게 선생님의 간질설을 뒷받침할지 어떨지는 잘 모르겠어요. 난 아닐 것 같지만. 그래도 가서 좀 볼래요? 배럿이 로드를 잡고 있다면 한참 걸릴 거예요."

나는 별로 내키지 않았다. "꼭 그래야 하는지 모르겠소, 캐럴라인. 로드가 싫어할 텐데."

"오래 걸리지 않을 거예요. 그리고 이건 꼭 선생님이 직접 봐줬으면 좋겠어요…… 제발 부탁이에요. 달리 상의할 사람이 없어요."

바로 그런 느낌이 들어 나는 그녀를 찾아왔던 것이다. 캐럴라인이 눈에 띄게 안절부절못하기에 나는 그러마고 대답했다. 그녀는 나를 현관홀로 안내했고, 우리는 조용히 복도를 따라 로드의 방으로 향했다.

오후 늦은 시각이었고, 베이즐리 부인도 집으로 돌아간 뒤였다. 그러나 하인 구역으로 이어지는, 커튼이 쳐진 아치 입구 가까이에 이르자 희미하게 라디오 소리가 들렸다. 베티가 부엌에서 일한다는 뜻이었다. 캐럴라인은 로더릭의 방문 손잡이를 돌리면서 커튼 쪽을 힐긋 쳐다보았고, 자물쇠가 삐걱하는 소리에 움찔 놀랐다.

"나한테 이런 취미가 있다고 생각하진 마요." 안으로 들어가며 캐럴라인이 소곤거렸다. "만약 누가 오면 책이나 뭘 찾고 있었다고 둘러댈 거예요. 거기에 놀라거나 하면 안 돼요…… 내가 보여주고 싶은 건 바로 이거예요."

왠지 모르겠지만 나는 캐럴라인이 로드의 책상과 서류 더미를 보여줄 거라고 예상했다. 하지만 그녀는 방금 닫은 문가에 그대로 서서 문 뒤를 가리켰다.

문에는 내부 벽면 색깔에 맞춰 떡갈나무 판자를 댔고, 헌드레즈의 모든 것이 다 그렇듯 그곳의 떡갈나무도 최상의 상태는 아니었다. 한창때는 이 나무도 번쩍번쩍 윤이 나고 붉은 광택이 돌았으리라. 이제는, 비록 여전히 훌륭하기는 했지만, 여기저기 색이 바래고 살짝 줄무늬도 생겼으며, 몇 군데는 나무가 수축돼 금이 갔다. 그러나 캐럴라인이 가리킨 판자에는 좀 다른 종류의 표시가 나 있었다. 가슴께 높이에 뭔가 태운 자국 같은 검고 조그만 흔적이 보였다. 내가 자란 비좁은 테라스하우스*의 마룻바닥에서 보던 자국과 비슷했다. 어머니가 다림질을 하다 다리미를 잘못 내려놔서 생긴 눌은 자국 같은 것.

나는 어리둥절해서 캐럴라인을 쳐다보았다. "이게 뭐지?"

"나도 모르겠어요."

나는 좀더 가까이 가보았다. "로드가 초를 켜놨다 떨어뜨린 게 아닐까?"

"나도 처음에는 그렇게 생각했어요. 저기 가까이에 탁자가 있잖아요. 최근에 몇 번 발전기가 꺼졌거든요. 그래서였는지 하여간 뭔가 괴상한 이유로 로드가 초를 켜서 이 탁자에 놓고 문 뒤쪽에 붙여놨다가, 나중에 잠이 들었거나 해서 초가 다 타버렸나보다 생각했

---

* 18~19세기 영국 도시주택의 전형으로, 서민이 사는 작은 평수의 연립주택.

죠. 이것 때문에 내가 얼마나 짜증이 났을지 상상이 가시죠. 그래서 동생한테 제발 이런 바보 같은 짓은 다시는 하지 말라고 얘기했어요."

"그랬더니 뭐라던가요?"

"자기는 초를 켠 적이 없다는 거예요. 불이 나가면 저기 있는 램프를 썼대요." 그녀는 방 건너편 화장대 위에 있는 낡은 기름램프를 가리켰다. "베이즐리 부인도 같은 말을 했어요. 발전기가 꺼질 때를 대비해 아래층에 양초를 잔뜩 넣어둔 서랍이 있는데, 베이즐리 부인 말로는 로드가 거기서 초를 가져간 적이 없대요. 여기 왜 이런 흔적이 생겼는지 로드도 모르겠대요. 내가 발견해서 말하기 전까지 이런 게 있는지도 몰랐더라고요. 어쨌든 동생도 이런 자국이 난 게 보기 싫은 것 같아요. 뭐랄까, 으스스한가봐요."

나는 다시 문 가까이 다가가 그 얼룩을 손가락으로 문질러보았다. 검댕은 전혀 묻어나지 않았고 아무 냄새도 없었으며 표면도 그냥 매끄러웠다. 자세히 들여다보면 볼수록 그 자국은 극소량의 녹청 혹은 괴철 같은 것으로 덮여 있는 듯했다. 어쩐지 그 흔적은 판자 바로 밑에서 올라온 것 같았다.

나는 물었다. "혹시 한참 전에 생긴 것일 수도 있지 않을까? 당신은 그동안 눈치채지 못했지만?"

"아닐 거예요. 만약 있었다면 내가 문을 여닫을 때마다 눈에 띄었을 거예요. 그리고 기억 안 나요, 로드의 다리를 치료하러 선생님이 온 첫날? 그때 내가 판자에 대해 투덜거리면서 바로 이 근처에 서 있었잖아요. 그때는 이 흔적이 없었어요, 그건 확실해……

베티도 전혀 아는 바가 없어요. 베이즐리 부인도 마찬가지고."

베이즐리 부인이야 그렇다 치고, 그녀가 아무렇지도 않게 베티를 언급한 것이 나는 마음에 걸렸다. "베티를 데려와서 이 자국을 보여줬소?"

"지금처럼 몰래 데려왔죠. 나 못지않게 깜짝 놀라던데요."

"진짜로 놀라는 것 같았소? 자기가 저질러놓고 무서워서 말을 못 하는 건 아니고? 베티가 기름램프를 들고 이 문을 지났을 수도 있잖소. 혹은 여기다 뭘 쏟았을 수도 있고, 세정제 같은 거라도."

"세정제요? 부엌 찬장에 이렇게 강한 세제는 없어요, 알코올과 물비누 정도밖에는! 나도 실컷 써봐서 잘 알아요. 베티가 그런 건 아닐 거예요. 그 아이가 변덕이 좀 심하긴 해도 거짓말쟁이는 아니라고 생각해요. 여하튼 그건 그렇고, 내가 어제 로드가 나간 다음 다시 들어와서 또 한번 둘러봤거든요. 이상한 건 아무것도 없었는데…… 이렇게 해볼 때까지는."

캐럴라인이 고개를 젖히고 위를 올려다보았고, 나도 똑같이 따라 했다. 그 자국이 곧장 눈에 들어왔다. 이번에는 천장이었다. 니코틴으로 누르스름하게 얼룩진, 그 회반죽 격자 세공 천장 말이다. 조그맣고 시커먼 무정형 얼룩 자국은 문에 있는 것과 똑같았다. 이번에도 그것은 누군가 회반죽에 기포가 생기지 않고 딱 그을릴 정도로만 불꽃을 갖다대거나 다리미를 올려놓은 것처럼 보였다.

캐럴라인이 내 얼굴을 응시하며 말했다. "저도 좀 알고 싶어요, 어느 부주의한 팔러메이드가 천장에, 그것도 바닥에서 12피트 높이나 되는 천장에 그을린 자국을 낼 수 있는지."

나는 잠시 그녀를 쳐다보다 방을 가로질러 그 거무스름한 자국 바로 밑에 섰다. 나는 실눈을 뜨고 위를 노려보며 말했다. "이게 정말 저것하고 똑같소?"

"네. 사다리까지 가져와서 확인해봤는걸요. 차이가 있다면 이쪽이 설명하기 더 성가시다는 정도? 이 자국이 난 원인이 될 만한 게 밑에는 아무것도 없어요. 보다시피 로드의 세면대뿐이잖아요. 설사 로드가 기름램프를 세면대 위에 올려놨다 치더라도 거리를 감안하면…… 흠."

"이게 그을음이나 탄 자국이라는 건 확실하고? 그러니까 음, 뭔가 화학반응은 아니고?"

"앤티크 떡갈나무 판자와 회반죽 천장이 저 혼자 검게 그을리는 화학반응을 말하는 건가요? 그렇다면 이쪽으로 와보세요."

나는 살짝 어지럼증을 느끼며 캐럴라인을 따라 벽난로 쪽으로 갔다. 그녀는 난롯가의 불쏘시개 상자 맞은편에 놓인 육중한 빅토리아풍 오토만을 가리켰다. 말할 나위 없이 분명히 오토만의 가죽에도 문과 천장에 있는 것과 아주 똑같은, 검게 그을린 조그마한 자국이 있었다.

"이건 너무 심한데, 캐럴라인. 오토만의 이 자국은 수십 년 전에 생겼을 수도 있잖소. 벽난로에서 불꽃이 튀어 눌었나보지. 천장 얼룩도 아주 예전에 생긴 걸지도 모르고. 당신이 일일이 다 눈치챘을 것 같지는 않은데."

"닥터 패러데이 말이 맞을지도 몰라요." 캐럴라인이 말했다. "나도 그러기를 바라고. 하지만 하필 여기하고 저 문에 자국이 난 게 좀 이상하지 않나요? 로드가 부딪친 게, 그러니까 눈에 시퍼렇게 멍든 날 밤에 부딪친 게 저 문이고, 발이 걸린 게 바로 이 오토만이에요."

"로드가 걸려 엎어진 게 바로 이거라고?" 나는 그때까지 앙증맞게 생긴 조그만 발받침 의자를 생각했다. "하지만 이건 1톤은 나가게 생겼는데! 어떻게 이런 게 방 한가운데를 가로질러 떡하니 놓여 있을 수 있지?"

"내 말이 바로 그거예요. 게다가 왜 이런 이상한 자국이 난 걸까? 흡사 누가 표시를 해놓은 것처럼. 막 소름이 끼쳐."

"로드에게 이 자국에 대해 물어봤소?"

"문하고 천장에 있는 건 보여줬어요. 하지만 이건 아직. 다른 흔적에 대한 동생의 반응이 영 괴상했거든요."

"괴상했다고?"

"마치…… 몰래 뭘 하다 들킨 것처럼. 잘 모르겠어요. 무슨 죄라도 지었나 싶게."

캐럴라인은 주저하며 '죄'라는 단어를 입에 올렸고, 나는 그녀를 쳐다보며 그녀의 머릿속에서 일렁이는 불안함이 무얼지 감지했다. 나는 나직이 운을 뗐다. "로드가 스스로 이 표시를 내고 있다고 생각하는 거요?"

캐럴라인이 비통하게 대답했다. "저도 모르겠어요! 하지만 어쩌면 잠을 자다 그랬을 수도? 아니면 선생님이 말한 그 발작의 일종일 수도 있잖아요? 어쨌든 동생이 다른 짓도 할 수 있다면, 문을 연다든가 가구를 옮긴다든가 넘어져 다친다든가 할 수 있다면, 새벽 세시에 내 방으로 쫓아 올라와 가구 좀 그만 옮기라고 나한테 소리칠 수 있다면, 이런 짓도 못할 건 없잖아요?" 캐럴라인은 문을 힐긋 쳐다보고 목소리를 낮추었다. "게다가 이런 짓이 가능하다면, 그렇다면 또 무슨 짓을 저지를지 모르잖아요?"

나는 한동안 생각에 잠겼다. "어머님께는 말씀드렸소?"

"아뇨. 걱정 끼치기 싫어서. 그리고 사실 말하고 자시고 할 거리도 없어요. 그냥 웃기게 생긴 자국 몇 개 난 것뿐이니까. 왜 이게 그렇게 신경쓰이는지 나도 잘 모르겠어요…… 아니, 사실은 잘 알아요." 그녀의 표정이 점점 곤혹스러워졌다. "전에 로드와 문제가 생겼던 적이 있기 때문이에요. 알고 있어요?"

"당신 어머니께서 얼핏 말씀해주신 적이 있소." 나는 말했다. "참으로 유감이오. 분명 힘들었을 테지."

캐럴라인은 고개를 끄덕였다. "정말 고역스러운, 고약하기 짝이 없는 시절이었어요. 로드의 상처란 상처는 죄다 최악의 상태였고, 흉터도 무시무시한데다 다리는 끔찍하게 망가져 앞으로 남은 평생을 절름발이로 살아야 할 거란 생각이 절로 들 정도였죠. 그런데도 그애는 치료나 재활을 일절 하려 들지 않았어. 정말 사람 미칠 노릇이었죠. 로드는 그저 시무룩하게 여기 앉아 담배만 피워댔어. 아마 술도 마셨을걸. 로드의 비행기가 추락했을 때 항법사가 사망한 건 아시죠? 그게 자기 탓이라고 여기나봐요. 사실 그건 누구의 잘못도 아니잖아요. 내 말은, 독일인 잘못이라는 거죠. 하지만 동승자가 사망하면 항상 파일럿이 가장 괴로워한다고 하더군요. 항법사는 로드보다 더 어렸어요. 겨우 열아홉 살이었죠. 로드는 반대로 되어야 했다고 말하곤 했어요. 자기가 아니라 그 청년이 살았어야 했다고. 그 말을 듣는 어머니나 내 입장을 상상해봐요. 말도 안 되잖아."

"그 심정 충분히 알지. 로드가 그 비슷한 말을 최근에도 한 적이 있소?"

"나한테는 한 적 없어요. 내가 아는 한 어머니한테도. 하지만 어머니는 로드의 병세가 다시 나빠질까봐 우려하고 계세요. 우리가 단지 지레 겁먹은 탓에 상황을 너무 부풀리는 걸까요? 모르겠어요. 여기는 뭔가…… 정상이 아니에요. 뭔가에 씌었다고요. 로드는. 그애한테 불길한 뭔가가 들러붙은 것 같아. 밖에 거의 나가지도 않고, 심지어 농장에도 안 나가. 그냥 방에만 틀어박혀 있어, 서류 작업을 한다며. 하지만 저것 좀 보라고요!"

캐럴라인은 로드의 책상과 의자 옆 탁자를 가리켰다. 양쪽 다 빈 공간이 없을 정도로 편지와 장부와 타이핑된 인쇄지 등이 첩첩이 무질서하게 쌓여 있었다. 캐럴라인이 말했다. "로드는 온통 이따위 것들에 깔려 죽을 지경이에요. 그러면서도 나한테는 좀처럼 곁을 주지 않아요. 자기 말로는 다 나름대로 체계가 있는데, 나는 이해하지 못할 거래. 이게 체계가 있어 보여요? 요즘 로드가 자기 방에 들어오는 걸 허락하는 사람은 베티뿐이에요. 최소한 베티는 카펫을 쓸고 재떨이를 비워주니까…… 맘 같아선 로드가 휴가든 뭐든 잠시 어디로 좀 떠났으면 좋겠어요. 하지만 절대 그러는 법이 없지. 영지를 떠날 생각을 안 해요. 로드가 여기 있거나 말거나 사실 아무런 차이도 없는데! 그애가 뭘 하든 영지는 이미 운을 다했어." 그녀는 아까 그 자국이 난 오토만에 쓰러지듯 주저앉아 두 손으로 턱을 괴었다. "때로는 로드가 재산을 그냥 다 팔아버려야 한다는 생각이 들어요."

캐럴라인은 지친 목소리로, 그러나 엄연한 사실이라는 듯 말하고, 거의 눈을 감을 듯 내리깔았다. 그녀의 살짝 부어오른 눈꺼풀에서 나는 또다시 묘하게 벌거벗은 듯한 인상을 받았다. 나는 심란해져 그녀를 내려다보았다.

"진심은 아니겠지, 캐럴라인. 헌드레즈를 잃고 견딜 수 있겠소, 진짜로?"

이제 그녀는 아무렇지도 않게 떠들었다. "아, 어차피 나는 잃게 되어 있는걸요. 그러니까 내 말은 로드가 결혼하면 나는 나가야 해요. 새로운 에어즈 부인은 노처녀 시누이가 집안에서 어정거리면 싫어하겠죠. 그건 시어머니한테도 해당하는 사항이고. 그게 제일 웃기는 일이야. 로디가 이렇게 죽어라 땅에 매달리는 한은 피곤하고 여유가 없어 아내를 찾지 못할 테고, 아마도 그렇게 무리하다 쓰러져 죽겠지. 그런데 그애가 계속 그런 식으로 사는 한 어머니와 나는 여기 있어야 해. 그동안 헌드레즈는 우리를 뜯어먹을 테니, 사람이 살 만한 곳이 못 되는 거고……"

캐럴라인은 말꼬리를 흐렸고, 우리는 한동안 아무 말 없이 가만히 있었다. 고립된 방안에서 침묵이 점점 답답하게 느껴졌다. 나는 세 군데의 그 이상한 그을음 자국을 다시 한번 쳐다보았다. 문득 그것이 로드의 얼굴과 손에 있는 화상 자국과 닮았다는 생각이 들었다. 마치 그의, 혹은 캐럴라인의, 혹은 그들 어머니의 불행과 좌절에 응해, 온 가족의 비탄과 절망에 답하여 집이 스스로 상처를 내기라도 하는 것 같았다. 그런 생각이 드니 등골이 오싹해졌다. 캐럴라인이 벽과 가구에 난 그을음 자국을 보고 '소름 끼친다'고 한 말이 실감났다.

내가 몸서리를 친 모양이었다. 캐럴라인이 일어서며 말했다. "제가 괜한 말을 했네요. 죄송해요. 사실 닥터 패러데이가 속 썩을 문제가 아닌데."

"아, 내 문제이기도 하지."

"그런가요?"

"뭐, 나도 말하자면 로드의 주치의인 셈이니까."

그녀는 예의 서글픈 미소를 지었다. "네, 뭐. 하지만 진짜 주치의는 아니잖아요. 저번에 말하신 대로 로드가 선생님한테 비용을 지불하는 건 아니니까. 말이야 갖다붙이기 나름이지만, 선생님이 순전히 호의로 로드를 치료해준다는 건 알아요. 정말 뭐라 말할 수 없이 감사한 일이지만, 더는 우리 일에 선생님을 끌어들여선 안 된다고 생각해요. 내가 전에 집 구경 시켜드리면서 이 집에 관해 했던 말 기억나요? 이 집은 탐욕스러워요. 우리의 시간과 에너지를 몽땅 집어삼키죠. 조금이라도 방심하면 선생님의 시간과 에너지도 다 먹어치울 거예요."

나는 순간 말문이 막혔다. 헌드레즈홀이 아니라 나 자신의 집이 떠올랐다. 조촐하고 평범하고 별다른 노력을 요하지 않는, 활기라곤 손톱만큼도 없는 방. 조금 있으면 나는 그곳으로 돌아가 차갑게 식은 고기와 삶은 감자와 김빠진 맥주 반병으로 노총각의 저녁을 먹으리라.

나는 단호히 말했다. "캐럴라인, 나는 당신을 돕게 되어 기쁘오, 진심으로."

"정말요?"

"당연하지. 여기서 무슨 일이 벌어지는 건지 나도 당신만큼이나 아는 게 없소. 하지만 그게 뭔지 당신이 알아낼 수 있도록 돕고 싶소. 이 게걸스러운 집에 내 운을 맡겨보겠소. 그 점에 관해선 걱정하지 마오. 당신도 알다시피 나란 사내는 먹어치우기 상당히 까다롭거든."

그제야 캐럴라인은 진심으로 웃었고, 다시 살짝 눈을 감았다. "고마워요."

그런 다음 우리는 그 방에서 더는 어물거리지 않았다. 로드가 돌아와 방에 있는 우리를 볼까봐 슬슬 걱정이 됐다. 우리는 조용히 서재로 돌아왔고, 캐럴라인은 서재를 정리하고 덧창을 닫았다. 그리고 걱정을 떨쳐내려 애쓰며 작은 응접실로 가서 에어즈 부인과 자리를 함께했다.

그후로 며칠간 나는 로더릭의 컨디션을 두고 내내 머리를 싸매고 고민했다. 그리고 그다음주 초 어느 날 오후, 퍼즐 조각이 마침내 하나로 합쳐졌다. 아니, 보기에 따라서는 풍비박산됐다고 할 수도 있을 것이다. 다섯시쯤 차를 몰고 리드코트로 돌아오는 길이었다. 중앙로에 로드의 모습이 보여 깜짝 놀라고 말았다. 한때는 그가 여기 있다고 해도 그리 특별한 일이 아니었다. 예전에는 농장 일을 보러 곧잘 시내에 나오곤 했으니까. 하지만 캐럴라인이 말한 대로 요즘은 거의 헌드레즈에서 나오는 일이 없었다. 오버코트를 입고 트위드캡을 쓰고 가죽 크로스백을 멘 그는 여전히 지방의 젊은 젠트리 청년다운 모습이었지만, 걸음걸이라든가 올려세운 목깃, 11월의 찬바람 탓이라고 보기엔 지나치게 구부린 어깨가 어딘지 모르게 불편하고 힘들어하는 기색이었다. 나는 거리 맞은편에 차를 세우고 창문을 내린 다음 그의 이름을 불렀다. 그는 흠칫 놀란 표정으로 나를 돌아보았다. 순간이었지만, 장담컨대 그는 분명 쫓기는 듯 겁먹은 표정이었다.

로더릭이 천천히 차 있는 데로 걸어오자 나는 무슨 일로 시내에 나왔느냐고 물었다. 그는 이 지역의 건축 관련 큰손인 모리스 밥을 만나러 왔다고 했다. 카운티 의회에서 최근 에어즈 농지의 마지막 남은 자유구역을 구입한 것이었다. 의회에서는 밥과 계약을 맺고 그 땅을 새로운 택지로 개발할 계획이었다. 밥과 로드는 방금 마지막 협의를 검토하고 난 참이었다.

"무슨 방문판매원 취급하듯 자기 사무실로 오라더군요." 로드가 씁쓸하게 말했다. "그 작자가 우리 아버지에게 오라 가라 했다고 생각해봐요! 물론 그는 내가 오리라는 걸 알고 있었죠. 달리 수가 없다는 걸 아니까."

오버코트의 옷깃을 여미는 그의 모습은 또다시 무척 힘들고 딱해 보였다. 땅을 판 것에 대해 무슨 말로 위로해야 할지 난감했다. 사실 이 근방은 주택이 무척 부족한 상태였기 때문에 새 택지를 조성한다는 것은 반가운 소식이었다. 문득 나는 그의 다리에 생각이

미처 물었다. "설마 걸어온 건가?"

"아뇨, 그럴 리가." 그가 대답했다. "배럿이 용케 연료를 구해주어서 차로 왔어요."

그는 턱짓으로 중앙로 쪽을 가리켰고, 약간 떨어진 길가에 주차된 에어즈가의 특색 있는 차가 보였다. 낡고 오래된 검은색과 아이보리색이 섞인 롤스로이스였다. "도중에 맛이 갈 줄 알았는데. 최후의 안간힘을 짜낸 거겠죠. 어쨌든 오긴 잘 왔습니다."

그는 어느새 원래 모습을 되찾은 것 같았다. 나는 말했다. "그러게, 집까지도 다시 무사히 데려다주어야 할 텐데! 하지만 서둘러 돌아갈 필요는 없지 않은가? 잠깐 우리집에 가서 몸 좀 녹이게나."

"아뇨, 그럴 수는 없습니다." 그는 즉시 사양했다.

"어째서?"

그는 나의 시선을 피했다. "일하는 데 방해가 될 테니까요."

"별걸 다……! 오후 진료 전까지 한 시간은 족히 남았고, 이 시간은 늘 뭘 해야 할지 모르는걸. 게다가 요즘엔 자네를 통 보지 못했잖나. 자, 가세."

로드는 망설이는 기색이 역력했으나 내가 계속 단호히 밀어붙이자 마침내 '딱 오 분만' 있겠다며 수락했다. 나는 주차를 하고 현관 앞에서 그를 맞이했다. 위층에는 불을 피워놓지 않았던 탓에 그를 진료실로 데려갔다. 나는 카운터 안쪽에서 의자를 들고 나와 조그만 구석 난로 옆에 있는 손님용 의자와 나란히 놓았다. 난로에 불씨가 얼마 없어 가까스로 불을 살리느라 몇 분 씨름하고 나서 몸을 일으키니 로드가 모자를 벗고 가방을 내려놓은 뒤 천천히 방을 둘러

보고 있었다. 그는 한때 닥터 길의 소유였던 예스러운 낡은 항아리와 기구가 놓인 선반을 바라보았다.

다행히도 로드의 기분이 약간 좋아진 듯했다. 그가 입을 열었다. "어렸을 때 여기 이 흉물스러운 거머리 항아리 때문에 악몽을 꾸곤 했는데. 닥터 길이 진짜로 여기다 거머리를 키우지는 않았겠죠?"

"아마 진짜로 키웠을걸. 거머리의 효능을 철석같이 믿는 사람이었거든. 거머리, 감초, 대구 간유 같은 것들. 코트도 벗지 그러나. 귀찮게 굴지 않을 테니."

나는 이웃한 상담실로 건너가 책상 서랍을 열고 술병과 잔 두 개를 꺼내왔다.

나는 술병을 들어 보이며 말했다. "내가 상습적으로 여섯시 전에 술을 마신다는 오해는 말았으면 좋겠군. 자네 얼굴을 보니 기운나는 게 필요할 것 같아서. 기껏해야 브라운 셰리일 뿐이네. 임부를 위해 항상 손닿는 곳에 보관하지. 임신한 여자는 축하받기를 원하거나, 혹은 자네도 알다시피 충격에서 벗어날 뭔가를 필요로 하거든."

그가 잠시 미소를 짓는 듯했지만 이내 웃음기를 거뒀다.

"방금 밖에게 한잔 받고 왔습니다. 물론 브라운 셰리는 아니었죠! 그가 계약 완료를 기념하는 건배를 해야 한다더군요. 안 그러면 재수가 없을 거라나. 나로 말할 것 같으면 안 그래도 재수 옴 붙은 사람이라고 대꾸하려다 말았어요. 땅을 판 것 자체가 이미 재수 없는 일이죠. 그 대가로 들어온 돈이라고 해봐야…… 그것도 사실상 거의 다 써버렸다고 말하면 믿겠어요?"

말은 그렇게 해도 로드는 내가 건넨 술잔을 받아들고 나와 잔을 부딪쳤다. 술잔을 든 그의 손이 부들부들 떨려서 나는 깜짝 놀랐다. 떨리는 손을 감추기 위해서인 듯 그는 단숨에 한 모금 들이켜고는 잔의 기다란 손잡이 부분을 잡고 손가락 사이로 돌리기 시작했다. 의자로 자리를 옮기며 나는 그를 더욱 면밀히 관찰했다. 묘하게 심드렁한 품으로 의자에 앉는 그에게서 나는 긴장감을 느꼈다. 그의 내부에 어디로 튈지 알 수 없는 올망졸망한 저울추들이 굴러다니는 듯했다.

나는 가벼운 투로 말을 걸었다. "아주 녹초가 됐군, 로드."

그는 손을 들어 입술을 훔쳤다. 손목에 여전히 감고 있는 붕대는 더러워지고 손바닥 부근이 닳아 해졌다. "이 토지 관련 일 때문일 겁니다."

"너무 기분 나빠하지 말게. 자네와 똑같은 처지에 있는 지주가 영국에 백 명은 될 테니까. 다들 자네가 오늘 한 것과 똑같은 일을 하고 있을걸."

"천 명은 될걸요." 그는 무기력하게 대꾸했다. "학교 동창이든 공군 동기든 다 그래요. 이놈이나 저놈이나 어쩌다 만나 얘기를 들으면 레퍼토리가 만날 똑같아. 대부분 진즉에 재산을 다 말아먹었지. 몇몇은 일자리를 얻어야 할 판이고, 부모는 전전긍긍하며 살고…… 오늘 아침에 신문을 펼쳤더니 주교가 '독일인의 수치'에 대해 목소리를 높였더군요. 어째서 다들 '영국 남자의 수치'에 관해서는 일언반구도 없는 거지? 열심히 일하는 평범한 영국 남자들, 전쟁이 끝난 뒤 재산과 수입이 연기처럼 사라지는 걸 두 눈 멀거니 뜨고 지켜봐야만 하는 영국 남자들에 관해 말입니다. 그래도 밥같이 지저분하고 약삭빠른 장사꾼은 잘만 살죠. 땅도 없고 가문도 없고 지역민 눈치볼 필요도 없는 사람들, 그 망할 베이커하이드 같은 놈들은……"

로드는 목이 메어 말을 끝맺지 못했다. 고개를 젖히고 남은 셰리를 한입에 털어넣더니 아까보다 더 초조한 손짓으로 빈 잔을 돌리기 시작했다. 그는 돌연 자기 내부로 시선을 돌린 듯했다. 불안해 보였지만 어떻게 힘써볼 도리가 없었다. 그는 자세를 이리저리 바꿨는데, 또다시 그의 내부에 있는 고정되지 않은 저울추 때문에 그가 균형을 잡지 못하고 경련하듯 움직인다는 느낌을 받았다.

그가 피터 베이커하이드를 언급하는 바람에 나 역시 당황했다. 지금까지 내내 그를 괴롭히던 문제의 일면을 언뜻 알 것도 같았다. 로드는 그 남자가 부러웠던 것이다. 그의 아름다운 아내, 그의 재산, 그의 혁혁한 전적. 나는 로드 쪽으로 상체를 기울였다.

"이보게, 로드. 자네가 이런 식으로 나가면 안 되지. 그 베이커하이드에 대한 집착은, 아니 그게 뭐든 다 잊어버리게. 알겠나? 갖지 못한 걸 생각하기보다는 현재 가진 것에 집중해야지. 자넬 부러워하는 남자는 널렸다고."

그는 어이없다는 표정으로 나를 쳐다보았다. "나를 부러워한다고요?"

"그럼! 가령 자네가 지금 사는 저택만 해도 그래. 물론 그걸 유지하기란 여간 힘든 일이 아니겠지. 하지만 맙소사! 자네가 그런 식으로 울분에 사로잡힌 탓에 자네 어머니와 누이가 얼마나 살기 힘든지 모르겠나? 요즘 자네 속에 뭐가 들었는지 나도 모르겠네. 만일 속에 쌓인 게 있다면……"

"젠장!" 그는 버럭 성질을 냈다. "그 빌어먹을 집이 그렇게 좋으면 직접 한번 살아봐요! 진짜 구경해보고 싶네. 당신은 아무것도 몰라! 당신이 알 리 없지, 만일 내가 한순간이라도 집어치우면……" 그는 뒷말을 삼켰고, 울대뼈가 그의 가냘픈 목구멍에서 고통스럽게 경련을 일으켰다.

"뭘 집어치운단 말이지?" 나는 물었다.

"죄다 혼자 끌어안고 버티는 걸 집어치운다고요. 그러면 언제 어느 때고 그 빌어먹을 것들이 깡그리 무너져내려 나와 누이와 어머니까지 깔아뭉개버릴 수 있다는 걸 모르겠어요? 젠장, 당신은 쥐뿔도 아는 게 없어, 당신들 모두! 그것 때문에 죽을 것 같다고!"

로드는 의자 등받이에 손을 얹고 금방이라도 일어날 것처럼 굴다가 마음이 바뀌었는지 다시 휙 주저앉았다. 어느새 그는 눈에 띄게 떨고 있었다. 속이 상해 그러는지 화가 나서 그러는지 알 길은 없었지만, 나는 그에게 자신을 추스를 여유를 주기 위해 잠시 딴 데를 쳐다보았다. 난로가 생각만큼 잘 타오르지 않아 나는 난로 앞에 구부리고 앉아 바람을 넣으며 쑤석거렸다. 하지만 로드는 눈에 띄게 점점 더 초조해했다. 뭐가 잘못됐는지 너무 심하게 움찔거렸다. "제기랄!" 그가 절망적인 목소리로 나직이 중얼거렸다. 나는 그를 똑바로 쳐다보았다. 그는 창백한 얼굴에 땀을 뻘뻘 흘리며 고열에 시달리는 환자처럼 벌벌 떨었다.

나는 놀라 벌떡 일어났다. 순간 간질에 대한 내 생각이 맞았구나 싶었다. 그는 바로 내 눈앞에서 발작을 일으키려는 참이었다.

그가 손으로 자기 얼굴을 가리며 외쳤다. "보지 마!"

"뭐라고?"

"날 보지 말라고요! 그냥 거기 계세요."

그제야 나는 그가 아픈 게 아니라 무시무시한 공황 상태에 빠졌음을 깨달았다. 그리고 그런 자신의 모습을 나한테 보였다는 당혹스러움이 더욱 상태를 악화시켰다. 나는 등을 돌리고 창문가로 가서 먼지투성이 레이스 커튼 너머로 창밖을 내다보았다. 그 숨 막힐 듯 고통스럽고 미묘한 공기가 지금까지도 생생하다. 나는 말을 걸어보았다. "로드……"

"보지 마요!"

"안 보네. 나는 지금 중앙로를 내다보고 있어." 목울대로 눈물을 삼키는 소리와 고통스럽게 헐떡이는 숨소리가 들렸다. 나는 흔들림 없는 목소리로 침착하게 말했다. "내 차가 보이는군. 세차를 좀 하고 광을 내줘야 할 텐데, 참 엉망이야. 저 아래쪽에 자네 차도 보여. 내 차보다 상태가 더 나빠 보이는데…… 워커 부인이 어린 아들을 데리고 나왔어. 데즈먼드가의 이니드도 있군. 보아하니 단단히 화가 난 모양인데, 모자까지 삐뚜름하게 쓰고. 크라우치 씨가 계단 앞에 나와서 옷을 털고 있네…… 이제 봐도 되나?"

"아뇨! 그대로 있어요. 계속 말해요."

"계속 말하라고, 알겠네. 계속 말하는 게 이렇게 어렵다니 참 우습군. 특히 누가 멈추지 말라고 해서 얘기하는 건. 게다가 나는 당연히 상대의 말을 듣는 데 더 익숙하다네. 그런 생각 해본 적 있나, 로드? 나처럼 이 업계에 종사하는 사람은 얼마나 많이 들어야 하는

지에 대해? 우리 같은 가정의는 성직자와 비슷하다는 생각이 종종 들어. 사람들은 우리한테 비밀을 털어놓지. 우리가 이러쿵저러쿵 판단하지 않으리라는 걸 잘 알거든. 우리가 겉모습에 관계없이 인간을 있는 그대로 보는 데 익숙하다는 걸 잘 알아…… 그런 걸 싫어하는 의사도 있기는 해. 내가 아는 의사 가운데 한두 명은 인간의 약한 면을 너무 많이 봐와서 온 인류를 경멸하게 됐지. 술독에 빠진 의사도 있어. 자네 생각보다 훨씬 많을걸. 그렇지만 우리는 대부분 겸손함을 배워. 우리는 단순히 살아간다는 것 자체가 얼마나 고통스러운지 알지. 그냥 살아가는 것만으로도, 전쟁을 겪거나 바보 취급 당하거나 꾸려야 할 토지와 농장이 없어도…… 그래도 사람들은 대부분 결국 어떻게든 살아가지……"

나는 천천히 몸을 돌렸다. 로드는 비통한 표정으로 나와 눈길이 마주쳤지만, 쳐다보지 말라고 하지는 않았다. 믿을 수 없을 정도로 딱딱하게 굳어 미동도 하지 않았고, 입을 꾹 다문 채 코로만 숨을 쉬었다. 얼굴에 핏기가 하나도 없었다. 얼굴 흉터의 팽팽하고 부드러운 피부마저도 색을 잃었다. 색이라곤 눈가의 희미해져가는 노르게 푸르게한 멍뿐이었다. 볼은 땀인지 눈물인지로 젖었다. 그래도 고비는 넘겼는지, 내가 보는 동안 그는 서서히 안정을 되찾았다. 내가 다가가 담뱃갑을 내밀자 그는 기꺼이 하나를 뽑아들었다. 그래도 불을 붙여주는 동안 그는 입에 문 담배를 두 손으로 붙잡아야 했다.

그가 첫 담배 연기 한 모금을 쿨럭이며 토해낸 뒤 나는 조용히 물었다. "왜 그러는 건가, 로드?"

그는 얼굴을 한번 훔치고 고개를 숙였다. "아무것도 아닙니다. 이제 괜찮아요."

"괜찮다고? 지금 자네 모습을 보게!"

"그건 무리를 해서…… 안간힘을 써서 억누르느라 그래요. 온 힘을 다 짜내는 바람에. 그뿐입니다. 나도 그렇게 호락호락하게 넘어가지는 않습니다. 놈도 그걸 알기 때문에 더욱 날뛰는 거예요."

여전히 숨을 헐떡이며 말하는 것이 보기 안쓰러운데다 말하는 내용이나 태도에서 조리 있게 괴로움과 논리를 결합시키는 게 오히려 더 나를 불안하게 했다. 나는 내 자리로 돌아와 의자에 앉으며 다시 나직이 물었다. "무슨 일이 있는 거지? 뭔가 있다는 건 아네. 내게 말해주지 않겠나?"

그는 고개는 들지 않은 채 눈만 들어 나를 쳐다보았다. "저도 그러고 싶습니다." 그러고는 비참한 듯 짧게 대답했다. "하지만 말하지 않는 편이 선생을 위해서 좋을 겁니다."

"그건 왜지?"

"왜냐면…… 전염될지도 모르니까."

"나한테 전염된다고? 잊지 말게, 나는 매일 전염병을 다루네."

"차원이 다릅니다."

"어떻게 차원이 다른가?"

그는 시선을 떨어뜨렸다. "이건…… 아주 더러워요."

그는 역겹다는 몸짓과 표정을 지었다. 그리고 그 단어들의 특별한 조합, '전염'과 '더럽다'에서 나는 그의 문제가 무엇인지 퍼뜩 알아차렸다. 나는 무척 놀라고 당황스러웠지만, 한편으로는 그의 곤경이 그런 평범한 문제였다는 것에 마음이 놓여 하마터면 미소를 지을 뻔했다. 나는 말했다. "그런 거였나, 로드? 나 원, 그렇다면 진작 나한테 왔어야지!"

그는 어리둥절한 표정으로 나를 쳐다보았고, 내가 좀더 알아듣기 쉽게 설명하자 그 의미를 정확히 이해하고는 갑자기 소름 끼치는 소리로 킬킬거렸다.

"하느님 맙소사." 로드가 얼굴을 문지르며 말했다. "그렇게 간단한 일이면 오죽 좋을까! 나의 증상에 대해 말이 나왔으니 말인데……" 그의 표정이 암울해졌다. "말해봤자 안 믿을 겁니다."

나는 급히 다그쳤다. "말해보게, 응?"

"아까 얘기했잖아요, 나도 그러고 싶다고!"

"그럼 그 증상이란 게 언제 처음 나타났지?"

"언제냐고요? 언제일 것 같습니까? 그 빌어먹을 파티 날 밤이지."

그럴 줄 알았다. "두통이 있다고 자네 어머니가 얘기했지. 그게 시초였나?"

"두통은 별것 아니었어요. 다른 걸 숨기려고, 진짜를 숨기려고 그렇게만 말한 겁니다."

그가 무진 애를 쓰는 게 눈에 보였다. 나는 말했다. "말하게, 로드."

그는 손을 입에 갖다대고 입술을 깨물었다. "만약 그게 밖으로 나가면……"

나는 그의 말을 오해했다. "약속하지. 절대 누구한테도 얘기하지 않음세."

그는 펄쩍 뛰었다. "안 돼요, 절대 말하지 마십시오! 어머니와 누이한테 절대 말하면 안 됩니다!"

"자네가 하지 말라면 안 해."

"아까 선생이 성직자가 된 기분이라고 했죠, 기억나요? 성직자는 비밀을 지켜요, 그렇죠? 꼭 약속해야 합니다!"

"약속하네, 로드."

"진짜로?"

"당연하지."

그는 내게서 시선을 돌리고 다시 입술을 깨물었다. 하도 오랫동안 잠잠하기에 나는 그가 자기 속으로 도피해버렸다고, 그래서 또 그를 놓쳤다고 생각했다. 그때 그가 떨리는 손으로 담배를 한 모금 빨고는 자신의 빈 술잔을 들어 보였다.

"좋아요. 혹시 모르죠, 어쨌든 누군가에게 속을 털어놓으면 나름 위안이 될지. 하지만 그 전에 술 좀 더 주십시오. 맨정신으로는 못 하겠어요."

나는 그에게 한 잔 넉넉히 따라주었다. 그는 여전히 손이 부들부들 떨려서 혼자 따라 마시기가 어려웠다. 그는 그걸 한입에 다 털어버리더니 한 잔 더 청했다. 그리고 취기가 돌자 천천히 더듬더듬 말하기 시작했다. 베이커하이드 씨네 딸이 다쳤던 그날 밤 그에게 정확히 무슨 일이 일어났는지.

내가 예상했던 대로 처음부터 그는 파티에 회의적이었다. 베이커하이드가 사람들의 말소리부터 싫었다고 한다. '가문의 주인' 행세를 해야 하는 것도 영 거북했고, 삼 년 가까이 거들떠보지도 않은 야회복을 입는 것도 바보가 되는 기분이었다. 하지만 캐럴라인을 위해, 그리고 어머니를 기쁘게 해드리기 위해 어떻게든 해보기로 마음먹었다. 문제의 그날 밤, 실제로 그는 농장 일 때문에 늦게 되었는데, 다른 사람들은 '괜히 꾸물거린다'고 생각할 게 분명했다. 그는 고장난 펌프에 발목이 잡혔다. 마킨스가 몇 주 전부터 경고했다시피 헌드레즈의 펌프는 맛이 가기 일보 직전이었고, 달리 도와줄 사람도 없는 농장을 그 상태로 내버려두고 도저히 나올 수가 없었다. 다행히 로드는 공군에서 복무한 경험 덕분에 여느 기계공 못지않게 기계를 잘 알았다. 그는 마킨스의 아들과 함께 어떻게든 임시로 펌프가 돌아가게 만들었고, 그러고 나니 여덟시가 훌쩍 지나버렸다. 대정원을 가로질러 서둘러 뒷문으로 집안에 들어왔는데, 베이커하이드 부부와 몰리 씨가 벌써 현관 앞에 와 있었다. 로드는 아직 농장 작업복 차림이었고 먼지와 윤활유가 묻어 지저분했다. 어차피 시간 때문에 위층으로 올라가 가족 욕실에서 제대로 씻기는 글렀고, 방에 있는 세면대에서 뜨거운 물로 씻으면 어떻게 대충 되겠지 싶었다. 그는 벨을 울려 베티를 찾았지만, 베티는 연회장에서 손님을 치르느라 정신이 없었다. 그는 잠시 기다렸다 한번 더 벨을 울려본 뒤 결국 물을 가지러 직접 부엌으로 내려갔다.

그때 처음으로 괴상한 일이 생겼다고 한다. 그는 야회복을 꺼내 침대 위에 잘 펼쳐놓았다. 제대군인이 대부분 그렇듯 그 역시 옷에 대해서는 깔끔하게 정돈하는 습벽이 있어, 그날 일찍 직접 예복을 솔질해 잘 준비해두었다. 부엌에서 돌아온 그는 허겁지겁 씻고 바지와 셔츠를 입은 다음 탈부착용 칼라를 찾았다. 그런데 보이지 않왔다. 재킷을 들추고 그 밑에 있는지 보았다. 침대 밑도 살폈다. 있을 만한 데건 없을 만한 데건 모조리 뒤졌다. 그러나 그 빌어먹을 칼라는 아무 데도 없었다. 더욱 환장할 노릇은, 문제의 칼라가 그날 입은 셔츠와 쌍으로 맞춘 것이라는 사실이었다. 깁거나 뒤집어 재활용하지 않은 칼라는 그것밖에 없었기에 쉽게 서랍에서 다른 것을 꺼내 쓸 수도 없는 처지였다.

"진짜 웃기는 얘기 아닙니까?" 그는 씁쓸하게 말했다. "그때 당시에도 이 무슨 멍청한 짓거리냐고 생각했어요. 애당초 그 망할 파티에 참석하는 것 자체가 싫었는데, 거기서 내가—헌드레즈의 주인으로서 명색이 주최자인 내가!—손님 다 기다리게 하고 머저리처럼 방안을 빙빙 돌며 찾고 있었던 거죠, 격식에 맞는 스탠드칼라가 딱 하나밖에 없어서!"

그때가 바로 에어즈 부인이 베티를 내려보내 무슨 일로 그가 늦는지 알아보라고 한 시점이었다. 그는 베티에게 무슨 일인지 설명하고 혹시 칼라를 딴 데 치웠는지 물었다. 베티는 그날 아침 이후로, 그러니까 그의 세탁물에서 칼라를 찾아 방으로 갖다준 이후로 본 적이 없다고 대답했다. 그는 말했다. "그럼 부탁인데 같이 찾아봐줘." 베티는 잠깐 로드와 같이 방안을 수색했고, 그가 이미 찾아본 곳을 다시 다 들춰봤지만 칼라는 나타나지 않았다. 결국 그는 이게 다 뭐하는 짓인지 점점 짜증이 나서 베티에게 '미안하지만 좀 신경질적으로' 그냥 관두고 어머니가 있는 위층으로 올라가라고 말했다. 베티가 나간 다음 그는 칼라 찾기를 포기했다. 서랍장에서 그냥 아무 칼라나 꺼내 대충 달아 입을 생각이었다. 만약 베이커하이드가 사람들이 편하게 입고 왔다는 걸 알았더라면 그렇게까지 신경쓰지 않았을 텐데. 하지만 그때는 자신이 '철없는 학생처럼 아무렇게나' 차려입고 연회장에 나갔을 때 그의 어머니가 지을 낙담한 표정밖에 떠오르지 않았다.

그때 더 희한한 일이 벌어졌다. 서랍장 쪽으로 걸음을 옮기는데 등뒤에서, 아무도 없는 빈방에서 무슨 소리가 났다. 첨벙하는, 작지만 또렷한 소리가. 그는 세면대에서 뭔가가 대야로 떨어졌나보다 생각하며 뒤돌아보았다. 그리고 제 눈을 믿을 수 없었다. 세숫대야 물에 빠진 것은 바로 그 칼라였다.

반사적으로 그는 세면대로 달려가 칼라를 건져냈다. 칼라를 손에 들고 선 채로 어떻게 이런 일이 생길 수 있는지 납득해보려 애썼다. 칼라가 세면대 위에 없었던 것은 확실했다. 그렇다고 근처에 물건이 떨어질 만한 선반이 있는 것도 아니었다. 도대체 어디서고 이게 떨어질 이유가 없었다. 세면대 위에는 칼라가 얹혀 있다 떨어질 만한 물건—늘어뜨린 전등이나 옷걸이 같은 것—이 아예 없었다. 아니, 애초에 전등이나 옷걸이가 있었다 해도 희고 뻣뻣한 칼라가 눈에 띄지 않고 걸려 있을 수는 없는 일 아닌가. 그의 말에 의하면, 거기 있는 거라곤 머리 위 회반죽 격자 세공 천장에 보이는 '희미한 그을음 자국 같은 것'뿐이었다.

이 시점에서 그는 당황하긴 했지만 불안하지는 않았다. 칼라에서는 비눗물이 뚝뚝 떨어졌는데, 젖은 칼라라도 없는 것보다는 나았다. 그래서 최대한 잘 말린 다음 화장대 거울 앞에 서서 셔츠에 달고 넥타이를 맸다. 이제 커프스를 잠그고 머리에 기름을 발라 빗기만 하면 준비는 끝이었다. 그는 정장용 커프스단추가 들어 있는 조그만 상아통을 열었다. 그런데 통은 비어 있었다.

이번에는 너무 어이가 없고 약이 올라 웃음이 나왔다. 그날 커프스단추를 눈으로 직접 확인한 건 아니었다. 그러나 우연히 그날 아침 손으로 그 통을 툭 쳤고, 분명히 안에서 금속이 짤랑거리는 소리가 났다. 이후로 한 번도 그 통을 건드리지 않았다. 베티나 베이즐리 부인이 커프스단추를 치웠을 리는 없고, 캐럴라인이나 어머니가 가져갔을 리도 만무했다. 뭐하러 이런 걸 가져간단 말인가? 그는 고개를 설레설레 저었고, 주변을 흘깃 둘러보며 방을 향해 말을 걸었다. 혹은 '운명'이라든가 '혼령'이라든가, 하여간 그날 밤 그를 상대로 장난을 치는 그 무엇을 향해 말했다. "내가 파티에 가는 게 싫은 거야?" 그는 물었다. "이봐, 나도 가기 싫다고. 하지만 네가 여기 있는 것도 마음에 안 들어. 그 염병할 커프스단추는 좀 돌려주지그래, 응?"

그는 상아통을 닫아 빗과 옷솔 사이 원래 자리에 내려놓았다. 그리고 손을 거두는데 화장대 거울 속에 비친 방 저쪽에서 뭔가 검고 작은 물건이 떨어지는 게 시야 끝에 잡혔다. 천장에서 거미가 떨어지는 것처럼. 그리고 거의 동시에 도자기에 금속이 부딪치는 소리가 났다. 적막한 방안에서 상대적으로 소리가 크게 울리는 바람에 그는 '혼이 빠질 정도로' 기겁했다. 로드는 뒤로 돌아 슬슬 비현실적인 기분을 느끼며 세면대 쪽으로 천천히 걸어갔다. 세면대에 온통 물이 튀었고, 대야 속의 탁한 물은 아직도 출렁거렸다. 그는 고개를 젖히고 위를 올려다보았다. 아무리 봐도 천장은 틈새 하나 없이 말끔했다. 좀 전에 봤던 '그을린 자국'이 더 까매진 것만 빼면.

그때가 바로 정말 방안에서 뭔가 초자연적인 일이 벌어지고 있다는 생각이 든 시점이라고 했다. 그는 자신의 오감을 의심할 수 없었다. 커프스단추가 떨어지는 것을 보았고, 첨벙하고 사방에 물을 튀기며 대야에 부딪는 소리를 들었다. 그런데 대체 이게 어디서 떨어질 수 있단 말인가? 그는 안락의자를 끌어다놓고 조심스럽게 딛고 올라가 천장을 유심히 살폈다. 그 기괴한 검은 그을음 자국을 제외하면 아무것도 없었다. 마치 커프스단추가 허공에서 불쑥 나타난 것 같았다. 그는 의자에서 힘들게 내려와―이제 다리가 아프기 시작했다―세면대의 대야 속을 유심히 들여다보았다. 흰 포말이 수면을 덮고 있었다. 소매를 걷어올리고 손을 물속에 집어넣어 단추를 끄집어내야 했다. 하지만 도저히 내키지 않았다. 빌어먹을 뭘 어째야 할지 알 수가 없었다. 그는 다시 환하게 불을 밝힌 연회장을 생각했다. 어머니와 누이가 기다렸고, 데즈먼드 부부와 로시터 부부, 베이커하이드가 사람들, 그리고 나와 베티마저 다들 손에 셰리 잔을 들고 바로 그를 기다릴 터였다. 그는 땀이 나기 시작했다. 그는 동그란 면도용 거울에 비친 제 모습을 응시했다. 피부 모공에서 '벌레처럼' 스며나오는 땀방울이 보이는 것 같았다.

바로 그때 가장 무시무시한 사건이 벌어졌다. 그가 여전히 거울로 땀을 흘리는 자기 얼굴을 보고 있을 때, 도저히 믿을 수도 없고 식겁할 노릇이지만, 면도용 거울이 부르르 떨렸다. 그 거울은 오래된 빅토리아풍 물건으로, 도자기 받침 위에 회전식 황동 프레임이 달린 비스듬한 원형 거울이었다. 내가 알기로 그것은 상당히 무거웠다. 주위에서 어지간히 바닥을 구르거나 밀어도 미끄러질 물건이 아니었다. 로드는 그 적막한 방안에서 꼼짝도 않고 가만히 서서 지켜보았다. 거울은 또다시 부르르 떨다가 흔들리더니, 어느새 세면대 위에서 조금씩 그를 향해 다가오기 시작했다. 흡사 거울이 걸어오는 것 같았다. 아니, 마치 바로 그 순간 거울이 자신의 직립보행 능력을 깨달은 것 같았다. 거울은 휙 나아가다 탁 멈추는 걸음걸이로 움직였고, 유약을 칠하지 않은 도자기 받침의 바닥이 광을 낸 대리석 표면에 긁혀 소름 끼치는 소리를 냈다.

"내 생애 그렇게 구역질나는 물건은 처음 봤어요." 로드는 떨리는 목소리로 그 광경을 묘사했고, 입술과 이마에서 다시 솟아나는 땀을 닦았다. "어쩌면 그 거울이란 게 너무 평범한 물건이라 더 끔찍했을 겁니다. 만약…… 모르죠. 괴물 같은 게 느닷없이 방안에 나타났거나 귀신이나 유령 같은 거였다면 충격을 훨씬 더 잘 받아들였을 거예요. 하지만 이건 눈 뜨고 못봐주겠어요. 단단히 잘못됐다고요. 주변에 있는 모든 것이, 일상생활에 쓰이는 평범한 물건이 언제라도 이런 식으로 돌변해 나를 덮칠 수 있다는 느낌이 들잖아요. 그것만으로도 이미 충분히 기가 찰 노릇이었죠. 하지만 그다음에 일어난 일에 비하면……"

그다음에 일어난 일은 더욱 가관이었다. 그때까지 로드는 자신을 향해 부르르 떨며 다가오는 거울을 겁에 질린 채 쳐다보았다. 모든 게 단단히 잘못됐기 때문이었다. 로드는 줄곧 '단단히 잘못됐다'는 표현을 썼는데, 거울이 왠지 비인격적으로 행동한다는 느낌도 한몫했다. 귀신이 곡할 노릇이지만, 어느새 거울은 살아 움직이게 되었다. 그런데 이 살아 움직이는 물건이 맹목적으로 아무 생각 없이 움직인다는 인상을 준 것이다. 만약 거울이 걸어가는 경로에 손을 쫙 뻗으면, 도자기 받침이 손가락 위로 그냥 거침없이 나아갈 것만 같았다. 당연히 그가 손을 갖다댄 건 아니었다. 오히려 손을 뒤로 뺐다. 바야흐로 거울은 대리석 세면대 가장자리를 향해 이동하는 중이었고, 그는 겁먹은 와중에도 흥미진진하게 금방 끝에 이르러 떨어질 것 같은 거울을 쳐다보았다. 그는 1야드쯤 떨어져 자리를 지켰다. 거울은 계속 앞으로 나아갔고, 1인치 그리고 2인치가량 도자기 받침이 대리석 세면대 가장자리로 삐죽 나왔다. 거울은 흡사 발 디딜 공간을 더듬어 찾는 것처럼 보였다. 곧이어 균형을 잃은 듯 기우뚱하더니 받침이 앞쪽으로 고꾸라졌다. 그는 떨어지는 거울을 받으려 본능적으로 손을 내밀었다. 하지만 바로 그때 거울이 갑자기 '도약하려고 온몸을 움츠리는' 듯하더니, 다음 순간 그의 머리를 향해 펄쩍 뛰었다. 그는 몸을 비틀어 피했으나 귀 뒤쪽에 따끔한 통증을 느꼈다. 거울은 등뒤의 바닥으로 떨어졌고, 유리와 도자기 받침이 산산조각 나는 소리가 들렸다. 바로 뒤돌아서자 거울 조각이 카펫 위에 악의 없이 흩어져 있었다. 마치 누가 실수로 떨어뜨린 것처럼.

그때가 정확히 베티가 다시 내려온 시점이었다. 소녀는 방문을 가볍게 두드렸다가, 로드가 소리를 지르는 바람에 화들짝 놀랐다. 베티는 그의 목소리에 당황해 쭈뼛쭈뼛 문을 열었고, 바닥에 깨진 물건을 넋이 나간 채 멍하니 내려다보는 로드를 목격했다. 당연히 베티는 깨진 유리 조각을 치우기 위해 방안으로 들어가려 했다. 그때 그의 표정이 눈에 들어왔다. 그는 베티에게 소리를 질렀다. 뭐라고 했는지 로드는 기억하지 못했지만, 하여간 무척 거친 말이었음이 분명했다. 베티가 즉각 방을 뛰쳐나가 허겁지겁 연회장으로 돌아갔으니까. 그리고 그때 나는 베티가 허둥대며 에어즈 부인에게 가서 귓속말하는 광경을 봤던 것이다. 에어즈 부인은 곧장 베티와 함께 로더릭을 보러 갔다. 뭔가 일이 지독히 잘못 돌아간다는 것을 바로 눈치챘기 때문이다. 그는 전에 없이 식은땀을 뻘뻘 흘리면서 고열에 시달리는 사람처럼 부들부들 떨었다. 아마도 이 이야기를 꺼내기 직전에 내가 목격한 로더릭의 증세와 다름없었으리라 짐작한다. 그는 어머니를 보자마자 어린아이처럼 왈칵 엄마 손에 매달리고 싶었다. 그러나 어느 정도 제정신을 차리자, 지금 벌어지는 이 사건에 어떤 식으로든 어머니를 끌어들여서는 절대로 안 된다는 생각이 들었다. 면도용 거울이 자기 머리를 향해 뛰어오르는 것을 그는 똑똑히 보았다. 그것이 아무 생각 없이 충동적으로 움직였다고는 도저히 볼 수 없었고, 악의에 찬 무언가가 고의로 자신을 노리고 거울을 이용했다는 느낌을 받았다. 그걸 어머니에게 알릴 수는 없었다. 그는 농장에서 몸을 너무 혹사시켰다는 등 더듬더듬 종잡을 수 없는 평계를 둘러대면서, 머리가 미친듯이 아파 둘로 쪼개질 것 같다고 하소연했다. 한눈에 보기에도 무척 아프고 단단히 탈이 난 것 같아 에어즈 부인은 베티를 시켜 나를 부르려 했지만, 로드가 말렸다. 그는 그저 한시라도 빨리 어머니를 자기 방에서 내보내고 싶을 뿐이었다. 그는 그 방에서 어머니와 함께 있었던 십여 분간이 자기 생애에서 가장 끔찍한 시간이었다고 말했다. 방금 겪은 일을 필사적으로 숨기려는 부담감과 혼자 있어야 하는 시간에 대한 공포가 뒤섞여 꼭 미친 사람처럼 보였을 것이다. 울음을 터뜨릴 뻔한 순간, 그는 어머니의 얼굴에 떠오른 근심과 놀람을 보고 겨우 마음을 다잡았다. 어머니와 베티가 나간 뒤 방 한구석에 있는 침대 위에 벽을 등지고 앉아 무릎을 세웠다. 다친 다리가 욱신거렸지만 개의치 않았다. 경계를 늦추지 않게 해준다는 점에서는 아픔이 반가울 지경이었다. 왜냐하면 이제부터 그는 감시를 해야 했으니까. 그는 방 구석구석 그늘진 곳까지 모든 물건을 감시해야 했고, 여기저기로 쉬지 않고 시선을 움직여야 했다. 좀 전에 그를 해치려 했던 그 사악한 것이 여전히 그와 함께 거기 있다는 것을, 기회를 엿보고 있다는 것을 그는 알았다.

"그게 제일 미치고 팔짝 뛸 노릇입니다." 로드가 말했다. "그것이 날 싫어한다는 걸 알아요. 그 어떤 논리나 이유도 없이 나를 끔찍이 증오해요. 그것이 날 해치고 싶어한다는 걸 압니다. 하지만 이건 조종간을 잡고 적의 전투기를 노리는 것하고는 차원이 달라요. 공중전 때는 적이 나를 쫓는 게 보이잖아요. 기계 안에 사람이 타고 있고, 그것이 전력을 다해 나를 격추하려 하죠. 어떻게 보면 그 경우는 깔끔합니다. 논리도 있고 피차 공정해요. 하지만 이것은 비열하고 원한을 품은데다 부당해요. 나는 그것에 총을 겨눌 수도 없어요. 칼이나 부지깽이를 들이댈 수도 없고. 들고 있던 칼이나 부지깽이가 살아 움직이면 어떡해요! 내가 깔고 앉은 이불이 솟아올라 내 목을 조를 것 같은 기분이었어요!"

그는 그 자세로 삼십 분 정도 벌벌 떨었는데 '마치 한나절은 지난 것 같았'다. 그렇게 떨면서 신경을 곤두세운 채 그 사악한 것을 내쫓으려 사투를 벌였고, 지나치게 그것에 몰두한 나머지 끝내 신경이 뚝 끊어져버렸다. 악을 쓰며 그것한테 나가라고, 제발 날 좀 내버려두라고 소리치는 자신의 목소리가 들렸다. 그는 자기 목소리에 놀라 기겁했다. 그때 어떤 종류의 주문이 풀렸는지, 곧바로 뭔가 움직이는 느낌이 들었다. 그 무시무시한 것이 사라졌다. 그는 주위 사물을 둘러보았다. "잘 설명할 수가 없군요. 내가 그걸 어떻게 알았는지 모르겠습니다. 하지만 어쨌든 물건들이 보통의 무생물로 돌아왔다는 걸 알았지요." 그는 완전히 녹초가 되어 '물컵 가득' 브랜디를 마시고 침대 이불 속으로 기어들어 아기처럼 몸을 둥글게 말았다. 그의 방은 항상 그랬듯 소리를 다 죽인 것처럼 적막했고, 집의 나머지 부분으로부터 약간 고립된 느낌이었다. 만약 그때 그의 방문 밖에서 다급한 발소리와 걱정스러운 속삭임이 들렸다 해도 그는 아예 듣지 못하거나 너무 지쳐 무슨 일인지 생각해볼 여력도 없었을 것이다. 그는 조마조마해하며 잠에 빠져들었다가, 두 시간 뒤 캐럴라인이 깨워서 일어났다. 캐럴라인은 동생이 어떤지 보러 왔고, 지프와 질리언에게 일어난 사건을 말해주었다. 그녀의 이야기를 듣자니 소름이 쫙 끼쳤다. 그 여자애가 물린 시각이 그가 방 안에 있는 사악한 존재를 향해 날 좀 내버려두라고 소리친 바로 그즈음이라는 사실을 깨달았던 것이다.

그는 그 얘기를 전하며 나를 쳐다보았다. 홍진 얼굴 위로 핏발 선 눈이 불타는 것 같았다. 그가 말했다. "이해가 갑니까? 그건 순전히 내 잘못이었어요! 난 그놈이 내게서 떨어지기를 바랐어요, 순전히 배겨낼 용기가 없어서. 근데 놈이 위층으로 가서 딴 사람을 해친 겁니다. 그 불쌍한 아이를! 만약 그럴 줄 알았다면, 무슨 일이 있어도, 무슨 짓을 해서라도, 나 혼자 참아냈을 겁니다." 그는 입술을 닦고, 좀더 차분히 얘기하기 위해 침착해지려 노력했다. "그후로는 절대 그런 식으로 경계를 풀어버리지 않았어요. 이제 놈이 올 때면 저는 준비가 되어 있습니다. 쭉 경계해요. 대부분의 날은 괜찮아요. 놈이 오지 않는 날이 많거든요. 하지만 그것은 나를 놀래고 괴롭히는 걸 좋아해요. 그냥 앙심을 품은 교활한 어린애 같아요. 나를 노리고 함정을 파는 거죠. 지난번엔 내 방문을 열어놓는 바람에 거기 부딪쳐 코피가 났어요. 서류를 이리저리 옮기는가 하면, 내가 다니는 길에 뭔가를 슬쩍 밀어놓죠. 결국 나는 그런 것에 걸려 넘어져 목이 부러질지도 모릅니다! 하지만 그건 상관없어요. 나한테 뭘 바라는 거라면 괜찮아요. 내가 그걸 내 방에 붙잡아두는 한 그게 퍼지는 것을 막을 수 있어요. 현재로선 그게 가장 중대한 사안입니다, 당신도 그렇게 생각하죠? 감염의 근원이 우리 어머니와 누이에게 닿지 않도록 막는 것."

6

지금까지 의사생활을 하면서, 환자를 진단할 때나 혹은 어떤 검사나 기타 결과를 보고 지금 내 앞의 이 환자는 도저히 가망이 없겠다 싶은 생각이 서서히, 그러나 피할 수 없이 밀려오는 경우가 꽤 여러 번 있었다. 예를 들어, 갓 결혼해 아기를 가진 젊은 부인이 여름감기에 걸려 나를 찾아온 적이 있었다. 청진기로 진찰하던 중에 어렴풋하지만 치명적인 게 틀림없는 결핵의 증상을 느꼈던 때가 아주 생생하게 떠오른다. 또 잘생기고 재능 있는 소년이 '성장통'을 호소하며 나를 찾았던 기억이 난다. 하지만 그것은 성장통이 아닌 근육소모 질환의 징후였고, 오 년 안에 그의 목숨을 앗아갈 터였다. 점점 커지는 종양, 퍼지는 암, 흐려지는 눈. 그런 것들도 두드러기나 염좌와 함께 가정의가 감당해야 하는 사례에 해당한다. 하지만 나는 도저히 그런 데 익숙해지지 않았고, 그 명백한 징후들을 발견할 때마다 무력감과 당혹스러움에 마음이 한없이 무거워진다.

　로드가 털어놓는 비일상적인 이야기에 가만히 귀기울이는 동안 그와 비슷한 당혹감이 슬금슬금 밀려들었다. 그가 얼마나 오래 얘기했는지는 잘 모르겠다. 로드는 갑자기 멈췄다가, 머뭇머뭇 주저하다가, 자세히 묘사하다 스스로 섬뜩해 움츠러들기도 하면서 이야기를 이어갔던 것이다. 나는 대체로 침묵을 지켰고, 그의 이야기가 끝나자, 우리가 함께 앉아 있던 그 조용한 진료실을 쭉 둘러보았다. 내 주위의 안전하고 익숙하고 추측 가능한 세상—난로, 카운터, 각종 기구와 유리병, 라벨에 쓰인 닥터 길의 희미한 손글씨, 실리 합제*, 요오드 용액—이 왠지 죄다 조금씩 기괴하고 수상쩍게 변한 것 같았다.

　로드는 나를 빤히 쳐다보았다. 그러고는 얼굴을 닦아낸 다음 손수건을 둥글게 말아 손가락으로 만지작거리며 말했다. "당신이 알고 싶다고 했죠. 나는 그게 얼마나 지저분한 놈인지 경고했습니다."

　나는 목청을 가다듬었다. "자네가 내게 말해줘서 기쁘네."

　"진짜요?"

　"물론이지. 더 일찍 말해줬으면 좋았을 거라는 생각뿐이야. 자네가 혼자 짊어지고 감내했을 생각을 하니 가슴이 아프군, 로드."

　"알다시피 그럴 수밖에 없었습니다. 가족을 위해."

　"그래, 이제 알겠네."

　"그 여자애 일로 나를 나쁘게 생각하는 건 아니겠죠? 하늘에 맹

---

* 20세기 초반 천식치료제로 사용한 용액.

세코 만약 그럴 줄 알았더라면……"

"아냐, 아닐세. 그 일로 자네를 탓할 사람은 아무도 없어. 이제 내가 하고 싶은 일이 딱 한 가지 남았네. 괜찮다면 자네를 좀 검진해보고 싶은데."

"검진이오? 어째서죠?"

"자네 무척 피곤해 보이는군. 안 그런가?"

"피곤해 보인다고요? 그걸 말이라고. 나는 지금 비몽사몽간이나 마찬가지예요! 밤에 제대로 눈도 붙이지 못합니다. 잠이 들면 그놈이 돌아올까봐 겁이 나서."

나는 가방을 가지러 일어섰고, 그것을 신호로 로드는 얌전히 내 말에 따르기로 결정한 듯 스웨터와 셔츠를 벗기 시작했다. 그는 예의 그 더러워진 손목 붕대를 감은 채 러닝셔츠와 바지 바람으로 난롯가의 러그 위에 서서는, 으스스한지 양팔을 문질렀다. 그 모습이 너무 마른데다 연약하고 앳되어 보여 깜짝 놀랐다. 나는 흉부음을 확인하고 혈압을 재는 등 간단한 기본 검진을 했다. 하지만 솔직히 말해 검진을 핑계로 시간을 좀 벌고 싶었다. 내가 보기에—아니, 누가 보더라도 마찬가지였을 것이다—본질적으로 로드의 문제는 명확했다. 실제로 그가 해준 얘기를 듣고 나는 엄청난 충격에 뼛속까지 떨렸고, 이제 그를 어떻게 다뤄야 할지 생각할 시간이 필요했다.

익히 예상했던 대로 과로와 영양 결핍을 제외하고 그에게 특별한 이상은 없었다. 사실 과로와 영양 결핍은 우리 이웃 태반이 겪는 문제였다. 나는 천천히 기구들을 챙기면서 생각에 잠겼다. 로드는 셔츠 단추를 채우며 서 있었다.

"어떤가요?"

"자네 입으로 말했지, 로드. 자네는 녹초가 됐다고. 그리고 극심한 피로는…… 그래, 우리 몸에 이상한 짓을 하지. 이상한 장난을 쳐."

그는 얼굴을 찌푸렸다. "장난이라고요?"

"잘 들어보게. 자네가 들려준 이야기에 내가 대경실색하지 않았다고는 말 못하겠네. 굳이 에둘러 말하고 싶진 않군. 내 생각에 자네의 문제는 정신적인 거야. 내 보기에…… 내 말 좀 들어봐, 로드." 그는 낙담과 분노에 사로잡혀 등을 돌렸다. "내 보기에 자네가 겪는 문제는 신경과민의 일종으로 가장 잘 설명될 수 있어. 과중한 스트레스에 시달리는 사람들에게는 생각보다 흔한 증세야. 현실을 직시하자고. 자네는 공군에서 제대한 뒤로 줄곧 엄청난 압박에 시달려왔어. 그 압박이 전쟁의 충격과 섞여……"

"전쟁의 충격 좋아하네!" 그는 한껏 경멸하듯 말했다.

"발현이 지연된 전쟁의 충격이지. 이것도 자네 생각보다 훨씬 흔한 사례야."

그는 고개를 저으며 단호히 말했다. "나는 내 머릿속에 뭐가 있는지 압니다. 내가 본 것이 뭔지도 잘 알고."

"자네가 봤다고 생각한 것을 아는 거야. 한계를 넘어 무리하게 혹사당한 신경세포가 자네에게 보라고 한 걸 본 거라고."

"그게 아니라니까요! 이해 못합니까? 젠장, 괜히 말했어. 당신이 말하라고 했지. 나는 싫었는데, 선생이 말하게 만들었잖아요. 그래놓고 이런 식으로 나한테 되갚는 겁니까? 날 무슨 정신병자 취급하면서!"

"밤에 한숨 푹 잘 자기만 하면 돼."

"아까 말했잖아요, 내가 자버리면 그놈이 되돌아올 거라고."

"그렇지 않아, 로드. 내 약속하지, 자네가 잠을 자지 않으면 그놈이 돌아올 거야, 왜냐면 그것은 환각으로……"

"환각이라고? 당신 생각은 그렇다 이거지?"

"환각은 자네 자신의 피로를 먹고살지. 한동안 헌드레즈홀을 벗어나 있는 게 좋을 것 같네. 지금 당장 휴가라도 떠나게."

그는 스웨터를 머리 위로 뒤집어써 목을 빼낸 뒤 믿지 못하겠다는 얼굴로 나를 쳐다보았다. "떠나라고? 아까 내가 한 말을 귓등으로 들은 겁니까? 내가 집을 떠나면 무슨 일이 일어날지 모르는데!" 그는 서둘러 머리를 손으로 매만지고 외투를 입기 시작하며 시계를 흘깃 쳐다보았다. "벌써 너무 오래 나와 있었어. 이건 선생 잘못이야. 얼른 돌아가야겠어."

"그럼 최소한 루미날이라도 좀 갖고 가게나."

"진정제? 그게 정말 나한테 도움이 될 거라고 봅니까?" 그러더니 선반으로 가서 약병을 꺼내는 나를 보고 목쉰 소리로 외쳤다. "놔둬요. 농담 아닙니다. 비행기 추락 후에 의사들이 나한테 그걸 한 바가지씩 먹였어요. 싫습니다. 주지 마세요, 안 그럼 그 빌어먹을 약을 다 내다버릴 테니까."

"마음이 바뀔지도 모르잖나."

"안 바뀝니다."

나는 빈손으로 카운터를 돌아 나왔다. "로드, 제발 내 말 좀 들게. 만약 자네가 집을 떠나기 싫다면, 그래, 내가 잘 아는 의사가 한 명 있어. 버밍엄에서 병원을 하는데, 바로 자네 같은 케이스를 맡고 있어. 그를 데려올 테니 한번 만나보게. 자네 얘기를 들려주라고. 그가 바라는 건 그게 다일 거야. 그저 방금 전에 나한테 얘기한 것처럼 그 사람한테 자네 얘기를 들려주기만 하면 돼."

로드의 얼굴이 굳었다. "그러니까 정신을 다루는 의사를 말하는 거군요. 정신과의사인지 심리학자인지 알 게 뭐야, 당신들이 뭐라 부르든 하여간 그런 의사. 내 문제는 그런 게 아닙니다. 아니, 문제는 내가 아니라고요. 문제는 헌드레즈홀에 있어. 모르겠어요? 나한테 의사 따윈 필요 없어, 그러니까……" 그는 적당한 단어를 찾으려 더듬거렸다. "교구 목사나 뭐 그런 것만큼 하등 필요 없다고. 내 기분을 선생이 안다면……"

나는 충동적으로 말했다. "그럼 같이 가세! 나도 자네 방에서 같이 지내며 정말 그게 나오는지 한번 보겠네!"

그는 내 제안을 가늠하는 듯 망설였다. 내 제안을 가늠하고, 분별 있고, 이성적인 것인 양 고려하는 그의 모습이 다른 무엇보다도 불안했다. 그러나 그는 고개를 저으며 다시 냉랭하게 말했다.

"아뇨, 그런 위험을 무릅쓸 수는 없어요. 놈을 부추길 수는 없지. 그렇게는 안 돼." 그는 모자를 썼다. "가야겠어요. 이런 얘기를 당신에게 한 내가 잘못이지. 이해하지 못하리라는 걸 알았어야 했는데."

"제발 내 말을 듣게, 로드." 그를 이대로 놓치면 큰일나겠다는 생각이 들었다. "그런 정신 상태로 자네를 가게 내버려둘 수 없어! 좀 전에 자네가 어땠는지 잊었어? 그 끔찍한 공황 상태를? 그런 일이 또 벌어지면 어쩔 거야?"

그는 말했다. "그럴 리 없어요. 선생 때문에 내가 방심했던 거지, 그래서 그런 겁니다. 애초에 이런 데 오지 말았어야 했어. 집에 가 겠습니다."

"그럼 최소한 자네 어머니께는 말씀드리게. 안 그러면 자네 대신 내가 얘기하겠네."

"안 됩니다." 그는 날카롭게 말했다. 그는 문을 향해 걸어가다 내 쪽으로 휙 돌아섰다. 전에도 한번 그랬듯 나는 그의 눈에 서린 진심 어린 분노를 목격하고 아연해졌다. "어머니는 이 일에 대해 손톱만 큼도 아시면 안 됩니다. 누이도 마찬가지고. 두 사람에게 입도 벙긋 하지 마요. 안 그러겠다고 말했잖아요. 당신은 약속했고, 나는 당신 을 믿었어요. 당신의 친구라는 그 의사 양반에게도 말하지 마요. 내 가 미쳤다고? 좋아요, 계속 그렇게 믿으시죠, 그게 마음이 더 편하 다면. 진실을 마주보기가 겁난다면. 하지만 적어도 나 혼자서만 미 칠 수 있도록 예의는 지켜주십시오."

그의 어조는 단호하고 차분했다. 그래서 그런지 뜻밖에도 매우 논리적으로 들렸다. 그는 가방끈을 어깨에 둘러메고 코트 자락을 여몄다. 창백한 얼굴과 살짝 충혈된 눈만이 그를 사로잡은 기괴한 환각을 암시할 뿐이었다. 그것만 제외하면 그는 예전처럼 지방의 젊은 젠트리 청년답게 보였다. 당장은 그를 막을 방도가 전혀 없었 다. 그는 진료실 문 쪽으로 걸음을 옮겼다. 그때 문밖에서 소리가 났다. 그날 저녁의 첫번째 환자가 도착한 모양이었다. 로더릭은 초 조하게 상담실 쪽으로 가도 되겠는지 손짓을 했고, 나는 상담실을 가로질러 그를 정원으로 내보냈다. 그러면서도 나는 마음이 몹시 무거웠고, 무시무시한 절망감이 들었다. 문이 닫히자마자 나는 진료실 창가로 돌아가 먼지투성이 레이스 커튼 앞에 서서 로더릭의 모습을 지켜보았다. 우리집 옆으로 빙 돌아 나간 로더릭은 절뚝거리며 중앙로를 급히 걸어 자기 차가 있는 데로 갔다.

내가 어떻게 해야 했을까? 한 가지 명백한, 섬뜩하도록 명백한 사실은, 지난 몇 주간 로더릭이 매우 강력한 환각의 희생양이었다는 점이다. 그즈음 그가 감당해야 했던 엄청난 부담과 압박을 감안할 때, 어찌 보면 그리 놀랄 일도 아니다. 의심할 바 없이, 위기감과 긴장감 때문에 정신에 과부하가 걸려 그가 누차 강조했다시피 '평범한 사물'조차 자신에게 덤비는 것처럼 보이는 상태까지 나아간 것이다. 망상이 처음 그를 덮친 때가 자신보다 성공한 삶을 사는 이웃을 위해 파티를 연 밤이었다는 것은 전혀 놀랄 일이 아닐지 모른다. 뿐만 아니라 그가 겪은 최악의 상황에서 거울이 핵심 요소였다는 점 또한 안타깝지만 특기할 만한 사항이었다. 거울이 '걷기' 전에 비추었던 것은 그의 홍진 얼굴이었고, 결국 거울은 산산조각 났다. 요컨대 그 모든 사태가 무척 충격적이기는 해도 스트레스와 신경과민의 부산물로 전부 설명할 수 있었다. 내 생각에 더욱 걱정되고 불안한 것은 그가 여전히 망상에 사로잡혀 그것을, 그게 뭐든 하여간 그의 방을 습격했다는 그 무시무시하고 사악한 괴물을 퇴치하기 위해 자신이 집에 있지 않으면 그의 어머니와 누이가 그것에 '감염'될 거라는, 언뜻 보기에 꽤 논리적인 공포를 도출해냈다는 점이다.

그후로 몇 시간에 걸쳐 나는 그의 상태를 여러 번 되짚어보았다. 다른 환자를 대할 때조차 나의 일부는 여전히 로드 곁에 머물며 공포와 경악 속에서 그의 끔찍한 이야기에 귀를 기울이는 기분이었다. 의사 일을 시작하고 나서 증세를 어떻게 다뤄야 할지 판단이 서지 않아 당황했던 적은 그때가 처음이었지 싶다. 그 집 식구들과의 관계가 내 판단력에 영향을 미친 게 분명했다. 나는 그때 바로 그 케이스에서 손을 떼고 다른 의사에게 넘겼어야 했다. 하지만 그때는 그것을 의학적 사례로 보기도 애매했다. 그날 로드는 내게 의학적 견해를 구하러 온 게 아니었다. 로드 스스로 지적했듯 그는 내게 그 얘기를 털어놓는 것 자체를 꺼렸다. 게다가 나든 다른 의사든 도움이나 조언을 줘봤자 진료비를 받을 수 있을 리 만무했다. 당시에 나는 로드가 스스로에게나 다른 사람들에게 위해를 끼칠 거라고는 생각지 않았다. 그보다는 오히려 그의 망상이 서서히 힘을 키워 끝내는 그가 완전히 나가떨어질 가능성이 높다고 생각했다. 즉, 지쳐 쓰러져 정신적으로 완전히 붕괴되는 상황에 이를 거라고.

나의 가장 큰 딜레마는 사실 에어즈 부인과 캐럴라인에게 뭐라고 말해야 하나 하는 것이었다. 나는 로드에게 입을 꾹 다물겠다고 철석같이 약속했다. 비밀 엄수의 의무를 가벼이 여기는 의사는 없겠지만, 나를 성직자에 비유한 것은 반쯤 농담이었다. 그날 저녁 나는 이렇게 하자 아니 저렇게 하자 결심을 거듭 번복해가며 몹시 안달복달했다…… 그러다 결국 거의 열시가 다 되어 그레이엄의 집으로 달려가 그들 부부와 상의했다. 한동안 그들에게 좀 소홀했던

252

터라 그레이엄은 내가 찾아온 것을 보고 깜짝 놀랐다. 아이 하나가 약간 몸이 안 좋아서 앤은 위층에 있다고 말하면서도 그는 나를 응접실로 데려가 내 이야기를 끝까지 들어주었다.

그도 나처럼 경악을 금치 못했다.

"대체 어떡하다 일이 그렇게까지 된 거야? 그전에 낌새는 없었고?"

"뭔가 좀 이상하다는 건 알았지만 이 정도는 아니었어."

"앞으로 어떻게 할 생각인가?"

"그게 바로 내가 고민하는 걸세. 진단조차 확실하지 않아."

그는 생각에 잠겼다. "간질이라고 생각했다고?"

"맨 처음에 든 생각은 그랬네. 지금도 몇 가지는 그걸로 설명할 수 있어. 그 느낌, 청각이나 시각이나 그 밖에 여러 면에서 묘한 감각을 일으키는 것. 발작 그 자체와 그 후에 오는 피로감. 다 들어맞아, 어느 정도. 하지만 그 이야기를 전부 다는 못 믿겠다는 거야."

그가 말했다. "점액부종은 어떤가?"

"나도 그 생각을 해봤어. 하지만 그런 걸 놓칠 리 없지 않나? 아무런 증상도 없고."

"뭔가 두뇌의 정상적인 기능을 방해하는 건? 가령 종양이라든가?"

"맙소사, 그러면 안 되지! 물론 가능성은 있군. 하지만 다시 생각해보면, 그 외에 다른 증상은 없어…… 아니, 내 예감으로는 순전히 신경과민일 거야."

"하지만 그러기엔 너무 심각하잖아."

"그러게. 게다가 그의 어머니와 누이는 이 사실을 전혀 모르고. 자네 보기엔 어떤가, 그 가족들에게 내가 말을 해야 할까? 사실 나를 가장 괴롭히는 문제가 그걸세."

그는 볼을 한껏 부풀렸다 푹 꺼트리며 고개를 저었다. "이제는 나보다 자네가 그 집 사람들을 더 잘 알잖나. 로더릭이야 확실히 달가워하지 않겠지. 그러다 그를 낭떠러지로 몰아버릴 수도 있고."

"하지만 말을 안 하면 아예 손도 못 쓰게 될 수도 있어."

"분명 위험성은 존재해. 하루이틀 더 생각할 시간을 가져보지 그러나?"

"그러는 동안에도," 나는 우울하게 말했다. "헌드레즈홀의 상황은 점점 파국으로 치닫고 있어."

"뭐 그거야 적어도, 자네가 상관할 바는 아니지."

남의 일이라는 말투였다. 전에도 몇 번 에어즈가에 관해 얘기하다 그레이엄이 그런 식으로 말했는데, 이번에는 기분이 좀 상했다. 나는 마시던 것을 마저 들이켜고 얘기를 들어줘서 고맙다고 말한 다음 집으로 천천히 걸어왔다. 로더릭의 상태에 대해 자세히 얘기를 나누고 나니 기분은 좀 나아졌지만, 어떻게 다뤄야 할지 그 해법에는 진전이 없었다. 어둑한 진료실에 들어가 여전히 난로 앞에 나란히 놓여 있는 의자를 보는 순간 더듬더듬 필사적으로 말을 잇던 로드의 음성이 다시 들리는 듯했고, 그의 이야기가 엄청난 기세로 나를 덮쳤다. 나는 한시라도 빨리 그의 상태에 관해 최소한의 언질이라도 넣어두는 것이 그 집 식구들에 대한 나의 도리임을 깨달았다.

이튿날 헌드레즈홀로 향하는 발걸음은 무척 무거웠다. 에어즈가와 관련되어 내가 하는 일이라고는 뭔가 불길한 경고를 하거나, 아니면 불쾌한 임무를 대신 떠맡는 것밖에 없는 것 같았다. 아침이 밝았을 때는 또다시 결심이 살짝 흔들리기도 했다. 로드와 했던 약속이 자꾸 머리에 떠올랐다. 결국 위축되어 내키지 않는 기분으로 운전을 하면서 가능하면 무엇보다도 로더릭과 마주치지 않기를 빌었다. 정원에서든 저택에서든. 지난번 방문한 뒤로 며칠 지나지 않았기에 에어즈 부인도 캐럴라인도 내가 올 거라고는 생각지 못했다. 두 사람은 작은 응접실에 있었는데, 내가 갑자기 들이닥치자 한눈에도 몹시 당황한 듯했다.

"에구머니, 선생, 덕분에 한시도 긴장을 늦출 수 없군요!" 에어즈 부인은 반지를 끼지 않은 손을 들어 얼굴을 가리며 말했다. "선생이 올 줄 알았으면 이렇게 평소처럼 입고 있지 않았을 텐데. 캐럴라인, 부엌에 선생께 차와 같이 대접할 만한 게 좀 있을까? 빵하고 마가린이 있을 거야. 종을 쳐서 베티를 부르는 게 낫겠구나."

로더릭한테 들킬까봐 미리 전화로 알리지 않긴 했지만, 이제는 헌드레즈홀에 들락거리는 게 어느 정도 익숙했던 탓에 불시 방문이 이렇게까지 폐를 끼칠 거라고는 미처 생각지 못했다. 에어즈 부인은 정중하기는 했지만 말투에 어렴풋이 짜증이 배어 있었다. 그녀가 그렇게 허둥대는 모습은 처음 보았다. 나 때문에 너무 놀라 파우더와 반지뿐 아니라 교양 있는 여성의 매력마저 미처 챙기지 못한 것 같았다. 그러나 그녀가 짜증을 냈던 이유는 다음 순간 명확해졌다. 소파에 앉으려고 보니 납작한 상자 몇 개를 옆으로 치워야 했고, 그 안에는 캐럴라인이 얼마 전에 모닝룸 찬장에서 발굴한 오래된 가족사진 앨범이 들어 있었다. 자세히 보니 앨범은 곰팡이가 슬고 습기로 누렇게 떠서 사실상 망가진 거나 다름없었다.

"정말 비극적인 일이지요!" 에어즈 부인은 부스러져 떨어져나간 페이지를 보여주며 말했다. "여기에 팔십 년 세월은 족히 들었을 텐데. 남편 집안뿐만 아니라 우리 친정, 그러니까 싱글턴가와 브룩가 사람들 사진도 있거든요. 내가 몇 달 전부터 캐럴라인하고 로더릭한테 이 사진들 좀 찾아서 잘 보관되어 있는지 확인해보라고 그렇게 일렀는데. 모닝룸에 있을 줄은 상상도 못했어요. 다락방 어딘가에 치워놓은 줄 알았지."

나는 캐럴라인을 힐긋 쳐다보았다. 그녀는 종을 울려 베티를 부른 뒤 자기 자리로 돌아왔고, 차라리 자기가 참는다는 듯 냉담하게 원래 보고 있던 앨범을 뒤적였다. 그리고 사진에서 눈도 들지 않은 채 말했다. "다락방에 있었다고 해도 상태는 별반 다르지 않았을 거예요. 바로 얼마 전에 거기에 머리를 들이밀었던 이유가 어디 비새는 데는 없는지 살펴보기 위해서였으니까. 로디와 내가 어릴 때 보던 책이 몇 상자 있었는데, 다 바래고 젖어서 못쓰게 됐던걸요."

"그럼 나한테 말을 하지 그랬니, 캐럴라인."

"그때 분명히 말씀드렸어요, 어머니."

"너나 네 동생이나 신경쓸 게 한두 가지가 아니겠지만, 그래도 이건 너무 심하구나. 이것 좀 봐요, 선생." 그녀는 내게 낡고 뻣뻣한 명함판 사진을 내밀었다. 가뜩이나 예스럽고 흐릿한 빅토리아 시대 사진인데 여기저기 핀 곰팡이 자국 때문에 알아보기가 힘들었다. "젊을 적 시아버지 사진이에요. 전부터 로더릭이 시아버지를 쏙 빼닮았다고 생각했는데."

"그렇군요." 나는 건성으로 대답했다. 말을 꺼낼 기회를 보느라 잔뜩 긴장한 상태였다. "그런데 로더릭은 어디 있습니까?"

"아, 아마 자기 방에 있겠지." 그녀는 다른 사진을 집어들었다. "이것도 버렸네. 이것도…… 이건 나도 기억나는데…… 아이고, 이걸 어쩌나! 완전히 망가졌어! 전쟁 직전에 찍은 친정 식구들 사진인데. 형제자매가 다 모였지. 봐요, 겨우 알아볼 수는 있겠네. 찰리, 라이어널, 모티머, 프랭크. 그리고 여동생 시씨예요. 결혼하고 일 년 지나서 아기를 데리고 친정에 갔을 때였는데, 그때는 몰랐죠. 온 식구가 두 번 다시 이렇게 모이지 못할 거라는 걸. 여섯 달 뒤에 전쟁이 터졌고, 오빠 둘이 거의 동시에 목숨을 잃었어요."

그녀의 음색이 변하면서 진심 어린 괴로움이 묻어났다. 이번에는 캐럴라인이 고개를 들었고, 우리는 서로 눈짓을 교환했다. 베티가 올라와 차를 가져오라는 주문을 받아 나갔고—나는 마시고 싶지도 않았고, 마실 시간도 없었지만—에어즈 부인은 다시 우울하게 멍하니 앉아 흐릿한 사진들을 들추기 시작했다. 나는 그즈음 그녀가 겪은 험한 일을 떠올렸고, 내가 전하려 가져온 소식이 얼마나 지독한 것인지 깨달았다. 그녀의 초조한 손길을 지켜보는데, 반지가 없으니 손이 어쩐지 벌거벗은 것 같고 손마디도 굵어 보였다. 불현듯 그녀에게 또다른 걱정거리를 안기는 것은 너무 심하다 싶었다. 나는 지난주에 캐럴라인과 둘이 로드에 대해 나눈 대화가 생각났고, 최소한 캐럴라인에게 먼저 말해보는 게 좋겠다는 판단이 들었다. 다시 그녀와 눈을 마주치려고 몇 분을 허비했다. 그때 베티가 차를 가지고 돌아왔고, 나는 찻잔 나르는 것을 도와주려는 척 일어나 베티가 에어즈 부인에게 잔을 건네는 사이 캐럴라인의 잔을 들어 그녀에게 건넸다. 그리고 캐럴라인이 살짝 놀라 나를 올려다보며 잔을 받으려고 손을 내미는 사이 고개 숙여 속삭였다. "둘이서만 얘기할 수 있게 자리를 좀 마련해줄 수 있겠소?"

캐럴라인은 내 말에 놀랐는지, 아니면 단지 내 숨결이 자기 뺨에 닿는 바람에 당황했는지, 순간 몸을 뒤로 뺐다. 그러고는 내 얼굴을 빤히 쳐다보다 자기 어머니를 힐긋 보고는 고개를 한 번 끄덕였다. 나는 다시 소파로 가서 앉았다. 우리는 아무 일 없이 오 분에서 십 분 정도 차를 마시고, 차와 함께 나온 얇게 자른 퍽퍽한 케이크를 먹었다.

문득 캐럴라인이 무언가 생각났다는 듯 상체를 일으켰다.

"참, 얘기한다는 걸 깜박했네. 적십자에 기부하려고 오래된 책을 모아놨는데, 닥터 패러데이가 차에 실어 리드코트로 날라주면 어떨까 해요. 로드에게 말하기는 좀 그래서. 성가시게 해서 죄송해요, 선생님. 그래도 괜찮겠죠, 어머니? 서재에 있는데 이미 다 상자에 싸놨어요."

그녀는 얼굴색 하나 변하지 않고 천연덕스럽게 말했다. 하지만 내 경우에는 심장이 두방망이질했음을 고백해야겠다. 에어즈 부인은 못마땅한 목소리로 그러라고, 몇 분 정도는 둘이 자리를 비워도 상관없을 거라고 말하고는 바스러지는 사진들을 분류하는 데 다시 골몰했다.

"오래 걸리진 않을 거예요." 내가 문을 여는 사이 캐럴라인은 여전히 평소와 다름없는 말투로 내게 말했다. 그녀는 눈짓으로 복도 쪽을 가리켰고, 우리는 재빨리 조용히 서재로 갔다. 그녀는 창문 쪽으로 걸어가 유일하게 열리는 예의 그 덧창을 올렸다. 겨울 햇빛이 쏟아져 들어오니, 먼지막이 천을 뒤집어쓴 채 우리를 둘러싼 책꽂이들이 갑자기 생명을 얻어 유령처럼 솟아오르는 기분이었다. 나는 제일 어두운 곳에서 몇 발짝 앞으로 나갔고, 캐럴라인은 창가에서 도로 걸어와 내 앞에 섰다.

"무슨 일이에요?" 캐럴라인이 진지하게 물었다. "로드 때문이죠?"

"그렇소." 나는 전날 저녁 내 진료실에서 로드가 털어놓은 얘기를 되도록 간략히 전했다. 그녀는 점점 커지는 공포감 속에 귀를 기울였다. 그러나 내 얘기가 섬뜩하긴 하지만 또 한편으로는 이제야 뭐가 뭔지 좀 알겠다는 듯, 지금까지 도무지 손에 닿지 않았던 비밀 퍼즐의 실마리를 가까스로 손에 넣은 것처럼 납득이 간다는 눈치였다. 그녀는 딱 한 번 내 말을 가로막았는데, 로드가 자기 방 천장에 나타난 그을음 자국을 언급한 대목에서였다. 그녀는 내 팔을 잡고 말했다. "그 자국, 그리고 다른 데 난 것도! 우리도 봤잖아요! 어쩐지 그 자국이 수상하더라니. 안 그래요? 혹시 그게……"

그녀가 동생의 주장을 진지하게 받아들일 자세가 되어 있다는 사실이 나는 당혹스러웠다. "그런 자국은 어떤 식으로든 생길 수 있소, 캐럴라인. 로드가 만들어냈을 수도 있지. 단순히 자신의 망상을 뒷받침하려고. 아니면 애초에 그 자국들이 나타났을 때 로드가 머릿속에서 이 모든 일을 그렸을 수도 있고."

캐럴라인이 손을 놓았다. "네, 그렇죠…… 그럼 선생님은 정말 그게 다 로드가 지어낸 얘기라고 생각해요? 전에 말한 것처럼 간질이나 뭐 그런 것일 수는 없나요?"

나는 고개를 저었다. "차라리 신체상의 문제라면 더 낫지. 그 편이 한결 치료가 수월하니까. 하지만 안타깝게도 우리가 다루고 있는 것은 일종의, 음, 정신적인 질환이오."

내 말에 그녀는 충격을 받았다. 잠시 겁에 질린 듯 보이더니, 곧 말을 이었다. "가엾어서 어째, 불쌍한 로드. 이건 끔찍한 일이잖아. 세상에, 어떻게 해야 하지? 어머니께 얘기할 생각인가요?"

"그러려고 했소. 그게 여기 온 이유지. 하지만 저 사진들을 만지고 계신 모습을 보니……"

"그저 단순한 사진이 아니거든요, 아시겠지만." 그녀가 말했다. "어머니가 좀 변하신 것 같아요. 대체로는 전과 다름없지만, 어떤 날은 이렇게 얼이 쏙 빠진 듯 감상적이 되어 옛날 타령만 하세요. 농장 때문에 어머니와 로드는 싸우기 일보 직전이에요. 분명히 또 빚이 늘어났는데, 동생이 그걸 혼자 다 끌어안고 끙끙거리고 있어요! 그러고는 자기 혼자 틀어박혀 버렸죠. 왜 그러는지 이제야 이해가 가네. 너무 끔찍한 일이야…… 로드가 정말 그 소름 끼치는 얘기를 했어요? 진심으로 그렇게 말한 거예요? 선생님이 오해한 건 아니고?"

"우리 모두를 위해 나도 내가 잘못 들은 것이었다면 좋겠소. 하지만 아니오. 애석하지만 오해일 리 없어. 만일 로드가 나의 치료를 거부한다면, 그의 정신이 어떻게든 스스로 치유되기를 바랄 수밖에 없겠지. 그럴 가능성도 없지는 않소. 베이커하이드 부부가 카운티를 떠났고, 그 진저리나는 사건이 드디어 전부 마무리됐으니까. 농장 업무가 악재이긴 하지만. 확실한 것은 로드가 당신과 어머니를 보호한다는 생각에 집착하는 한 내가 그를 위해 할 수 있는 일은 없다는 거요."

"어떻게, 내가 로드하고 얘기를 좀 해보면……"

"시도는 해볼 수 있겠지. 하지만 내가 들었던 그 얘기를 로드 본인의 입을 통해 당신이 들어야 하는 상황은 말리고 싶소. 현재 당신이 할 수 있는 최선은 로드에게서 눈을 떼지 않는 거요. 당신과 나 둘 다 그를 지켜보고, 더는 나빠지지 않기를 신께 기도해야겠지."

"만약 나빠진다면?" 그녀가 물었다.

"만약 그렇게 되면," 나는 대답했다. "흠, 만약 다른 집이라면, 좀더 평범한 집에서 생긴 일이라면 내가 어떻게 할지는 명약관화하지. 데이비드 그레이엄을 데려와 강제로 로드를 정신병원에 입원시켰을 거요."

그녀는 자기도 모르게 한 손으로 입을 가렸다. "그렇게까지 가지는 않겠지요, 설마?"

"로드가 입은 상처에 대해 생각해보는 중인데, 내 보기엔 그가 스스로를 벌하는 것 같소. 분명 죄책감을 느끼는 거요. 지금 헌드레즈에 일어나는 일들 때문일 수도 있고, 어쩌면 전쟁까지 거슬러올라가 그의 항법사에게 일어났던 일 때문일 수도 있소. 거의 무의식적으로 자신을 망가뜨리려 하는지도. 한편으로는 우리에게 도움을 청하는지도 몰라. 그는 의사로서 내가 지닌 힘을 알고 있지. 어쩌면 자신을 상처 입힘으로써 정확히 나를 끌어들여 뭔가 과감한 해결을 바라고……"

나는 이야기를 멈췄다. 우리는 덧창을 반쯤 올린 창가에서 희미한 빛을 받으며 선 채로 내내 신경을 곤두세우고 속삭이듯 얘기를 나누던 중이었다. 그런데 바로 그때 내 어깨 너머 어딘가에서, 서재의 가장 깊숙하고 구석진 어둠 속에서 조그맣고 날카롭게 금속 긁히는 소리가 났다. 둘 다 깜짝 놀라 그쪽으로 고개를 돌렸다. 다시 끼이익 하는 소리가 났다. 알고 보니 서재 문손잡이가 천천히 돌아가는 소리였다. 그렇게 어두컴컴한 곳에, 게다가 이미 긴장할 대로 긴장한 상태에 있다보니 거의 초자연적인 현상처럼 느껴졌다. 캐럴라인이 겁이 났는지 숨을 헉 들이켜며 내 쪽으로 좀더 바싹 붙었다. 문이 천천히 앞으로 열리면서 복도의 햇빛이 그곳에 선 로더릭을 비추었다. 그 순간에는 우리 둘 다 안도했던 것 같다. 하지만 이내 그의 얼굴에 떠오른 표정을 보고 캐럴라인과 나는 허둥지둥 떨어져 섰다.

아마도 당시 우리가 느꼈던 죄책감이 고스란히 얼굴에 드러났으리라. 로드가 차갑게 말했다. "당신 자동차 소리를 들었어, 의사 선생. 내 이럴 줄 알았지." 그러더니 캐럴라인을 향해 말했다. "의사 선생이 누나한테 뭐래? 내가 정신이 나갔다든가 돌았다든가 뭐 그런 얘기지? 어머니한테도 다 말했겠지."

"어머니께는 아직 아무 말씀도 드리지 않았네." 나는 캐럴라인이 말하기 전에 선수를 쳤다.

"거참 친절하기도 하셔라." 그는 다시 누이 쪽을 쳐다보았다. "누나도 알겠지만, 저치는 나한테 약속했어, 절대로 입 다물겠다고. 의사 말이 얼마나 신뢰할 만한지 여실히 보여주잖아. 어쨌든 저치 같은 의사의 경우에는."

캐럴라인은 동생의 말을 무시했다. "로디, 우린 네가 걱정돼서 그래. 넌 지금 제정신이 아니야, 그건 너도 잘 알잖아. 안으로 좀 들어와, 응? 어머니나 베티가 들으면 어쩌려고."

그는 잠시 가만히 서 있다가 안으로 들어와 문을 닫은 뒤 등을 기대고 섰다. 그리고 간결하게 말했다. "그러니까 누나도 내가 미쳤다고 생각하는 거지."

"난 너한테 휴식이 필요하다고 생각해." 캐럴라인이 말했다. "휴가든 뭐든. 하여간 잠시 여기서 벗어나는 게 좋겠어."

"여기서 벗어나? 누나나 저치나 다 한통속이야! 왜 다들 날 내치지 못해 안달이야?"

"우린 그저 너를 돕고 싶은 거야. 우리 생각에 넌 분명 아프고, 치료가 필요해. 네가 그…… 그런 걸 봤다는 게 사실이야?"

그는 짜증을 내며 시선을 내리깔았다. "젠장, 추락한 직후랑 똑같잖아! 꼭 나를 예의주시해야 하지. 끝도 없이 예의주시하고 야단법석을 떨고 간병을 하려 들고……"

"말해봐, 로드! 진짜로 그런 게…… 그런 게 이 집에 있다고 믿는 거야? 너를 해치고 싶어하는 뭔가가?"

그는 잠시 대답하지 않았다. 그러나 이내 눈을 들어 캐럴라인과 시선을 마주하고 조용히 물었다. "누나 생각은 어떤데?"

놀랍게도 캐럴라인은 로드의 시선을 피하듯 움찔했다.

"나는…… 나는 어째야 할지 모르겠어. 하지만 로드, 나는 너 때문에 겁이 나."

"겁난다고? 겁날 만도 하지, 거기 둘 다. 하지만 나 때문은 아니야. 나를 무서워하는 것도 아니야. 만약 누나가 걱정하는 게 그거라면. 정말 모르겠어? 이 집을 어떻게든 붙들어두고 있는 사람은 나뿐이라고!"

내가 말했다. "자네 눈에 그런 식으로 보인다는 건 잘 아네, 로드. 그저 우리가 자네를 돕게만 해준다면……"

"날 돕는다는 게 바로 이런 거지, 응? 누나한테 곧장 쪼르르 달려가는 거. 나한테 약속할 때는 언제고……"

"그래, 자네를 돕는다는 게 바로 이런 거야. 머릿속으로 계속 고민해봤지만 자네가 스스로의 힘으로 해결할 처지가 못 된다는 생각이 드니까."

"하지만 이해가 안 가나? 어떻게 모를 수가 있지, 어제 그렇게 다 얘기했는데! 내가 지금 염려하는 건 나 자신이 아니라고. 빌어먹을! 지금까지 이 집안을 위해 내가 해온 일은 한 번도 인정받은 적이 없어, 바로 이 순간에도. 내가 몸 바쳐 싸우다 죽게 생겼는데도! 다 집어치우고 눈 딱 감고 모르는 척해야겠군. 무슨 일이 일어나나 어디 두고 보자고."

그는 거의 토라진 아이 같은 말투였다. 나쁜 성적표를 말로 이기려 드는 소년 같았다. 그는 팔짱을 끼고 어깨를 움츠렸다. 우리가 실제로 논하던 어둠과 공포가, 방금 전까지만 해도 손으로 만져질 듯 생생했던 그것이 어찌된 일인지 사라지기 시작했다. 캐럴라인이 처음으로 의혹이 담긴 눈으로 나를 쳐다보았고, 나는 한 발짝 앞으로 나가 다급히 말했다. "로드, 자네를 걱정하는 우리의 절박한 심정을 이해해야 하네. 이런 식으로 계속 지낼 수는 없어."

"그 얘기는 하고 싶지 않습니다." 그는 단호히 말했다. "더 얘기해봤자 소용도 없고."

"내 생각에 자네는 정말로 병을 앓고 있어, 로드. 그 병이 정확히 무엇인지 알아내야 해. 그래야 고칠 수 있어."

"나를 아프게 만드는 건 바로 당신이야, 꼬치꼬치 캐고 다니는 당신! 당신이 날 내버려두면, 우리 가족을 내버려두기만 하면…… 하지만 당신과 누나는 항상 편을 먹고 나를 공격했지. 내 다리에 관해 허튼소리나 늘어놓고, 내가 당신에게 호의를 베푸니 어쩌니 하면서."

"넌 무슨 소릴 그렇게 하니, 닥터 패러데이가 얼마나 친절히 대해줬는데!"

"저게 지금 친절한 거야?"

"로드, 제발."

"말했잖아, 못 들었어? 그 얘긴 하기 싫다고!"

로드는 돌아서서 낡고 육중한 서재 문을 확 열고 밖으로 나갔다. 나가면서 어찌나 문을 세게 닫았는지 천장의 갈라진 틈에서 베일처럼 먼짓가루가 우수수 쏟아져내렸고 서가의 먼지막이 천 두 점이 곰팡내나는 바닥 위로 주르륵 떨어졌다.

캐럴라인과 나는 망연자실 서로 마주보다 먼지막이 천을 다시 덮으러 천천히 방을 가로질러 갔다.

"이제 어쩌죠?" 천을 고정하며 그녀가 물었다. "선생님 말마따나 로드가 정말 심각한 상태라면. 하지만 한사코 도움을 거부하니……"

"나도 모르겠소. 정말 답이 없군. 그저 조금 아까 내가 말한 대로 그를 지켜보면서, 그의 신뢰를 회복하기 위해 노력하고 바라는 수밖에. 안타깝지만 대부분은 당신 몫이 될 거요."

그녀는 고개를 끄덕이고는 내 얼굴을 빤히 쳐다보았다. 잠시 망설인 끝에 그녀가 입을 열었다. "정말 확신해요? 로드가 선생님한테 말했다는 그 얘기에 관해? 로드의 말은 참…… 참 멀쩡하게 들리던데."

"그렇겠지. 하지만 어제의 그를 봤다면 생각이 달라질걸. 하긴 그때도 말 자체는 논리적이었소. 장담컨대 온전한 정신과 망상이 이렇게 기묘하게 조합된 경우는 처음이오."

"그렇다면 선생님은 로드가 하는 말에 정말 단 한 점의 진실도 담겨 있지 않다고 생각하는 거예요?"

나는 다시 한번 놀랐다. 그녀는 여전히 로드의 말이 진실일 가능성도 염두에 두고 있었다. "유감이오, 캐럴라인. 사랑하는 사람에게 이런 일이 일어난다면, 참 견디기 힘들겠지."

"네, 그런 것 같아요."

캐럴라인은 자신 없이 대답하더니 두 손을 모아 엄지손가락으로 다른 손의 손마디를 어루만지며 몸을 떨었다.

나는 말했다. "추운가보군."

그러나 그녀는 고개를 저었다. "추운 게 아니에요. 겁이 나서 그래요."

나는 소심하게 머뭇거리며 그녀의 손 위에 내 손을 얹었다. 곧바로 그녀의 손가락이 기꺼이 내 손을 마주잡았다.

"겁을 주려던 건 아니었는데. 이런 부담을 지게 해서 정말 미안하오." 나는 주위를 둘러보았다. "오늘 같은 날 이 집은 참 을씨년스럽군. 이것도 아마 로드에게 안 좋은 영향을 미치겠지. 저렇게까지 상태가 악화되지만 않았어도! 하지만 이제 와서는…… 이런." 언뜻 시계를 본 나는 흠칫했다. "이만 가봐야겠군. 당신 괜찮겠지? 무슨 일이 생기면 바로 나한테 연락줘요."

그녀는 그러마고 대답했다. 나는 "당신이라면 잘해낼 거요"라고 말하며 그녀의 손가락을 꽉 쥐었다.

캐럴라인의 손은 내 손안에 잠시 더 머물다 슬쩍 빠져나갔다. 우리는 작은 응접실로 되돌아갔다.

"아니, 이렇게 오래 어디 갔다 온 거니!" 안으로 들어가자 에어즈 부인이 말했다. "그리고 세상에나, 그 쿵 소리는 뭐고? 베티와 나는 지붕이 무너졌나 했다!"

부인은 옆에 베티를 앉혀놓고 있었다. 베티가 찻쟁반을 치우러 왔을 때 붙잡았거나, 아니면 일부러 종을 쳐서 부른 모양이었다. 그녀는 베티에게 엉망이 된 사진들을 보여주다 허둥지둥 도로 챙기기 시작했다. 캐럴라인과 로더릭이 아기였을 때 찍은 것으로 보이는 사진 여남은 장이었다.

캐럴라인이 말했다. "죄송해요, 어머니. 제가 부주의해서 문이 쾅 닫혀버렸어요. 그래서 서재 바닥에 먼짓가루가 좀 떨어졌네요.

베티, 가서 좀 치워야 할 것 같아."

베티는 고개 숙여 인사하며 "네, 아가씨" 하고 방을 나갔다.

더 어물거릴 시간이 없어 나는 정중하지만 황급히 작별 인사를 하고—캐럴라인과는 눈을 맞추며 최대한 공감과 지원을 표시하려 노력했다—거의 베티를 뒤따르듯 방을 나섰다. 복도로 나와 열린 서재 문틈으로 안을 힐긋 보니 베티가 무릎을 꿇고 앉아 쓰레받기와 빗자루로 올이 풀린 카펫 위를 대충 쓸고 있었다. 소녀의 가녀린 어깨가 오르락내리락하는 모양을 보는 순간, 내가 지프를 안락사시켰던 그날 아침 베티가 이상하게 격앙되어 흥분했던 일이 생각났다. 헌드레즈에 뭔가 '사악한 것'이 있다는 소녀의 주장이 메아리가 되어 이제 로더릭의 망상 속에서 되풀이되다니, 기묘한 우연의 일치였다…… 나는 안으로 들어가 베티에게 조용히 물었다. 혹시 베티가 뭔가 허튼소리를 해서 그의 머릿속에 아이디어가 될 만한 씨앗을 심은 건 아닌지 알고 싶었다.

베티는 맹세코 아무 말도 하지 않았다고 대답했다.

"선생님이 하지 말라셨잖아요." 베티가 말했다. "그래서 입도 뻥긋 안 했어요!"

"우스갯소리로도 안 했어?"

"안 했어요!"

베티는 열과 성을 다해 진지하게 말했다. 하지만 그러면서도 어딘지 재밌어하는 낌새가 살짝 엿보였다. 문득 이 소녀가 얼마나 연기를 잘하는지 생각났다. 나는 베티의 옅은 회색 눈을 들여다보았다. 하지만 처음으로 소녀의 눈빛이 순진무구한 건지 교활한 건지 분간이 되지 않았다. 나는 말했다. "그 말 정말이지, 지금? 아무 말도, 아무 짓도 하지 않았다고? 괜히 한번 우스갯소리 같은 것도 하지 않은 거야? 물건을 이리저리 옮긴 적 없어? 이상한 자리에 물건을 갖다뒀다거나?"

"아무 짓도 안 했다니까요." 베티가 말했다. "아무 말도 안 했고요! 하여간 그 생각은 하기도 싫어요. 혼자 지하에 내려갈 때 그 생각이 나면 무섭단 말이에요. 그게 나한테 붙은 것도 아닌데. 베이즐리 아주머니가 그랬어요. 내가 그걸 귀찮게 하지만 않으면, 그것도 나를 귀찮게 굴지 않을 거라고."

그 정도에서 나는 그칠 수밖에 없었다. 베티는 다시 카펫을 쓸기 시작했다. 나는 한동안 그대로 서서 소녀를 바라보다 저택을 나왔다.

나는 그 뒤로 몇 주에 걸쳐 캐럴라인과 여러 번 얘기했다. 그녀는 별일 없다고, 로드는 여전히 혼자 틀어박혀 있을 뿐 그 외엔 멀쩡한 편이라고 말했다. 그리고 로드 본인은 내가 찾아가 방문을 두드리자 문가로 나와 차분한 어조로 말했다. "선생과는 할말도 없고 그냥 혼자 있고 싶습니다." 그러고는 내 면전에서 문을 닫았다. 최악의 결말이었다. 다시 말해 나의 오지랖은 정확히 내가 가장 두려워하던 결과를 가져왔다. 당연히 이제 그의 다리를 더이상 치료할 수 없게 됐고, 나는 이 사례에 관한 논문을 마무리해 제출했다. 저택에 들를 명목이 없어졌으니, 나의 방문도 다소 줄어들었다. 나는 내가 생각해도 놀랄 만큼 사무치게 그들이 그리웠다. 그 집 식구들이 그리웠다. 헌드레즈홀 자체가 보고 싶었다. 중압감에 힘들어하는 가

없은 에어즈 부인이 걱정스러웠고, 종종 캐럴라인이 생각났다. 그녀가 그런 가혹한 상황에 도대체 어떻게 대처하고 있을지 궁금했다. 지난번 서재에서 있었던 일을 생각하면, 피로에 지친 듯 머뭇거리며 내 손에서 자기 손을 빼던 그녀의 모습이 떠올랐다.

12월에 접어들면서 날씨도 점점 겨울다워졌다. 동네에 유행성감기가 돌았다. 그 겨울 들어 첫 발병이었다. 내 환자 중 노인 둘이 세상을 떠났고, 심하게 앓은 사람도 몇 있었다. 그레이엄마저 감기로 드러눕는 바람에 임시로 닥터 와이즈가 그레이엄의 일을 얼마간 분담해주었지만, 그레이엄이 다니던 왕진은 내 몫으로 떨어졌다. 나는 곧바로 숨 돌릴 짬도 없이 일에 매달려야 했다. 12월 초 며칠 동안은 헌드레즈홀 농장에 간 게 헌드레즈홀에 가장 가까이 가본 것이었다. 농장에서는 마킨스의 아내와 딸이 감기로 앓아눕는 바람에 우유 짜기에 차질을 빚었다. 마킨스는 불만에 가득차서 우유고 뭐고 다 집어치우겠다며 툴툴거렸다. 그는 서너 주째 로더릭 에어즈의 코빼기도 보지 못했다고 내게 말했다. 지난 월급날에 돈을 받으러 다녀온 이후로는 한 번도 못 봤다고. "그게 소위 귀족 농부라는 거지." 그는 신랄하게 내뱉었다. "햇빛 쨍쨍하니 날 좋을 때는 만사 오케이다가 날이 좀 궂다 싶으면 집에서 편하게 발 쭉 뻗고 있는 거 아니겠소."

그는 두고두고 구시렁거렸을 테지만 나는 들어줄 시간이 없었다. 전처럼 헌드레즈홀에 잠깐 들를 시간도 없었고. 그러나 마킨스가 한 말이 마음에 걸려 그날 밤 저택으로 전화를 걸었다. 에어즈 부인이 받았는데, 지친 목소리였다. "아, 닥터 패러데이, 당신 목소리를 들으니 이렇게 반가울 수가 없네요! 우리집에는 한참 동안 손님이 없었어요. 날씨가 이러니 모든 게 다 힘들군요. 이런 때는 집도 영 내 집 같지 않죠."

"그래도 잘 지내시죠?" 나는 물었다. "다들 잘 있습니까? 캐럴라인도, 로드도?"

"우리는…… 별일 없어요."

"마킨스하고 얘기를 했는데……"

전화선이 지지직거렸다. "우리집에 꼭 와줘요!" 에어즈 부인이 혼선된 와중에 말했다. "네? 와서 저녁 같이 들어요! 정식으로 옛날식 저녁 만찬을 대접할게요. 좋아하려나?"

나는 아주 좋아한다고 대답했다. 통화 상태가 너무 안 좋아 더는 대화를 계속할 수 없었다. 우리는 지지직거리는 잡음을 피해가며 이삼일 뒤로 날짜를 정했다.

그 얼마 안 되는 기간 동안 날씨는 나빠지기만 하는 듯했다. 바람이 세차게 불고 달도 별도 보이지 않는 습한 저녁, 나는 헌드레즈홀에 갔다. 습기와 어둠 때문인지 아니면 한동안 멀리했던 탓에 그새 잊었던 건지, 헌드레즈홀은 정말 낡고 초라한 모습으로 방치되어 있었다. 홀에 발을 들여놓은 순간 저택의 을씨년스러운 분위기가 대번에 느껴졌다. 벽에 달린 조명 중 몇 개는 불이 나갔고, 계단은 지난 파티 저녁과 똑같이 어둠 속으로 이어졌다. 이번엔 그런 광경이 묘하게도 마음을 침울하게 만들었다. 흡사 악천후의 어둠 그 자체가 벽돌 틈새로 파고들어와 정확히 집의 심장부에 스며들어 연기나 곰팡내처럼 들러붙은 듯했다. 게다가 살을 에듯 추웠다. 낡은 라디에이터 몇 개에서 물이 줄줄 흐르며 탁탁 소리가 났지만, 그 열기는 오르자마자 삽시간에 사라졌다. 나는 대리석이 깔린 복도를 따라 걸음을 옮겼고, 작은 응접실에 한데 모여 있는 그 집 식구들을 발견했다. 그들은 조금이라도 더 온기를 느껴보려고 의자를 벽난로 앞에 바싹 붙인데다 복장도 참 가관이었다. 캐럴라인은 드레스 위에 반들반들한 바다표범 모피로 만든 짧은 케이프를 둘렀고, 에어즈 부인은 뻣뻣한 실크드레스에 에메랄드 목걸이와 반지를 하고 짤그랑거리는 스페인풍 숄과 인도풍 숄을 겹쳐 어깨에 걸쳤으며 머리에는 검은색 만틸라를 썼다. 로더릭은 연고 색깔의 모직조끼를 야회복 재킷 안에 받쳐 입고 반장갑을 꼈다.

"양해해줘요, 선생." 안으로 들어서자 에어즈 부인이 맞이하러 나오며 말했다. "우리 모습이 어떻게 보일지 생각하니 몸 둘 바를 모르겠군요!" 그러나 그녀의 어조는 가벼웠고, 말하는 태도로 보아 사실은 자신과 자식들이 얼마나 기괴하게 보이는지 전혀 신경쓰지 않는 듯했다. 그것이 나는 왠지 거북했다. 아마도 오랜만에 저택을 다시 봤을 때처럼 외부인의 눈으로 그들 모두를 관찰하고 있었던 모양이다.

나는 로드를 가장 유심히 쳐다보았고, 그의 태도에 적잖이 낙담했다. 그의 어머니와 누이가 나를 맞으러 나오는데도 그는 가시 돋친 태도로 자리에서 꼼짝하지 않았다. 결국 악수를 하긴 했지만, 거의 나를 쳐다보지도 않고 시큰둥하니 손만 흔들고는 아무 말도 하지 않았다. 어머니 때문에 어쩔 수 없이 맞이하는 시늉만 한 셈이었다. 그 정도는 나도 예상한 바였다. 그러나 좀더 신경쓰이는 뭔가가 있었다. 전반적으로 그의 태도가 변했다. 전에는 쫓기는 사람처럼 재앙에 대비해 바짝 긴장하며 버티는 모습이었다면, 이번에는 축 늘어져 재앙이 닥치거나 말거나 상관없다는 식이었다. 에어즈 부인과 캐럴라인과 내가 평상시와 다름없이 보이기 위해 카운티에서 일어난 사건이며 동네 소문을 시시콜콜 얘기하는 동안, 로더릭은 의자에 앉아 우리를 지그시 쳐다보기만 할 뿐 한마디도 하지 않았다. 딱 한 번 자리에서 일어났는데, 음료 테이블로 가서 진앤프렌치를 한가득 따르기 위해서였다. 술병을 다루는 모양새나 거침없이 칵테일을 섞는 태도로 미루어 보건대 한동안 꾸준히 술을 마셔온 게 틀림없었다.

차마 못 봐줄 모습이었다. 그때 베티가 와서 저녁이 준비되었다고 알렸고, 부산하게 움직이는 틈을 타서 나는 캐럴라인에게 다가가 나직이 물었다. "아무 일 없는 거요?"

그녀는 어머니와 남동생을 흘깃 쳐다보고 이내 짧게 고개를 끄덕였다. 모두 복도로 나섰고, 캐럴라인은 대리석 바닥에서 올라오는 냉기를 막으려 케이프의 목깃을 바짝 세웠다.

우리는 저녁을 먹기 위해 식당으로 갔다. '정식으로 옛날식 저녁 만찬'을 대접하겠다는 약속에 충실하고자 에어즈 부인은 베티를 시켜 동양식 벽지에 어울리는 중국제 자기와 유서 깊은 은식기를 동원해 상당히 공들여 식탁을 꾸몄다. 금도금된 가지 촛대에 불을 켜놨는데, 유리창에서 불어오는 찬바람 때문에 촛불이 걱정스러울 정도로 나부꼈다. 캐럴라인과 나는 식탁을 사이에 두고 마주보며 앉았고, 에어즈 부인은 하단에 자리를 잡았다. 로더릭은 집주인이 앉는 상석으로 향했다. 그의 아버지가 쓰던 오래된 의자인 것 같았다. 그는 자리에 앉자마자 직접 와인을 한 잔 따랐다. 베티가 와인 병을 빼앗아 식탁 저쪽 끝에 놓고 수프 냄비를 들고 다가가자 손으로 자기 그릇을 막았다.

"어휴, 그 수프는 저리 치워! 오늘은 수프 안 먹을래! 싫어, 안 먹어!"* 로더릭은 귀에 거슬리는 목소리로 바보같이 말했다. 그러고는 덧붙여 물었다. "베티, 너 그 동화에 나오는 장난꾸러기 남자애가 어떻게 됐는지 알아?"

"모릅니다, 주인님." 베티는 얼버무리며 대답했다.

"모릅니다, 쿤님." 그는 베티의 억양을 흉내내며 따라 했다. "뭐, 그애는 불에 데었어."

"아냐, 그게 아니지." 캐럴라인이 애써 미소를 지으며 말했다. "점점 몸이 마르고 힘이 없어지다 굶어 죽었잖아. 로드, 주의하지 않으면 너도 그렇게 될 거야. 하지만 알 게 뭐람, 누가 신경이나 쓰겠어. 수프 좀 먹어."

"말했잖아." 그는 또 바보 같은 목소리로 말했다. "'오늘은 수프 안 먹을래!'라고. 하지만 와인은 돌려줘도 돼. 부탁해, 베티. 고마워."

그는 또 한 잔 가득 채웠다. 술을 따르는 자세가 좀 불안하더니만 술병의 목이 와인잔에 쨍 부딪쳤다. 잔은 리젠시 시대 것으로 훌륭한 물건이었다. 아마도 자기나 은식기와 함께 창고에서 꺼내왔을

---

* 19세기 독일의 정신과 의사이자 동화 작가인 하인리히 호프만의 동화 『더벅머리 아이』에 등장하는 「안 먹는 아이 이야기」에 나오는 구절.

터였다. 그 작게 쨍 하는 소리에 캐럴라인의 미소가 사라졌고, 그녀는 돌연 진심으로 짜증난다는 듯 남동생을 쳐다보았다. 그녀의 눈빛에서 혐오감이 번득이는 것을 보고 나는 흠칫 놀랐다. 이후 식사하는 내내 그녀의 시선은 냉랭하게 굳어 있었다. 안타까운 일이었다. 왜냐하면 촛불 덕분인지 몰라도 그녀의 선 굵은 외모가 모처럼 부드러워 보이고, 각진 쇄골과 어깨 라인을 케이프가 가려주어 참 매력적으로 느껴졌기 때문이다.

에어즈 부인 또한 촛불 덕분에 한층 아름다워 보였다. 아들에게는 한마디도 하지 않았지만, 조금 전 작은 응접실에서 그랬던 것처럼 나를 상대로 시종일관 밝고 매끄럽게 대화를 이끌었다. 처음에 나는 그것이 단순히 좋은 집안에서 교육을 잘 받아 그런 거라고 생각했다. 그녀도 로드의 태도에 당황해 그것을 무마하려 최선을 다하는 것이라 여겼다. 하지만 차츰 그녀의 어조에서 어떤 불안정함 같은 것이 느껴졌고, 캐럴라인이 지난번에 서재에서 어머니와 남동생이 '다투기 시작했다'고 말했던 게 기억났다. 그리고 속으로 이곳에 오지 말걸 하는 후회가 들기 시작했다. 전에는 헌드레즈에서 도대체 뭘 하면서 시간을 보냈는지 기억이 나지 않았다. 나는 식사가 어서 끝나기를 간절히 바랐다. 이 저택은 그들의 짜증을 받아줄 이유가 없었고, 나 또한 그랬다.

어느새 에어즈 부인과 나의 대화는 최근에 내가 유행성감기를 치료해준 어느 환자 얘기로 옮겨갔다. 그는 예전에 헌드레즈의 소작인이었고, 대정원 서쪽 문에서 4분의 1마일가량 떨어진 곳에 살았다. 나는 그에게 왕진 갈 때 대정원을 가로지르는 길을 이용할 수 있어 참 다행이었다고 말했다. 덕분에 오가는 길이 많이 수월해졌다고. 에어즈 부인이 공감을 표시했다. 그러고는 영문을 알 수 없는 말을 덧붙였다. "앞으로도 쭉 그렇게 이용할 수 있으면 정말 좋겠군요."

"좋겠다고요?" 나는 어안이 벙벙해 물었다. "어, 왜 그렇게 말씀하시죠?"

그녀는 자기 아들을 비난하듯 바라보았다. 그가 입을 열기를 기다리는 듯했다. 그러나 로드는 아무 말 없이 와인잔만 물끄러미 쳐다보았고, 결국 부인이 리넨 냅킨으로 입가를 닦고 나서 말을 이었다. "유감스럽게도 오늘 로더릭이 좀 언짢은 소식을 가져왔어요, 선생. 사실대로 말하자면 조만간 우리 토지를 또 팔아야 할 것 같아요."

"토지를 파신다고요?" 나는 로드 쪽을 보며 말했다. "저는 더이상 팔 땅이 없다고 생각했습니다만. 이번에는 누가 구매하지요?"

"이번에도 카운티 의회예요." 로더릭이 대답하지 않자 에어즈 부인이 말했다. "전과 마찬가지로 모리스 밥이 건물을 짓는다는군요. 그네들 계획으로는 집을 스물네 채 더 지을 거래요. 상상이 가요? 난 규제에 걸릴 거라고 생각했어요. 정부가 다른 모든 것도 다 규제하는 것처럼 보였으니까. 하지만 이번 정부는 대정원과 개인 소유지를 잘게 쪼개려는 사람들한테 허가를 내주는 데 아주 재미가 들린 것 같아요. 스물네 가구를 3에이커의 땅에 몰아넣을 수 있게 말이지. 그렇게 되면 담벼락에 구멍을 뚫어 수도관 등을 깔고……"

"담을 뚫다뇨?" 나는 이해가 가지 않아 물었다.

캐럴라인이 대답했다. "로드는 의회에 농경지를 매입하라고 제안했어요." 그녀는 차분히 말을 이었다. "그런데 그건 싫다더군요. 의회에서는 헌드레즈홀 서쪽의 풀뱀 들판만 사겠대요. 의회에서 마침내 수도와 전기에 대해 결단을 내렸거든요. 우리만 사용하기 위해 헌드레즈까지 파이프를 확장할 수는 없고, 새로 주택단지가 들어서면 그쪽과 같이 쓰도록 연결할 수는 있대요. 그 땅을 팔면 거기서 헌드레즈 농장까지 수도관과 전기선을 끌어오는 데 드는 비용을 겨우 댈 수 있을 것 같아요."

나는 너무 황당해 잠시 할말을 잃었다. 풀뱀 들판—캐럴라인과 로더릭이 어렸을 때 직접 붙인 이름이라고 들었다—은 대정원의 경계를 이루는 돌담 바로 안쪽에 있는 곳으로, 저택에서 4분의 3마일가량 떨어져 있었다. 한여름에는 수목에 가려 보이지 않았지만, 가을에 낙엽이 지면, 멀리 녹색과 흰색과 은색으로 빛나며 손가락으로 벨벳을 문지르듯 잔물결이 이는 사랑스러운 들판을 헌드레즈홀의 남향과 서향으로 난 창 어디서든 볼 수 있었다. 로드가 정말로 그 땅을 포기하기로 했다니 나는 여간 신경쓰이는 게 아니었다.

"진심은 아니겠지." 나는 로드에게 말했다. "자네 어떻게 대정원을 쪼갤 수가 있나. 분명 다른 대안이 있을 거야."

또다시 그의 어머니가 대답했다. "달리 수가 없어요. 집과 대정원을 아예 다 팔아치우지 않는 한. 로더릭도 차마 그렇게까지는 못하겠죠. 집을 지키기 위해 지금까지 우리가 얼마나 많은 것을 포기했는데. 우리는 밥이 공사장 주위에 펜스를 친다는 조건을 달아서 땅을 팔 거예요. 그러면 최소한 그 꼴을 보지 않아도 되겠지."

그때 로더릭이 입을 열었다. 목소리가 탁했다. "그래, 하층민이 못 들어오게 펜스가 있어야 해. 그래봤자 놈들을 막지는 못하겠지만. 좀 있으면 놈들이 밤에 단검을 입에 물고 담벼락을 기어오를걸. 베개 밑에 권총을 두고 자는 게 좋을 거야, 누나!"

"그 사람들이 해적이니, 이 바보야." 그녀는 접시에서 고개도 들지 않고 중얼거렸다.

"안 그러라는 법 있어? 어떻게 확신해? 놈들은 우리를 몽땅 아딧줄로 목매달 수 있다면 아주 원이 없을걸. 애틀리*가 말만 하길 기다리고 있다고. 의사 선생도 아마 그럴걸. 보통 사람들은 이제 우리 같은 부류를 증오해, 그것도 몰라?"

"제발, 로더릭." 에어즈 부인이 심기가 불편한 듯 말했다. "누가 우리 같은 부류를 싫어한다고 그러니. 워릭셔에는 그런 사람 없다."

"아니, 워릭셔니까 특히 더하죠! 저기 경계 너머 글로쯔터셔**만 해도 속을 들여다보면 아직까지 봉건시대예요. 하지만 워릭셔 사람들은 옛날부터 항상 처세에 능했거든. 청교도혁명 때만 봐도 알잖아요. 당시 워릭셔 사람들이 죄다 크롬웰 편이었다는 걸 잊으면 곤란하죠. 이제 사람들은 바람이 어느 방향으로 부는지 훤히 다 알아요. 우리 목을 치기로 한들, 우리가 무슨 할말이 있겠어요! 확실히 우리는 스스로 명줄을 보전하는 데 영 서툴렀으니까." 그는 어

---

* 영국의 정치가. 1935년부터 이십 년간 노동당 당수를 지냈고 1945년 수상이 되어 주요 산업의 국유화와 사회보장제도 확립에 힘썼다.

** 영국 잉글랜드 서부의 글로스터셔를 말한다. s를 z에 가깝게 발음하는 그쪽 사투리를 흉내낸 것.

설프게 손짓을 했다. "지금 누나와 나를 봐도 그래. 대회에 나가면 일등상을 탈 만한 근사한 어린 암소에 훌륭한 황소지. 근데 동종 무리를 번식시키는 데 거의 힘을 못 쓰잖아! 누가 봐도 우린 자기 종을 멸종하기 위해 각별한 노력을 기울이는 셈이라고."

"로드." 캐럴라인의 안색을 보고 내가 말했다.

로드가 나를 돌아보았다. "왜? 선생은 기뻐해야지. 당신은 해적 혈통이잖아, 안 그래? 그렇지 않다면 오늘밤에 초대나 받을 수 있었을 것 같아? 어머니는 지금 우리 사는 꼴이 남부끄러워 진짜 친구는 부르지도 못해서. 아직 그런 눈치도 없나?"

나는 얼굴이 화끈거렸고, 그 기저에는 다른 무엇보다 분노가 가장 컸다. 불쾌함을 과시하며 자만하는 로드를 더는 가만두면 안 되겠다 싶어 나는 식사하는 내내 그를 노려보았다. 사나이 대 사나이로 기를 확 꺾어버리고 싶었다. 지금 생각해보면 그 전략이 통했던 것 같다. 으스대던 소년이 자기만용을 깨닫고 자포자기하듯, 그는 눈꺼풀을 껌벅이며 내 시선을 받더니 순간이나마 머쓱해했다.

캐럴라인은 고개를 푹 숙이고 저녁식사를 계속했다. 에어즈 부인은 잠깐 동안 아무 말이 없다 나이프와 포크를 같이 내려놓았다. 그리고 아무 일도 없었다는 듯 내가 맡은 다른 환자의 안부를 물으며 다시 말을 꺼냈다. 태도는 자연스러웠고 목소리도 차분했다. 다만 이후로는 아들을 쳐다보지 않았다. 오히려 아들을 식탁에서 완전히 따돌리는 것 같았다. 손을 뻗어 아들 앞에 놓인 촛불을 하나씩 꺼버리듯 로드를 어둠 속으로 밀어넣었다.

저녁 만찬은 원상회복이 아예 불가능해졌다. 디저트는 병에 든 라즈베리파이였는데, 살짝 시큼했고 모조크림이 얹혀 있었다. 어쨌든 식당은 눅눅하고 냉기가 도는데다 굴뚝에서 바람이 울부짖어 분위기가 이보다 더 나았다 해도 더는 전쟁 이전 시절처럼 오래 머물 곳이 못 되었다. 에어즈 부인은 베티에게 커피는 작은 응접실에서 들겠다고 말했고, 부인과 캐럴라인과 나는 냅킨을 내려놓고 일어섰다.

로드만 뒤에 남아 머뭇거렸다. 그는 문가에서 침울하게 말했다. "나는 함께하지 못하겠습니다만, 분명 개의치 않으시겠죠. 검토해야 할 문서가 좀 있어서."

"담배말지를 말하는 거겠지." 캐럴라인이 이렇게 말하고 통로를 빠져나가 에어즈 부인에게 작은 응접실로 가는 문을 열어주었다.

로더릭은 눈을 껌벅이며 캐럴라인을 쳐다보았고, 나는 또 한번 그가 스스로 만든 질 나쁜 유머에 갇혀 남몰래 수치스러워한다는 느낌을 받았다. 그는 등을 돌리고 멀지 않은 자기 방을 향해 우울하게 걸어갔다. 나는 화가 나면서도 동시에 그에 대한 동정심이 솟구쳤다. 로드를 저렇게 내버려두다니 우리가 너무 잔인하다 싶었다. 그러나 나는 에어즈 부인과 캐럴라인 쪽에 합류했다. 작은 응접실에 들어가보니 두 사람은 난로에 장작을 더 넣고 있었다.

"아들을 대신해 사과드릴게요, 선생." 에어즈 부인이 자리에 앉으며 말했다. 그녀는 머리가 아픈 듯 관자놀이에 손목 안쪽을 갖다 댔다. "오늘밤 저애의 행동은 용서의 여지가 없어. 저 때문에 모두가 거북해하는 게 보이지도 않나? 우선 무엇보다 지금 로드가 술을 마실 생각이라면 베티한테 와인을 다 치우라고 해야겠어. 나는 저애 아버지가 식탁에서 취한 모습을 단 한 번도 본 적이 없는데……
선생이 이 집에서 얼마나 환영받는 분인지 알아주면 좋겠군요. 이
쪽으로 와서 맞은편에 앉아요."

나는 일단 앉기로 했다. 베티가 커피를 가져왔고, 우리는 토지를
파는 건에 대해 좀더 얘기를 나누었다. 나는 택지 개발로 인한 혼란
과 그런 것들이 필연적으로 헌드레즈홀의 삶에 미칠 충격을 지적
하면서 정말 다른 대안이 없는지 재차 물었다. 그러나 그들은 이미
충분히 검토해봤으며, 그 계획에 항복하는 수밖에 없었다. 캐럴라
인조차 이상하게도 그 모든 것에 소극적인 태도를 보였다. 나는 다
시 한번 로더릭한테 말해보기로 했다. 어차피 그가 저택 한쪽에서
혼자 울적하게 있을 것을 생각하니 마음이 편치 않기도 했다. 나는
커피를 다 마시고 잔을 내려놓은 뒤 로더릭을 도울 일이 있는지 알
아보러 잠깐 가보겠다고 말했다.

짐작했던 대로 문서가 어쩌고 한 얘기는 순 허튼소리였다. 방에
들어가니 그는 어둠 속에 앉아 있었고, 벽난로만이 방안을 밝히고
있었다. 이번에는 거절할 틈을 주지 않으려 나는 노크도 하지 않았
다. 그가 고개를 들어 나를 보더니 부루퉁하게 말했다. "오실 줄 알
았지."

"잠시 얼굴 좀 볼 수 있을까?"

"생각이 있는 거요, 없는 거요? 나 지금 엄청나게 바쁜 거 안 보
이쇼. 안 돼, 불은 켜지 마요! 머리가 좀 지끈거려서." 그가 잔을 내
려놓고 앞쪽으로 움직이는 소리가 들렸다. "대신 땔감을 더 넣어서
난롯불을 키우죠. 그래도 될 만큼 춥다는 건 하느님도 아실 테니."

그는 난롯가의 상자에서 통나무를 집어 엉거주춤한 자세로 불속에 던졌다. 불꽃이 굴뚝을 향해 뛰어오르고 쇠살받침대에서 재가 날렸다. 그러는 통에 잠깐 불이 사그라들면서 방안이 더 어둑해졌다. 그러나 내가 로드 쪽으로 다가가 맞은편 안락의자를 끌어당길 즈음 불길이 탁탁거리며 젖은 생나무 주위로 혀를 날름거리기 시작했다. 덕분에 로드를 똑똑히 볼 수 있었다. 그는 몸을 뒤로 젖히고 의자 위에 축 늘어져 발을 뻗었다. 여전히 야회복과 모직조끼를 입고 반장갑을 꼈지만, 넥타이는 느슨하게 풀고 칼라 단추는 열어젖힌 채였다. 꼭 코미디 프로그램에 나오는 주정뱅이처럼 한쪽 칼라만 서 있었다.

내 진료실에서 로드가 그 기막힌 얘기를 들려준 이후 처음으로 그의 방에 들어온 것이었다. 의자에 앉으며 나도 모르게 불안한 눈으로 주위를 힐끔거렸다. 난롯불에서 먼 곳은 음영이 너무 짙고 울렁거려 알아보기 힘들었지만, 침대 위의 구겨진 이불과 그 옆에 놓인 화장대, 그리고 그 바로 옆에 있는 대리석 상판의 세면대는 간신히 알아볼 수 있었다. 지난번에 봤을 때는 세면대 위에 면도용 거울이 면도기와 비누와 솔과 나란히 놓여 있었는데 지금은 흔적도 없었다.

다시 로더릭 쪽을 바라보니 무릎 위에 담뱃잎과 말지를 놓고 씨름하는 중이었다. 흔들리는 난롯불에 비추어봐도 얼굴이 불콰하니 꽤나 들이켠 기색이었다. 나는 마음먹었던 대로 토지 판매 건에 대해 운을 뗐다. 상체를 앞으로 내밀고 성심성의껏 말을 골라가며 납득시키려 애썼지만, 로더릭은 고개를 돌린 채 들으려 하지 않았다.

결국 나는 그 얘기를 접었다.

나는 허리를 펴고 앉으며, 대신 이렇게 말했다. "자네 상태가 아주 엉망이군, 로드."

내 말에 그는 웃음을 터뜨렸다. "하! 의사로서의 소견이 아니길 바랄게요. 우린 그럴 여유가 없거든."

"왜 이렇게 자신을 망가뜨리나? 집 주변의 땅을 조각내질 않나, 게다가 자네를 보라고! 진에다 베르무트에다 와인에다." 로더릭 옆 탁자에 쌓인 정신없는 서류 더미 위에는 술잔이 놓여 있었다. 나는 술잔을 고갯짓으로 가리켰다. "그건 또 뭔가? 진?"

그는 조용히 욕설을 내뱉었다. "빌어먹을! 이게 뭐 어때서? 사내 놈이 가끔 기분도 못 내나?"

"안 되지, 자네와 같은 위치에 있는 사내라면."

"그건 또 무슨 위치래? 장원의 영주?"

"그래, 자네가 그렇게 표현하고 싶다면."

그는 담배말지 끝을 혀로 핥아 붙이며 뚱한 얼굴로 말했다. "선생이 우리 어머니나 되쇼?"

"자네 어머니는 가슴이 아프실 거야, 이런 자네 모습을 보면."

"그럼 호의 좀 베푸시죠, 형씨. 어머니껜 말하지 마십쇼." 로더릭은 담배를 입에 물고 신문지를 돌돌 말아 난롯불을 붙여 담뱃불을 댕겼다. "어쨌든," 그는 의자에 등을 기대며 말했다. "어머니는 몸 바쳐 사감 노릇을 하기엔 좀 늦으셨어요. 이십사 년이면 너무 늦은 거지, 정확히 말해. 누나의 경우엔 이십육 년이고."

나는 말했다. "자네 어머니는 자네를 몹시 사랑하시네. 어리석게 굴지 말게."

"물론 선생이야 모르시는 게 없겠죠, 당연히."

"나는 자네 어머님이 내게 얘기해주신 것만 알아."

"네, 두 분은 아주 손발이 척척 맞는 지기죠, 선생과 우리 어머니는, 안 그래요? 어머니가 뭐라고 말씀하셨는데요? 나 때문에 이만 저만 실망한 게 아니라고? 내가 멍청하게 격추당해 불구가 됐다고 어머니는 절대 나를 용서하지 않으시죠. 우린 어머니께 평생 실망만 안겨드렸어요, 누이와 나는. 내 생각에 우리는 태어난 것 자체가 어머니께 실망이야."

나는 대답하지 않았고, 한동안 그는 아무 말 없이 난롯불만 뚫어져라 쳐다보았다. 잠시 후 그가 명랑하고 자연스럽기까지 한 말투로 다시 입을 열었다. "내가 어렸을 때 학교에서 도망친 거 알아요?"

갑작스러운 화제 전환에 나는 눈만 껌벅였다. "아니." 나는 머뭇거리며 말했다. "그건 몰랐네."

"아, 네. 거기에 대해선 다들 입을 다물었군. 나는 두 번 튀었어요. 첫번째는 겨우 여덟인가 아홉 살밖에 안 됐을 때였죠. 멀리 가진 못했어요. 하지만 두번째는 좀더 자란 뒤였어요. 아마 열세 살 땐가 그랬죠. 그냥 걸어나왔는데 아무도 제지하지 않았어요. 나는 어느 호텔의 바까지 갔죠. 아버지의 운전기사였던 모리스한테 전화를 걸었더니 그가 데리러 와줬어요. 그 사람은 항상 내 친구였죠. 모리스는 나한테 햄샌드위치하고 레모네이드를 사줬고, 우리는 테이블에 앉아 한참 동안 이런저런 얘기를 했죠…… 다 기억나요. 나는 그의 형이 정비소를 운영하는 걸 알고 있었어요. 그래서 나한테 50파운드가 있으니까 정비소를 같이 나눠 가지면 되지 않을까 생각했어요. 그의 형하고 같이 살면서 정비공이 되려고. 선생도 알다시피 내가 엔진에 대해서라면 제법 알거든."

그는 담배를 한 모금 들이마셨다. "모리스는 자동차에 관해서는 아주 도사였지. 그가 말했어요. '흠, 로더릭 도련님,'—그 양반 진짜 버밍엄 억양이 지독했는데—'흠, 로더릭 도련님, 제 생각에 도련님은 훌륭한 정비공이 되실 겁니다. 저희 형도 도련님을 모시게 되어 영광일 테고요. 그런데 그렇게 되면 도련님의 부모님이 마음 아파할 거라고 생각지 않으세요? 도련님은 영지와 그 모든 재산의 상속인이신데?' 모리스는 나를 다시 학교로 데려가려고 했지만, 나는 안 가겠다고 고집을 피웠죠. 그러고는 어쩔 줄 몰라하다 나를 집으로 데려와 요리장한테 넘겼고, 요리장은 나를 데리고 조용히 우리 어머니한테 갔어요. 그 사람들은 어머니가 나를 잘 구슬려서 어떻게든 그 노친네하고 잘 넘어갈 수 있게 해줄 거라고 생각한 거였지. 하지만 아니었어. 어머니는 그저 나한테 무척 실망했다고만 하셨고, 아버지한테 내려보내 내가 왜 집에 있는 건지 직접 아버지에게 설명하라고 하셨어. 그 노친네는 물론 악귀같이 달려들어 인정사정없이 날 팼지. 열린 창문 바로 앞에서, 바깥 하인들이 다 볼 수 있는 곳에서 날 때렸어." 로더릭이 낄낄거리며 말을 이었다. "내가 학교에서 도망쳐나온 이유가 바로 날 때리는 녀석이 있어서였는데! 지긋지긋한 놈이었죠, 휴 내시라고. 녀석은 나를 '에어즈 앤 그레이시즈*'라고 불러댔어. 하지만 녀석도 남들 안 보는 데서 팰 정도의 품위는 지켰는데……"

손가락 사이에서 담배가 혼자 타들어가는데도 그는 꼼짝 않고 앉아 있었고, 목소리는 착 가라앉았다. "내시는 결국 해군에 들어갔어. 말라야 전투에서 전사했지. 그거 아세요, 녀석이 죽었다는 소식을 듣고 내가 안도했다는 거. 그때는 나도 공군에 있었는데, 마음이 놓이더라고. 꼭 학교에서 내시의 부모가 녀석을 교실에서 끌고 나갔다는 말을 다른 애한테서 듣는 것 같은 기분이었어…… 불쌍한 모리스도 죽었을 거야. 그의 형은 잘 있나 모르겠네." 로드의 목소리가 점점 귀에 거슬렸다. "그 정비소를 같이 했더라면 좋았을걸. 지금보다야 더 행복했을 텐데, 이 망할 영지에 내가 가진 모든 것을 쏟아붓는 지금보다. 내가 도대체 이 짓을 왜 하는 거지? 가족을 위해서. 선생은 그 잘난 통찰력으로 그렇게 말하겠지. 당신 정말로 우리 가족이 구할 가치가 있다고 생각하쇼? 우리 누이를 봐요! 이 집은 누이의 삶을 갉아먹었다고. 지금 나를 갉아먹듯 말이야. 이 집이 하는 짓이 바로 그거야. 이 집은 우리를, 우리 모두를 잡아먹으려 든다고. 지금까지는 내가 잘 버텨왔기 때문에 문제가 없었지만, 이런 식으로 내가 얼마나 더 버틸 수 있다고 생각해요? 그리고 내가 끝장나면 그때는……"

"로드, 그만." 그가 갑자기 목소리를 높이며 흥분하자 나는 그의 말을 끊었다. 로드는 담뱃불이 꺼진 것을 깨닫고 허리를 굽혀 종이 불쏘시개를 하나 더 난롯불에 넣었는데, 거칠게 던지는 바람에 대

---

* Ayres-and-Graces. 시건방진 태도라는 뜻의 airs and graces와 발음이 비슷한 것을 이용한 말장난.

리석 테두리 밖으로 도로 튕겨나와 러그 끝자락을 태웠다. 나는 그것을 집어 다시 쇠살받침대 안으로 던져넣었다. 방의 벽난로에는 어린이용 보호대처럼 생긴 촘촘하고 낡은 철망이 전면에 부착되어 있었다. 나는 로더릭의 상태를 살핀 뒤 철망 가장자리로 손을 뻗어 방화막을 쳤다.

그는 방어적인 태도로 팔짱을 낀 채 의자 깊숙이 앉았다. 그러고는 한두 번 슬그머니 담배를 뻐끔거리더니 고개를 갸웃하고 방을 둘러보기 시작했다. 야위고 창백한 얼굴에 두 눈이 퀭했다. 나는 그가 무엇을 기다리는지 알았기 때문에, 절망과 낭패감으로 몸서리가 쳐질 지경이었다. 그때까지 이전에 말했던 환각에 대해서는 한마디도 하지 않았고, 그의 행동은 거북하고 불쾌하긴 했지만 충분히 이성적이었다. 하지만 이제 보니 바뀐 건 아무것도 없었다. 그의 정신은 여전히 맑지 못했다. 아마도 술기운을 빌려 호기를 부렸을 뿐, 그의 막말은 벼랑 끝에 몰린 허세에 다름 아닌 듯했다.

그는 여전히 이리저리 시선을 굴리며 말했다. "오늘밤에 뭔가 일이 벌어질 겁니다. 난 알 수 있어요. 지금 그 낌새가 느껴지거든. 나는 일종의 풍향계 같아서, 바람의 방향이 바뀌면 경련을 일으키기 시작하죠."

그가 자못 비장하게 말해 나는 어디까지가 과장이고 어디까지가 진심인지 알 길이 없었다. 그러나 나의 시선 또한 어느새 그의 눈길을 좇았다. 도저히 그러지 않고는 배길 수 없었다. 또다시 내 눈은 이끌리듯 세면대로 향했고, 이번에는 고개를 살짝 젖혀 세면대 위쪽 천장을 바라보았다. 짙은 어둠 속에서 예의 그 독특한 얼룩 혹은 그을음을 겨우 알아볼 수 있었는데, 거기서 1야드쯤 떨어진 곳에서 똑같은 자국을 발견했을 때는 심장이 철렁했다. 좀더 떨어진 곳에 얼룩이 하나 더 있는 것 같았다. 로드의 침대 머리맡 벽을 쳐다보니 하나가 더 보였다. 아니, 봤다고 생각했다. 확신이 서지 않았다. 음영이 그런 식으로 장난을 쳤다. 그래도 나의 시선은 이곳저곳을 더 듬었고, 방안이 그 기묘한 그을음 자국으로 도배된 듯한 기분이 들고 말았다. 그리고 저것들 사이에서 하룻밤을—아니 한 시간이라도!—보내는 건 로드에게 너무나 가혹한 처사라는 생각이 퍼뜩 들었다. 나는 어둠에서 억지로 눈을 돌리고, 의자에서 엉덩이를 거의 들다시피 앞으로 상체를 기울이며 다급하게 말했다. "로드, 나와 함께 리드코트로 가세. 응?"

"리드코트요?"

"거기 있는 게 자네에게 더 안전할 거야."

"지금 집을 떠날 수는 없어요. 말했잖아요, 풍향이 바뀌고 있어서……"

"그런 말은 그만하게!"

그는 이제야 알겠다는 듯 눈을 깜박였다. 그러고는 다시 고개를 살짝 기울이고 내숭 떨듯 말했다. "무서운 거군요."

"로드, 내 말 좀 들어보게."

"당신도 느낀 거야, 그렇지? 선생도 그걸 느껴서 무서워진 거지. 전에는 내 말을 믿지 않았죠. 신경과민이니 전쟁의 충격이니 하면서. 이제 보니 선생이 나보다 더 벌벌 떨잖아!"

나는 깨달았다. 나는 정말로 두려웠다. 로드가 지금까지 지껄인 것이 아니라, 더 희미하고 더 끔찍한 무언가가. 나는 팔을 뻗어 그의 손목을 잡으려 했다.

"로드, 제발! 자네는 지금 위험하다고!"

내 행동에 그는 깜짝 놀라 뒤로 물러났다. 그러더니 갑자기 벌컥 화를 냈다. 아마 술김이었을 것이다.

"빌어먹을!" 그는 나를 밀치며 소리 질렀다. "나한테 손대지 마! 당신이 뭔데 제밀할, 나한테 이래라저래라 해! 당신이 하는 일이라곤 순 그거밖에 없지. 의사랍시고, 충고하지 않을 때는 그 더러운 의사의 손으로 날 움켜쥐려고 하고. 또 움켜잡지 않을 때는 더러운 의사의 눈으로 빤히 쳐다보지, 아주 빤히. 제밀할, 대체 당신이 뭔데? 대체 왜 여기 있는 거야? 어떻게 이 집에 그 더러운 발을 들여놓은 거지? 당신은 우리 집안사람도 아니잖아! 뭣도 아닌 주제에!"

그가 술잔을 탁자에 거칠게 내려놓는 바람에 진이 서류 위에 엎질러졌다. "베티를 불러야겠어." 그는 뜬금없이 말했다. "당신을 내보내라고."

그는 벽난로 굴뚝 아랫부분에 툭 튀어나온 곳으로 절뚝거리며 걸어가 호출벨 손잡이를 마구 잡아당겼다. 지하실에서 미친듯이 울리는 종소리가 희미하게 들렸다. 그 소리는 기괴하게도 마을의 공습경보 때 울리던 종소리와 비슷했는데, 로더릭의 말을 듣고 이미 충격과 혼란으로 뒤집어진 내 속에 원시적인 흥분과 동요를 가중시켰다.

나는 일어나서 문간으로 가 문을 열었다. 그때 막 베티가 놀란 채 숨을 헐떡이며 나타났다. 나는 소녀가 들어오지 못하게 막으려

했다.

"괜찮아, 아무것도 아니야. 실수가 좀 있었어. 다시 아래층으로 내려가렴."

그러나 로더릭이 내 말을 끊고 소리쳤다. "패러데이 선생님이 가신단다, 베티! 봐야 할 환자가 몇 명 더 있으시대. 참 안됐지? 현관 홀로 모시고 나가줄래? 가는 길에 코트와 모자도 좀 내드리고."

베티와 나는 서로 마주보았다. 하지만 대체 내가 뭘 할 수 있겠는가? 좀 전에 나 자신이 직접 로드에게 환기시켰듯 그는 '집안의 가장'이었고, 다 큰 어른이며 영지와 하인의 주인이었다. 결국 나는 딱딱하게 내뱉었다. "잘 알았네." 베티는 내가 지나갈 수 있도록 옆으로 비켜섰다가 이내 내 소지품을 가지러 서둘러 뛰어가야 했다.

그때 나는 너무 흥분한 상태였기에, 작은 응접실 문 앞에 서서 잠시 감정을 추슬렀다. 그리고 마침내 응접실 안으로 들어가면서도 내 표정이나 태도에서 아직 흥분이 가라앉지 않은 것이 금방 드러날 거라고 생각했다. 그러나 나의 등장에 누구도 주목하지 않았다. 캐럴라인은 무릎 위에 소설책을 펼쳐놓았고, 에어즈 부인은 난롯가 의자에 앉아 졸고 있었다. 그 모습에 나는 또 한번 충격을 받았다. 그녀는 나에게 자는 모습을 보인 적이 한 번도 없었다. 내가 부인에게 다가가자 그녀는 잠에서 깨어나, 순간 겁을 집어먹은 것처럼 어리둥절한 늙은 여인의 눈으로 나를 쳐다보았다. 그녀가 무릎 위에 덮고 있던 숄이 바닥으로 흘러내렸다. 내가 허리를 굽혀 숄을 주워들고 몸을 일으키자마자 부인이 내게서 그것을 받아 직접 다시 무릎 위에 덮었다.

그녀는 내게 로더릭이 어떻더냐고 물었다. 나는 망설이다 대답했다. "솔직히 썩 좋은 상태는 아닙니다. 음, 뭐라고 말씀드려야 할지 모르겠군요. 캐럴라인, 잠깐 로드한테 좀 들러주겠소?"

"술 취하지 않았다면요." 캐럴라인이 말했다. "너무 지겨워."

"술에 취하다니!" 에어즈 부인이 나무라는 기색으로 끼어들었다. "그애의 할머니, 그러니까 내 시어머니가 지금 살아서 그애를 못 보는 것이 참으로 다행이야. 시어머니는 늘 술 취한 남자를 보는 것보다 더 기분 나쁜 일은 없다고 하셨거든. 나도 그 말씀에 동감이에요. 우리 친정어머니를 봐도…… 우리 증조부모님은 절제하실 줄 아는 분들이었다고 생각해요. 맞아요, 분명 그러셨지요."

"그래도," 나는 캐럴라인을 단호하게 쳐다보며 말했다. "잠자리에 들기 전에 한번 아무 일 없는지 로드한테 가볼 수 있겠소?"

비로소 캐럴라인은 내 말에 숨은 뜻을 눈치채고 눈을 들어 나를 마주보았다. 그녀는 지친 듯 눈을 감았지만, 어쨌든 고개를 끄덕였다.

덕분에 약간 진정은 되었으나, 아무래도 불가에 얌전히 앉아 담소를 나누지는 못할 것 같았다. 나는 저녁식사 대접에 감사를 표하고 작별 인사를 했다. 베티가 내 모자와 코트를 들고 홀에서 기다렸다. 소녀를 보자 로드의 말이 되살아났다. 대체 당신이 뭔데? 뭣도 아닌 주제에!

여전히 궂은 바깥 날씨가 내 기분을 자극하는 듯했다. 차를 몰고 집으로 돌아오는 동안 내 안에서 혼란과 분노가 점점 커져갔다. 운전이 거칠어지면서 기어가 충돌했고, 한번은 커브를 너무 급하게

도는 바람에 차가 길에서 벗어날 뻔했다. 마음을 진정시키기 위해 자정이 한참 넘어서까지 각종 서류와 계산서를 처리했다. 그러나 잠자리에 들어서도 울분이 가시지 않았다. 혼자 생각에 빠지지 않고 딴 데 정신을 쏟을 수 있도록 응급환자라도 생겼으면 싶었다.

그러나 응급전화는 오지 않았고, 결국 한잔하기 위해 일어나 램프를 켰다. 침대로 돌아오는데 헌드레즈홀의 오래된 사진, 멋진 귀갑액자에 든 그 사진이 눈에 띄었다. 나는 사진을 엠파이어 데이 메달과 함께 줄곧 침대 옆 협탁에 올려놓았다. 나는 사진을 들어 어머니의 얼굴을 바라보았다. 그리고 어머니 뒤에 있는 저택으로 시선을 옮겨, 전에도 이따금 그랬듯, 지금 그 집에 사는 사람들을 생각했다. 그 싸늘하고 어둡고 고립된 방에서 그들은 나보다 더 편안하게 자고 있을까. 에어즈 부인한테서 그 사진을 받은 게 7월이었는데, 어느새 12월 초였다. 나는 스스로에게 물었다. 도대체 어쩌다 이 몇 달 만에 내 삶이 그 집 사람들과 이렇게 엮여 이토록 성가시고 불안하게 되었을까?

속에 들어간 알코올이 화를 삭여준 덕에 나는 간신히 잠이 들었다. 하지만 꿈자리가 사나웠다. 내가 암울하고 격렬한 꿈과 사투를 벌이는 동안, 헌드레즈홀에서는 끔찍한 일이 벌어지고 있었다.

7

사건의 내막은, 나중에 내가 재구성해본 바에 의하면 이러했다.

내가 저택을 떠난 뒤 에어즈 부인과 캐럴라인은 한 시간 남짓 더 작은 응접실에 머물렀고, 내가 남긴 언질 때문에 조금 불안해진 캐럴라인은 로드가 괜찮은지 확인하러 가보았다. 로드는 말도 못할 지경으로 취해서는 빈 술병을 품에 껴안고 입을 헤벌린 채 뻗어 있었다. 그녀가 처음 보인 반응은 짜증이었다. 너무 화가 나서 그냥 그렇게 '의자에서 죽치고 자든 말든' 내버려둘 심산이었다. 그러나 그때 로드가 흐릿한 눈으로 그녀를 쳐다보았고, 그 눈빛에 담긴 무언가가 그녀의 마음을 뒤흔들었다. 이전의 동생 모습이 일순 비쳤던 것이다. 순간 그녀는 절망적인 자신들의 처지에 울컥하고 말았다. 캐럴라인은 동생 옆에 무릎을 꿇고 그의 손을 잡아 들어올려, 그의 손마디에 자기 이마를 살며시 갖다댔다. "로디, 왜 이러니?"

그녀는 조용히 물었다. "난 너를 모르겠어. 지금의 너는 너무 낯설어. 어떻게 된 거야?"

그는 누이의 뺨을 손가락으로 더듬었다. 그러나 대답은 하지 않았다. 혹은 하지 못했다. 캐럴라인은 몇 분 더 동생 곁에 머물다가 이윽고 기운을 차리고 동생을 침대로 데려가기로 했다. 화장실에 가고 싶어할지도 몰라서 로드를 일으켜 세운 뒤 일단 복도를 따라 '신사들의 소란터'로 보냈다. 그가 비틀거리며 돌아오자 신발과 칼라를 벗기고 바지도 벗겼다. 동생이 사고로 다쳤을 때부터 간병을 해서 그의 옷을 입히고 벗기는 데 익숙했기 때문에 그런 것은 일도 아니었다. 그녀 말에 따르면 로더릭은 머리가 베개에 닿자마자 곯아떨어졌고, 몹시 역한 술냄새를 풍기며 드르렁 코를 골았다. 그는 침대에 등을 대고 똑바로 누웠는데, 캐럴라인은 전시에 받았던 훈련이 생각나서 만약의 경우에 대비해 옆으로 돌려 눕히려 했다. 그러나 아무리 애를 써도 요지부동이었다. 그녀 자신도 피곤한데다 힘들기도 해서 결국 그만두었다.

캐럴라인은 동생이 이불을 잘 덮었는지 확인한 뒤 벽난로로 가서 방화막을 열고 땔감을 몇 개 더 넣었다. 그러고 나서 다시 방화막을 닫았다. 그녀는 나중에도 이 점에 대해서는 두말할 것 없이 틀림없다고 했다. 재떨이에 타던 담배도 없었으며 램프와 촛불도 다 꺼져 있었다고 더없이 확실하게 못박았다. 그녀는 작은 응접실로 돌아와 삼십 분 정도 어머니와 같이 있었다. 그리고 자정이 되기 전에 각자 잠자리에 들었다. 캐럴라인은 십 분에서 십오 분 정도 책을 읽다 전등을 껐고, 거의 곧바로 잠이 들었다.

몇 시간 뒤에 캐럴라인은 어렴풋하지만 틀림없이 유리 깨지는 소리를 듣고 잠에서 깼다. 나중에 밝혀진 바로는 새벽 세시 반쯤이었다. 소리는 그녀 방 창문 바로 밑에서 들렸는데, 그 말인즉슨 남동생 방의 창문에서 났다는 뜻이었다. 화들짝 놀란 그녀는 침대에서 일어나 앉았다. 로드가 잠에서 깨 뭔가 일을 저질렀구나 싶었고, 맨 처음 든 생각은 동생이 위층으로 올라와 어머니가 깨는 일이 없도록 막아야겠다는 것이었다. 그녀는 피곤한 몸을 일으켜 가운을 걸쳤다. 동생을 어떻게든 하려고 기운을 내서 아래층으로 내려가려던 찰나 어쩌면 동생이 낸 소리가 아닐지도 모른다는 생각, 즉 집안으로 억지로 들어오려는 도둑이 낸 소리일지도 모른다는 생각이 퍼뜩 들었다. 로드가 해적이니 단검이니 지껄였던 말이 떠올라 그랬을지도. 하여간 그녀는 살금살금 창 쪽으로 다가가 커튼을 젖히고 밖을 내다보았다. 넘실거리는 노란빛으로 물든 정원이 보였고, 연기 냄새가 났다. 그제야 집에 불이 났다는 사실을 깨달았다.

헌드레즈홀처럼 큰 저택에서 화재는 항상 무엇보다 무서운 일이었다. 예전에 한두 번 주방에서 작은 불이 나긴 했지만, 제법 간단히 진화됐다. 전쟁 동안 에어즈 부인은 끊임없이 공습의 공포에 시달려, 모래와 물양동이와 호스와 소화용 펌프를 층마다 비치해두었다. 그러나 결국 한 번도 사용할 일이 없었다. 어느새 펌프는 다 치워버렸고, 기계식 소화기는 하나도 없었다. 있는 거라곤 지하실 복도에 일렬로 걸린 골동품 가죽들통 몇 개가 전부였지만, 세월이 오래 지나 흰 곰팡이가 피었고 구멍도 숭숭 났을 터였다. 그저 모양으로 걸어놓은 장식품에 불과했다. 캐럴라인이 이 모든 사실을 알면서도 춤추는 노란 불길을 보고 공황 상태에 빠지지 않았었다는 것이 놀랍기만 하다. 오히려 그녀는 정말 아주 잠깐이나마 흥분 비슷한 것을 느꼈다고 나중에 내게 털어놓았다. 헌드레즈홀이 불타서 무너지기만 하면 온갖 문제가 다 해결될지도 모른다는 생각이 들었다고. 지난 몇 년 동안 자신이 해온 집안일이 눈앞을 스쳤다. 반짝반짝 윤을 낸 마룻바닥과 판자와 유리 제품과 접시 모두가. 그 모든 것을 자신에게서 앗아가려고 으르렁대는 불길에 분개하기는커녕 그녀는 백기를 들고 광란의 잔치를 벌이듯 깡그리 포기하고 싶었다.

그때 남동생에게 생각이 미쳤다. 그녀는 벽난로 앞에 놓인 러그와 침대 위의 담요를 낚아채서 계단으로 우당탕탕 달려 내려갔다. 그러면서 미친듯이 어머니를 불렀다. 아래층으로 내려가니 매캐한 냄새가 더욱 짙어졌다. 복도에 벌써 희뿌연 연기가 차서 눈이 따끔거렸다. 캐럴라인은 부츠룸을 통해 신사용 화장실로 달려가 세면대에서 러그와 담요를 적셨다. 그리고 호출벨을 찾아 마구 흔들었다. 바로 몇 시간 전에 로더릭이 내 앞에서 종을 울려대던 모습과 흡사했을 것이다. 그녀가 푹 젖은 담요 더미를 한데 모아들고 휘청거리며 나섰을 때 잔뜩 겁에 질린 베티가 맨발에 잠옷 차림으로 커튼이 쳐진 아치형 입구에 나타났다.

"물 가져와!" 캐럴라인이 베티에게 외쳤다. "불이 났어! 냄새 못 맡았니? 네 이불하고 뭐든 가져와! 어서!"

그리고 그녀는 젖은 담요를 가슴 위로 높이 들고 땀에 젖은 채 헐떡이며 로더릭의 방으로 달려갔다.

그녀 말로는, 문을 열기 전부터 기침이 나고 숨이 차기 시작했다고 한다. 안으로 들어가니 연기가 자욱하고 눈이 너무 매워서, 여성 해군단에 복무하던 시절 딱 한 번 해봤던 화생방 훈련이 연상됐다. 물론 그때는 방독마스크를 썼다. 그걸 써보는 게 훈련의 목적이었으니까. 그러나 이번에는 그저 팔에 안은 젖은 담요 뭉치로 코와 입을 가리고 앞으로 헤쳐나가는 수밖에 없었다. 열기는 이미 지독했다. 방안 어디서나 불길이 치솟았다. 사방으로 불이 번진 듯했고, 캐럴라인은 일순 절망에 빠져 도저히 안 되겠다 싶어 되돌아가야겠다고 생각했다. 그녀는 정말로 돌아섰다. 그러나 바로 방향을 잃어 완전히 공황 상태에 빠졌다. 옆으로 바짝 다가오는 불길이 보이자 그쪽을 향해 미친듯이 담요를 펄럭였다. 그러고는 러그로 또다른 불길을 잡기 시작했고, 곧이어 베티와 어머니의 기척이 느껴졌다. 그녀들도 각자 담요를 휘날리며 불을 껐다. 연기가 놏치면서 잠깐 옅어진 순간 로더릭이 시야에 들어왔다. 캐럴라인이 눕힌 그대로 침대에 누워 있던 로더릭은 그제야 깨어난 듯 멍하니 기침을 해댔다. 창가의 묵직 커튼은 두 개는 괜찮았지만, 또다른 두 개는 거의 다 타서 떨어지려 했다. 캐럴라인은 가까스로 그쪽으로 길을 내어 커튼 사이로 들어가 유리문을 활짝 열었다.

거기까지 듣는 순간 나는 등골이 서늘했다. 방안의 화염이 훨씬 거셌다면 차가운 공기가 갑자기 밀려들면서 돌이킬 수 없는 사태가 벌어질 수도 있었기 때문이다. 그러나 그 시점에는 이미 불길이 잡혔던 것 같고, 다행히 밤공기가 여전히 습기를 잔뜩 머금고 있었다. 캐럴라인은 비틀거리는 로더릭을 부축해 바깥쪽 돌계단에 데려다놓은 뒤, 어머니를 찾으러 도로 안으로 들어갔다. 연기는 다 빠져나 갔지만, 그녀가 다시 뛰어들었을 때 방안은 지옥의 한 장면 같았다. 말도 못하게 뜨거웠고, 천지 사방이 불에 타버린데다 방안 가득 날 리는 재와 불씨가 얼굴과 손을 노리고 악독하게 달려드는 것 같았 다. 에어즈 부인은 콜록거리면서 힘겹게 숨을 몰아쉬었다. 머리는 산발에 잠옷도 꼴이 말이 아니었다. 베티가 냄비에 물을 받아와 뿌 렸고, 덕분에 재와 연기와 은근히 타들어가는 카펫 조각과 담요와 종이가 세 여자의 발밑에서 시커먼 진창이 되어갔다.

그들은 한참을 더 진화 작업에 매달렸다. 실제로는 그렇게 오래 걸릴 일이 아니었을 텐데, 한 군데 불을 끄고 등을 돌리면 몇 분 후 에 다시 똑같은 데서 불길이 치솟았기 때문이다. 그다음부터는 별수 없이 차근차근 불이 난 곳마다 물을 붓고, 부지깽이와 부집게로 마 구 헤집으면서 깜부기불과 불씨를 모조리 두들겨 껐다. 세 사람 모 두 속이 메스꺼웠고, 연기를 들이켜 어질어질했으며, 검댕으로 까매 진 뺨에는 두 줄기 허연 눈물 자국이 남았다. 그리고 금세 하나같이 부들부들 떨기 시작했는데, 이 모든 상황이 하도 극적이라 그렇기도 했고, 마지막 불꽃이 꺼진 순간 그 뜨거운 방에서 간담이 서늘하리 만치 순식간에 치고 올라온 냉기 탓에 단순히 추워서이기도 했다.

로더릭은 열린 창가에서 창틀을 부여잡고 있었다. 여전히 만취 한 상태인데다, 불길과 숨 막히는 연기를 보고 온몸이 마비되어 꼼 짝도 할 수 없었던 것 같다. 전쟁 때 그가 겪었던 일을 생각하면 그 리 놀랄 일도 아닐 텐데 말이다. 그는 눈을 부릅뜨고, 그러나 별다 른 도움은 되지 못한 채 어머니와 누이가 방에서 불길을 완전히 잡는 모습을 바라보고만 있었다. 그는 부축을 받아 안으로 들어왔다. 세 사람이 그를 부엌으로 데리고 내려가 담요를 덮어주고 식탁 앞에 앉힐 즈음에야 식구 전부가 지옥에 거의 한 발짝 들여놨다 빠져나왔다는 사실을 인지했다. 그는 누이의 손을 꽉 잡았다.

"무슨 일이 벌어졌는지 봤지, 누나?" 로더릭이 캐럴라인에게 말했다. "놈이 원하는 게 뭔지 알았지? 젠장, 내가 생각했던 것보다 훨씬 영리하잖아! 누나가 깨지 않았다면! 누나가 오지 않았다면!"

"쟤가 뭐라는 거니?" 이해할 수 없는 말을 내뱉는 로드의 태도에 불안해진 에어즈 부인이 물었다. "캐럴라인, 얘가 무슨 말을 하는 거니?"

"다 헛소리예요." 캐럴라인이 대답했다. 그녀는 동생의 말뜻을 충분히 알아들었지만, 어머니는 모르게 하고 싶었다. "아직도 술이 안 깼나봐요. 로디, 제발 좀."

그러나 그가 '미친 사람처럼' 행동하기 시작한 것은 바로 그때부터였다. 그는 손바닥 아랫부분을 눈에 갖다댔다가, 이어 자기 머리카락을 잡아당기고는 기겁을 하고 자기 손을 쳐다보았다. 머리칼에 기름이 묻었는데, 연기 때문에 그 기름이 자글자글한 타르처럼 변한 것이었다. 그는 시꺼메진 셔츠 앞섶에 두 손을 강박적으로 문질렀다. 기침을 하기 시작하더니 이내 숨이 막혀 헐떡거렸고, 그렇게 몸부림치다 예의 공황 상태로 치닫고 말았다. 그는 다시 캐럴라인을 향해 손을 뻗었다. "누나, 미안!" 그는 그 말을 하고 또 하고 또 했다. 숨결은 거칠고 술기운이 가득했으며, 그을음 묻은 얼굴에 두 눈은 새빨갛고, 셔츠는 밤안개에 젖은 상태였다. 그는 떨리는 손으로 어머니를 붙잡았다. "어머니, 죄송해요!"

불이 난 방에서 난리법석을 치른 뒤라, 로드의 이런 행동을 받아들이기가 더욱 힘들었다. 에어즈 부인은 일순 공포에 질린 듯 그를 쳐다보다 소리를 질렀다. "조용히 하거라!" 그녀의 목소리가 갈라졌다. "오, 하느님 맙소사, 조용히 하라고!" 그래도 로더릭이 여전히 중얼거리며 흐느끼자 캐럴라인이 다가가 팔을 힘껏 휘둘러 그의 뺨을 때렸다.

캐럴라인은 자신이 무슨 짓을 했는지 미처 알아차리기도 전에 손바닥이 먼저 화끈거리더라고 털어놓았다. 그리고 흡사 자신이 뺨을 맞기라도 한 듯 기겁해 두 손으로 자기 입을 막았다고. 로드는 돌연 입을 다물더니 얼굴을 가렸다. 에어즈 부인은 아들을 쳐다보며 서 있었는데, 가쁜 숨을 쉴 때마다 어깨가 비틀렸다. 캐럴라인은 떨리는 목소리로 말했다. "우리 모두 좀 제정신이 아닌 것 같아. 다들 약간 미쳤어…… 베티? 거기 있니?"

베티가 앞으로 나왔다. 눈은 동그랗게 뜨고 파리한 얼굴에는 숯검댕 자국이 호랑이 줄무늬처럼 나 있었다. 캐럴라인이 물었다. "너 괜찮니?"

베티가 고개를 끄덕였다

"데거나 다친 데는 없고?"

"없습니다, 아가씨."

베티는 속삭이듯 대답했지만, 캐럴라인은 소녀의 목소리에 적잖이 안심이 되었고, 점점 안정을 되찾았다.

"그래, 잘했어. 정말 잘해주었고, 정말 용감했어. 로드는 신경쓰지 마. 쟤는 지금…… 제정신이 아니야. 여기 제정신인 사람이 어디 있겠느냐만. 뜨거운 물이 있을까? 보일러 좀 켜주겠니? 스토브에 냄비를 올려서 찻물이랑 서너 대야 정도 쓸 수 있을 만큼 물을 끓여야겠다. 위층 목욕탕으로 올라가기 전에 지저분한 것을 좀 씻어내게. 어머니, 앉으세요."

에어즈 부인은 넋이 나간 것 같았다. 캐럴라인은 식탁을 빙 돌아가서 어머니를 의자에 앉히고 주방용 모포를 덮어주었다. 그렇게 하는 자신의 팔다리도 부들부들 떨렸고, 도저히 감당할 수 없는 무게를 짊어진 듯 갑자기 맥이 탁 풀리는 느낌이었다. 어머니를 안정시키고 나서 그녀도 의자를 끌어다 허물어지듯 털썩 주저앉았다.

그후로 오 분에서 십 분가량 부엌에서 들리는 소리라곤 스토브에서 불길이 내는 소리, 물이 끓으며 김이 나는 소리, 베티가 대야를 갖다놓고 수건을 가져오느라 부산을 떨면서 금속과 도자기가 부딪는 마찰음뿐이었다. 이윽고 베티가 나직이 에어즈 부인을 불렀다. 소녀는 부인을 부축해 싱크대로 데려가 손과 얼굴과 발을 씻겼다. 캐럴라인도 똑같이 씻겨주었다. 그러고는 자신 없이 로드를 쳐다보았다. 그는 제법 진정된 상태여서 베티가 자신에게 무엇을 바라는지 알아차렸고, 비틀거리며 싱크대 쪽으로 향했다. 마치 몽유병자처럼 움직였다. 베티는 그의 손을 물속에 넣고 비누로 씻긴 뒤 물로 헹궈냈다. 로더릭은 소녀가 얼굴에 묻은 그을음을 닦아주는 동안 흐느적거리며 멍하니 서 있었다. 기름 범벅이 된 머리칼은 도저히 씻어낼 방도가 없었다. 베티는 빗을 가져와 신문지를 받치고 재 섞인 기름 부스러기를 빗겨내린 다음 종이를 꾹꾹 구겨서 식기건조대에 내려놓았다. 일을 다 마치고 그가 한쪽 옆으로 말없이 비켜서자, 베티가 더러워진 물을 싱크대 하수구에 버렸다. 로더릭은 부엌 건너편을 바라보다 캐럴라인과 눈이 마주쳤다. 공포와 혼란으로 뭐라 말할 수 없이 복잡 미묘한 그의 표정을 캐럴라인은 도저히 견딜 수 없었다. 그래서 고개를 돌려 시선을 피하며 어머니 쪽으로 가려 했다.

그때 정말 희한한 일이 벌어졌다. 캐럴라인이 식탁 쪽으로 막 몇 발짝 뗐을 때, 시야 끝에 얼핏 동생의 움직임이 잡혔다. 손을 얼굴로 들어올려 손톱을 물어뜯든가 뺨을 쓸어내리든가 뭐 그런 사소한 몸짓이라고 당시에는 생각했다. 그와 동시에 베티도 움직였다. 소녀는 싱크대에서 몸을 돌려 바닥에 있는 양동이에 수건을 던져 넣었다. 그리고 다시 몸을 틀었을 때, 베티는 숨이 턱 막혔다. 때마침 캐럴라인이 그쪽으로 시선을 돌렸고, 남동생의 어깨 너머로 치솟는 불길에 심장이 덜컥 내려앉았다. "로디!" 그녀가 기겁을 하고 외쳤다. 로더릭은 고개를 돌려 누이가 본 것을 자신도 보고는 휙 몸을 떼었다. 목제 식기건조대 위에서, 그가 서 있던 곳에서 불과 몇 인치 떨어지지 않은 곳에서 조그만 화염 덩어리가 연기를 냈다. 좀 전에 베티가 그의 머리칼에서 재를 떨어내는 데 썼던 바로 그 신문지였다. 베티는 그것을 엉성한 꾸러미처럼 뭉쳐서 버렸는데, 어찌된 영문인지 믿을 수 없게도 그것이 갑자기 저 혼자 발화해버린 것이었다.

물론 불 자체는 로더릭의 방에서 힘겹게 싸웠던 그 끔찍한 작은 지옥에 비하면 아무것도 아니었다. 캐럴라인이 얼른 부엌을 가로질러 달려가 신문 뭉치를 싱크대 속으로 밀쳐넣었다. 불꽃은 높이 솟아오르더니 금방 작아졌다. 얇은 비단처럼 시커멓게 탄 종이는 잠시 제 모양을 유지하다 조각조각 부서져버렸다. 그러나 정작 환장할 노릇은 그 불이 도대체 어디서 붙었느냐는 것이었다. 에어즈 부인과 캐럴라인은 불안에 떨며 서로를 마주보았다. "뭔가 봤니?" 두 사람은 베티에게 물었고, 베티는 겁에 질린 눈초리로 대답했다. "모르겠어요, 아가씨! 하나도 못 봤어요! 그냥 연기하고 노란 불꽃이 로더릭 도련님 등뒤에서 치솟았어요."

소녀도 다른 사람들과 마찬가지로 당황해 어쩔 줄 모르는 것 같았다. 그 문제에 관해 고심한 끝에, 미심쩍긴 했지만 어쨌든 베티가 로더릭의 머리칼에서 빗어낸 재에 불씨가 남아 있다가 건조한 신문지에 옮겨붙어 불이 난 것으로 잠정 결론을 내렸다. 그렇게 결론이 나자 자연히 몹시 신경이 쓰일 수밖에 없었다. 그들은 여기저기 초조하게 흘끔거리며 또 어디서 불이 나지는 않을까 걱정하기 시작했다. 특히나 로더릭은 심히 괴로워하며 안절부절못했다. 그의 어머니가 아무래도 캐럴라인과 베티와 함께 그의 방으로 다시 올라가 재를 샅샅이 뒤져봐야겠다고 말하자, 그는 대뜸 소리를 질렀다. "나를 혼자 내버려두지 마! 혼자 있는 게 두려워! 난 그놈을 '막을 수 없단' 말이야!" 로더릭이 제정신을 잃을까 걱정이 된 세 사람은 그도 함께 데리고 올라갔다. 세 여자가 시커먼 방을 차근차근 힘겹게 훑는 동안, 그는 그나마 멀쩡한 의자에 다리를 올리고 앉아 손을 입가에 대고 눈을 희번덕거렸다. 그러나 잿더미는 전부 싸늘하게 식어 지저분했고 불씨라곤 없었다. 그들은 동트기 바로 전에 수색을 마무리했다.

　나는 한두 시간 뒤에 잠에서 깼다. 꿈자리가 사나웠던 탓에 다소 피곤하긴 했지만, 다행히 간밤에 헌드레즈홀을 집어삼킬 뻔한 재앙에 관해서는 까맣게 몰랐다. 사실 오후 환자 가운데 한 명에게 듣기 전까지 나는 그 화재에 대해 전혀 알지 못했다. 그는 그날 아침 저택에 들렀던 배달부한테서 전해 들었다고 했다. 처음에 나는 그의 말을 믿지 않았다. 그 집 식구들이 그런 난리를 겪고도 나한테 한마디도 하지 않다니, 있을 수 없는 일이라고 여겼던 것이다. 그런데 벌써 다들 알고 있는 사실인 양 그 사건을 언급하는 사람이 또 있었다. 여전히 반신반의하면서 에어즈 부인에게 전화를 걸었더니, 놀랍게도 그녀는 모든 이야기가 사실이라고 확인해주었다. 부인의 목소리가 심하게 쉰데다 무척 피곤하게 들려, 나는 좀더 일찍 전화하지 못한 것을 자책했다. 저택에 가봐야 했지만, 일주일에 한번씩 지역 종합병원에 저녁 근무를 나가기 시작한 지 얼마 되지 않은데다 하필 바로 그날이라 시간을 뺄 수 없었다. 에어즈 부인은 자신과 캐럴라인, 로더릭 모두 잘 있으며 다만 지쳤을 뿐이라고 나를 안심시켰다. 그녀는 화재 때문에 다들 '약간 겁을 먹었다'고 했다. 아마도 그런 표현 때문에 나 역시 안심하며 화재가 비교적 경미했나보다고 가볍게 여겼던 것 같다. 나는 그 집을 마지막으로 나올 때 로드가 어떤 상태였는지 똑똑히 기억했다. 그가 사방에 술을 흘리고, 불붙은 종이를 떨어뜨려 카펫을 태워먹고도 신경쓰지 않던 모습이 생각났다. 나는 로드가 잘못하다 담뱃불로 조금 불을 냈겠거니 짐작했다…… 하지만 내가 알기로 작은 불이라도 연기가 무시무시하게 날 수 있었고, 또한 연기를 흡입하면 종종 하루나 이틀 뒤에 상태가 최악으로 치달을 수도 있었다. 그래서 나는 그 집 식구들을 걱정하느라 잠자리에 들어서도 뒤척이며 또 하룻밤을 불안하게 보냈다.

다음날 오전 회진이 끝나자마자 나는 저택으로 차를 몰았다. 걱정했던 대로 그들 모두 끙끙 앓고 있었다. 신체적으로만 말하자면 베티와 로더릭이 가장 피해가 적었다. 베티는 불이 급속히 번지는 동안 계속 문가에 있었고, 물을 가지러 화장실을 왔다갔다했다. 로더릭은 침대에 납작 누워, 연기가 머리 위로 높이 모여드는 최악의 시간 동안 얕게 숨을 쉬었다. 그러나 에어즈 부인은 숨이 차고 몸에 힘이 없어 침실에서 나오지도 못할 정도로 상태가 몹시 좋지 않았고, 캐럴라인은 보기에도 듣기에도 아주 오싹할 정도였다. 목은 부었고 머리카락은 그슬린데다 얼굴과 손은 재와 불꽃에 데어 새빨간 자국이 남았다. 내가 도착하자 캐럴라인이 현관에서 나를 맞이했는데, 생각보다 훨씬 엉망인 그녀 모습에 나도 모르게 가방을 내려놓고 그녀의 어깨를 붙잡아 얼굴을 똑바로 들여다보았다.

"맙소사, 캐럴라인."

그녀는 민망한 듯 눈을 깜박거렸고, 미소를 짓기는 했지만 눈가에 눈물이 맺혔다. "막판에 횃불을 뺏긴 가이 포크스*처럼 보이지

---

*17세기 초 영국 왕 제임스 1세의 가톨릭 탄압에 저항해 국회의사당을 폭파하려다 실패한 인물.

않나요······"

캐럴라인이 고개를 돌리고 기침을 하기 시작해, 나는 서둘러 말했다. "안으로 들어가요. 세상에, 찬바람을 피해야지."

내가 가방을 집어들고 캐럴라인에게 다가갈 때쯤 그녀의 기침이 멎었고, 그녀는 얼굴에서 눈물을 닦았다. 나는 현관문을 닫았다. 아무 생각 없이 그러고 나서, 홀에서 나를 맞이한 무시무시한 불의 자취에 아찔해졌다. 현관홀의 모습 자체도 충격이었다. 장례식에 쳐놓은 검은 휘장처럼 사방이 검댕과 먼지와 그을음으로 잔뜩 얼룩지고 더러워졌다.

"엄청나죠?" 캐럴라인이 나의 시선을 좇으며 쉰 음성으로 말했다. "게다가 악화일로예요. 이리 와보세요." 그녀는 나를 북측 복도로 안내했다. "연기 냄새가 온 집안에 퍼져 다락방까지 뱄어요. 어떻게 그럴 수 있는지 모르겠네. 구두에 묻은 진흙은 신경쓰지 마세요, 일층은 포기한 상태니까. 하지만 재킷이 벽에 닿지 않도록 조심해요. 검댕이 잘 묻어요."

로더릭의 방문은 살짝 열려 있었다. 그쪽으로 가기까지 나는 화마가 남긴 잔해를 충분히 보았던 터라 방문 너머의 참상에 대해 단단히 각오를 했다. 그랬음에도 캐럴라인과 같이 방으로 들어선 순간 나는 너무 기가 막혀 문지방에서 주춤거렸다. 베티와 함께 안에서 벽을 닦고 있던 베이즐리 부인이 나와 시선을 마주치자 침울하게 고개를 끄덕이며 말했다.

"의사 선생도 나랑 똑같구랴. 내가 어제 아침에 왔을 때랑. 이건 그때에 비하면 델 것도 아니우. 발목까지 찬 진창을 헤치며 걸었다니까. 안 그러냐, 베티?"

방안에 있던 가구는 대부분 프랑스식 창문을 열고 바깥 테라스에 뒤죽박죽으로 내다놓았다. 카펫도 말아서 치웠고, 널따란 마룻바닥에는 신문지가 몇 겹으로 깔려 있었다. 하지만 바닥이 여전히 재투성이에다 젖은 채여서, 깔아놓은 신문지는 시커멓게 탄 귀리죽처럼 걸쭉한 잿빛 펄프가 되어가고 있었다. 벽면에는 더 시커먼 잿물이 흘렀는데, 베이즐리 부인과 베티가 박박 문질러 닦는 중이었다. 나무판자는 시커멓게 타서 눌어붙었고, 천장―그 악명 높은 격자 세공 천장―은 그야말로 칠흑처럼 새까매져서 그 기묘한 그을음이 흔적도 없이 영영 사라져버렸다.

"도무지 믿기지 않는군." 나는 캐럴라인에게 말했다. "이런 줄도 모르고 있었구려! 만약 진작 알았더라면……"

나는 말끝을 흐렸다. 내가 알았든 몰랐든 그건 중요한 문제가 아니었고, 어차피 내가 할 수 있는 일은 아무것도 없었다. 그러나 내가 없는 새에 이 집 사람들한테 이처럼 중대한 사건이 일어날 수 있다고 생각하니 도무지 불안한 마음이 진정되지 않았다. "집 전체가 다 타버릴 뻔했다니. 생각만으로도 끔찍하군! 게다가 로드가 여기에, 이 한가운데에 있었다고? 그는 정말 괜찮은 거요?"

캐럴라인은 좀 묘한 표정을 지어 보이더니, 베이즐리 부인을 힐긋 쳐다보았다.

"네, 로드는 괜찮아요. 우리와 마찬가지로 약간 호흡곤란이 있을 뿐이죠. 하지만 그애 물건은 대부분 타버렸어요. 의자가 제일 많이 탄 것 같아요, 저기 밖에 있는 거 보이시죠. 그거하고, 책상과 탁자도."

나는 열린 창문 밖을 내다보았다. 책상은 다리와 서랍은 멀쩡한데 상판만 흡사 누가 모닥불이라도 피운 것처럼 시커멓게 바싹 타버렸다. 방안에 왜 그리 재가 많았는지 퍼뜩 감을 잡았다. "그 서류와 문서!"

캐럴라인은 지친 모습으로 고개를 주억거렸다. "아마 집안에서 제일 건조한 물건이었겠죠."

"따로 보관해둔 건 없소?"

"얼마 안 돼요. 타버린 서류가 뭔지도 모르겠어요. 여기 뭐가 있었는지 정말 하나도 모르니까. 저택과 토지에 관한 계획서가 있지 않았을까요? 온갖 종류의 지도하고 농장과 별장에 관한 권리증 사본, 편지, 영수증, 아버지의 노트……" 그녀의 목소리가 탁해졌다. 캐럴라인은 다시 기침을 하기 시작했다.

"참으로 지독하군, 지독해." 나는 주위를 둘러보며 말했다. 시선 닿는 곳마다 피해를 입은 모습이 새삼 눈에 띄었다. 벽에 걸린 그림은 캔버스째로 숯이 됐고, 조명은 갓과 반짝이는 장식 모두 까매졌다. "이 훌륭한 방이. 이 방을 어떻게 할 생각이오? 되살릴 수 있겠지? 가장 많이 탄 판자는 교체하면 될 테고. 천장은 새로 칠하면 되지 않을까."

캐럴라인은 침울하게 어깨를 으쓱했다. "어머니는 방을 다 치우고 나면 다른 방처럼 잠가버릴 생각이세요. 복구할 돈이 없으니까."

"화재보험금은 어쩌고?"

그녀는 또다시 베이즐리 부인과 베티 쪽을 힐끔거렸다. 그들은 여전히 벽면을 박박 닦고 있었다. 솔질 소리에 묻히도록 그녀는 조용히 말했다. "로드가 보험을 깼어요. 우리도 방금 알았어요."

"보험을 깼다고?"

"몇 달 전에 그랬나봐요. 지출을 줄이려는 방편으로." 그녀는 눈을 감고 천천히 고개를 저으며 프랑스식 창문 쪽으로 발걸음을 옮겼다. "잠시 이쪽으로 나올래요?"

우리는 돌계단을 내려갔고, 나는 불탄 가구들을 살펴보았다. 못 쓰게 된 책상과 탁자, 가죽커버가 홀랑 벗겨져 스프링과 말총 내장재가 기이한 해부학 모형의 병든 뼈와 내장처럼 다 드러난 안락의자. 을씨년스러운 광경이었다. 비는 내리지 않았지만 날은 차가웠다. 캐럴라인이 부르르 떨었다. 나는 그녀와 베티의 상태를 진찰하고 싶었고, 그녀의 어머니와 남동생의 상태도 어떤지 보고 싶었다. 그래서 집안으로 들어가자고, 작은 응접실이든 어디든 따뜻한 데로 옮기자고 말했다. 그러나 캐럴라인은 잠시 망설이다 열린 창문 너머로 안을 들여다보더니 나를 더 멀리 이끌었다. 그녀는 다시 콜록거렸고, 침을 삼킬 때마다 부은 목 때문에 얼굴을 찡그렸다.

캐럴라인은 아주 작은 목소리로 말했다. "어제 어머니와 통화하셨죠. 어머니가 화재 원인에 대해 뭔가 말씀 안 하시던가요?"

그녀가 나를 똑바로 주시했다. 나는 말했다. "어머님은 그저 식구 모두 잠자리에 든 다음에 로드의 방에서 불이 났고, 당신이 그걸 발견해서 껐다고만 말씀하셨소. 나는 로드가 그리 취했으니 담배를 잘못 놀렸나보다 생각했지."

"우리도 그렇게 생각했어요." 그녀가 말했다. "처음에는."

나는 그 '처음에는'이라는 말에 흠칫했다. 나는 조심스럽게 물었다. "로드가 뭔가 생각나는 게 있다던가?"

"전혀요."

"나는 로드가 곯아떨어졌을 거라고 생각했는데, 그다음에…… 뭘까? 나중에 일어나 벽난로에서 불쏘시개에 불을 붙였을까?"

캐럴라인은 또 한번 어렵게 침을 삼키고 힘들게 말을 이었다. "저도 모르겠어요. 어떻게 봐야 할지 전혀 모르겠어요." 그녀는 창문 안쪽을 고갯짓으로 가리켰다. "혹시 벽난로 봤나요?"

나는 고개를 돌려 잿빛 방화막이 쳐진 쇠살받침대를 보았다. 캐럴라인이 말했다. "내가 로드 방을 나올 때도 바로 저렇게 되어 있었어요. 화재가 나기 몇 시간 전에 말이에요. 다시 방에 들어갔을 때도 쇠살받침대는 전혀 건드리지 않은 것처럼 저렇게 있었어요. 하지만 다른 불길은, 음, 계속 생각해보는 중이에요. 한 군데가 아니었어요. 모르긴 해도 대여섯 군데는 불이 붙어 있었어요."

"그렇게 많이?" 나는 깜짝 놀랐다. "이건 기적이오, 캐럴라인. 그런데도 크게 다친 사람은 없으니!"

"내 말은 그게 아니라…… 여성해군단에 있을 때 화재에 관해 배웠어요. 불이 어떻게 번지는지에 대해서. 불은 기어가듯 번져요, 아시겠지만. 점프하듯 뛰는 게 아니라. 그런데 그 불은 각각 분리된 소규모 화재 같았어요. 방화나 뭐 그런 식으로 발생한 것처럼. 로드의 의자를 봐요. 방석 한가운데에서 불길이 치솟은 것 같잖아요. 다리는 멀쩡해요. 책상과 탁자도 마찬가지고. 그리고 이 커튼도." 그녀는 한 쌍의 문직 커튼을 들어 보였다. 불에 탄 커튼은 고리에서 떨어져 불탄 안락의자 뒤쪽에 늘어져 있었다. "불은 여기 붙었어요. 봐요, 중간 위쪽에. 어떻게 이럴 수 있지? 커튼 양편의 벽은 그저 조금 그을렸을 뿐이에요. 이건 마치……" 그녀는 뒤로 힐끔 방을 처다보았는데, 누가 들을까봐 어느 때보다 두려워하는 눈치였다. "어, 로드가 초나 담배에 부주의했을 수도 있겠죠. 하지만 이 불은 마치 누가 놓은 것 같아요. 그러니까 누가 일부러 불을 질렀다는 거죠."

나는 간담이 서늘해졌다. "당신은 설마 로드가?"

캐럴라인은 급히 대답했다. "저도 몰라요. 그냥 모르겠다고요. 하지만 로드가 선생님께 했다는 얘기, 저번에 선생님 의원에서 했다는 얘기를 줄곧 생각했어요. 게다가 우리가 그애 방 벽에서 발견한 그 자국. 그거 불탄 자국이었잖아요? 글쎄요, 아니었을까요? 이제 와 생각하니 오싹하게도 아귀가 맞아떨어져요. 그리고 하나 더 있어요."

그녀는 부엌에서 일어난 기묘한 작은 사고, 즉 로드의 등뒤에서 신문지 뭉치가 혼자 발화한 사건도 말해주었다. 당시엔 그들 모두 재에 남아 있던 불씨 때문이라고 생각했다. 내가 앞서 말한 것처럼 말이다. 하지만 이후 캐럴라인이 한번 더 확인하려 그곳에 가봤더니, 가까운 선반 위에 부엌에서 쓰는 성냥갑이 있었다. 그녀는 그럴리 없다고 생각했지만, 어쨌든 가능한 일이긴 했다. 아무도 보지 않는 사이 로더릭이 성냥 하나를 손에 넣고 직접 불을 붙였을 수도.

하지만 내가 보기에는 비약이 좀 심한 듯했다. 나는 말했다. "당신을 의심하고 싶지는 않소, 캐럴라인. 아니, 그 북새통을 겪었으니, 화염을 몇 개 더 봤다고 해도 놀랄 일은 아니지."

"선생님은 그 불타는 신문지가 우리의 상상이었다고 생각해요?
우리 네 명 모두의?"

"그건……"

"우리는 착각하지 않았어요, 그건 자신 있게 말할 수 있어. 그 불
은 진짜였다고. 만약 로드가 불을 지른 게 아니라면, 그렇다면……
무엇이 그랬을까요? 내가 가장 겁나는 게 바로 그거예요. 그래서
범인이 로드일 수밖에 없다고 생각하는 거라고요."

그녀가 무슨 말을 하고 싶어하는 건지 알 수 없었다. 그렇지만
척 보기에도 그녀는 몹시 겁을 먹고 있었다. "자자, 침착하게 생각
해봅시다. 우연한 사고로 인한 화재일 수도 있잖소. 아직 아무런 증
거가 없는데."

그녀가 말했다. "나는 우연이라고 확신할 수 없어요. 가령 경찰
이 와서 어떻게 볼지 궁금해요. 패킷 씨네 배달부가 어제 여기 왔다
는 얘기는 들었죠, 고기를 배달하러? 그 사람은 연기 냄새를 맡고
는 내가 미처 말리기도 전에 어슬렁어슬렁 창문을 기웃거렸어요.
알다시피 그는 전쟁 때 코번트리에서 소방수로 일했잖아요. 석유
히터에서 기름이 좀 샜다고 말했지만, 이미 한 바퀴 다 둘러보고 알
만하다는 눈치였죠. 내 말을 전혀 믿지 않는 표정이었어요."

"하지만 당신이 지금 추측하는 바는," 나는 차분히 말했다. "도
저히 말이 안 되잖소! 로드가 냉혈한처럼 방안 여기저기 돌아다니
며……"

"알아요! 나도 안다고요, 소름 끼치는 일이죠! 그리고 난 그애가

일부러 그랬다고 말하지 않았어요, 선생님. 그애가 누굴 해치려고 그랬다고는 생각지 않아요. 그건 당치 않아. 하지만 글쎄요……" 그녀의 얼굴이 파리해졌고, 지독한 절망감에 빠져 어두워졌다. "사람들은 때로 자기가 무슨 짓을 하는지 알지도 못하면서 끔찍한 짓을 저지를 수도 있지 않나요?"

나는 대답하지 않았다. 다시 주위를 둘러보면서 불탄 가구들로 시선을 옮겼다. 의자, 탁자, 상판이 새카맣게 타서 재로 뒤덮인 책상. 나는 그 책상 너머로 자포자기한 듯 멍하니 생각에 잠긴 로드를 심상치 않게 보아왔다. 화재가 나기 몇 시간 전에 로드가 자기 아버지와 어머니, 그리고 전 재산을 두고 불같이 화내던 모습이 기억났다. 오늘밤에 뭔가 일이 벌어질 겁니다. 그는 무서운 비밀을 감춘 듯 내게 말했다. 그리고 나는 그에게서 눈을 돌려—맞아, 그랬다!—방안의 어둠을 주시했고, 벽이며 천장에 난 그 불길한—거의 우글우글한!—검은 그을음 자국을 보았다.

나는 손을 들어 얼굴을 쓸어내렸다. "아, 캐럴라인. 정말 섬뜩한 일이오. 나도 일말의 책임을 느끼지 않을 수 없군."

그녀가 말했다. "그게 무슨 말이에요?"

"로드를 혼자 내버려두지 말았어야 했는데! 나는 그의 기대를 저버렸소. 당신네 모두를 실망시킨 거야…… 로드는 지금 어디 있소? 뭐라고 하던가?"

그녀의 표정이 다시금 묘하게 변했다. "예전에 로드가 쓰던 위층 방에 데려다놨어요. 하지만 그애한테 이성적인 것을 기대하기는 어려워요. 그애는…… 그애는 지금 도저히 봐줄 수 없는 상태거든요. 베티는 믿을 만하지만, 베이즐리 부인한테는 로드를 보이고 싶지 않아요. 아니, 되도록이면 아무한테도 보이고 싶지 않아요. 어제 로시터 씨 내외가 오셨는데, 로드가 난리를 피울까봐 얼른 돌려보내야 했어요. 단순히 충격을 받은 게 아니에요, 이건—이건 뭔가 달라요. 어머니는 동생의 담배 같은 것을 죄다 압수했어요. 그리고 어머니는……" 그녀의 눈꺼풀이 바르르 떨렸고, 볼이 약간 상기됐다. "어머니는 로드를 방에 가두셨어요."

"방에 가뒀다고?" 나는 내 귀를 의심했다.

"어머니도 화재에 대해 나와 같은 생각을 하고 계세요. 무슨 뜻인지 아시겠죠. 처음에는 사고일 거라 여겼죠. 우리 모두 그랬으니까요. 그러다 로드의 말이나 행동을 보고 뭔가 다른 게 있구나 하신 거죠. 그렇게 된 이상 어머니께 다른 일에 대해서도 말씀드릴 수밖에 없었어요. 그래서 어머니는 그애가 또 무슨 짓을 저지를까봐 걱정이 되신 거예요."

캐럴라인은 고개를 돌리고 기침을 하기 시작했는데, 이번에는 기침이 멎을 기미가 보이지 않았다. 너무 길게 감정에 북받쳐 말한 데다 날도 무척 추웠다. 그녀는 굉장히 지치고 아파 보였다.

나는 캐럴라인을 데리고 작은 응접실로 가서 진찰했다. 그러고는 그녀의 어머니와 남동생을 보기 위해 위층으로 올라갔다.

먼저 에어즈 부인을 찾았다. 그녀는 베드재킷에 숄을 두르고 베개를 등뒤에 받친 채 앉아 있었다. 긴 머리카락을 어깨 위에 늘어뜨린 탓에 얼굴이 파리하고 초췌해 보였다. 그래도 나를 보고 무척 반가워하는 기색이 역력했다.

"오, 닥터 패러데이." 그녀는 쉰 목소리로 말했다. "이 새로운 재난이 믿겨지나요? 우리 가족이 저주에 걸린 게 아닐까 하는 생각이 들 지경이에요. 도무지 알 수가 없네. 우리가 무슨 짓을 했기에? 우리가 누굴 노엽게 했나? 혹시 아는 거라도 있어요?"

에어즈 부인은 자못 진지한 말투로 물었다. 나는 의자를 당겨 앉아 그녀를 진찰하면서 입을 열었다. "확실히 부인 몫의 불운보다 더 많은 일을 당하셨습니다. 심히 유감입니다."

그녀는 허리를 구부리고 기침을 하더니 다시 뒤로 누워 베개에 푹 파묻혔다. 그래도 내 시선을 놓지 않았다. "로더릭의 방을 봤나요?"

나는 청진기를 움직이며 말했다. "잠시만 그대로…… 네."

"그 책상과 의자를 봤어요?"

"잠시만 말씀하지 말아주십시오."

나는 부인의 상체를 앞으로 숙이게 하고 등에 청진기를 댔다. 그러고 나서 청진기를 치웠는데도 여전히 그녀가 내게서 시선을 거두지 않자 나는 고개를 끄덕였다. "네."

"그래, 무슨 생각이 들던가요?"

"잘 모르겠습니다."

"아는 것 같은데요. 아, 선생, 내 살아생전에 내 속으로 낳은 아들을 두려워하게 되리라곤 상상도 못했어! 대체 무슨 일인들 안 벌어졌을까 싶은 것이, 눈을 감을 때마다 불길이 보여."

그녀는 목이 메는지 또 한번 발작하듯 기침을 터뜨렸는데, 먼저보다 훨씬 심해 좀처럼 멈추지 못했다. 나는 흔들리는 부인의 어깨를 꼭 잡고 있다 마실 물을 갖다주고 입과 눈을 닦도록 깨끗한 손수건을 건넸다. 그녀는 다시 베개에 파묻히듯 쓰러졌고, 얼굴도 빨개져서는 기진맥진했다.

나는 말했다. "말씀을 너무 많이 하셨어요."

부인은 고개를 저었다. "말할 수밖에 없어요! 이 일에 관해 의논할 사람이라곤 선생과 캐럴라인밖에 없는걸. 그런데 캐럴라인과 얘기하다보면 자꾸 제자리에서 맴돌기만 해요. 어제도 나한테 몇 가지 얘기를 해주었는데, 터무니없었어요! 난 믿을 수 없어요! 그 아이 말로는 로더릭의 행동거지가 거의 미친 사람 같다는데. 이번 화재 전에도 그애 방에 불탄 자국이 있었다잖아요. 캐럴라인이 선생한테 그 자국을 보여줬지요?"

나는 좀 거북해서 자세를 바꾸었다. "캐럴라인이 뭘 보여준 적은 있습니다, 네."

"나한테는 말하지 않았고요, 두 사람 다?"

"부인께 걱정을 끼치고 싶지 않았습니다. 될 수 있는 한 부인께서 신경쓰시지 않도록 하고 싶었습니다. 제가 만약 로더릭의 상태가 이런 일로 이어질 줄 조금이라도 알았다면 당연히……"

그녀의 표정이 갈수록 침울해졌다. "'상태'라고 했나요. 그러니까 선생은 로더릭이 아프다는 걸 알았다는 거죠."

나는 대답했다. "그의 상태가 좋지 않다는 건 알았습니다. 솔직히 말씀드려서 아주 좋지 않은 상태일지도 모른다고 생각했어요. 하지만 저는 그에게 약속을 했습니다."

"그러니까 그애가 당신한테 가서 뭔가 이 집에 관한 얘기를 했다는 거지요. 그애를 해치려는 뭔가가 이 집에 존재한다고. 그게 사실인가요?"

나는 망설였다. 그녀는 그런 나를 바라보며 소박한 진심을 담아 말했다. "선생, 부디 정직하게 말해줘요."

그래서 나는 말했다. "네, 사실입니다. 안타깝게도." 그리고 그동안 있었던 일을 빠짐없이 자세히 이야기했다. 로더릭이 내 진료실에서 공황 발작을 일으켰던 일, 그가 말해준 기이하고 소름 끼치는 얘기, 이후 그가 보인 부루퉁한 반응과 성마른 분노, 그의 말에 함축되어 있던 위협……

부인은 아무 말 없이 듣고만 있다 잠시 후 한 손을 뻗어 무턱대고 내 손을 잡았다. 그녀의 손톱은 노년을 드러내듯 이랑이 졌고 그을음이 지워지지 않아 지저분했다. 날아다니는 불씨에 손마디를 데었는데, 그 흉진 자국이 아들의 흉터를 얼핏 떠올리게 했다. 이야기가 계속될수록 그녀는 내 손을 더욱 힘주어 잡았고, 이야기가 끝나자 당황한 듯 나를 쳐다보았다.

"우리 가엾은 아가! 나는 그런 줄도 모르고. 그 아이는 자기 아버지처럼 심지가 굳지 못했어요, 나도 아는 바였죠. 하지만 이렇게 정신을 놓아버리다니! 그애가 정말로……" 그녀는 나머지 한 손을 자기 가슴에 갖다댔다. "로더릭이 정말로 헌드레즈를 미워하면서 그렇게 얘기했나요? 나를 미워하면서?"

"그러니까, 다름 아닌 그 이유 때문에 제가 말씀드리기를 주저한 겁니다. 그런 얘기를 할 때 그는 제정신이 아니었습니다. 자기가 무슨 말을 하는지도 몰랐어요."

부인은 내 말을 듣지 못한 것 같았다. "그애가 우리 모두를 그렇게나 증오했다니, 어떻게 그럴 수 있지? 도대체 어쩌다 일이 이렇게 된 걸까?"

"아뇨, 그렇지 않습니다. 그건 분명히 중압감을 견디지 못해……"

그녀는 전에 없이 당황한 모습이었다. "중압감?"

"저택, 농장, 사고 이후 충격의 여파, 군복무중에 있었던 일. 일일이 말하자면 한도 끝도 없죠. 하지만 이유야 무슨 상관이겠습니까?"

그러나 이번에도 그녀는 듣고 있지 않았다. 그녀는 내 손가락을 움켜쥐고 정말 고뇌에 찬 표정으로 말했다. "말해봐요, 선생. 이게 다 내 탓일까?"

그 질문과 배후에 놓인 극명한 감정의 움직임에 나는 흠칫 놀랐다. "당연히 부인 탓이 아닙니다."

"하지만 나는 그애 어미야! 여긴 그애 집이고! 이런 일이 일어난 건, 이건 자연스럽지 않아. 옳지 않아. 나는 여러모로 그 아이를 실망시킨 게 분명해요. 그렇죠? 만약 뭔가 있었다면, 닥터 패러데이……"

그녀는 잡았던 손을 놓고 부끄럽다는 듯 눈을 내리깔았다. "만약 뭔가 있었다면," 그녀는 말을 이었다. "로드가 어렸을 때 그애를 대하는 내 감정에 뭔가 응어리가 있었다면. 속상함 혹은 애통함 같은 그늘이 있었다면." 그녀의 음성이 잦아들었다. "캐럴라인과 로더릭이 태어나기 전에 아이가 한 명 더 있었다는 걸 알 테지요. 나의 귀여운 딸아이 수전."

나는 고개를 끄덕였다. "기억합니다. 참 안타까운 일이었습니다."

그녀는 외면하며 손사래를 쳤다. 내가 표한 애도는 받아들이지만, 그건 대수로울 게 없으며 자신의 슬픔과는 하등 관계가 없다는 양. 그녀는 평소처럼 자명한 사실을 옮길 뿐이라는 태도로 말했다. "수전은 내게 유일한 진짜 사랑이었어요. 선생에게는 좀 이상하게 들리겠지? 나도 젊었을 적엔 내가 낳은 아이와 사랑에 빠질 거라고는 꿈에도 생각지 못했어요. 하지만 딸아이와 나는 정말 연인 사이 같았지. 수전이 죽고 나서 오랫동안 그애와 같이 죽는 게 낫겠다는 심정이었어요. 아마 정말로…… 아이를 잃은 슬픔을 극복하는 가장 빠르고 좋은 방법은 가능한 한 빨리 또다른 자식을 낳는 거라고 사람들이 그러더군. 우리 어머니도 그렇게 말했고, 시어머니도, 숙모들도, 동생도…… 그리고 캐럴라인이 태어나자 또 딴소리를 하는 거야. '어머, 여자아이를 보면 자연히 잃어버린 딸아이 생각이 날 거야, 다시 노력해야지, 아들을 낳아야지, 어머니란 자고로 아들을 사랑하게 마련이니까……' 그리고 로더릭이 태어난 다음엔 이러더군. '아니, 도대체 뭐가 문제야? 우리 같은 사람들은 조그만 일로 법석을 떨지 않는다는 거 몰라? 자 봐, 이렇게 좋은 집에, 전쟁을 이겨낸 남편에다 건강한 자식이 둘이나 있잖아. 이래도 행복하지 않아? 이젠 입 다물고 불평은 그만해야지……'"

다시 기침이 터져나왔고, 그녀는 눈가를 닦았다. 기침이 멎자 나는 말했다. "힘드셨겠습니다."

"우리 애들은 더 힘들었겠지."

"그런 말씀 마세요. 사랑이란 게 쉽게 저울질되거나 잴 수 있는 게 아니잖습니까?"

"아마도 선생 말이 맞겠지. 그래도 나는 우리 애들을 정말 사랑해요, 선생. 진심으로 사랑한다고. 하지만 사랑이라는 게 때로는 어찌나 우울하고 설죽은 것처럼 보이는지! 나 자신이 설죽은 상태이기 때문이겠지…… 내 보기에 캐럴라인에게는 별다른 해를 끼치지 않은 것 같아. 하지만 로더릭은 늘 감수성이 예민한 아이였지. 그 때문에 로더릭이 나한테서 기만을 느끼며 자라고 날 증오하게 된 것일까?"

나는 화재가 나던 날 밤에 로드 본인이 한 말이 떠올랐다. 자신과 누이는 '태어난 것 자체'만으로 어머니를 실망시켰다고 했던 말. 하지만 내가 직접 마주한 부인의 표정은 너무도 고통스러워 보였다. 그리고 나는 이미 그녀에게 너무 많은 말을 했다. 이제 와서 그 얘기를 더 한들 무슨 소용이 있겠는가? 나는 그녀의 손을 다시 쥐고 딱 잘라 말했다. "생각이 지나치십니다. 부인은 몸이 아프고 피로한 상태예요. 하나가 혼란스러우면 다른 것도 덩달아 혼란스러워지게 마련입니다. 그뿐이에요."

그녀는 내 말을 믿고 싶어하는 눈빛으로 지그시 나를 쳐다보았다. "정말 그렇게 생각하나요?"

"저는 그렇게 알고 있습니다. 옛일에 집착하지 마세요. 지금 우리가 집중해야 할 것은 로드가 왜 나빠졌는지가 아니라 어떻게 다시 건강을 되찾게 할까입니다."

"하지만 돌이키기에 상처가 너무 깊다면 어떡하지? 나을 수 없다면?"

"당연히 나을 수 있습니다. 마치 손쓸 수 없는 상태인 것처럼 말씀하시는군요! 적절한 보살핌만 있다면……"

에어즈 부인은 다시 콜록거리며 고개를 저었다. "여기서 로더릭을 보살필 수는 없어요. 우리는, 캐럴라인과 나는 이제 그럴 힘이 없어. 전에도 한 번 겪었던 일이라."

"그렇다면 간병인을 두는 건 어떻습니까?"

"간병인이 그애를 감당할 수 없을 게 분명해요!"

"아니, 그래도 분명……"

그녀는 내게서 시선을 거두고, 죄지은 듯한 표정으로 말했다. "캐럴라인이 그러던데, 선생이 병원을 언급했다고."

나는 잠시 뜸을 들였다 입을 뗐다. "네. 저도 한때는 로드가 자기 상태를 납득할 수 있도록 설득해볼까 생각했습니다. 제가 염두에 두었던 곳은 사설 전문 클리닉입니다. 이런 경우와 같은 정신질환을 치료하는 곳입니다."

"정신질환이라." 부인이 내 말을 되씹었다.

나는 얼른 덧붙였다. "그 표현에 너무 신경쓰지 마십시오. 모든 종류의 건강 이상을 치료하는 곳이니까요. 버밍엄에 있는 클리닉인데, 매우 신중한 곳입니다. 하지만, 네, 비용이 싸지는 않습니다. 로드의 장애연금으로도 감당하기 벅찰 겁니다. 그러니 결국 믿을 만한 간병인을 여기 헌드레즈에 두는 게 더 나은 선택일지도……"

부인이 말했다. "나는 두려워요, 닥터 패러데이. 간병인이 할 수 있는 일이란 게 정해져 있잖아요. 만일 로드가 또 불을 지르려 하면 어쩌지? 다음번엔 그애가 헌드레즈홀을 몽땅 불태워 재로 만드는

데 성공할 수도 있고, 아니면 자살을 할지도. 아니면 누이를 죽이거나, 아니면 나나 혹은 하인 중 한 명을 죽일지도! 그런 생각 해본적 있나요? 그다음엔 또 무슨 일이 벌어질지! 취조, 경찰, 기자. 이번엔 다들 달려들겠지, 그 끔찍한 지프 사건 때하고는 비교가 안 되니까. 그럼 로드는 어떻게 되는 걸까? 사람들이 아는 한, 이번 화재는 사고이고 로더릭은 가장 큰 피해자예요. 그러니 우리가 지금 그애를 보내면, 단지 재활 치료를 위해 워릭셔 바깥에서 겨울을 나게하려는 거라고 말할 수 있지. 그렇지 않아요? 나는 지금 선생을 우리 가족의 주치의만이 아니라 친구로 생각해서 묻는 거예요. 제발우릴 도와줘요. 전에도 우리한테 무척 잘해줬으니."

부인의 말에도 일리는 있었다. 나는 이미 로더릭에게 한 발 걸치고 있었고, 그게 재앙에 가까운 결과로 나타났다는 자각이 분명 없지 않았다. 한동안 영지에서 벗어나 있는 것이 그에게 절대 나쁠 리없었다. 애초에 나는 그에게 떠날 것을 권하지 않았던가. 하지만 그를 설득해 자기 상태를 인정하고 클리닉에 입원하도록 하는 것과보따리를 싸서 억지로 보내버리는 것에는 커다란 차이가 있었다.

나는 말했다. "확실히 그것도 한 가지 방법이긴 합니다. 물론 다른 의사를 데려와 의학적 소견도 들어봐야 하겠지만. 그래도 너무서두를 필요는 없습니다. 이번 사고가 무시무시하긴 했어도, 덕분에 로더릭이 자신의 망상에서 깨어났을 수도 있으니까요. 저는 아직도 믿지 못하겠……"

"선생은 아직 로드를 안 봤지요." 그녀가 나의 말을 자르며 나직이 말했다.

그녀는 캐럴라인과 똑같이 묘한 표정이었다. 나는 멈칫했다가 대답했다. "네, 아직."

"지금 가서 로드하고 한번 얘기해보겠어요? 그리고 돌아와서 나한테 당신 생각을 말해줘요. 아, 잠깐만."

자리에서 일어나 나가려는데, 에어즈 부인이 나를 불러 세웠다. 그리고 내가 보는 앞에서 침대 옆 보관장 서랍을 열고 뭔가를 꺼냈다. 열쇠였다.

나는 쭈뼛쭈뼛 손을 내밀었다.

로드가 갇힌 방은 그가 청소년기에 쓰던 방이었다. 기숙학교 방학 동안 머물던 곳일 테고, 좀더 커서는 추락 사고 전에 공군에서 짤막한 휴가를 받아 돌아왔을 때 쓰던 곳일 터였다. 그의 어머니 방에서 계단참을 돌면 바로였다. 에어즈 부인의 예전 옷방이 그 사이에 있을 뿐이었다. 그가 내내 그곳에 갇혀 있었다는 생각을 하니 소름이 쫙 끼쳤다. 게다가 방문을 두드리고 밝은 목소리로 그의 이름을 부른 다음 아무 대답이 없자 교도관처럼 열쇠로 문을 열어야 했던 것 또한 할 짓이 못 됐다. 그의 방으로 들어가면서 무엇을 기대했는지 나도 모르겠다. 로드가 탈출하려고 문을 향해 달려들었다고 해도 나는 놀라지 않았을 것이다. 문을 열면서, 분노와 욕설에 대비해 미리 움찔했던 것이 기억난다.

그러나 내가 본 모습은, 어떻게 보면 최악에 가까웠다. 창문 커튼은 반쯤 쳐져 있었고, 방은 어두컴컴했다. 아이 같은 줄무늬 잠옷에 낡은 파란색 가운을 걸치고 침대에 앉아 있는 로드를 인지하기까지 조금 시간이 걸렸다. 그는 열린 문을 향해 돌격하기는커녕 내가 들어오는 것을 꼼짝도 않고 바라보고만 있었다. 헐겁게 주먹을 쥔 손을 입에 대고서. 그는 엄지손톱으로 입술을 빠르게 튕겼다. 조명도 형편없고 거리도 멀었지만 나는 그의 상태가 얼마나 악화됐는지 알아볼 수 있었다. 더 가까이 다가가자, 기름지고 누렇게 뜬 얼굴과 부어올라 쓰라릴 것 같은 눈이 보였다. 피부의 모공과 감지 않아 기름 낀 머리엔 여전히 검댕의 흔적이 있는 듯했다. 면도를 하지 않은 뺨에는 흉터 때문에 짧은 수염이 성기게 자랐다. 입은 허옇게 뜬 채 입술이 말려 들어갔다. 냄새도 충격적이었다. 연기와 땀과 시큼한 숨 냄새. 침대 밑에는 요강이 있었는데, 최근에 사용한 게 분명했다.

내가 다가가는 동안 그는 줄곧 내 얼굴을 응시했지만, 말을 걸어도 대답하지 않았다. 옆에 앉아 가방을 열고 침착하게 그의 가운과 잠옷 윗도리의 앞섶을 풀어 청진기를 가슴에 갖다대고 나서야 그는 침묵을 깼다. 그가 한 말은 이랬다. "들려요?"

목소리는 그저 약간 쉬었을 뿐이었다. 나는 그의 몸을 앞으로 숙이게 하고 청진기를 등에 댔다. "뭐가?"

그의 입이 내 귀 근처에 있었다. "뭔지 알면서."

"내가 아는 거라곤 자네 어머니나 누이와 마찬가지로 자네도 전날 밤에 상당량의 연기를 들이마셨다는 것뿐일세. 그 때문에 다친 데는 없는지 확인하고 싶은 거고."

"다쳐요? 그럴 리 없죠. 놈이 바라지 않을걸요. 이제 더는."

"잠시만 조용히 해주겠나?"

나는 청진기를 옮겼다. 심장박동이 거세고 흥부가 팽팽했지만, 특별히 폐에서 협착이나 폐포 허탈의 흔적은 찾아볼 수 없었다. 그래서 그를 도로 베개에 눕히고 윗도리를 잠가주었다. 로드는 내가 하는 대로 내버려둔 채 눈길만 바삐 움직이더니, 얼마 안 있어 다시 손을 입으로 가져가 입술을 퉁기기 시작했다.

나는 말했다. "로드, 이번 화재로 다들 무척 겁을 먹었네. 아무도 불이 어떻게 번졌는지 모르는 눈치던데. 자네 뭐 생각나는 거 있나? 말해줄 수 있겠어?" 그는 전혀 듣지 않는 것 같았다. "로드?"

그는 시선을 내게로 돌리며 짜증이 치미는지 미간을 찡그렸다. "벌써 딴 사람들한테 다 얘기했어요. 아무 생각도 안 난다고. 그냥 선생이 거기 있었고, 그다음에 베티가 왔고, 그다음에 누이가 와서 날 침대에 눕혔다고요. 그리고 꿈을 꾼 것 같아요."

"어떤 꿈인데?"

그는 계속해서 입술을 퉁겼다. "그냥 꿈이요. 몰라요. 그게 뭐 중요합니까?"

"가령, 자네가 일어나는 꿈을 꿨을 수도 있지 않나. 담배에 불을 붙이거나 초를 켜는 꿈일 수도 있고."

그의 손이 움직임을 멈췄다. 그는 믿지 못하겠다는 눈으로 나를 쳐다보았다. "그게 다 사고였다고 대충 넘어가려는 건 아니겠지!"

"어떻게 봐야 할지 모르겠네, 아직은."

로드는 침대 위에서 뒤척이며 흥분하기 시작했다. "내가 선생한테 다 털어놨는데도! 심지어 우리 누이도 이게 우연한 사고가 아니라는 걸 아는데! 불길이 여기저기서 치솟았다고 누이가 말했어. 내 방에 있는 다른 자국도 조그만 화재였다고. 불이 번지지 않은 조그만 화재."

"확실하게는 몰라. 영원히 모를 수도 있네."

"나는 알아요. 알고 있었다고, 그날 밤부터. 내가 말했잖아요, 뭔가 일이 벌어질 거라고. 왜 날 혼자 내버려두고 간 겁니까? 내가 그리 강하지 않다는 걸 몰랐어요?"

"로드, 제발 좀."

그는 어느새 마구 꿈틀거렸고, 스스로도 움직임을 어떻게 통제할 수 없는 것 같았다. 진전섬망* 환자처럼 보였다. 차마 눈 뜨고 볼 수 없었다.

이윽고 그는 손을 뻗어 내 팔을 잡았다. "만약 누이가 제시간에 오지 않았다면?" 그의 두 눈이 활활 타올랐다. "집 전체가 불타서 무너져내렸다면! 누이와, 우리 어머니와, 베티까지……"

"자자, 로드. 진정하게."

"진정하라고? 나는 살인자나 다름없어!"

"헛소리 작작 하게."

"사람들도 다 그렇게 말하잖아, 안 그래?"

"누가 무슨 소리를 한다고 그러나."

그는 내 윗도리 소매를 비틀어 당겼다. "하지만 그 사람들 말이 맞아. 선생도 그렇게 생각하잖아? 나는 이런 일을 저지할 수 있을

---

* 알코올중독으로 인한 증상으로 망상, 흥분, 신체적 불안정, 사고력 저하 등의 정신장애를 단기간 보인다.

거라고, 감염을 막을 수 있다고 생각했어. 하지만 나는 너무 약해. 내 속에 전염병이 너무 오래 있었던 거야. 놈이 나를 바꾸고 있어. 나를 그놈처럼 만들고 있다고. 난 내가 놈으로부터 어머니와 누이를 지키고 있는 줄 알았어. 하지만 그동안 내내 놈은 나를 이용해 활동했던 거야, 식구들한테 다가가는 통로로서. 그동안…… 지금 뭐 하는 거야?"

나는 잡힌 팔을 빼고 가방으로 손을 뻗었다. 그는 내가 알약통을 꺼내는 것을 보았다.

"싫어!" 그가 소리를 지르며 탁 쳐내는 바람에 약통이 멀리 날아가버렸다. "그런 건 아무 소용 없다고! 전혀 이해를 못하는군! 당신은 놈을 도울 셈인 거야? 그게 당신이 하는 일이야? 나는 잠들면 안 돼!"

로드는 나를 향해 주먹을 날렸다. 그의 말과 표정에서 정신이상의 징후가 역력해 나는 더럭 겁이 났다. 그래도 그의 부어오른 눈을 걱정스럽게 바라보며 말했다. "잠을 안 잤다고? 그젯밤 이후로 한숨도?" 나는 그의 손목을 잡았다. 맥이 여전히 빠르게 뛰었다.

그는 손목을 잡아뺐다. "어쩌라고? 가뜩이나 상황도 나쁜데."

"하지만 로드, 자네는 숙면을 취해야 하네."

"그럴 수 없다고! 당신도 그게 어떤 건지 알면 그런 말 못할 거야. 어젯밤에……" 그는 음성을 낮추고 교활한 눈빛으로 사방을 흘끔거렸다. "어젯밤에 소음이 들렸어. 뭔가 밖에서 문짝을 긁어대며 안으로 들어오고 싶어하는 줄 알았지. 그러다 문득 그 소리가 내 안에서 들린다는 걸 깨달은 거야. 난리를 피우는 그것은 내 속에 있었고, 밖으로 나오려 안간힘을 썼어. 놈은 기회만 엿보고 있는 거야. 나를 가두는 건 상관없어, 하지만 내가 잠들면……"

로드는 말끝을 흐렸지만, 눈에 띄게 의미심장한 눈빛으로 나를 쳐다보았다. 그러더니 무릎을 끌어올린 뒤 두 손을 입가에 대고 아까처럼 다시 입술을 튕기기 시작했다. 나는 침대에서 일어나 바닥에 흩어진 알약을 주워모았다. 그러는 동안 나도 모르게 손이 떨렸다. 그가 자신의 망상에 얼마나 깊이, 얼마나 심각하게 빠져 있는지 드디어 깨달았기 때문이다. 나는 허리를 펴고 속수무책으로 그를 바라보다 찬찬히 방을 둘러보았다. 한때 활기 넘치고 매력적이었던 그의 청소년기를 증명하는 비극적인 소품들이 눈에 들어왔다. 벽면 서가를 여전히 차지한 모험서적, 트로피와 메달, 십대의 삐뚤삐뚤한 글씨로 주석을 써넣은 공군 계급표…… 어느 누가 이런 몰락을 예견할 수 있었겠는가? 어쩌다 이렇게 된 걸까? 문득 그의 어머니가 옳았다는 느낌이 들었다. 아무리 부담과 압박이 심했다고 해도 이건 말이 안 된다. 그 기저에는 뭔가 다른 것이, 내가 놓친 어떤 실마리나 징후가 있어야 했다.

나는 침대로 돌아와 그의 얼굴을 들여다보았다. 그러나 결국 아무런 성과도 얻지 못하고 고개를 돌리고 말았다. 나는 말했다. "이제 가봐야겠네, 로드. 정말 이대로 가고 싶지는 않지만. 캐럴라인한테 자네와 함께 있어달라고 할까?"

그는 고개를 저었다. "아니, 그건 안 돼."

"그럼 그 밖에 뭐 도울 건 없나?"

로드는 무언가 생각에 잠긴 듯 나를 지그시 쳐다보았다. 그가 다시 입을 뗐을 때는 음성이 완전히 바뀌어, 갑자기 몇 분 전에 내가 상상했던 그 소년처럼 깍듯하고 예의바르게 말했다. "담배 한 대만 피우게 해주겠습니까? 혼자 있을 때는 금지되어 있어서요. 하지만 내가 담배를 피우는 동안 선생이 옆에 있어준다면 괜찮지 않을까요?"

나는 그에게 담배 한 개비를 건네고 불도 붙여주었다. 그가 한사코 자기 손으로는 하지 않으려 했기 때문이다. 로드는 내가 성냥을 긋는 동안 눈을 질끈감고 얼굴을 가렸다. 나는 그가 가쁜 숨을 쌕쌕거리며 담배를 피우는 동안 곁에 앉아 있었다. 다 피우고 나서 그는 꽁초를 내게 주며 가지고 나가라고 했다. "혹 실수로라도 성냥을 두고 가지는 않겠죠?" 내가 다시 자리에서 일어서자 그가 불안한 듯 물었다. 나는 성냥갑을 그에게 보여주고 과장된 동작으로 주머니에 다시 넣은 뒤에야 방을 나설 수 있었다.

무엇보다 마음 아팠던 것은, 로드가 나와 함께 문까지 나와 내가 방을 나선 뒤에 문을 확실히 잠그는지 확인해야 한다고 우겼던 것이다. 나는 그의 방에서 두 번 나왔는데, 처음에는 그의 요강을 화장실로 가져가 비우고 헹구기 위해서였다. 겨우 거기 갔다 오는데도 로드는 방문을 잠가 자신을 가둬야 한다고 고집을 피웠다. 되돌아와서 보니 그는 사람들이 오가는 소리에 신경이 쓰이는 듯 문 반대편에서 서성이고 있었다. 두번째 나갈 때 나는 그의 손을 꼭 잡았다. 그러나 이번에도 지체되는 시간 때문에 불안한 듯 그의 손가락은 내 손안에서 힘없이 늘어졌고, 시선은 나를 보지 않고 초조하게 자꾸 딴 데로 샜다. 마침내 나는 아주 확실하게 문을 닫고는 절대 실수가 없도록 온 신경을 기울여 열쇠를 잠갔다. 조용히 걸어나오는데 자물쇠가 삐걱거리는 소리가 들렸다. 뒤를 돌아보니 손잡이가 돌아가고 문이 문틀에서 마구 흔들렸다. 로드가 자신이 정말 나갈 수 없는지 확인하고 있었던 것이다. 손잡이가 두세 번 뒤틀리고 나더니 조용해졌다. 지금 생각해봐도, 그 장면은 비할 데 없이 내 마음을 후벼판다.

나는 열쇠를 그의 어머니에게 도로 갖다주었다. 내가 얼마나 충격을 받고 괴로워하는지 부인은 금세 알아보았다. 우리는 한동안 아무 말 없이 앉아 있다 비참한 목소리로 나지막이 로드를 입원시키는 데 필요한 절차를 의논하기 시작했다.

어쨌든 그리 복잡할 것도 없는 일이었다. 먼저 데이비드 그레이엄을 데려와 로드가 일반적인 의료 지원으로 치료받을 수 있는 수준이 아님을 확인받은 뒤, 클리닉 원장 닥터 워런이 버밍엄에서 필요한 서류를 가져와 직접 진찰했다. 그것이 그 주 일요일에 이루어진 일이었고, 화재가 일어난 밤부터 나흘째 되는 날이었다. 그동안 로드는 한숨도 자지 않았고, 진정제를 놓으려는 나의 시도를 격렬히 거부했으며, 거의 히스테리에 가까운 상태로 치달았다. 워런조차 경악한 모양이었다. 정신병원에 입원시키기로 했다는 소식에 로드가 어떻게 반응할지 나는 전혀 감이 오지 않았다. 그런데 무척 다행스럽게도—하지만 한편으로는 당혹스럽게도—로드는 애처로울 정도로 기뻐했다. 그가 워런의 손을 간절히 꼭 붙들며 말했다. "거기서는 나를 감시할 거죠? 감시를 받으면 나한테서 그 무엇도 빠져나갈 수 없을 겁니다. 그리고 설사 그게 탈출한다 해도, 그러니까 만약 무슨 일이 벌어지더라도, 누군가 다치더라도 내 잘못은 아니겠죠, 그렇죠?"

그가 이렇게 주절거리는 동안 그의 어머니도 함께 있었다. 에어즈 부인은 여전히 몹시 허약한 상태로 숨쉬기도 무척 힘들어했지만, 어쨌든 일어나서 옷을 갈아입고 닥터 워런을 맞이했다. 로더릭의 그런 꼴을 목격하고 매우 당혹해하는 부인을 나는 아래층으로 데려갔다. 우리는 작은 응접실에서 캐럴라인과 같이 기다렸고, 몇 분 뒤에 워런이 내려왔다.

"뭐라 말할 수 없이 안타깝군요." 그는 고개를 절레절레 저으며 말했다. "정말 애석한 일입니다. 로더릭의 병력을 보니 부상을 입은 후에 몇 달간 신경쇠약으로 치료를 받았더군요. 그때는 심각한 정신 불안의 징후가 전혀 없었습니까? 이렇게 진행되기까지 아무 일도 없었나요? 어떤 종류의 손실이라든가 또다른 충격을 받았다든가?"

나는 그에게 미리 편지를 보내 로드의 사례에 관해 상당히 자세히 설명했다. 내가 내심 그랬듯 워런 또한 자신이 뭔가 놓친 게 분명하다고, 로더릭처럼 기본적으로 건강한 청년이 아무런 이유 없이 이렇게 급속도로, 이렇게 극심하게 악화될 리 없다고 여겼다. 우리는 또다시 그에게 로드의 망상과 몇 번의 패닉, 그리고 로드의 방벽에 있던 신경쓰이는 자국에 대해 말했다. 나는 그즈음에 로드가 토지 소유주이자 영지의 주인으로 스스로에게 부과했던 각종 부담과 압박에 대해서도 설명했다.

"흠, 우리는 문제의 근원을 알아내지 못할 수도 있습니다." 워런이 마침내 입을 열었다. "하지만 로더릭의 주치의로서 닥터 패러데이는 그를 내게 맡길 각오가 확실히 되어 있습니까?"

나는 그렇다고 말했다.

"그리고 에어즈 부인, 로더릭의 어머니로서 부인도 제게 그를 기꺼이 맡기시겠습니까?"

부인은 고개를 끄덕였다.

"이번 경우에는 즉각 그를 데려가는 것 외에 더 좋은 수가 없으리라 생각합니다. 원래는 이럴 계획이 아니었습니다. 오늘은 그냥 와서 진찰만 해보고 며칠 후에 적절한 간호조무사와 함께 올 요량이었지요. 하지만 제 운전사도 유능한 사람이고, 여기서 로더릭을 보호하는 것은 전혀 도움이 되지 않는다고 말씀드려도 분명 개의치 않으시겠지요. 그도 확실히 우리와 같이 갈 준비가 되어 있는 것 같고요."

에어즈 부인과 캐럴라인이 침울하게 위층으로 올라가 로더릭의 짐을 챙겨 그를 데려오는 동안, 워런과 나는 서류 작업을 마쳤다. 로드는 늙은이처럼 쉼엄쉬엄 계단을 내려왔다. 평상복과 트위드코트를 입었는데, 보는 이가 괴로울 정도로 비쩍 마르고 왜소해져 마치 세 치수는 큰 옷을 입은 것 같았다. 그는 눈에 띄게 다리를 절었다. 여섯 달 전처럼 형편없이 절룩거리는 것이, 그동안 치료에 들인 시간이 말짱 헛수고였구나 싶어 낭패스러웠다. 캐럴라인이 애써 그의 수염을 깎아줬지만 영 시원찮았다. 턱에 몇 군데 베인 자국도 보였다. 그는 퀭한 눈으로 사방을 두리번거리며 손을 자꾸 입가로 가져가 입술을 잡아당겼다.

"내가 정말로 닥터 워런과 같이 떠나는 겁니까?" 로드가 내게 물었다. "어머니가 그렇게 말씀하시는데요."

나는 그렇다고 대답하고, 그를 창가로 데려가 바깥에 주차된 워런의 매끈한 검정색 험버 스나이프를 보여주었다. 그 옆에서 운전사가 담배를 피우고 있었다. 로드는 예의 앳된 청년다운 평범하고 호기심 어린 태도로 자동차를 쳐다보면서 닥터 워런에게 엔진에 관해 질문을 던지기도 하는 등 잠깐이나마 지난 몇 주간 보지 못했던 원래 모습을 되찾았다. 그리고 나는 이 모든 암울한 사태가 정말 현실인가 싶어 순간 아찔했다.

그러나 이미 늦었다. 서류는 서명까지 모두 끝났고, 닥터 워런은 떠날 준비를 마쳤다. 우리가 작별 인사를 하러 앞으로 나오자 로드는 점점 초조해했다. 그는 누이와 매우 따뜻하게 포옹을 나눈 뒤 나의 악수도 받아주었다. 그러나 어머니가 그의 볼에 키스할 때는 다시 눈을 희번덕거렸다. 그는 말했다. "베티는 어디 있습니까? 베티한테도 작별 인사를 해야 하지 않을까요?"

그가 심하게 흥분할 조짐을 보이자 캐럴라인이 서둘러 부엌으로 내려가 베티를 데려왔다. 베티는 로더릭 앞에 수줍게 섰고, 그는 소녀에게 빠르게 홱 고개를 끄덕였다.

"나는 한동안 멀리 가 있을 거야, 베티." 그가 말했다. "그러니 네가 시중들어야 할 사람이 한 명 줄어드는 거지. 하지만 내가 없는 동안에도 내 방을 깨끗이 치워주겠니?"

베티는 눈을 껌벅이며 에어즈 부인을 한번 흘끔 쳐다보고는 대답했다. "네, 로더릭 도련님."

"그래, 착하지." 윙크를 하는지 그의 눈꺼풀이 빠르게 떨렸다. 그러고는 갑자기 로드가 호주머니를 여기저기 더듬기 시작했다. 나는 그가 동전을 찾고 있음을 깨닫고 야릇한 기분이 들었다. "그럼 됐다, 베티." 그의 어머니가 조용히 말하자 소녀는 확연히 한숨 놓았다는 표정으로 물러났다. 로드는 자리를 뜨는 베티를 보면서 여전히 호주머니를 뒤지며 눈썹을 잔뜩 찡그렸다. 그가 다시 흥분할까봐 걱정이 된 워런과 나는 앞으로 나서서 그를 차로 데리고 나갔다.

로드는 얌전히 자동차 뒷좌석으로 가서 앉았다. 나는 닥터 워런과 악수를 나누고 계단으로 돌아가 스나이프가 덜거덕대며 자갈마당을 가로질러 시야에서 사라질 때까지 에어즈 부인과 캐럴라인 옆에 서 있었다.

앞서 말한 대로 이 모든 일은 일요일에, 즉 베이즐리 부인이 없는 동안에 이루어졌다. 그녀가 로더릭의 상태에 대해 혼자서 추측했든 베티한테 들었든 간에 얼마나 많이 아는지 나는 알지 못한다. 에어즈 부인은 그녀에게 로더릭이 '친구들과 함께 지내려고' 카운티 밖으로 떠났다고 말했다. 부인은 주변에 그런 식으로 말해두었다. 나 또한 동네에서 누가 물어보면, 화재 이후에 그의 상태를 보니 폐가 좀 안 좋아서 휴가를 떠나 쉬는 편이 좋겠다고 조언했다고만 얘기했다. 그러면서 동시에 화재는 별것 아니었다며 모순된 태도를 취했다. 에어즈가가 어떤 종류의 정밀 조사도 받지 않았으면 하는 마음이었다. 이 집안을 잘 아는 데즈먼드 부부나 로시터 부부 같은 사람들한테조차 거짓과 진실을 반쯤 섞어 얘기하면서 진짜 무슨 일이 있었는지 더는 관심 갖지 않기를 바랐다. 원래 나는 앞뒤가 다른 사람이 못 돼서, 뜬소문을 차단해야 한다는 부담에 이따금 몹시 피곤했다. 그러나 당시는 다른 일로 워낙 바빴고—참 아이러니하게도 로드의 치료에 관한 나의 논문이 좋은 결과를 낳은 탓도 어느 정도 있었다—얼마 지나지 않아 한 종합병원에서 운영위원회에 들어와달라는 요청을 받아 새로이 이런저런 직무를 맡게 되었다. 실상 더 많은 일을 하게 되어 신경이 분산되는 편이 나았다.

이후 12월 한 달 동안 매주 한 번씩 캐럴라인과 에어즈 부인을 데리고 버밍엄의 클리닉으로 로더릭을 면회하러 갔다. 굉장히 우울한 여행이었는데, 특히 클리닉이 위치한 버밍엄 근교는 전쟁 때 처참하게 폭격을 맞은 터라 더 우울했다. 우리는 리드코트 주위의 파괴되고 끊긴 도로에 익숙지 않았고, 도무지 걷힐 기미가 보이지 않는 도시의 안개 속에서 창문이 다 깨져 유리만 삐죽삐죽 남은 텅 빈 집들이 을씨년스럽게 나타날 때마다 여지없이 기분이 침울해졌다. 다른 이유에서도 면회는 그리 성공적이라 할 수 없었다. 로더릭은 신경질적으로 굴며 통 말을 하려 들지 않았다. 아마도 치료의 일환으로 병원을 구경시켜주거나, 겨울철의 헐벗은 정원을 함께 산책하거나, 나른하게 축 늘어진 혹은 눈을 부라리는 미친 사내들이 우글우글한 방에서 함께 티테이블에 앉아 있거나 하는 것이 그는 매우 수치스러운 모양이었다. 입원한 지 얼마 되지 않아서는 한 두 번 영지에 관해 묻거나 농장은 잘 돌아가는지 알고 싶어했다. 그러나 시간이 지날수록 헌드레즈의 일에 시들해지는 것 같았다. 우리는 단조로운 동네 이야기로 가능한 한 많은 대화를 이어갔지만, 가끔 그가 하는 말을 들어보면 우리가 무슨 얘기를 하는지 당최 감이 없는 게 분명했고 그의 어머니와 누이 또한 그것을 알아차린 게 틀림없었다. 로더릭은 기가 찰 정도로 정신과 지각이 무뎌졌다. 한번은 그가 지프의 안부를 물었다. 캐럴라인이 겁에 질린 어조로 대답했다. "지프는 죽었잖아. 로드, 너도 알잖니." 그 말에 로드는 뭔가를 애써 기억해내려는 듯 눈살을 찌푸리고 막연하게 대답했다. "아, 그래. 무슨 문제가 있었지, 그렇지? 그래서 지프가 다쳤던가? 불쌍한 녀석."

그는 몇 주가 아니라 몇 년은 병원에 있었던 사람처럼, 생각하는 것이 점점 둔하고 흐리멍덩해졌다. 크리스마스 바로 전에 세번째 면회를 갔는데, 클리닉은 우중충한 색깔의 종이사슬과 화환으로 장식되어 있었고, 사람들은 마분지로 만든 조그맣고 우스꽝스러운 왕관을 머리에 얹고 다녔으며, 로더릭은 그 어느 때보다 맥이 풀리고 얼이 빠져 있었다. 그래서 닥터 워런의 조수가 와서 로드의 차도에 대해 얘기하자며 나를 한옆으로 데려갔을 때 나는 내심 기뻤다.

"전반적으로 봤을 때 아주 나쁘지는 않습니다." 조수가 말했다. 워런보다 젊었고, 붙임성도 있고 활달한 편이었다. "어쨌든 망상에서는 대체로 벗어난 것 같아요. 브롬화리튬을 처방해봤는데, 그 약이 효과가 있었습니다. 확실히 잠은 전보다 잘 잡니다. 저도 이와 같은 사례가 유일하다고 말할 수 있으면 좋겠습니다만, 이미 눈치채셨다시피 여기에는 로드와 비슷한 연령대의 환자가 많습니다. 알코올중독, 신경증, 여전히 '전쟁 신경증'*을 호소하는 남자들…… 제가 보기에는 전부 일반적인 전후 불안감의 일종입니다. 본질적으로는 모두 같은 문제지만, 개인의 성향에 따라 다른 영향을 끼치죠. 로드가 만약 다른 젊은이였다면, 요컨대 젠트리 가문의 청년이 아니었다면 노름이나 주색잡기에 빠졌을 수도 있습니다. 혹은 자살을 감행했을지도 모르지요. 로드는 지금도 밤이면 자기를 방에 가둬달라고 합니다. 저희는 그 부분도 치료할 수 있기를 바랍니다. 선생님이 보시기에는 그가 별로 달라진 것 같지 않겠지만, 글쎄요." 그는 난감하다는 표정을 지으며 말을 이었다. "제가 이렇게 선생님을 따로 뵙자고 한 이유는, 가족들의 방문이 그의 회복을 더디게 만들고 있다고 생각하기 때문입니다. 로드는 여전히 자신이 가족에게 위험한 존재라고 굳게 믿고 있어요. 그리고 끊임없이 그 위험을 감시해야 한다고 생각하고, 그렇게 애쓰느라 녹초가 되어버립니다. 집 생각을 나게 하는 사람만 없으면 그는 전혀 다른 청년이 됩니다. 훨씬 밝고 명랑하죠. 간호사와 저는 로드를 쭉 지켜보았고, 저희 모두 같은 느낌을 받았습니다."

우리는 그의 사무실에 서 있었는데, 창밖으로 앞뜰이 내다보였다. 에어즈 부인과 캐럴라인이 추위에 잔뜩 웅크린 채 옷을 여미면서 내 차로 돌아가는 모습이 눈에 들어왔다. 나는 말했다. "아닌 게 아니라 이 면회는 로드의 어머니와 누이에게도 부담인 것 같군요. 원하신다면 면회를 자제하도록 설득할 수 있을 겁니다. 그리고 저

---

* 참전 군인에게 흔히 나타나는 외상 후 스트레스장애.

혼자 오도록 하죠."

그는 책상 위에 놓인 상자를 가리키며 담배를 권했다.

"솔직히 말씀드리면, 로드는 한동안 선생님을 포함해 모두와 떨어져 있기를 바라는 듯합니다. 여러분을 보면 과거를 돌이키게 되니까, 그것도 아주 생생하게. 저희는 그의 미래를 생각해야 합니다."

"물론 그야 그렇습니다만……" 나는 한 손을 담배상자 위에 얹은 채로 말했다. "저는 로드의 주치의입니다. 게다가 그와는 별개로 절친한 친구이기도 합니다."

"사실은 로드가 당분간 혼자 있게 해달라고 특별히 요청했습니다. 여러분 모두한테서 떨어져 있고 싶다고. 죄송합니다."

결국 나는 담배를 피우지 않았다. 그에게 작별 인사를 하고, 병원 앞뜰을 가로질러 에어즈 부인과 캐럴라인이 있는 데로 돌아가 그들을 집까지 태워다주었다. 그후로 몇 주 동안 우리는 정기적으로 로드에게 편지를 썼다. 가끔 맥 빠진 답장을 받기는 했지만 다시 면회를 와달라는 얘기는 한마디도 없었다. 헌드레즈홀의 그의 방은 까맣게 탄 벽과 그을린 천장을 그대로 둔 채 잠가버렸다. 그리고 에어즈 부인이 한밤중에 깨어나 기침을 하거나 숨을 못 쉬는 등 약과 증기흡입기를 챙겨야 하는 일이 자주 생겨, 부인의 방에서 계단참만 돌면 있는 로드의 예전 방을 베티에게 내주었다.

"베티가 여기 위에서 우리와 함께 지내도록 하는 편이 훨씬 사리에 맞겠더라고요." 에어즈 부인이 숨을 쌕쌕거리며 내게 말했다. "게다가 하늘도 아시겠지만, 베티는 그럴 자격이 충분해요! 우리가 그 난리를 겪는 동안 내내 정말 착하고 충실하게 본분을 다했잖아요. 지하실은 그 아이에게 너무 쓸쓸한 곳이에요."

베티는, 당연하겠지만 방을 바꾸고 나서 신이 났다. 그러나 나는 어쩐지 마음이 놓이지 않았을 뿐더러, 베티가 방을 옮긴 직후 그 방을 보고는 이루 말할 수 없이 착잡한 심정이 되었다. 공군 계급표와 트로피와 모험서적은 모두 어디론가 치워졌고, 소녀의 얼마 안되는 초라한 소지품—페티코트와 기운 양말, 울워스* 표 빗과 여기저기 흩어진 실핀, 벽에 붙인 감상적인 엽서—만으로 방은 완전히 딴판이 되었다. 그와 동시에 캐럴라인이 전에 '남자들의 공간'이라고 묘사했던 헌드레즈홀의 북쪽 면은 사실상 인적이 끊겼다. 이따금 나는 그곳을 서성거렸지만, 방들은 마비된 사지처럼 활기를 잃은 듯 보였다. 으스스하게도 한때 이 저택의 주인이 로드였다는 사실이 금세 완전히 지워진 느낌이 들었다. 그보다 먼저 가버린 가엾은 지프보다 더 철저하게, 흔적도 없이 사라져버린 듯한 느낌.

* 영국의 소매잡화 체인점.

8

　로더릭을 보낸 뒤, 우리 모두 헌드레즈홀이 완전히 새로운 국면에 접어들었음을 피부로 느꼈다. 실질적인 관점에서 변화는 거의 즉시 일어났다. 이미 짜낼 대로 짜낸 영지의 재정 상태는 로더릭의 입원비로 상당한 타격을 입었고, 그 비용을 충당하느라 나머지 여타 재정을 극도로 줄여야 했다. 가령, 발전기를 며칠씩 정기적으로 아예 꺼놓아서 어느새 찾아온 겨울 저녁에 헌드레즈홀에 가보면 집 전체가 칠흑 같은 어둠에 파묻혀 있는 경우가 드물지 않았다. 현관문을 들어서면 바로 안쪽 테이블에 나를 위한 낡은 청동램프가 놓여 있어서 나는 그것을 들고 조심조심 집안으로 발걸음을 옮겼다. 연기 냄새가 밴 복도 벽이 은은한 노란 불빛 앞으로 춤을 추듯 나타났다가, 내가 지나가면 다시 어둠 속으로 물러나던 것이 생각난다. 에어즈 부인과 캐럴라인은 작은 응접실에 앉아 촛불이나 기름램프 아래서 책을 읽거나 바느질을 하거나 라디오에 귀를 기울였다. 눈을 가늘게 뜨고 봐야 뭐가 좀 보일 정도로 불빛은 약했지만, 잉크처럼 새카만 주변에 비하면 그래도 그 방은 환히 빛나는 캡슐에 가까웠다. 종을 울려 베티를 부르면, 소녀는 눈을 동그랗게 뜨고 꼭 동요에 나오는 사람처럼 옛날식 촛대를 들고 나타났다.

그들 모두 이러한 새로운 환경을 잘도 참아냈는데, 실로 놀라운 불굴의 의지라고밖에 할 수 없었다. 베티는 램프와 초에 금방 익숙해졌다. 원래 전기가 들어오지 않는 집에서 자랐던 것이다. 이제 베티는 헌드레즈홀에도 익숙해졌다. 최근의 극적인 사건이 이 집안에서 소녀의 입지를 굳건히 하는 데 이바지한 것 같았다. 비록 그것은 로더릭의 입지를 망가뜨리는 데도 기여했지만. 캐럴라인은 어두운 것이 좋다면서, 어쨌든 이 집은 전기를 사용하도록 설계된 집이 아니었으니 마침내 원래 의도대로 살게 된 거라고 주장했다. 그러나 그러한 언급에서 허세를 읽지 못하는 내가 아니었으니, 형편없이 궁색해진 그녀와 그녀 어머니의 처지가 걱정스럽기 짝이 없었다. 로드의 병세가 최악으로 치달았던 막판에는 저택을 방문하는 횟수가 현저히 줄었지만, 다시금 주마다 한 번 혹은 두 번까지도 헌드레즈홀에 들르기 시작했다. 종종 채소나 석탄 같은 작은 선물을 들고 가기도 했는데, 때로는 환자한테 받은 선물인 양 꾸몄다. 크리스마스가 가까워오고 있었다. 나같이 혼자 사는 남자한테는 항상 좀 개운치 않은 날이었다. 여느 해처럼 이번에도 밴버리에 사는 대학 동기의 집에서 그의 가족과 함께 지내자는 얘기가 나왔다. 그러나 에어즈 부인이 하는 말을 듣자니, 아주 당연히 내가 그날 헌드레즈홀에서 자신들과 함께 저녁을 먹는 걸로 생각하고 있었다. 왠지 감격한 나는 밴버리에 사는 친구에게 양해를 구하고, 부인과 캐럴라인과 셋이서 외풍이 심한 식당의 기다란 마호가니 식탁에 앉아 차분한 저녁을 즐겼다. 베티가 부모님과 함께 지내러 가서 하루를 비웠으므로, 우리는 각자 접시에 스스로 고기를 담았다.

로더릭의 부재는 이런 저녁식사에도 영향을 미쳤다. 이렇게 식당에 모여 앉아 있으니, 다들 어쩔 수 없이 마지막으로 이 식탁에 앉았을 때를 떠올렸다. 몇 시간 동안 벽난로 앞에서, 식사시간 내내 로드가 그토록 우울하고 불쾌한 그늘을 드리웠던 때를. 다른 말로 하면, 어쩔 수 없이 다들 그 그늘을 치워버린 것에 안도감과 함께 일말의 죄책감을 느꼈다. 물론 두말할 나위 없이 모두 로드를 보고 싶어했고, 특히 그의 어머니와 누이는 뼈에 사무치게 그를 그리워했다. 말 없는 세 여인만 있는 헌드레즈홀은 가끔 쥐죽은듯 고요해 생기가 없어 보였다. 그러나 헌드레즈에서의 삶이 긴장감에서 어느 정도 해방된 것 또한 오해의 여지 없는 사실이었다. 업무 면에서도 로드가 영지 관련 일에 강박적으로 집착했음에도, 캐럴라인이 예견했던 대로 그가 경영에서 손을 뗀 지금이라고 달라진 것은 실상 거의 없었다. 사정은 계속 나빠지기만 했다. 아니, 어쩌면 전과 비교해 좀 주춤한 편이었다. 캐럴라인은 화재로 소실된 서류를 다시 작성하기 위해 직접 은행과 중개인들에게 편지를 보냈고, 실제로 집안의 재정 상태가 얼마나 위태로운 지경인지 깨달았다. 캐럴라인은 어머니와 솔직하고 긴 대화를 나눈 뒤에, 이렇게 연료와 조명을 긴축하는 엄격한 절약생활에 들어갔다. 그녀는 가차없이 집안을 뒤져 팔릴 만한 것을 모조리 들어냈다. 이전에는 감상적인 이유로 몇 가지만 팔고 보유했던 그림과 서적과 가구 몇 점이 얼마 안가 버밍엄의 상인들에게 팔려나갔다. 그리고 아마 가장 극단적인 조치였을 텐데, 그녀는 헌드레즈 대정원 매각에 대해 카운티 의회와 협상을 계속 이어나갔고, 새해 첫날에 협상이 타결되었다. 그로부터 겨우 이틀인가 사흘 뒤에 나는 차를 몰고 서쪽 문을 통해 대정원으로 들어가다가 건축업자 밥이 측량사 몇 명하고 벌써 땅에 말뚝을 박아 표시하는 모습을 보고 경악을 금치 못했다. 곧 터파기가 시작되더니, 초기 배관과 기초공사가 아주 빠르게 진행되었다. 하룻밤 새에, 꼭 그런 느낌이었는데, 헌드레즈 경계담의 한쪽 구역이 철거되었다. 트인 벽 바로 옆 도로에서 보면 대정원 너머 헌드레즈 홀 본채까지 한눈에 들어왔다. 어쩐지 내 눈에는 저택이 멀쩡한 담에 둘러싸여 있을 때보다 훨씬 멀리 있는 것처럼 느껴졌고, 이상하게 더 위태위태해 보였다.

캐럴라인도 나와 똑같은 생각을 한 게 분명했다. "어머니와 나는 아주 끔찍하게 노출된 기분이에요." 1월 중순경 저택에 들른 어느 날 캐럴라인이 했던 말이 기억난다. "악몽을 꾸는 것처럼 영원히 페티코트만 입고 나다니는 느낌이라니까. 하지만 일단 마음을 정했으니 그걸로 된 거지. 오늘 아침에 닥터 워런에게서 또 연락이 왔는데, 로드는 그리 달라지지 않았대요. 이게 나한테는 로드가 나빠졌다는 소리로 들려요. 분명한 건 그애가 언제 나아져서 집으로 돌아올지 아무도 모른다는 거죠. 이번에 땅을 팔아 생긴 돈으로 올겨울은 날 수 있을 거고, 봄이 되면 수도관이 농장까지 깔리겠죠. 그럼 다 잘될 거라고 마킨스가 그러더군요."

그녀가 손목 안쪽으로 두 눈을 문지르자 눈꺼풀에 주름이 졌다.
"모르겠어요. 온통 불확실한 것투성이라. 모조리 다!" 우리는 그녀
의 어머니가 내려오기를 기다리며 작은 응접실에 있었다. 캐럴라
인은 영지에 관한 서신을 작성할 때 쓰는, 온갖 편지며 계획서가 쌓
여 있는 에어즈 부인의 필기용 테이블을 어찌해볼 도리가 없다는
듯 무력한 몸짓으로 가리켰다. "장담하는데," 그녀가 말했다. "이
건 담쟁이덩굴 같아요. 분명히 계속 기어 올라온다고! 의회는 내가
써 보내는 편지마다 두 장씩 사본을 더 요구해요. 꿈에서도 세 통씩
쓰기 시작했다니까."

"말하는 게 꼭 당신 동생 같소." 나는 경고하듯 말했다.

그녀는 화들짝 놀란 듯했다. "그런 식으로 말하지 마요! 로드도
참 가엾긴 하죠. 그애가 왜 그렇게 녹초가 되도록 일했는지 이제는
좀더 잘 알겠어요. 이건 꼭 도박 같아. 항상 바로 다음 판에는 딸 것
같은 느낌이 들지. 하지만 말이에요." 그녀는 스웨터 소매를 걷어
올리고 맨 팔뚝을 나한테 내보였다. "만약 다음에 또 내가 로드처
럼 말한다 싶으면 나를 꼬집어줄래요?"

나는 그녀의 팔목을 잡고 꼬집는 대신 부드럽게 흔들었다. 꼬집
고 자시고 할 살이 별로 없었던 것이다. 주근깨가 앉은 그녀의 다갈
색 팔은 소년처럼 여위었고, 그녀의 모양 좋은 손은 더 큼지막해진
듯했지만 결과적으로는 묘하게 더 여성스러워 보였다. 손을 거두
면서 그녀의 손목뼈가 내 손바닥을 부드럽게 스쳤다. 나는 그녀를
어루만지고 싶은 묘한 충동에 살짝 흔들렸다. 그녀는 나의 시선을

받으며 미소지었고, 나는 아주 잠깐 그녀의 손끝을 잡고 진지하게 말했다. "조심해요, 캐럴라인. 너무 조바심 내지 말고. 아니면 나도 도울 수 있게 해줘요."

캐럴라인은 손가락을 빼고 민망한 듯 팔짱을 꼈다.

"지금도 충분히 많이 도와주는걸요. 솔직히 지난 몇 달 동안 선생님이 없었다면 우리가 어떻게 견뎠을지 상상도 가지 않아요. 선생님은 우리 가족의 모든 비밀을 알죠. 선생님하고 베티는. 그런 생각을 하면 얼마나 우스운지! 하지만 따지고 보면 비밀을 아는 것이 선생님의 직업이잖아요. 어떤 면에서는 베티도 마찬가지고."

"나를 당신의 친구로 봐줬으면 좋겠소. 주치의가 아니라."

"오, 물론이죠." 그녀는 거의 반사적으로 대답했다. 그리고 곰곰 생각해보더니, 다시 한번 더욱 다감하고 확신에 찬 목소리로 말했다. "선생님은 친구예요. 왜 선생님이 우릴 친구로 두는지는 알다가도 모를 일이지만. 우리는 선생님에게 폐가 될 뿐이잖아. 선생님이 보는 환자들만으로도 충분히 성가실 텐데. 이 귀찮은 것들이 피곤하지 않나요?"

"나는 나와 관련된 귀찮은 일은 모두 좋아하오." 나는 웃음을 띠며 말했다.

"그것 때문에 늘 바쁘게 시달리잖아요."

"도움이 되는 것들도 분명 있거든. 어떤 것은 그 자체로 좋아하기도 하고. 하지만 어떤 것은 쉽게 걱정이 되기도 하오. 나는 당신이 걱정돼."

나는 '당신'이라는 말에 살짝 방점을 찍었고, 그녀는 웃음을 터뜨리면서도 또 한번 뜻밖이라는 눈치였다.

"세상에, 왜요? 나는 괜찮아요. 늘 괜찮죠. 그게 내 '스타일'이니까. 몰랐어요?"

"흠." 내가 말했다. "그런 말을 할 때 당신이 이토록 피곤해 보이지 않는다면 나도 좀더 확신이 들 텐데. 하다못해……"

캐럴라인은 고개를 갸웃했다. "하다못해?"

나는 그 말을 꺼내려고 지난 몇 주간 벼렀지만 적당한 기회를 찾지 못했다. 마침 이때다 싶어 얼른 말해버렸다. "그러니까 개를 한 마리 다시 키워보는 건 어떻겠소?"

순간 마음을 닫아버리는 듯 그녀의 표정이 확 변했다. 캐럴라인은 고개를 돌렸다. "그럴 맘 없어요."

"월요일에 피즈힐 농장에 다녀왔는데." 나는 계속 말했다. "그집 리트리버가 새끼를 뱄더군. 아주 귀여운 놈이오." 그리고 들으려 하지 않는 그녀를 보며 부드럽게 말했다. "당신이 지프를 대신할 개를 찾는다고 생각할 사람은 아무도 없소."

그러나 그녀는 고개를 저었다. "그래서 그런 게 아니에요…… 안전하지 않을 것 같아서 그래요."

나는 그녀를 빤히 쳐다보았다. "안전하지 않다고? 당신한테? 아니면 당신 어머니께? 당연히 질리언 때와 같은 일이 일어나게 해서는 안……"

"그게 아니라요." 캐럴라인은 주저하다 말을 꺼냈다. "제 얘기는, 개한테 말이에요."

"개한테!"

"그냥 바보같이 구는 걸 테지만." 그녀는 반쯤 고개를 돌렸다. "그냥 가끔 나도 모르게 로디를 생각하면 그애가 이 집에 관해 했던 말이 떠올라요. 우린 그애를 쫓아 보내다시피 클리닉에 입원시켰어요, 안 그래요? 우리가 그애를 내친 거야, 그애가 하는 말을 제대로 들어주느니 차라리 입원시키는 게 편했으니까. 선생님도 알겠지만, 그때 마지막 몇 주 동안은 정말이지 로디를 증오하기 일보 직전까지 갔어요. 만약 로디가 그토록 아팠던 이유가, 우리가 그애 말을 안 들어줘서가 아니라 그애를 증오했기 때문이라면? 만약……"

캐럴라인은 스웨터의 소매를 도로 내렸다. 소맷자락이 거의 손마디까지 길게 내려왔다. 그녀는 불안한 듯 꼼지락거리며 소매를 더 잡아내리고 손가락으로 조몰락거리다가 기어이 엄지손가락으로 모직의 약한 부분에 구멍을 내고 말았다. 그녀가 나직이 말했다. "때론 이 집이 정말 달라진 것처럼 보여요. 단지 내가 이 집을 그렇게 느끼는 건지, 집이 나한테 그런 느낌을 주는 건지 잘 모르겠지만. 아니면……" 그녀는 내 눈빛을 보더니 목소리가 바뀌었다. "내가 미쳤다고 생각하는군요."

나는 잠시 틈을 두다 말했다. "나는 절대 당신이 미쳤다고 생각하지 않소. 다만 현재 집과 농장과 식구들이 처한 상황을 아니까 당신이 그 때문에 침울할 수도 있겠다 생각할 뿐이오."

"침울하다고요." 캐럴라인은 여전히 소맷부리를 만지작거리며 내 말을 되뇌었다. "그런 것뿐일까?"

"그런 것뿐이오. 일단 봄이 오면, 로더릭이 나아지고 토지가 제 몫을 다하게 되면, 전혀 딴판으로 느껴질 거요. 내 장담하지."

"그럼 진짜로…… 헌드레즈가 참고 살 만한 곳이라고 생각해요?"

이 질문에 나는 충격을 받았다. "당연하지! 당신은 아니오?"

그녀는 대답하지 않았다. 다음 순간 작은 응접실의 문이 열리고 그녀의 어머니가 들어오는 바람에 논의를 더는 계속할 수 없었다. 에어즈 부인은 들어오면서부터 기침을 했고, 캐럴라인과 나는 앞으로 다가가 부인을 부축해 의자에 앉혔다. 부인은 내 팔을 잡으며 말했다. "고마워요. 나는 괜찮아요, 정말로. 한 시간 정도 누워 있었더니 이러네. 지금 내 폐는 꼭 오리 연못 바닥에 처박힌 것 같은 상태인데 누워 있다니, 어리석었지."

그녀는 다시 손수건에 대고 콜록거린 뒤 그렁그렁한 눈가를 닦아냈다. 어깨에 숄을 몇 겹으로 두르고 머리에는 레이스만틸라를 쓰고 있었다. 창백하고 가냘파 보이는 모습이 마치 잘 싸서 모셔놓은 연약한 꽃 같았다. 지난 몇 주간 스트레스를 받은 탓에 부쩍 늙어버렸고, 화재 때문에 다소 약해진 폐가 겨울철 기관지염으로 발전하는 기미를 보였다. 냉기가 도는 집안을 지나 한 층 내려온 것만으로 그녀는 지쳐버렸다. 기침은 잦아들었지만 숨소리는 여전히 쌕쌕거렸다.

부인이 입을 열었다. "잘 지냈어요, 선생? 닥터 워런한테 또 전화가 왔다고 캐럴라인이 말하던가요?" 그러고는 입을 꾹 다물고 고개를 저었다. "그리 좋은 소식은 아니지만."

"네, 들었습니다. 유감입니다."

우리 셋은 한동안 그 일에 관해 얘기를 나누다가, 당시 또하나의 울적한 화제였던 주택단지 건설에 관한 건으로 옮아갔다. 그러나 이내 에어즈 부인의 목소리가 잘 나오지 않아 캐럴라인과 내가 대화를 주도하며 우리끼리 얘기를 이어가는 형국이 되었다. 에어즈 부인은 스스로의 침묵에 좌절한 듯 반지 낀 손을 무릎 위에 올려놓고 쉴새없이 옴지락거리며 몇 분 정도 우리 얘기를 듣기만 했다. 그러다 우리가 얘기를 계속하는 동안, 숄을 여미고 일어나 필기용 테이블로 가서 서류를 뒤지기 시작했다.

캐럴라인의 시선이 그녀를 좇았다.

"어머니, 뭘 찾으세요?"

에어즈 부인은 듣지 못한 양 편지봉투 속을 들여다보았다. "이게 다 카운티 의회에서 온 것이라니, 원!" 그녀의 목소리는 어느새 메마른 논바닥처럼 갈라졌다. "정부에서 종이 부족에 대해 말하지 않더냐?"

"네, 알아요. 짜증나죠. 뭘 찾으시는데요?"

"지난번에 네 이모 시씨한테 온 편지. 닥터 패러데이에게 보여주고 싶어서."

"아, 그 편지는 거기 없어요." 캐럴라인이 일어서며 말했다. "딴 데로 치웠어요. 이리 와서 앉으세요, 제가 갖다드릴게요."

캐럴라인은 방을 가로질러 보관장으로 가서 서랍을 열고 편지를 꺼내 어머니에게 건넸다. 에어즈 부인이 편지를 받아 의자로 돌아오는데, 두르고 있던 스페인풍 숄 중 하나가 흘러내려 길게 매듭지은 끝자락이 바닥에 질질 끌렸다. 그녀는 잠시 숄을 수습하고 편지지를 펼쳤다. 그러고 나서 자신의 독서용 안경이 사라졌다는 사실을 깨달았다.

"오, 하느님 맙소사." 에어즈 부인이 눈을 감으며 중얼거렸다. "다음에는 또 뭘까?"

부인은 주변을 돌아보기 시작했다. 잠시 후 캐럴라인과 나도 수색에 합류했다.

"흠, 마지막으로 어디에 두셨는데요?" 캐럴라인이 쿠션을 들춰보며 물었다.

"이 방안에 있어." 에어즈 부인이 대답했다. "그건 확실해. 오늘 아침에 베티가 닥터 워런한테서 온 편지를 갖고 왔을 때 손에 들고 있었거든. 네가 치운 거 아니니?"

캐럴라인은 얼굴을 찌푸렸다. "전 보지도 못했어요."

"아니, 분명히 누가 치웠을 거야. 아, 죄송해요, 선생. 이런 거 몹시 따분할 텐데."

우리는 서류 더미를 들쑤시고 서랍을 열고 의자 밑을 들여다보는 등 오 분은 족히 방을 뒤졌지만 안경은 나오지 않았다. 결국 캐럴라인은 종을 울려 베티를 부른 뒤 위층을 찾아보라고 했다. 그 와중에도 그녀의 어머니는 위층을 찾아봤자 소용없을 거라고, 자기가 마지막으로 안경을 썼던 곳을 확실히 기억하는데 바로 여기 작은 응접실이라고 계속 항변했다.

베티는 곧바로 돌아와 마님의 침대 베개 밑에서 안경을 찾았다고 말했다.

베티는 거의 용서를 구하듯 안경을 내밀었다. 에어즈 부인은 잠시 안경을 물끄러미 바라보다 베티의 손에서 그것을 받아들고 넌더리가 난다는 듯 고개를 돌렸다.

"이런 게 바로 늙는다는 것이구나, 베티."

캐럴라인이 웃음을 터뜨렸다. 나는 그 웃음이 억지웃음처럼 들렸다.

"바보 같은 소리 마세요, 어머니!"

"아니, 진짜로. 너도 알겠지만, 내가 만약 도도 고모할머니처럼 인생을 마친다 해도 놀라지 말아야겠다. 고모할머니가 물건을 둔 장소를 하도 자주 잊어버려 아들이 조그만 인도원숭이를 사다 드렸지. 고모할머니는 원숭이 등에 바구니를 메어 가위랑 골무 등을 넣어두고 그 원숭이를 리본으로 묶어서 데리고 다녔어."

"뭐, 어머니도 갖고 싶으시다면 원숭이를 구해드릴 수 있을 거예요."

"오, 요즘 그런 짓을 할 수 있는 사람은 없단다." 에어즈 부인이 안경을 쓰며 말했다. "무슨 단체나 그런 데서 금지하거나 혹은 미스터 간디가 항의할 거야. 지금쯤 인도엔 원숭이한테도 투표권이 있을지 모르겠군. 고맙구나, 베티."

가쁘게 쉬던 숨이 진정되었는지 부인의 목소리는 거의 정상을 되찾았다. 그녀는 편지지를 흔들어 펼치고 원하던 문장을 찾아 큰 소리로 읽었다. 유서 깊은 장원 영지가 쪼개지는 것을 매우 근심하는 어느 보수당 하원의원한테 들었다며 그녀의 여동생이 보내온 몇 가지 조언이었다. 그러나 실제로는 전부터 알던 사실을 재확인해준 것에 불과했고, 현 정부가 계속 권력을 잡고 있는 한 시골의 대토지 소유주들한테는 벌금과 규제밖에 돌아올 게 없었다. 젠트리가 할 수 있는 최선은 다음 선거 때까지 그저 '허리띠 졸라매고 바짝 엎드리는' 것뿐이었다.

"네, 뭐." 에어즈 부인이 편지 읽기를 마치자 캐럴라인이 입을 열었다. "허리띠까지는 좋다고요. 근데 버클이 없는 사람은 어쩌라고? 친절한 보수당 정부가 몇 년 내에 들어선다는 낙관하에 자기 영지를 '잠자는 숲속'처럼 묶어둘 수 있다면, 그것도 나름 말이 되겠죠. 하지만 우리가 헌드레즈에 아무 짓도 하지 않고 단 일 년만 손놓고 앉아 있어도 바로 침몰할걸. 나는 의회에서 우리 땅을 조금만 더 사줬으면 하고 바랄 지경이에요. 오십 채 남짓 지을 규모라면 아마 간신히라도 빚을 탕감할 텐데……"

우리는 베티가 차를 가져올 때까지 그 문제에 관해 이렇다 할 대안 없이 이야기를 나누었고, 이내 저마다 생각에 빠져 조용해졌다. 에어즈 부인은 여전히 숨쉬는 게 힘든 모양인지, 가끔 한숨도 쉬고 손수건에 대고 기침도 했다. 캐럴라인은 계속 필기용 테이블을 흘끔거렸는데, 짐작건대 망가져가는 영지에 대해 곰곰 생각하는 눈치였다. 나는 두 손으로 찻잔을 감싸쥐었다. 손에 닿는 느낌이 가볍고 따스했다. 그리고 무심결에 방안을 이리저리 훑어보다 왠지 모르게 처음으로 이곳을 방문했던 날이 떠올랐다. 가엾은 지프가 허리 굽은 노인네처럼 바닥에 누워 있고, 캐럴라인이 발가락을 지프의 허리께에 대고 털 사이로 놀리던 모습이 생각났다. 느릿하게 손을 뻗어 자기 어머니가 흘린 스카프를 줍던 로드도. 어머니와 있으면 토끼와 사냥개 놀이를 하는 것 같아요. 어딜 가시든 뭔가를 뒤에 흘리고 다니시거든요…… 이제는 로드도 지프도 없다. 그때 열어놨던 프랑스식 창문은 궂은 날씨 때문에 닫혀 있었다. 외풍을 막으려고 창문을 가로질러 낮게 가로막을 쳐놓은 탓에 대낮에도 햇빛이 일부 차단됐다. 아직도 공기에서는 뭔가 타는 듯한 매캐한 냄새가 났다. 회반죽 장식 벽에는 기름때가 묻은 듯한 얼룩이 잔뜩 있었다. 화재 때 검댕이 스쳤던 자국이었다. 방에서는 젖은 모직 냄새도 살짝 났다. 캐럴라인이 비에 젖은 외출복 몇 벌을 말리려고 벽난로 앞의 고풍스러운 빨래건조대에 널어놓았기 때문이다. 여섯 달 전에는 에어즈 부인이 방에서 세탁물을 말리도록 허락하는 일을 상상조차 할 수 없었다. 그러다 문득 7월의 그날 예의 그 매혹적인 구두를 신고 정원에서 걸어나오던, 햇볕에 잘 그을린 아름다운 여인에 다시금 생각이 미쳤다. 지금 내 앞에서 아무렇게나 숄을 모아 걸치고 기침과 한숨을 번갈아 토하는 에어즈 부인을 보고 있자니, 그녀도 변하기는 엄청 변했다는 생각이 들었다.

나는 캐럴라인을 흘깃 보았다. 그녀 역시 같은 생각을 하는 듯 걱정스러운 표정으로 어머니를 쳐다보았다. 나와 시선이 마주치자 캐럴라인은 눈을 깜박거렸다.

"오늘은 모두들 음울하기 짝이 없네요!" 캐럴라인은 차를 마저 다 마시고 일어서 창가로 가 밖을 내다보았다. 추운지 팔짱을 끼고는 고개를 들어 낮게 깔린 잿빛 하늘을 바라보았다. "그래도 드디어 빗발이 좀 가늘어지네요. 그만해도 어딘가요. 어두워지기 전에 건설 현장에 좀 내려가봐야겠어요. 아, 나는 요즘 거의 매일 거기 가요." 캐럴라인이 돌아서다 흠칫 놀라는 나의 표정을 알아차리곤 덧붙였다. "밥 씨가 공사 일정을 한 부 복사해줬는데, 그걸 보면서 내 일을 처리하거든요. 그 사람하고는 이제 아주 친한 친구가 됐어요."

"나는 당신이 그 사람한테 현장을 다 가리도록 담을 세우라고 요구할 줄 알았는데."

"그랬죠, 처음에는. 하지만 꽤 흥미진진한 구석이 있더라고요. 왜 소름 끼치는 상처 같은 거 있죠. 붕대를 들춰보지 않고는 못 배기겠는 거." 그녀는 창가에서 돌아와 빨래건조대의 코트와 모자와 스카프를 걷어 걸치기 시작했다. 그러면서 나한테 지나가듯 말했다. "괜찮으면 같이 가세요. 시간 되시면."

사실 시간은 있었다. 그날 나의 진료 리스트는 여유로운 편이었다. 그러나 지난밤 늦게 잠자리에 들기도 했고 아침에도 일찍 일어났거니와 나이도 무시할 게 아니었다. 날도 추운데 대정원의 젖은 땅을 가로질러 걸어간다는 생각에 썩 흥이 나지 않았다. 게다가 어머니를 혼자 남겨두고 가자는 캐럴라인의 제안도 예의가 아니라는 생각이 들었다. 그런데 내가 마뜩잖게 에어즈 부인 쪽을 바라보자 그녀가 말했다. "아 네, 가보세요, 선생. 그 현장에 관한 남성분의 의견을 들어보고 싶군요." 그러고 나니 섣불리 싫다고 말할 수 없게 되어버렸다. 캐럴라인은 다시 종을 울려 베티를 불렀고, 베티가 내 외투를 가져다주었다. 우리는 난로에 불을 더 지핀 뒤 에어즈 부인에게 필요한 게 더 없는지 확인했다. 그리고 시간을 절약하기 위해 작은 응접실에서 곧장 밖으로 나갔다. 우리는 프랑스식 창가의 가로막을 뛰어넘어 난간 없는 돌계단을 내려가 남쪽 잔디밭을 가로질렀다. 풀이 신발에 축축하게 들러붙어 금방 내 바짓단이 젖고 캐럴라인의 스타킹이 검게 물들었다. 잔디밭이 아주 질퍽한 곳에서는 둘이 어색하게 손을 맞잡고 발끝으로 걷다가 진창이 덜한 자갈길로 나오자 바로 손을 놓았다. 자갈길은 정원 울타리 너머 거친 공터를 가로지르는 지름길이었다.

바람이 벨벳 커튼처럼 옹골차게 불어대, 거의 파도를 헤치고 나아가듯 악전고투해야 했다. 그러나 빠르게 걸었다. 집에서 벗어나 기분이 좋아진 캐럴라인은 길고 튼튼한 다리로 거칠 것 없이 성큼성큼 걸어가며 속도를 냈다. 그녀의 보폭은 나보다 더 컸다. 두 손을 호주머니에 깊숙이 찔러넣은데다, 팔 때문에 딱 달라붙은 코트가 바람에 나팔 모양이 되면서 캐럴라인의 엉덩이와 가슴이 윤곽을 드러냈다. 따가운 바람에 두 볼은 발갛게 상기되었고, 다소 흉측하게 생긴 모직모자 속으로 대충 쑤셔넣은 머리카락은 여기저기 삐져나와 바람에 미친듯이 나부끼고 건조해졌다. 하지만 캐럴라인은 전혀 숨차하는 기색이 없었다. 어머니와 달리 그녀는 화재 후유증을 금방 떨쳐버렸으며, 불과 몇 분 전 그녀의 얼굴에서 보았던 피로의 흔적도 감쪽같이 사라졌다. 전체적으로 건강하고 편안한 활력이 넘쳐흘렀다. 나는 살짝 경탄해 마지않았다. 마치 아름다운 여인이 어여쁜 용모를 숨길 수 없듯, 그녀는 왕성한 원기를 어떻게 주체할 수 없는 것 같았다.

캐럴라인의 즐거운 활보에는 전염성이 있었다. 슬슬 몸이 따뜻해지면서, 이윽고 청명하고 차가운 공기와의 싸움을 즐기게 되었다. 차를 타고 달리는 게 아니라 두 발로 대정원을 걷는 것 또한 색다른 경험이었다. 차 안에서 유리창으로 내다봤을 때는 일률적인 녹색 풀뿐이었던 지면이 가까이서 보니 사뭇 달랐다. 간간이 한 무더기씩 피어 있는 스노드롭은 요동치는 풀숲 사이에서 투지를 잃지 않고 휘몰렸고, 풀이 듬성한 곳에서는 여기저기 작고 단단한 자주색 사프란 꽃봉오리가 공기와 햇볕을 갈구하듯 필사적으로 지면을 뚫고 올라왔다. 그러나 걷는 내내 정면으로 대정원 끄트머리의 무너진 돌담이 눈에 들어왔고, 그 앞쪽에 펼쳐진 진흙투성이 땅에서 수레와 삽을 들고 오가는 일고여덟 명의 인부가 보였다. 가까이 다가갈수록 더 자세한 광경이 시야에 잡히면서, 나는 이번 공사의 실제 규모를 체감하기 시작했다. 그 아름답고 유서 깊은 풀뱀 들판은 온데간데없이 싹 사라져버렸다. 대신 100제곱야드 남짓 되는 땅뙈기를, 잔디를 벗겨내고 평평하게 골라놨고, 단단한 맨땅에 장대를 박아 수로를 파고 벽을 올려 이미 구획을 나눠놓았다.

캐럴라인과 나는 도랑 한 군데로 가까이 가보았다. 도랑은 아직 메우는 중이었는데, 그 가장자리에 서서 보니 새 주택단지의 기초를 까는 데 쓰인 쇄석이 눈에 들어왔다. 그 대부분이 이미 무너뜨린 대정원의 담을 이루던 갈색 돌의 잔해였다니, 나는 경악을 금치 못했다.

"이런 한심한 일이 있나!" 내 말에 캐럴라인이 조용히 대답했다. "그러게요. 어쩐지 끔찍하지 않나요? 물론 사람들은 집이 있어야 하고, 뭐 그렇죠. 하지만 이건 꼭 그 사람들이 헌드레즈를 우적우적 먹어치우는 느낌이에요. 그리고 바로 이런 식으로 헌드레즈를 지저분한 작은 덩어리로 토해낼 수도 있는 거죠."

말을 하면 할수록 그녀의 목소리는 낮게 잠겼다. 모리스 밥은 부지 한쪽 끝에서 차문을 열어놓은 채 공사감독과 얘기를 나누는 중이었다. 그는 우리가 오는 것을 보고 자못 한가한 걸음걸이로 발을 골라 디디며 우리 쪽으로 다가왔다. 오십대 초반의 키가 작고 가슴팍이 두툼한 사내였다. 자기 자랑하길 좋아하는 편이었지만 머리는 나쁘지 않았다. 유능한 사업가라고 할 수 있었다. 그도 나처럼 노동자 가정에서 태어나 자수성가했다. 몇십 년 동안 알고 지내며 한두 번 내게 강조하듯 말한 적이 있는데, 그는 후원자의 도움 없이 오로지 혼자 힘으로 이뤄냈다. 밥은 캐럴라인에게 모자를 들어 보이고는 내게 손을 내밀었다. 추운 날씨인데도 그의 손은 따뜻했고, 손가락은 포동포동하게 살이 올라 피부가 터질 것처럼 팽팽해 꼭 반쯤 구운 소시지 같았다.

"오실 줄 알았습니다, 에어즈 양." 그가 사근사근하게 말을 붙였다. "인부들이 비 때문에 안 오실 거라고 했지만, 나는 그 사람들한테 말했죠. 에어즈 양은 날씨가 좀 사납다고 해서 발길을 끊으실 그런 숙녀분이 아니라고. 그랬는데 이렇게 오셨군요. 여느 때처럼 우리를 감시하러 오신 거죠? 에어즈 양만 오시면 우리 공사감독이 몸 둘 바를 몰라한다니까, 의사 선생."

"짐작이 가는군요." 나는 웃으며 말했다.

캐럴라인의 얼굴이 아주 살짝 빨개졌다. 그녀는 바람에 날려 입술을 덮은 머리카락 몇 가닥을 뒤로 넘기고, 별로 진실에 가깝지 않은 말을 꺼냈다. "닥터 패러데이가 일이 어떻게 되어가는지 궁금해해서요. 직접 보시라고 모셔왔어요."

"아, 기꺼이 보여드리죠! 게다가 의사라면 더욱 반갑지. 지난주에 위생 점검차 월슨 씨가 왔다 갔소. 그 사람 말이 공기나 배수나 나무랄 게 없다던데, 선생도 동의하게 될 거요. 터를 어떻게 잡았는지 보겠소?" 그는 짧고 두툼한 손을 들어 가리켰다. "이쪽에 여섯 집이 들어서고, 저기 길이 꺾어진 데서 조금 떨어진 저쪽에 여섯 집이 더 들어설 예정이오. 한 집당 두 가구가 들어가는데, 두 채짜리 연립주택인 셈이지. 여기 빨간 벽돌 보이죠." 그는 우리 발치께의 흙빛 벽돌을 가리켰다. 기계로 찍어낸 흉측하게 생긴 벽돌이었다. "헌드레즈홀하고 잘 어울리지 않겠소? 정말 멋지고 아담한 땅이오! 이쪽으로 오면, 물론 원한다면, 주변을 보여드리겠소. 여기 밧줄 조심하세요, 에어즈 양."

밥은 캐럴라인에게 그 포동포동한 손을 내밀었다. 그녀는 도움이 필요치 않았지만—그녀가 밥보다 몇 인치쯤 더 컸다—예의상 그의 손을 잡고 도랑을 건너, 부지를 따라 일이 좀더 진척된 현장으로 갔다. 이번에도 밥은 여러 집이 정확히 어떻게 연립으로 놓이는지 설명하고, 자기 얘기에 도취해 네모반듯하게 나뉜 땅 가운데 한군데로 우리를 데려가 곧 그 안에 들어설 각각의 방을 개략적으로 보여줬다. '응접실', 가스스토브와 전기콘센트 등 편리한 설비를 빈틈없이 갖춘 맞춤형 부엌, 빌트인 욕조가 있는 실내 화장실…… 죄다 권투 링보다 클 것도 없이 조막만해 보였지만, 벌써부터 어떻게 분양 신청을 하는지 알아보러 찾아오는 사람이 줄을 잇는 모양이었다. 밥이 자기 입으로 말하길, 돈을 주겠다는 사람도 있고 '줄 좀 대보려고' '담배와 고기를 얼마든지 주겠다'는 사람도 있었다고 했다.

"그래서 내가 그 사람들한테 그랬죠. 그건 내 소관이 아닙니다! 시청에 가서 얘기하세요!" 그는 목소리를 낮췄다. "우리끼리 하는 말인데, 절대 어디 가서 말하지 마십쇼, 그 사람들이 시청에 가서 입이 닳도록 말할 수야 있겠죠. 그러나 신청자 명단은 이미 여섯 달 전에 꽉 찼답니다. 내 조카 녀석인 더기네 부부도 분양 신청을 넣었는데, 하나 받았으면 좋겠습니다. 걔네가 지금 어디 사는지 아시잖아요, 에어즈 양. 사우샘에서 장모님 모시고 방 두 칸짜리에 산다니까요. 아, 글쎄 쭉 그렇게 살 수는 없잖습니까. 이 집은 걔들한테 안성맞춤이에요. 저기 뒤쪽으로 철망 울타리와 뒷길이 있는 조그만 정원을 놓을 겁니다. 그리고 리드코트 버스도 이쪽으로 다닐 거예요. 들어본 적 있소, 의사 선생? 반브리지 로드를 거쳐 올 거요. 내 생각에 6월부터는 버스가 다니지 싶은데."

밥은 그런 식으로 한참을 주절거리다가, 공사감독이 부르자 양해를 구하며 내게 소시지처럼 생긴 손을 다시 내밀고 나서 그쪽으로 돌아갔다. 캐럴라인은 작업중인 다른 사람을 보러 갔고, 나는 그대로 네모반듯한 콘크리트 공간에 서 있었다. 아마도 부엌 창문을 내리라 짐작되는 부근에 서서 대정원 너머 헌드레즈홀 쪽을 돌아보았다. 저멀리 저택이 확실히 시야에 들어왔는데, 특히 저택 앞 나무들이 헐벗은 겨울이라 더 잘 보였다. 이 집 위층에서 보면 진짜 잘 보이겠다는 생각이 들었다. 집 뒤쪽에 설치한다는 조잡한 철망 울타리라면 스물네 가구에서 키우는 어린애들이 대정원에 들어가는 걸 잘도 막겠다는 생각 또한 들었다……

나는 콘크리트 가장자리에 서 있는 캐럴라인에게 다가가 그녀가 대화하던 인부와 잠시 얘기를 나눴다. 그는 나도 잘 아는 남자로, 외가 쪽으로 먼 친척뻘 되는 사이였다. 어릴 때 다니던, 교실이 두 개뿐이던 공립학교에서 그는 내 짝이었고, 그때는 참 사이좋은 친구였다. 나중에 내가 레밍턴 칼리지에 들어가고부터 사이가 틀어졌는데, 한번은 녀석이 자기 형 코디하고 나를 괴롭힌 적도 있었다. 어느 늦은 오후에 자전거를 타고 집으로 돌아가는데 형제가 차돌을 한 주먹씩 쥐고 숨어서 나를 기다렸던 것이다. 그래봤자 다 옛날 얘기다. 그 후로 녀석은 결혼을 두 번 했다. 첫번째 아내와 아이는 세상을 떠났지만, 지금은 장성한 아들이 둘 있다. 아들들은 최근에 코번트리로 이사했다. 캐럴라인이 아들들은 잘 지내느냐고 묻자, 그는 나도 한때 그렇게 말했다는 게 통 믿어지지 않는 지독한 워릭셔 사투리로 둘 다 곧장 공장에 취직해 매주 20파운드가 넘는 월급을 집으로 가져온다고 대답했다. 나도 그만큼만 벌면 소원이 없을 텐데. 내 보기엔 아마도 에어즈가의 한 달 생활비보다 많을 것이다. 그런데도 그는 여전히 캐럴라인과 얘기를 하기 위해 모자를 벗어들고 있었다. 나를 대할 때 더 멋쩍어하는 것 같긴 했지만. 우리가 발길을 돌리자 그는 내게 어색하게 목례를 했다. 그토록 오랜 시간이 흘렀는데도 그가 나를 '의사 선생님'이라고 칭하는 게 참 어색했지만, 그가 내 이름을 부를 수도, 그렇다고 '나리'라고 할 수도 없는 노릇임을 역시 잘 알고 있었다.

나는 가능한 한 자연스럽게 말했다. "잘 있게, 톰." 이어서 캐럴라인이 진심으로 다정하게 말했다. "또 봐요, 프리쳇 씨. 얘기 즐거웠어요. 아들들이 그렇게 잘산다니 나도 기쁘네요."

왠지 모르겠지만 나는 불쑥 그녀가 그 우스꽝스러운 모자를 쓰지 않았으면 좋았을걸 싶었다. 우리는 돌아서서 다시 헌드레즈홀을 향해 발걸음을 옮겼고, 나는 프리쳇이 하던 일을 멈추고 우릴 바라보고 있음을, 아마도 자신의 학창 시절 동무를 쳐다보고 있음을 느꼈다.

우리는 아무 말 없이 일렬로 찍힌 우리의 짙은 발자국을 되짚어 풀밭을 가로지르면서, 방금 본 공사 현장에 대해 각자 생각에 잠겼다. 그러다 캐럴라인이 마침내 입을 열었다. 말투는 제법 명랑했지만, 나와 시선을 마주치지는 않았다.

"밥이란 사람 꽤나 괴짜 같지 않아요? 그리고 그 집들도 끝내주죠? 선생님이 진료하는, 형편이 좋지 못한 환자들에게 아주 그만일 것 같아."

"아주 그만이지. 축축한 바닥과 낮은 천장하고도 안녕이니까. 위생도 좋은 편이고. 아이들 성별에 따라 방을 나눌 수도 있고."

"아이들에게 올바른 시작이죠, 그 밖에 여러모로. 그리고 더기 밥에게도 굉장히 좋은 일이겠지, 그렇게 해서 그 지독한 장모한테서 벗어날 수 있다면…… 하지만, 아, 선생님……" 그녀는 드디어 나를 쳐다보았고, 비참하다는 듯 어깨 너머를 힐끔거렸다. "우리집 낡은 외양간에 들어가 살 마음은 들어야 응접실과 맞춤형 부엌이 딸린 저런 조그만 성냥갑으로 이사할 마음도 생길 것 같아요." 캐럴라인은 허리를 굽혀 바람에 날려온 나뭇가지를 줍더니 그걸로 땅바닥을 후려치기 시작했다. "그나저나 맞춤형 부엌이란 게 뭐지?"

"지저분한 빈자리 혹은 여분의 구석이 없는 부엌이겠지."

"그리고 틀림없이 아무런 개성도 없겠죠. 빈자리나 남는 구석이 어때서? 그런 것도 없는 살림살이를 누가 좋아하겠어?"

"글쎄." 나는 왕진하면서 방문했던 훨씬 비위생적인 집들을 떠올리며 말했다. "사실 많이들 좋아할걸." 그리고 뒤늦게 생각난 김에 덧붙였다. "우리 어머니라면 그 집을 좋아하셨을 거요. 만약 내가 다르게 자랐다면 지금쯤 어머니는 아버지와 함께 그런 집에 사실지도 모르지."

캐럴라인은 나를 쳐다보았다. "그게 무슨 말이에요?"

나는 그녀에게 내가 레밍턴 칼리지와 의대를 다닐 수 있도록 순전히 학비와 보조금을 대는 데만도 허덕였던 부모님 얘기를 짧게 들려주었다. 두 분이 져야 했던 빚, 혹독한 근검절약, 시간 외 근무를 자청했던 아버지, 세탁용 보일러에서 들통으로 젖은 빨랫감을 옮길 힘도 없으면서 남들 빨래와 삯바느질을 도맡아 했던 어머니.

점점 신랄해지는 내 목소리가 내 귀에도 들렸지만, 나는 멈출 수가 없었다. "부모님은 나를 의사로 만들기 위해 두 분이 지닌 모든 것을 쏟아부었는데, 나는 어머니가 아프신 줄도 몰랐소. 두 분은 내 교육비로 전 재산을 썼는데, 내가 배운 거라곤 내 사투리가 글러먹었고, 내 옷이 글러먹었고, 내 식사 예절이…… 하여간 모조리 다 글러먹었다는 것뿐이었소. 사실 나는 배울수록 부모님이 부끄러웠어. 친구를 집에 데려오는 일도 없었지. 딱 한 번 웅변대회 때 부모님이 학교에 오신 적이 있소. 내가 과학상을 받았거든. 다른 애들 얼굴에 떠오른 표정만 봐도 충분했소. 나는 다시는 부모님을 초대하지 않았지. 또 한번은 열일곱 살 때였는데, 가게 손님이 있는 데서 아버지한테 바보라고 소리를 지르고……"

나는 말을 끝맺지 못했다. 캐럴라인은 잠시 기다렸다 거센 바람

속에서 가능한 한 부드럽게 말했다. "하지만 두 분은 분명 선생님을 자랑스러워했을 거예요."

나는 어깨를 으쓱했다. "그랬을지도. 하지만 자부심이 행복을 대신하지는 않아, 안 그렇소? 만일 내가 다른 사촌들처럼, 가령 아까 본 톰 프리쳇처럼 자랐다면, 정말 두 분은 훨씬 나은 삶을 사셨을 거요. 어쩌면 나도 더 잘살게 됐을지 모르지."

캐럴라인이 얼굴을 찡그리는 게 보였다. 그녀는 또 나뭇가지로 땅바닥을 후려갈겼다. "여태껏 말이에요." 그녀가 고개를 들지 않고 말했다. "선생님이 분명 우리를 좀 싫어할 거라고 생각했어요, 어머니와 로드와 나를."

나는 어이가 없었다. "당신들을 싫어한다고?"

"네, 선생님의 부모님을 대신해서요. 그런데 지금 하는 얘기를 들어보니 마치…… 음, 마치 선생님은 자신을 싫어하는 것 같네요."

나는 대답하지 않았고, 우리는 다시 침묵 속에서 걸었다. 둘 다 어쩐지 어색한 기분이었다. 날이 저물어가는 것을 의식하고 우리는 애써 걸음을 재촉했다. 아까 오면서 만든 짙은 궤적을 벗어나 좀 더 마른 땅을 찾아 다른 길을 통해 집으로 돌아갔다. 정원 울타리가 아주 오래된 하하*로 바뀌는 지점에 도착했는데, 하하의 양편이 다 무너지고 잡초까지 우거진 것이 정말이지 흑흑이었다. 나의 논평에 캐럴라인은 빙긋 웃었고, 축 처졌던 기분이 한결 나아졌다. 엉망

---

* 시야를 가리지 않고 정원이나 대정원의 경계를 표시하기 위해 땅을 파서 돌을 쌓은 울타리의 일종.

진창이 된 도랑을 힘겹게 넘고 보니 침수된 잔디밭이 나왔다. 우리는 아까와 마찬가지로 엉거주춤 발꿈치를 들고 건너는 수밖에 없었다. 밑창이 부드러운 내 구두는 이런 대접을 참을 만한 놈이 아니어서, 한번은 앞뒤로 쫙 미끄러져 다리가 찢어질 뻔했다. 캐럴라인은 내 꼴에 신나게 웃어대느라 핏기가 목부터 올라와 안 그래도 빨개진 뺨이 더 시뻘겋게 달아올랐다.

지저분한 발자국이 찍힐까봐 우리는 저택을 빙 돌아 정원 문으로 갔다. 헌드레즈홀은 그 시간이면 늘 그렇듯 불이 꺼져 있었다. 해가 없는 날이긴 했지만 깎아지른 듯 높이 솟은 벽과 텅 빈 유리창이 오후의 마지막 햇빛을 흡수하는 것처럼 느껴지는 가운데, 저택을 향해 다가가는 것이 마치 어둠 속으로 발걸음을 내딛는 것 같았다. 뻣뻣한 매트에 신발을 문지르는 캐럴라인을 보니, 데운 우유 표면처럼 눈두덩에 살짝 잔주름이 잡히면서 얼굴에 다시 피곤에 찌든 선이 생기는 모습이 참 안타까웠다.

그녀는 집안을 살피며 말했다. "날이 아직도 무척 짧네요. 해가 짧은 날은 참 싫지 않아요? 안 그래도 힘든 일이 더욱 힘겨워져요. 정말로 로디가 여기 있었으면 좋겠어. 이젠 어머니와 나밖에 없으니……" 그녀는 시선을 내리깔았다. "물론 어머니는 다정한 분이세요. 어머니가 편찮으신 건 어머니 잘못이 아니죠. 그런데 모르겠어요, 가끔 보면 점점 정신이 흐려지시는 것 같아요. 그리고 유감스럽게도 나 또한 언제고 참을 수 있는 건 아니거든요. 로드와 둘이서는 잘 어울려 놀았는데. 그냥 바보 같은 짓을 해도. 그러니까 로드가 아프기 전에는 말이죠."

나는 조용히 말했다. "로드가 돌아올 때까지 실제로 그리 오래 걸리지는 않을 거요."

"정말 그렇게 생각해요? 그애를 볼 수 있으면 좋겠어. 로드가 병들어 혼자 외로이 그곳에 있다고 생각하면 진짜 이상해! 요즘 그애가 어떤지 우린 하나도 모르잖아요. 면회를 가봐야 하지 않을까?"

"원한다면 갈 수 있소." 내가 말했다. "기꺼이 동행해주리다. 그런데 로드 본인이 우리가 와주길 바란다는 의사를 비친 적이 있나?"

캐럴라인은 우울하게 고개를 저었다. "닥터 워런 말로는 로드가 혼자 격리된 상태를 좋아한대요."

"그렇다면 닥터 워런의 말이 맞겠지."

"네, 그렇겠죠……"

"좀더 시간을 두고 봅시다." 나는 그녀에게 말했다. "아까도 말했듯 금방 봄이 올 거고, 그럼 모든 게 다 다르게 보일 거요. 두고 봐요."

그녀는 그렇게 믿고 싶은지 힘차게 고개를 끄덕였다. 그리고 매트 위에 다시 발을 구르고, 내키지 않는 듯 한숨을 내쉬며 어머니가 있는 차갑고 우울한 집안으로 발길을 돌렸다.

하루인가 이틀 후, 지역 종합병원에서 열리는 댄스파티 일정을 잡으면서 나도 모르게 캐럴라인의 한숨이 떠올랐다. 댄스파티는 기금을 조성하기 위해 해마다 열리는 행사였다. 젊은이들 외에는 다들 대수롭지 않게 여겼다. 그래도 동네의 다른 개업의들은 아내와 다 자란 아이들을 데리고 참석하는 편이었다. 우리 리드코트의 의사들은 해마다 돌아가면서 행사에 참석했는데, 이번에는 그레이엄과 내 차례였다. 우리가 없는 동안 대리의사인 프랭크 와이즈와 닥터 실리의 파트너 모리슨이 당직을 서기로 했다. 미혼인 나는 손님을 한두 명 데려가도 상관없었다. 몇 달 전에 이 파티를 떠올렸을 때는 사실 에어즈 부인을 초청할 생각이었다. 그런데 부인이 여전히 몸 상태가 안 좋아 파티에 함께 참석하는 것은 불가능했다. 그러다 문득 캐럴라인이라면 기꺼이 파트너가 되어줄지도 모른다는 생각이 들었다. 덕분에 헌드레즈 밖에서 하룻저녁을 보낼 수 있는 핑계가 된다면. 하지만 사실상 '회식' 자리나 다름없는 그곳에 같이 가자는 나의 요청을 그녀가 아주 질색할지도 모르겠다는 생각이 막판에 떠올라 말을 넣을지 말지 한참을 미적거렸다. 그러나 캐럴라인의 아이러니한 면모를 내가 잠시 잊었던 것이다.

"의사들의 댄스파티라고요!" 망설임 끝에 초청 의사를 밝히는 전화를 걸자, 그녀는 신이 나서 말했다. "와, 가보고 싶어요."

"진심이오? 그냥 우스꽝스럽고 고리타분한 행사인데. 그리고 의사들의 파티라기보다는 간호사들의 파티에 더 가깝소. 대개 여자가 남자보다 훨씬 많거든."

"당연히 그렇겠죠! 병동을 벗어나 다들 잔뜩 흥분해 상기된 얼굴이겠죠. 해군 댄스파티 때 여성해군단 신참들이 딱 그랬거든요. 그리고 수간호사는 술을 너무 많이 마셔서 외과의의 신망을 잃고 말이죠? 아, 내 말이 맞는다고 해줘요."

"자자, 진정하고." 나는 말했다. "벌써부터 그러면 뜻밖의 놀라움이란 게 남아나지 않겠소."

캐럴라인은 웃음을 터뜨렸다. 지지직거리는 전화선을 통해서도 그녀의 음성에서 진심 어린 설렘과 즐거움이 느껴졌고, 나는 얘기하기를 잘했다는 생각이 들었다. 내 파트너 자리를 받아들이면서 그녀가 속으로 다른 마음을 품었는지 어땠는지는 알 길이 없다. 그녀 나이 또래의 미혼 처자가 댄스파티를 고대하면서 거기 널려 있을 총각들에 대한 생각을 한 번도 하지 않았다면 그게 더 이상하리라. 그러나 그런 쪽으로 생각을 품었다 해도, 캐럴라인은 전혀 내색하지 않았다. 어쩌면 몰리 씨와 겪었던 약간은 굴욕적인 경험이 그녀에게 신중함을 길러줬을지도 모르겠다. 캐럴라인은 마치 그녀와 내가 재미난 짓거리를 옆에서 구경만 하는 나이든 한 쌍이라는 식으로 신이 나 이야기했다. 파티 당일이 되어 데리러 가보니 캐럴라인은 아주 수수한 옷차림이었다. 소매 없는 올리브색 이브닝드레스에 머리칼은 말지 않은 채로 늘어뜨렸고, 평소처럼 목걸이나 팔찌도 하지 않았으며, 선 굵은 얼굴에는 화장기도 거의 없었다.

우리는 에어즈 부인을 작은 응접실에 남겨두고 나왔는데, 그녀는 저녁을 혼자 보내게 된 데 전혀 개의치 않는 눈치였다. 부인은 무릎 위에 쟁반을 얹고 남편이 보낸 옛 편지를 살펴보며 가지런히 순서대로 쌓아놓았다.

그래도 나는 부인을 혼자 두고 나가는 게 영 마음에 걸렸다. "당신 어머니가 정말 저대로 괜찮으실까?" 출발하면서 나는 캐럴라인에게 물었다.

"아, 어머니한테는 베티가 있잖아요, 잊었군요. 베티가 몇 시간 동안 어머니와 함께 작은 응접실에 있을 거예요. 두 사람은 함께 게

임도 하는데, 알고 있었나요? 집안을 여기저기 살피다 어머니가 우연히 예전에 쓰던 낡은 게임판을 찾아내셨거든요. 둘이서 체커와 핼머를 둔다니까요."

"베티하고 당신 어머니가?"

"예, 참 신기한 일이죠? 어머니가 로다나 나한테 보드게임을 하자고 하신 적이 있었나 싶어요. 하지만 지금은 좋아하시는 것 같아요. 베티도 그렇고. 둘이서 반 페니짜리 내기도 하는데, 보통 어머니가 져주시죠…… 크리스마스 때 베티가 자기 집에서 별로 즐겁게 지내지 못한 모양이에요, 불쌍한 것. 그애 어머니가 아주 끔찍한 여자인가 보던데, 그러니 베티가 우리 어머니를 더 좋아한다 해도 놀랄 일은 아니죠. 그리고 원래 다들 우리 어머니를 좋아하거든요, 뭐 그런 거죠……"

캐럴라인은 말하는 도중에 하품을 했고, 추운지 코트를 꼭 여몄다. 그리고 한동안 자동차의 엔진 소리와 움직임에 위안을 받으며—겨울철 시골길을 따라 레밍턴까지 가는 데 거의 삼십 분이 걸렸다—우리는 기분좋은 침묵에 빠져들었다.

그러나 일단 병원 구내에 도착해 자동차와 사람들의 웅성거림에 합류하자, 둘 다 생기가 돌기 시작했다. 댄스파티는 쪽모이 세공 마루가 깔린 드넓은 강의실에서 열렸다. 책상과 걸상을 다 치우고, 밝기만 한 중앙 조명을 끈 채 기둥과 기둥 사이에 예쁜 색깔의 램프와 휘장을 매달았다. 안으로 들어가니 그만저만한 밴드가 경음악을 연주했다. 미끄러운 플로어 바닥에는 석회 가루를 대충 뿌려놓았고, 남의 시선에 개의치 않는 커플 몇몇은 이미 올라가서 춤을 추고 있었다. 다른 사람들은 가장자리에 놓인 테이블에 앉아 무대에 합류할 용기를 그러모으는 중이었다.

기다란 가대식 테이블이 바 노릇을 했다. 우리는 먼저 그쪽으로 걸어가다가, 몇 야드 못 가 대학 동기들한테 붙잡혔다. 블랜드와 리킷이었다. 한 명은 외과의였고, 다른 한 명은 레밍턴에서 가정의로 일했다. 그들에게 캐럴라인을 소개한 뒤, 흔히 하는 잡담이 이어졌다. 그들은 손에 종이컵을 들었고, 내가 바를 흘끔거리자 리킷이 말했다. "클로로포름 펀치를 찾나? 이름에 속지 말라고. 그냥 체리에 이드일 뿐이야. 잠깐만 기다려. 여기 우리가 찾는 친구가 왔군."

그는 캐럴라인의 등뒤로 손을 뻗어 지나가는 누군가의 팔을 잡았다. 병원 잡역부였다. 리킷이 남자의 귀에 대고 뭐라고 소곤거리는 동안 블랜드가 캐럴라인에게 그 남자를 '우리의 사기꾼 레지던트'라고 설명했다. 남자는 잠시 후 컵 네 잔을 들고 왔다. 잔마다 연한 핑크빛 액체가 가득 담겨 있었다. 바에 있는 펀치 그릇에서 퍼오는 걸 봤는데, 전부 진하게 브랜디를 더 넣었음을 금세 알 수 있었다.

"훨씬 낫군." 리킷이 홀짝 맛을 보고 입맛을 다시며 말했다. "안 그렇습니까? 에……" 그는 캐럴라인의 이름을 까먹었다.

브랜디는 질이 낮았고, 펀치는 사카린으로 단맛을 냈다. 블랜드와 리킷이 딴 데로 가버리자 나는 캐럴라인에게 물었다. "이런 걸 마실 수 있겠소?"

그녀는 웃음을 터뜨렸다. "그래도 버리진 않을래요. 근데 이거 진짜 밀주예요?"

"아마도."

"와우, 놀라운데요."

"뭐, 불법 브랜디 좀 마셨다고 별 탈 있으려고." 나는 그녀의 허리에 손을 올려 방향을 틀고 바를 오가는 사람들 무리를 헤쳐나왔다. 홀은 점점 붐볐다.

우리는 빈 테이블을 찾기 시작했다. 그러나 몇 걸음 못 가서 또 어떤 남자가 내게 인사를 건넸다. 이번에는 공교롭게도 로드의 성공적인 다리 치료법에 관한 나의 논문을 심사했던 최고 전문의 중 한 명이었다. 그가 부르는데 멈춰 서지 않을 수가 없었다. 그는 십여 분가량 나를 붙들고 치료요법상의 몇몇 과정에 관해 내 의견을 구했다. 전문의는 캐럴라인을 대화에 끌어들이려는 노력은 손톱만큼도 하지 않았고, 그가 얘기하는 동안 나는 연신 그녀 쪽을 힐끔거렸다. 캐럴라인은 남들의 시선을 의식하는지, 빠른 속도로 종이컵에 든 술을 홀짝이며 홀을 둘러보았다. 전문의가 내게 말을 거는 동안 그녀 또한 시시때때로 나를 쳐다보았는데, 내가 좀 달리 보인 모양이었다.

"여기서 선생님은 엄청 대단한 분이네요." 마침내 전문의가 다른 곳으로 가버리자 그녀가 말했다.

"하!" 나는 펀치를 한 모금 꿀꺽 마셨다. "엄청 별거 아닌 사람이오, 내 보증하지."

"흠, 그럼 우리 둘 다 별거 아닌 사람일 수 있겠네요. 집에서 나오니 기분 전환이 되는걸. 요즘은 동네 어딜 가든 나를 쳐다보는 시선이 느껴져요. 다들 이렇게 생각하겠죠. 저기 헌드레즈홀에 사는 불쌍한 에어즈 양이 가네…… 그래서 이젠, 앗, 저기 봐요."그녀가 고개를 돌렸다. "간호사들이 잔뜩 왔어요. 정말 많네. 딱 내가 생각했던 대로야! 얼굴이 빨개진 새끼 거위들 같아. 전쟁 때 간호사로 지원해볼까 생각했는데, 사람들이 하도 나보고 간호가 안성맞춤이라고 해서 외려 흥미를 잃었죠. 어쩐지 그 말이 칭찬으로 들리지 않았거든요. 그래서 여성해군단에 들어간 거예요. 그러다 결국엔 로디를 간호하게 됐고."

그녀 목소리에 어렴풋이 아쉬움이 묻어나는 것 같아서 나는 물었다. "군복무 생활이 그립소?"

캐럴라인은 고개를 끄덕였다. "사무치게 그리웠죠, 처음에는. 알다시피 나는 꽤 잘했거든요. 군대가 체질이라니, 정말 어디 내놓기 창피한 일이지 않아요? 배에 관한 거라면 어떤 지겨운 일이라도 다 좋았어요. 그 판에 박힌 생활이 마음에 들었거든요. 일 처리 방식이 딱 한 가지밖에 없고, 스타킹도 한 종류, 신발도 한 종류, 머리 묶는 방법도 한 가지뿐이라는 게 마음에 들었어요. 전쟁 말기에는 이탈리아나 싱가포르로 나가 주둔하려고 했죠. 하지만 헌드레즈로 돌아오니까……"

옆에서 어떤 커플이 급하게 밀치고 지나가다 캐럴라인의 팔을 툭 쳤다. 들고 있던 술이 찰랑 넘치자 그녀는 컵을 들어 입에 갖다 대고 흘러내린 몇 방울을 혀로 핥았다. 그러고는 별말이 없었다. 밴드에 가수가 등장하며 음악은 더욱 활기차고 시끄러워졌다. 사람들은 흥에 겨워 댄스플로어로 이동했고, 때문에 우리는 가만히 서서 얘기하기가 더 힘들어졌다.

나는 음악에 묻힐까 목소리를 높였다. "자리를 옮깁시다. 같이 춤출 사람을 찾아보면 어떻겠소? 저기 앤드루스가 있군, 병원에서 연수중인 외과의사인데……"

캐럴라인이 내 팔을 잡았다. "아, 더는 남자한테 나를 소개하지 마요, 아직은. 특히 외과의사는 사양이에요. 날 쳐다볼 때마다 칼질 하려고 나를 잰다는 생각이 들 거야. 게다가 남자는 키 큰 여자와 춤추는 걸 싫어해요. 선생님이 나하고 같이 추는 건 어때요?"

"물론 좋소. 당신만 괜찮다면."

우리는 술을 마저 들이켜고 컵을 내려놓은 다음 무대로 나갔다. 서로 팔을 얹고 함께 움직였고, 이런 포즈의 근본적인 부자연스러움을 떨치려 애쓰는 어색한 순간이 없지 않았지만, 어쨌든 마구 떼밀리면서 우리를 반기지 않는 춤추는 무리에 합류했다.

캐럴라인이 말했다. "나는 이런 박자가 싫어요. 꼭 몸을 던져 순환식 엘리베이터*를 잡아타야 할 것 같은 기분이야."

"그럼 눈을 감아요." 나는 이렇게 말하며 빠른 스텝으로 그녀를 안내했다. 한동안 춤추는 사람들의 뒤축에 밟히고 팔꿈치에 찔리다 군중의 규칙적인 리듬과 동선을 발견했다.

캐럴라인이 감동받은 표정으로 눈을 떴다. "그런데 다시 나갈 때는 어떻게 하죠?"

"그건 나중에 걱정합시다."

"느린 곡이 나올 때까지 기다려야 할까요…… 꽤 잘 추네요, 솔

---

* 문이 없는 채 체인 도르래식으로 계속 돌아가는 엘리베이터.

직히."

"당신도 잘 추는데."

"뜻밖이라는 투네요. 나 춤추는 거 진짜 좋아해요. 원래 그랬어요. 전쟁 때는 미친듯이 췄죠. 군대에서 제일 좋았던 점이에요. 실컷 춤출 수 있었다는 거. 어렸을 때는 아버지와 춤을 췄어요. 아버지는 무척 키가 커서 내 큰 키가 아무런 문제가 되지 않았죠. 내 스텝은 모두 아버지한테 배운 거예요. 로드는 몸치였죠. 내가 자기를 끌고 다닌다면서 차라리 남자애랑 춤추는 게 낫겠다나. 내가 선생님을 끌고 다니나요?"

"전혀."

"그런데 나 오늘 말이 너무 많지 않나요? 그런 걸 싫어하는 남자들도 있다는 거 알아요. 말을 듣다보면 정신이 산란해서 실수를 하게 되나봐요."

나는 마음대로 말해도 상관없다고 얘기해주었다. 사실 이렇게 신이 난 캐럴라인의 모습이 보기 좋았고, 내 품안에서 나긋하고 유연하게 움직이는 느낌도 좋았다. 우리는 약간 의례적인 거리를 두었지만, 자꾸 군중에 떠밀려 그녀의 몸이 내 품으로 좀더 단단히 밀착되곤 했고, 그럴 때마다 내 가슴팍에 닿는 풍만한 가슴의 탄력과 탄탄한 엉덩이의 압박이 느껴졌다. 턴을 돌 때면 그녀의 등허리 근육이 내 손바닥과 활짝 편 손가락 밑에서 팽팽하게 움직였다. 맞잡은 그녀의 손은 아까 넘쳐흘렀던 펀치 때문에 끈적거렸다. 댄스플로어를 두리번거리는 그녀의 입에서 브랜디 향이 났다. 나는 그녀가 살짝 취했음을 깨달았다. 어쩌면 나도 살짝 취했었는지 모르겠다. 나는 덜컥 그녀가 좋아졌고, 너무 갑작스럽고 단순한 그 감정에 빙그레 웃음이 나왔다.

캐럴라인이 고개를 젖히고 내 얼굴을 똑바로 쳐다보았다. "왜 그렇게 실실 웃어요? 선생님은 꼭 대회에 출전한 댄서 같아요. 등번호라도 붙인 거 아녜요?" 그녀는 확인해보는 척 내 어깨 너머를 흘겨보았다. 또 한번 그녀의 가슴이 탄력 있게 내게 부딪쳤다. 그때 캐럴라인이 내 귀에 대고 말했다. "저기 닥터 실리가 있어요! 나를 휙 돌려봐요, 그럼 실리의 나비넥타이와 단춧구멍을 볼 수 있을 거예요!"

캐럴라인의 말대로 턴을 도니 커다란 덩치의 곰 같은 남자가 자기 아내와 춤을 추는 모습이 눈에 들어왔다. 물방울무늬 나비넥타이를 매고 풍성한 난초같이 생긴 꽃을 단춧구멍에 꽂았다. 도대체 어디서 그런 꽃을 구했는지 알다가도 모를 일이었다. 기름을 잔뜩 바른 머리카락이 칼날처럼 날카롭게 눈썹 위로 뻗쳐 있었다.

나는 말했다. "자기가 오스카 와일드라도 되는 줄 아는가보오."

"오스카 와일드!" 캐럴라인이 킥킥거렸다. 품안에서 그녀의 웃음이 느껴졌다. "그랬다면 좋았게요! 어릴 때 우리 여자애들 사이에서 그의 별명은 '문어'였어요. 여자애들을 자기 차에 태워주길 무척 좋아했는데, 운전대를 잡은 손이 몇 개가 되든 항상 여자애를 건드릴 손 하나는 최소한 더 있는 것 같다고…… 실리한테 보이지 않게 딴 데로 리드해줘요. 나한테 더 많은 뒷이야기들을 들려줘야 한다는 거 잊지 말고요. 무대 가장자리에 붙어서……"

"어허 이봐, 리드하는 사람이 누구요? 로더릭이 당신한테 끌려

다닌다고 했던 말이 무슨 뜻인지 슬슬 감이 오는데."

"가장자리에 붙어요." 그녀는 다시 웃음을 터뜨리며 말했다. "원을 돌면서 저 사람들이 다 누군지, 누가 환자를 제일 많이 죽였는지, 어느 의사가 어느 간호사랑 잤는지, 그 밖에 스캔들이란 스캔들은 싹 다 까발려줘야 해요."

우리는 두 곡인가 세 곡 더 무대에서 춤을 추었고, 나는 최선을 다해 병원의 주요 인사들을 짚어주며 그리 자극적이지 않은 가십 몇 가지를 제공했다. 음악이 왈츠로 바뀌자 춤추던 사람들이 많이 빠져나갔다. 우리도 바로 돌아와 펀치를 좀더 마셨다. 홀은 점점 열기를 더해갔다. 고개를 드니 데이비드 그레이엄이 앤과 함께 이제 막 도착해 인파를 헤치고 우리 쪽으로 다가오는 게 보였다. 그레이엄과 캐럴라인이 마지막으로 만났던 때는 로드를 병원으로 데려가기 하루 전날이었다. 그레이엄은 로더릭을 교차진단하기 위해 헌드레즈에 왔다. 그때가 생각나서 나는 그녀 쪽으로 바짝 고개를 숙이고 음악 소리에 묻히지 않을 만큼만 목소리를 높여 말했다. "그레이엄이 우리 쪽으로 오는데. 그를 만나기 좀 껄끄러운가?"

그녀는 돌아보지도 않고 고개를 짧게 저었다.

"아뇨, 상관없어요. 어차피 그 사람도 왔을 거라고 생각했어요."

그레이엄 부부의 합류로 약간 어색함이 흘렀지만, 어찌어찌 분위기는 금방 회복됐다. 두 사람은 손님을 데려왔는데, 스트랫퍼드에 사는 중년 부부와 그들의 결혼한 딸이었다. 알고 보니 그 딸이 캐럴라인의 옛친구였다. 두 사람은 웃고 환성을 지르며 얼싸안고 서로의 뺨에 입을 맞추었다.

"우리 아는 사이예요." 캐럴라인이 내게 말했다. "와, 이게 몇 년 만이야! 전쟁 때 보고 못 봤으니."

그 딸 브렌다는 금발에 예쁘게 생긴 여자였다. 좀 속물적으로 보이기도 했고. 캐럴라인을 생각하면 그녀의 등장이 기쁘면서도 한편으론 막연히 아쉬운 감도 없지 않았는데, 브렌다와 그녀의 부모가 도착하면서 신구세대 간에 선이 그어진 느낌이 들었기 때문이다. 브렌다와 캐럴라인은 우리와 좀 떨어져 담배를 피우다 금세 둘이 팔짱을 끼고 여성용 화장실 쪽으로 가버렸다.

두 사람이 돌아왔을 때 나는 완전히 그레이엄 일행에 붙들려 있었다. 그레이엄은 밴드의 쿵작거리는 소음에서 약간 멀리 있는 테이블을 하나 찾아내 알제리산 와인 두어 병을 꺼냈다. 그는 와인을 따라 캐럴라인과 브렌다에게 건네고 의자도 권했다. 그러나 두 사람은 앉지 않고 선 채로 댄스플로어를 구경했다. 브렌다는 술을 마시면서 리듬에 맞춰 초조하게 엉덩이를 흔들어댔다. 음악이 다시 달아오르자 두 사람 다 춤을 추고 싶어했다.

"괜찮을까요?" 캐럴라인이 플로어로 나가면서 미안한 듯 물었다. "브렌다가 여기 아는 사람이 몇 명 있는데 나를 소개하고 싶대요."

"가서 춤춰요." 나는 말했다.

"오래 있지는 않을 거예요, 정말로."

"캐럴라인이 밖에 나와 저렇게 즐거워하는 모습을 보니 좋군." 그녀가 가고 나자 그레이엄이 말했다.

나는 고개를 끄덕였다. "그래."

"자네, 캐럴라인하고 자주 보는 사이인가?"

"뭐, 틈나는 대로 들르고 있지."

"아무렴." 그는 나한테서 뭔가 더 말이 나오기를 기다리는 듯했다. 그러다 좀더 은밀한 투로 덧붙였다. "남동생은 여전하고?"

나는 가장 최근에 닥터 워런에게 들은 경과를 얘기해주었다. 그러고는 각자 맡은 다른 환자 한두 명에 대한 소식을 교환하고, 스트랫퍼드에서 온 남자와 함께 앞으로 실시될 건강보험제도에 관해 의견을 나눴다. 남자는 대부분의 개업의와 마찬가지로 건강보험제도에 격렬하게 반대하는 입장이었다. 데이비드 그레이엄은 열렬한 찬성파인 반면 나는 여전히 건강보험제도가 시작되면 내 경력은 끝장이라고 침울하게 확신하는 축이었다. 우리의 토론은 무척 활기를 띠었고, 꽤 오랫동안 지속되었다. 나는 종종 고개를 들어 플로어에 있는 캐럴라인을 찾아보았다. 이따금 그녀와 브렌다는 와인을 더 마시러 우리 테이블에 들렀다.

"괜찮소?" 나는 그녀에게 소리치거나, 혹은 그레이엄의 어깨 너머로 입 모양으로만 뻐끔거리며 물었다. "내가 당신을 너무 안 챙기는 게 아닌가?"

그녀는 웃으며 고개를 저었다. "별말을 다 하시네요!"

"캐럴라인이 정말 괜찮은 것 같습니까?" 밤이 깊어지자 나는 앤에게 물었다. "너무 혼자 내버려둔 것 같은 느낌이 드는데."

앤은 자기 남편을 흘끔 보고 나서 내게 무슨 말인가 했는데, 음악 소리 때문에 잘 들리지 않았다. "아, 우리는 그런 데 익숙해요!"라든가 "그녀는 그런 데 익숙해져야 할 거예요!"라든가 뭐 그런 말이었다. 그게 뭐였든 하여간 그녀는 내 말을 잘못 알아들은 모양이었다. 어리둥절한 내 표정을 보고 앤이 웃음을 터뜨리며 덧붙였다. "브렌다가 캐럴라인을 잘 챙기고 있어요. 걱정하지 마요. 잘 있는데, 뭐."

열한시 반인가 되자 누군가 마이크를 잡고 폴 존스* 타임을 알렸다. 사람들이 우르르 댄스플로어로 몰려나갔고, 그레이엄과 나도 주위의 부추김에 어쩔 수 없이 나갔다. 자연히 나는 다시 캐럴라인을 찾았고, 그녀가 홀 맞은편에서 여자들의 원에 끌려 들어가는 모습을 보았다. 그 뒤로 쭉 그녀를 눈으로 좇으며 음악이 끊길 때 우연히 마주칠 수 있기를 바랐지만, 매번 열이 뒤섞일 때마다 서로 상대방을 향해 달려갔다가 속절없이 반대 방향으로 멀어지기만 했다. 간호사들로 미어터지는 여자들의 원은 남자들의 원보다 훨씬 더 컸다. 웃음기를 머금은 캐럴라인이 보였다가, 다른 아가씨들의 발에 걸려 넘어질 뻔하는 모습도 보였다. 한번은 내 앞을 홱 지나가면서 시선이 마주치자 얼굴을 찡그렸다. "죽을 맛인데요!" 그녀가 그렇게 외쳤던 게 생각난다. 다음번에 마주쳤을 때는 깔깔 웃었다. 묶지 않은 머리카락이 앞으로 흘러내려 땀으로 번들거리는 얼굴과 입술에 몇 가닥 붙어 있었다. 마침내 캐럴라인이 내 왼쪽으로 한 자리인가 두 자리 옆에 왔고, 나는 예의는 차리면서도 완강한 밀어붙이기로 그녀 앞에 서려다 크고 축축하고 더워 보이는 사내한테 밀리고 말았다. 다름 아닌 짐 실리였다. 지금 생각해보니 원래 그녀의

---

* 두 줄로 둥글게 원을 만들어 여자들은 시계 방향, 남자들은 반시계 방향으로 돌다 사회자의 신호에 맞춰 짝을 바꿔가며 추는 사교춤.

앞자리 파트너가 실리였던 모양이다. 실리가 그녀를 포옹하듯 바싹 끌어당기자 캐럴라인이 깜짝 놀란 듯 나를 향해 우스꽝스러운 표정을 지어 보였고, 실리는 그녀의 귀에 턱을 대고 느릿한 폭스트롯에 맞춰 리드했다.

나는 젊은 간호사 가운데 한 명과 폭스트롯을 추었다. 곡이 끝나자 원무는 더욱 시끌벅적해졌고, 나는 댄스플로어를 빠져나왔다. 그리고 바에 가서 묽은 펀치를 한 잔 따른 다음 사람들이 제일 많이 몰려 있는 곳에서 멀찍이 떨어져 춤추는 사람들을 바라보았다. 캐럴라인은 실리한테서 해방되어 좀 덜 위협적인 파트너를 찾은 것 같았다. 뿔테안경을 쓴 젊은이였다. 실리는 나처럼 무대에서 완전히 물러나 바를 찾았다. 그는 펀치를 꿀꺽꿀꺽 들이켜고 나서 담배를 물고 불을 댕겼다. 그러다 고개를 들었는데 우연히 눈이 마주치자 내게 다가와 담배를 권했다.

"오늘 같은 밤에는 나이 먹은 게 티가 난다니까, 패러데이." 그가 자신과 나의 담배에 불을 붙이며 말했다. "저 철없는 간호사 애들은 젖비린내도 가시지 않은 것 같지? 진짜로 아까 함께 춤춘 조그만 애는 열두 살 먹은 내 딸이랑 별반 차이도 없어 보이더군. 뭐 누구같이 더러운 변태놈한테는 좋겠지, 가령……" 그는 한두 해 전 소소한 스캔들에 휘말렸던 외과 교수의 이름을 댔다. "그런데 어떤 여자랑 춤추면서 이 동네가 마음에 드느냐고 물었더니, 1940년에 피난 갔던 시골이 생각난다더군. 뭐, 연애하기에 별로 좋은 동네는 아니지. 저 요란뻑적지근한 원무보다는 차라리 옛날식 왈츠가 나아. 내가 보기엔 금방 찢어져 룸바를 출 것 같은데. 그럼 하느님 우릴 좀 살려주세요 해야겠지."

그는 손수건을 꺼내 얼굴을 문지른 뒤 칼라 속으로 넣어 목둘레도 닦았다. 목울대가 새빨갰고, 나비넥타이는 축 늘어졌다. 난초는 어디로 갔는지, 끄트머리에서 유액이 약간 묻어나는 두꺼운 녹색 줄기만 옷깃에 남았다. 술과 춤에 달아오른 그는 화로처럼 열기를 내뿜었다. 안 그래도 후텁지근한 홀 안에서 그런 사람 옆에 서 있기란 여간 고역이 아닌지라 좀 떨어져 있고 싶었다. 하지만 담배 한 대를 얻어 피운 처지다보니 다 피울 때까지는 옆에 있어주는 게 도리였다. 실리는 한참 땀을 훔치고 담배를 피우고 구시렁거리며 수선을 떨었다. 우리의 시선은 자연히 다시 플로어로 향했고, 휙휙 돌아가며 춤추는 커플들을 아무 말 없이 구경했다.

어느새 캐럴라인이 보이지 않아 플로어에서 내려왔나보다 했더니, 여전히 그 안경 낀 젊은이와 함께 춤을 추고 있었다. 일단 그녀가 어디 있는지 찾아낸 뒤에는 눈길이 자꾸만 그쪽으로 쏠렸다. 폴 존스 타임이 끝나고 비교적 차분한 곡이 연주되었지만 전체적으로 떠들썩한 여운이 남아 있었다. 다들 그렇듯 캐럴라인도 얼굴은 땀투성이에 머리칼은 흐트러지고 신발과 스타킹엔 석회 가루가 묻은 채 목과 팔은 벌겋게 상기되어 번들거렸다. 달아오른 혈색이 그녀에게 참 잘 어울린다는 생각이 들었다. 드레스는 평범하기 짝이 없고 자세도 무난했지만, 그럼에도 무척 어려 보였다. 율동과 웃음 덕분에 그녀의 젊음이 혈색과 함께 수면 위로 휙 떠오른 것 같았다.

곡이 끝나고 다음 곡으로 넘어갈 때까지 나는 줄곧 그녀를 바라보았다. 그리고 실리가 입을 열었을 때에야 그 또한 캐럴라인을 쳐다보고 있었음을 깨달았다.

"캐럴라인 에어즈가 좋아 보이네."

나는 그에게서 한 발짝 떨어져 가장 가까운 테이블에 담배를 비벼 껐다. 그리고 돌아와서 대답했다. "그러게, 정말."

"저 아가씨 춤을 참 잘 춘단 말이야. 자기한테 엉덩이가 달렸고 그걸 어떻게 써먹어야 하는지도 잘 아는걸. 영국 여자는 대부분 발로만 추는데." 실리는 점점 뭔가 가늠하는 말투와 표정이 되어갔다. "그녀가 말 타는 거 본 적 있겠지? 확실히 뭔가 다르다니까. 몸에 비해 얼굴이 못 미치는 게 아쉽군." 그는 마지막으로 담배를 빨았다. "저걸 자네한테 넘기는 게 아니었는데."

순간 나는 내가 잘못 들었나 했다. 그러나 그의 얼굴을 보니 잘못 들은 게 아니었다.

그도 내 표정을 보았다. 실리는 입술을 오므리고 연기를 한 모금 멀리 내뿜더니 껄껄 웃어댔다. 연기는 갈기갈기 흩어졌다. "이런, 작작 좀 하게! 자네가 얼마나 자주 그 집 식구들과 어울리는지 알 만한 사람은 다 알아. 까놓고 말해 지금 동네에서 자네가 어느 쪽을 노리는지 제법 논란이 되고 있다고. 딸이냐 어머니냐."

실리는 그 모든 게 굉장한 농담이라도 되는 양 지껄였다. 뭔가 대단한 장난질을 하라고 꼬드기듯 아주 신이 났다. 여사감을 창문으로 훔쳐볼 배짱은 있겠지, 라며 저학년 아이를 부추기는 학생 대표처럼.

나는 차갑게 말했다. "자네들한테는 끝내주게 재밌겠군."

하지만 그는 또 웃어댔다. "뭘 또 그렇게 정색하고 그러나! 시골

살이가 다 그런 거지. 병원생활만큼이나 형편없잖아. 다들 빌어먹을 감옥살이나 매한가지니 뭐 좀 재밌는 건수가 있다면 일단 챙기고 봐야지 않겠어. 개인적으로 나는 왜 자네가 늑장을 부리는지 모르겠군. 에어즈 부인이 한창때는 정말 예뻤지, 그건 나도 인정해. 하지만 내가 자네라면 캐럴라인 쪽에 걸겠어. 순전히 그쪽이 더 좋은 세월이 많이 남았다는 이유에서."

지금 생각해보면 참 어이가 없다. 그렇게 무례한 언사를 가만히 서서 듣고만 있었다니, 술에 취해 열이 오른 시뻘건 실리의 얼굴을 빤히 쳐다보면서 주먹질할 생각도 안 했다니. 하지만 그때나 지금이나 뇌리에 가장 깊이 박힌 것은 그가 어렴풋이 내보인 우월감이었다. 나를 놀린다는 건 알았지만, 그렇다고 그를 치는 건 그의 예상대로, 즉 본질적으로 그가 생각하는 나란 인간—시골 촌놈—에 부합하는 행동밖에 되지 않는다고 생각했다. 그래서 나는 신경이 곤두설 대로 곤두선 채 아무 말도 하지 않았고, 실리의 입을 막고 싶었지만 적당한 방법이 좀처럼 떠오르지 않았다. 그는 내 당혹스러운 표정을 보고 팔꿈치로 꾹꾹 찔러대기까지 했다.

"이제 좀 맘이 동했나본데, 응? 오늘밤 행동에 나서보라고, 이 친구야." 그는 댄스플로어 쪽을 가리켰다. "저 뻘때 쓴 놈이 가로채기 전에. 어찌됐든 헌드레즈로 돌아가는 길은 멀고 으슥하잖아."

결국 나는 몸을 일으켰다. "저기 자네 부인이 오는군." 나는 그의 어깨 너머 군중을 향해 고갯짓을 하며 말했다.

그가 눈을 끔벅이며 뒤를 돌아보는 사이, 나는 그에게서 떨어져 일부러 테이블과 의자 사이를 빙빙 돌아 문 쪽으로 향했다. 밖에 나가 차가운 밤공기 좀 쐬어볼 요량이었다. 그런데 하필 그레이엄 부부와 스트랫퍼드에서 온 부부가 같이 앉아 있는 테이블 근처를 지나게 됐고, 잔뜩 굳은 얼굴로 지나치는 나를 본 그들은 당연히 내가 자리로 돌아오는 길을 잃은 모양이라고 짐작해 소리쳐 불렀다. 내가 방향을 바꾸자 무척 좋아하는 눈치여서—부인 되는 분이 지팡이를 짚어서 춤을 출 수가 없었다—도저히 그대로 나갈 수 없어 테이블에 다시 합류했다. 나머지 시간은 쭉 그들과 얘기하며 보냈는데, 무슨 얘기를 했는지는 하나도 기억나지 않는다. 실리가 한 말에 너무 충격을 받아 마음이 복잡해 스스로의 감정을 잘 추스를 수 없었다.

사람들 눈에 어떻게 비칠지 생각도 못하고 캐럴라인을 여기 데려왔다는 사실이 불현듯 놀랍게 느껴졌다. 고립된 헌드레즈에서 그녀와 함께 시간을 보내는 것에 익숙해져버렸던 모양이다. 그리고 한두 번쯤 그녀에 대한 감정이 끓어올랐다면, 음, 그건 그냥 남녀가 옆에 있다보면 자연스레 생길 수 있는 감정일 뿐이었다. 성냥갑 속에서 부대끼다 불꽃이 튀는 성냥처럼. 그동안 내내 사람들이 우리를 보고 무성한 추측을 해가며 손바닥을 비볐으리라 생각하니 어쩐지 바보가 된 느낌이었다. 무방비 상태가 된 기분이었다. 혼란스러운 감정의 일면에는, 말하기 뭣하지만, 단순한 민망함이 자리잡고 있었다. 저렇게 인물 없기로 유명한 아가씨와 내 이름이 한데 묶여 낭만적으로 거론된다는 데 대한 남성으로서의 근본적인 거리낌. 나는 그러한 내 감정을 깨닫고 수치심을 느꼈다. 또한 모순되게도 자부심이 일었다. 도대체 내가 캐럴라인 에어즈를 파티에 데려오지 못할 이유가 뭔가, 내가 그러고 싶다는데? 나는 스스로에게 물었다. 대지주의 따님이 나와 춤추고 싶다는데, 대체 내가 대지주의 따님과 춤추면 안 될 이유가 있나?

그 모든 감정이 뒤죽박죽 뒤섞여 캐럴라인에 대한 뜬금없고 불안한 독점욕 비슷한 것이 되어버렸다. 플로어에서 춤추는 그녀를 바라보던 실리의 얼굴에 능글맞은 미소가 떠오르던 것이 기억났다. 자기한테 엉덩이가 달렸고 그걸 어떻게 써먹어야 하는지도 잘 아는 걸…… 그녀가 말 타는 거 본 적 있겠지? 아까 그 자리에서 놈을 패줬어야 했는데. 나는 화가 치밀어올랐다. 실리가 또 와서 똑같은 소리를 해대면 이번에는 확실히 주먹을 날릴 생각이었다. 나는 그를 뒤쫓겠다는 정신 나간 생각을 하며 홀 안을 둘러보기까지 했다…… 그러나 실리는 보이지 않았다. 그는 춤을 추지도 않았고, 구경하며 서 있지도 않았다. 그런데 캐럴라인도 보이지 않았다. 그 뿔테안경을 쓴 청년도. 그것이 신경에 거슬리기 시작했다. 나는 여전히 예의 바르게 스트랫퍼드에서 온 부부와 담소를 나누며 함께 담배를 태우고 와인을 마셨다. 그러나 이야기하면서도 내 시선은 분명 사방을 두리번거렸을 게다. 이제 춤은 내 눈에 아주 황당하게 보였고, 춤추는 사람들도 미치광이 같았다. 나는 캐럴라인이 어서 얼굴이 벌겋게 달아오른 저 군중과 소란에서 빠져나오기만을 간절히 바랐다. 코트를 입혀 집으로 데려다줄 수 있도록.

한시가 갓 넘어 마침내 음악이 끝나면서 불이 들어왔고, 캐럴라인이 테이블에 다시 얼굴을 내밀었다. 그녀는 브렌다와 같이 돌아왔는데, 둘 다 눈가와 입술 화장이 번진 채 댄스플로어에서 막 빠져

나온 참이었다. 캐럴라인은 나와 약간 떨어진 곳에 서서 하품을 하며 축축한 피부에 들러붙은 드레스 보디스를 잡아당겼다. 겨드랑이 아래로 브래지어 끈 가장자리가 보였다. 자잘한 뿌리털과 탤컴파우더 자국이 희미하게 남은, 오목하게 파여 거뭇한 근육질 겨드랑이도 보였다. 그녀가 돌아오기를 고대하긴 했지만, 막상 그녀가 눈을 마주치고 빙그레 웃어 보이자 나는 이유를 알 수 없는 울화 비슷한 것이 치밀어올라 시선을 돌려야 했다. 나는 그녀에게 다소 딱딱한 어조로 물품보관소에서 우리 소지품을 가져오겠다고 말했고, 캐럴라인은 브렌다와 함께 또 여성용 화장실로 가버렸다. 자리로 돌아온 그들은 여전히 하품을 해댔다. 나는 캐럴라인이 머리를 가지런히 하고 립스틱과 파우더로 얼굴과 목을 정돈해 예의 그 평범한 인상으로 돌아온 것을 보고 마음이 놓였다.

"맙소사, 내 꼴이 얼마나 끔찍했을까!" 코트 입는 것을 도와주는 사이 캐럴라인이 말했다. 그러고는 홀을 한 바퀴 둘러본 뒤, 고개를 들어 장식용 휘장이 매달린 서까래를 응시했다. 휘장은 2차대전 승전기념일부터 나부꼈던 것처럼 색깔이 다 바랬다. "이 동네 처지랑 왠지 비슷하네요. 일단 불이 켜지면 화려함이 순식간에 바래는 것이 참 무섭지 않아요? 그래도 좀더 있다 갈 수 있으면 좋을 텐데…… 화장실에서 어떤 아가씨가 울고 있더라고요. 당신네 짐승같은 의사들이 그 아가씨의 마음을 무참히 짓밟았을 테죠."

그녀의 시선을 피하며 나는 그녀가 대충 걸치기만 한 코트를 고갯짓으로 가리켰다.

"제대로 잘 잠가요. 밖은 얼어 죽을 정도로 추울 테니까. 목도리는 안 가져왔소?"

"잊어버렸어요."

"그럼 옷깃을 꼭 여며요."

그녀는 한 손으로 코트를 꼭 당기고, 다른 한 손으로는 스륵 내 팔짱을 끼었다. 캐럴라인은 별 의미 없이 그랬겠지만, 나는 제발 이러지 말아줬으면 싶었다. 우리는 그레이엄 부부와 스트랫퍼드에서 온 부부와 속물적으로 보이는 금발의 브렌다에게 작별 인사를 했다. 나는 남들 이목이 굉장히 신경쓰였다. 그들 모두의 눈빛에서 짓궂은 웃음기를 봤다는 생각이 들었고, 우리가 함께 출발하는 것을 보면서 실리가 표현했던 대로 '헌드레즈로 돌아가는 멀고 으슥한 드라이브'를 상상할 것만 같았다. 그리고 아까 앤 그레이엄에게 캐럴라인을 내버려둬도 괜찮을까 하고 물었을 때 그녀가 웃으며 했던 기묘한 말이 생각났다. 캐럴라인이 '혼자 내버려지는 것에 익숙해져야 한다'고, 흡사 조만간 의사의 아내가 되기라도 할 것처럼…… 거기에 생각이 미치자 한층 더 남들 이목이 염려스러웠다. 작별 인사를 하고 텅 빈 홀을 가로지를 때, 캐럴라인을 앞서 보낼 핑계를 만들어 팔짱을 풀었다.

바깥 주차장 땅에는 서리가 앉았다. 추위가 곧장 파고들자 그녀는 다시 나한테 달라붙었다.

"얼어 죽을 거라고 얘기했잖소." 내가 말했다.

"그러거나 다리가 부러지거나." 그녀가 대답했다. "난 하이힐을 신었다고요, 명심해요. 앗, 도와줘요!" 그녀는 발을 헛디뎌 비틀거렸다. 이어 웃음을 터뜨리더니 더욱 바싹 달라붙으며 내 팔을 두 손으로 꼭 잡았다.

그런 몸짓이 나는 몹시 껄끄러웠다. 캐럴라인은 초저녁부터 브랜디를 마셨고, 그다음엔 와인을 한두 잔 정도 마셨는데, 쌓였던 스트레스를 발산하는 그녀의 모습에 그때는 나도 즐거웠다. 당시에는 정말 그렇게 생각했다. 하지만 처음에 몇 번 춤을 추는 동안 그녀가 진짜로 술에 취해 내 품에서 풀어지자 그녀의 경박함이 왠지 좀 억지스러워 보였다. 캐럴라인이 다시 말했다. "아, 떠나야 한다는 게 정말 아쉬워요!" 그러나 그렇게 말하는 그녀의 목소리는 명랑하기 그지없었다. 캐럴라인은 그날 밤이 지금껏 그녀에게 준 것 가지곤 성에 차지 않는다는 듯, 받을 것을 기어이 다 받아내고야 말겠다며 밤을 향해 떼쓰고 조르는 중이었다. 차로 가는 길에 그녀는 또 한번 넘어질 뻔했다. 혹은 넘어지는 척했다. 내가 그녀를 차 안에 밀어넣고 담요를 어깨에 둘러주자 무섭게 몸을 떨기 시작해, 컵 속에 주사위를 넣고 흔드는 것처럼 이를 달달 부딪쳤다. 차에 히터가 없어서 나는 그녀를 위해 탕파와 그 안에 넣을 뜨거운 물을 보온병에 준비해두었다. 탕파를 찾아 건네주니 캐럴라인은 고마워하며 코트 안에 쑤셔넣었다. 그런데 내가 시동을 걸자 캐럴라인이 여전히 덜덜 떨면서도 창문을 내리고 고개를 밖으로 내미는 것이었다.

"아니 대체 뭐하는 거요?"

"별을 보고 있어요. 굉장히 밝아요."

"제발 부탁인데 창문은 올리고 봐요. 그러다 감기 걸리겠어."

캐럴라인이 웃었다. "꼭 의사처럼 말하네요."

"그러는 당신은," 나는 그녀의 소매를 붙잡아 도로 안으로 끌어당기며 말했다. "사실 당신은 안 그런 줄 알았는데 꼭 어리석고 철없는 여자애 같지 않소. 자, 똑바로 앉아서 창문을 닫아요."

캐럴라인은 갑자기 순한 양처럼 시키는 대로 얌전히 따랐다. 어쩌면 내 목소리에 담긴 짜증에 풀이 죽었을 수도 있고, 어쩌면 당황했을지도 모르겠다. 나도 덩달아 당황했는데, 사실 그녀가 이런 대우를 받아야 할 이유는 없었다. 이건 다 속이 시커먼 실리 탓이었다. 그리고 내가 그를 얌전히 보내준 탓이었고.

우리는 아무 말 없이 병원 부지 밖으로 차를 몰았다. 처음에는 차들이 한꺼번에 빠져나가느라 북새통을 이뤘지만, 이내 빵빵거리는 경적 소리와 환호성과 외침과 자전거 벨소리에서 벗어나 비교적 한산한 도로로 들어섰다. 캐럴라인은 담요를 뒤집어쓴 채 잔뜩 웅숭그리고 앉아 있다가 서서히 몸이 따뜻해지는지 긴 팔다리가 좀 느슨해졌다. 그에 맞춰 내 기분도 약간 풀어졌다.

"좀 나아졌소?" 나는 물었다.

"네, 고마워요." 그녀가 대답했다.

그때쯤 우리는 레밍턴 근교를 벗어나 캄캄한 시골길로 접어들었다. 지면엔 서리가 더욱 많이 내렸고, 도로와 울타리가 새하얗게 반짝거렸다. 전조등을 받으면 거품처럼 일었다 순식간에 어둠에 묻히는 것이, 꼭 뱃머리에 부딪는 물결 같았다. 캐럴라인은 잠시 앞유리 너머 전방을 주시하다 눈을 비볐다.

"길 때문에 어질어질해요! 괜찮으세요?"

"익숙하니까."

그녀는 내 말에 충격을 받은 것 같았다. "네." 캐럴라인은 나를 처다보며 말했다. "당연히 그렇겠군요. 밤길 운전쯤이야. 사람들은 선생님의 자동차 소리에 귀를 기울이고 전조등을 기다리겠죠. 선생님이 오신 걸 알면 얼마나 기뻐할까. 만약 우리가 이대로 침대로 직행해버리면, 그 사람들은 얼마나 발을 동동 구르며 우리를 기다릴까. 전에는 한 번도 이런 생각을 해본 적이 없었는데. 겁나지 않아요?"

나는 손을 뻗어 기어를 바꾸었다. "왜 겁이 나지?"

"책임감 때문이겠죠, 아마도."

나는 말했다. "아까도 말했다시피 나는 별것 아닌 사람이오. 사람들은 대체로 나를 쳐다보지도 않아. 그들은 '의사'를 보지. 왕진 가방을 보고. 가방으로 말을 하는 거요. 닥터 길이 나한테 해준 말이오. 내가 처음 의사면허를 땄을 때 아버지는 새로 고급 가죽가방을 사주셨소. 닥터 길이 그걸 슥 보더니 그런 가방을 가지고는 아무 데도 못 갈 거라고, 아무도 나를 믿지 않을 거라고 하더군. 그는 자기가 쓰던 낡은 가방을 나한테 줬고, 몇 년 동안 나는 그 가방을 갖고 다녔소."

조금 있다 그녀는 내 말을 듣지 않은 것처럼 말했다. "그래도 그 사람들은 분명 선생님을 바라보고, 기다리고, 원할 거예요. 어쩌면 선생님도 그걸 좋아하고. 그렇죠?"

나는 어둠 속에서 그녀를 힐긋 보았다. "뭐가 그렇다는 거요?"

"좋아하죠? 밤에 항상 누군가 선생님을 간절히 기다리는 사람이 있다는 걸."

나는 아무 대답도 하지 않았다. 캐럴라인도 딱히 대답을 바라는 눈치는 아니었다. 나는 전에 없이 그녀에게서 어떤 기만적인 느낌을 받았다. 차 안의 어둡고 뒤틀린 친밀감을 이용해 다른 성격의, 아마도 브렌다 같은 성격의 사람이 되어보려는 것 같았다. 그녀는 잠시 조용히 앉아 있다 콧노래를 부르기 시작했다. 그녀가 뿔테안경을 쓴 젊은이와 춤출 때 흘러나오던 곡 가운데 하나였음을 깨닫고 나는 다시 찬물을 뒤집어쓴 기분이 되었다. 캐럴라인은 이브닝백을 열어 안에서 뭔가를 찾았다. "혹시 차 안에 라이터 같은 거 있어요?" 그녀가 담뱃갑을 꺼내며 물었다. 그녀의 손이 가볍게 대시보드 위를 더듬더니 이내 내려갔다. "신경쓰지 마세요, 여기 어딘가에 성냥이 있으니까…… 한 대 붙여 드릴까요?"

"직접 할 수 있소, 이리 주기만 하면."

"아, 내가 할게요. 꼭 영화의 한 장면 같을 거야."

탁탁거리는 소리가 들리더니 성냥에 불이 붙었다. 그녀의 얼굴과 손이 어둠 속에서 환히 떠오르는 게 곁눈질로 보였다. 캐럴라인은 담배 두 대를 입에 물고는 각각에 불을 붙인 뒤 하나를 입술에서 빼내어 팔을 쭉 뻗어 내 입술 사이에 물려주었다. 그녀의 차가운 손가락이 갑자기 닿는 바람에―그리고 마른 담배의 느낌상 립스틱이 묻은 것 같아서―살짝 마음이 어수선해져 바로 담배를 빼서 운전대를 잡은 손에 들었다.

우리는 한동안 침묵을 지키며 담배를 피웠다. 그녀는 얼굴을 창가에 바싹 붙이고, 자신의 숨이 닿아 흐려진 창문에 줄을 긋고 원을 그리기 시작했다. 그러다 불쑥 말을 꺼냈다. "오늘밤에 만난 그 브렌다란 애 말이에요, 별로 좋아하지 않는 애예요."

"안 좋아한다고? 짐작도 못했는데. 꼭 오래전에 헤어진 자매인 것마냥 반가워했잖소."

"뭐, 여자들은 항상 그런 식으로 구니까요."

"하긴, 여자로 사는 건 분명 피곤하겠다는 생각이 종종 들더군."

"제대로 하려면 그렇죠. 그래서 난 거의 안 하고. 그애를 어떻게 알게 됐는지 알아요?"

"브렌다? 여성해군단에서 만난 거 아닌가."

"아뇨, 바로 그전에 만났어요. 육 주 정도 함께 화재감시 활동을 한 게 다예요. 서로 통하는 구석이라고는 한 군데도 없었지만, 너무 따분해서 말을 트게 됐던 것 같아요. 브렌다는 남자를 만나고 있었는데—같이 자는 사이였다는 얘기죠—임신했다는 사실을 막 알게 된 직후였어요. 애를 떼어버려야 하는데, 약국에 같이 가서 그 약 사는 걸 도와줄 여자친구가 필요하다기에 내가 같이 가주겠다고 했어요. 우리는 아는 사람이 없는 버밍엄으로 갔죠. 그 약국 남자 정말 끔찍하더라고요. 고지식한데다 사람 기를 확 죽이면서 잔뜩 흥분해가지고, 예상했던 대로였어요. 자기가 예상했던 것과 똑같은 반응에 맞닥뜨리는 게 다행인지 불행인지 당최 모르겠지만…… 그래도 약은 효과가 있었어요."

나는 손을 뻗어 기어를 바꾸며 말했다. "정말 효과가 있었는지 의심스럽군. 그런 종류의 약은 거의 들을 리가 없는데."

"그래요?" 캐럴라인은 뜻밖이라는 듯 말했다. "그럼 그냥 우연의 일치였을까?"

"그냥 우연의 일치였겠지."

"브렌다는 그저 운이 좋았던 거군요. 뭐 그건 그렇다 치고. 어쨌든 브렌다는 운이 따르는 사람이에요. 좋은 운이든 나쁜 운이든. 세상엔 정말 그런 종류의 사람들이 있어요, 안 그래요?" 캐럴라인은 담배를 한 모금 빨았다. "선생님이 누군지 묻더라고요."

"뭐? 누가?"

"브렌다가요. 선생님이 내 의붓아버지인 줄 알았대요! 내가 아니라니까 아주 불쾌하게 실눈을 뜨고 다시 선생님을 쳐다보더니 이러더군요. '그럼 기둥서방이야?' 걔 머리 돌아가는 게 그래요."

하느님 맙소사! 나는 생각했다. 다들 머리 돌아가는 게 그런 식인 모양이었다. 그게 근사한 농담이라고 여기는 것 같았다. 나는 말했다. "흠, 그 자리에서 바로잡아줬기를 바라오." 캐럴라인은 대답하지 않았다. 여전히 유리창에 줄을 그을 뿐이었다. "저기, 그랬겠지?"

"아, 잠깐 멋대로 생각하라고 놔뒀어요, 아주 잠깐. 한번 시험 삼아 어떻게 나오나 보려고. 브렌다는 버밍엄에서 있었던 그 일을 떠올렸던 게 분명해요. 의사가 제일 좋은 점은 '실수할' 걱정을 안 해도 되는 거라고 말하더라고요. 그래서 내가 그랬죠. '계집애, 굳이 말 안 해도 잘 알지! 난 네 번이나 삐끗했는걸! 의사는 정말 귀염둥이야!'"

그녀는 담배를 한 모금 더 피우고 심드렁하게 말했다. "거짓말이에요. 사실대로 말했어요. 선생님은 우리 가족의 친구이고, 친절하게도 호의를 베풀어 나를 댄스파티에 데려와준 거라고. 이번 일로 브렌다는 나를 완전히 물로 봤을 거야."

"불쾌하기 이를 데 없는 철부지 아가씨로군."

캐럴라인은 웃음을 터뜨렸다. "고지식하시긴! 젊은 여자들은 원래 다 그런 식으로 말해요. 그러니까 또래끼리 말이에요. 그래서 말했잖아요, 나는 브렌다를 그리 좋아하지 않는다고. 어휴, 발에 동상 걸리겠네!"

그녀는 잠시 꼼지락거리면서 몸을 덥히려 했다. 신발을 벗어던지고 발을 들어 무릎 밑 코트와 드레스 치마 속에 넣고는, 내 쪽으로 몸을 약간 틀어 스타킹 신은 발이 우리 좌석 사이의 조그만 틈에 오도록 구부리고 앉았다. 그리고 한 손에 반쯤 피운 담배를 든 채로 두 손을 앞으로 뻗어 발가락을 주물렀다.

잠시 그러고 있다 마침내 담배를 대시보드의 재떨이에 버린 뒤 두 손을 모아 입김을 불어넣고 손바닥을 가지런히 발등에 올려놨다. 그후에는 말이 없었다. 고개를 푹 숙이고 조는 것 같았다. 어쩌면 그냥 자는 척했을지도. 모퉁이를 돌다 차가 얼음을 밟고 1, 2피트 정도 미끄러졌다. 나는 브레이크를 콱 밟고 거의 정지에 가까울 정도로 속도를 줄였다. 진짜로 선잠이 든 거라면 분명 깼어야 하는데, 캐럴라인은 꿈쩍도 하지 않았다. 조금 있다 교차로에서 신호에 걸리자 나는 고개를 돌려 캐럴라인을 바라보았다. 그녀는 여전히 눈을 감은 채였고, 짙은 색 드레스와 코트를 입고 어둠 속에 묻힌 모습이 모난 조각들의 집합체처럼 보였다. 네모난 얼굴과 짙은 눈썹, 크고 붉은 마름모꼴 입, 드러난 목, 근육질 종아리와 길고 창백한 손.

그녀가 눈을 뜨자 조각들이 움직였다. 우리의 시선이 마주쳤다.

서리 내린 길에서 반사된 불빛을 받아 그녀의 눈동자가 아주 약간 반짝였다. 캐럴라인이 다시 입을 열었을 때 달뜬 기색은 온데간데 없이 사라졌다. 무덤덤한 목소리는 우울하게 들릴 지경이었다. "선생님이 제일 처음 이 차에 태워줬을 때 블랙베리를 먹었죠. 기억나요?"

나는 기어를 바꿔 넣고 길을 달렸다. "물론 기억하오."

내 얼굴을 주시하는 그녀의 시선이 느껴졌다. 캐럴라인은 이내 고개를 돌려 창문 밖을 바라보았다.

"여긴 어디쯤이죠?"

"헌드레즈 길."

"벌써 그렇게 왔어요?"

"피곤했나보오."

"아뇨. 별로요."

"그 많은 청년들과 그렇게 춤을 추었는데 전혀 피곤하지 않다고?"

"춤은 나한테 각성제예요." 그녀는 전과 똑같이 가라앉은 투로 말했다. "사실 청년 가운데 한두 명은 거의 나를 도로 재울 뻔했지만."

나는 무슨 말인가 하려다 입을 다물었다. 하지만 기어이 내뱉고 말았다.

"그 안경 쓴 젊은이는 어땠소?"

캐럴라인은 별일이라는 듯 고개를 돌려 나를 쳐다보았다. "그 남자 봤어요? 그 사람이 최악이었어요. 앨런, 아니 앨릭이었나, 아마 맞을 거예요. 종합병원 연구실에서 일한다는데, 엄청 전문적이고 중요한 일인 양 열심히 말하더군요. 하지만 그럴 턱이 있나. 그 남자는 '시내'에서 '엄마랑 아빠랑' 산대요. 내가 아는 건 그게 다예요. 춤추는 동안에는 말을 진짜 못하더라고요. 춤도 진짜 못 추고."

캐럴라인은 다시 고개를 숙였고, 그녀의 볼이 좌석 등받이에 닿았다. 나는 또 한번 복잡 미묘한 감정에 휩싸여 살짝 비꼬듯 말했다. "딱하게 됐군, 그 앨런인가 앨릭인가 하는 친구도." 그러나 그녀는 내 말투가 바뀐 것을 알아차리지 못했다. 그녀가 뭐라고 말을 하는데, 고개를 푹 숙인 상태라 잘 들리지 않았다. "사실 다른 춤은 그다지 재미가 없었어요, 선생님하고 처음에 췄던 춤만큼은."

나는 대답하지 않았다. 그녀는 잠시 뜸을 들이다 말을 이었다. "그 밀주 브랜디를 좀 가져왔으면 좋았을걸. 차 안에 술병 같은 거 안 둬요?" 캐럴라인은 손을 뻗어 대시보드의 수납함을 열고 손으로 더듬어 서류와 스패너와 빈 담뱃갑이 나뒹구는 속을 뒤지기 시작했다.

"제발 그러지 좀 마요."

"왜요? 비밀이라도 있어요? 어차피 여긴 아무것도 없네." 캐럴라인은 수납함을 탁 닫고 몸을 돌려 뒷좌석 쪽을 쳐다보았다. 탕파가 코트에서 떨어져 바닥으로 굴렀다. 그녀는 어느새 다시 생기발랄해졌다. "가방 안에 뭐 없어요?"

"바보같이 굴지 말고."

"분명히 뭔가 있을 텐데."

"원한다면 염화에틸은 써도 돼."

"그럼 잠이 드는 거죠, 그렇죠? 잠들기 싫어요. 그럴 바엔 차라리 헌드레즈에 돌아가고 말지. 아냐, 난 헌드레즈에 돌아가고 싶지 않아! 어디 딴 데 가요, 네?"

그녀는 어린애처럼 들썩였다. 그 때문인지 아니면 단지 차가 덜 커덩거려서인지, 그녀의 발이 좌석 사이 공간을 넘어왔다. 내 허벅지에 그녀의 발가락이 닿아 꼬물거리는 움직임이 생생하게 느껴졌다.

나는 거북하게 말했다. "당신 어머니가 기다리실 거요, 캐럴라인."

"아, 어머니는 상관 안 하세요. 베티더러 기다리라고 하고 일찌감치 잠자리에 드셨을걸요. 게다가 내가 선생님과 같이 있는 거 다 아시잖아요. 이렇게 훌륭한 샤프롱*이 함께 있으니 늦어도 별 상관 없을 거예요."

나는 그녀를 힐긋 쳐다보았다. "진심은 아니겠지? 두시가 넘었소. 나는 아침 아홉시에 진료가 있고."

"차를 세우고 잠깐 산책을 해도 좋고."

"당신은 하이힐을 신었잖소!"

"아직 집에 가고 싶지 않은 것뿐이에요. 앉아서 담배나 좀더 피우며 어디로든 드라이브 좀 하면 안 돼요?"

"어디로?"

"아무 데나. 한 군데쯤 아는 데 있잖아요."

"바보 같은 소리." 나는 재차 말했다.

하지만 강도는 좀 약해졌다. 왜냐면 이따금 드라이브 가곤 했던

---

* 젊은 여자가 사교장에 나갈 때 같이 가서 보살펴주는 사람. 대개 나이 많은 부인이다.

장소가 나도 모르게 생각났기 때문이다. 내 의식의 표면 바로 밑에서 기다리기라도 했다는 듯 그녀의 말을 듣자마자 위로 탁 튀어올랐다. 가장자리에 골풀이 우거진 탁한 호수, 별이 비치는 잔잔한 수면과 발밑에서 바스락거리는 은빛 잡초. 적막하고 아늑한 장소였다. 1, 2마일만 더 달리면 그곳으로 가는 갈림길이 나왔다.

캐럴라인도 내 심경의 변화를 눈치챈 모양인지 더는 들썩대지 않아, 우리는 단단한 침묵에 빠져들었다. 오르막길이 나오더니 굽이돌아 내리막길이 되었다. 또 잠시 뒤, 우리는 갈림길로 다가가는 중이었다. 지금 생각해보니, 나는 정말 마지막 순간까지도 핸들을 돌려야 할지 말아야 할지 판단을 하지 못했다. 그러다 급작스럽게 속도를 늦추고 클러치를 밟아 급하게 기어를 바꿔 넣었다. 옆에서 캐럴라인은 대시보드를 붙잡고 버텼다. 나도 내가 이럴 줄 몰랐으니 그녀로서는 전혀 예상치 못한 급회전이었을 것이다. 차가 도는 바람에 그녀의 발이 앞쪽으로 더 미끄러져, 땅굴을 파는 생물체처럼 꼿꼿하게 그리고 의도적으로 잠깐 내 허벅지 바로 밑에 와서 닿았다. 차가 좀더 부드럽게 달리자 그녀는 발을 도로 끌어당겼고, 미끄러지지 않도록 발뒤꿈치를 단단히 디디느라 좌석이 좌우로 삐걱거렸다.

앉아서 담배나 피우자는 그녀의 말이 이런 걸 의미했을까? 과연 나는 이 장소를 떠올리면서 시간이 새벽 두시라는 걸 잊었던 걸까? 시동을 끄자 전조등이 어두워지면서 아무것도, 연못도, 잡초도, 가장자리를 둥글게 에워싼 골풀도 보이지 않았다. 그곳이 어디든 의미는 없었다. 적막만이 내가 예상했던 대로였다. 적막이 너무 깊어고요를 깨뜨리는 소리가 뭐든 턱없이 크게 들리는 듯했다. 덕분에 캐럴라인이 숨을 쉴 때 오르내리는 가슴과 침을 삼킬 때 조여졌다 열리는 목구멍과 입을 약간 벌릴 때 혀와 구개가 떨어지는 움직임까지 부자연스럽게 다 의식됐다. 일 분 정도, 어쩌면 더 오래 우리는 꼼짝도 않고 앉아 있었다. 나는 운전대 위에 두 손을 올려놓고, 캐럴라인은 여전히 충격에 대비해 중심을 잡듯 손을 뻗어 대시보드를 잡은 채로.

이윽고 나는 고개를 돌려 그녀를 바라보았다. 캄캄해서 제대로 보이지는 않았지만, 그 가문 특유의 강인한 얼굴선의 투박한 조합으로 미루어 그녀의 얼굴을 또렷하게 떠올릴 수 있었다. 또 한번 실리의 말이 들렸다. 확실히 뭔가 다르다니까…… 아, 나도 그걸 느끼지 않았던가? 그녀를 처음 본 순간, 갈색 발가락을 드러낸 채 지프의 뱃가죽을 툭툭 치는 모습을 본 순간부터 느꼈지 싶다. 그때 이후로 백 번도 넘게 그런 감정을 느꼈다. 펑퍼짐한 엉덩이, 부푼 가슴, 유연하면서도 단호한 팔다리 움직임에 시선을 빼앗겼다. 그러나—거듭 인정하기 참 낯부끄러웠고, 지금도 그 생각을 하면 창피한데—그 감정은 내 속의 또다른 부분을 건드렸다. 그것은 전체적으로 거북하고 불편한 느낌, 혐오감에 가까운 것이었다. 나이 차가 너무 많이 나기 때문은 아니었다. 그건 의식조차 해본 적이 없다고 생각한다. 나를 그녀에게로 끌어당기는 뭔가가 동시에 나를 밀쳐내는 것 같았다. 속으로는 싫으면서도 어쩔 수 없이 그녀를 원하는 것 같았다…… 나는 다시 실리가 생각났다. 그는 이런 감정을 단일 퍼센트도 이해하지 못하리라. 실리라면 감정 따위 아랑곳하지 않고 그녀에게 키스했을 것이다. 나는 그 키스를 상상했다, 그것도 아주 여러 번. 차가운 그녀의 입술, 그 너머의 뜻밖의 열기. 촉촉한 틈새를, 부드럽게 열어젖히고, 어둠 속에서, 혀를 놀리고, 맛본다. 실리라면 했을 것이다.

하지만 나는 실리가 아니다. 여자에게 키스해본 지도 아주 오래였다. 사실 그저 습관적인 욕구에서가 아니라 진심으로 여자를 안아본 것도 수년 전의 일이었다. 나는 잠깐 패닉에 빠졌다. 키스하는 법도 까먹었나? 여기 내 옆에 캐럴라인이 앉아 있다. 나 못지않게 마음을 정하지 못했으나 혈기왕성하고 생기 있고 긴장하고 기대에 찬 모습으로…… 마침내 나는 운전대를 놓고 머뭇머뭇 한 손을 그녀의 발에 올려놓았다. 캐럴라인은 간지러운 듯 발가락을 꼼지락거렸지만, 그 외엔 아무런 반응도 하지 않았다. 심장이 예닐곱 번쯤 두근거릴 동안 손을 그대로 두었다가, 천천히, 움직였다. 곱고 매끄러운 스타킹 결을 따라 발바닥의 오목한 부분을 넘어 발목의 복사뼈를 지나 뒤꿈치 바로 위의 움푹 팬 데까지 가만히 손가락을 움직였다. 이번에도 그녀가 가만있자, 약간 더 올라가 조금은 따뜻하고 조금은 축축한 장딴지와 허벅다리 뒤쪽 사이로 나아갔다. 그러고 나서 그녀 쪽으로 상체를 돌리고, 그녀의 어깨를 잡아 내 쪽으로 당겨 얼굴을 마주볼 요량으로 다른 손을 뻗었다. 그러나 어둠 속에서 내 손이 닿은 곳은 그녀의 코트 목깃이었다. 이어 엄지손가락이 목깃 안쪽 가장자리 바로 밑으로 미끄러져 가슴이 부풀기 시작하는 곳에 닿았다. 엄지손가락이 드레스 위로 살짝 움직일 때 캐럴라인이 움찔했다. 아니면 떨었던 것 같다. 또다시 그녀가 입속에서 혀를 움직이는 소리, 입술을 벌리고 숨을 삼키는 소리가 들렸다.

나는 드레스에 달린 진주단추 세 개를 서툴게 끌렀다. 슬립은 세탁을 너무 많이 한 듯 가장자리 레이스 장식이 너덜너덜했다. 그 속에는 견고하고, 수수하고, 지나치게 꽉 조이는 브래지어가 있었다. 전쟁 후에 여성 환자들을 진찰할 때 수도 없이 봤던 종류라, 순간별로 에로틱하지 않은 그 진료실 풍경이 떠오르는 바람에 안 그래도 주춤거리던 욕망이 완전히 사그라지고 말았다. 바로 그때 그녀가 움직였던가 숨을 들이마셨던가, 그녀의 가슴이 내 손안에서 부풀어올랐고 나는 빳빳한 브래지어 컵이 아닌, 그 안의 따뜻하고 풍만한 살과 단단해진 봉우리를 느꼈다. 그녀의 맵시 있는 손가락 끝처럼 단단했다. 내게는 그렇게 느껴졌다. 그것이 어쩐지 꺼져가던 욕망에 불을 지펴, 나는 그녀 쪽으로 허리를 굽혔다. 모자가 머리에서 굴러떨어졌다. 나의 왼손을 누르고 있던 다리를 들어 내 뒤쪽으로 잡아당겼다. 그녀의 다른 쪽 다리가 무거우면서도 따뜻하게 내 무릎 위에 걸쳐졌다. 나는 얼굴을 그녀의 가슴에 묻었다가 고개를 들어 그녀의 입술을 찾았다. 그러고는 어설프게 그녀의 얼굴을 향해 움직였다. 그녀에게 키스하고 싶었다. 그뿐이었다. 그런데 갑자기 캐럴라인이 저항하듯 꿈틀거리더니 턱으로 내 머리를 찍었다. 그녀는 다리를 움직여 앞으로 더 뻗었고 잠시 후에야 나는 그녀가 다리를 도로 빼려 한다는 사실을 깨달았다.

"미안해요." 그녀는 점점 힘주어 뻗댔다. "미안해요. 나…… 못하겠어요."

이번에도 나는 캐럴라인의 말을 알아듣는 게 한 박자 늦었던 것 같다. 아니, 어쩌면 단지 그렇게까지 진도가 나갔으니 나도 모르게 돌연 끝장을 보고 싶은 생각이 간절했는지도 모른다. 나는 손을 내려 그녀의 엉덩이를 잡았다. 그녀는 놀라울 정도로 난폭하게 몸을 비틀어 뺐다. 잠시 우리는 사실상 몸싸움을 벌였다. 캐럴라인이 두 무릎을 당기더니 나를 향해 무턱대고 발길질을 했다. 그녀의 발뒤꿈치가 내 턱을 찼고, 나는 벌러덩 나자빠졌다.

한 방 맞고 잠깐 기절했던 것 같다. 정신을 차려보니 옆자리에서 뒤척대는 기운이 느껴졌다. 보이지는 않았지만, 캐럴라인이 다리를 내리고 치마를 바로 하고 드레스를 다시 조이고 있음을 알아차렸다. 쫓기듯 급하게 몰아치는 모양이 마치 공황 상태 같았다. 그녀는 담요를 꼭꼭 두르고 몸을 돌려 나에게서 떨어지며 차 안의 비좁은 공간이 허락하는 한 되도록 멀리 움직움직 옮겨 앉아, 얼굴을 창문 쪽으로 돌려 이마를 유리창에 댔다. 그러고 나서 무섭도록 꼼짝도 하지 않았다. 나는 뭘 어째야 할지 알 수 없었다. 머뭇머뭇 손을 뻗어 캐럴라인의 팔을 살짝 건드려보았다. 그녀는 처음에는 움찔하더니, 내가 가볍게 두드리자 가만히 있었다. 그러나 가만히 있었던 건 담요 혹은 가죽좌석이라고 하는 편이 나을 것 같았다. 그녀는 내 손에 전혀 반응하지 않았다.

나는 비참하게 말했다. "젠장! 난 당신이 원하는 줄 알았소."

그녀가 잠시 후에 대답했다. "나도요."

그녀가 한 말은 그게 다였다. 금방 무안하고 어색해져 나는 손을 내리고 모자를 주워 썼다. 차 유리창은 좀 전의 웃기지도 않은 코미디 때문에 뿌옇게 흐려졌다. 나는 이 끈적끈적하고 돌이킬 수 없는 대실수의 분위기를 어떻게든 만회하려는 마음에 운전석 쪽 창문을 내렸다. 얼음같이 차가운 밤공기가 홍수처럼 밀려들었고, 잠시 후 그녀가 오들오들 떠는 게 느껴졌다. 나는 물었다. "집으로 돌아가겠소, 캐럴라인?" 그녀는 대답하지 않았지만, 나는 시동을 걸고— 적막 속에서 엔진 소리가 난폭하게 들렸다—천천히 차를 돌렸다.

헌드레즈 길로 되돌아와 대정원의 돌담을 따라 달리기 시작한 뒤에야 그녀는 겨우 기척을 냈다. 대정원 출입문에 거의 다다르자 캐럴라인은 허리를 똑바로 펴고 머리를 단정히 하고 구두도 다시 신었다. 그러나 나를 쳐다보지는 않았다. 출입문을 열기 위해 밖에 나갔다 돌아오니, 그녀는 두르고 있던 담요를 치우고 꼿꼿하게 앉아 내릴 준비를 하고 있었다. 나는 얼어붙은 진입로를 따라 주의 깊게 차를 몰아 널따란 자갈마당에 들어섰다. 창문 한두 곳이 전조등 불빛을 받아 물 위에 뜬 기름기 같은 빛깔을 은은하게 난반사했다. 그러나 창문 자체는 캄캄했고, 엔진을 끄자 대저택이 별빛 총총한 하늘을 배경으로 왠지 더욱 가까이 다가와 어이없게도 나를 덮칠 듯 위협하는 것처럼 보였다.

나는 먼저 내려서 그녀 쪽 문을 열어주려고 운전석 문손잡이를 잡았다. 그러나 캐럴라인이 먼저 문을 열고 내리며 서둘러 말했다. "아뇨, 그러지 마요. 나 혼자 할 수 있어요. 나 때문에 지체할 필요 없어요."

어느새 목소리에서 술기운이 싹 가셨다. 여자애 같은 경박함도 사라졌다. 그렇다고 감정이 상한 것 같지도 않았다. 그저 목이 약간 잠겼을 뿐이었다. 나는 말했다. "그럼 여기 앉아서 당신이 안으로 안전하게 들어갈 때까지 지켜보겠소."

그러나 캐럴라인은 고개를 저었다. "그쪽으로 안 들어갈 거예요. 로디가 가버리고 나서, 어머니가 베티한테 밤에는 정문에 빗장을 지르도록 명하셨거든요. 뒷문 쪽으로 들어갈 거예요. 열쇠를 가져 왔어요."

그렇다면 나는 더더욱 같이 가야겠다고 말했고, 우리는 같이 차에서 내려 아무 말 없이 어색하게 나란히 걸었다. 덧창을 내린 서재 창문을 지나 테라스 쪽으로 꺾어 건물 북쪽 면을 따라갔다. 칠흑같이 어두워서 거의 감에 의지해 길을 짚어나가야 했다. 간혹 서로 팔이 닿으면 일부러 거리를 두었지만, 안 보이는 데서 걷다보니 다시 가까이 붙어서 가는 형국이 되었다. 어쩌다 서로의 손이 걸리듯 마주쳤는데, 그녀는 불에 데기라도 한 듯 손가락을 잡아뺐고, 나는 생각하기도 싫은 차 안에서의 실랑이가 떠올라 움츠러들었다. 어둠에 숨이 막힐 지경이었다. 마치 머리 위로 덮어쓴 담요 같았다. 다음 모퉁이를 돌자 별빛마저 저택의 이쪽 면에 서 있는 느릅나무에 가려져, 나는 라이터를 꺼내 불을 켜 랜턴처럼 비췄다. 캐럴라인은 열쇠를 미리 꺼내들고 문 쪽으로 나를 따라왔다.

그러나 일단 문을 열고 나서는 갑자기 머뭇거리듯 문지방에 섰다. 뒤쪽 계단에 희미하게 불이 켜져 있었지만, 내가 라이터를 꺼버리자 순간 불빛 한 점 없는 어둠 속에 있을 때보다 더 아무것도 보이지 않았다. 눈이 다시 어둠에 익숙해지면서, 나를 향해 돌아선 캐럴라인의 얼굴이 보였다. 그러나 눈은 내리깐 채였다. 그녀는 나직이 느릿느릿 말했다. "아까는 내가 바보같이 굴었어요. 오늘밤은 정말 근사했어요. 둘이 같이 춤춘 것도 즐거웠고요."

그녀는 눈을 들었고, 잘 모르겠지만 뭔가 더 말하려 했던 것 같다. 바로 그때 계단에 불이 환히 켜지는 바람에 캐럴라인은 서둘러 말했다. "베티가 마중하러 내려오네요. 가야겠어요." 그러고는 내 쪽으로 몸을 기울여 내 볼에 키스했다. 처음엔 상당히 점잖게. 그러다가 자신의 입꼬리가 내 입가에 겹쳐지자 한 손을 들어 내 옆머리를 붙잡고 서툴게 내 얼굴을 돌렸다. 우리의 입술이 닿은 짧은 순간, 어떤 전율이 그녀의 이목구비를 스치는 느낌이 들었다. 그녀의 입이 씰룩거렸고, 두 눈은 꼭 감겼다. 그리고 그녀는 내게서 떨어졌다.

캐럴라인은 집안으로 들어갔다. 마치 찢어진 빛의 틈새를 따라 그녀가 발을 내디디면 밤의 장막이 그녀 뒤에서 서둘러 틈을 메워버리는 것 같았다. 열쇠를 돌리는 소리가 들린 뒤, 아무것도 깔지 않은 돌층계를 디디는 하이힐 소리가 점차 멀어졌다. 그녀가 사라지자 어쩐지 나는 그녀가 간절해졌다. 가까이 있을 때보다 한층 더 분명하게, 육체적으로. 나는 계단을 올라 문에 등을 기대고 섰다. 자포자기하는 심정으로, 캐럴라인이 돌아왔으면 하고 바라면서. 그러나 그녀는 돌아오지 않았다. 적막한 집은 내게 단단히 닫혀 있었고, 잡초투성이 정원은 고요했다. 일 분, 그리고 또 일 분. 그러고 나서 천천히 길을 더듬어, 바늘 끝도 들어가지 않을 것 같은 어둠을 지나 차 있는 데로 돌아왔다.

9

그후로 일주일 남짓 나는 캐럴라인을 보지 못했다. 눈코 뜰 새 없이 바빴던 것이다. 그리고 솔직히 보러 갈 시간이 없는 게 차라리 고마웠다. 덕분에 감정을 정리할 기회가 생긴 느낌이었다. 그날 밤의 엄청난 실수에 대한 무안함을 좀 회복하고, 결국 우리 둘 사이에는 아무 일도 없었다고 스스로를 달래며, 모든 실수를 술과 어둠, 댄스파티에 들뜬 마음 탓으로 돌릴 수 있는 기회 말이다. 월요일에는 그레이엄을 만나 일부러 캐럴라인의 이름을 언급하며, 레밍턴을 벗어나자마자 그녀가 차 안에서 곯아떨어져 헌드레즈 대정원의 출입문에 닿을 때까지 '어린애처럼' 잤다는 둥 굳이 이야기를 늘어놓다가 다음 화제로 넘어갔다. 앞에서도 말한 것 같은데, 나는 원래 안과 밖이 다른 사람이 못 된다. 나는 환자들의 병이 거짓말로 인해 악화되는 합병증 사례를 부지기수로 보아왔다. 그러나 이번 경우에는 거짓을 조금 보태더라도 캐럴라인과 나에 대한 억측을 완전히 차단하는 것이 최선이라고 생각했다. 나뿐만 아니라 캐럴라인을 위해서도 그랬다. 나는 실리한테 달려가고 싶었다. 무슨 짓을 해서라도 그가 말한 뜬소문, 내가 에어즈가 여인 중 한 명 혹은 둘 다에게 흑심을 품고 있다는 그 소문을 진화하라고 대놓고 요구하고 싶었다. 하지만 그러다 문득 그런 소문이 진짜 있는지조차 의심스러워졌다. 술 취한 김에 실리 혼자 지어낸 못된 장난에 불과한 것은 아닐까? 나는 그럴 수도 있다고 결론지었고, 그뒤 우연히 오가다 실리와 마주쳐도 파티에 대해 아무 말 하지 않았으며, 그 역시 마찬가지였다.

그래도 여전히, 정신없이 한 주를 보내면서도 나는 종종 캐럴라인을 떠올렸다. 얼어붙은 날씨는 다시 비를 뿌리기 시작했지만, 비 때문에 그녀가 산책을 못하는 일은 없으리란 것을 잘 알았다. 대정원을 지름길 삼아 가로지르며 나도 모르게 그녀를 찾아 두리번거렸다. 리드코트 근처 도로에서도 그녀를 찾았고, 그랬는데도 그녀를 보지 못하면 낭패감에 사로잡혔다. 그러나 막상 헌드레즈홀에 들를 기회가 생겨도 나는 가지 않았다…… 스스로도 기가 막혔지만, 신경이 예민해져 있었던 것이다. 캐럴라인에게 전화를 걸려고 몇 번이나 수화기를 들었지만 매번 번호를 돌리지 못하고 도로 내려놓았다. 그리고 얼마 지나지않아 이 휴지기가 부자연스럽게 느껴지기 시작했다. 내가 이렇게 소식이 없는 것을 에어즈 부인이 의아하게 여길지도 모른다는 생각이 들었다. 결국 그 이유만으로 나는 다시 헌드레즈홀에 들르기로 했다. 그런 의혹이라면 아주 질색이었으니까.

어느 수요일 오후, 진료 사이에 남는 자투리 시간을 이용해 헌드 레즈홀로 향했다. 집안에는 베티밖에 없었는데, 라디오를 켜놓고 부엌 식탁 앞에 앉아 신나게 황동그릇을 닦고 있었다. 베티는 캐럴라인과 에어즈 부인이 정원 어딘가에 있을 거라고 했다. 나는 잠깐 돌아본 끝에 잔디밭에서 가벼운 산책중이던 두 사람을 발견했다. 그들은 안 그래도 엉망이었던 꽃밭이 최근 내린 폭우에 얼마나 더 상했는지 살펴보고 있었다. 에어즈 부인은 차갑고 축축한 날씨에 대비해 온몸을 칭칭 둘러싸긴 했지만, 그래도 지난번보다 훨씬 혈색이 좋아 보였다. 부인은 딸보다 먼저 나를 발견하고 빙그레 웃으며 풀밭을 가로질러 다가와 내게 인사를 건넸다. 캐럴라인은 멋쩍기라도 한지 갑자기 허리를 굽혀 미끈미끈한 갈색 잎이 달린 잔가지를 땅에서 주워들었다. 그런 뒤 허리를 펴고 자기 어머니를 따라오면서는 얼굴색 하나 변하지 않고 내 시선을 견뎠다. 제일 처음 그녀가 내게 한 말은 이랬다. "그날 무지막지하게 춤을 춘 후유증에서는 회복된 건가요? 나는 지난주에 발이 아파 죽을 뻔했어요. 어머니도 우리가 그 쪽모이 세공 마루를 어떻게 초토화시켰는지 보셨어야 해요! 정말 굉장했는데, 그렇죠, 닥터 패러데이?"

그녀는 다시 대지주의 딸이 되어 명랑하고 세심하고 매끄러운 어조로 말하고 있었다. 나는 "그랬지요"라고 대답하면서도 그녀의 얼굴을 보기가 힘들어 고개를 돌렸다. 그제야 가슴속에서 뭔가 덜컹 내려앉으면서 혹은 불끈 치밀어오르면서 캐럴라인이 내게 무슨 말을 하려는지 깨달았다. 지난 열흘 동안 신중하게 모색한 나의 모든 추론은 나 자신의 불안정한 마음이 만들어낸 일종의 가식이자 위선이었다. 불안한 마음을 조성한 사람은 그녀였고, 우리 사이에 모호한 감정의 동요를 불러일으킨 사람도 그녀였다. 이제 그 감정을 묻어버릴 수도 있다는 그녀의 사고방식이—예컨대 지프에 대한 애통함을 묻어버렸던 것처럼—나는 도저히 견디기 힘들었다.

에어즈 부인이 다른 쪽 꽃밭을 살피러 발걸음을 옮겨, 나는 부인 옆으로 가서 팔을 내밀었고, 캐럴라인은 부인의 반대쪽 옆에 섰다. 그렇게 셋이 나란히 이쪽저쪽으로 천천히 잔디밭을 거닐었다. 캐럴라인은 자주 허리를 숙이고 심하게 뭉개진 식물을 뽑거나 좀 덜 상한 것은 도로 흙 속에 단단히 묻었다. 그녀가 과연 나를 쳐다보기는 했는지 나는 알 도리가 없다. 내가 그녀를 훔쳐볼 때면 그녀는 정면이나 아래를 보고 있어서 나부죽한 옆얼굴만 보였다. 우리는 에어즈 부인을 사이에 두고 걸었기 때문에 그녀의 얼굴은 종종 제 어머니에게 가려 일부밖에, 혹은 아예 보이지 않았다. 그들 모녀가 정원에 관해 무척 많은 얘기를 했던 것으로 기억한다. 비 때문에 울타리가 내려앉았고, 그걸 다시 세워야 할지 말아야 할지 논쟁을 벌였다. 장식용 항아리도 하나 깨져서 거기 심어놓은 커다란 로즈메리 관목도 다른 곳으로 옮겨 심어야 했다. 항아리는 아주 오래된 것으로, 대령의 증조부모가 이탈리아에서 가져온 한 쌍 중 하나라고 했다. 원래대로 복원할 수 있을까? 우리는 그 버림받은 불쌍한 것을 응시하며 서 있었다. 항아리는 삐죽삐죽하니 깨져 흙속의 얽히고설킨 뿌리가 다 보였다. 캐럴라인이 그 옆에 웅크리고 앉아 뿌리를 쿡쿡 찔렀다. "혹시 씰룩거리려나 반쯤 기대했는데." 그녀는 항아리 위의 로즈메리를 주시하며 말했다. 에어즈 부인도 가까이 다가가 장갑 낀 손으로 머리칼을 빗듯 녹색과 은색이 뒤섞인 가지를 훑은 뒤 손가락을 얼굴에 대고 향기를 들이마셨다.

"참 좋군요." 부인은 내게도 냄새를 맡아보라는 듯 손을 내밀었다. 나는 무의식적으로 그녀의 손가락 쪽으로 고개를 숙이고 싱긋 웃었다. 하지만 지금도 기억하기로는 젖은 가죽장갑의 고약한 냄새밖에 나지 않았다. 내 정신은 온통 캐럴라인에게 쏠려 있었다. 나는 그녀가 또 한번 무언가의 뿌리를 쿡쿡 찌른 뒤 허리를 펴고 손을 닦는 모습을 보았다. 그녀가 코트 허리띠를 고쳐 매는 모습을 보았고, 한 발을 다른 발에 가볍게 부딪쳐 신발 뒤축에 묻은 진흙 덩어리를 떨어내는 모습을 보았다. 사실 한 번도 그녀를 똑바로 쳐다보지 않았는데도 그녀의 모든 움직임이 다 보였다. 흡사 그녀가 자신만 보게 하는 제3의 눈을 뜨게 한 것 같았다. 그래놓고 일부러 무심하게 굴다니, 그 눈이 속눈썹에 찔린 듯 아렸다.

에어즈 부인은 우리를 데리고 서쪽 잔디밭으로 발길을 옮겼다. 배럿이 배수관이 막혔는지 물이 샌다고 해서 저택 서쪽 면을 살펴보려는 것이었다. 모퉁이를 돌아 다시 보니, 과연 배수관 접합부에서 물이 새어 번져 여기저기 커다랗고 시커먼 얼룩이 져 있었다. 얼룩은 연회장 지붕 쪽으로 곧바로 이어지면서, 납땜 고정쇠와 벽돌 사이 틈새로 잦아들었다. 연회장의 외벽 절반은 저택의 납작한 뒷면에서 툭 튀어나온 형태였다.

"장담하는데 저 연회장은 증축했을 당시부터 골칫덩이였을 거예요." 캐럴라인이 자기 어머니의 어깨에 한 손을 얹고 더 잘 보기 위해 까치발로 서며 말했다. "빗물이 어디까지 샜는지 궁금하네. 벽돌 줄눈을 다시 발라야 한다면 큰일인데. 배수관 자체는 어떻게든 고쳐보겠지만, 그보다 더 심각한 손상은 수리할 예산이 없어요."

아무래도 이 문제가 그녀의 뇌리를 떠나지 않는 것 같았다. 어머니와 이 문제를 상의하고는 손상된 부분이 더 잘 보이는 곳을 찾아 잔디밭을 이리저리 걸어다녔다. 그러고 나서 우리는 좀더 가까이에서 보기 위해 테라스로 올라갔다. 나는 이 사안에는 열심을 낼 수가 없어서 다소 묵묵히 발걸음을 옮겼다. 각진 연회장 벽면의 맞은편으로 나도 모르게 눈이 갔다. 어둠 속에서 캐럴라인과 내가 서 있던 후문이 있었다. 그녀가 서툰 손동작으로 내 입에 자신의 입을 마주대던 곳이었다. 순간 나는 생생히 되살아난 그 모든 기억에 압도되어 머리가 어지러웠다. 에어즈 부인이 저택 쪽으로 나를 부르는 소리가 들렸지만, 나는 잠시 멍한 채 간신히 벽돌 여기저기를 살펴보는 척했다. 그러나 이내 물러나서 테라스를 빙 둘러 나와, 그 신경쓰이는 문이 완전히 시야에서 사라질 때까지 걸어갔다.

나는 옆으로 돌아 대정원을 마주보고 섰다. 그 너머를 초점 없이 바라보다 캐럴라인이 어머니를 떼어두고 혼자 나온 것을 알았다. 어쩌면 결국 그녀도 나처럼 그 문을 보고 불편했는지 모른다. 그녀는 천천히 내 옆으로 다가와 장갑을 끼지 않은 손을 자신의 호주머니에 넣었다. 그리고 나를 쳐다보지도 않고 말했다. "밤의 인부들이 일하는 소리 들려요?"

"밤의 인부?" 나는 얼떨결에 되물었다.

"네, 오늘은 선명하게 들리네요."

그녀는 멀리 거대한 거미줄처럼 세워진 비계 쪽을 고갯짓으로 가리켰다. 비계 안에서는 네모반듯한 집들이 성급하게 올라가고 있었다. 가만히 귀를 기울이니, 고요하고 축축한 공기를 타고 진탕성의 희미한 공사장 굉음, 즉 인부들이 외치는 소리와 널빤지나 기둥이 갑자기 쿵 떨어지는 소리 등이 잡혔다.

"전장의 소리 같아요." 캐럴라인이 말했다. "그런 생각 안 들어요? 엣지힐에서 캠핑을 할 때면 한밤중에 들린다고들 하는 유령전투 소리 같잖아요."

나는 그녀의 얼굴을 빤히 쳐다볼 뿐, 내 목소리가 어떻게 나올지 몰라 대답은 하지 않았다. 나의 침묵이 그녀의 이름을 중얼거리거나 그녀에게 손을 내민 것과 비슷한 효과를 낸 모양이었다. 캐럴라인이 나의 표정을 보더니 어머니 쪽을 힐끗 바라보고…… 어쩌다 그렇게 됐는지 나도 모르겠지만, 어떤 전류 혹은 조류가 마침내 우리 사이에 흐르기 시작했다. 그러면서 모든 게 이해가 됐다. 댄스플로어에서 내 엉덩이에 부딪던 그녀의 탄력 있는 엉덩이, 차 안의 차갑고 어두웠던 친밀함, 기대감, 좌절, 몸싸움, 키스…… 또다시 아찔한 현기증이 일었다. 그녀는 고개를 숙였고, 잠깐 우리는 어떻게 해야 할지 몰라 조용히 서 있었다. 그러다 내가 아주 나직이 말문을 열었다. "캐럴라인, 나는 당신을 생각했소. 나는……"

"선생!" 캐럴라인의 어머니가 다시 나를 불렀다. 또다른 벽돌 외벽 부분을 한번 보라는 것이었다. 낡은 납땜 고정쇠가 헐거워져 있어서 에어즈 부인은 고정쇠가 지지하고 있던 벽체가 약화되지 않을까 걱정했다…… 순간의 전류는 사라졌다. 캐럴라인은 이미 돌아서서 어머니 쪽으로 걸어가는 중이었다. 나도 그녀를 따라 에어즈 부인이 있는 쪽으로 향했다. 툭 불거진 벽돌과 금이 간 회반죽을 함께 응시하며, 나는 가능한 몇 가지 수리 방법에 관해 입에서 나오는 대로 지껄였다.

얼마 안 가서 추위를 타기 시작한 에어즈 부인이 다시 내 팔짱을 꼈고, 나는 부인을 집안의 작은 응접실로 모셨다.

에어즈 부인은 기관지염의 잔기운을 싹 날려버리려고 지난주에는 침실에서 나올 생각도 하지 않았다고 말했다. 의자에 앉으면서 난로에 대고 손을 비빌 때는, 두 손에 온기가 돌아오는 것을 즐겁게 음미하는 기색이 역력했다. 그즈음에 더욱 야윈 듯, 손가락에서 뱅뱅 도는 반지를 보석이 앞으로 오도록 똑바로 매만지기도 했다. 그럼에도 그녀는 상쾌한 목소리로 말했다. "더할 나위 없이 좋네요. 이렇게 다시 일어나 돌아다니니! 마치 내가 그 시인이 된 듯한 기분이에요. 누구더라, 캐럴라인?"

캐럴라인은 소파에 앉으려는 참이었다. "모르겠는데요, 어머니."

"아니, 알면서 그러는구나. 너는 시인이라면 다 알잖니. 굉장히 수줍음 많이 타는 여성 시인 말이다."

"엘리자베스 배럿이요?"

"아니, 그 사람 말고."

"샬럿 뮤?"

"세상에, 시인이 참 많기도 하구나! 하지만 내가 말하는 건 미국 시인이야. 오랜 세월 자기 방에 틀어박혀서 편지만 써 보냈다나 뭐라나 하는."

"아, 에밀리 디킨슨 말씀이시군요?"

"맞다, 에밀리 디킨슨. 지금 다시 생각해보니 좀 피곤한 시인이었던 것 같지. 그 숨차고 널을 뛰는 시문이라니. 길고 유려한 행과 경쾌한 리듬이 뭐가 나빠서 그러는지 원. 내가 어릴 때 말이에요, 닥터 패러데이, 미스 엘스너라고 독일인 가정교사가 있었어요. 테니슨에게 아주 열광하던 사람이었는데……"

이어서 그녀는 자신의 어릴 적 이야기를 몇 가지 들려주었다. 미안한 말이지만 나는 거의 듣고 있지 않았다. 나는 부인 맞은편 의자에 앉았는데, 그 바람에 내 왼편 소파에 앉은 캐럴라인이 시야에서 벗어나, 그녀와 눈을 마주치려면 일부러 그쪽으로 고개를 돌려야 했다. 그렇다고 캐럴라인 쪽을 전혀 안 보는 것도 부자연스러울 것 같았다. 이따금 우리의 시선이 만나거나 스쳤지만, 대개 그녀의 눈빛은 나를 경계하는 듯했고 표정도 거의 없었다. "이번주에 건축 현장에 다녀왔소?" 베티가 차를 가져왔을 때 나는 캐럴라인에게 물었다. "오늘 농장에 들를 계획은?" 차로 태워다주겠다고 하면 그녀와 둘이 시간을 좀 가질 수 있을 것 같아 덧붙여 물어보았다. 그러나 캐럴라인은 무미건조한 음성으로 없다고, 해야 할 집안일이 이것저것 있어서 오늘 오후에는 집에 있을 거라고 대답했다…… 내가 뭘 더 어쩔 수 있겠는가, 그녀의 어머니가 옆에 있는데? 한번은 에어즈 부인이 몸을 돌린 틈을 타 좀더 노골적으로 캐럴라인을 쳐다보며 어깨를 으쓱하고 얼굴을 찌푸렸다. 그러자 그녀는 허둥지둥 시선을 돌렸다. 다음 순간 태연하게 소파 등받이에서 타탄 러그를 끌어내리는 그녀의 모습에, 차 안에서 그녀가 나를 밀어내며 담요를 꽁꽁 여미던 혹독한 기억이 느닷없이 되살아났다. 그녀의 목소리가 들렸다. 미안해요. 미안해요. 못 하겠어요! 그리고 만사가 물거품이 된 느낌이었다.

마침내 에어즈 부인이 내가 한눈파는 걸 알아차렸다.

"오늘은 유난히 조용하네요, 선생. 무슨 걱정이라도 있는 건 아니죠?"

나는 사과조로 말했다. "아침 일찍부터 일을 보러 다니느라 그렇습니다. 그리고 아직 봐야 할 환자가 몇 명 남았습니다. 유감스럽게도. 훨씬 나아진 부인의 모습을 보니 매우 기쁩니다. 하지만 이제 가봐야 할 것 같군요." 나는 시계를 보는 척했다.

"아, 아쉬워라."

나는 자리에서 일어났다. 에어즈 부인이 다시 종을 울려 베티를 불러 내 겉옷 등을 가져오라고 일렀다. 오버코트를 걸치니 캐럴라인이 일어나기에, 나는 그녀가 현관 앞까지 같이 가주려나 하고 잠시 고마움과 흥분에 휩싸였다. 그러나 그녀는 겨우 탁자까지만 나와서 찻잔을 쟁반 위에 올려놓을 뿐이었다. 그래도 내가 그녀의 어머니와 마지막 몇 마디를 나누는 동안 다시 내게 가까이 다가오는가 싶더니, 고개를 숙여 내 코트 앞쪽을 주의 깊게 보았다. 그러고는 조용히 "올이 풀리려고 하네요, 선생님" 하며 닳아 해진 갈색 실오라기 몇 가닥에 대롱대롱 매달린 맨 윗단추를 손으로 잡았다. 전혀 생각지 못한 그녀의 행동에 나는 놀라 몸을 뒤로 홱 뺐다. 그 바람에 실이 끊겨 단추가 그녀의 손에 떨어졌고, 우리는 웃음을 터뜨렸다. 캐럴라인은 단추의 주름진 가죽 표면을 엄지손가락으로 한 번 쓸어 만지더니, 살짝 무안한 듯, 내가 내민 손바닥에 단추를 올려놓았다.

나는 단추를 호주머니에 집어넣으며 말했다. "노총각으로 사는 위험 중 하나죠."

진짜 아무 생각 없이 한 말이었고, 그때까지 헌드레즈홀에서 수도 없이 해온 농담이었다. 그러나 그 말의 함의를 깨달은 순간 나는 얼굴이 붉게 달아오르는 것을 느꼈다. 캐럴라인과 나는 그 자리에 얼어붙은 듯 서 있었다. 캐럴라인을 쳐다보면 안 될 것 같았다. 내 시선은 에어즈 부인에게로 향했다. 부인은 약간 의아한 표정으로 자기 딸과 나를 쳐다보았다. 마치 자기만 빼놓고 '우리끼리' 무슨 농담을 한다는 듯, 그래서 당연히 이제 우리의 설명을 기다린다는 듯. 그러나 우리가 아무 말도 하지 않자─얼굴이 빨개진 채 어색하게 그저 서 있기만 하자─부인의 낯빛이 변했다. 마치 조명이 풍광을 한번 재빨리 훑고 지나가듯 궁금증은 놀라움과 함께 뭔가 알 것 같다는 갑작스러운 깨달음으로 변했고, 놀라움은 금세 긴장과 자책의 미소로 바뀌었다.

부인은 옆에 있던 탁자로 몸을 돌려 멍하니 손을 뻗어 뭔가 찾는 듯하더니 이내 자리에서 일어났다.

"오늘은 내가 좀 따분하게 굴었지요." 그녀는 숄을 끌어당기며 말했다.

나는 부리나케 대답했다. "설마요, 무슨 그런 당치 않은 말씀을!"

그녀는 나를 외면했다. 빤히 캐럴라인만 쳐다볼 뿐이었다. "닥터 패러데이를 차까지 모셔다드리지 그러니?"

캐럴라인은 웃었다. "닥터 패러데이는 혼자서도 잘 찾아갈 텐데요, 지금껏 그래왔으니."

"당연하죠!" 나는 말했다. "괜히 나올 필요 없습니다."

"아니." 에어즈 부인이 말했다. "괜히 나온 건 나였어요. 이제 알겠군요. 계속 얘기 나눠요…… 선생, 코트 벗고 좀더 있어요. 나 때문에 서둘러 갈 생각은 말고. 나는 위층에서 마저 끝내야 할 일이 좀 있어서."

"어휴, 어머니." 캐럴라인이 말했다. "정말이지, 대체 왜 그러세요? 닥터 패러데이는 봐야 할 환자가 있다잖아요."

에어즈 부인은 그래도 자기 소지품을 챙기며 못 들은 척 말했다. "할 얘기가 많은 것 같군요, 둘이서."

"없어요." 캐럴라인이 말했다. "진짜라니까요! 할 얘기 하나도 없어요."

내가 말했다. "저는 정말 가봐야 합니다."

"그럼 캐럴라인이 배웅해줄 거예요."

캐럴라인이 또다시 웃음을 터뜨리며 말했다. 조금 딱딱해진 어조였다. "아뇨, 캐럴라인은 안 나갈 거예요! 선생님, 죄송해요. 이게 다 무슨 헛소동이람! 그깟 단추 하나 때문에. 선생님이 바느질에 소질이 좀 있었으면 좋았을걸 싶네요. 이제 어머니가 저를 내버려두지 않으실 테니…… 어머니, 다시 앉으세요. 무슨 생각을 하시는지 모르겠지만, 전혀 그런 거 아니에요. 방에서 나가실 필요 없어요. 제가 위층으로 올라갈게요."

"제발 이러지 맙시다." 나는 캐럴라인에게 손을 내밀며 다급히 말했다. 그러나 내 목소리와 태도에서 드러난 일말의 감정이 그 무엇보다 명확히 우리 사이를 말해주었다. 이미 캐럴라인은 방을 가로질러 나가려던 참이었다. 거의 성마른 태도로 나를 향해 고개를 가로저으면서. 그러고는 곧바로 나가버렸다.

나는 그녀 뒤에서 닫히는 문을 바라보다 에어즈 부인 쪽으로 고개를 돌렸다.

"괜한 소동 맞나요?" 부인이 내게 물었다.

나는 뭐라 해야 할지 몰라 난감했다. "저도 모르겠습니다."

에어즈 부인은 숨을 크게 들이마셨다 내쉬면서 어깨를 축 늘어뜨렸다. 그러고는 자기 의자로 돌아가 털썩 주저앉으며 내게도 와서 앉으라는 손짓을 보냈다. 나는 오버코트를 입은 채로 모자와 목도리를 손에 들고 의자 끝에 엉거주춤 걸터앉았다. 우리는 한동안 아무 말이 없었다. 그녀는 전체적으로 무언가를 되짚어보는 듯했다. 그리고 마침내 입을 열더니, 억지스럽게 밝은 목소리로 말했다. 지나치게 광을 낸 둔중한 금속 같은 목소리였다.

"새삼스러울 것도 없는 얘기지만, 나는 선생과 캐럴라인이 맺어지면 어떨까 몇 번이나 생각했어요! 선생이 우리집에 온 첫날부터 그런 생각을 했던 것 같아. 나이 차이가 좀 나긴 하지만 남자에게 그런 건 아무것도 아니고, 캐럴라인도 똑똑해서 그런 사고방식에 구애받는 아이는 아니니까…… 하지만 그애와 선생은 그저 좋은 친구로만 보였지요."

"지금도 좋은 친구입니다, 제 바람은."

"그리고 때때론 친구 이상이죠, 분명." 부인은 문 쪽을 힐긋 쳐다보며 기가 차다는 듯 얼굴을 찌푸렸다. "어쩜 이렇게 감쪽같이! 캐럴라인은 여태껏 나한테 일언반구도 없었어요, 알겠지만. 나는 제 어미인데!"

"말하고 자시고 할 일이 없습니다. 그래서 아무 말도 안 했겠지요."

"아, 하지만 이런 건 두고 본다고 되는 그런 일이 아니잖아요. 이를테면 어느 순간 다리를 건너는 거지. 정확히 언제 다리를 건넜는지는 묻지 말아야겠죠, 이런 경우에는."

나는 거북해져서 자세를 바꾸며 꿈지럭거렸다. "아주 최근입니다, 그것도 우연히."

"캐럴라인은 성인이에요, 물론. 그리고 매사에 자기 의견이 뚜렷한 아이고. 하지만 애아버지가 세상을 떠나고 가엾은 남동생도 저리 안 좋은 상태니, 내가 선생한테 물어봤어야 하는데. 선생의 의향이라든가 이것저것. 말해놓고 보니 참 에드워드 시대 사람이나 할 법한 소리네요! 선생은 우리 재정 상태에 대한 환상은 없겠지요. 참 다행이에요."

나는 또 움직거렸다. "저기, 이런 식으로는 몹시 곤란합니다. 캐럴라인에게 직접 물어보시는 편이 낫겠습니다. 제가 대신 말씀드릴 수는 없는 노릇이니까요."

부인은 웃음기 없는 얼굴로 웃었다. "그렇네요, 그래도 한번 해보시라고 권하면 안 되겠지요."

"솔직히 이 얘기는 그만했으면 좋겠습니다. 정말로 가봐야 해서요."

에어즈 부인은 고개를 깊숙이 숙였다. "당연히, 좋으실 대로."

그러나 나는 이런저런 감정에 북받쳐 잠시 그대로 앉아 있었다. 나의 방문이 이런 사태를 몰고 오다니 당황스러웠고, 이번 일로— 아무것도 아닌 일이 이렇게까지 번지다니, 내게는 여전히 다소 뜬금없게 느껴졌다—우리 사이에 생긴 분명한 벽 때문에 가슴이 아팠다. 마침내 나는 불쑥 일어났다. 부인의 의자 쪽으로 다가가자 부인이 고개를 약간 뒤로 젖혀 나를 쳐다보았다. 나는 그녀의 눈가에 맺힌 눈물을 보고 깜짝 놀라 불안해졌다. 눈두덩이 거무스름하고 좀 처진 듯했고, 그녀의 머리칼은—이번에는 실크스카프도 만틸라도 쓰지 않았다—이제 보니 희끗희끗했다.

일부러 꾸민 밝은 태도도 온데간데없이 사라졌다. 그녀는 농담하듯 자기연민이 어린 말투로 말했다. "아, 나는 어떻게 되는 건가요, 선생? 나의 세계는 바늘구멍만하게 줄어들고 있어요. 선생은 나를 버리지 않겠지요, 선생과 캐럴라인은?"

"부인을 버리다뇨!" 나는 고개를 저으며 한 걸음 물러나 무슨 말 같지도 않은 소리냐는 듯 웃어넘기려 했다. 그러나 내 말투는 내 귀에도 아까 부인의 말투 못잖게 억지스럽게 들렸다. 나는 말했다. "다 말도 안 되는 비약입니다. 바뀐 건 아무것도 없어요. 아무것도 바뀌지 않았고, 아무도 버려지지 않을 겁니다. 그 점은 제가 장담합니다."

그리고 나는 방을 나와 멍하니 복도를 따라 걸어갔다. 상황이 이렇게 급변하고, 이토록 짧은 시간에 일이 덜컥 터져버리다니, 그 어느 때보다 머릿속이 혼란스러웠다. 나는 캐럴라인을 뒤쫓아가볼 생각도 하지 못했던 것 같다. 그냥 모자를 쓰고 목도리를 두르며 현관문으로 향했다.

그런데 홀을 지날 무렵, 무슨 소리, 아니 움직임 같은 게 느껴져 흠칫했다. 계단 위를 쳐다보니 그곳에, 이층 계단참의 난간이 굽어지는 곳에 캐럴라인이 서 있었다. 머리 위 유리돔으로 흘러들어오는 부드럽고 온화한 빛을 받아 그녀의 갈색 머리카락이 거의 금발로 보였다. 그러나 얼굴은 역광 때문에 보이지 않았다.

나는 모자를 도로 벗고 계단 밑으로 갔지만, 캐럴라인은 내려오지 않았다. 나는 그녀 쪽으로 부드럽게 소리를 높여 말했다.

"캐럴라인! 미안하오. 이제 정말 가야 해서. 당신 어머니께 말씀 좀 해주겠소? 어머님이…… 어머님은 우리가 눈이 맞아 어디로 달아나거나 할 거라고 생각하시는 모양이야."

그녀는 대답하지 않았다. 나는 잠시 기다렸다 좀더 나직이 덧붙였다. "우리가 그러지는 않을 거잖소, 응?"

그녀는 난간동자에 한 손을 걸고 보일 듯 말 듯 고개를 끄덕였다.

"우리처럼 지각 있는 두 사람이," 그녀는 중얼거렸다. "그럴 리 없죠, 안 그래요?"

캐럴라인의 얼굴에 그늘이 져 표정이 잘 보이지 않았다. 목소리는 낮았지만 차분했다. 그녀가 장난으로 한 말이라고는 생각하지 않았다. 어쨌든 캐럴라인은 분명 거기 서서 내가 나오기를 기다리고 있었다. 문득 그녀가 여전히 나를 기다리는 중일지 모른다는 생각이 들었다. 계단을 올라 자기에게 오기를, 이 일을 더 끌고 나가 의문이나 의심의 여지 없이 잘 마무리하기를. 그러나 내가 계단을 한 단 오르자 캐럴라인은 스스로도 어쩔 수 없는 모양인지 겁에 질린 표정을 지으며—그늘 속에서도 알 수 있었다—얼른 한 발 물러 났다.

나는 낙심한 채 다시 검붉은 대리석 바닥으로 내려섰다. 그리고 별로 호의적이지 않은 어조로 "그래, 그건 도무지 있을 수 없는 일 이지, 지금으로서는" 하고 말하며 모자를 쓰고 돌아서 빗장이 걸린 현관문을 지나 밖으로 나왔다.

돌아서자마자 그녀가 보고 싶어졌지만, 이제는 그런 감정이 번 잡스럽게 느껴질 뿐 아니라 일종의 고집 혹은 피로감이 더 앞섰다. 나는 며칠간 일부러 헌드레즈홀도 피했다. 대정원을 빙 둘러 더 먼 길로 다니느라 기름을 낭비했다. 그러다 정말 예기치 않게 레밍턴 의 어느 거리에서 캐럴라인과 에어즈 부인을 우연히 만났다. 모녀 는 물건을 사려고 나온 참이었다. 못 본 척하기에는 이미 늦어서, 그대로 선 채 잠시 어색하게 이야기를 나눴다. 캐럴라인은 예의 맵 시 안 나는 모직모자를 쓰고, 전에는 보지 못했던, 황달에 걸린 듯 누리끼리한 목도리를 둘렀다. 참 볼품없고 피부도 누렇게 뜬데다 쌀쌀맞아 보였다. 일단 생각지도 않게 그녀와 마주친 충격이 어느 정도 가시자, 나는 우리 사이에 그 어떤 가슴 뛰는 전류도, 그 어떤 특별한 공감대도 일절 남지 않았음을 씁쓸하게 깨달았다. 자신의 어머니에게도 단단히 못박아두었는지, 에어즈 부인은 지난번 나의 방문에 관해 한마디도 언급하지 않았다. 실제로 우리 셋 모두 그런 일이 아예 없었던 것처럼 행동했다. 나는 길에서 마주친 어느 지인 한테나 그러듯 모자를 들어 인사하며 헤어졌다. 그리고 우울한 기분에 젖어 병원으로 가서는 가장 흉포한 병동 간호사들과 무시무시한 회진을 돌았던 기억이 떠오른다.

이후로 며칠 동안 나는 스스로에게 한가한 틈이나 생각에 잠길 여유를 주고 싶지 않아 다시 왕진과 진료에 맹렬히 매달렸다. 그때 행운이 찾아왔다. 내가 속한 위원회에서 런던의 어느 학회에 연구 결과를 발표하기로 했는데, 논문을 내기로 했던 사람이 갑자기 아파 참석이 어렵게 되었다며 나를 대신 초대한 것이다. 캐럴라인과의 일도 엉망이 되어버린 차에 잘됐다 싶어 나는 덥석 기회를 물었다. 학회 일정은 꽤 길었고 런던의 한 종합병원에 참관인으로 며칠 머무는 프로그램도 포함되어 있어, 나는 몇 년 만에 처음으로 완전히 일손을 놓을 수 있었다. 내가 맡았던 환자들은 그레이엄과 대리 의사 와이즈에게 넘겼다. 나는 2월 5일에 워릭셔를 떠나 런던으로 갔고, 그로부터 거의 보름 가까이 자리를 비웠다.

실질적인 면에서 나의 부재가 헌드레즈홀의 생활에 미친 영향은 미미할 수밖에 없었다. 그전에도 내가 한참 동안 헌드레즈홀에 들르지 못하는 경우는 자주 있었기 때문이다. 그러나 그럴 때마다 그들이 나를 보고 싶어했다는 것을 나는 나중에야 알았다. 아마도 어느새 나를 많이 의지하게 됐던 모양이다. 가까이 있으면서 필요할 때면 언제든 전화를 받고 달려올 사람이라는 든든함이 좋았는지도. 게다가 나의 방문은 그들의 고립감도 덜어주었는데, 그러다 내가 보이지 않으니 전보다 훨씬 더 쓸쓸함이 밀려들었던 모양이다. 그들은 기분 전환을 위해 어느 오후에는 리드코트에서 빌과 헬렌 데즈먼드를 만났고, 저녁에는 늙은 대브니 양도 함께 모였다. 또 어떤 날은 우스터셔에 가서 집안의 오랜 친구들을 만났다. 그러다보니 간헐적인 여행길이 그들의 석유 배급량을 거의 다 잡아먹어버렸다. 거기에 더해 날씨가 다시 습해지면서 질척한 시골길을 돌아다니기도 어려워졌다. 건강이 나빠질까 염려한 에어즈 부인은 안전하게 집안에 머무는 편을 택했다. 그러나 캐럴라인은 연일 계속되는 비 때문에 쉴 틈이 없었다. 우의와 웰링턴부츠 차림으로 영지의 일을 열심히 해치웠다. 며칠은 마킨스를 도와 농장에서 봄의 첫 파종을 했다. 그다음에는 정원으로 눈길을 돌려 배럿과 함께 무너진 울타리를 복구하고 막힌 배수관을 힘닿는 대로 손보았다. 이 마지막 일은 참 의욕을 꺾어놓는 작업이었다. 가까이서 보니 물이 샌 상태가 얼마나 엉망인지 알 수 있었다. 그 일을 끝내고는 다시 집으로 들어가 서쪽 면에 있는 모든 방의 피해 상황을 점검했다. 그녀의 어머니도 거들고 나섰다. 두 사람은 식당과 '부츠룸' 두 곳에서 물이 약간 스며든 곳을 발견했다. 그러고 나서 그들은 연회장 문을 열어젖혔다.

그다지 달갑지 않은 일이었다. 10월의 그 악몽 같았던 파티 다음날 아침, 베이즐리 부인과 베티는 연회장에 들어가 카펫과 소파에 묻은 혈흔을 죽어라 닦아냈더랬다. 두세 시간은 족히 걸렸고, 피비린내 나는 탁한 분홍색 물을 들통으로 연거푸 내다버렸다. 그후에 집안 분위기도 워낙 안 좋고 다들 로드를 걱정하느라 아무도 다시 가볼 엄두를 내지 못해, 연회장은 폐쇄된 것이나 다름없었다. 캐럴라인이 경매에 팔아치울 물건을 찾느라 온 집안을 뒤질 때조차 그 방은 손대지 않았다. 당시를 돌이켜보건대, 그녀는 그 방을 건드리는 것에 대해 거의 미신에 가까운 두려움을 키웠던 것 같다.

그런데 이제, 삐걱거리는 덧창을 들어올리고 나서 모녀는 좀더 빨리 이곳을 돌아보지 않은 것을 후회했다. 연회장은 상상도 못할 만큼 피해가 심각했다. 장식 천장은 물에 심하게 불어 사실상 축 늘 어지다시피 했고, 그 밖에 여러 군데에서 빗물이 회반죽 이음매를 따라 흘러내려 그 아래 방치해둔 카펫과 가구로 떨어졌다. 천만다 행으로 하프시코드는 중대한 손상을 면했지만, 리젠시 양식의 금 장식 의자 하나는 태피스트리 좌석이 아주 못 쓰게 망가졌다. 그중 에서도 가장 기가 막힌 것은 노란색 중국 벽지였다. 캐럴라인이 귀 퉁이에 꽂아두었던 녹슨 압정과 함께 뒷면의 축축한 회반죽 벽에 서 떨어져 갈기갈기 찢어져 있었다.

"하긴." 캐럴라인은 한숨을 내쉬며 엉망진창이 된 벽지를 멍하 니 바라보았다. "불의 심판을 받았으니, 물의 심판도 예상했어야 했나봐요……"

모녀는 베티와 베이즐리 부인을 불러 벽난로에 불을 지피라고 일렀다. 발전기도 가동하고, 전기히터와 석유난로도 가져다놓고, 그날과 그다음날 하루종일 미친듯이 방안을 환기시켰다. 천장은 어떻게 손을 써볼 도리가 없었다. 샹들리에의 크리스털 받침에 탁 한 물이 고였는데, 스위치를 넣자 쉭 하며 탁탁 터지는 소리가 나서 그다음부터는 감히 손댈 생각도 하지 않았다. 벽지는 회생 불가였 다. 그러나 카펫은 어떻게든 복구할 수 있을 것 같았고, 가구 몇 점 은 딴 데 보관하기에는 너무 커서 일단 닦아 자루나 천을 씌우기로 했다. 캐럴라인도 낡은 작업복 바지를 꺼내 입고 고무줄로 머리를 올려묶은 다음 팔을 걷어붙이고 일을 도왔다. 그러나 기력이 다시 쇠해 있던 에어즈 부인은 사람들이 방을 치우고 걷어내는 동안 우울하게 지켜보는 것밖에 달리 할 수 있는 일이 없었다.

"네 할머니가 이걸 봤으면 억장이 무너졌을 거다." 둘째 날 에어즈 부인이 비단 커튼 한 쌍을 가리키며 말했다. 커튼은 서서히 스며든 물에 젖어 심하게 얼룩덜룩해진 상태였다.

"이런, 그건 어쩔 수 없겠는걸요." 캐럴라인은 힘없이 대답했다. 해도 해도 끝이 없는 일에 그녀도 지쳐가는 중이었다. 그녀는 위층에서 가져온 펠트천을 둘둘 말아 소파를 닦느라 씨름했다. "이 방도 살 만큼 살았으니 이제 때가 된 거죠."

그녀의 어머니는 한 대 얻어맞은 듯한 표정이 되었다. "너는 꼭 우리가 무덤이라도 만드는 것처럼 말하는구나!"

"그랬으면 오죽 좋게요! 그러면 카운티 의회에서 보조금도 받을 수 있을 텐데. 두말할 것도 없이 밥 씨는 개조에 들어갈 거고. 이건 정말 징글징글해!" 그녀는 펠트천을 집어던졌다. "건방지게 들렸다면 죄송해요, 어머니. 일부러는 아니었어요. 그렇게 다 지켜보시면 속상할 텐데 그냥 작은 응접실에 가 계시는 게 어때요?"

"네가 어렸을 때 네 아버지와 내가 여기서 열었던 파티를 생각하면!"

"네, 저도 알아요. 하지만 아버지는 이 방을 별로 안 좋아하셨죠, 기억 안 나세요? 벽지 때문에 뱃멀미할 것 같다고 말씀하셨잖아요."

캐럴라인은 주위를 둘러보며 뭔가 어머니가 몰두할 만한 가벼운 일거리를 찾았다. 그러다 마침내 어머니의 손을 잡고 축음기 장식장 옆에 있는 의자로 데려갔다.

"여기 좀 보세요." 그녀는 장식장을 열고 해묵은 레코드판을 한 무더기 꺼냈다. "이걸 제대로 해놓는 게 좋겠어요. 몇 년 동안 마음 만 먹었는데, 같이 정리하면서 버릴 것은 좀 버리자고요. 분명 거의 다 쓰레기일 거예요."

원래는 그저 주변의 우울한 상황에서 어머니의 정신을 돌려놓으려고 벌인 일에 불과했다. 그런데 레코드판은 온통 또다른 잡동사니들과 뒤섞여 있었다. 악보 몇 점, 콘서트와 연극 팸플릿, 만찬 메뉴와 초대장 등 대부분이 어머니의 신혼 초기 혹은 캐럴라인 자신의 어린 시절부터 보관되어온 것들이었다. 모녀는 제법 감상에 젖어 어느새 잡동사니 무더기에 흠뻑 빠져들었다. 거의 한 시간 동안 그러고 앉아 자기들이 발견한 물건에 탄성을 질러댔다. 대령이 산음반과 로드의 옛날 댄스곡 음반이 나왔다. 1912년 에어즈 부인이 신혼여행 때 처음으로 보았던 모차르트 오페라 음반도 있었다.

"오호라, 내가 그때 입었던 드레스가 생각나는구나!" 에어즈 부인은 모차르트 음반을 무릎 위에 내려놓고 조심스럽게 기억을 더듬었다. "소맷자락이 나풀거리는 파란 시폰드레스였지. 시씨와 나는 그 옷을 서로 가지려고 싸웠단다. 그런 드레스를 입으면 날아갈 것 같았거든. 열여덟에는 날아가기도 하잖니. 아니 그맘때 아가씨란 다 그렇지, 그냥 어린애지…… 예복을 입은 네 아버지는, 지팡이를 짚고 걸었지 뭐니! 발목을 삐었다나 뭐라나. 말에서 뛰어내리다 발목을 접질렀을 뿐인데 이 주 동안이나 지팡이를 짚고 다니더구나. 그게 위엄 있어 보인다고 생각한 모양이야. 그 사람도 어린애였지. 겨우 스물둘이었으니, 지금의 로더릭보다 어렸지⋯⋯"

로더릭에 대한 생각은 분명 버거웠으리라. 다른 추억과 함께 그 기억이 떠오르자 부인은 생각에 잠기며 아련한 표정을 지었다. 캐럴라인은 잠시 그런 어머니를 바라보다 살며시 어머니의 손에서 레코드판을 빼내 축음기 위에 올려놓았다. 판은 오래됐고 축음기 바늘은 교체가 절실한 상태였다. 처음에는 쉭쉭거리는 소리와 레코드판이 삐거덕거리는 소음밖에 들리지 않았다. 그러다 살짝 어수선하게 오케스트라가 콰과광 연주하는 소리가 났다. 가수의 목소리는 오케스트라 연주음을 배경으로 힘겹게 버둥거리다 마침내 청아한 소프라노의 노래가 높이 울려퍼졌다. 캐럴라인은 나중에 내게 말했다. "마치 사랑스럽고 연약한 생물이 뒤엉킨 가시를 떨치고 날아오르는 것 같았어요."

묘하게 마음이 아려오는 순간이었을 것이다. 또다시 비가 내리고 흐린 날이라 연회장 안은 어둑어둑했다. 벽난로와 가르랑거리는 히터가 제법 낭만적인 불빛을 드리워 잠시나마 연회장이 화려하게 되살아나는 것 같았다. 벽지는 온통 벽에서 떨어져 너덜거리고 천장은 툭 불거진 상태였지만. 에어즈 부인은 미소를 지었고 눈빛은 다시 온화해졌다. 그녀는 음악의 리듬에 맞춰 손을 저으며 손가락을 까딱거렸다. 베이즐리 부인과 베티마저 경외감에 젖었다. 두 사람은 여전히 방안 여기저기를 치우며 돌아다녔지만, 마치 무언극 배우처럼 살그머니 움직였다. 조심스럽게 아직 덮이지 않은 마지막 카펫 조각 위로 거친 융단을 펼치고, 가만히 벽에서 거울들을 떼어냈다.

아리아가 막바지에 이르렀다. 축음기 바늘이 홈에 걸려 귀에 거슬리게 탁탁거리는 소리를 반복했다. 캐럴라인이 바늘을 들어올리자, 이어지는 고요 속에서는 천장에서 샌 빗물이 들통과 그릇으로 똑똑 떨어지는 소리가 크게 들렸다. 에어즈 부인이 고개를 들고 마치 꿈에서 깨어난 듯 눈을 깜박거렸다. 캐럴라인은 이 구슬픈 분위기를 만회해보려고 두번째 음반을 틀었다. 밝고 경쾌한 옛날 뮤직홀 노래였다. 어릴 때 그 음악에 맞춰 로더릭과 함께 행진하곤 했었다.

"군인을 사랑하는 아가씨에게 행운이 있기를!" 그녀는 명랑하게 노래를 불렀다. "아가씨들, 그곳에 가보았나?"

베이즐리 부인과 베티도 이제 좀 안심이라는 듯 한결 편하게 움직이며 빠른 박자에 맞춰 일하는 속도를 높였다.

"아하, 좋은 옛날 노래가 나오는구먼." 베이즐리 부인이 만족스러운 듯 한마디 했다.

"이 노래 좋아해요?" 캐럴라인이 소리쳤다. "나도요! 아주머니 신혼여행 때 베스타 틸리*가 이 노래를 부르는 걸 직접 봤다고 말하려는 건 아니죠?"

"신혼여행이라고요, 아가씨?" 베이즐리 부인은 턱을 끌어당겼다. "그런 건 가본 적도 없어요! 이브샴에 사는 언니네서 하룻밤 잔게 다구먼. 남편이랑 내가 방 하나를 차지하는 바람에 언니하고 형부는 애들하고 같이 잤어요. 그러고 나서 곧바로 시어머니 댁으로

---

* 20세기 초 영국 뮤직홀 극장을 주름잡던 남장 여배우.

들어갔다우, 우리끼리 쓸 침대조차 없었지. 아무렴, 구 년 동안 그랬지, 그 불쌍한 노친네가 돌아가실 때까지."

"저런, 세상에!" 캐럴라인이 말했다. "베이즐리 씨도 딱했군요."

"아이고, 그 양반은 신경도 안 썼어요. 침대맡에 럼주 병하고 폐당밀 단지를 갖다두고 밤마다 한 스푼씩 시어머니한테 떠먹였지요. 그럼 아주 죽은듯이 곯아떨어졌어요. 그 양철상자 좀 이리 주련, 베티. 오냐."

캐럴라인은 웃음을 터뜨렸다. 그러고는 베티가 베이즐리 부인에게 상자를 건네는 모습을 만면에 미소를 띤 채 바라보았다. 상자에는 기다란 모래주머니가 잔뜩 들었는데, 외풍을 막기 위해 저택에서 쓰는 것으로 식구들은 '뱀'이라고 불렀다. 어릴 때부터 그 주머니에 익숙했던 캐럴라인은 베이즐리 부인이 연회장 창가로 가서 문틀과 창틀 사이에 모래주머니를 끼워넣는 모습을 어렴풋한 향수에 젖어 즐겁게 구경했다. 그러다 기어이 창가로 다가가 상자에서 남는 모래주머니 하나를 집어들고 레코드판을 쌓아둔 곳으로 돌아와 손안에서 굴리며 나머지 잡동사니와 음반을 정리했다.

한참 있다 캐럴라인은 베이즐리 부인이 나직이 혀를 차며 베티를 부르는 소리를 얼핏 들었다. 물과 걸레를 가져오라는 것이었다. 그러나 다시 유리창 쪽을 쳐다볼 생각이 든 것은 몇 분쯤 더 흐른 다음이었다. 고개를 들고보니 두 사람이 나란히 무릎을 꿇고 앉아 번갈아 얼굴을 찌푸리며 징두리널의 어느 지점을 조심조심 닦는 모습이 눈에 들어왔다. 캐럴라인은 별일 아니겠거니 하며 외쳐 물었다. "무슨 일이에요, 베이즐리 아주머니?"

"그게요, 아가씨. 저도 잘 모르겠네요. 그냥 제 생각에는 그 가엾은 여자애가 물렸을 때 여기 무슨 자국이 남았나봐요."

캐럴라인은 가슴이 철렁 내려앉았다. 그녀는 그들이 보고 있는 창문 벽감이 질리언 베이커하이드가 지프한테 물렸을 때 앉아 있던 곳이라는 걸 깨달았다. 그쪽 징두리널과 마룻바닥에 피가 엄청나게 튀긴 했지만, 소파와 카펫은 물론이고 그쪽 전체를 물로 꼼꼼히 씻어냈었다. 캐럴라인은 혈흔이 어떻게 눈에 띄지 않고 남아 있었나 의아했다.

그러나 베이즐리 부인의 목소리나 태도가 뭔가 예사롭지 않은 것이 마음에 걸렸다. 캐럴라인은 모래주머니를 손에서 내려놓고 베이즐리 부인이 있는 창가로 걸어갔다.

캐럴라인이 일어나자 그녀의 어머니가 고개를 들었다. "뭔데 그러니, 캐럴라인?"

"저도 모르겠어요. 아마 별것 아닐 거예요."

베이즐리 부인과 베티는 캐럴라인이 들여다볼 수 있도록 뒤로 물러났다. 두 사람이 문질러 닦던 자국은 얼룩이 아니었다. 나무판에 어린애가 갈겨쓴 것 같은 낙서가 잔뜩 있었다. S자가 뒤죽박죽 쓰여 있는데, 연필로 아무렇게나 혹은 급히 휘갈겨쓴 것 같았다. 대충 이런 식이었다.

S SS SSSS
SS S
SS SSS

"세상에!" 캐럴라인이 숨죽여 말했다. "지프를 못살게 구는 것만으론 성에 차지 않았던 모양이네!" 그러다 베이즐리 부인과 눈이 마주쳤다. "유감이에요. 그 여자애한테 일어났던 일은 정말 지독했고, 그 일을 되돌릴 수 있다면 나는 무슨 짓이든 하겠어요. 하지만 그날 밤 그애는 분명 연필을 가져왔던 거예요. 아니면 우리 걸 하나 집어갔든가. 이건 베이커하이드가의 그 꼬마애가 한 짓일 거예요. 이런 자국이 요즘에 새로 생겼을 것 같아요?"

캐럴라인은 말하면서 옆으로 약간 비켜섰다. 그녀의 어머니가 딸의 말을 듣고 방을 가로질러 와서 옆에 섰던 것이다. 어머니는 묘한 얼굴로, 아연실색한 표정과 좀더 가까이 다가가 손가락으로 낙서를 쓸어보고 싶다는 듯한 표정이 반씩 섞인 얼굴로 낙서를 물끄러미 쳐다보았다.

베이즐리 부인이 젖은 걸레를 비틀어 짠 뒤 다시 낙서를 닦기 시작했다.

"이게 어쩌다 생긴 건지 나는 잘 모르겠구먼요, 아가씨." 베이즐리 부인은 계속 걸레질을 하느라 숨을 헐떡이며 말했다. "이거 보기보다 지우기가 영 까다롭네! 하지만 그 파티를 열기 전에 며칠 동안 베티랑 내가 이 방을 쓸고 닦았는데, 그때는 없었어요. 안 그러냐, 베티?"

베티는 소심하게 캐럴라인을 쳐다보았다. "없었던 것 같아요, 아가씨."

"분명히 없었다니까." 베이즐리 부인이 말했다. "베티가 카펫을 청소하는 동안 내가 직접 일일이 이 페인트칠 부분을 점검했으니까요."

"뭐, 그럼 그 꼬마애가 맞네." 캐럴라인이 말했다. "그애가 장난으로 그런 거예요. 정말 아주 못된 장난이죠. 잘 좀 지워보세요, 네?"

"지우고 있어요!" 베이즐리 부인이 씩씩거리며 말했다. "하지만 이 말씀은 드려야겠어요. 이게 연필이면 나는 조지 왕이구먼요. 이거 아주 찰싹 달라붙었어요."

"달라붙어요? 잉크나 크레용이나 그런 게 아니고요?"

"뭔지는 저도 모르죠. 페인트칠 아래서 배어나왔다는 생각이 들 지경이라고요."

"페인트 아래서?" 캐럴라인은 깜짝 놀라 되뇌었다.

베이즐리 부인은 캐럴라인의 반응에 놀라 잠시 그녀를 쳐다보았다. 그리고 시계를 보더니 혀를 쯧쯧 찼다. "이제 십 분만 더 있으면 가야 할 시간이네. 베티, 나 간 다음에 여기다 소다를 좀 뿌려봐라. 너무 많이는 말고, 알았지? 안 그럼 기포가 생기니까……"

에어즈 부인은 돌아섰다. 그녀는 그 자국에 대해 아무 말도 하지 않았지만, 캐럴라인이 보기에는 괴로워하는 것 같았다. 뜻밖의 발견 때문에 떠오른 그 끔찍했던 파티와 그후에 잇따라 벌어진 사건에 대한 기억이 어머니의 좋은 날에 우울한 종지부를 찍은 것 같았다. 느릿느릿 서툰 손놀림으로 자기 물건을 챙기면서 에어즈 부인은 피곤하니 그만 위층에서 좀 쉬어야겠다고 했다. 연회장은 어느새 그 화려한 빛을 싹 잃었고, 캐럴라인도 방을 나가기로 마음먹었다. 캐럴라인은 버릴 레코드판이 든 상자를 들고 어머니를 따라 문으로 향했다. 나가면서 딱 한 번, 그 박박 문질러 닦은 널빤지를, 조그만 뱀장어가 꿈틀거리는 듯 도무지 지워지지 않는 S 자들을 돌아보았다.

그게 토요일의 일이었다. 그때쯤 나는 런던의 학회에서 논문을 발표하고 있었고, 캐럴라인과 나 사이에 일어났던 모든 일이 마음 한구석에서 자꾸 고개를 내밀어 내내 찜찜한 상태였다. 에어즈가에서는 그날 오후 막바지에 연회장 청소가 다 끝났고, 방은 사실상 다시 봉인되었다. 덧창을 굳게 내려닫고 방문도 잠가버렸다. 징두리널의 낙서도 거의 잊었다. 어쨌든 그 집안사람들이 지금까지 겪어온 광범위한 불행에 비춰보면 아주 사소한 골칫거리에 불과했으니까. 일요일과 월요일이 아무 일 없이 지나갔다. 양일 모두 춥긴했지만 날은 맑았다. 그래서 화요일 오후에 연회장 문 앞을 지나던 캐럴라인은 방안에서 똑똑 하고 부드럽게 두드리는 소리가 규칙적으로 들리자 화들짝 놀랄 수밖에 없었다. 또 물이 새나 싶었다. 천장에 이유도 없이 새는 데가 새로 생긴 게 분명하다는 생각에 낭패다 싶어 문을 열고 안을 들여다보았다. 그런데 문을 여니 소리가 멎었다. 캐럴라인은 숨을 죽이고 빛이 들어오지 않는 방안을 가만히 응시했다. 벽에서 찢겨 나온 몇 줄기 벽지와 천을 씌운 가구의 울퉁불퉁하고 기괴한 형체는 겨우 알아보았지만, 들리는 소리라고는 전혀 없었다. 그래서 문을 닫고, 가던 길을 갔다.

다음날 연회장 앞을 지나던 캐럴라인은 또 그 이상한 소리를 들었다. 이번에는 빠르게 드럼 치듯 두두두두 울리는 소리였다. 절대 잘못 들었을 리 없다고 확신한 그녀는 곧장 방으로 들어가 덧창을 올렸다. 전날과 마찬가지로 소리는 그녀가 문을 여는 순간 멈췄다. 캐럴라인은 천장에서 떨어지는 물방울을 받으려 놓아둔 그릇과 들통을 확인하고, 융단으로 덮어놓은 카펫도 휙 둘러보았다. 젖은 곳은 한 군데도 없었다. 도저히 이해가 안 갔지만 하는 수 없이 그냥 나오려는 찰나에 그 소리가 다시 들렸다. 이번에는 연회장 안이 아니라 이웃한 방 중 한 군데에서 나는 것 같았다. 부드럽지만 경쾌하게 탁탁탁 울리는 그 소리는, 꼬마애가 드럼스틱으로 하릴없이 북을 두드리는 소리 같았다고 한다. 도무지 영문을 알 수 없었지만, 호기심이 동해 다시 복도로 나가 가만히 귀를 기울였다. 그러다가 소리를 쫓아 식당까지 갔는데, 또 갑자기 조용해졌다. 그리고 몇 초 후에 소리는 다시 시작되었고, 이번에는 영락없이 벽 맞은편, 그러니까 작은 응접실에서 들렸다.

작은 응접실로 가보니 그녀의 어머니가 일주일 전 신문을 읽고 있었다. 에어즈 부인은 아무 소리도 듣지 못했다고 했다. "전혀요?" 캐럴라인이 물었다. "확실하세요?" 그리고 다음 순간 손을 들어 가리키며 말했다. "저거요! 들리세요?" 그녀의 어머니는 귀를 기울이더니, 잠시 후 확실히 무슨 소리가 나긴 나는 것 같다며 동의를 표했다. '노크 소리'라고 에어즈 부인은 표현했고, 캐럴라인은 그와는 달리 '가볍게 탁탁 두드리는 소리'라고 했다. 그녀는 중앙 난방 배관에 공기가 들었거나 물이 고여 나는 소리가 아닐까 추측했다. 그리고 반신반의하며 고물이 다 된 라디에이터 쪽으로 다가갔다. 만져보니 미지근한 게 거의 꺼져 있었다. 라디에이터에서 손을 때자 오히려 노크 소리는 점점 더 시끄럽고 선명해졌다. 이제는 머리 위쪽에서 나는 것 같았다. 소리가 하도 또렷해서 모녀는 그것이 천장과 벽을 왔다갔다하는 모양을 '볼 수 있을' 정도였다. 소리는 마치 '조그맣고 딱딱한 공이 뛰는 것'처럼 방 이쪽저쪽으로 마구 돌아다녔다.

오후도 어느 정도 지난 시간이라, 베이즐리 부인은 이미 돌아간 후였다. 그러니 자연히 베티가 떠올랐고, 위층 방에서 뭔가 일을 하는 게 아닐까 싶었다. 하지만 종을 울리자 베티는 지하실에서 곧바로 올라왔다. 소녀는 반시간 정도 아래층에서 차를 준비했다고 했다. 두 사람은 십 분 가까이 베티를 작은 응접실에 잡아두었는데, 이번에는 저택이 쥐죽은듯 고요했다. 그러나 베티가 나가자마자 노크 소리가 또다시 시작됐다. 이번에는 복도였다. 캐럴라인이 얼른 문을 열고 밖을 내다보니 베티가 대리석 복도 한가운데에 어쩔 줄 몰라하며 서 있었고, 소녀의 머리 위 높은 곳의 벽면 판자에서 드럼 치는 소리가 부드럽고 선명하게 울렸다.

그 소리를 무서워했던 것은 아니라고, 심지어 베티도 마찬가지였다고, 캐럴라인은 말했다. 소리가 좀 묘하긴 했지만 해를 끼칠 것 같지는 않았다. 어떤 면에서는 그 소리가 장난스럽게 그들을 이곳저곳으로 몰고 다니는 것 같았다. 게다가 복도를 따라 소리를 쫓아가는 것이 '유쾌한 놀이'처럼 느껴지기까지 했다. 그들은 소리를 쫓아 곧장 현관홀까지 나왔다. 홀은 항상 집에서 가장 추운 곳이었는데, 그날은 특히 거의 아이스박스나 다름없었다. 캐럴라인은 팔을 문지르면서 찬바람이 씽씽 들어오는 계단통을 흘깃 쳐다보았다.

"저게 우리보고 위층으로 올라오라는 거라면, 저 혼자 가라 그래. 난 이런 바보 같은 짓에 상관하지 않을래."

탕탕탕! 드럼 소리가 마치 그녀의 말에 분개한 듯 시끄럽게 울려댔고, 그러다가 마지못해 한곳에 '정착'하는 것 같았다. 기이하게도 소리는 계단 바로 옆, 판자를 덧댄 벽 앞에 세워둔 얇은 금사슬나무 목재 장식장 안에서 나는 것 같았다. 그런 느낌이 너무 강해 캐럴라인은 장식장을 열어보기가 조심스러웠다. 그녀는 손잡이를 잡은 다음 충분히 뒤로 물러나서 문을 열었다. 용수철 달린 인형이 팍 튀어나오는 장난감상자처럼 홱 열리기라도 할 줄 알았던 문은 순순히 그녀 쪽으로 스르륵 열렸다. 장식장 안에는 이런저런 장식품과 잡동사니 몇 개뿐이었다. 소리는 장식장 안이 아니라 그 뒤의 어딘가에서 나는 게 확실했다. 캐럴라인은 장식장 문을 닫고 뒤로 가서 장식장과 벽면 사이의 좁고 어두운 틈새를 엿보았다. 그러고는 당연히 내키지 않았지만 그 틈새로 천천히 손을 밀어넣었다. 그렇게 숨을 죽인 채 손바닥을 마른 나무판자에 대고 가만히 서 있었다.

노크 소리가 아까보다 더 크게 다시 들렸다. 캐럴라인은 얼른 손을 뺐고, 깜짝 놀라긴 했지만 웃음을 터뜨렸다.

"저기네!" 그녀는 저린 손을 풀려는 듯 팔을 털면서 말했다. "벽에서 느껴지더라고. 조그만 애가 벽을 두드리는 것처럼. 딱정벌레나 쥐나 뭐 그런 게 있나봐. 베티, 이리 와서 나하고 이것 좀 옮기자." 그녀는 장식장 한쪽을 잡았다.

베티는 그제야 무서워진 모양이었다. "아가씨, 저는 싫어요."

"어서, 이게 널 물겠니!"

베티는 앞으로 움직였다. 장식장은 가벼웠지만 잡을 데가 마땅찮아 둘이 일 분여를 끙끙대며 옮겨야 했다. 장식장을 치우니 두드리는 소리가 다시 희미해졌고, 캐럴라인은 장식장 뒤의 드러난 벽을 보고 충격을 받은 어머니가 숨을 집어삼키는 소리를 똑똑히 들었다. 그리고 어머니의 움직임을 보았다. 어머니는 손을 뻗으려다 겁에 질린 듯 다시 가슴 쪽으로 거두었다.

"뭔데 그래요, 어머니?" 장식장을 제대로 내려놓느라 애를 먹으며 캐럴라인이 물었다. 에어즈 부인은 대답하지 않았다. 캐럴라인은 장식장이 흔들리지 않도록 잘 세워놓고, 어머니 옆으로 가서 뭐에 그리 놀라셨나 그쪽을 쳐다보았다.

벽에는 예의 어린애 짓인 듯한 낙서가 또 쓰여 있었다. SSS SSSS S SU S.

캐럴라인은 물끄러미 낙서를 쳐다보았다. "말도 안 돼! 이건 너무 심하잖아! 그애가 그랬을 리는…… 그 꼬맹이가 어떻게 이걸…… 설마 그애가?" 그녀는 어머니를 쳐다보았다. 어머니가 아무 말이 없자 이번에는 베티를 쳐다보았다.

"이 장식장을 마지막으로 옮긴 게 언제지?"

베티는 이제 정말로 겁을 집어먹은 눈치였다. "모르겠어요, 아가씨."

"음, 잘 생각해봐! 화재가 난 후였던가?"

"그게…… 분명 그럴 거예요."

"나도 그렇게 생각해. 다른 벽을 닦을 때 이 벽도 같이 닦지 않았니? 그때는 이런 거 못 봤어?"

"기억이 잘 안 나요, 아가씨. 없었던 것 같은데."

"봤을 수도 있다는 소리네, 안 그래?"

그런 얘기를 하면서 캐럴라인은 벽에 바짝 다가가 그 자국들을 유심히 살펴보았다. 그리고 카디건 소맷자락으로 한번 문질러보았다. 엄지손가락에 침을 묻혀 닦아보기도 했다. 자국은 지워지지 않았다. 그녀는 어이가 없어서 고개를 절레절레 저었다.

"그 꼬마애가 이런 짓을 할 수 있었을까? 그애 짓일까? 그날 밤에 그 여자애가 화장실에 간 기억이 나는데. 어쩌면 여기까지 몰래 나왔을지도 모르지. 우리가 몇 달 동안 발견하지 못할 곳에 낙서를 하면서 재미있다고 생각했을지도……"

"가려라." 에어즈 부인이 불쑥 말했다.

캐럴라인은 어머니를 돌아보았다. "닦아야 하지 않아요?"

"그게 무슨 소용이야. 너도 봤잖니? 이것도 저번 것하고 똑같아. 찾아내서는 안 되는 것이야. 보고 싶지 않구나. 가려라."

"네, 그야 물론." 캐럴라인은 베티를 흘끔 보면서 말했다. 두 사람은 가까스로 장식장을 다시 제자리에 놓았다.

장식장을 돌려놓고 나서야 비로소 이 모든 게 기이하다는 생각이 들었다고 캐럴라인은 내게 말했다. 그전까지는 전혀 무섭지 않았는데, 두드리는 소리와 발견된 낙서와 어머니의 반응과 당시의 적막함까지, 그 모든 것을 곰곰 돌이켜보니 용기가 발밑부터 흔들리는 기분이었다. 그녀는 짐짓 허세를 부리며 말했다. "이 집이 우리하고 실내용 게임을 하려는 모양이에요. 또 그러면 그때는 신경도 안 쓸 거예요." 캐럴라인은 목소리를 돋워 계단통에 대고 외쳤다. "내 말 듣고 있어? 우리한테 못되게 굴어봐야 소용없다고! 이제는 놀아나지 않을 테니까!"

이번에는 노크 소리가 대답하지 않았다. 적막이 그녀의 외침을 삼켜버렸다. 캐럴라인은 베티의 불안한 시선을 알아채고 돌아서서 목소리를 낮춰 말했다.

"괜찮아, 베티. 이제 그만 부엌에 가서 일봐."

베티는 머뭇거렸다. "마님은 괜찮으신가요?"

"마님이야 괜찮으시지." 캐럴라인은 어머니의 팔에 손을 얹으며 말했다. "어머니, 따뜻한 곳으로 가세요, 네?"

그러나 에어즈 부인은 지난번처럼 자기 방에 혼자 있고 싶다고 말했다. 그러고는 숄을 단단히 감싸고 캐럴라인과 베티가 지켜보는 가운데 조용히 계단을 올라갔다. 부인은 저녁식사 시간이 다 되도록 위층에 머물렀고, 저녁을 먹을 때쯤에는 평소 모습으로 돌아온 듯싶었다. 캐럴라인도 그즈음에는 평정을 되찾은 상태였다. 두 사람 모두 낙서에 대해서는 언급하지 않았다. 그날 저녁과 이어진 하루이틀은 무사히 넘어갔다.

그러나 그 주 후반부터 에어즈 부인은 번번이 밤잠을 제대로 이루지 못했다. 전쟁을 겪은 여자들이 대개 그렇듯 그녀도 낯선 소리에 금방 깨는 편이었는데, 어느 날 밤 누군가 자신을 부른다는 느낌이 또렷하게 들어 화들짝 일어나고 말았다. 그러고는 깊은 겨울밤의 어둠 속에서 귀를 쫑긋 세우고 잠자코 기다렸다. 몇 분 동안 아무 소리도 들리지 않자 도로 편히 누워 잠을 청하려 했다. 그때, 베개에 머리를 눕힌 순간, 다시 뭔가 들었다고 생각했다. 귀에 닿는 리넨의 사각거리는 소리 너머로 뭔가 다른 소리가 들려 다시 일어나 앉았다. 잠시 후에 소리가 또 들렸다. 어쨌거나 사람의 음성은 아니었다. 톡톡 두드리는 소리도, 드럼 소리도 아니었다. 희미하지만 분명한 날갯짓 소리였다. 소리는 틀림없이 침대 옆 좁다란 은문 안쪽에서 났다. 즉 그녀의 예전 옷방에서. 지금은 트렁크와 바구니 등을 수납하는 골방으로 사용하는 곳이었다. 소리가 몹시 기괴해 독특하고 묘한 이미지가 연상되는 바람에 그녀는 순간적으로 그야말로 혼비백산했다. 누군가 옷방에 들어가 바구니에서 옷을 끄집어내 훌렁훌렁 바닥에 던지나 싶었다.

소리가 계속되자 에어즈 부인은 귀에 들리는 것이 실제로 날개가 부딪는 소리라는 것을 깨달았다. 새 한 마리가 굴뚝으로 들어왔다 빠져나가지 못하고 걸린 모양이었다.

다소 무서운 상상을 하던 터라 차라리 안심이 되었다. 어느새 잠은 완전히 달아났고, 그 불쌍한 것이 빠져나가려 미친듯이 퍼덕대는 소리를 누운 채로 듣고 있자니 그 또한 여간 신경쓰이는 게 아니었다. 옷방에 가서 그걸 잡아볼까도 싶었지만 영 내키지가 않았다. 공교롭게도 그녀는 어릴 때부터 새나 여타 날개 달린 것을 좋아하지 않았다. 얼굴에 달려들어 머리카락에 걸려들 거라는 어린애 같은 공포심이 있었다. 그러나 결국 참지 못하고 일어나, 촛불을 켜고 침대에서 나왔다. 가운을 걸치고 목까지 단추를 꼭꼭 채웠다. 머리 위로 빈틈없이 스카프를 둘러맨 다음 신발을 신고 부드러운 가죽장갑을 꼈다. 그렇게 중무장을 하고—나중에 딸에게 말했다시피 '머리끝부터 발끝까지 괴상망측한 차림새'로—조심스럽게 옷방 문을 열었다. 며칠 전 캐럴라인이 연회장 문을 열었을 때처럼 이번 에도 날개 퍼덕거리는 소리는 문이 열리는 순간 멎었고, 방 안쪽은 아무 일도 없다는 듯 조용했다. 바닥에 떨어진 새똥도, 흩어진 깃털 도 없었다. 가까이 가서 살펴보니 굴뚝 덮개는 녹이 슨 채 닫혀 있 었다.

에어즈 부인은 그날 밤 불안에 떨면서도 긴장을 늦추지 않고 아 침까지 깨어 있었지만, 집안은 고요하기만 했다. 이튿날 밤에는 일 찍 잠자리에 들었고, 별 어려움 없이 잠을 잤다. 그러나 그다음날 은 이틀 전과 똑같은 식으로 다시 잠에서 깼다. 이번에는 계단참 을 돌아가서 베티를 깨워 데려와 함께 옷방 문 앞에 서서 귀를 기울 였다. 그게 세시 십오분경이었다. 베티는 '뭔가 듣기는 했는데 무 슨 소리인지는 잘 모르겠다'고 말했다. 두 사람은 간신히 용기를 그 러모아 조그만 옷방 안을 들여다보았지만, 안에는 아무것도 없었 다…… 그때 홀연 에어즈 부인은 자신의 처음 직감이 옳았다고 확 신했다. 소리를 잘못 들었을 리는 없었다, 그러기엔 너무 선명했으 니까. 굴뚝 안에, 저 불룩한 공간 바로 뒤에 새가 있는 게 분명하고, 연통으로 나가는 길을 찾지 못해 갇힌 게 틀림없었다. 그녀는 생각 만으로도 몸서리가 쳐졌다. 너무 늦은 시간이기도 했고, 고요와 어 둠도 사태를 악화시키는 데 한몫했을 것이다. 그녀는 베티를 도로 방으로 보냈지만, 자신은 또다시 불안과 번민에 시달리며 뜬눈으 로 밤을 지새웠다. 다음날 아침 캐럴라인이 보러 왔을 때 에어즈 부인은 이미 일어나서 옷방에 있었다. 부인은 벽난로 앞에 무릎을 꿇고 앉아 부지깽이로 녹슨 굴뚝 덮개를 비틀어 여는 중이었다.

순간 캐럴라인은 어머니가 정신이 나간 게 아닌가 싶었다. 그러나 무슨 문제인지 일단 알고 나서는 어머니를 부축해 일으키고 자기가 직접 덮개를 비틀어 억지로 열었다. 그리고 빗자루를 가져와 팔이 아플 때까지 연통 속을 쑤셨다. 그 바람에 숯검댕을 뒤집어써서 흑인 분장을 한 것처럼 새카매졌다. 검댕에는 깃털 하나 섞여 있지 않았지만, 에어즈 부인은 너무나 확신에 찬 태도로 새가 갇혀 있다고 고집을 부렸다. '기이할 정도로 그 생각에 집착했다'는 표현이 맞겠다. 캐럴라인은 검댕을 씻고 나서 오페라글라스를 가지고 정원으로 나가 지붕 위 굴뚝을 조사했다. 저택의 그쪽 면에 있는 굴뚝 입구는 모두 보호철망이 씌워져 있었고, 철사가 여기저기 좀 끊어지긴 했지만 젖은 낙엽이 착 달라붙어서 새가 철망을 뚫고 연통으로 들어가기란 불가능해 보였다. 그러나 집안으로 들어오면서 다시 곰곰 생각해보고는, 어머니한테는 문제의 굴뚝 입구에 최근에 지어진 둥지가 있는 것 같다고 말했다. 그리고 새 한 마리가 '제법 자유롭게 굴뚝 속으로 왔다갔다하는 것'을 봤다고 덧붙였다. 그 말에 조금 마음이 놓였는지, 에어즈 부인은 옷을 갈아입고 아침을 먹었다.

그러나 그로부터 한 시간이 채 지났을까, 캐럴라인은 자기 방에서 아침식사를 끝내다 어머니의 외마디 비명에 깜짝 놀랐다. 귀청을 찢는 듯한 비명소리에 그녀는 계단참까지 한달음에 달려갔다. 옷방의 열린 문 앞에서 에어즈 부인이 두 팔을 내밀고 안에 있는 무언

442

가로부터 주춤주춤 힘없이 물러났다. 한참 후에야 캐럴라인은 당시 어머니의 자세가 사실은 뒤로 물러나려던 것이 아닐지도 모른다는 생각이 들었다. 그때는 그저 어머니가 심하게 아픈 모양이라고 생각하고 어머니 곁으로 달려갔다. 그러나 에어즈 부인은 아픈 게 아니었다. 적어도 일반적 의미에서는. 캐럴라인은 어머니를 부축해 의자에 앉힌 뒤, 물 한 잔을 따라주고 그 옆에 무릎을 꿇고 앉아 손을 잡았다. "나는 괜찮다." 에어즈 부인은 글썽글썽한 눈가를 닦으며 말했다. 캐럴라인은 어머니의 눈물이 훨씬 충격이었다. "신경쓰지 마라. 그렇게 오랜 시간이 흘렀는데, 나도 참 바보 같구나."

말을 하는 중에도 에어즈 부인은 계속 옷방 쪽을 쳐다보았다. 무척 불안해하면서도 어쩐지 몹시 갈망하는 듯한 어머니의 표정이 참 이상야릇해서 캐럴라인은 점점 두려워졌다.

"뭔데요, 어머니? 왜 계속 보고 계세요? 뭐가 보이는데요?"

에어즈 부인은 고개만 저을 뿐 대답하려 하지 않았다. 캐럴라인은 일어나서 잔뜩 경계하며 옷방 문 쪽으로 걸어갔다. 그녀가 나중에 나에게 말하기를, 문 너머 방안에서 뭔가 끔찍한 것을 발견할까봐 무서웠는지 아니면 별다른 게 없을까봐 무서웠는지 스스로도 알 수 없었다고 했다. 당시 어머니의 태도로 봐서는 아무래도 후자일 가능성이 농후했지만. 실제로 처음에 캐럴라인의 눈에 들어온 것은 뒤죽박죽 흩어진 상자뿐이었다. 굴뚝을 열어볼 때 날린 검댕이 상자에 앉아, 그것을 닦아내려고 어머니가 원래 있던 자리에서 꺼낸 것이 분명했다. 그때 어두침침한 벽면 한쪽 낮은 곳에 진하게 얼룩이 진 게 눈에 띄었다. 상자를 꺼내면서 드러난 자국이었다. 그녀는 좀더 가까이 다가갔고, 눈이 어둠에 익숙해지자 그 얼룩이 실은 어린애의 글씨 몇 줄이 검게 번진 것임을 알 수 있었다. 얼마 전에 아래층에서 봤던 것과 같은 낙서였다.

SSU SS SU
　SSU
　SSUCKY
　SUCKeY

처음에는 그 낙서가 오래된 것처럼 보인다는 사실에 놀랐다. 여태껏 추측했던 바와 달리 훨씬 더 오래전에 쓰인 낙서가 분명했고, 그 가엾은 질리언 베이커하이드가 한 짓은 결코 아니었다. 수십 년 전에 다른 아이가 한 짓이었다. '혹시 내가 한 짓일까?' 그녀는 의아한 생각이 들었다. '아님 로더릭이?' 캐럴라인은 사촌들과 집안 친구들을 떠올려보았다…… 그러면서 거기 쓰인 글씨를 다시 한번 들여다보는데 문득 심장이 기이하게 살짝 내려앉는 느낌이 들었다. 그리고 퍼뜩 어머니가 왜 눈물을 흘렸는지 깨달았다. 어이없게도 자신의 얼굴마저 화끈 달아올랐다. 캐럴라인은 달아오른 얼굴이 가라앉을 때까지 좁고 어두운 방안에서 잠시 기다려야 했다.

"뭐." 캐럴라인은 이윽고 어머니에게 돌아와서 말했다. "최소한 베이커하이드가의 꼬마애가 한 짓이 아니라는 건 확실해졌어요."

에어즈 부인이 딱 잘라 대답했다. "나는 한 번도 그애일 거라고 생각한 적 없다."

캐럴라인은 어머니 곁에 가서 섰다. "죄송해요, 어머니."

"무엇이 죄송하다는 거니, 애야?"

"저도 모르겠어요."

"그럼 말하지 마라." 에어즈 부인은 한숨을 내쉬었다. "어쩌자고 이 집은 이렇게 우릴 곤란하게 만드는 걸 좋아한다니, 안 그러냐? 꼭 우리의 약점을 다 꿰고서 하나씩 시험해보는 것처럼…… 이런, 견딜 수 없이 피곤하구나!" 부인은 손수건을 네모나게 접어 이마에 갖다대고는 눈을 꼭 감았다.

"제가 도와드릴 일이 없을까요? 뭐 필요한 건 없으세요?" 캐럴라인이 물었다. "자리에 좀 누우시는 게 어때요?"

"침대도 이제 넌더리가 난다."

"그럼 의자에서 한숨 주무세요. 불을 피울게요."

"또 늙은 노파처럼 말이지." 에어즈 부인이 투덜거렸다.

그래도 부인은 캐럴라인이 벽난로를 쑤석대는 동안 의자에 지친 듯 푹 파묻혔고, 불꽃이 나무를 핥아댈 즈음에는 고개를 뒤로 젖히고 옅은 잠에 빠진 듯 보였다. 캐럴라인은 어머니의 얼굴에 팬 주름살과 슬픔이 새삼스러워 잠시 물끄러미 바라보았다. 그러자 불현듯 어머니가 한 사람의 개인으로—어릴 때 이따금 부모의 그런 면을 알게 되어 충격을 받듯—자신은 전혀 모르는 경험과 충동을 지닌 사람으로, 과거가 있고 그로 인해 자신은 도저히 이해할 수 없는 슬픔을 안고 사는 사람으로 보였다. 당장 어머니를 위해 할 수 있는 일이라고는, 고작 좀더 편안히 쉴 수 있도록 해드리는 것뿐이라는 생각이 들었다. 그래서 그녀는 조용히 방안을 돌아다니며 커튼을 반쯤 내리고, 옷방 문을 닫고, 어머니의 무릎에 놓인 숄 위로 담요를 하나 더 덮어드렸다. 그러고 나서 그녀는 아래층으로 내려갔다. 이 사건에 대해 베티나 베이즐리 부인에게는 입을 다물었지만, 어쩐지 누군가와 같이 있고 싶어져 부엌에서 할 만한 소일거리를 만들었다. 나중에 다시 방에 들러보니 어머니는 깊이 잠들었고, 자세도 그대로인 듯했다.

그러나 어느 순간엔가 에어즈 부인은 잠이 깼던 것이 분명했다. 담요가 떨어진 건지 옆으로 잡아챈 건지 바닥에 떨어져 뭉쳐 있었다. 그리고 캐럴라인은 아까 자신이 살며시 그러나 단단히 닫아놓은 옷장 문이 다시 열려 있는 것을 발견했다.

이런 일이 벌어지는 동안 나는 내내 런던에 있었다. 그리고 2월 셋째 주에야 꽤나 복잡한 심경을 안고 집으로 돌아왔다. 여러모로 굉장히 성공적인 여행이었다. 학회에서 좋은 결과를 얻었고, 거의 대부분 시간을 병원에 머물면서 그곳 의사들과도 친분을 맺었다. 실제로 마지막날 아침에 의사 한 명이 나를 한쪽으로 데려가더니 나중에 언젠가 자기들과 함께 병동에서 일하는 걸 고려해보라고 제안했다. 그 의사는 나와 마찬가지로 보잘것없는 출신으로 의료계에 들어온 사람이었다. 그는 자기가 '대대적인 개혁'을 감행할 작정인데, '주류 시스템 밖에서 들어온' 의사와 일하는 것을 선호한다고 말했다. 요컨대 그는 한때 순진했던 시절 내가 그리 될 거라고 상상했던 타입의 남자였다. 그러나 현실은, 그는 서른셋에 이미 학과장인 반면 나는 몇 살이나 더 많은데 이렇다 할 성과 하나 없었다. 나는 기차를 타고 워릭셔로 돌아오면서 그가 한 말을 곰곰 되씹었고, 내가 과연 그의 기대에 부응할 수 있을지, 내가 정말 데이비드 그레이엄을 저버릴 수 있을지 진지하게 고민했다. 또 약간 냉소적으로 내가 리드코트에서 사는 것에 연연하는 진짜 이유는 무엇인지, 만약 내가 떠난다면 나를 그리워할 사람이 있을지 궁금해졌다.

역에서 집까지 오는 동안 내 눈에 비친 좁고 예스러운 마을은 구제 불능으로 느껴졌고, 나를 기다리는 진료 리스트는 흔하디흔한 시골 질병—관절염, 기관지염, 류머티즘, 오한—으로 점철되어 있었다. 문득 지금까지 이따위 질환에 매달리느라 내 경력을 죄다 헛되이 날렸구나 하는 생각이 들었다. 그리고 이와는 다른 의미에서 허탈한 사례도 한두 건 있었다. 열세 살짜리 여자아이가 임신을 했다는 이유로 막노동을 하는 아버지한테 심하게 구타를 당했다. 찢어지게 가난한 오두막집 아들이 폐렴에 걸렸다기에 가서 보니 병세가 지독히 악화된 상태로 방치되어 있기도 했다. 아이는 여덟 남매 중 하나였는데, 남매 모두 어디 한 군데고 안 아픈 아이가 없었다. 애들 아버지는 다쳐서 일을 못 나갔다. 어머니와 할머니는 아이에게 옛날식 민간치료법을 썼다. 신선한 토끼 가죽을 가슴에 붙여 '냉기를 밖으로 빼낸다'고 했다. 나는 페니실린을 처방하고 약값에 얼마간 내 돈을 보탰다. 하지만 그 사람들이 그 약을 쓰기나 할지 의심스러웠다. '노란 색깔이 마음에 안 든다'면서 약병을 경계의 눈초리로 쳐다보았던 것이다. 원래 그쪽 담당의는 닥터 모리슨이었는데, 그들이 말하기를 모리슨이 처방하는 약은 빨간색이라고 했다.

나는 기운이 쫙 빠져 우울하게 오두막을 나왔고, 집으로 돌아오는 길에는 헌드레즈 대정원을 가로지르는 지름길을 택했다. 출입문을 열고 들어갈 때까지만 해도 나는 헌드레즈홀에 들를 계획이었다. 돌아와서 이미 사흘이나 지난데다, 그동안 에어즈가와 한 번도 연락하지 않았던 것이다. 그러나 저택이 가까워지면서 망가진 채로 방치된 그 집의 외관이 눈에 들어오자 울화와 낭패감이 치밀어올라 액셀러레이터를 밟고 그대로 지나쳐버렸다. 나는 너무 바쁘니까, 가서 그냥 사과만 하고 곧바로 나오기도 뭐하니까, 하고 스스로를 납득시켰다……

다음번에 대정원을 지날 때도 나는 비슷한 말을 혼자 중얼거렸고, 그다음번에도 그랬다. 그래서 나는 그즈음의 저택 분위기가 어떻게 바뀌었는지 전혀 몰랐다. 그로부터 며칠 후에 캐럴라인의 전화를 받기 전까지는. 그녀는 괜찮다면 집에 한번 들르지 않겠느냐고 물으면서 '별일 없는지 와서 봐주십사'는 표현을 썼다.

캐럴라인은 내게 전화한 적이 거의 없었고, 나도 그녀가 전화를 할 거라고는 생각도 못했다. 그녀의 나직하고 청아하고 듣기 좋은 목소리에 나는 뜻밖의 놀라움과 즐거움으로 짜릿하면서도, 동시에 걱정으로 가슴이 두근거렸다. "무슨 일이 생겼소?" 나는 그녀에게 물었고, 그녀는 막연히 "아뇨, 별건 아니고요" 하고 대답했다. 그녀는 "물이 새는 바람에 약간 곤란을 겪었지만 이제는 다 고쳤다"고 했다. 그리고 "당신은 잘 있었소? 어머니도 안녕하시고?"라는 내 질문에 "네, 둘 다 비교적 잘 있어요"라고 답하고는 만약 내가 '시간이 좀 된다면' '한두 가지' 의견을 듣고 싶은 게 있다고 말했다.

캐럴라인은 그렇게만 말했다. 나는 불쑥 죄책감이 들어 환자와의 약속까지 연기하고 곧장 그리로 달려갔다. 무엇이 나를 기다릴지 걱정됐고, 내게 말하고 싶은 더 심각한 일이 있는데 전화로는 얘기하지 않으려 한다는 느낌이 들었던 것이다. 그러나 막상 저택에 도착하고 보니, 그녀는 불 꺼진 작은 응접실에 이보다 더 평범할 수 없겠다 싶은 모습으로 있었다. 물 한 통과 구겨진 신문지 몇 장을 옆에 두고 난롯가에 무릎을 꿇고 앉아, 종이를 공처럼 뭉쳐 석탄가루 속으로 굴려넣어 불을 붙이는 중이었다.

소매는 팔꿈치까지 걷어붙이고 팔뚝은 지저분했으며, 머리칼은 아무렇게나 얼굴 위로 뻗쳤다. 그녀는 꼭 하녀처럼, 못생긴 신데렐라처럼 보였고, 그런 모습에 나는 이유도 모르게 머리꼭지까지 화가 났다.

캐럴라인은 제일 지저분한 데를 닦아내면서 엉거주춤 일어났다.

"이렇게 빨리 올 것까지는 없었는데. 이 시간에 올 줄은 몰랐어요."

"무슨 문제가 생겼나 했소." 나는 말했다. "뭔가 문제가 있소? 당신 어머니는 어디 계시지?"

"위층 어머니 방에 계세요."

"또 아프신 건 아니고?"

"아뇨, 아프신 건 아녜요. 적어도…… 모르겠어요."

그녀는 뭔가 팔을 닦을 만한 게 없나 두리번거리다 결국 신문지를 집어들고 잘 닦이지도 않는데 계속 문질러댔다. 나는 "저런!" 하고 외치며 앞으로 다가가 손수건을 내밀었다.

캐럴라인은 주름 하나 없이 반듯하게 접힌 새하얀 리넨손수건을 보더니 극구 사양했다. "아뇨, 그럴 수는 없어요."

"별것 아니니까 그냥 좀 받아요." 나는 손수건을 들이밀며 말했다. "당신이 하려는 아니잖아." 그래도 그녀가 주저하자 나는 들통에 담긴 시커먼 물에 손수건을 적셔 그다지 상냥하지만은 않은 태도로 직접 그녀의 팔과 손을 벅벅 닦아주었다.

결국 우리 둘 다 조금씩 더러워졌지만, 적어도 그녀는 아까보다 깨끗해졌다. 캐럴라인은 소매를 내리고 뒤로 물러섰다. "앉으세요, 차라도 한잔 갖다드릴까요?"

나는 그대로 서서 말했다. "문제가 뭔지 말해줘요. 그거면 됐소."

"아무것도 아니에요, 진짜로."

"아무것도 아닌 일로 이 먼 길을 오라고 했단 말인가?"

"이 먼 길을." 캐럴라인이 조용히 뇌까렸다.

나는 팔짱을 끼고 좀더 부드럽게 말했다. "미안하오, 캐럴라인. 말해봐요."

"그건 그냥……" 그녀는 내키지 않는 듯 이야기를 시작해, 내가 마지막으로 저택을 방문한 이후 일어난 일을 차근차근 털어놓았다. 처음에는 연회장에서, 다음에는 홀에서 발견된 낙서, '탕탕 튀는 공'과 '갇힌 새', 에어즈 부인이 마지막으로 발견한 글씨…… 솔직히 비록 내 눈으로 직접 글자를 목격하기 전이었지만, 사건은 별로 대수롭지 않아 보였다. 결국 연회장에 가서 그 유령처럼 불규칙하게 쓰여진 S 자들을 살펴본 다음에도 특별히 문제랄 것은 없지 않나 싶었다. 캐럴라인의 이야기를 듣고 나는 말했다. "하지만 무슨 일이 있었는지는 분명하잖소? 그 글씨들은, 어디 보자……" 나는 곰곰 생각해보았다. "족히 삼십 년은 된 것 같은데. 위에 덧칠한 페인트가 엷어지면서 드러난 거겠지. 어쩌면 습기 때문에 그리 된 것일 수도 있고. 지워지지 않는 것도 그리 이상할 건 없소. 낙서 위에 칠한 니스가 아직 남아 있어서거나."

"네." 캐럴라인은 탐탁지 않게 말했다. "나도 그렇게 생각해요. 하지만 그 삐걱거리는 소리, 아니 두드리는 소리라고 할까요, 하여간 뭐라 부르든 그 소리가 난 건요?"

"이 집은 갈레온선처럼 삐걱거리잖소! 나도 여러 번 들었는걸."

"그런 식으로 삐걱거린 적은 없었어요."

"전에는 이렇게까지 심하게 습기가 찬 적이 없었겠지. 이렇게까지 집이 방치된 적도 없었을 테고. 아마 목재가 뒤틀리고 있는 걸 거요."

그녀는 여전히 의심스러운 눈치였다. "하지만 이상하지 않아요? 낙서가 있는 장소로 우리를 안내하는 것처럼 소리가 난 게?"

나는 대답했다. "이 집에는 어린애 셋이 살았소. 사방 벽마다 낙서투성이였겠지…… 물론 이런 가정도 있을 수 있소." 나는 다시 되짚어보며 덧붙였다. "당신 어머니는 알고 계셨던 거요. 그러니까 일종의 잠재의식으로 두번째와 세번째 글씨가 어디에 있는지 알고 계셨던 거지. 첫번째 글씨를 발견하자 머릿속에서 잠자고 있던 그 기억이 떠올랐고, 그 소음이 들리기 시작하자 무의식적으로 글씨를 찾아낸 거야."

"어머니가 그 소리를 만들어냈을 리 없어요! 나도 그 두드리는 감촉을 느꼈는걸요!"

"솔직히 그건 나도 뭐라고 설명할 수 없군. 당신의 처음 생각이 맞는다고 짐작하는 수밖에. 쥐나 딱정벌레나 혹은 다른 조그만 짐승이 들어왔고, 그게 우는 소리가 벽 속의 공동을 타고 어떤 식으로든 증폭된 것이겠지. 굴뚝에 갇힌 새의 경우에는……" 나는 목소리를 낮추었다. "흠, 당신도 이미 이런 생각을 언뜻 해봤을 것 같은데, 그 사건은 전부 당신 어머니가 상상하신 게 아닐까?"

"네, 그랬을지도요." 그녀도 목소리를 낮춰 대꾸했다. "잠을 못 주무셨거든요. 근데 또 어머니 말이, 그 새 때문에 잠을 못 주무셨대요. 그런데 베티도 그 소리를 들었어요. 그 점을 잊지 마세요."

"베티라면, 한밤중에 깨워서 소리를 들어보라고 하면 뭐든 들린다고 할걸. 이런 건 악순환하게 마련이오. 뭔가에 신경이 쓰여 당신 어머니는 잠에서 깼소, 그 점은 의심하지 않아. 하지만 그다음부터는 잠이 안 들어서 계속 뜬눈으로 밤을 지새우고 혹은 밤을 지새우는 꿈을 꾸고, 그러다보니 정신이 외부 자극에 민감한 상태가 되어……"

"지금이 바로 그런 상태이신 것 같아요." 캐럴라인이 말했다.

"그게 무슨 소리요?"

그녀는 주저했다. "잘은 모르겠지만, 어머니가…… 변하신 것 같아요."

"변했다고, 어떻게?"

내 말투에서 짜증이 묻어났던 모양이다. 그도 그럴 것이, 그녀와 이런 식의 대화 혹은 이와 매우 유사한 이야기를 전에도 수차례 반복한 것 같았기 때문이다. 캐럴라인은 시선을 피하며, 실망한 기색이 역력한 얼굴로 말했다. "아, 아니에요. 나 혼자 착각한 모양이죠."

그러고는 입을 다물었다. 나는 나대로 실망해서 그녀를 빤히 쳐다보았다. 나는 올라가서 그녀의 어머니를 뵙겠다고 말한 뒤 가방을 챙겨 계단을 올랐다.

캐럴라인의 태도로 미루어보아 에어즈 부인이 정말 아파 보일 거라는, 아마도 침대에 누워 있을 거라는 불길한 예감이 얼핏 들었다. 그러나 방문을 두드리자 부인은 밝은 목소리로 들어오라고 소리쳤다. 안에 들어가니 커튼은 쳐져 있었지만, 음침한 작은 응접실과는 대조적으로 램프도 두세 개 켜져 있고 벽난로의 불도 활활 타올랐다. 노처녀 이모한테서 흔히 날 법한 장뇌 냄새가 방안에 감돌았다. 옷방 문이 활짝 열려 있고 침대 위에는 드레스와 모피와 쪼그라든 방광처럼 생긴 후줄근한 비단주머니가 산더미처럼 쌓여 있었다. 비단주머니는 모피를 보관하는 가방이었다. 내가 들어가자 에어즈 부인은 그 틈바구니에서 나를 올려다보았고, 내 눈에 그녀는 더할 나위 없이 행복해 보였다. 부인은 베티와 함께 자신의 옛날 옷을 훑어보는 중이라고 말했다.

부인은 내 여행이 어땠는지 물어보지도 않았고, 내가 좀 전에 자기 딸과 같이 아래층에 있었다는 사실도 전혀 개의치 않았다. 그녀는 일어나서 내 손을 잡고 침대 쪽으로 돌아가며 그 위에 난장판으로 쌓인 드레스를 턱짓으로 가리켰다.

"자못 양심의 가책이 들었어요." 그녀가 말했다. "전쟁 동안에도 이것들을 다 껴안고 있었으니. 내줄 수 있는 건 내줬지만, 이 가운데 몇 벌은, 아, 이걸 보내면 마구 자르고 찢어서 피난민 담요로 쓰거나 할 텐데, 그 꼴을 나는 못 보겠더라고. 지금은 이것들을 놔두기를 정말 잘했다 싶어. 나도 참 못됐죠?"

예전 모습을 되찾은 듯 무척 건강해 보이는 부인을 보고 나는 기쁜 마음에 빙긋 웃었다. 머리카락은 여전히 깜짝 놀랄 정도로 많이 세웠지만, 귀 근처에서 동그랗게 말아 상당히 공들여 머리를 꾸민 모습이었다. 비록 좀 우스운 전쟁 전 스타일이긴 했지만. 입술에는 고상하게 립스틱을 살짝 발랐고 손톱은 윤이 나는 분홍색이었으며 하트형의 얼굴에는 주름살도 거의 보이지 않았다.

나는 구식 실크드레스 한 무더기를 바라보았다. "이 옷들이 피난민 캠프 안에서 돌아다니다니, 확실히 좀 상상하기 어렵군요."

"그렇죠? 걸맞은 대우를 받을 수 있는 이곳에 놔두는 편이 훨씬 낫지." 에어즈 부인은 어깨와 치마에 1920년대 플래퍼 스타일의 자락이 달린 얇은 새틴드레스를 집어들었다. 그리고 옷방에서 신발상자를 들고 막 나온 베티에게 그 옷을 보여주었다. "이거 어떠니, 베티?"

소녀의 눈이 나와 마주쳤고, 나는 베티에게 고개를 까딱했다. "안녕, 베티. 잘 지내니?"

"안녕하세요, 선생님." 베티의 얼굴이 상기되어 있었다. 소녀는 신이 난 것 같았다. 흥분을 내색하지 않으려 애쓰는 게 분명했지만, 드레스를 보고 토실토실한 작은 입이 함지박만하게 벌어졌다. "너무 예뻐요, 마님!"

"그 당시 물건은 오래가도록 만들어졌지. 색상은 또 어떻고! 요즘엔 이런 색을 볼 수 없다니까. 근데 거기서 뭘 갖고 왔니?"

"무도회용 구두예요, 마님! 금색 구두!"

"한번 보자꾸나." 에어즈 부인은 상자를 받아서 뚜껑을 열고 안에 있던 종이를 벗겼다. "오, 요즘 이런 건 말도 못하게 비싸지. 게다가 이건 말도 못하게 꼭 죄었어, 내 기억에는. 딱 한 번밖에 안 신었지." 그녀는 구두를 집어들었다. 그리고 충동적으로 말했다. "한번 신어보렴, 베티."

"아, 마님." 베티는 나를 의식한 듯 흘끔 쳐다보며 얼굴을 붉혔다. "그래도 될까요?"

"그래, 어서. 선생과 나한테 보여주려무나."

베티는 신발 끈을 풀어 자신의 튼튼한 검은색 신발을 벗은 다음 수줍게 금빛 가죽구두에 발을 넣었다. 이어서 에어즈 부인의 격려에 힘입어 옷방 문에서 벽난로까지 걸어왔다 다시 마네킹처럼 걸어갔다. 걸으면서 베티는 연신 웃음을 터뜨렸고, 한 손을 들어 삐뚤삐뚤한 제 치아를 가렸다. 에어즈 부인도 같이 웃었다. 구두가 너무 커서 베티가 넘어지자 부인은 구두 앞코에 스타킹을 쑤셔넣어 사이즈를 맞춰주었다. 그렇게 몇 분을 소비하더니, 베티에게 장갑과 스톨을 걸치게 한 다음 서봐라 걸어봐라 돌아봐라 지시했다. 베티가 시키는 대로 움직이자 부인은 가볍게 박수를 보냈다.

나는 여기 오려고 약속을 미룬 환자가 다시 생각났다. 그런데 에어즈 부인은 잠깐 그러고 있다가 이내 피곤해진 것 같았다. "얘야." 부인은 어수선한 침대를 죽 훑어보고 한숨을 내쉬더니 베티에게 말했다. "저것 좀 정리해서 치우는 게 낫겠다. 안 그럼 오늘밤 잘 데가 없겠어."

"그런데 잠은 잘 주무십니까?" 나는 부인과 함께 난롯가로 걸어가며 물었다. 그리고 베티가 모피를 한아름 안고 옷방으로 사라지는 것을 확인하고 조용히 말했다. "이런 말씀 드려도 괜찮을지 모르겠지만, 부인이 지난주에 발견한 그…… 그것에 대해 캐럴라인이 말을 해서요. 그 때문에 여간 불안하신 게 아닌가 싶습니다."

부인은 허리를 숙여 쿠션을 집었다. "좀 그렇긴 했어요. 나도 참 어리석지?"

"절대 그렇지 않습니다."

"그렇게 시간이 많이 흘렀으니." 그녀는 중얼거리며 의자에 앉아 고개를 들었다. 근심이나 비통의 흔적은커녕 오히려 매우 평화로워 보이는 표정에 나는 어안이 벙벙했다. "그애가 남긴 흔적은 아무 데도 없을 거라고 생각했거든." 그녀는 자기 심장 위에 손을 얹었다. "여기 말고는. 그애는 내게 늘 현실이었지, 이 안에서. 때론 세상 무엇보다 더 생생했어……"

에어즈 부인은 가슴에 손을 얹고 가볍게 드레스 천을 어루만졌다. 그녀의 표정이 점점 아련해졌다. 하지만 그 당시 부인은 습관적으로 아련하고 멍한 표정을 지었고, 그게 그녀의 매력 가운데 하나였다. 부인의 태도에서 이상하게 혹은 걱정스럽게 여겨지는 부분은 전혀 없었다. 나는 그녀가 매우 건강하고 만족스러워 보인다고 생각했다. 나는 십오 분 정도 부인과 같이 있다 아래층으로 내려갔다.

캐럴라인은 내가 작은 응접실을 나섰을 때와 다름없이 난롯가에

맥 빠진 모습으로 서 있었다. 쇠살대 위의 불길이 사그라들어 아까보다 더 침침해진 탓에, 아늑한 그녀 어머니의 방과 이루는 극명한 대조가 새삼 의식됐다. 그리고 하녀 같은 손도 그렇고 그녀의 몰골을 다시 보니 또 설명할 수 없는 짜증이 밀려들었다.

"어때요?" 그녀는 나를 쳐다보며 물었다.

"내 생각엔 괜한 걱정인 것 같더군."

"어머니가 뭘 하고 계시던가요?"

"베티하고 옛날 옷을 훑어보고 계시던데."

"네, 요즘 어머니가 하고 싶어하시는 건 죄다 그런 것뿐이에요. 어제는 또 그 못쓰게 된 옛날 사진을 꺼내오셔서는…… 기억나요?"

나는 손바닥을 펼쳐 보였다. "어머님은 사진도 못 보시나? 현재가 이렇게 우울한데 옛날 생각에 좀 빠진다고 탓할 수 있겠소?"

"단순히 그런 얘기가 아니에요."

"그럼 뭐요?"

"뭔가 태도가 좀 이상해요. 단순히 옛날 생각에 빠지시는 게 아니에요. 어머니는 사람을 볼 때 실제로는 그 사람을 전혀 보지 않아요. 다른 뭔가를 보시죠…… 그리고 너무 쉽게 피곤해지세요. 선생님도 알다시피 어머니가 그렇게 늙지는 않으셨잖아요. 그런데 요즘은 아주 노파처럼 거의 매일 오후마다 휴식을 취하세요. 로더릭에 대해서는 일절 언급도 안 하시고. 닥터 워런이 보내오는 소견서에 관심도 없으세요. 어머니는 아무도 보려 하지 않으세요…… 아, 이걸 뭐라고 설명해야 할지."

나는 말했다. "어머님은 충격을 받으셨소. 저 글씨를 우연히 발견하고 당신 언니가 새삼 생각난 거지. 그래서 자연히 마음이 어수선해지셨고."

그렇게 말하면서 나는 캐럴라인과 여태껏 수전에 대해, 어릴 때 세상을 떠난 에어즈가의 큰딸에 대해 한 번도 얘기한 적이 없음을 깨달았다. 캐럴라인도 알아챈 것이 분명했다. 그녀는 잠자코 섰다가 지저분한 손가락으로 입술을 잡아뜯기 시작했다. 그리고 다시 입을 떼었을 때는 어조가 달라졌다.

"'당신 언니'라는 말을 들으니 기분이 묘하네요. 맞는 말 같지 않아요. 로드와 내가 어릴 때 어머니는 한 번도 수전을 언급하지 않으셨죠. 수년 동안 존재도 몰랐어요. 그러다 어느 날 책을 보는데, 속지에 '수키 에어즈'라고 쓰여 있기에 누구냐고 어머니께 물었죠. 어머니의 반응이 너무 이상해서 무서웠어요. 그때 아버지가 다 얘기해주셨어요. 아버지는 '지독히 운이 없었다'고 하셨죠. 하지만 그때 아버지나 어머니가 안됐다고 생각했는지는 잘 기억나지 않아요. 그냥 다들 항상 나보고 맏이라고 했는데, 진짜 맏이가 아니었다니 이건 불공평하다고 화를 냈던 기억만 나요." 그녀는 난롯불을 응시했고, 그러느라 이마에 주름이 졌다. "어렸을 때는 막연히 세상 모든 게 불만이었던 것 같아요. 로디한테 무척 못되게 굴었죠. 하녀들한테도 막무가내였어요. 보통 그런 건 크면서 나아지지 않나요? 하지만 나는 아직도 그대로인 것 같아요. 가끔 그 못된 심보가 내 안에 남아 있다는 생각이 들어요. 뭔가 끔찍한 걸 삼켰는데 그게 목에 걸린 것처럼……"

그 순간 헝클어진 갈색 머리카락 몇 가닥이 얼굴 앞으로 쏟아지면서 손이 지저분한 캐럴라인이 왠지 시무룩한 아이처럼 보였다. 그러나 다른 강퍅한 아이들과 마찬가지로 그녀도 한편으론 몹시 애처로워 보였다. 나는 그녀 쪽으로 약간 다가갔다. 그때 그녀가 고개를 들었고, 나의 망설임을 분명 알아챈 듯했다.

즉시 어린애 같은 분위기가 스러졌다. 그녀는 무뚝뚝하면서도 예의를 차리는 어투로 말했다. "선생님의 런던 여행이 어땠는지 물어보지도 않았네요, 그렇죠? 갔던 일은 어땠어요?"

나는 말했다. "고맙소. 여행은 잘 다녀왔어."

"학회에서 발표한 거죠?"

"응, 그랬소."

"사람들 반응은 좋았고요?"

"매우 좋았소. 사실……" 나는 또 망설였다. "그게, 다시 와달라는 얘기가 있었소. 그러니까 와서 같이 일하자는."

캐럴라인의 눈빛이 달라졌다. 순간 활기를 띤 듯했다. "그래요? 그럴 생각이에요?"

"모르겠소. 생각을 좀 해봐야겠지. 내가…… 단념하게 될 것들에 대해."

"그래서 우리를 멀리했던 건가요? 정신이 산만해질까봐? 토요일에 대정원에서 선생님 차를 봤어요. 그래서 집에 들르겠구나 생각했죠. 그런데 오지 않기에 뭔가 일이 있구나 했어요. 뭔가 상황이 변했구나. 그래서 오늘 전화를 드린 거예요. 평소처럼, 그러니까 전처럼 선생님이 우리집에 들르리라고 기대할 수 없었으니까요." 캐럴라인은 앞으로 내려온 머리카락을 귀 뒤로 넘기며 말했다. "우리

집에 다시 방문할 생각이 있긴 있었나요?"

"당연하지 않소."

"하지만 그동안 우릴 피한 건 맞잖아요. 안 그래요?"

그녀는 이 말을 하면서 턱을 삐죽거렸다. 그게 다였다. 하지만 고 집스레 버티던 우유도 교유기로 휘젓다보면 결국 허물어져 지방이 분리되듯, 내 속에서 분노가 뭔가 다른 것으로, 전혀 상이한 감정으로 변하는 것이 느껴졌다. 심장박동이 빨라지기 시작했다. 나는 잠시 뜸을 들이다 입을 열었다. "좀 두려웠던 것 같소."

"두려워요? 내가요?"

"설마."

"우리 어머니가요?"

나는 숨을 들이마셨다. "들어봐요, 캐럴라인. 저번에 내 차 안에서……"

"아, 그때요." 그녀는 고개를 돌렸다. "그때는 내가 바보같이 굴었어요."

"나도 어리석었어. 사과하오."

"그리고 이제는 전부 달라지고 다 잘못됐죠. 아뇨, 이러지 마세요."

캐럴라인이 너무 우울해 보여 나는 다가가 그녀를 감싸안았다. 그녀는 뻣뻣하게 서서 잠시 저항했지만, 내가 그저 팔을 두르고 있을 뿐 그 이상의 의도는 없음을 알고 약간 긴장을 풀었다. 마지막으로 그녀를 안았던 것은 댄스파티에서 같이 춤출 때였다. 그때 그녀는 하이힐을 신었고, 눈과 입이 나와 같은 높이에 있었다. 평소에 신는 신발은 굽이 없어 키가 나보다 1, 2인치가량 작았다. 나는 턱을 움직였고, 까칠한 턱수염이 그녀의 머리카락에 쓸렸다. 캐럴라인이 고개를 숙이자 그녀의 서늘하고 건조한 이마가 내 귀 밑으로 미끄러져 들어왔다…… 그러면서 내게 완전히 안겼고, 그녀의 풍만한 가슴과 엉덩이와 탄탄한 허벅지의 압력이 느껴졌다. 나는 그녀의 등뒤로 돌린 손에 힘을 주어 그녀를 꼭 끌어안고 가만히 있었다. "그만." 그녀가 다시 말했다. 들릴 듯 말 듯한 소리로.

느닷없이 솟은 내 감정에 스스로도 깜짝 놀랐다. 조금 전까지만 해도 나는 그녀를 보면 분노와 짜증밖에 일지 않았다. 그런데 이제 그녀의 머리칼 사이로 숨을 내쉬며 그녀의 이름을 부르고, 그녀의 머리에 내 뺨을 거칠게 비볐다.

"보고 싶었소, 캐럴라인!" 나는 말했다. "맙소사, 보고 싶어서 미칠 것 같았소!" 나는 단정치 못하게 입가를 훔쳤다. "나를 봐! 당신이 나를 이렇게 만들었어. 당신이 만든 이 빌어먹을 멍청이를 보라고!"

그녀는 몸을 떼어내려고 했다. "미안해요."

나는 그녀를 더 세게 안았다. "미안해하지 마, 제발!"

캐럴라인이 비참하게 말했다. "저도 보고 싶었어요. 당신이 멀리 갈 때마다 여기서는 늘 사고가 벌어져요. 왜 그럴까요? 이 집하고 우리 어머니……" 캐럴라인은 눈을 감고 끔찍한 두통에 시달리듯 이마를 짚었다. "이 집은 너무 많은 생각을 하게 만들어요."

"이 집은 당신에게 너무 힘겨운 곳이오."

"무서울 지경이죠."

"무서워할 건 없소. 당신 혼자 남겨두는 게 아니었어. 혼자 여기 갇혀 있게 내버려두지 말았어야 했는데."

"나는…… 나는 멀리 떠날 수 있다면 좋겠어요. 하지만 어머니 때문에 그럴 수 없어요."

"어머니 생각은 하지 마요. 떠난다는 생각도 하지 말고. 떠날 필요 없소."

그리고 나도 떠날 필요가 없다고 생각했다. 거기서 캐럴라인을 안고 있는 동안, 갑자기 모든 것이 명료해졌다. 나의 모든 계획―최고 전문의와 런던의 종합병원― 은 깡그리 녹아 없어졌다. "내가 바보였소." 나는 말했다. "우리에게 필요한 건 모두 여기에 있어. 그걸 생각해봐요, 캐럴라인. 나에 대해 생각해봐요, 우리에 대해."

"안 돼요, 누가 오기라도 하면……"

나는 내 입으로 그녀의 입을 막았다. 그 순간 우리는 중심을 잃었고, 흔들리면서 중심을 잡으려고 발을 움직였다. 그러면서 어쩌다 둘 사이가 벌어졌다. 캐럴라인은 지저분한 손을 들어올리며 내 손이 닿는 범위에서 한 발짝 물러났다. 그녀의 머리칼은 내가 뺨을 비비는 바람에 더 헝클어졌다. 입술은 벌어졌고, 살짝 젖었다. 그녀는 방금 키스를 당한 여자처럼 보였고, 솔직히 말해 또 키스를 원하는 듯 보였다. 하지만 내가 앞으로 움직이자 그녀는 한 발짝 더 물러났다. 순간 나는 그녀의 욕망이 다른 감정―순진함, 아니 그보다 더 강한 무엇, 즉 망설임, 심지어 두려움―과 뒤섞였음을 알았다. 나는 그녀를 다시 안으려는 시도를 접었다. 그녀가 두려워 달아날까봐 자신이 없었다. 대신 그녀의 손을 잡아올려 지저분한 손마디에 입을 맞췄다. 그러고 나서 그녀의 손톱을 응시하며 새카맣게 때가 낀 손톱을 엄지로 문질렀다. 나는 무모함과 갈망으로 떨리는 목소리로 말했다. "지금 당신 모습을 봐. 완전 어린애잖아! 이런 일은 다시는 없을 거요. 그러니까 일단 우리가 결혼하면."

그녀는 아무 말이 없었다. 집이 마치 숨을 죽인 듯 사위가 고요하다는 생각이 잠깐 머릿속을 스쳤다. 그때 캐럴라인이 살포시 고개를 끄덕였다. 그걸 보고 승리감에 벅찬 나는 그녀를 와락 끌어당겨 입술이 아니라 그녀의 목과 두 뺨과 머리칼에 키스했다. 그녀는 신경질적인 웃음을 터뜨렸다.

"잠깐만요." 캐럴라인은 거의 몸부림치며 반쯤은 장난으로 반쯤은 진지하게 말했다. "잠깐, 아, 잠깐 좀!"

10

캐럴라인과 내가 연애를 했던 서너 주를 새삼 떠올려본다. 우리 사이에 흘렀던 감정은 실상 평탄하지도 단순하지도 않았다. 정말 연애라는 이름값을 톡톡히 했다. 일단 나는 여전히 눈 돌아가게 바빠 아주 잠깐씩밖에 그녀를 만나지 못했고, 그나마도 늘 시간에 쫓겼다. 또다른 이유는, 캐럴라인이 우리 관계의 뚜렷한 변화를 자기 어머니에게 알리는 것에 대해 놀랄 만큼 까다롭고 예민하게 굴었던 것이다. 나는 일을 진척시키고 싶어서, 어떻게든 공식적으로 알리고 싶어서 조바심쳤다. 하지만 그녀는 어머니의 건강이 여전히 좋지 않다고, 그래서 이 소식이 '어머니께 걱정만 끼칠' 거라고 생각했다. 그녀는 조바심 내는 나를 안심시키며 '적당한 때가 오면' 말씀드리겠다고 했다. 그러나 그 적당한 때는 지독하게도 느릿느릿 오는 듯했고, 그 서너 주 동안 헌드레즈홀에 들를 때면 나는 대개 작은 응접실에서 두 여인 사이에 앉아 차를 마시며 정중하게 잡담을 주고받다 돌아오곤 했다. 정말 아무것도 변한 게 없다는 듯.

그러나 당연히 모든 것이 변했다. 그리고 내 관점에서 보자면 그런 만남이 때로는 도저히 참기 힘들기도 했다. 이제는 캐럴라인 생각이 머리에서 떠나지 않았다. 그녀의 강인하고 각진 얼굴을 들여다보면서 한때 그녀가 못생겼다고 생각했다니 도저히 믿을 수 없었다. 찻잔 너머로 그녀와 눈이 마주치면, 나는 부싯돌로 만들어진 남자가 된 것만 같았다. 살짝 시선만 부딪쳐도 타오르는. 가끔 작별 인사를 하고 그녀와 함께 차까지 걸을 때가 있었다. 우리는 묵묵히 집안을 가로지르며 어두운 방문 앞을 차례로 지났고, 나는 그 버려진 방 중 아무 데로나 그녀를 데리고 들어가 꽉 끌어안고 싶었다. 이따금 그럴 기회가 있기는 했다. 그러나 그녀는 결코 쉽지 않았다. 내게서 고개를 돌리고 양옆으로 팔을 축 늘어뜨린 채 가만히 서 있기만 했다. 나는 내게 와닿은 부드럽고 따뜻한 그녀의 팔다리를 음미했다. 그러나 서서히, 서서히 그 약간의 순종조차 내키지 않는다는 듯 그녀는 인색하게 굴었다. 욕구불만이 된 내가 좀더 밀어붙이기라도 하면, 그 결과는 재앙이었다. 부드러운 팔다리가 뻣뻣해지면서 그녀는 두 손으로 얼굴을 가렸다. "미안해요." 그녀는 말하곤 했다. 차 안에서의 가슴 서늘한 사건 때와 똑같이. "미안해요. 내가 이러면 안 된다는 건 알지만, 좀더 시간이 필요해요."

나는 캐럴라인에게 너무 많은 것을 바라면 안 된다는 것을 배웠다. 어느새 너무 닦달하다 그녀가 떨어져나가버리지나 않을까 하는 것이 가장 큰 두려움이었다. 헌드레즈에 관련된 일로 벅차하는 그녀에게 우리의 교제는 그저 혼란을 가중시킨 것에 불과하다는 느낌이었다. 헌드레즈홀의 상황이 나아질 때까지 캐럴라인은 자신의 미래 계획을 미뤄둔 것 같았다.

그리고 그때는 헌드레즈의 사정이 머지않아 정말 좋아질 것처럼 보였다. 카운티 의회에서 진행하는 임대주택 건설이 착착 진행되었고, 물과 전기를 대정원까지 끌어오는 공사도 한창이었다. 농장 일은 눈에 띄게 향상됐고, 마킨스는 그 모든 변화에 즐거워했다. 에어즈 부인 또한 근래 몇 달 가운데 최고로 건강하고 행복해 보였다. 캐럴라인은 미심쩍어했지만. 내가 저택에 들를 때마다 부인은 세심하게 차려입고 나왔고, 얼굴에 립스틱과 파우더도 살짝 발랐다. 사실 그녀가 늘상 자기 딸보다 훨씬 곱게 차려입긴 했다. 캐럴라인은 우리 사이의 관계가 달라졌는데도 여전히 그 볼품없는 낡은 스웨터와 스커트에 거슬리는 모직모자와 튼튼한 신발을 고집했다. 하지만 날이 아직 풀리지 않았으니 그 점은 이해할 수 있다고 생각했다. 계절이 바뀌면 그녀를 레밍턴으로 데려가 고상한 드레스를 몰래 몇 벌 맞춰줄 생각이었다. 나는 종종 갈망을 느끼며 다가올 여름을 상상했다. 문과 창문을 활짝 열어젖힌 헌드레즈홀, 짧은 소매에 목이 느슨한 블라우스를 입은 캐럴라인, 햇볕에 탄 그녀의 길쭉한 팔다리, 흙 묻은 맨발…… 칙칙한 내 집은 연극 무대처럼 어둑하게 느껴졌다. 밤이면 나는 피곤하지만 정신은 말똥말똥한 채로 침대에 누워, 잠자리에 들었을 캐럴라인을 떠올렸다. 내 넋은 우리 사이에 놓인 캄캄한 수십 마일 거리를 조용히 가로질러 헌드레즈 대정원의 출입문을 밀렵꾼처럼 슬그머니 통과해 바둑판무늬 대리석 바닥을 천천히 걸어들어가 살금살금 그녀를 향해 고즈 넉한 계단을 기어올라가곤 했다.

그러던 3월 초 어느 날, 평소와 다름없이 저택에 들렀는데 무슨 사건이 있었던 모양이었다. 예의 알 수 없는 장난 혹은 캐럴라인이 전에 별명 삼아 '실내용 게임'이라 불렀던 것이 새로운 형태로 다시 시작된 듯했다.

처음에 캐럴라인은 그에 관해 내게 말하기를 꺼렸다. "너무 따분한 얘기라 말하기도 뭐하다"면서. 그러나 모녀가 둘 다 피곤해 보이기에 지나가는 말로 한마디 했더니, 그제야 털어놓았다. 지난 며칠 동안 새벽에 전화벨이 울려 잠을 설쳤다는 것이다. 서너 번인가 그런 일이 계속됐는데, 항상 새벽 두시에서 세시 사이였다고 한다. 그때마다 그들은 아래층으로 내려가 수화기를 들었지만, 전화는 이미 끊겨 있었다.

처음에는 전화를 건 사람이 내가 아닐까 의심했다고 한다. "달리 생각할 만한 사람이 없었거든요." 캐럴라인이 말했다. "그런 시각에 깨어 있을 만한 사람이." 그녀는 살짝 얼굴을 붉히며 어머니를 힐끔 쳐다보았다. "아니었겠죠, 하지만?"

"당연하잖소, 내가 그럴 리가!" 나는 대답했다. "그렇게 늦은 시각에 전화하다니 말도 안 돼! 그리고 오늘 새벽 두시에는 침대에 푹 파묻혀 자고 있었소. 그러니 내가 잠자면서 전화를 한 게 아니라면⋯⋯"

"네, 물론이죠." 캐럴라인이 빙긋 웃으며 말했다. "교환국에서 뭔가 혼돈이 있었나봐요. 그냥 확인해두고 싶었어요."

그녀는 그걸로 문제를 일단락지으려는 눈치였고, 나도 더는 얘기하지 않았다. 그러나 그다음번의 방문에서, 새벽 두시 반의 전화가 또 걸려왔다는 얘기를 들었다. 캐럴라인은 춥고 어둡고 일어나기 귀찮기도 해서 이번에는 그냥 침대에 누워 전화가 울리거나 말거나 내버려두었다. 그러나 금속성의 야단스러운 전화벨 소리는 무시하기에는 너무 시끄러웠고, 위층에서 어머니가 뒤척이는 소리까지 들려 결국 내려가 수화기를 들었다. 아니나 다를까, 이번에도 역시 전화는 끊겼다.

"다른 건 몰라도, 이번에는 아니에요." 그녀는 자기 말을 정정했다. "끊기지 않았어요. 그게 이상한 거예요. 목소리는 들리지 않았지만, 내 생각에는…… 아, 말이 안 되는 것 같지만, 하여간 분명 누군가 반대편에 있었다고 맹세할 수 있어요. 누군가 정확히 헌드레즈홀에, 정확히 우리한테 전화를 건 거예요. 그래서 알다시피 나는 또 당신일 거라고 생각했죠."

"그리고 또," 나는 말했다. "나는 세상모르고 곯아떨어져 꿈을 꾸고 있었고." 우리끼리만 있는 자리였기에 나는 이렇게 덧붙였다. "십중팔구 당신 꿈을 꾸었을 테지."

나는 캐럴라인의 머리칼을 만졌다. 그녀는 내 손가락을 잡고 꼼짝 못하게 했다. "그랬겠죠. 하지만 누군가가 전화를 했어요. 그래서 쭉 생각해봤는데…… 도저히 그 생각이 머리에서 떠나지 않아요. 혹시 로디일지도 모른다는 생각 안 들어요?"

"로드가!" 나는 기가 막혔다. "설마."

"가능한 얘기 아닌가요? 만약 로디한테 무슨 문제가 생겼다면, 그러니까 병원에서 말이에요. 로디를 본 지 한참 됐잖아요. 닥터 워런은 편지에다 만날 똑같은 얘기만 써서 보내고. 병원에서 로디한테 무슨 짓을 했을지도 모르죠. 약물이든 치료든 뭐든 다 해봤을 수 있잖아요. 그 사람들이 뭘 하는지 사실 우리는 아무것도 몰라요. 그냥 병원비만 낼 뿐이지."

나는 캐럴라인의 양손을 잡았다. 그녀는 내 얼굴을 바라보며 말했다. "그냥 내 기분에, 누군가 우리한테 할말이 있어서 전화했다는 느낌이 들어요."

"새벽 두시 반이었소, 캐럴라인! 누구라도 그런 느낌이 들겠지. 지난번에 당신이 생각한 게 맞을 거요. 혼선이 생긴 게 틀림없어. 그렇다면, 지금 당장 교환국에 전화해 교환원에게 이번 일을 물어보는 게 어떻소?"

"그래야 할까요?"

"그래서 마음이 편해진다면, 까짓것 못할 거 뭐 있겠소?"

캐럴라인은 인상을 쓰면서 작은 응접실에 있는 구식 내선전화 쪽으로 가 교환원에게 전화를 걸었다. 내게 등을 돌린 채였지만, 나는 그녀가 새벽의 전화 건에 대해 설명하는 것을 다 들었다. "네, 괜찮으시다면." 그녀의 음성은 부자연스럽게 명랑했다. 그리고 잠시 후 명랑한 투가 좀 수그러든 목소리로 말했다. "알겠습니다. 네, 말씀이 맞겠지요. 네, 감사합니다. 번거롭게 해서 죄송합니다."

캐럴라인은 전화기와 수화기를 내려놓은 다음 돌아섰고, 전에 없이 인상을 잔뜩 찌푸렸다. 그러고는 손가락을 입에 가져가 손톱 끝을 물어뜯으며 말했다. "밤 근무를 하는 교환원은 지금 자리에 없대요, 당연히. 하지만 전화 받은 사람이 표를 봐주겠다고 했는데, 로그라던가 하여간 전화기록을 남겨두는 장부요, 그 사람 말이 이번주에 헌드레즈로 전화한 사람은 아무도 없대요. 단 한 명도. 지난주에도 없었고요."

"그럼." 나는 잠시 틈을 두고 말했다. "모든 게 명확해지는군. 분명히 전화선에 문제가 있었던 거요. 어쩌면 이 집 자체의 선이 망가졌을 가능성이 더 높겠군. 로드는 아니오, 보다시피. 전화한 사람은 아무도 없었다니까."

"네." 캐럴라인은 여전히 손끝을 물어뜯으며 느릿느릿 답했다. "교환원이 그렇게 말했죠. 그래요, 분명 그럴 거예요, 왜 아니겠어요?"

그녀는 누구라도 자신을 좀 납득시켜줬으면 좋겠다는 투로 말했다. 그러나 그날 밤 또다시 전화벨이 울렸다. 그 일이 있고 난 뒤 다시 만났을 때에도 캐럴라인은 여전히 남동생이 연락하려 했을지도 모른다는 터무니없는 생각에 집착했다. 나는 그녀의 불안을 완전히 해소해주려고 버밍엄의 클리닉에 직접 전화를 걸어 로드가 전화했을 가능성이 있는지 물었다. 그리고 전혀 그럴 리 없다는 확답을 받았다. 내 전화를 받은 사람은 닥터 워런의 조수였는데, 크리스마스 직전에 만났을 때보다 시들해진 어투였다. 그는 로드가 올 초에 약간이나마 분명히 호전되는 기미를 보였다가 최근 '일이 주가량 상태가 악화되어' 다들 낙심했다고 말했다. 자세한 얘기까지는 하지 않았지만, 나는 바보같이 캐럴라인을 옆에 두고 전화 통화를 했다. 그녀는 별로 안 좋은 소식이라는 걸 충분히 짐작할 만큼 우리 대화를 들었고, 이후로는 더욱 기운이 빠져 자꾸 딴생각만 했다.

이렇게 그녀의 걱정거리가 바뀐 것에 반응이라도 하듯 전화벨이 그치더니, 새로운 골칫거리가 바통을 이어받았다. 이번에는 새로운 말썽이 시작된 바로 그날 나도 현장에 있었다. 마침 진료 사이에 잠시 짬을 내어 들른 터였다. 캐럴라인과 단둘이 작은 응접실에 있는데—사실 작별 키스를 하던 중이었고, 그녀가 막 내 품에서 벗어났을 때였다—갑자기 문이 열리는 바람에 둘 다 화들짝 놀랐다. 베티가 들어와 정중히 절을 하더니 "무슨 일로 부르셨습니까" 하고 묻는 것이었다.

"그게 무슨 소리야?" 캐럴라인이 허둥지둥 머리칼을 빗어넘기며 신경질적으로 물었다.

"종을 울리셨잖아요, 아가씨."

"아니, 나는 안 울렸는데. 어머니가 부르셨나보지."

베티는 어리둥절한 표정을 지었다. "마님은 위층에 계신데요, 아가씨."

"그래, 위층에 계신 건 나도 알아."

"하지만 저기 아가씨, 울린 것은 작은 응접실 종이었어요."

"글쎄, 그럴 리 없는데. 나는 건드리지도 않았어, 닥터 패러데이도 그렇고! 그게 저 혼자 울렸겠니? 위층에 올라가봐, 어머니가 부르셨는지."

베티가 눈을 껌벅거리며 물러갔다. 문이 닫히자 나는 캐럴라인과 눈이 마주쳤고, 입가를 닦으며 웃음을 터뜨릴 뻔했다. 그러나 그녀는 내 미소에 화답하지 않았다. 못 견디겠다는 듯 시선을 피했다. 그리고 아주 격렬하게 감정을 토해냈다. "아, 정말 미치겠네. 도저히 못 참겠어! 저렇게 고양이처럼 살금살금 싸돌아다니다니."

"고양이처럼!" 나는 그 장면을 상상하자 즐거워졌다. 나는 캐럴라인의 손을 잡고 다시 끌어당겼다. "이리 오렴, 야옹아. 착하지, 우리 야옹이."

"그만해요, 제발. 베티가 또 들어오겠어요."

"뭐, 베티는 시골 아이잖소. 새나 벌이나 고양이에 관해 잘 알겠지…… 게다가 해결 방법은 당신도 잘 알잖소. 나와 결혼합시다. 다음주든—내일이든—언제든 당신 좋을 때. 그러면 나는 누가 보든 말든 상관 않고 당신에게 키스할 수 있어. 그리고 베티는 아침이면 우리 침대로 달걀과 베이컨을 갖다주고, 뭐 그런 근사한 일을 하느라 정신없이 분주해지겠지."

아직 웃음기가 가시지 않은 내 얼굴을 캐럴라인이 의아한 표정으로 쳐다보았다. 그러더니 물었다. "그런데 그게 무슨 말이에요? 우리가…… 우리는 여기서 살지 않을 거잖아요?"

그때까지 우리는 같이 살게 될 경우, 즉 결혼하고 나서 구체적으로 어떻게 살지에 대해 한 번도 얘기한 적이 없었다. 나는 당연히 여기 헌드레즈홀에서 그녀와 함께 살 거라 여겼다. 나는 조금 자신 없어진 말투로 대답했다. "글쎄, 안 될 건 또 뭐지? 당신 어머니를 혼자 남겨둘 수는 없잖소?"

그녀는 얼굴을 찌푸렸다. "그럼 당신 환자들은 어떡하고요? 내 생각에는……"

나는 빙긋 웃었다. "당신 리드코트에서, 그 끔찍한 닥터 길의 낡은 집에서 나랑 같이 살고 싶소?"

"그야 물론 아니죠."

"그럼 우리 얘기를 대충 정리할 수 있겠군. 나는 마을에서 진료를 계속할 거요. 어쩌면 그레이엄과 야간조를 짜야 할지도…… 모르지. 어쨌든 7월에는 모든 게 달라질 테니까. 건강보험제도가 실시되면."

"하지만 저번에 런던에서 돌아와 그쪽에 자리가 날지도 모른다고 했잖아요."

캐럴라인의 말에 나는 당황했다. 그에 관해서는 까맣게 잊고 있었던 것이다. 런던에 다녀온 것이 까마득한 옛날 일처럼 느껴졌다. 연애에 정신이 팔려 모든 일이 완전히 기억 저편으로 밀려났다. 나는 무신경하게 말했다. "아, 이제 와서 그런 생각 해봤자 무슨 소용이겠소. 7월이면 모조리 달라질 텐데. 그다음엔 자리가 남아돌지도 모르고, 그 반대로 하나도 없을지도 모르고."

"자리가 안 난다고요? 하지만, 그럼 어떻게 여길 떠나요?"

나는 두 눈을 껌벅였다. "우리가 여길 떠나고 싶어한다고?"

"내 생각에는……" 그녀는 불안한 얼굴로 말을 이으려 했고, 나는 다시 손을 뻗어 그녀의 손을 잡으며 말했다. "저기, 너무 걱정하지 마요. 일단 결혼하고 나면 이런 일을 생각할 시간은 얼마든지 있어. 그게 가장 중요한 일 아닐까? 우리가 가장 바라는 일이고?"

캐럴라인은 "물론 그야 그런데……" 하고 말끝을 흐렸다. 나는 그녀의 손을 들어 입을 맞춘 뒤 모자를 쓰고 정문 쪽으로 발걸음을 옮겼다.

그리고 거기서 계단을 내려오는 베티를 만났다. 소녀는 아까보다 더 어안이 벙벙한 얼굴이었고, 살짝 삐친 것도 같았다. 에어즈 마님은 침실에서 곤히 잠들어 계시는데 어떻게 종을 울려 자기를 부르느냐는 것이었다. 그리고 또 자기는 처음부터 마님일 리 없다고 생각했단다. 분명 작은 응접실의 종이 울렸고—베티는 자기 어머니의 목숨을 걸고 맹세하겠다고 했다—캐럴라인 아가씨와 패러데이 선생님이 안 믿는다고 해도, 자기 말을 그런 식으로 의심하는 건 온당치 못한 처사라고 했다. 베티의 목소리는 말할수록 점점 커졌고, 이내 캐럴라인이 무슨 소란이냐며 얼굴을 내밀었다. 나는 둘이 싸우라고 놔두고 기꺼이 자리를 떴고, 그 일을 더는 생각하지 않았다.

그러나 그 주 말미에 다시 찾아갔을 때 헌드레즈홀은, 캐럴라인의 표현을 빌리자면 '아수라장'이었다. 호출벨이 저 스스로 알 수 없는 생명을 얻었는지 시도 때도 없이 울려대는 바람에 베티와 가엾은 베이즐리 부인은 쉴새없이 이 방 저 방 터벅터벅 쫓아다니며 무슨 일로 불렀느냐고 물어야 했고, 그 때문에 캐럴라인과 그녀의 어머니도 완전 혼비백산했다. 캐럴라인은 지하실로 내려가 호출벨의 배선함과 전선을 점검했지만 아무 이상도 발견하지 못했다.

"꼭 꼬마 도깨비가 저 안에 들어간 것 같아요." 캐럴라인은 아치형 천장 복도 쪽으로 나를 안내하며 말했다. "우릴 괴롭히려고 저 안에서 전선을 갖고 노는 거죠! 이건 생쥐도 들쥐도 아니야. 쥐덫을 촘촘히 깔아놨는데 아무것도 안 걸렸거든요."

나는 문제의 배선함을 쳐다보았다. 그 오만한 장치는, 한때 내게는 그렇게 보였는데, 이 집의 신경세포처럼 위층의 각 방에서 나온 튜브와 배관으로 전선이 연결되어 있었다. 나는 그 전선이 특별히 민감한 물건이 아니라는 것을 경험상 알고 있었다. 가끔 종을 울리려면 제법 힘껏 손잡이를 잡아당겨야 했기에 캐럴라인의 이야기가 더욱 와닿지 않았다. 캐럴라인이 램프와 스크루드라이버를 갖다줘서 나는 잠시 배선함 속을 헤집어보았다. 하지만 사실 기계의 원리는 매우 단순했고, 과하다 싶게 팽팽히 당겨진 전선은 하나도 없었다. 캐럴라인과 마찬가지로 나도 아무런 이상을 발견할 수 없었다. 다만 몇 주 전에 여자들이 들었다던 삐걱대는 소리며 두들기는 소리가 생각나 좀 걱정이 됐다. 또한 축 처진 연회장 천장과 만연한 습기, 툭 불거진 벽돌도 떠올랐다…… 캐럴라인에게 그런 얘기는 입도 벙긋하지 않았지만, 내가 보기엔 확실히 헌드레즈홀이 수명이 다해 하나가 잘못되면 잇달아 다른 곳에서도 문제가 생기는 지경에 이른 것 같았다. 나는 저택의 쇠락에 새삼 충격을 받았고, 낭패감이 그 어느 때보다 컸다.

한편, 호출벨이 끊임없이 미친 듯 울려대자 그 모든 짓거리에 신물이 난 캐럴라인이 기어이 철선가위로 배선함을 무용지물로 만들어버렸다. 그다음부터 그녀나 그녀의 어머니는 베티를 부르려면 하인용 계단 앞까지 가서 목청껏 소리를 질러야 했다. 종종 모녀는 그냥 부엌에 직접 내려가 몸소 자질구레한 일들을 처리했다. 마치 하인이 한 명도 없는 것처럼.

그러나 저택은 그렇게 만만하게 수그러들지 않겠다는 듯 한 주가 채 가기도 전에 새로운 문제를 만들어냈다. 이번에는 헌드레즈 홀의 빅토리아시대 유물이 말썽이었다. 1880년대에 설치되어 육아실 하인들이 부엌과 소통하는 용도로 쓰던 오래된 전성관이 있었는데, 관은 삼층의 주간용 육아실에서 부엌의 조그만 상아 송화구로 곧장 연결됐다. 송화구는 가느다란 청동사슬에 매달린 호루라기로 끝을 막아 반대편 끝에서 튜브를 불면 소리가 나게 되어 있었다. 캐럴라인과 로더릭도 다 컸으니, 당연히 그 전성관이 제 용도로 쓰인 것은 무척이나 오래전 일이었다. 육아실 자체도 전쟁 발발과 함께 가구며 비품을 다 치우고 에어즈가에 임시 주둔한 육군부대 장교들이 사용하도록 했다. 요컨대 그 전성관은 소리 없이 먼지만 쌓여가며 누구의 손길도 닿지 않은 채 사실상 십오 년 동안 방치되어 있었다.

그런데 베이즐리 부인과 베티가 그 용도 폐기된 송화구에서 기괴한 호루라기 소리가 난다며 캐럴라인을 찾아와 불만을 터뜨린 것이다.

나는 하루이틀 뒤에 문제가 무엇인지 알아보려고 부엌에 내려갔다가 베이즐리 부인에게서 자세한 얘기를 들었다. 그녀는 처음 그 호루라기 소리를 들었을 때는 어디서 나는 소리인지 짐작도 못했다고 했다. 소리는 어렴풋했고—"어렴풋이 바람이 휙 부는 소리 있잖우, 거 왜, 주전자에서 물이 끓으면 삐익 하는 것처럼"—그들은 중앙난방 배관에서 공기가 새어나오는 소린가보다고 마뜩잖은 결론을 내렸다. 그러나 어느 날 아침 호루라기 소리가 아주 똑똑히 들려, 그 출처를 모르려야 모를 수 없었다. 베이즐리 부인은 그 시각에 혼자 부엌에 있었는데, 빵 반죽을 오븐에 넣다 느닷없이 삑 소리가 나서 깜짝 놀라 손목을 뎄다. 그녀는 화상으로 잡힌 물집을 내게 보여주며 자기는 전성관이란 게 뭔지도 몰랐다고 말했다. 그 기묘한 장치가 헌드레즈에서 사용되던 시절부터 일한 건 아니었으니 말이다. 노랗게 변색된 송화구와 호루라기를 보면서 늘 무슨 '전기 장치의 일부'라고 생각했단다.

그것이 무엇에 쓰는 물건인지 알아내서 그녀에게 설명해준 것은 베티였다. 이튿날 또다시 호루라기 소리가 날카롭게 울리자 베이즐리 부인은 당연히 캐럴라인이나 에어즈 부인이 위층 방에서 자기한테 할말이 있나보다 생각했다. 그녀는 미심쩍게 송화구 쪽으로 가서 호루라기를 빼내고 상아 송화구에 귀를 갖다댔다.

"그랬더니 무슨 소리가 나던가요?" 나는 그녀의 불안한 눈빛을 따라 부엌 저쪽에 붙어 있는, 조용한 튜브를 바라보며 물었다.

베이즐리 부인은 인상을 썼다. "이상야릇한 잡음이 나더구먼."

"이상야릇했다고요? 어떤 식으로?"

"뭐라 말하기 거시기한 게, 숨소리 같다고나 할까."

"숨소리? 그러니까 사람이 숨쉬는 소리요? 목소리가 들렸어요?"

아니, 목소리는 아니었다고 했다. 바스락거리는 소리에 가까웠다고. 아니, 다시 생각해보니 바스락거리는 소리도 아니었던 것 같다…… "흠, 수화기 너머로 들리는 교환원 소리 같다고 할까. 말소리는 안 들리지만, 그쪽에서 듣고 있다는 건 알잖우. 그니까 교환원이 거기 있다는 건 알잖우. 아이고, 하여간 야릇했어!"

나는 문득 그녀의 표현과 캐럴라인이 묘사했던 수수께끼 같은 전화벨의 유사성에 생각이 미쳐 그녀를 빤히 쳐다보았다. 베이즐리 부인은 나와 시선이 마주치자 부르르 몸서리를 쳤다. 그녀는 호루라기를 얼른 제자리에 꽂아놓고 베티를 데리러 부엌 밖으로 뛰쳐나갔다고 했다. 베티는 가까스로 용기를 내 송화구에 귀를 갖다 댔고, 마찬가지로 튜브에서 '뭔가 이상야릇한' 느낌을 받았다. 그러고 나서 두 사람은 위층으로 올라가 에어즈가 사람들에게 이 사건에 대한 고충을 토로했던 것이다.

그들은 혼자 있는 캐럴라인을 발견하고 그동안 있었던 일을 전부 털어놓았다. 캐럴라인도 베이즐리 부인의 말에 충격을 받은 게 틀림없었다. 그녀는 주의 깊게 듣고 나서, 두 사람을 따라 부엌으로 내려가 직접 조심스럽게 튜브에 귀를 대고 들었다. 그러나 그녀는 아무 소리도 듣지 못했다, 아무 소리도. 그녀는 두 사람이 착각한 모양이라고 말했다. 아니면 '바람이 장난을 친 탓에' 호루라기 소리가 났을 거라고. 그녀는 송화구를 마른 행주로 덮고 또 소리가 나거든 그냥 무시하라고 했다. 그리고 잠깐 생각한 다음에 이 새로운 걱정거리를 에어즈 부인에게는 함구해달라고 덧붙였다.

캐럴라인이 왔다 갔다고 해서 별로 안심이 된 건 아니었다. 솔직히 그 마른 행주 때문에 더 신경이 쓰였다. 이제 그 전성관은 '새장 속의 앵무새'처럼 보였다. 게다가 다 잊고 각자 일에 무심코 몰두하다가도 한 번씩 울리는 그 소름 끼치는 호루라기 소리에 두 사람은 혼비백산했다.

다른 데서 그런 이야기를 들었다면 그냥 한번 웃고 말았을 것이다. 그러나 그즈음의 헌드레즈홀에서는 긴장과 스트레스가 손에 잡힐 듯했고, 불안한 공기가 감돌았다. 집안 여자들은 지치고 신경이 날카로워졌으며, 적어도 베이즐리 부인은 진짜로 겁을 집어먹었다. 베이즐리 부인이 이야기를 마치자, 나는 그녀를 놔두고 부엌을 가로질러 전성관 있는 쪽으로 가서 직접 그것을 살펴보았다. 마른 행주를 들어내니 별 특징 없는 상아 송화구와 호루라기가 머리 높이 정도 되는 벽면에 얇은 나무받침대로 단단히 고정되어 있었다. 세상에 이처럼 해롭지 않아 보이는 물건도 상상하기 힘들었다. 그러나 그것이 야기한 근심과 불안을 생각하니, 내 앞에 놓인 그 물건의 고풍스러움 자체가 슬그머니 그로테스크하게 느껴졌다. 나는 로더릭이 떠올라 꺼림칙했다. 이런 '평범한 사물'—칼라, 커프스단추, 면도용 거울—이 로더릭의 망상 속에서 악의를 갖고 교활하게 살아 움직였다는 데 생각이 미쳤다.

그리고 호루라기를 뽑으면서 또다른 생각이 머리를 스쳤다. 이것은 육아실 하인들의 전성관이었다. 우리 어머니는 이곳에서 유모로 일했다. 분명 이 장치에 대고 수도 없이 말을 했을 것이다. 사십 년 전에…… 이런 생각이 들자 경계심이 풀렸다. 나는 송화구에 귀를 갖다대려다 문득 어머니의 목소리가 들릴지도 모르겠다는 터무니없는 생각에 빠졌다. 어릴 때 집 뒤 들판에서 놀다 저녁때가 되면 집에 들어오라고 나를 부르던 어머니의 목소리가, 그때와 똑같이 내 이름을 부르는 어머니의 목소리가 들릴지 모른다는 생각이 들었다.

그러다 베이즐리 부인과 베티가 나를 빤히 쳐다보는 걸 알아챘다. 아마도 뭐가 그리 오래 걸리나 의아하게 여겼을 것이다. 나는 고개를 숙이고 송화구에 귀를 댔다…… 그리고 캐럴라인과 마찬가지로 아무 소리도 듣지 못했다. 내 귓속에서 뛰는 맥박 소리만 어렴풋이 들렸다. 어쩌면 이 소리가, 잔뜩 긴장해서 온갖 상상을 하고 들으면 자칫 뭔가 좀더 불길한 것처럼 들릴 수도 있겠다 싶었다.

"캐럴라인 양의 생각이 맞는 것 같습니다." 나는 말했다. "이 관은 적어도 육십 년은 됐어요! 고무도 다 닳았을 테니 바람이 들어오면서 삑삑 소리가 난 거겠죠. 호출벨이 울렸던 것도 바람 때문일 겁니다."

베이즐리 부인은 그래도 믿지 못하겠다는 눈치였다. 그녀는 베티를 흘끔 쳐다보며 말했다. "나도 잘 모르겠수, 의사 선생. 쟤는 이 집에 뭔가 요상한 게 있다고 몇 달째 주절거리고. 만약에……"

"이 집은 전체적으로 허물어지고 있어요." 나는 단호히 말을 끊었다. "안타깝지만 그게 사실이고, 다 그 때문입니다."

그리고 그 모든 소란을 불식시키기 위해, 베이즐리 부인이나 캐럴라인이 그토록 정신이 산란하지만 않았다면 금세 알아서 처리했을 일을 실행에 옮겼다. 상아 호루라기를 사슬에서 떼어내 조끼 주머니에 넣고, 대신 코르크마개를 씌웠던 것이다.

나는 그것으로 문제가 마무리되었다고 생각했다. 왜냐면 며칠 동안 확실히 집안이 조용했기 때문이다. 그러나 그다음주 토요일 아침, 베이즐리 부인이 평소처럼 부엌에 가보니 마른 행주가 바닥에 떨어져 있었다. 내가 돌아가고 다시 전성관 위에 걸쳐둔 후로 줄

곧 거기 얌전히 있던 행주였다. 그녀는 베티가 부딪쳐 떨어뜨렸거나 복도에서 바람이 불어와 떨어졌나보다 하고 움츠러든 손으로 주워 제자리에 올려놨다. 그런데 한 시간 뒤에 보니 행주가 또 떨어져 있었다. 이번에는 베티도 위층 일을 끝내고 내려와 그녀 옆에 있었다. 베이즐리 부인은 행주를 집어 송화구 위에 도로 얹었다. 그녀가 내게 열심히 설명하기를, 분명히 나무받침대와 벽 사이에 단단히 끼워놓았다고 했다. 그런데 행주가 또 떨어졌고, 이번에는 우연찮게도 떨어지는 장면이 베이즐리 부인의 시야에 흘깃 들어왔다. 부엌 식탁 앞에 서 있다 곁눈으로 보게 된 것이었다. 그녀는 행주가 바람에 날린 것처럼 펄럭 떨어지지는 않았다고 했다. 오히려 누가 잡아당긴 것처럼 곧장 바닥으로 미끄러져 떨어졌다고.

이쯤 되자 베이즐리 부인은 혼자 겁먹는 것에 넌더리가 났고, 그 상황에 몹시 화가 치밀기까지 했다. 그래서 행주를 집어 옆으로 획 던져버리고, 코르크마개로 닫힌 튜브 앞에 떡 버티고 서서 주먹을 흔들어댔다.

"어디 한번 해보자는 거지!" 그녀는 외쳤다. "이 빌어먹을 것아! 누가 신경쓴다든! 내 말 듣고 있는 거냐?" 그녀는 베티의 어깨에 손을 올렸다. "저놈 쳐다보지 마라, 베티. 멀찍이 떨어져. 만약 계속 장난치고 싶어하면 그러라고 내버려둬. 난 아주 지긋지긋하다." 그러고는 뒤돌아서 식탁 쪽으로 걸어갔다.

겨우 두세 걸음인가 옮겼을 때 무언가 부드럽게 부엌바닥을 때리는 소리가 났다. 돌아봤더니, 일주일 전에 그녀가 보는 앞에서 내가 상아 송화구에 깊숙이 꽂아놓은 코르크마개가, 누가 뽑았는지

밀었는지 하여간 구멍에서 빠져나와 그녀의 발치에서 뒹굴었다.

그 광경에 베이즐리 부인의 기세 좋던 만용은 싹 달아났다. 그녀는 비명을 지르며 베티한테 달려갔고—베티도 코르크마개가 떨어지는 소리를 들었다. 마개가 굴러가는 건 못 봤지만—두 사람은 복도로 뛰쳐나가 부엌문을 쾅 닫았다. 혼비백산할 듯 기겁해서 지하의 아치형 복도에 서 있다가 위층에서 누군가 움직이는 소리가 들리자 허겁지겁 계단을 올라갔다. 그들은 위층에 있는 사람이 캐럴라인이기를 바랐고, 나도 지금 와서 하는 말이지만 캐럴라인이었으면 좋았을걸 싶다. 그녀라면 두 사람을 잘 다독여서 무엇이 문제인지 주의 깊게 점검했을 것이다. 그러나 공교롭게도 캐럴라인은 밥과 함께 공사 현장에 나가 있었다. 그들이 마주친 사람은 작은 응접실에서 막 나온 에어즈 부인이었다. 부인은 조용히 앉아 책을 읽다가 두 사람 때문에 깜짝 놀랐고, 그들의 정신없는 태도를 보고 뭔가 또 새로운 재앙이 덮쳤구나 생각했다. 어쩌면 또 불이 난 줄 알았을지도. 부인은 전성관의 휘파람 소리에 대해서는 전혀 알지 못했으므로, 두 사람이 떨어진 행주며 굴러간 코르크마개며 횡설수설하는 것을 이리저리 꿰맞춰 이해하고 비로소 아연실색했다.

"그런데 왜 그리 겁을 먹은 거야?" 부인이 물었다.

두 사람은 적절히 설명할 말을 찾지 못했다. 부인이 이해한 것이라고는 결국 둘 다 정신이 나갈 정도로 겁을 먹었다는 것뿐이었다. 그녀 생각에는 그리 대수롭지 않은 일인 듯했으나, 어쨌든 한번 내려가 살펴보기로 했다. "이것 참 골칫거리로군." 그녀는 말했다. 하지만 그즈음 저택은 사방이 골칫거리였다.

두 사람은 에어즈 부인을 따라 부엌 문지방까지는 갔지만, 그 이상은 들어가려 하지 않았다. 부인이 들어가자 그들은 문틀을 꼭 붙잡고 문가에 섰다. 에어즈 부인이 어안이 벙벙한 채로 축 늘어진 행주와 코르크마개와 전성관을 살펴보는 동안, 두 사람은 그녀를 불안하게 지켜보았다. 그리고 부인이 잿빛 머리카락을 우아하게 귀 뒤로 쓸어넘기고 머리를 기울여 송화구에 귀를 대려 하자 두 사람은 팔을 휘저으며 소리쳤다. "아이고, 마님, 조심하세요! 아이고, 마님, 제발 조심하셔야 해요!"

에어즈 부인은 잠시 멈칫했다. 아마도 며칠 전에 내가 그랬듯 그들 목소리에 담긴 진심 어린 우려 때문이었을 것이다. 이윽고 그녀는 조심스럽게 송화구에 귀를 대고 들었다. 그리고 허리를 폈을 때 그녀의 얼굴에 나타난 표정은 거의 미안함에 가까웠다.

"무슨 소리를 들어야 하는 건지 당최 모르겠네. 아무 소리도 안 나는 것 같은데."

"지금은 암것도 없죠!" 베이즐리 부인이 말했다. "하지만 금방 돌아올 거예요, 마님. 놈이 그 안에서 기다리고 있어요!"

"기다린다고? 그게 무슨 소리야? 이 안에 요정 같은 거라도 있다는 건가? 여기 도대체 뭐가 있겠어? 이 관은 곧바로 육아실로 이어……"

베이즐리 부인이 나중에 내게 말한 바에 따르면, 이 대목에서 에어즈 부인은 갑자기 말을 더듬더니 안색이 변했다고 한다. 그러고는 느릿하게 말을 이었다. "육아실은 다 잠가버렸어. 군인들이 나간 뒤로 계속 닫아놨다고."

그때 베티가 겁에 질린 목소리로 말했다. "아, 마님, 혹시……
혹시 그 방에 있던 뭔가가 잠에서 깨어 지금 거기 갇혀 있는 게 아
닐까요?"

"아이고, 아부지!" 베이즐리 부인이 비명을 질렀다. "쟤 말이 맞
아요. 그 방은 죄다 닫아걸어놔서 캄캄한데 그 안에서 뭔 일이 났을
지 어떻게 알아요? 뭔 일이 생겨도 하나도 안 이상하구먼! 저기, 패
러데이 선생한테 전화해 좀 와서 위에 올라가보라고 하죠? 아니면
베티한테 달려가서 마킨스나 밥 씨라도 불러오라 할까요?"

"마킨스나 밥?" 그 말에 에어즈 부인은 정신이 번쩍 들었다. "아
니, 그럴 수는 없지. 캐럴라인이 금방 돌아올 거야. 그애가 이걸 보
고 뭐라고 할지. 일단 자네들은 할 일이나 마저 하고……"

"마님, 저 망할 것이 우릴 감시하고 있어서 도무지 집안일에 집
중할 수가 없어요!"

"자네들을 감시한다고? 방금 전까지는 귀만 달렸다면서!"

"아니 뭐, 저놈이 귀만 있든 눈도 있든, 암튼 예삿놈은 아니에요.
그저 만만할 리도 없고. 최소한 캐럴라인 아가씨가 돌아오면 올라
가서 한 번 보도록 해주세요. 캐럴라인 아가씨라면 암것도 아니라
고만 하지는 않을 테니."

그러나 한 주 전에 캐럴라인이 자기 어머니에게 이 문제를 감추
려 했던 것처럼, 이제는 에어즈 부인이 딸이 돌아오기 전에 이 문
제를 손쉽게 해결해버릴 생각을 했다. 혹은 속으로 딴생각이 있어
서 그랬는지 나는 알지 못한다. 다만 그랬을 것 같다는 생각이 든
다. 애초에 그 묘한 생각이 얼핏 머릿속을 스친 것만으로도 그녀는

직접 알아보지 않고는 못 배겼을 것 같다. 하여간 에어즈 부인이 직접 위층에 올라가 빈 방들을 살펴보고 이 모든 소란을 종결하겠다고 큰소리 친 것만으로도 베이즐리 부인과 베티는 충분히 공포스러웠다.

다시 한번 그들은 부인의 뒤를 쫓았고, 이번에는 헌드레즈홀의 북측 통로를 지나 올라갔다. 그리고 부엌 문지방에 멈춰 서서 기다렸던 것처럼, 계단 맨 밑에서 뱀 머리 모양 난간을 꼭 붙들고 부인이 올라가는 모습을 지켜보며 두려움에 떨었다. 실내화를 신은 에어즈 부인은 발소리도 없이 신속하게 계단을 올랐고, 그녀가 이층 계단참을 돌자 두 사람은 고개를 젖히고 계단통에 기대어 더 높이 올라가는 부인을 바라볼 수밖에 없었다. 우아하게 뻗은 난간동자 사이로 부인의 스타킹 신은 다리와, 마호가니 난간을 살며시 잡은 반지 낀 손이 보였다. 그녀는 삼층으로 올라가다 잠시 서서 두 사람을 한번 내려다보았다. 그리고 삐걱거리는 계단을 다시 오르기 시작했다. 삐걱거리는 소리는 부인의 발소리가 사라진 뒤에도 한동안 이어졌으나, 종내는 그것마저도 사라졌다. 베이즐리 부인은 두려움을 무릅쓰고 억지로 좀더 위로, 이층 계단참까지는 용기를 내어 올라갔지만 그 이상은 도저히 무리였다. 그녀는 귀를 쫑긋 세우고 난간에 바짝 달라붙었다. 헌드레즈홀의 적막 속에서 아주 조그만 소리도 놓치지 않으려고 '안개 속의 스파이처럼' 기를 썼다.

에어즈 부인 또한 계단을 올라 삼층 복도에 들어서자 적막이 더욱 무겁게 깔리는 느낌이 들었다. 무섭지는 않았지만 베이즐리 부인과 베티의 긴장감이 전염된 탓인지, 처음 계단을 오를 때만 해도 대담했는데 어느새 비록 약간이긴 해도 무심결에 발걸음이 조심스러워졌다고 나중에 부인이 내게 말했다. 삼층은 아래층들과 달리 복도가 좁았고 천장도 눈에 띄게 낮았다. 천장의 유리돔이 으스스하고 희부연 빛을 계단통에 뿌렸지만, 아래층 홀과 마찬가지로 그곳에서도 빛이 사방 구석을 그림자로 채우는 효과를 가져왔다. 육아실로 가는 길에 에어즈 부인이 지나친 방들은 대부분 한참 동안 비어 있는 골방 혹은 하인용 방들이었다. 방문은 외풍을 막기 위해 잠가두었고, 몇 군데는 두루마리 종이나 판자를 문틀에 붙여 단단히 막아버렸다. 따라서 복도는 아주 어두웠고, 발전기를 꺼놨으니 전등 스위치도 쓸모가 없었다.

결국 그녀는 어둠 속을 더듬으며 나아갈 수밖에 없었고, 육아실이 있는 복도에 다 이르러서야 주간용 육아실의 문도 나머지 문과 마찬가지로 열쇠를 꽂은 채 잠가놨음을 알았다. 열쇠에 손을 얹었을 때 처음으로 생생한 불안감이 슬며시 고개를 들면서, 헌드레즈의 무거운 침묵이 거듭 가슴을 눌렀다. 그녀는 문득 문이 열리면 무엇을 보게 될지 이유 없이 두려워졌다. 또한 눈에 보일 듯 선명하게 오래된 감정이 되살아났다. 아이들이 어릴 때 지금처럼 살그머니 아이들을 만나러 이곳에 왔던 일이 생각났다. 기분 묘한 장면이 머릿속을 스쳤다. 쪼르르 품안으로 달려들어 젖은 입술을 자신의 드레스에 들이대며 원숭이처럼 착 달라붙던 로더릭, 쌀쌀맞으면서도 깍듯하게 굴던 캐럴라인. 캐럴라인은 한창 그림을 그리느라 바빴는데, 자꾸 앞으로 흘러내리는 머리카락에 물감이 묻곤 했다⋯⋯ 곧이어 더 먼 다른 시절로 넘어가, 그녀는 주름 하나 없이 빳빳한

드레스를 입은 수전을 보았다. 수전의 유모 파머도 떠올랐다. 다소 예민한데다 엄격한 편이었던 파머는 늘 부모의 방문이 문제라는 인상을 주었다. 마치 정말 바르고 훌륭한 어머니라면 아이를 보고 싶어하지 않는 법이라는 듯. 열쇠를 돌려 방문을 열자, 에어즈 부인은 파머의 목소리가 들리는 것 같았다. 모두 그대로일 것만 같았다. 여기 엄마가 또 보러 왔네, 자, 수전. 이런, 네 엄마는 한시도 너를 떼어놓을 수 없으신가보다!

그러나 결국 방안 풍경은 이보다 더 황량하고 을씨년스러울 수 없었다. 전에도 얘기했다시피 수년 전에 이미 아기용 가구와 비품을 전부 치워버려, 이제는 방치된 텅 빈 방을 울리는 구슬픈 메아리만 남아 있을 뿐이었다. 마룻바닥에는 먼지가 뽀얗게 쌓였고, 빛바랜 벽지에는 습기가 차서 곰팡이가 슬었다. 창틀에 가로로 달린 철선에는 햇볕에 바래 남색 줄무늬가 생긴 등화관제용 커튼 한 세트가 여전히 걸려 있었다. 조리대가 달린 구식 벽난로는 깨끗이 청소해놨지만, 굴뚝으로 용케 흘러들어온 빗물 때문에 놋쇠 난로망 여기저기에 얼룩이 졌다. 맨틀피스는 한 귀퉁이가 부서져, 이가 막 깨지면서 드러난 법랑질처럼 허옇게 보였다. 그래도 에어즈 부인이 기억하던 대로 벽난로 굴뚝 아래 툭 튀어나온 부분에 전성관이 있었다. 삼층의 전성관은 짧게 꼰 튜브 모양으로 마무리된 끝부분에 변색된 송화구가 달려 있는 형태였다. 에어즈 부인은 그쪽으로 다가가 전성관을 잡고 호루라기를 떼어냈다. 곧장 퀴퀴하고 불쾌한 냄새가 났다. 부인은 그게 꼭 입에서 나는 악취 같아 수십 년 동안 이것을 스치고 물었을 수많은 입술이 떠오르는 바람에 귀를 갖다

대면서도 껄끄러웠다고 말했다…… 그러나 이번에도 자신의 맥박이 나지막이 고동치는 소리밖에 들리지 않았다. 그녀는 송화구를 다양한 각도로 귀에 대보면서 잠시 가만히 들어보았다. 그러고 나서 호루라기를 제자리에 끼우고 늘어진 튜브를 내려놓은 뒤 손을 닦았다.

에어즈 부인은 실망했다. 스스로 몹시 낙심천만했음을 깨달았다. 그 방의 그 무엇도 그녀를 원하거나 환영하지 않는 듯했다. 그녀는 주변을 물끄러미 돌아보며 그 방에서 이루어졌던 육아실 생활의 자취를 더듬어보려 했다. 그러나 한때 벽에 걸려 있던 감상적인 액자나 뭐 그런 것의 흔적은 하나도 남아 있지 않았다. 그곳을 점유했던 군인들이 남긴 컵 자국과 긁힌 자국과 담배 자국과 굽도리널에 난 흠집 같은 지저분한 반향만이 맴돌았고, 창문턱 쪽으로 건너가서 보니 조그만 회색 껌이 역겹게 붙어 있었다. 잘 맞지 않는 창틀 앞에 있자니 살이 에이듯 추웠다. 그래도 저멀리 떨어진 공사 현장을 높어서 비스듬히 조망할 수 있었고, 슬며시 호기심이 동해 잠시 대정원 너머의 풍경을 바라보았다. 이윽고 현장을 막 출발해 집으로 돌아오는 캐럴라인의 모습이 눈에 들어왔다. 별난 옷차림의 키 큰 딸이 혼자서 쓸쓸히 들판을 헤치고 돌아오는 광경을 보자니 어느 때보다 궁색하고 처량한 느낌이 들어 얼마 못 있고 창가에서 물러났다. 그녀 왼편으로 문이 또하나 있었는데, 바로 이웃해 있는 야간용 육아실로 통했다. 그녀의 첫째딸이 디프테리아에 걸려 누워 있던 방이었다. 실상 아이가 죽은 장소이기도 했고. 그런데 그 문이 약간 열려 있었다. 에어즈 부인은 그 문을 열고 안으로 들어가고 싶은 우울한 유혹을 떨치지 못하리란 것을 직감했다.

그러나 역시 그곳도 그녀가 기억하는 모습은 거의 남아 있지 않았다. 아무렇게나 방치된 낡은 방일 뿐이었다. 창문의 유리 두어 장은 금이 갔고, 그 둘레의 창틀은 부스러졌다. 한쪽 구석의 세면대에서는 역겨운 지린내가 났고, 바로 밑의 마룻바닥은 수도꼭지에서 물이 새는 바람에 거의 다 썩은 상태였다. 부인은 얼마나 상했는지 살펴보려고 그쪽으로 다가가 허리를 약간 숙이고는 한 손으로 벽을 짚었다. 불현듯 원형과 아라베스크 무늬가 도드라진 벽지가 한때는 색감이 매우 화려했다는 기억이 났다. 그런데 그 위에 칠한 칙칙한 수성도료가 눅눅해지면서 우유처럼 굳었다. 그녀는 손가락에 묻은 얼룩을 혐오스러운 듯 쳐다보고는 허리를 펴고 두 손을 탁탁 마주쳐 도료를 떨어냈다. 그제야 그 방에 들어온 것을 후회했다. 육아실에 올라온 것 자체가 후회스러웠다. 그녀는 세면대로 가서 간헐적으로 나오는 얼음처럼 차가운 물에 손을 씻었다. 그리고 치마에 손을 닦고 방에서 나가려 돌아섰다.

그 순간 산들바람이, 혹은 산들바람 비슷한 서늘한 공기의 움직임 같은 게 홀연 뺨을 스치며 머리칼을 흐트러뜨렸고, 그녀는 오한이 나서 부르르 떨었다. 곧이어 옆방에서 쾅 하고 큰 소리가 나는 바람에 깜짝 놀라 모골이 송연해졌다. 에어즈 부인은 무슨 일이 일어난 건지 금방 깨달았다. 아까 열어둔 문이 헐거운 창틈으로 들어온 외풍에 휙 닫힌 것이었다. 그래도 텅 비고 적막한 방에서 느닷없이 그렇게 무지막지하게 큰 소리가 났으니, 한참 동안 떨리는 가슴을 진정시키고 정신을 가다듬어야 했다. 그녀는 약간 휘청거리며 주간용 육아실로 돌아갔고, 예상대로 방문이 닫혀 있었다. 문으로 다가가 손잡이를 잡았다. 그런데 문이 열리지 않았다.

에어즈 부인은 당황해서 잠시 멍하니 서 있었다. 문이 그렇게 세게 닫혔으니 잠금장치에 뭔가 문제가 생겨 속에서 축이 부러졌을지도 몰랐다. 그녀는 큰일났다 싶어 손잡이를 이리저리 돌려보았다. 그러나 잠금장치는 옛날에 쓰던 상자형 림자물쇠를 문에 부착한 뒤 그 위에 페인트칠을 한 것이었다. 그런 경우에는 흔히 자물쇠와 걸림쇠 사이에 약간 틈이 있게 마련이었고, 허리를 숙여 그 틈에 눈을 대고 보니 분명 축은 아무 이상 없이 잘 돌아갔다. 그런데 잠금장치의 걸쇠가 걸린 것이, 흡사 반대편에서 누가 일부러 열쇠로 잠근 것 같았다. 바람이 그랬을까? 문이 쾅 닫히면서 저절로 그렇게 됐을까? 그럴 리 없었다. 그녀는 살짝 불안해졌다. 다시 야간용 육아실로 가서 그쪽 문을 시험해보았다. 거기도 잠겼다. 하지만 그쪽 문은 열릴 거라고 기대한 것 자체가 어리석었다. 삼층의 다른 방문들과 마찬가지로 거기도 추위에 대비해 단단히 잠가놓았으니까.

그래서 에어즈 부인은 아까 그 문으로 다시 돌아가 시도해보았다. 이번에는 인내와 용기를 잃지 않으려 무던 애를 썼다. 이 끔찍한 것이 잠겼을 리 없다고, 헌드레즈홀의 문이 다 그렇듯 좀 틀어진 것뿐이라고, 휘어서 문틀에 낀 것뿐이라고 스스로를 납득시키려 노력했다. 아까 문을 열고 들어올 때는 멀쩡히 잘 움직이지 않았는가. 그녀는 다시 한번 잠금장치와 걸림쇠 사이의 틈을 들여다보았고, 역시나 걸쇠가 걸린 것이 어둠 속에서도 똑똑히 보였다. 열쇠 구멍에 눈을 대고 보니 열쇠가 돌아간 축의 둥그런 끝부분까지도 확인할 수 있었다. 그녀는 머리핀 같은 걸로 열 수 있는 방법이 없을까 궁리해보았다. 그때까지도 그녀는 희한하게도 방문이 저절로 잠긴 모양이라고 생각했다.

그때 무슨 소리가 났다. 사위가 고요해 뚜렷하게 들렸다. 재게 놀리는 부드러운 발소리였다. 열쇠 구멍을 통해 흐릿하고 뿌연 빛 속에서 그녀는 뭔가 움직이는 것을 보았다. 어둠 속에서 순간 누군가 혹은 무언가가 왼쪽에서 오른쪽으로―즉 저택의 북서쪽 모퉁이에 있는 뒤쪽 계단에서 육아실 복도를 따라―휙 하고 매우 빠르게 지나가는 것 같았다고 에어즈 부인은 말했다. 논리적으로 생각할 때 그 누군가는 당연히 베이즐리 부인이나 베티일 수밖에 없었기에, 제일 먼저 안도감을 느꼈다. 부인은 일어나서 문을 두드렸다. "거기 누구지? 베이즐리 부인? 베티? 베티, 너니? 누구든 간에 덕분에 여기 갇혔어! 아니면 누구 딴 사람이 그랬든가." 그녀는 손잡이를 흔들어댔다. "이봐! 내 말 들려?"

당혹스럽게도, 대답하는 이도 와주는 이도 없었다. 발소리도 사라졌다. 에어즈 부인은 다시 물러나 몸을 낮추고 열쇠 구멍으로 밖을 내다보았다. 이윽고―무척 다행스럽게도 다시―발소리가 점점 가까이 다가왔다. "베티!" 그녀는 소리쳤다. 발소리가 빠르고 가벼우니 베이즐리 부인일 리는 없다는 것을 그제야 알아차렸던 것이다. "베티! 나 좀 꺼내주렴, 얘야! 내 말 안 들리니? 열쇠 안 보여? 와서 그것 좀 돌려서 열어줄래, 응?" 그러나 참으로 당황스럽게도 또 뭔가 휙 지나가더니―이번에는 오른쪽에서 왼쪽으로―문 앞에 서지도 않고 그대로 발소리가 멀어지는 것이었다. "베티!" 그녀는 좀더 날카롭게 다시 소리쳤다. 순간 조용해지더니 발소리가 되돌아왔다. 그리고 어두운 형체가 문 앞에서 계속 휙휙 왔다갔다했다. 그녀는 계속 움직이는 흐릿한 형상을 볼 수 있었다. 얼굴이나 이목구비도 없이 그림자만 움직이는 것 같았다. 점점 겁이 나면서, 그 그림자의 주인이 여하간 베티인 건 틀림없는데, 어찌된 일인지 그애가 얼이 빠져 미친 사람처럼 육아실 복도를 오락가락 달리고 있다는 생각밖에 안 들었다.

바로 그때 빠른 발걸음의 형체가 문 가까이 다가오더니 손이나 팔꿈치로 문을 쓸어내리는 것 같았다. 그다음에는 빠른 발소리와 함께 가볍게 긁는 것 같은 소리가 들렸다…… 에어즈 부인은 불현듯 그 형체가 나무판자를 손톱으로 긁고 있다는 것을 깨달았다. 손가락이 가느다란 조그만 손이라는 인상이 선명히 새겨졌다. 어린아이의 손이었다. 그것을 깨닫고 부인은 소스라치게 놀라 허겁지겁 문에서 떨어졌고, 그 바람에 스타킹의 무릎이 찢어졌다. 그녀는 등골이 오싹해 부들부들 떨며 방 한가운데에서 겨우 일어섰다.

그때 한참 시끄럽던 발소리가 갑자기 뚝 끊겼다. 그녀는 이제 그 형체가 문 반대편에 서 있음을 알았다. 밖에서 문을 밀치거나 누르거나 뭐든 해보려는 듯 문짝이 문틀에서 살짝 들썩이기까지 했다. 에어즈 부인은 열쇠 돌리는 소리가 나거나 손잡이가 돌아갈 거라고 예상하며 잠금장치를 바라보았다. 그리고 문이 열리면 무엇이 나타날지 불안에 떨었다. 그러나 한참을 덜컹거리던 문은 어느새 다시 얌전해졌다. 그녀는 숨을 죽였고, 사방이 쥐죽은듯 고요한 가운데 자기 심장이 빠르게 고동치는 소리밖에 들리지 않았다.

그 순간 등뒤에서 난데없이 전성관의 새된 호루라기 소리가 울렸다.

전혀 다른 종류의 충격에 잔뜩 대비했던 터라 부인은 비명을 지르며 거의 구르다시피 상아 송화구에서 멀찌감치 떨어졌다. 전성관은 조용해졌다 다시 호루라기를 울렸다. 그러더니 호루라기가 규칙적으로 날카롭고 길게 반복해서 울려댔다. 에어즈 부인은 그 소리가 바람의 산물이거나 혹은 청각에 이상이 생겨 들리는 거라고는 절대 생각할 수 없었다고 했다. 호루라기 소리는 다분히 고의적이었고, 뭔가를 요구했다. 공습경보처럼 혹은 배고파 우는 아기처럼. 상당히 의도적인 신호였으므로, 실제로 그녀는 어찌됐든 그 상황에 대한 단순하고 논리적인 설명이 가능할 거라며 흥분을 가라앉히고 스스로를 추슬렀다. 베이즐리 부인이 걱정은 하면서도 도저히 위층까지 따라올 엄두가 나지 않아 부엌으로 돌아가 자신한테 연락을 하려는 게 아닐까 생각했다고. 전성관은 그래도 최소한 헌드레즈홀이라는 평범한 인간세상의 일부니까. 저 바깥 복도에 있는 설명할 수 없는 발소리의 형체와는 달리. 그래서 에어즈 부인은 다시 한번 용기를 쥐어짜내 벽난로 옆으로 가서 삑삑거리는 그 물건을 집어들었다. 그리고 떨리는 손으로 주섬주섬 상아 호루라기를 빼냈다. 당연히 호루라기는 침묵 속으로 빠져들었다.

그러나 손에 든 물건은 침묵하지 않았다. 송화구를 들어 귀에 대고 귀를 기울이자 안에서 희미하고 축축한 속삭임이 들렸다. 마치 젖은 비단이나 그 비슷한 가느다란 것을 전성관 속에 넣고 천천히 머뭇거리며 끌어당기는 것 같았다. 그것은 바싹 수축한 목구멍으로 힘들게 호흡하는 소리였다. 부인은 충격에 빠졌다. 눈 깜짝할 사이에 그녀는 삼십여 년 전 첫째딸이 누워 있던 침대맡으로 이동했다. "수전?" 그녀가 딸아이의 이름을 속삭이자, 숨소리는 더욱 빠르게 헐떡이면서 축축해졌다. 부글거리는 잡음 사이로 목소리가 부상하기 시작했다. 안간힘을 쓰면서 단어를 말하려고 무진장 노력하는 것 같은 새되고 가련한 어린아이의 목소리가. 그녀의 귀에는 그렇게 들렸다.

에어즈 부인은 두려움에 짓눌려 전성관을 떨어뜨렸다. 그러고는 문으로 달려갔다. 반대편에 무엇이 있든 이제 상관없었다. 미친듯이 베이즐리 부인을 부르며 문짝을 두들겼다. 아무 대답이 없자 비틀거리며 방안을 가로질러 육아실 창가로 달려가 빗장을 잡아당기기 시작했다. 그녀는 겁에 질려 울기 시작했고, 눈물에 가려 앞이 잘 보이지 않았다. 눈물과 공황에 휩싸여 힘과 이성이 마비된 탓에 간단한 구조의 헐거운 빗장도 손가락에서 자꾸 미끄러져 도무지 열 수가 없었다.

그때 바로 밑에서 캐럴라인이 잔디밭을 지나 테라스 남서쪽 귀퉁이로 빠르게 걸어왔다. 딸을 발견한 에어즈 부인은 빗장을 내버려두고 창문을 두들기기 시작했다. 딸이 걸음을 멈추고 고개를 들어 어디서 소리가 나는지 두리번거리는 모습이 보였다. 잠시 후 캐럴라인이 손을 들어 알아봤다는 시늉을 해, 에어즈 부인은 말로 형용할 수 없을 만큼 마음이 놓였다. 그러나 그 순간 캐럴라인이 어디를 보고 있는지 더 확실히 알아차렸다. 캐럴라인은 육아실 창문이 아니라 앞쪽 테라스를 똑바로 응시하고 있었다. 에어즈 부인은 유리창에 바싹 얼굴을 들이댔고, 자갈마당을 달려가는 뚱뚱한 여자의 모습이 눈에 들어왔다. 베이즐리 부인이었다. 테라스 계단 위에서 캐럴라인과 만난 베이즐리 부인은 헌드레즈홀을 가리키며 겁에 질린 듯 빠르게 손짓을 하기 시작했다. 잠시 후에는 베티도 나타나더니 마찬가지로 불안하게 손짓을 하며 테라스를 가로질러 그들과 합류했다. 그 와중에도 마개를 열어놓은 송화구에서는 끊임없이 가련한 속삭임이 들려왔다. 세 여자가 모두 집 바깥의 아래에 있는 것을 보고 에어즈 부인은 이 거대한 저택에 저 튜브 반대편의 연약하고 시끄러운 존재와 자신만이 남아 있다는 데 생각에 미쳤다.

공황 상태가 히스테리로 넘어간 것은 바로 그때였다. 에어즈 부인은 주먹을 들어 유리창을 계속 두들겼다. 그 바람에 두 장의 낡고 섬세한 판유리가 그녀의 손 밑에서 부서졌다. 캐럴라인과 베이즐리 부인과 베티는 유리 깨지는 소리에 화들짝 놀라 위를 쳐다보았다. 에어즈 부인이 육아실 빗장 틈새로 비명을 지르며—어린애처럼 새된 비명이었다고 베이즐리 부인은 말했다—깨진 창문 가장자리를 두 손으로 두들기고 있었다.

세 여자가 자지러지게 놀라 허겁지겁 계단을 달려 올라가던 사이 에어즈 부인에게 무슨 일이 있었는지는, 나중에 아무도 시원스레 말하지 못했다. 올라가보니 육아실 문은 조금 열려 있었고, 전성관은 조용했으며, 상아 호루라기도 멀쩡히 제자리에 꽂혀 있었다. 에어즈 부인은 한쪽 구석에서 뻣뻣하게 굳은 채 사실상 '혼절'한 상태였다. 손과 팔의 베인 상처에서는 심하게 피가 흘렀다. 세 사람은 에어즈 부인이 쓰고 있던 실크스카프를 찢어 최선을 다해 상처를 싸맸다. 그리고 부인을 일으켜 반쯤 걸리고 반쯤 들다시피 하며 아래층 침실로 데려가, 브랜디를 가져다주고 벽난로에 불을 피우고 이불을 여러 장 덮어 몸을 따뜻하게 해주었다. 부인은 충격으로 인해 덜덜 떨기 시작했다.

한 시간쯤 지나 내가 도착했을 때도 부인은 여전히 떨고 있었다. 나는 환자의 집에서 진찰을 하던 중이었는데, 다행히 전화가 있는 집이었다. 캐럴라인이 비어 있는 나의 진료실로 전화를 걸었을 때 교환원이 그녀의 다급한 부탁을 듣고 연결해준 덕에 진료를 마치고 돌아가는 길에 헌드레즈홀에 들를 수 있었다. 나는 가능한 한 빨리 헌드레즈홀을 향해 차를 몰았다. 도대체 어떤 일이 기다릴지 짐작도 가지 않았다. 나는 집안이 그 지경이 된 것을 보고 대경실색했다. 얼굴이 백지장처럼 새하얗게 질린 베티가 나를 에어즈 부인에게 안내했다. 캐럴라인이 부인 곁에 앉아 있었고, 부인은 웅크린 채 부들부들 떨며 놀란 토끼처럼 조그만 소리나 움직임에도 움찔거리며 사방을 살폈다. 그녀를 처음 본 순간 나는 멈칫했다. 광기 어린 표정이 그녀의 아들과 똑 닮아 보였고, 막판에 로더릭이 망상에 시달리던 최악의 시기와 너무 비슷했다. 머리칼은 어깨 위로 마구 흐트러졌고, 손과 팔은 보기에도 참혹했다. 커다란 보석이 박힌 반지에도 피가 묻어 보석이 몽땅 루비로 바뀐 듯했다.

기적처럼 상처는 비교적 가벼운 열상에 불과했다. 나는 상처를 깨끗이 닦아내고 소독한 다음 붕대로 감았다. 그리고 캐럴라인 자리에 대신 앉아 살며시 부인의 손을 잡고 가만히 있었다. 그녀의 눈빛에 어렸던 광기가 서서히 사라졌고, 그녀는 무슨 일이 있었는지 내게 말해주었다. 매 사건이 일어나는 장면마다 몸서리를 치고 눈물을 흘리며 얼굴을 감쌌다.

이윽고 에어즈 부인은 정면으로 절박하게 나를 처다보았다.

"무슨 일이 일어난 건지 알겠어요?" 그녀가 말했다. "이게 무슨 뜻인지 알겠냐고요. 선생, 내가 그애를 실망시킨 거야! 그애가 왔는데, 난 그애를 실망시켰어!"

부인이 내 손을 너무 세게 움켜쥐는 바람에 상처가 벌어지면서 붕대 위로 피가 배어났다.

"에어즈 부인." 나는 그녀를 안정시키려 애쓰며 말했다.

그러나 부인은 들으려 하지 않았다. "내 사랑스런 아가. 선생도 알다시피 나는 그애가 돌아오기를 바랐지, 아주 간절히. 나는 여기 이 집에서 그애를 느꼈어. 침대에 누워 바로 곁에 있는 그애를 느꼈지. 그렇게나 가까이 있었는데! 하지만 나는 과욕을 부렸어. 그애가 더 가까이 오길 바랐지. 그애가 돌아오기를 바란 나의 소원이 그애를 끌어당긴 거야. 그리고 그애가 왔는데…… 나는 겁이 났어. 그애를 무서워했고, 그래서 실망시켰어! 이제는 뭐가 더 무서운지 나도 모르겠어. 그애가 다시는 내 곁에 오지 않을까봐 두려운 건지, 아니면 실망한 그애가 나를 증오할까봐 무서운 건지. 선생, 그애가 나를 증오할까? 그러지 않을 거라고 말해줘!"

나는 말했다. "아무도 부인을 증오하지 않습니다. 진정하세요."

"하지만 나는 그애를 실망시켰어! 내가 실망시켰다고!"

"부인께 실망한 사람은 아무도 없어요. 따님은 부인을 사랑합니다."

에어즈 부인은 나를 똑바로 쳐다보았다. "정말 그럴까?"

"물론입니다."

"맹세해?"

"맹세하지요." 나는 대답했다.

그때 나는 에어즈 부인을 안정시키기 위해서라면 무슨 말이든 했을 것이다. 나는 더는 말하지 말라고 명령하고, 안정제를 준 뒤 부인을 침대에 뉘었다. 그녀는 붕대 감은 두 손으로 여전히 내 손을 꼭 잡은 채 안절부절못하며 한동안 누워 있었다. 그러나 세게 처방한 안정제가 효과를 내면서 부인은 잠이 들었고, 나는 가만히 손을 빼내고 아래층으로 내려가 캐럴라인, 베이즐리 부인, 베티와 함께 사건을 되짚어보았다. 작은 응접실에 모여앉은 세 사람은 에어즈 부인 못지않게 새파랗게 질려 오들오들 떨었다. 캐럴라인은 브랜디를 한 잔씩 돌렸고, 충격을 받은데다 알코올까지 들어간 베이즐리 부인은 눈물범벅이 되었다. 나는 두 사람에게 가능한 한 자세히 자초지종을 물었지만, 에어즈 부인의 이야기 중 그들이 확인해 줄 수 있는 내용은 그녀가 삼층으로 혼자 올라갔고, 거기서 하도 내려오지 않기에—그들 생각에 십오 분에서 이십 분가량—점점 걱정이 되어 캐럴라인한테 알리러 나갔고, 그때 세 사람 모두 에어즈 부인이 깨진 창 앞에서 무시무시하게 울부짖는 모습을 보았다는 것뿐이었다.

그들이 말해준 단편적인 얘기를 한데 모은 후, 나는 현장을 살펴보기 위해 주간용 육아실로 혼자 올라갔다. 삼층에 올라가는 것이 생전 처음이기도 했고, 집안 분위기에 상당히 동요되기도 해서 조심스레 계단을 올랐다. 아무것도 없는 방은 깨진 유리와 검붉은 핏줄기와 흩뿌려진 핏자국 때문에 섬뜩해 보였다. 하지만 문짝은 경첩도 멀쩡한데다 부드럽게 움직였고, 열쇠도 잠금장치 안에서 매끄럽게 돌아갔다. 나는 문을 닫은 채로 열쇠를 돌려보고 열은 채로도 돌려보았다. 심지어 문을 쾅 닫아서 장치에 문제가 생기는지도 살폈다. 아무렇지 않았다. 나는 다시 그 빌어먹을 전성관에 귀를 기울였고, 전과 마찬가지로 아무 소리도 듣지 못했다. 다음으로 에어즈 부인이 그랬듯 야간용 육아실로 건너가 가만히 서서 뭔가 일어나기를 바라는 심정으로 누군가 혹은 뭔가가 나오기를 숨죽이고 기다렸다. 죽은 아이 수전이 생각났고, 우리 어머니가 생각났고, 그밖에 오만 가지 우울한 생각이 떠올랐다. 그러나 아무 일도 없었다. 저택은 죽은 듯이 고요하고 싸늘했으며, 방안은 음산하고 불쾌했다. 뭔가 움직이는 기미라고는 전혀 없었다.

나는 한 가지 가능성을 고려해보았다. 누군가 에어즈 부인을 괴롭힐 의도로 이 모든 짓을 꾸민 게 아닌가 하는 것이었다. 끔찍한 장난이든 무심한 악의든. 캐럴라인을 의심하는 건 말이 되지 않았다. 전쟁 전부터 이 집에서 일해온 베이즐리 부인이 그랬을 리도 없으니, 나의 의혹은 베티에게 쏠릴 수밖에 없었다. 이러니저러니 해도 베티라면 애초부터 전성관 사건의 배후일 가능성이 있어 보였다. 에어즈 부인이 말한 바로는 문 앞을 왔다갔다한 발소리는 가벼운 것이었다. 어린애처럼 가벼웠다고 했다. 그러나 베이즐리 부인의 말에 따르면, 베티는 사건이 일어나는 내내 같이 홀에 있었고, 에어즈 부인이 걱정되어 자신이 계단을 좀더 올라가는 동안에도 아래층에 남아 있었다. 혹시라도 하인용 계단으로 달려가 재빨리 삼층으로 올라간 뒤 육아실 문을 잠그고 복도를 빠르게 왔다갔다할 수 있었을까. 베이즐리 부인에게 내내 들키지 않고? 가능성은 매우 낮아 보였다. 나는 직접 뒤쪽 계단을 올라가보았고, 라이터로 비추면서 샅샅이 계단을 점검했다. 계단에는 먼지가 얇게 한 겹 쌓였는데, 방금 생긴 내 신발 자국 외에 크든 작든 다른 발자국은 없었다. 그 점은 확실했다. 그리고 무엇보다도 이 사건에 대한 베티의 불안감은 정말 심각해 보였다. 베티가 자신의 안주인을 좋아한다는 것은 나도 잘 아는 바였고, 베티의 혐의와 상충하는 에어즈 부인 본인의 얘기도 있었다. 전성관에서 계속 소리가 나는 동안 베티가 베이즐리 부인과 함께 집 바깥에 있는 것을 에어즈 부인이 보았으니까⋯⋯

나는 이 모든 상황을 머릿속으로 가늠하면서 황량한 방안을 둘러보았다. 그곳의 압박감은 나에게조차 너무 강했다. 나는 세면대에서 손수건을 적셔 피가 가장 심하게 묻은 곳을 닦았다. 바닥재가 몇 군데 헐거워진 곳을 찾아 판유리가 깨진 창문을 어떻게든 잘 막아보았다. 그리고 아래층으로 무거운 발걸음을 옮겼다. 그렇게 중앙 계단으로 내려가던 중 이층 계단참에서 막 에어즈 부인의 방에서 나오는 캐럴라인을 만났다. 그녀는 입술 위로 검지를 세웠고, 우리는 함께 조용히 작은 응접실로 향했다.

안으로 들어가 문을 닫으며 나는 물었다. "좀 어떠신가?"

캐럴라인은 가볍게 몸을 떨며 말했다. "주무세요. 어머니가 부르는 소리를 들었다고 생각했는데, 아닌가봐요. 괜히 깨워서 또 놀라실까봐 그냥 나왔어요."

"베로날을 드셨으니 몇 시간은 푹 주무실 거요. 이리 와서 불가에 앉아요. 추울 텐데. 왠지 모르겠지만 나도 춥군."

나는 캐럴라인을 난롯가로 데려가 그 앞에 의자를 바싹 끌어다 놓고 함께 앉았다. 그러고는 무릎에 팔꿈치를 대고 손으로 얼굴을 괴었다. 지치고 피곤해서 눈을 비볐다.

캐럴라인이 말했다. "위층에 올라갔다 왔군요."

나는 흐릿한 눈으로 그녀를 응시하며 고개를 끄덕였다. "아, 캐럴라인, 그 끔찍한 꼴이라니! 정신병자의 골방 같더군. 문은 내가 잠가뒀소. 지금은 잠가둬야 할 것 같아서. 올라가지 마요."

그녀는 내게서 시선을 돌려 난롯불을 바라보았다. "방이 또하나 잠겼군요."

나는 눈이 따가워 계속 비볐다. "글쎄, 그건 지금 당장 걱정할 일은 아니잖소. 우선은 당신 어머니를 생각해야지. 난 이런 일이 일어났다는 게 도무지 믿어지지 않소. 오늘 아침까지만 해도 멀쩡하시지 않았소?"

캐럴라인은 불길에서 눈을 떼지 않고 말했다. "어제와 다름없으셨죠, 멀쩡하다는 게 그런 의미라면."

"요즘 잠은 잘 주무셨소?"

"내가 아는 한은…… 공사 현장에 가지 말았어야 했는데. 어머니 곁을 떠나지 말았어야 했어요."

나는 손을 내렸다. "바보 같은 소리 마요. 여기서 잘못한 사람이 있다면 그건 나야! 당신이 몇 주 전부터 누차 어머니가 좀 이상하다고 내게 말하지 않았소. 맙소사, 내가 좀더 주의를 기울였더라면. 정말 미안하오, 캐럴라인. 어머님이 이렇게까지 정신이 불안정하신 줄은 짐작도 못했소. 베인 상처가 조금만 더 깊었다면, 동맥이라도 베었다면……"

캐럴라인의 얼굴이 새파랗게 질렸다. 나는 팔을 뻗어 그녀의 손을 잡았다. "미안하오. 당신한테는 끔찍한 일이지. 저런 상태인 어머니를 보는 것은…… 그…… 어머님의 환상 말인데." 나는 주저하며 말을 꺼냈다. "당신 언니에 대한 얘기 말이오, 당신 언니가…… 어머님을 찾아왔다고. 그에 관해 알고 있었소?"

그녀는 다시 불길 쪽으로 시선을 돌렸다. "아뇨, 하지만 이제 보니 이해가 가네요. 어머니가 혼자 방에서만 지내신 게. 난 그냥 피곤해서 그러신가보다 했죠. 그런데 위층 방에서 홀로 그 수전이라는 아이를 생각하셨던 거예요. 아, 소름 끼쳐! 정말이지 역겨워." 그녀의 파리한 뺨이 달아올랐다. "그리고 선생님이 뭐라 하든 이건 내 잘못이에요. 언젠가는 이런 일이 생길 줄 알았어. 다만 시간문제였던 거죠."

"아무튼," 나는 비참한 기분으로 말했다. "나도 진즉에 알았어야 했소. 그럼 좀더 면밀히 지켜볼 수 있었을 텐데."

"선생님이 얼마나 면밀히 지켜보든 그건 중요치 않아요." 그녀가 말했다. "우리는 로더릭을 지켜봤죠, 생각나요? 어머니를 다른 곳으로 모셨어야 했어. 헌드레즈홀에서 멀리 떨어진 곳으로."

캐럴라인이 말하는 품새가 뭔가 이상했다. 그녀는 나를 쳐다보며 말하다 슬그머니 눈길을 떨어뜨렸다. 나는 물었다. "그게 무슨 소리요, 캐럴라인?"

"이건 불 보듯 빤하잖아요?" 그녀가 말했다. "이 집에는 뭔가 있어요! 오래전부터 이곳에 있다 이제 막…… 눈을 뜬 거죠. 아니면 이 집이 뭔가에 씐 거예요, 앙심을 품고 우릴 못살게 괴롭히려는 뭔가에. 오자마자 어머니가 어떤 상태였는지 봤잖아요. 무슨 일이 있었는지 들었고. 베이즐리 부인과 베티 얘기도."

나는 내 귀를 의심하며 그녀를 물끄러미 쳐다보았다. 나는 말했다. "진짜 그렇게 생각하는 건 아니겠지, 설마. 캐럴라인, 내 말 좀 들어봐요." 나는 그녀의 다른 손을 마저 힘주어 잡았다. "당신과 당신 어머니, 베이즐리 부인과 베티, 당신들 모두 한계에 다다른 거요! 이 집이, 그래, 당신 머릿속에 여러 가지 생각을 불어넣었겠지. 그런데 그게 그리도 놀랄 일인가? 하나의 암울한 사건이 그다음 사건을 파생시킨 건 분명하잖소. 처음엔 지프, 다음엔 로더릭, 그리고 지금 이 일까지. 그 인과관계는 확실히 알겠지? 당신은 당신 어머니가 아니오, 캐럴라인. 당신은 어머니보다 강해. 맙소사, 지금 당신이 앉아 있는 그 자리에서 어머니가 흐느껴 우셨던 게 몇 달 전이라고! 어머니는 분명 그 빌어먹을 낙서가 나타난 뒤로 당신 언니 생각에 안절부절못하며 속을 태우셨을 거요. 몸도 좋지 않으셨지, 통 못 주무셨으니까. 연세도 있으시고. 그리고 그 전성관과 관련된 바보 같은 사건은……"

"그럼 잠긴 문은요? 발소리는?"

"방문은 십중팔구 닫힌 적도 없었을 거요! 당신과 베이즐리 부인이 올라갔을 때 문이 열려 있지 않았소? 그리고 호루라기도 제자리에 있었고? 발소리는…… 당신 어머니가 무슨 소리를 듣기는 하셨겠지. 전에도 지프의 발소리가 들린 것 같다고 하셨잖아, 기억나오? 정신이 혼미해지면서 모조리 착각하신 게 분명해."

캐럴라인은 절망감에 고개를 저었다. "선생님은 모든 일에 정답을 갖고 있군요."

"이성적인 답이라면, 그렇소! 설마 당신 진심으로 당신 언니가……"

"아뇨." 그녀는 단호히 말했다. "그건 아니에요."

"그럼 뭐지? 이름 모를 귀신이 숫제 당신 어머니를 홀리고 있다는 건가? 어쩌면 그 귀신이 로더릭 방에 그을음 자국도 내고……"

"어쨌든 뭔가가 그 자국을 낸 건 맞잖아요?" 캐럴라인이 손을 잡아빼면서 소리쳤다. "이 집에 뭔가 있어요, 나는 알아요. 로드가 병든 이후로 줄곧 알고 있었지만, 직시하기가 겁났어요…… 전에 마지막 낙서를 발견했을 때 어머니가 하신 말씀도 줄곧 머릿속에서 맴돌아요. 어머니는 이 집이 우리의 약점을 다 꿰고서 하나씩 시험해보는 거라고 하셨죠. 로디의 약점은 알다시피 이 집 그 자체였어요. 내 약점은…… 그래요, 아마 내 약점은 지프였겠죠. 그런데 어머니의 약점은 수전이에요. 이건 마치—낙서도 발소리도 목소리도 그렇고—마치 어머니를 못살게 구는 것 같아요. 뭔가가 어머니를 놀리는 것처럼."

"캐럴라인, 설마 그걸 믿는 건 아니겠지."

"어휴." 그녀는 화가 나서 맞받아쳤다. "선생님은 아무래도 상관

없겠죠! 망상이니 환상이니 맘대로 얘기해요. 하지만 선생님은 우리 집안사람들을 잘 몰라요, 사실 진짜로 아는 게 아니잖아요. 우리가 이런 상태일 때만 봤으니까. 일 년 전만 해도 이렇지 않았어요. 분명 달랐다고요. 그런데 상황이 바뀌고 망가지고, 급격히 악화일로로 치달았어요. 뭔가 있을 수밖에 없어요, 이해가 안 가요?"

캐럴라인의 얼굴이 창백해지면서 딱딱하게 굳었다. 나는 그녀의 팔에 손을 얹었다.

"자자, 지친 거요. 당신들 모두 피곤한 거라고."

"항상 그 소리만 하는군요!"

"애석하게도 그게 늘 사실인 걸 어쩌겠소!"

"하지만 이건 단순히 지친 게 아니라고요, 정말! 왜 그걸 못 보는 거죠?"

"나는 내 눈앞에 있는 것만 보오." 나는 대답했다. "그러고 나서 합리적으로 추론하지. 그게 의사가 일하는 방식이오."

그녀는 소리를 꽥 질렀다. 좌절과 혐오가 뒤섞인 외마디 비명이었다. 그러나 소리를 지르느라 마지막 남은 힘을 다 써버린 모양이었다. 그녀는 눈을 가리고 잠시 가만히 돌처럼 앉아 있다가 이윽고 어깨를 축 늘어뜨렸다.

"정말 모르겠어요." 캐럴라인이 말했다. "때로는 모든 게 명확해 보여요. 하지만 가끔은 그냥…… 너무 벅차요. 전부 다 힘에 부친다고요."

나는 그녀를 끌어당겨 키스하고 머리를 쓰다듬었다. 그리고 흥분을 가라앉힌 뒤 나직이 말했다.

"내 사랑, 정말 미안하오. 힘겨운 일이지, 나도 알아. 그렇다고 현실을 회피하려 드는 건 아무런 도움이 안 돼. 무엇보다 어머니께는…… 분명 어머니가 감당하기 어려운 상황이 되어버렸지. 내가 보기에 어머니는 그저 당신의 삶이 더 안락했던 시대로 되돌아가려는 것 같소. 옛날을 회상하며 자주 아쉬운 듯 말씀하셨잖아. 당신이 잃어버린 모든 것을 수전이라는 아이에게 투사한 게 틀림없소. 적절한 휴식을 취하면 정신을 차리실 거요. 암, 그렇고말고. 영지가 제 궤도에 오르면, 그 또한 어머니께 도움이 될 거요." 나는 뜸을 들이다 말했다. "또 우리가 결혼하면……"

캐럴라인은 몸을 뺐다. "어머니가 저런 상태인데 어떻게 결혼을 생각하겠어요!"

"상황이 안정되면 어머니도 분명 안심하시지 않을까? 캐럴라인 당신이 안정되면?"

"아뇨, 아뇨, 그럴 리 없어요."

순간 나는 속에서 치밀어오르는 실망감을 억지로 눌렀다. 그리고 신중하게 말을 이었다. "좋소. 하지만 이제부터 어머님을 주의 깊게 돌봐야 해. 우리 모두의 도움이 필요할 거요. 어떤 종류의 환상에도 놀라거나 겁먹지 않도록 해드려야 해요. 알아듣겠소, 캐럴라인?"

캐럴라인은 잠시 망설이다 눈을 감고 고개를 끄덕였다. 그다음부터는 둘 다 아무 말이 없었다. 그녀는 팔짱을 끼고 의자에서 상체를 내민 채 불길을 음미하듯 다시 난롯불에 시선을 고정했다.

나는 가능한 한 오래 머물렀지만, 마침내 병원에 가봐야 할 시간이 되었다. 나는 캐럴라인에게 쉬라고 일렀다. 그리고 다음날 아침 일찍 들르겠다고 약속하고, 그동안 에어즈 부인이 불안이나 혼란의 징후를 조금이라도 보이면 내게 전화하라고 당부했다. 나는 조용히 부엌으로 내려가 베티와 베이즐리 부인에게도 똑같은 당부를 했다. 그리고 캐럴라인이 '중압감을 좀 느끼는' 것 같으니 그녀에게서도 눈을 떼지 말아줬으면 좋겠다고 덧붙였다.

나는 집을 나서기 전에 에어즈 부인에게 잠깐 들렀다. 그녀는 붕대를 감은 팔을 벌리고, 긴 머리칼을 베개 위에 헝클어뜨린 채 힘겹게 잠들어 있었다. 침대 옆에 서 있는데 부인이 몸을 뒤척이며 뭐라고 중얼거렸다. 그러나 내가 그녀의 이마에 손을 얹고 근심 어린 창백한 얼굴을 가볍게 토닥이자 바로 조용해졌다.

11

 이튿날 아침 다시 헌드레즈홀을 찾았을 때 내가 뭘 기대했는지 모르겠다. 저택의 상황이 내가 없을 때면 반드시 뭔가 사건이 터지는 수준에 이르렀다고 생각했던 걸까. 어쨌거나 여덟시쯤 현관홀에 발을 들여놓자 캐럴라인이 계단을 내려와 나를 맞이했다. 좀 피곤해 보이긴 했지만 혈색도 나아지고 생기와 활력도 되살아난 모습이었다. 그녀는 간밤에 아무 일 없이 다들 잘 잤다고 말했다. 에어즈 부인도 푹 잤고, 일어나서는 많이 진정된 상태라고.

 "천만다행이오! 그래, 어머님은 좀 어떻소? 혼란스러워하시지는 않고?"

 "겉보기에는 멀쩡하세요."

 "어제 일에 대해서는 말씀하시던가?"

 캐럴라인은 머뭇거리다 몸을 돌려 계단을 오르기 시작했다.

"가서 직접 얘기해봐요."

그래서 나는 그녀를 따라 위층으로 올라갔다.

다행스럽게도 커튼이 활짝 걷힌 방은 밝았고, 에어즈 부인은 아직 잠옷 차림이었지만 침대에서 일어나 머리카락을 느슨하게 땋아 내린 모습으로 난롯가에 앉아 있었다. 우리가 문을 열고 들어가자 문 쪽을 걱정스럽게 쳐다보았는데, 캐럴라인과 나를 알아보고 놀란 표정이 사라졌다. 부인은 나와 시선이 마주치자 두 눈을 깜박이며 민망한 듯 얼굴을 붉혔다.

내가 말했다. "안녕하세요, 에어즈 부인! 의사가 필요하실 것 같아 이렇게 아침 일찍 왔습니다. 그런데 이제 보니 전혀 필요 없으시겠는걸요." 나는 난로 쪽으로 걸어가 화장대 밑에서 쿠션의자를 끌어당겨 그녀 옆에 앉아 진찰을 시작했다. 그러고는 나직이 물었다. "기분은 좀 어떠세요?"

가까이서 보니 전날 복용한 진정제 탓에 여전히 눈이 멍하니 흐렸고, 힘도 없어 보였다. 그러나 목소리는 낮긴 해도 맑고 침착했다. 부인은 고개를 숙이고 말했다. "완전히 바보가 된 기분이에요."

"그런 약한 소리 마세요." 나는 빙그레 웃으며 대답했다. "잠은 잘 주무셨습니까?"

"어찌나 깊이 잠들었는지, 기억이…… 정말 기억이 없네. 아마도 선생이 준 약 덕분이겠지."

"악몽은 안 꾸셨나요?"

"그런 것 같네요."

"좋습니다. 자, 중요한 일부터 먼저 하죠." 나는 부드럽게 그녀의 손을 잡았다. "상처를 좀 봐도 될까요?"

부인은 고개를 돌렸지만, 얌전히 팔을 내밀었다. 소맷자락이 내려와 붕대를 덮고 있었다. 소매를 올리고 보니 피가 배어나와 붕대를 갈아야 했다. 나는 계단참을 돌아 화장실로 가서 따뜻한 물을 한 대야 떠왔다. 그러나 물이 있어도 붕대를 상처에서 깨끗하게 떼어내기가 쉽지 않았다. 캐럴라인이 옆에 서서 내가 하는 양을 묵묵히 지켜보았다. 에어즈 부인은 신음 한 번 내지 않고 그 과정을 견뎠으며, 가끔 붕대를 세게 잡아당길 때만 숨을 헉 삼켰다.

베인 상처는 전반적으로 잘 아물고 있었다. 나는 신중하게 새 붕대를 감았다. 캐럴라인이 핏물이 든 대야를 치우고 더러워진 붕대를 둘둘 감는 동안, 나는 조심스럽게 에어즈 부인의 맥박과 혈압을 체크하고 청진기로 가슴을 진찰했다. 숨은 살짝 가빴지만 심장박동은 다행히 빠르고 매우 힘찼다.

나는 부인의 가운 앞섶을 잘 여며주고 기구를 치웠다. 그리고 다시 부인의 손을 부드럽게 잡고 말했다. "지금 상태는 매우 좋으신 것 같습니다. 확인하고 나니 한숨 놓이네요. 어제는 집안을 아주 공포로 몰아넣으셨어요."

그녀는 잡힌 손을 뺐다. "그 얘기는 하지 맙시다. 제발."

"에어즈 부인, 어제는 매우 심각한 공포에 사로잡히셨어요."

"어리석은 노파처럼 굴었지, 그뿐이야!" 처음으로 그녀의 목소리가 얼마간 침착성을 잃었다. 그녀는 눈을 감고서 억지로 미소를 지었다. "정신이 아주 나가버릴까봐 걱정이에요. 이 집은 환상을, 그런 바보 같은 생각을 품게 하지. 우린 이곳에 너무 고립되어 살았

510

어. 바깥양반은 이 헌드레즈홀이 워릭셔에서 가장 외떨어진 집이라고 늘 말하곤 했어. 네 아버지가 그렇게 말하곤 하지 않았니, 캐럴라인?"

캐럴라인은 아직도 붕대를 정리하는 중이었다. 그녀는 고개도 들지 않고 조용히 말했다. "그러셨죠."

나는 캐럴라인에게서 다시 에어즈 부인 쪽으로 시선을 돌렸다. "네, 현 상태로는 이 집에도 분명 일부 책임이 있습니다. 하지만 어제 제가 부인을 뵈었을 때 몹시 놀라운 말씀을 하셨죠."

"헛소리를 잔뜩 했지! 기억하기도 창피해. 베티와 베이즐리 부인이 어떻게 생각할지 원…… 아, 제발 그 얘기는 하지 맙시다, 선생."

나는 신중하게 말했다. "그냥 무시하기에는 중대한 사안으로 보입니다만."

"무시한 건 아니지. 선생이 약을 주었으니. 캐럴라인도 쭉 간병해주었고. 이제…… 이제는 많이 나아졌어요."

"불안하지는 않으셨고요? 무섭다거나?"

"무서워?" 부인은 웃음을 터뜨렸다. "세상에, 내가 뭘 무서워해?"

"그래도 어제는 무척 겁에 질려 보이셨습니다. 수전에 대해 언급하셨고……"

그녀는 의자에서 옴짝거렸다. "그러게 헛소리를 잔뜩 해댔다고 말했지 않나! 너무…… 너무 생각이 많았던 게야. 너무 오래 혼자서만 있었어. 지금에야 깨달았어. 앞으로는 캐럴라인과 좀더 같이 시간을 보낼 거예요. 저녁때라든가 뭐 어느 때건. 그러니 설교는 이제 그만해요. 제발 그만."

에어즈 부인은 붕대 감은 손을 내 손 위에 얹었다. 핼쑥한 얼굴에 퀭하고 흐린 눈은 여전히 다소 멍해 보였다. 그러나 목소리는 다시 평정을 되찾았고 어조는 매우 진지했다. 어제 나를 맞았던, 형형한 눈빛으로 횡설수설하던 여인의 자취는 어디서도 찾아볼 수 없었다.

마침내 나는 말했다. "네, 알겠습니다. 하지만 이제 쉬시는 게 좋겠어요. 다시 침대에 가서 누우셔야 합니다. 캐럴라인에게 처방전을 주겠습니다. 그냥 약한 진정제예요. 원기를 회복하실 때까지 매일 밤 여덟 시간씩 푹 주무셔야 합니다. 아시겠습니까?"

"이거야 원, 병자 취급일세." 장난기가 살짝 묻어나는 말투로 그녀가 대답했다.

"뭐, 여기서는 제가 의사니까요. 누가 병자인지는 제 판단에 맡기셔야 합니다."

에어즈 부인은 나직이 투덜거리며 의자에서 일어났지만, 내가 침대까지 부축하는 것은 허락했다. 나는 그녀에게 한번 더 진정제를 먹이고—이번에는 소량이었다—부인이 한숨을 내쉬고 중얼거리다 잠들 때까지 캐럴라인과 함께 침대 곁을 지켰다. 우리는 부인이 푹 잠들었음을 확인하고 방에서 슬며시 나왔다.

그리고 계단참에 섰다. 나는 닫힌 방문을 바라보며 고개를 저었다.

"몰라보게 좋아지셨소! 어안이 벙벙한걸. 오늘 아침 내내 저러셨소?"

"보신 그대로예요." 캐럴라인은 시선을 자꾸 피하며 대답했다.

"거의 예전 모습으로 돌아오신 것 같은데."

"그렇게 생각해요?"

나는 캐럴라인을 쳐다보았다. "그럼 아니오?"

"딱히 잘 모르겠어요. 알겠지만, 어머니는 자신의 감정을 숨기는 데 아주 능숙하세요. 그 세대 분들이 다 그렇죠. 특히 여자의 경우엔."

"흠, 내가 예상했던 것보다는 훨씬 상태가 좋으시던데. 이제 조용히 안정을 취하게만 해드리면 될 거요."

그녀는 나를 흘깃 쳐다보았다. "조용히 안정을 취한다고요? 진심으로 여기서 그게 가능하다고 생각해요?"

그 적막한 집 한가운데 서서 속삭이듯 얘기하려니, 그 질문이 야릇하게 느껴졌다. 그러나 내가 대답하기도 전에 캐럴라인은 걸음을 옮기며 말했다. "잠깐 아래층으로 내려와줄래요? 서재로. 보여주고 싶은 게 있어요."

나는 내키지 않는 마음으로 그녀를 따라 홀로 내려갔다. 그녀는 서재 문을 열고 나더러 먼저 들어가라고 옆으로 비켜섰다.

서재는 줄기차게 내린 겨울비 때문에 그 어느 때보다도 퀴퀴한 냄새가 진동했다. 서가에는 여전히 천을 드리워놨는데, 침침한 데서 보니 희끄무레하니 유령 같았다. 그러나 캐럴라인이 그랬는지 베티가 그랬는지 유일하게 열리는 덧창이 올라가 있고, 재로 둘러싸인 난롯불이 벽난로 안에서 연기를 피워댔다. 안락의자 양옆에는 램프도 하나씩 놓여 있었다. 나는 어리둥절해져 그것들을 바라보았다.

"여태 여기 앉아 있었소?"

"책을 읽었어요." 그녀가 말했다. "어머니가 주무시는 동안. 어제 베티랑 얘기를 좀 했어요. 선생님이 간 다음에. 그런데 그애 말이 마음에 걸리네요."

캐럴라인은 홀 쪽으로 다시 한 발짝 나가서 베티를 불렀다. 어디 가까운 데에서 대기하고 있었는지 작은 소리로 불렀는데도 베티는 곧장 나타났다. 베티는 캐럴라인을 따라 문지방을 건너오다 어스름 속에서 나를 발견하곤 머뭇거렸다. 캐럴라인이 말했다. "얼른 들어와. 그리고 문 좀 닫아주렴."

베티는 안으로 들어와 고개 숙여 인사했다.

"자, 그럼." 캐럴라인은 두 손을 마주잡더니 건조하고 까칠해진 피부를 매끄럽게 하려는 듯 무심결에 한 손으로 다른 손 손마디를 만지작거렸다. "어제 네가 했던 얘기를 그대로 닥터 패러데이께 해드리렴."

베티는 또 머뭇거리다 웅얼웅얼 말했다. "안 하면 안 될까요, 아가씨."

"어서, 바보같이 굴지 말고. 아무도 너한테 화내지 않아. 어제 오후에 의사 선생님이 가고 난 뒤 나한테 와서 했던 얘기가 뭐였지?"

"저기, 아가씨." 베티는 나를 흘끔 쳐다보며 말했다. "이 집에 뭔가 사악한 게 있다고 말씀드렸어요."

내가 당혹스러운 몸짓을 보였거나 어떤 소리를 냈나보다. 베티가 고개를 들더니 턱을 삐죽 내밀었다. "진짜예요! 전 알고 있었어요. 것도 몇 달 전부터! 의사 선생님한테도 말씀드렸는데, 절 보고 멍청이라고만 하시고. 분명 뭔가 있다는 걸 저는 알고 있었어요! 느꼈다고요!"

캐럴라인이 물끄러미 나를 쳐다보았다. 나는 시선을 돌려 그녀를 똑바로 쳐다보며 무뚝뚝한 어조로 말했다. "베티에게 말하지 말라고 한 것은 사실이오."

"네가 느낀 대로 정확히 닥터 패러데이께 말씀드려." 캐럴라인은 내 말을 듣지 못한 듯 말했다.

"그냥 그것들이," 베티는 좀더 자신 없는 말투로 말했다. "집안에 있는 느낌이 들었어요. 마치…… 사악한 하인 같아요."

"사악한 하인이라고!" 내가 말했다.

베티는 발을 쾅 굴렀다. "정말이에요! 놈은 물건을 이리저리 옮기고 다녔어요, 여기 위층에서. 아래층에서는 절대 아무 짓도 안 했어요. 놈은 물건을 밀어 넘어뜨리고 지저분한 걸 여기저기 묻히곤 했어요. 꼭 더러운 손으로 만진 것처럼. 그 화재가 난 후에 꼭 얘기해야지 했는데, 베이즐리 아주머니가 말렸어요. 그건 로더릭 도련님 잘못이라면서. 하지만 그다음엔 에어즈 마님한테 기이한 일이, 사방에서 뚱땅거리고 덜컹거리는 일이 생겼고, 그때는 말씀을 드렸어요. 마님께 직접 얘기했어요."

비로소 나는 감을 잡았다. 나는 팔짱을 꼈다. "아하. 그렇다면 말이 되는군. 그랬더니 에어즈 부인이 뭐라고 하셨니?"

"진즉에 다 알고 계셨다고 했어요. 귀신이라고 하셨다니까요! 마님은 그 귀신을 좋아하신다고! 마님께서 마님과 저만 아는 비밀이라면서, 아무한테도 말하지 말라고 하셨어요. 그래서 그 후로는 입도 뻥긋하지 않았고, 베이즐리 아주머니한테도 암말도 안 했어요. 에어즈 마님이 무척 행복해 보이셔서 그럼 괜찮겠지 생각했죠. 근데 이제 그 귀신이 다시 사악해졌어요. 제가 말씀을 드렸어야 했는데! 그랬으면 마님이 다치지 않으셨을 텐데. 죄송해요! 하지만 제 잘못이 아니에요!"

베티는 손을 들어 얼굴을 묻고 어깨를 들썩이며 울기 시작했다. 캐럴라인이 다가가 말했다. "괜찮아, 베티. 네 탓이 아냐. 아무도 뭐라고 안 해. 어제 너는 정말 훌륭하고 똑똑하게 잘해주었어, 나머지 사람들은 어쩔 줄 몰라 헤맸는데. 눈물 닦으렴."

마침내 베티가 눈물을 멈추었고, 캐럴라인은 아이를 지하실로 돌려보냈다. 베티는 힘없이 나가면서도 나를 죽일 듯 노려보았다. 베티가 나간 다음 방안에 흐르는 침묵과 캐럴라인의 따가운 시선을 온몸으로 느끼며, 나는 한동안 그대로 서서 닫힌 문을 바라보았다.

이윽고 나는 돌아서서 말문을 열었다. "내가 지프를 안락사시켰던 그 아침에 베티가 나한테 그 얘기를 했지. 식구들 모두 굉장히 우울해하던 시기여서 나는 또다른 근심을 끼치고 싶지 않았소. 로드의 문제가 터졌을 때 베티가 일부 책임이 있는 게 아닐까, 저 아이가 로드의 머릿속에 그런 생각을 주입시킨 게 아닐까 의심했고. 베티는 안 그랬다고 펄쩍 뛰었지."

"베티가 그러지는 않았을 거예요." 캐럴라인이 말했다.

그녀는 안락의자 쪽으로 걸어가 그 옆 탁자 위에서 크고 묵직한 장서 두 권을 들었다. 책을 가슴에 안고 숨을 깊이 들이마시더니, 조용히 품위 있는 어조로 말을 이었다.

"그 얘기를 내게 미리 해주지 않은 건 상관없어요. 선생님이 아니라 베티한테 들어야 했던 것도 상관없고. 이 집에서 벌어지는 일에 대해 선생님이 어떻게 생각하는지 알아요. 하지만 내 얘기를 들어줬으면 좋겠어요. 아주 잠시만이라도. 그 정도는 해줘야 하지 않을까요?"

나는 한 발짝 그녀에게 다가섰지만, 그녀의 자세와 태도가 나를 막았다. 나는 발을 멈추고 신중하게 말했다. "알았소."

그녀는 한번 더 심호흡을 하고 나서 입을 열었다.

"어제 베티한테 그 얘기를 듣고 그간의 일을 돌아보았어요. 불현듯 아버지가 소장하고 계시던 책 몇 권이 생각났어요. 제목이 기억나 어젯밤에 찾으러 왔지요. 다른 곳에 기증해버린 줄 알았는데…… 하여간 여기 찾았어요."

캐럴라인은 영문 모르게 저어하며 내게 두툼한 책 두 권을 건넸다. 나는 당시 그게 무엇일 거라고 기대했는지 모르겠다. 외관으로 미루어 아마 의학 교과서라고 생각했을 것이다. 그리고 제목을 보았다. 『현세의 환영幻影』과 『자연의 암흑면』이었다.

"캐럴라인." 나는 책을 든 손을 옆구리에 늘어뜨리고 말했다. "이런 것이 도움이 될 리 없잖소."

내가 책을 들춰볼 생각이 없다는 걸 알고, 그녀는 도로 가져가 직접 페이지를 펼쳤다. 손이 마음같이 움직이지 않는 모양인지 어설프게 책장을 더듬거렸다. 나는 그녀의 상기된 볼을 다시 살폈고, 건강한 혈색이라고 착각했던 것이 사실은 일종의 불안과 동요임을 깨달았다. 캐럴라인은 종이쪽지로 표시해둔 페이지를 찾아 큰 소리로 읽기 시작했다.

"첫날, 집안사람들은 거실과 부엌, 그리고 집안 여기저기에서 물건이 기이하게 움직이는 바람에 다들 소스라치게 놀랐다. 한번은 보이지 않는 힘에 의해 그릇장 선반의 고리에 걸어놨던 물병 하나가 떨어져 깨졌다. 이내 또하나가 떨어졌고, 다음날 또하나가 깨졌다. 방금 차를 따르고 맨틀피스 위에 올려놓은 도자기 찻주전자가 갑자기 바닥으로 휙 떨어졌다."

그녀는 민망한 듯 그러나 도전적인 눈빛으로 나를 쳐다보았다. 볼은 더욱 빨갛게 상기되었다. "런던에서 1800년대에 있었던 일이에요." 그녀는 책장을 넘겨 다음 쪽지를 끼워둔 페이지로 넘어갔다. "이건 1835년 에든버러에서 있었던 일이고요. '그들이 무슨 짓을 하든 똑같은 상황이 계속되었다. 발은 보이지 않는데 발소리가 들리고, 노크 소리와 긁는 소리, 바스락거리는 소리가 났다. 한번은 여기서, 다음엔 저기서, 밤낮을 가리지 않고 들렸다.'"

"캐럴라인."

그녀는 또 몇 장을 넘겼다. 급하게 넘기다 책장 한 장을 찢고 말았다. "그리고 여기. 이걸 들어보세요. '나는 집안의 온갖 종이 불가사의하게 울려댔다는 범상치 않은 기록을 수없이 접했다. 때로는 상당 기간에 걸쳐 주기적으로 일어났고, 장난이나 속임수 가능성을 차단하는 조치를 취한 후에도 계속됐다.'"

나는 캐럴라인의 손에서 책을 빼앗았다. "됐소, 내가 한번 보지."

그러고는 차례를 펼쳤다. 거기 나열된 각 장의 제목을 보고 경악을 금치 못해, 혐오감을 숨기지 않은 채 큰 소리로 읽었다. "사원의 거주자, 이중몽과 가수면, 원한을 품은 영혼, 귀신 들린 집." 나는 다시 책을 옆으로 내렸다. "어제도 우리 이런 얘기를 하지 않았나?

이 집에 귀신이 붙었다고 생각하는 어머니를 옆에서 당신이 부추기면, 진짜로 그분의 건강이 나아질 거라고 생각하오?"

"그게 아니에요." 그녀가 얼른 대답했다. "내 생각이 그렇다는 게 절대 아니에요. 어머니가 그렇게 믿으신다는 거죠. 베티도 마찬가지고. 그런데 이 책에서 말하는 건 그냥 귀신이 아니에요. 어느 쪽인가 하면…… 폴터가이스트*라는 거죠."

"폴터가이스트!" 나는 말했다. "맙소사! 뱀파이어는 왜 아니고? 늑대인간은 어때?"

그녀는 불만 가득한 얼굴로 고개를 저었다. "일 년 전이었다면 나도 똑같이 반응했겠죠. 하지만 말은 해볼 수 있잖아요? 우리가 잘 모르는 그 무엇에 대해, 어떤 종류의 에너지라든가 에너지의 집합체에 대해. 혹은 우리 내부에 있는 무언가라든가. 나도 잘 모르겠지만. 이 책의 저자는 거니와 마이어스예요." 그녀는 다른 책을 펼쳤다. "그들은 '환영'에 대해 말하고 있어요. 환영은 귀신이 아니에요. 사람의 일부죠."

"사람의 일부?"

"무의식의 일부인데, 무척 강력하고 불안정해 저 스스로 생명력을 갖게 돼요." 캐럴라인은 한 페이지를 들어 보였다. "보세요. 잉글랜드에 사는 한 남자는 불안해하며 자기 여자친구에게 간절히 말을 걸고 싶어했는데, 정확히 그 시각에 카이로의 호텔 방에 있는

---

* 독일어로 '소란스러운 유령'이라는 뜻으로, 물건이 스스로 움직이거나 괴상한 소리가 나고 집이 흔들리는 등의 괴현상 또는 그런 일을 벌이는 귀신을 일컫는다.

여자친구와 그녀의 동료 앞에 이 남자가 나타났어요! 유령의 모습으로 나타난 거죠! 또 여기 보면 한밤중에 새가 푸드덕거리는 소리를 듣는 여자가 나와요. 어머니와 똑같죠! 그때 이 여자는 미국에 있는 자기 남편이 눈앞에 서 있는 모습을 봐요. 나중에 알고 봤더니 남편이 숨진 거였어요! 이 책에 보면 어떤 사람들은 우울하거나 불안할 때 혹은 뭔가를 간절히 원할 때 가끔 자기도 모르는 새 그런 일이 일어난대요. 뭔가가…… 자기한테서 떨어져나간다는 거죠. 그래서 자꾸 드는 생각이…… 그 전화벨 소리가 자꾸만 떠올라요. 그게 다 로디가 아니었을까요?"

나는 기가 막혀서 물었다. "뭐라고?"

"그게, 이 책의 말이 맞는다면, 누군가 그 기저에 있는 거죠. 그리고 그게 로디라고 생각하면, 말이 되잖아요? 로디가 우리한테 돌아오고 싶어하는 거라면. 그애가 얼마나 좌절감을 느끼고, 얼마나 우울해하는지 선생님도 알잖아요. 베티가 말한 귀신도 그렇고, 그애가 한 짓일 수도 있어요, 처음부터 끝까지."

나는 말했다. "그럼 베티가 한 짓일 수도 있겠군! 그 생각은 안 해봤소? 베티가 이 집에 온 뒤로 쭉 말썽만 생기지 않았나?"

캐럴라인은 짜증스러운 몸짓으로 내 말을 단번에 내쳤다.

"그렇게 치면, 선생님이 이 집에 온 뒤로 쭉 문제만 생겼다고 할수도 있겠네요! 내 말을 제대로 안 듣는군요. 그 소음과 전화벨이다 신호였던 거예요. 벽에 쓰여 있던 낙서까지도. 어제 전성관에서들렸던 목소리도—어머니는 막연히 그냥 숨소리라고 하셨지만. 어머니는 그게 수전의 목소리라고만 짐작했어요, 그게 바로 어머니가 듣고 싶어하셨던 거니까. 어쩌면 사실 로드의 목소리였을지도 몰라요."

"하지만 목소리 따위는 아예 없었소!" 내가 말했다. "소리 같은 게 들릴 리 없지. 전화벨에 관해서라면…… 그 얘기는 이미 끝났잖소. 혼선이 돼서……"

"하지만 여기를 보세요, 이 책에서는……"

나는 책을 든 그녀의 손을 잡았다. "캐럴라인, 그만 좀 해요. 이건 바보 같은 짓이야. 당신도 알잖소. 이건 애들 동화 속 얘기라고! 세상에. 전에 내 환자 중에 자기 아내의 머리를 망치로 때리려 한 남자가 있었소. 그 남자 말이 그 여자는 진짜 자기 아내가 아니라는 거야. 다른 여자가 아내를 '먹어치웠다'면서 가짜 아내의 머리를 내리쳐 진짜를 풀어줘야 한다더군. 이 책에 따르면 그 남자 말이 맞잖아, 안 그렇소? 귀신에 홀린 아주 좋은 예지. 하지만 우리는 그 남자를 병원에 입원시켜 브롬화물을 투여했고, 일주일 만에 제정신으로 돌아왔소. 책에서는 이런 경우를 어떻게 설명하지? 병원에서는 로드에게도 브롬화물을 투여하고 있소. 로드는 중병을 앓는 청년이야. 그런데 그가 무슨 유령처럼 헌드레즈홀을 떠돌고 있다니……"

캐럴라인의 표정에 의혹의 빛이 스쳤다. 그래도 그녀는 억지를 부렸다. "그런 식으로 말하면 당연히 바보같이 들리겠죠. 하지만 선생님은 여기 살지 않잖아요. 선생님은 몰라요. 어젯밤에 내가 볼 때는 하나같이 이치에 닿는 문장이었다고요. 들어보세요."

캐럴라인은 다시 책을 펼치고 자신의 요점을 뒷받침해준다고 생각하는 문장을 하나 더 들먹였다. 그리고 또하나 더…… 나는 그녀의 얼굴을 쳐다보았다. 맥박이 어지럽게 널뛰는지, 어느새 얼굴이 시뻘겋게 달아올랐다. 온통 책에 몰두한 그녀의 눈빛도 불안정했다. 내가 알던 캐럴라인이 아니었다. 나는 그녀의 손을 잡았다. 캐럴라인은 신경도 쓰지 않고 여전히 큰 소리로 책을 읽어내려갔다. 나는 손가락을 그녀의 손목 쪽으로 옮겨 맥을 짚었다. 빠르게 콩닥콩닥 뛰는 맥이 잡혔다.

캐럴라인이 내가 뭘 하는지 알아차리고는 기겁해 손을 뺐다. "뭐하는 거예요? 놔요! 놓으라고요!"

"캐럴라인."

"꼭 어머니를 다루듯 하는군요! 로드를 다뤘듯이! 할 수 있는 일이 그것뿐이에요?"

"이런, 젠장." 피로와 실망에 못 이겨 나는 소리를 지르고 말았다. "나는 의사야! 나한테 뭘 바란 거요? 당신은 거기 서서 얼토당토않은 책이나 읽어대고…… 푸닥거리하는 시골 여자도 아니고. 주위를 좀 돌아보라고! 당신이 처한 상황을 똑바로 보란 말이오! 사방에서 이 집이 무너지는 소리가 들리잖소! 당신 동생은 영지를 파산 일보 직전까지 끌고 가서 고작 한다는 말이 다 감염 탓이라는 거였지. 이제 당신이 아예 마무리를 해주는군. 유령이니 폴터가이스트니 하면서! 도저히 더는 못 들어주겠소! 아주 신물이 나!"

나는 부들부들 떨면서 돌아섰고, 내 입에서 나온 말에 나 자신도 놀랐다. 캐럴라인이 책을 내려놓는 소리가 들렸고, 나는 간신히 마음을 추슬렀다. 나는 손을 들어 두 눈을 가리고 말했다. "미안하오,

캐럴라인. 진심은 아니었소."

"아뇨." 캐럴라인이 조용히 말했다. "그렇게 말해줘서 다행이에요. 선생님 말이 맞아요. 로디에 대한 얘기도. 책을 선생님에게 보여주지 말아야 했는데. 선생님이 신경쓸 문제는 아니죠."

나는 다시 화가 치밀어 그녀 쪽으로 돌아섰다. "당연히 내 문제지! 우리는 결혼할 사이가 아니오? 언제가 될지 알 수 없지만…… 아, 그런 식으로 쳐다보지 마요." 나는 그녀의 손을 맞잡았다. "당신이 속상해하는 모습은 참을 수 없소! 하지만 당신이 다른 길로 새는 모습도 못 보겠어. 당신은 사서 걱정하는 것뿐이야. 안 그래도 걱정거리는 충분히 많지 않나? 그러니까 현실에서 우리가 손써볼 수 있는 실생활의 문제 말이오."

또다시 그녀의 눈에 의혹의 빛이 떠올랐다. 그녀가 다시 말했다. "하지만 어젯밤에는 너무 그럴듯하게 보였다고요! 죄다 딱딱 맞아떨어지는 것 같았어요. 로디한테 신경을 하도 쓰다보니, 바로 곁에 그애가 있다는 느낌이 들었어요."

"며칠 전에," 나는 말했다. "그 빌어먹을 전성관에 귀를 대고 우리 어머니 목소리가 들릴 거라고 확신했소!"

캐럴라인은 얼굴을 찡그렸다. "정말요?"

나는 그녀의 손을 들어 손등에 키스했다. "이 집 때문에 우리 모두 돌아버릴 지경이오. 하지만 당신이 생각하는 그런 식으로는 아니야. 여기 상황이…… 손도 댈 수 없게 되었지. 하지만 우리는 고칠 수 있소, 당신과 나 둘이서. 그건 그렇고, 뭐 로드를 걱정하는 당신 마음은 십분 이해하오. 갑시다. 가서 로드를 만나봅시다. 그래서 도움이 된다면."

고개를 푹 숙이고 있던 캐럴라인이 내 말에 고개를 번쩍 들었고, 몇 주 만에 처음으로 그녀의 눈이 반짝 빛났다. 그 모습을 보니 다른 의미에서 마음이 아팠다. 그 빛이 나를 위한 것이었으면 싶었다. 그녀가 말했다. "진짜로요?"

"물론. 하지만 권하는 바는 아니오. 로드 입장에서 보자면 면회는 그리 바람직하지 않으니까. 하지만 그건 그거고, 지금 내가 생각하는 사람은 캐럴라인 당신이니까. 캐럴라인, 나는 언제나 당신 생각뿐이오. 당신은 그걸 알아야 해."

그리고 전에도 그랬듯 내 분노는 마지막에 방향을 바꿔 왠지 모를 욕망으로 변질되었다. 나는 캐럴라인을 끌어당겼다. 그녀는 잠시 저항하다 이내 내 등뒤로 가늘고 탄탄한 팔을 둘렀다.

"네." 그녀는 지친 듯 중얼거렸다. "네, 알아요."

돌아온 일요일에 우리는 베티에게 잠든 에어즈 부인을 잘 모시라고 이르고 병원으로 출발했다. 비는 오지 않았지만 흐린 날이었다. 아니나 다를까, 면회 가는 길 내내 팽팽한 긴장이 감돌았다. 나는 사전에 전화해 우리의 방문을 알려놓았지만, 가는 동안 캐럴라인은 열두 번도 넘게 "로드가 우리를 피하면 어떡하죠?"라고 물었다. 또 "병세가 더 악화됐을까요? 우리를 못 알아보면 어쩌죠?"라고도.

"그럼 적어도," 나는 대꾸했다. "당신 말대로 뭔가 있다는 얘기잖아, 안 그렇소?"

손톱을 물어뜯는 듯하더니, 마침내 그녀는 잠잠해졌다. 병원 앞 마당에 차를 세웠는데도 그녀는 내리기를 주저하면서 한동안 여전히 말이 없었다. 우리는 병원 문을 지나 안으로 들어갔다. 캐럴라인은 잔뜩 겁에 질려 내 팔을 꼭 붙잡았다.

그때 간호사가 나와 우리를 주간 휴게실로 안내했다. 로더릭이 테이블 하나를 홀로 차지하고 앉아 우리를 기다리고 있었다. 캐럴라인은 어느 결에 내 옆을 떠나 얼른 동생에게 다가가 우려와 안도가 뒤섞인 웃음을 터뜨렸다.

"로드! 정말 너니? 몰라보겠다! 꼭 해적 선장 같아!"

로더릭은 몸이 좀 불어 있었다. 마지막으로 봤을 때보다 머리카락은 더 짧아졌고, 불그레한 턱수염을 길렀다. 화상 흉터 때문에 수염은 고르지 않았다. 수염이 난 얼굴은 젊음을 잃은 것 같았고, 유머라고는 찾아볼 수 없는 경직된 표정에 완전히 갇혀버린 듯했다. 누이의 미소에도 화답하지 않았다. 누이가 그를 얼싸안고 뺨에 키스하는 내내 가만있다가 테이블 맞은편에 가서 앉았다. 두 손바닥을 테이블 상판에 얹었는데, 그 신중한 품이 마치 널빤지의 단단함을 즐기는 듯했다.

나는 캐럴라인 옆자리에 앉았다. "다시 보니 반갑네, 로드."

"널 보니 정말 좋구나!" 캐럴라인이 또 웃음을 터뜨렸다. "잘 지내니?"

그는 혀로 이를 훑었다. 입안이 말라 있었다. 그는 사방을 경계하며 의심의 눈초리를 보냈다. "잘 지내."

"굉장히 뚱뚱해졌는데. 최소한 밥은 잘 주는 모양이다! 정말 그러니? 음식은 맘에 들어?"

로드는 인상을 썼다. "그런 것 같아."

"너도 우리 만나니까 기쁘지?"

그는 이 질문에 대답하지 않았다. 대신 창밖을 힐끔 내다보았다. "여긴 어떻게 왔어?"

"닥터 패러데이 차를 타고 왔어."

그는 또 혀를 놀렸다. "그 조그만 루비."

"맞네." 내가 대답했다.

그는 여전히 경계하는 눈빛으로 나를 바라보았다. "오늘 아침에야 두 분이 오신다는 얘기를 들었습니다."

캐럴라인이 말했다. "이번주에 막 결정한 일이거든."

"어머니는 같이 안 오셨어?"

캐럴라인이 멈칫했다. 대신 내가 대답했다.

"유감이네만, 어머니가 기관지염 증세를 좀 보이셔서 말이야, 로드. 아주 가벼운 편이니까 금방 회복하실 거야."

"안부 전해달라고 하셨어." 캐럴라인이 말했다. "오지 못하게 되어…… 무척 서운해하셨지."

"오늘 아침에야 온다는 얘기를 들었어." 그가 재차 말했다. "여긴 늘 이 모양이야. 환자를 놀라지 않게 한다면서 일을 다 비밀로 처리하지. 흥분하면 안 된다나. 꼭 군대 있을 때 같아, 진짜로."

로드는 손의 위치를 바꾸었다. 순간 손이 부들부들 떨렸다. 손바닥을 테이블에 딱 붙여야 비로소 진정이 되는 것이었다.

캐럴라인도 로드의 손이 떨리는 걸 본 모양이었다. 그녀는 동생의 손 위에 자기 손을 얹었다. "로드, 우리는 그냥 네가 보고 싶었어." 그녀가 말했다. "몇 달 동안 못 봤잖아. 네가…… 잘 지내는지 확인하고 싶었거든."

로드는 얼굴을 찡그리며 누이의 손을 바라보았고, 한동안 우리는 아무 말이 없었다. 그러다 캐럴라인이 그의 턱수염과 제법 불어난 몸에 대해 거듭 감탄을 늘어놓았다. 그녀가 일상생활에 관해 묻자, 그는 남 얘기하듯 심드렁하게 요즘 어떻게 시간을 보내는지 설명했다. 지점토로 모형을 만들며 '공방'에서 보내는 시간, 식사시간, 오락시간, 노래시간, 이따금 하는 정원 일. 그는 간단명료하게 말했지만, 얼굴은 전혀 즐거워 보이지 않았으며 새로 박힌 경직된 표정을 절대 무너뜨리는 법이 없었고, 태도도 여전히 무척 조심스러웠다. 동생의 반응에 캐럴라인은 점점 소극적이 되어—너 정말 괜찮은 거야? 혹시 아니라면 솔직히 말해도 돼. 뭐 딴 거 필요한 건 없니? 집 생각은 자주 해?—우물쭈물 질문을 던졌고 그는 냉랭한 의혹의 눈초리로 우리 둘을 쳐다보기 시작했다.

"닥터 워런이 내가 어떻게 지내는지 말 안 해?"

"하기야 하지. 매주 편지를 보내니까. 하지만 우린 네가 보고 싶었어. 또 이런저런 생각도 들고……"

"어떤 생각?" 그가 말꼬리를 홱 잡았다.

"네가…… 우울해할지도 모른다는 생각이 들었어."

그는 수전증이 점점 심해지면서 입을 앙다물었다. 그러고는 잠시 돌처럼 앉아 있다 갑자기 몸을 홱 뒤로 젖히더니 팔짱을 끼었다.

"난 안 돌아가." 그가 말했다.

"뭐?" 어리둥절해진 캐럴라인이 물었다. 그녀는 로드의 갑작스러운 움직임에 흠칫했다.

"누나가 여기 온 이유가 그거라면."

"그냥 네가 보고 싶어서 왔다니까."

"여기 온 이유가 그거지? 날 도로 데려가려고."

"아냐, 그런 건 아니야. 적어도 내 바람은……"

"날 데려가려고 온 거라면, 그건 야비한 짓이야. 사람을 이런 곳에 처박아놓고, 여기에 익숙해지게 한 다음—넥타이를 안 매는 데 익숙해지게 한 다음—그런 호랑이 소굴로 다시 보내려 하다니, 그렇겐 못 해."

"로디, 제발!" 캐럴라인이 말했다. "난 네가 집에 왔으면 좋겠어. 세상에 이보다 더 간절히 바라는 건 없다고. 지금 당장이라도 나랑 닥터 패러데이랑 같이 집에 갔으면 좋겠어. 하지만 네가 여기 있고 싶다면, 여기서 더 행복하다면……"

"지금 문제는 내가 어디서 더 행복한지가 아니잖아!" 그는 노골적인 경멸을 담아 말했다. "내가 어디 있는 게 더 안전한지가 문제지. 그것도 몰라?"

"로디……"

"내가 다시 일을 떠맡았으면 좋겠어? 그런 거야? 누나가 나한테 뭔가 맡긴다면 내가…… 내가 다 망가뜨릴 거라는 건 어느 바보라도 알걸?"

"그런 게 아닐세." 캐럴라인이 로드의 말에 충격받는 모습을 보고 내가 끼어들었다. "헌드레즈는 이제 잘 관리되고 있어. 캐럴라인이 관리하고, 내가 돕고 있네. 자네는 내키지 않으면 아무것도 하지 않아도 돼. 우리가 대신할 테니."

"와, 거참 머리 잘 썼네." 그는 낯선 사람을 대하듯 비꼬았다. "기막히게 훌륭해. 그런 식으로 날 꼬드기겠단 말이지. 오로지 날 이용하고 싶어서. 이용하고 책임을 떠넘기려고. 아니, 난 돌아가지 않을 거야! 혼자 뒤집어쓰지 않을 거야! 내 말 알아들어?"

"제발." 캐럴라인이 말했다. "그런 식으로 말하지 마! 널 도로 데려가고 싶어하는 사람은 없어. 난 그냥 네가 우울할지도 모른다고 생각했을 뿐이야. 네가 날 보고 싶어한다고 생각했어. 미안해. 내가 착각했나봐."

"누난 내가 바보로 보여?" 그가 물었다.

"아니."

"누나 바보야?"

캐럴라인이 움찔했다. "그냥 착각을 좀 했을 뿐이야."

"로드." 내가 입을 뗐다. 그러나 그동안 근처에 앉아 이 면회를 조심스럽게 참관하던 간호사가 로드의 변화를 감지하고 다가왔다.

"무슨 일이죠?" 간호사가 로드에게 상냥하게 물었다. "누님을 곤란하게 하는 건 아니죠? 그렇죠?"

"이 바보 천치들하고 얘기하기 싫어!" 그는 뻣뻣하게 시선을 돌리며 말했다. 여전히 팔짱을 낀 채였다.

"그런 표현은 받아들일 수 없어요." 간호사가 팔짱을 끼며 말했다. "자, 사과하세요, 네?" 그녀는 발을 까딱거렸다. "자, 기다리잖아요……"

로드는 아무 말도 하지 않았다. 간호사는 고개를 절레절레 젓더니, 얼굴은 로드를 향한 채로 시선만 캐럴라인과 나를 바라보며 유아원 보모처럼 지나치다 싶게 명료한 말투로 얘기했다. "에어즈 양, 패러데이 선생님, 로더릭 씨는 우리 병원의 미스터리예요. 기분 좋을 때면 세상에 둘도 없이 근사한 청년이어서 우리 간호사 모두가 그를 좋아하죠. 하지만 기분이 나빠지면……" 그녀는 재차 고개를 가로젓고 숨을 들이쉬더니 쯧쯧 혀를 찼다.

캐럴라인이 말했다. "괜찮아요. 사과하기 싫다면 안 해도 돼요. 나는…… 나는 로드가 하기 싫다는 건 아무것도 시키지 않았으면 좋겠어요."

그녀는 남동생을 물끄러미 바라보다 다시 테이블 너머로 손을 내밀고 나직이 살살 달래듯 말했다. "우린 네가 보고 싶었어, 로디. 그뿐이야. 어머니하고 나는, 우리는 네가 너무 보고 싶었단다. 언제나 네 생각을 해. 헌드레즈는 네가 없으니 참 적적해. 난 그냥 너도…… 우리 생각이 날까봐. 이제 잘 지내는 모습을 봤으니 됐다. 난…… 난 무척 기뻐."

로드는 고집스럽게 입을 다물었다. 그러나 얼굴에 힘이 들어가고 점점 숨이 가빠지는 것을 보니, 어떤 엄청난 감정을 꾹꾹 누르는 것 같았다. 간호사가 우리 옆으로 바싹 다가와 좀더 은밀히 속삭이듯 말했다.

"제가 여러분이라면 로드를 당장 혼자 내버려두겠어요. 그가 미처 날뛰는 모습은 절대 보여드리고 싶지 않군요."

우리가 로드를 면회한 시간은 십 분도 채 되지 않았다. 캐럴라인은 일어나길 주저했다. 우리가 간다는데도 말 한마디 없이 쳐다보지도 않는 남동생이 믿어지지 않았던 것이다. 그러나 로드는 끝내 돌아보지 않았고, 우리는 결국 그 상태로 나와야 했다. 내가 닥터 워런과 짧게 얘기를 주고받는 동안 캐럴라인은 먼저 차로 돌아가 있었다. 차에 가서 보니 눈은 새빨갰지만 눈물은 없었다. 울고 나서 다 닦은 모양이었다.

나는 그녀의 손을 잡았다. "힘들었지. 미안하오."

그러나 캐럴라인은 담담하게 말했다. "아뇨. 오지 말았어야 했어요. 선생님 말을 들을걸. 여기서 뭔가 알아낼 거라고 생각한 내가 어리석었어. 여긴 아무것도 없군요, 전혀. 전부 선생님이 말한 대로예요."

우리는 헌드레즈까지 다시 먼 길에 올랐다. 나는 운전 상황이 허락할 때마다 캐럴라인의 어깨에 팔을 둘렀다. 그녀는 무릎 위에 손을 힘없이 늘어뜨리고, 차가 흔들리는 대로 축 처진 고개를 슬쩍슬쩍 내 어깨에 부딪쳤다. 실의에 빠져 저항력과 기운을 다 잃어버린 것 같았다.

당연한 얘기지만, 이중 그 어느 것도 로맨스에는 이렇다 할 보탬이 되지 않았다. 캐럴라인과 나의 관계는 답보 상태였다. 그에 대한 답답함도 있고, 그녀를 비롯한 헌드레즈 전반이 걱정되기도 해서 나는 커지는 부담감과 함께 혼자 애를 끓이고 잠을 설치면서 악몽도 꾸기 시작했다. 나는 몇 번이나 그레이엄과 앤에게 상의하려 했다. 그러나 두 사람과 함께 제대로 시간을 보낸 지도 어느새 몇 주가 지났다. 그들은 나의 무신경함에 약간 감정이 상한 눈치였고, 나도 이제 와서 일이 잘 안 풀린다고 다시 그들을 기웃거리고 싶지 않았다. 결국 본업마저 삐거덕거리기 시작했다. 종합병원에서 근무하는 저녁시간에 늘 하던 사소한 외과 처치를 돕다 실수를 했고, 담당의가 나를 비웃으며 직접 일을 마무리했다.

담당의는 실리였다. 나중에 둘이 나란히 서서 손을 씻을 때, 나는 내 실수에 대해 용서를 구했다. 그는 늘 그렇듯 넉살 좋게 대답했다.

"괜찮네. 자네 아주 녹초가 됐더구먼! 나도 잘 아네, 그 기분. 밤중에 응급호출이 너무 많은 거 아냐? 요즘 같아선 날이 궂어서 더 고달프지."

나는 대답했다. "그러게. 날씨가 도와주질 않는군."

나는 실리에게서 등을 돌렸지만 계속 그의 눈길이 느껴졌다. 우리는 겉옷과 짐을 챙기러 휴게실로 갔다. 옷걸이에서 재킷을 벗기는데 어쩐 일인지 옷이 손가락에서 미끄러지면서 주머니에 있던 소지품이 와르르 쏟아졌다. 나는 욕지거리를 내뱉으며 허리를 숙이고 물건을 주웠다. 몸을 일으키니 실리가 또 나를 쳐다보고 있었다.

"이거 아주 심각한데." 그가 빙긋 웃으며 말했다. 그러더니 목소리를 낮춰 물었다. "뭐가 문제인가? 환자가 말썽이야, 아니면 자네 문제야? 이크, 오지랖 넓게 미안하이."

"아니, 괜찮네." 나는 말했다. "환자 일이네. 하지만 또 어찌 보면 내 일이기도 하지."

나는 하마터면 다 털어놓을 뻔했다. 가슴속에 있는 말을 털어놓고 싶어 미칠 지경이었다. 그러나 1월에 있었던 댄스파티의 그 불쾌한 순간이 다시 떠올랐다. 어쩌면 실리도 그 생각이 나서 자신의 무례한 행동을 벌충하려 했을지 모른다. 아니면 그저 내 태도로 미루어 나한테 정말 문제가 있구나 싶었을지도 모르고. 그가 말했다. "이봐, 난 이제 여기 일은 다 끝났는데, 자네도 끝난 거지? 같이 가서 한잔할까? 믿거나 말거나, 스카치 한 병을 손에 넣었거든. 내가 진료했던 어느 숙녀분이 감사 표시로 준 선물이야. 이만하면 넘어올 텐가?"

"자네 집으로 가자고?" 나는 어안이 벙벙해서 물었다.

"안 될 거 뭐 있나? 가자고. 한두 잔 해서 내 간의 부담을 좀 덜어주라고. 안 그럼 나 혼자 한 병 다 마셔버릴 테니."

문득 평범하게 다른 사람의 집에 가서 술잔을 기울이며 앉아 있어본 지가 어언 몇 달은 된 것 같았다. 나는 그러마고 했다. 우리는 추위에 대비해 온몸을 꽁꽁 싸매고 차로 향했다. 그는 늘 그렇듯 약간 화려한 차림새로, 두꺼운 갈색 코트에 모피 운전장갑을 껴서 상냥한 곰 비슷하게 보였다. 나는 그보다는 수수한 차림새로, 오버코트에 머플러를 둘렀다. 출발은 내가 먼저 했지만, 패커드를 모는 실리가 얼어붙은 시골길을 무모하게 내달리면서 이내 나를 추월했다. 이십오 분 후에 나는 그의 집 현관 앞에 차를 세웠고, 그는 벌써 안에 들어가 술병과 술잔을 꺼내놓고 불도 피워두었다.

그의 집은 두서없이 지어진 에드워드 시대풍 저택으로, 환하고 어수선한 방을 잔뜩 갖추고 있었다. 그는 상당히 늦은 나이에 결혼했고, 그와 그의 어린 아내 크리스틴은 보기 좋은 아이 넷을 두었다. 열린 현관을 지나 안으로 들어가자, 아이 둘이 쫓고 쫓기며 계단을 오르내리고 있었다. 또 한 아이는 거실 문에 대고 테니스공을 튀기고 있었다.

"젠장, 이 빌어먹을 녀석들아!" 실리가 서재 문간에 나와 고함을 질렀다. 그리고 내게 안으로 들어오라고 손짓하고는 양해를 구했다. 그러나 내심 그 상황을 즐기면서 자랑스러워하는 분위기였다. 사람들이 나 같은 독신남에게 자기네 시끌벅적한 대식구에 대해 불평을 늘어놓으며 흔히 그러듯 말이다.

그런 생각이 들자 실리에게 거리가 느껴졌다. 그러고 보니 그와 나는 선의의 라이벌로 이십 년 가까이 함께 일해오면서도, 사실 진심으로 친구였던 적은 없었다. 그가 병마개를 따자 나는 손목시계를 확인하며 말했다. "조금만 주게. 오늘밤에 처리해야 할 처방전이 산더미야."

그러나 실리는 위스키를 넘치게 따르며 말했다. "그러면 더욱 가득 따라야겠군. 자네 환자들에게 깜짝선물을 해줘야지! 젠장, 냄새 한번 죽이는군, 안 그래? 자, 어서 즐겨보세."

우리는 잔을 부딪고 술을 마셨다. 그는 술잔을 든 손으로 다 망가져가는 안락의자 두 개를 가리켰다. 그리고 의자다리에 발을 걸어 난롯가로 끌어당긴 뒤 나보고 앉으라고 했고, 나머지 의자도 발로 당겨 자기도 털썩 앉았다. 그 와중에 먼지 쌓인 러그가 죽 밀렸지만, 그는 전혀 개의치 않았다. 바깥 홀에서는 아이들이 요란하게 구르는 소리가 계속 들렸고, 잠시 후 문이 활짝 열리더니 잘생긴 그의 아들 하나가 고개를 빼꼼 내밀고 불렀다. "아버지."

"나가!" 실리가 으르렁거렸다.

"하지만 아버지……"

"꺼져, 안 그럼 네놈 귀를 잘라버릴 테다! 엄마는 어디 있어?"

"로지하고 부엌에요."

"그럼 가서 네 엄마나 졸라, 요 꼬맹아!"

문이 쾅 닫혔다. 실리는 위스키를 벌컥벌컥 마시면서 플레이어즈* 담뱃갑을 찾아 호주머니를 뒤졌다. 이번에는 내가 선수를 쳐 담뱃갑과 라이터를 꺼내 권했고, 그는 입술 사이에 담배를 물고 의자 깊숙이 앉았다.

"'즐거운 나의 집'은 다 어딨는지 원." 그는 짐짓 피곤하다는 듯 말했다. "패러데이, 내가 부러운가? 부러워하지 말게. 가정이 있는 남자는 절대 훌륭한 가정의가 될 수 없어. 집안일만으로도 골치가 아프거든. 의사도 가톨릭 신부처럼 독신이어야 한다는 법이 있어야 해. 독신이 더 유리할걸."

"빈말이라는 거 다 아네." 나도 담배를 피워 물면서 말했다. "게다가 그게 사실이라면 내가 그 증거이게?"

"뭐, 증거 맞잖아. 자넨 나보다 더 훌륭한 의사니까. 거기까지 이루는 데 더 힘든 여정을 지나오기도 했고."

나는 어깨를 으쓱했다. "오늘 저녁의 나는 빛나는 모범이라고 보긴 어려웠는데."

"아, 그런 틀에 박힌 일이야, 뭐. 자넨 필요할 때 알아서 척척 해

---

* John Player & Sons. 담배회사로, 흔히 줄여 플레이어즈라고 부른다.

내잖아. 오늘은 자네 입으로 정신을 딴 데 팔았다면서…… 그 얘기가 하고 싶은가? 캐물으려는 건 아닐세, 딱히. 까다로운 환자에 대해 다른 의사와 차근차근 논의하는 게 때론 도움이 되잖나, 그래서 그런 거야."

그는 가벼우면서도 진지하게 말했다. 그의 말에 내가 느끼던 일말의 저항감―그의 매력적인 태도와 어수선한 집과 잘생긴 가족에 대한 저항감―이 썰물처럼 빠져나가기 시작했다. 어쩌면 단순히 위스키의 효과였을 수도 있고, 어쩌면 따스한 난롯불 때문이었을지도 모른다. 실리의 서재는 나 혼자 사는 음울한 집과 선명한 대조를 이루었다. 퍼뜩 깨달았는데, 헌드레즈홀과도 대조적이었다. 저녁 이 시간쯤이면 그 어둡고 스산한 저택의 심장부에서 잔뜩 웅크리고 추위에 떨며 안절부절못하고 있을 캐럴라인과 에어즈 부인의 모습이 눈에 선했다.

나는 손에 들고 있던 위스키잔을 빙빙 돌리다가 말문을 열었다. "아마 내 걱정거리가 뭔지 짐작하겠지, 실리. 혹은 그중 일부가 뭔지."

나는 고개를 들지 않았지만, 실리가 자기 잔을 드는 모습은 볼 수 있었다. 그는 한 모금 마시고 차분히 말했다. "캐럴라인 에어즈 말인가? 뭐 그 연장선일 거라고 생각은 했네. 그 댄스파티가 끝나고 내 조언대로 했나?"

내가 미적거리는 사이, 그는 내 대답을 기다리지 않고 덧붙였다. "나도 알아, 안다고. 그날 밤에 내가 뭣같이 취해서 아주 무례하게 굴었지. 하지만 진심이었네. 뭐가 잘 안 됐나? 그 아가씨가 자네를 찼다고 하진 말게. 그 아가씨도 아마 머리가 무척 복잡할 거야. 자자, 지금은 안 취했으니 내 말 믿어도 돼. 게다가……"

그때 나는 고개를 들었다. "게다가?"

"뭐, 뜬소문이 귀에 들어오게 마련이니까."

"캐럴라인에 대해?"

"그 집안 전체에 대해." 그는 자못 진지하게 말했다. "버밍엄에 있는 내 친구 중 하나가 파트타임으로 존 워런의 병원에서 정신 상담을 하거든. 그 친구한테서 로더릭의 상태가 끔찍하다는 얘기를 들었네. 참 재수도 더럽게 없지. 그 때문에 캐럴라인이 의기소침해 졌다면 이해가 가기도 하고. 그런데 헌드레즈홀에 다른 사고도 좀 있었던 것 같네만?"

"있었지." 잠시 사이를 두고 나는 대답했다. "그 사고는 굉장히 황당하고, 기괴하다고 표현해도 무방할 정도네, 실리. 그걸 어떻게 이해해야 할지 나도 모르겠어……"

그리고 나는 그때까지 있었던 일을 대부분 털어놓았다. 로드와 그의 망상부터 시작해 화재 사고를 설명하고, 벽에 쓰인 낙서와 제 멋대로 울린 하인 호출벨 그리고 에어즈 부인이 육아실에서 겪은 섬뜩한 경험까지 숨김없이 이야기했다. 그는 조용히 귀를 기울이 며 때로는 고개를 주억거렸고, 때로는 잔인한 웃음을 터뜨렸다. 그 러나 이야기가 계속되면서 그는 점차 웃음을 거두었고, 내가 이야 기를 끝내자 한동안 가만히 앉아 있다 상체를 내밀어 담뱃재를 떨었다. 그리고 다시 등을 기대어 앉으며 말했다. "에어즈 부인도 참 안됐어. 아주 정교한 방법으로 자기 손목을 긋는군, 안 그래?"

나는 그를 쳐다보았다. "그게 자네가 이 사건을 보는 시각인가?"

"이 친구야, 달리 어떻게 보겠나? 그 딱한 노부인이 누군가가 저지른 못된 장난의 희생양이었다는 단순한 가정을 제외하면. 그 가능성은 자네도 이미 배제한 것 같은데?"

"물론 그렇지."

"뭐, 그럼 뻔하잖나. 복도의 발소리, 전성관의 무거운 숨소리. 내 보기엔 정신신경증의 극히 일반적인 사례 같은데. 부인은 자식을 잃은 데 죄책감을 느끼고 있네. 로더릭만이 아니라 그 어린 첫딸에 대해. 그래서 스스로를 벌하기 시작한 거야. 그 사건이 벌어진 게 위층 육아실이라고 했지? 전체 사건을 두고 볼 때, 에어즈 부인은 거기보다 더 의미심장한 무대를 찾기 힘들지."

나 또한 그와 똑같은 생각을 했음을 인정하지 않을 수 없었다. 바로 석 달 전에 헌드레즈 화재 사건으로 토지 관련 업무를 보던 사무실이 참 효과적으로—관련 서류와 함께!—일소되었다는 사실에 나도 놀라움을 금치 못했던 것이다. 마치 로더릭의 좌절과 두려움이 그 한곳에 응집되어 있기라도 한 듯.

하지만 그게 다라고 보기에는 뭔가 걸리는 구석이 있었다. 나는 입을 열었다. "나도 잘 모르겠네. 에어즈 부인이 겪은 일은 순전히 환각이었다 치더라도, 그 밖에 헌드레즈홀에서 일어난 사건은……글쎄, 그에 대해 딱 부러지는 논리적 설명을, 사건 하나하나에 대한 이성적인 해명을 찾으려면 찾을 수도 있겠지. 하지만 그래도 여전히 사건이 전부 누적되는 속성을 보인다는 게 영 껄끄럽단 말이야."

실리는 위스키를 한 모금 더 마셨다. "그게 무슨 소리야?"

"흠, 이런 식인 거지. 어떤 꼬마가 팔이 부러져서 자네를 찾아왔네. 좋아, 자네는 뼈를 맞추고 아이를 집으로 돌려보내. 두 주 후에 그 꼬마가 이번엔 갈비뼈가 부러져서 찾아와. 아마 또 잘 접골해서 집으로 보내겠지. 한 주 후에 그애가 또 왔어, 딴 데가 부러져서…… 그럼 각각의 골절은 더는 중요한 문제가 아니잖아?"

"하지만 지금 뼈 얘기를 하는 게 아니잖나." 실리가 말했다. "히스테리 얘기를 하는 중이지. 대체로 히스테리 쪽이 더 설명하기 힘들고. 게다가 애석하게도 골절과 달리 전염성이 있지. 내가 옛날에 여학교에서 의사로 근무한 적이 있는데, 어느 학기엔가 기절하는 게 유행이었어. 아주 가관이었네. 조회시간에 여자애들이 볼링핀처럼 픽픽 넘어가는 거야. 막판에는 여교사들까지 기절하더군."

나는 고개를 저었다. "이건 히스테리보다 더 괴상망측하네. 마치, 뭐랄까, 뭔가 달라붙어서 집안사람 전부의 생기를 천천히 빨아먹는 것 같아."

"뭔가 있긴 하지." 그는 또다시 웃음을 터뜨리며 말했다. "그 이름은 바로 노동당 정부고. 에어즈가 사람들의 문제는—그런 생각 안 드나?—시대에 적응하지 못하거나 적응할 생각이 아예 없다는 거야. 오해는 말게. 나도 그 사람들 심정에 상당히 공감하니까. 하지만 요즘 같은 시대에 그들처럼 오래된 잉글랜드 가문에 남은 게 뭐겠는가? 계급적인 면에서는 운이 다했지. 정신적인 면에서는 아마 전혀 바뀌지 않고 그저 살던 대로 살걸."

그는 어느새 피터 베이커하이드처럼 말했고, 나는 그의 활달함이 좀 불쾌해지기 시작했다. 결국 그는 나와 달리 그 집안사람들의 진정한 친구가 되지 못했으니까. 나는 말했다. "로드의 경우에는 틀림없는 사실이겠지. 그 청년을 아는 사람이라면 누구나 그가 신경쇠약에 빠질 거라고 예상할 수 있었으니까. 하지만 에어즈 부인이 자살이라니? 도저히 믿기지 않네."

"아, 하지만 지금 내가 말하려는 건 에어즈 부인이 깨진 창문에 손을 넣어 진짜로 명을 끊으려 했다는 얘기가 아닐세. 자살 충동이 의심되는 대부분의 여성들과 마찬가지로 그녀도 단순히 스스로를 주연 배우로 한 근사한 단막극을 만들어보려던 게 아닐까 하는 거지. 잊지 말게, 에어즈 부인은 사람들의 시선에 익숙한 사람인데, 최근에 그녀가 관심을 많이 받았다고는 말할 수 없지 않나…… 그녀가 다시는 같은 수법을 시도하지 않도록 주의를 기울여야 할 거야, 지금 이 소동이 다 가라앉고 나서 말일세. 계속 감시는 하고 있지?"

"물론이네. 부인은 완전히 회복된 것 같아. 그게 또 도저히 이해 안 가는 대목이지." 나는 위스키를 꿀꺽 삼켰다. "그 빌어먹을 사건 모두 이해가 안 가! 헌드레즈홀에서 벌어지는 일을 도무지 설명할 수가 없어. 마치 액이 낀 집 같아. 캐럴라인은……" 나는 머뭇머뭇 말했다. "캐럴라인은 심지어 그 집에서 초자연적인 일이 벌어진다고 생각해. 로더릭이 잠든 사이 그의 혼령이 집을 어슬렁거린다든가 뭐 그런 생각 말일세. 별 소름 끼치는 책까지 읽었더군. 프레더릭 마이어스인가 뭔가 하는 이상한 사람이 쓴 책."

"흐음." 실리가 꽁초를 비벼 끄며 말했다. "거기서 뭔가 찾아낸 모양이지."

나는 실리를 빤히 쳐다보았다. "자네 농담하는 거지?"

"그게 뭐 어때서? 마이어스의 견해는 심리학의 자연스러운 확대잖아?"

"그건 내가 아는 심리학이 아니네, 절대 아냐!"

"진짜? 자네도 일반론에는 동의하는 걸로 아네만. 의식이 있는 자아에 잠재의식이, 이를테면 일종의 꿈의 자아 같은 것이 내재되어 있다는."

"넓게 보면, 그래, 동의하네."

"그럼 꿈의 자아가 어떤 특별한 조건에서 풀려나올 수 있다고 가정해보세. 스스로 떨어져나와 공간을 넘어 다른 사람들 눈에 보이게 된다고 생각하면? 그게 마이어스의 논지 아닌가?"

나는 말했다. "내가 아는 한은 그래, 맞아. 그리고 불가에 둘러앉아 소곤거리기에도 그만인 얘기지. 하지만 젠장, 그건 과학하고는 손톱만큼도 관련이 없다고!"

"아직은 없지." 그는 웃으며 받았다. "나도 카운티의 의료위원회에서 그 이론을 발표할 생각은 없어. 하지만 혹시 아나, 오십 년 내에 의학계에서 그 현상을 계량화하는 방법이 발견되어 다 설명할 수 있게 될지. 그 와중에도 한편에서는 달걀귀신이니 몽달귀신이니, 진실과 하등 관계없는 단순한 귀신 얘기가 끊이지 않겠지……"

그는 위스키를 홀짝이고 나서 사뭇 다른 어조로 얘기를 계속했다. "우리 아버지도 한 번 귀신을 본 적이 있어, 자네도 알걸. 어느 날 밤 할머니가 아버지의 진료실 문간에 나타나셨어. 돌아가시고 십 년이 지났을 때지. 할머니가 이러셨다더군. '얼른, 제이미! 집에 가봐!' 아버지는 두 번 생각하지 않고 곧장 코트를 입고 집으로 갔어. 가서 보니 제일 아끼는 헨리 삼촌이 손을 다쳤는데, 상처가 빠르게 패혈증으로 발전한 거야. 아버지는 손가락을 잘라내서 삼촌의 목숨을 구했네. 자, 이건 어떻게 설명할 텐가?"

"설명 못하지. 하지만 다른 얘기를 해주겠네. 우리 아버지는 황소의 심장에 핀을 꽂아서 굴뚝에 걸어놓으시곤 했어. 귀신을 쫓는다면서. 이 경우는 어떻게 설명할지 아네만."

실리가 웃음을 터뜨렸다. "그건 예가 좀 다르잖아."

"어째서? 자네 아버지는 배운 양반이고 우리 아버지는 가게 점원이라서?"

"그렇게 까칠하게 굴지 말게, 이 사람아! 내 말 좀 들어봐. 저 딱한 에어즈 부인이 진짜로 죽은 딸이 부르는 소리를 들었을 리 없잖아? 우리 아버지도 실제로 그날 밤 귀신을 봤을 턱이 없고. 죽은 피붙이의 넋이 이승에서 어슬렁거리며 눈에 불을 켜고 자식들 일을 지켜본다는 얘기는 진짜 참고 들어주기 어렵지. 하지만 우리 삼촌이 다치면서 느낀 불안감이 삼촌과 아버지 사이의 유대와 어우러지면서, 그런 모든 게 합해지면서 어떤 초자연적인 힘을 방출했다고 가정하면? 그 힘이 단순히 아버지의 관심을 끌기에 가장 적합한 형체를 띤 거지. 그것도 아주 선명하게."

"하지만 헌드레즈홀에서 일어나는 일은 그런 상서로운 면이라곤 하나도 없어. 오히려 정반대지."

"집안 꼴이 그렇게 암울하니 그럴 만도 하지 않은가? 이러니저러니 해도 잠재의식이라는 건 어둡고 음침한 구석이 많으니까. 그런 데서 한 귀퉁이가 떨어져나왔다고 생각해보게. 그걸 음, 씨앗이라고 해보자고. 그리고 제반 상황이 그 씨앗이 성장하기에—자궁

속 아기처럼 자라기에 ─ 적당했다고 가정해보세. 이 '낯선 존재'가
자라서 뭐가 될까? 일종의 어두운 자아가 되겠지. 캘리밴*이나 하이
드 씨처럼. 온갖 추잡한 충동과 갈망에 의해 움직이는, 의식적 자아
가 숨기고 싶어하는 존재. 질투, 원한, 욕구불만 같은 것…… 캐럴
라인은 남동생을 의심한 거야. 뭐, 내가 아까도 얘기했듯 그 아가씨
말이 맞을지도 몰라. 로더릭이 비행기 추락 사고에서 부러진 게 뼈
만이 아닐 수도 있다고. 어쩌면 더 깊이 들어가는 문제일 수도 있
지…… 그런데 자네도 알다시피 이런 문제의 기저에는 대체로 여
자가 관련되어 있잖나. 물론 갱년기에 이른 어머니 에어즈 여사가
있지. 육체적으로 좀 미묘한 시기 아닐까. 그리고 사춘기의 하녀도
하나 데리고 있지, 아마?"

나는 그의 시선을 피했다. "있지. 애초에 그 여자애가 집안 식구
들한테 귀신 얘기를 퍼뜨린 장본인이야."

"그래? 몇 살인데? 열넷? 열다섯? 헌드레즈에 처박혀 있으니 사
내놈한테 추파를 던질 기회가 별로 없었겠군."

"이런, 그애는 아직 어린애야!"

"글쎄, 성적 충동은 무엇보다 음습한 것이고, 어디로든 분출되게
마련이지. 전기와 마찬가지야. 전도체를 찾으려는 경향이 있지. 하
지만 그게 고여 있으면, 흠, 상당히 위험한 에너지가 되지."

나는 그 표현에 흠칫했다. 나는 느릿하게 말했다. "캐럴라인도
'에너지'를 언급하더군."

---

* 셰익스피어의 희곡 『템페스트』에 등장하는 반인반수 괴물.

"캐럴라인은 영리한 아가씨야. 나는 항상 캐럴라인이 그 집안에서 가장 난 인물이라고 생각했네. 그런 아이를 이류 가정교사를 붙여 집에 잡아두다니, 아들은 사립학교에 보냈으면서 말이야. 여성 해군단에 지원하면서 겨우 빠져나왔나 싶었더니 어머니한테 도로 끌려들어가 로더릭의 휠체어나 밀고 테라스를 오르락내리락하는 신세가 됐! 다음 차례는 에어즈 여사의 휠체어일걸. 캐럴라인에게 필요한 건 당연히……" 그는 또 빙긋 웃었고, 그 미소엔 뼈가 있었다. "뭐, 내가 참견할 일은 아니지. 하지만 그 아가씨가 더 어려질 것도 아니고, 이 친구야, 자네도 나이를 거꾸로 먹지는 않잖나! 전에도 나한테 구구절절 전부 다 얘기해놓고는 자네 입장은 전혀 밝히지 않았지. 자네 의견은 정확히 어떤데? 자네와 캐럴라인이 가령…… 서로를 잘 이해한다거나 그런 거야? 그보다 더 확실한 뭐는 없나?"

나는 속에 들어간 위스키 기운을 느꼈다. 잔을 들어 한 모금 더 마시고 나직이 말했다. "오로지 내 쪽에서만 확실하지. 솔직히 말하면, 내 쪽에서 무리하고 있어."

그는 뜻밖이라는 눈치였다. "그 정도야?"

나는 고개를 끄덕였다.

"이런, 이런. 짐작도 못했는걸. 그러니까 내 말은 캐럴라인이 그럴 줄 몰랐다는 거야…… 하지만 어쩌면 자네가 말한 액의 뿌리가 거기에 있는지도."

그의 표정이 일순간 한층 음흉해져서 나는 그가 무슨 말을 하는지 잠시 이해하지 못했다. 나는 설마하며 입을 열었다. "그러니까 자네 말은……?"

그는 나와 시선을 마주치더니 껄껄 웃기 시작했다. 나는 불현듯 그가 완전히 이 순간을 즐기고 있다는 걸 알아차렸다. 실리는 위스키잔을 깨끗이 비운 다음 두 잔 모두에 넉넉히 술을 따르고 두 개비째 담배에 불을 붙였다. 그는 내게 귀신 얘기를 하나 더 들려주었는데, 먼젓번 얘기보다 더 기이했다.

그러나 나는 거의 듣는 둥 마는 둥 했다. 그의 말에 나는 어떤 생각이 떠올랐는데, 그 생각의 박자가 똑딱거리는 메트로놈의 추처럼 도무지 잠잠해지지 않았다. 죄다 얼토당토않은 말이었고, 나도 그게 헛소리임을 잘 알았다. 내 주위의 일상이 전부 그게 아니라고 말했다. 벽난로 안에서 불길이 탁탁 소리를 내며 타들어갔다. 아이들은 여전히 계단통에서 난리법석이었다. 술잔에 든 위스키는 향기로웠다…… 하지만 창밖의 밤은 어두웠고, 몇 마일 떨어진 곳에서 겨울철 암흑 속에 서 있는 헌드레즈는 사정이 달랐다. 실리의 말에 일말의 진실이라도 존재할 수 있을까? 그 집에, 그 심장부에 캐럴라인을 가둔 저택에 굶주리고 불만에 차 풀려나온 어떤 에너지가 있다는 게 가능한 얘기일까?

나는 생각을 아예 처음으로 되돌렸다. 그 불운했던 파티 날 저녁—캐럴라인이 심한 모욕을 당하고, 베이커하이드가의 여자애가 다치면서 끝난 그날. 만약 바로 그날 밤 모종의 사태가 시작된 거라면? 기묘한 씨앗이 뿌려진 거라면? 내가 기억하기로 그후 몇 주 동안 캐럴라인은 남동생에게 적개심을 품었고 어머니에게 인내심을 잃었다. 그녀의 남동생과 어머니 모두 질리언 베이커하이드처럼 다쳤다. 게다가 그 단서를 내게 처음으로 보여주면서 관심을 기울이게 한 사람 역시 캐럴라인이었다. 캐럴라인이 로더릭 방에 있던 그을린 자국을 알아챘고, 화재를 발견했으며, 두드리는 소리를 듣고 벽 뒤에서 '조그맣게 톡톡 치는 손'을 느꼈다.

그때 또다른 생각이 들었다. 지프의 사건으로 시작된 그것, 아마도 '꼬집음'이나 '속삭임'—문득 떠올랐는데, 베티가 바로 그렇게 표현했다—으로 시작된 그것이 서서히 힘을 축적해나갔다. 그리고 물건을 이리저리 옮기고, 불을 붙이고, 징두리널에 낙서를 했다. 이제는 발이 달려 종종걸음으로 달릴 수도 있다. 쥐어짜낸 듯한 목소리도 낼 수 있다. 그것은 자라고 있다, 성장하고 있다……

다음에는 뭐가 될까?

불안해진 나는 상체를 앞으로 내밀었다. 실리가 한 잔 더 따르려 병을 내밀었지만 나는 고개를 저었다.

"이미 충분히 자네 시간을 빼앗았네. 이제 정말 가봐야겠어. 들어줘서 정말 고맙네."

실리가 말했다. "자네한테 위로가 됐는지 모르겠군. 처음 왔을 때보다 안색이 더 나빠졌어! 좀더 있다 가지 그러나?"

그러나 그의 잘생긴 아들이 또 한번 시끄럽게 문을 열고 들어오는 바람에 말이 끊겼다. 위스키 때문에 알딸딸해진 실리가 의자를 박차고 홀까지 뛰쳐나가 아이를 쫓아 보냈고, 그가 다시 돌아왔을 때 나는 술잔을 비운 뒤 모자와 코트를 걸치고 나갈 준비를 마쳤다.

실리는 나보다 술이 셌다. 그는 기분좋게 나를 현관까지 배웅했지만, 나는 휘청거리는 걸음걸이로 어두운 바깥으로 나섰다. 빈속에 쓰리고 뜨거운 술기운이 느껴졌다. 집까지 짧은 거리를 차를 몰고 와 싸늘한 진료실에 서니 속에서 뭉클 욕지기가 치밀었다. 그와 함께 더 끔찍한 것이 올라왔다. 공포에 가까운 뭔가. 심장이 거북할 정도로 세차게 뛰었다. 코트를 벗고 보니 온통 땀투성이였다. 나는 잠시 망설이다 상담실로 건너갔다. 전화기를 들고 떨리는 손가락으로 헌드레즈홀의 번호를 돌렸다.

밤 열한시가 지난 시각이었다. 전화벨이 계속 울렸다. 그러다 캐럴라인의 조심스러운 목소리가 들렸다. "네? 여보세요?"

"캐럴라인! 나요!"

그녀는 대뜸 걱정스러운 투로 말했다. "뭔가 문제가 생겼나요? 우린 모두 잠자리에 들었어요. 나는 또 무슨 일이……"

내가 말했다. "아무 일도 없소. 아무 일도. 난…… 그냥 당신 목소리가 듣고 싶어서."

나는 간단하게 말했다, 아마도. 잠시 침묵이 흐르더니, 캐럴라인이 웃음을 터뜨렸다. 지친 기색의 평범한 웃음소리였다. 공포와 욕지기가 바늘에 찔린 풍선처럼 쭈그러들었다.

그녀가 말했다. "좀 취한 것 같네요."

나는 얼굴을 쓸었다. "나도 그렇게 생각하오. 실리와 같이 있었는데, 그 친구가 억지로 위스키를 권해서. 어휴, 정말이지 그 친구 당할 수가 없더군! 실리 때문에 몇 가지…… 터무니없는 생각이 들었소. 당신 목소리를 들으니 살 것 같군! 아무 얘기나 좀 해봐요."

그녀는 혀를 쯧쯧 찼다. "참 어리석기도 하네요! 세상에 교환원이 듣고 뭐라고 생각하겠어요? 무슨 말을 할까요?"

"아무거나. 시라도 읊어요."

"시라고요! 알았어요." 그녀는 지체 없이 마지못한 투로 시를 읊었다. "'서리는 바람 한 점 없는 이 밤 아무도 몰래 나린다.'* 자, 어서 자요."

"금방 잘 거요. 그냥 거기 있는 당신이 생각나서. 아무 일도 없지?"

그녀는 한숨을 쉬었다. "네, 아무 일도 없어요. 오늘은 집이 얌전하네요. 어머니는 주무세요. 당신이 깨우지만 않았다면."

"미안, 미안해요, 캐럴라인. 잘 자요."

"잘 자요." 그녀는 다시 한번 피곤한 듯 웃으며 말했다.

그녀는 수화기를 내려놓았고, 나는 멀어지는 그녀의 웃음소리를 들었다. 이윽고 짤깍하고 연결음이 끊겼고, 이어서 희미하게 쉿쉿거리는 소리와 함께 혼선된 다른 사람들의 목소리가, 전화선에 갇힌 소음이 들려왔다.

---

* 1798년 영국의 낭만주의 시인 사무엘 테일러 콜리지가 쓴 「한밤의 서리」 첫 행.

12

그다음에 헌드레즈홀에 들른 날에는 배럿이 와 있었다. 캐럴라인이 그 성가신 전성관을 떼어버리려고 부른 것이었다. 나는 그가 뜯어낸 전성관을 살펴보았다. 예상했던 대로 꽈배기처럼 꼬인 관은 여기저기 풀리고 찢어졌으며, 안쪽 고무는 거의 닳아 없어졌다. 배럿의 팔에 감겨 있는 전성관은 바짝 말린 뱀처럼 무해하고 무력해 보였다. 그러나 베이즐리 부인과 베티는 전성관이 사라지자 한결 마음을 놓는 것 같았고, 우리가 암묵적으로 에어즈 부인의 '사고'라고 부르는 그 사건이 일어난 이후 줄곧 두 사람을 지배하던 공포와 긴장감이 가시기 시작했다. 에어즈 부인도 순조롭게 회복되어갔다. 베인 상처도 깨끗이 나았다. 낮에는 작은 응접실에 내려와 의자에 앉아 책을 읽거나 졸면서 시간을 보냈다. 아주 약간 멍하고 무감한 분위기가 느껴졌는데, 그녀가 겪은 시련의 흔적은 그뿐이었다. 그리고 그런 증상은 대체로 내가 처방한 진정제 탓이기도 했다. 부인은 잠을 푹 자기 위해 밤마다 진정제를 복용했고, 나는 그것이 단기적으로는 별 부작용이 없을 거라 생각했다. 이제는 오히려 캐럴라인이 어머니 옆에 붙어 너무 집에만 있는 것이 아쉬웠다. 그 말인즉슨, 그녀와 단둘이 있을 기회가 더욱 줄었다는 뜻이었다. 그래도 그녀가 속을 덜 태우고 비교적 마음이 안정된 듯 보여 안심했다. 예를 들어, 로더릭의 면회를 다녀온 후로 남동생의 부재를 어느 정도 받아들인 듯했고, 아주 다행스럽게도 더는 폴터가이스트니 귀신이니 하는 얘기를 입에 올리지 않았다.

그러나 한편으로는, 괴이쩍은 사건도 뚝 그쳤다. 종이 울리는 일도, 두드리는 소리도, 발소리도, 그 어떤 심상찮은 사고도 발생하지 않았다. 캐럴라인이 표현했던 대로 집은 계속 '얌전했다'. 3월이 다가도록 아무 일 없는 나날이 계속되기에, 지난 몇 주간 헌드레즈홀에 걸렸던 불안하고 이상한 주문이 열병처럼 고비를 넘기고 저절로 사라졌다고 나는 진심으로 생각했다.

그런데 그달 말에 날씨가 변덕을 부렸다. 하늘이 흐려지고 기온이 뚝 떨어지더니 눈이 내렸다. 3월 말에 눈이라니 신기하기도 했고, 지난겨울의 미친 듯한 눈보라와 세찬 바람에는 비할 바가 아니었어도 나나 내 동료 가정의들에게는 골칫거리였다. 타이어에 체인을 감았음에도 내 루비는 도로와 사투를 벌여야 했다. 왕진은 강행군이 되었고, 일주일이 넘게 헌드레즈의 대정원 길은 통행이 불가능했다. 길이 너무 험해서 운전을 할 수가 없었다. 그래도 나는 가급적 자주 헌드레즈홀에 들렀다. 차를 동쪽 출입문에 놔두고 저택까지 나머지 길을 걸어갔다. 대개는 캐럴라인을 만나기 위해서, 세상과 단절되어 그곳에 쓸쓸히 고립된 그녀를 생각하니 마음이 아파서 갔던 것이다. 또한 에어즈 부인에게서 눈을 떼지 않기 위해서이기도 했고. 하지만 가는 길 자체도 마음에 들었다. 눈길 운전에서 해방되어 헌드레즈홀이 비로소 눈에 들어올 때의 그 모습은 외경과 쾌감의 전율 없이는 볼 수 없었다. 새하얀 지면을 배경으로 서 있는 헌드레즈홀은 정말 장관이었다. 벽돌의 붉은색과 담쟁이덩굴의 초록색이 더욱 선명하게 도드라졌고, 그 집의 수많은 결함은 눈과 얼음이 자아낸 레이스에 가려 그리 눈에 띄지 않았다. 발전기의 윙윙거리는 잡음도 없고, 농장에서 들리는 기계 소리도 없고, 눈 때문에 공사가 중단된 덕에 공사장의 철컹거리는 소음도 없었다. 오직 나의 조용한 발소리만이 적막을 깼고, 나는 당황해 애써 발소리를 죽이고 조심조심 걸었다. 마치 마법에 걸린 장소에 온 것처럼—몇 주 전에 캐럴라인이 상상했듯 '잠자는 숲속의 미녀'의 성에 온 것처럼—주문을 깨뜨릴까봐 겁이 났다. 집안도 날씨 때문에 미묘하게 바뀌었다. 계단통 바로 위 유리돔이 눈에 덮여 반투명해진 탓에 홀이 더 어두워졌고, 새하얀 지면에 반사된 차가운 빛이 유리창으로 들어와 어지러이 그림자를 흩뿌렸다.

눈에 갇힌 날 중 가장 고요했던 4월 6일 화요일, 나는 그날 오후에도 평소처럼 캐럴라인이 어머니와 함께 아래층에 있을 거라 생각하며 저택으로 향했다. 그러나 그날 에어즈 부인과 줄곧 함께 있었던 사람은 베티인 듯했다. 두 사람은 탁자를 사이에 두고 흠집 난

나무 말로 체커를 두었다. 벽난로에서는 불이 활활 타올랐고 방안은 후텁지근했다. 캐럴라인은 농장에 나갔다고 에어즈 부인이 말했다. 한 시간 내에 돌아올 것 같은데, 좀 앉아서 기다리겠느냐고도 물었다. 나는 캐럴라인을 보지 못해 아쉬웠기에, 저녁 진료 전까지 시간이 조금 남았으니 기다리겠다고 했다. 베티가 차를 준비하러 나갔고, 나는 대신 베티 자리에 앉아 체커를 한두 판 두었다.

그런데 에어즈 부인은 정신을 딴 데 두고 게임을 하는지 차례로 말을 잃었다. 그러다가 차 마실 자리를 만들기 위해 체커판을 옆으로 치우자, 거의 아무 말 없이 마주앉은 꼴이 되었다. 피차간에 할 얘기가 거의 없었다. 에어즈 부인은 지난 몇 주를 보내면서 시내의 소문에 흥미를 잃었다. 내가 늘어놓는 몇 가지 풍문을 제법 예의바르게 경청했지만, 반응은 영 산만하거나 이상하게 느렸다. 마치 옆방에서 더 흥미진진한 얘기가 진행중이어서 그쪽 말을 들으려고 귀를 쫑긋 세운 것 같았다. 이윽고 나의 얼마 안 되는 한담거리가 바닥을 드러냈다. 나는 일어나서 프랑스식 창문 쪽으로 걸어가 눈부신 풍경을 물끄러미 바라보며 서 있었다. 그러다 에어즈 부인을 돌아보니, 추위를 느끼는지 팔을 쓸어내렸다.

내 시선을 알아차리고 부인이 말했다. "나 때문에 지루하지, 선생! 정말 미안해요. 집에 너무 오래 틀어박혀 있었더니 이렇게 되네. 정원에라도 좀 나갈까? 돌아오는 캐럴라인을 만날 수도 있으니."

부인의 제안에 놀랐지만, 답답한 방에서 나갈 수 있어 기뻤다. 나는 직접 그녀의 외투와 스카프 따위를 들고 와서 춥지 않게 단단히 껴입도록 챙긴 뒤 나도 오버코트를 입고 모자를 썼다. 현관을 지나

밖으로 나선 우리는 한낮의 눈부심에 눈이 적응할 때까지 잠깐 기다려야 했다. 이윽고 부인이 내게 팔짱을 끼었고, 우리는 발걸음을 옮기기 시작했다. 저택을 빙 돌아 한가하니 느릿하게 서쪽 잔디밭을 가로질렀다.

흰 눈이 소복이 쌓여 보기에는 비단 같았지만, 발밑에서는 뽀드득뽀드득 부서졌다. 여기저기 새 발자국이 장난스러운 낙서처럼 찍혀 있었고, 개 발자국과 살금살금 다니는 여우 발자국 등 좀더 큰 동물의 흔적도 금세 눈에 띄었다. 잠시 그 발자국을 쫓아가다보니 낡은 바깥채 건물까지 발길이 이어졌다. 그곳에서는 헌드레즈를 휘감은 마법 같은 분위기가 한층 도드라졌고, 음침한 디킨스식 유머처럼 마구간 시계는 여전히 아홉시 이십 분 전을 가리키고 있었다. 마구간 자체도 예전에 쓰던 물건이 고스란히 제자리에 남아 있고 문은 깔끔하게 빗장을 걸어놓은 터라 사방이 온통 거미줄과 먼지투성이였지만, 안을 몰래 들여다보면 마찬가지로 두꺼운 거미줄을 두른 채 한 줄로 나란히 서서 잠든 말이 있을 것만 같았다. 마구간 옆은 주차장이었는데, 반쯤 열린 문틈으로 에어즈가의 롤스로이스 보닛이 살짝 보였다. 그 너머로 덤불이 어지러이 뒤엉킨 곳에서 여우의 흔적이 끊겼다. 그러나 우리는 저 멀리 옛 채마밭으로 산책을 이어갔고, 여전히 여유로운 걸음으로 높은 벽돌담 사이의 아치를 지나 밭 너머까지 걸어갔다.

그 전해 여름에 캐럴라인이 내게 구경시켜준 채마밭이었다. 저택이 몰락하기 시작한 뒤로는 거의 일구지 않아서 대정원 가운데 가장 쓸쓸하고 애처로운 장소라고 생각했다. 한두 뙈기는 배렁이 부치고 있어 그나마 잘 가꿔진 편이었지만, 나머지 밭은 한때 기름지고 풍성해 전쟁중에 군인들이 채소를 심어 먹은 뒤로는 돌보는 이가 없어 잡초가 제멋대로 자랐다. 유리창 없는 온실 지붕 위로 나무딸기가 가지를 뻗었다. 석탄재를 깔아 다진 보도는 온통 쐐기풀 천지였다. 여기저기 커다란 함석 화분들이 흩어져 있었다. 거대한 받침에 비해 지지대가 가냘팠는데, 여러 해 동안 한여름의 열기에 노출된 탓에 함석이 휘어 받침들은 하나같이 기우뚱하니 기울었다.

우리는 어수선한 담으로 나뉜 채마밭을 하나하나 거쳐갔다.

"참 안타까운 일이야!" 에어즈 부인이 나직이 말했다. 그녀는 이따금 발을 멈추고 눈을 옆으로 쓸어내 그 밑의 식물을 살피거나, 그냥 멍하니 서서 풍경을 머릿속에 담아두려는 듯 주변을 바라보았다. "대령님은, 그러니까 우리 바깥양반은 이 채마밭을 정말 아꼈지. 밭이 나선형으로 배치되어 점점 작아지는데, 남편은 이걸 보고 소라고둥 같다고 말하곤 했어요. 가끔은 그렇게 상상력이 풍부한 남자였지."

우리는 계속 걸었고, 이내 문 없는 좁은 입구를 지나 그곳에서 가장 작은 밭인 옛 허브정원으로 들어섰다. 정원 한가운데에는 중앙에 해시계가 있는 관상용 연못이 있었다. 에어즈 부인이 그 연못에 아직 물고기가 있을 거라고 해서 우리는 구경도 할 겸 설렁설렁 발걸음을 옮겼다. 연못 물은 얼었지만 살얼음이 얇게 낀 정도여서, 힘주어 눌렀더니 어린이용 구슬퍼즐 속의 쇠구슬 같은 은빛 거품이 밑에서 부글부글 올라왔다. 그때 탁한 물속에서 황금색의 뭔가가 휙 지나가자 에어즈 부인이 말했다. "저기 한 마리 지나가네." 기뻐하는 음색이었지만 진심으로 즐기는 것 같지는 않았다. "저기 또 하나 있네, 보여요? 가엾은 것. 얼음 밑에 있으면 숨 막히지 않을까? 얼음을 깨면 안 되던가? 캐럴라인이 알 텐데. 나는 기억이 안 나네."

나는 보이스카우트 시절의 기억을 더듬어 아마 얼음을 좀 녹여 줘야 할 거라고 대답했다. 그러고는 연못가에 쭈그리고 앉아 장갑을 벗은 손에 호호 입김을 분 뒤 손바닥을 얼음에 갖다댔다. 에어즈 부인은 나를 바라보다 우아하게 스커트를 끌어모으며 내 옆에 앉았다. 얼음은 살을 엘 듯 차가웠다. 젖은 손을 도로 입가에 대고 호호 부는데, 감각이 없고 거의 후들거릴 지경이었다. 나는 우거지상을 하고 손가락을 털었다.

에어즈 부인이 미소를 지었다. "아, 당신네 남자들이란 아기나 다름없지."

나는 웃음을 터뜨렸다. "딱 여자가 할 법한 소리네요. 왜 여자들은 항상 그런 식으로 말하죠?"

"왜냐면 엄연한 사실이니까. 여자는 고통을 감내하게 되어 있어. 그러니까 당신네 남자들이 출산을 겪어야 한다면……"

그녀는 말끝을 흐렸고, 미소도 사라졌다. 나는 손을 다시 입가로 들어올렸다. 그러자 소매가 내려가면서 손목시계가 드러났다. 에어즈 부인이 시계를 흘깃 보고는 달라진 어조로 말했다. "지금쯤 캐럴라인이 집에 왔겠군요. 캐럴라인을 보러 가야죠, 당연히."

나는 정중하게 말했다. "저는 여기 있는 편이 즐겁습니다."

"나는 선생을 캐럴라인한테서 떼어놓을 생각은 없어요."

부인의 말에는 뼈가 있었다. 나는 그녀의 눈빛을 보았다. 캐럴라인과 내가 조심에 조심을 했음에도 그녀는 우리 둘 사이에 일이 어떻게 돌아가는지 훤히 알고 있었다. 나는 괜스레 무안해져 연못 쪽으로 돌아섰다. 손바닥을 얼음 위에 댔다 떼고 입김을 불어넣기를 수차례 반복한 끝에 얼음이 대강 녹았고, 무정형의 입구가 두 개 생겨 그 아래 홍차색 물이 드러났다.

"자." 나는 내심 뿌듯하게 말했다. "이제 물고기도 에스키모처럼 파리든 뭐든 잡을 수 있겠군요, 거꾸로이긴 하겠지만. 그럼 계속 갈까요?"

나는 손을 내밀었지만 부인은 대꾸하지도, 일어서지도 않았다. 그녀는 내가 손가락에서 물기를 떨어내는 모습을 물끄러미 바라보다 조용히 말했다. "닥터 패러데이, 나는 캐럴라인과 당신이 잘돼서 기뻐요. 처음에는 그렇지 않았다는 점은 인정해야겠지요. 처음 선생이 우리집에 왔을 때, 내 딸과 당신이 서로 애착을 키워가는 모습이 그리 달갑지는 않았어요. 나는 구식 여자이고, 선생은 애초에 내가 생각해놨던 사윗감으로는 맞지 않았으니까. 선생은 전혀 몰랐겠지만."

나는 잠시 뜸을 들였다 말했다. "알고 있었다고 생각합니다."

"그렇다면 미안하군요."

나는 어깨를 으쓱했다. "뭐, 이제 와서 그게 무슨 상관이겠습니까?"

"선생은 내 딸과 결혼할 생각인가요?"

"네, 그렇습니다."

"내 딸을 아주 소중하게 여기나?"

"더할 나위 없어요. 부인도 캐럴라인도 제게는 더할 나위 없이 소중한 사람입니다. 그 점을 알아주셨으면 좋겠습니다. 전에 한번 부인께서…… 버려지는 게 두렵다고 말씀하신 적이 있지요. 그러니까 제가 캐럴라인과 결혼한다는 것은 그녀뿐 아니라 부인과 이 저택도 책임지겠다는 뜻입니다. 로더릭도요. 부인은 최근에 아주 절박한 시간을 보내셨지요. 하지만 이제 한결 나아지고 또 침착해지셔서 예전 모습을 많이 되찾으셨어요……"

그녀는 아무 말 없이 나를 지그시 쳐다보았다. 나는 위험을 무릅쓰고 좀더 나가보기로 했다.

"그때 육아실에서," 나는 말했다. "음, 그건 정말 이상한 사고였습니다, 안 그런가요? 끔찍한 일이었죠! 이제 다 지난 일이라 다행입니다."

에어즈 부인은 미소를 지었다. 참을성 있게 뭔가 숨기는 듯한 야릇한 미소였다. 그녀의 높은 광대뼈가 더욱 불거지고 눈이 가늘어졌다. 그녀는 몸을 일으키며 젖은 가죽장갑에서 눈을 조심스럽게 쓸어냈다.

"아, 닥터 패러데이, 어쩜 이렇게 순진할 수가."

그녀는 너그러운 투로 부드럽게 말했고, 하마터면 나는 웃을 뻔했다. 그러나 그녀의 표정이 여전히 이상야릇해 나는 왠지 모르게 간이 철렁했다. 나는 그다지 우아하지 못하게 서둘러 일어나다 뒤꿈치로 오버코트 자락을 밟고 살짝 균형을 잃었다. 부인은 이미 저쪽으로 걸어갔다. 나는 그녀를 쫓아가 팔을 살짝 잡았다.

"잠시만요, 그게 무슨 말씀이십니까?"

에어즈 부인은 대답은 하지 않고 내게서 고개를 돌렸다.

나는 말했다. "혹시 뭔가…… 다른 일이 있었나요? 설마 아직 도…… 수전을?"

"수전." 부인은 여전히 앞만 쳐다보며 중얼거렸다. "수전은 언제나 나와 함께 있어요. 어딜 가든 나를 따라다니지. 어머, 여기 이 정원에서도 우리랑 같이 있네."

순간 나는 그녀가 비유적으로 말하는 거라고, 어딜 가든 그녀의 머릿속에, 가슴속에 항상 딸이 있다는 뜻일 뿐이라고 좋게 해석하려 애썼다. 그러나 그때 내 쪽으로 고개를 돌린 에어즈 부인의 표정에 소름 끼치는 뭔가가, 절대고독과 쫓기는 자의 절박함과 공포가 어우러진 뭔가가 떠올랐다.

나는 말했다. "맙소사, 왜 여태 말씀 안 하셨어요?"

"그랬으면 당신이 나를 진찰하고 치료하려 들었겠지." 부인이 말했다. "그리고 나더러 꿈을 꾸는 거라고 했겠지?"

"하지만 아, 에어즈 부인, 경애하는 에어즈 부인, 부인은 꿈을 꾸신 겁니다. 모르시겠어요?" 나는 그녀의 장갑 낀 손을 잡았다. "주위를 둘러보세요! 여긴 아무도 없잖아요! 그건 죄다 부인의 마음속에 있는 겁니다! 수전은 죽었어요. 아시잖습니까?"

"물론 그건 나도 알아!" 그녀는 아주 거만하게 말했다. "어떻게 내가 모를 수 있겠어? 우리 아가가 죽었다는 것을…… 하지만 지금 그애가 돌아왔다고."

나는 그녀의 손가락을 꼭 쥐었다. "하지만 어떻게 그게 가능합니까? 그 점에 대해 어떻게 생각하세요? 에어즈 부인, 부인은 분별 있는 여성입니다. 그애가 무슨 수로 돌아옵니까? 말씀해보세요. 지금 그애를 보고 계십니까?"

"아, 아니, 아직 보지 못했어. 하지만 그애가 느껴져."

"그애가 느껴지신다고요."

"그애가 쳐다본다는 걸 느껴. 그애의 시선이 느껴져. 당연히 그애의 눈이지, 그렇잖아? 그애의 눈빛은 아주 강렬하고, 눈은 손가락 같아. 그애는 눈으로 만질 수 있어. 누르고 꼬집는다고."

"에어즈 부인, 제발 그만하세요."

"그애 목소리도 들려. 이제는 그걸 듣는 데 전성관도 전화기도 필요 없어. 그애가 직접 내게 말을 걸거든."

"그애가 말을!"

"속삭이지." 부인은 마치 귀를 기울이듯 고개를 갸웃하더니, 손을 들어올렸다. "지금 속삭이는군."

그녀가 집중하는 모습은 뭔가 오싹하니 섬뜩했다. 나는 그다지 침착하지 못한 어조로 물었다. "뭐라고 속삭입니까?"

그녀의 표정이 다시 처연해졌다. "하는 소리야 늘 똑같지. 어디 있어요? 왜 안 오세요? 기다리고 있어요."

에어즈 부인은 그 말을 흉내내듯 속삭였다. 그 속삭임은 그녀가 내뱉은 흐릿한 입김과 함께 한동안 허공에 머무는 듯했다. 그러다 적막에 삼켜져 사라졌다.

나는 기가 막혀 잠시 그 자리에 얼어붙은 듯 서 있었다. 몇 분 전까지만 해도 심지어 조그만 채마밭이 아늑하게 느껴질 정도였다. 그러나 이제는 담으로 둘러싸인 작은 땅뙈기가 위험으로 가득찬

것만 같았다. 단 하나의 비좁은 출구 역시 또하나의 숨막히는 외딴 공간으로 이어질 뿐이었다. 날은 아까도 얘기했듯 이상하리만치 고요했다. 나뭇가지를 스치는 바람 한 점 없었고, 차고 희박한 공기 중에 날아오르는 새 한 마리 없었다. 아무리 조그만 소리나 움직임이라도 있었으면 바로 알아차렸을 것이다. 어느 것 하나 변하지 않았다. 그럼에도 뭔가가 정원 안에 우리와 함께 있는 듯한, 뭔가가 뽀득뽀득 새하얀 눈을 밟고 서서히 우리를 향해 다가오는 느낌이 들기 시작했다. 그보다 더 고약한 것은 그것이, 그게 무엇이든 어쩐지 낯익은 듯한 기괴한 느낌을 받았다는 점이다. 우리를 향한 그 수줍은 발걸음에는 돌아온다는 표현이 더 적절할 것 같았다. 꼭 어린 애들이 술래잡기를 하듯 뭔가가 내 등을 때릴 것만 같아서 등에 오싹 소름이 돋았다. 나는 에어즈 부인의 손을 놓고 뒤로 휙 돌아 사방을 두리번거렸다.

정원은 텅 비었고, 눈 위에는 우리 발자국밖에 없었다. 그러나 심장이 쿵쾅거리고 손이 부들부들 떨렸다. 나는 모자를 벗고 얼굴을 훔쳤다. 이마와 입술에서 땀이 났고, 상기된 젖은 피부에 차가운 공기가 닿으니 얼얼했다.

막 모자를 다시 쓰는데 에어즈 부인이 헉하고 숨을 삼키는 소리가 들렸다. 돌아보니 그녀가 장갑 낀 손으로 옷깃을 부여잡은 채, 붉게 상기된 얼굴을 일그러뜨리고 있었다. "왜 그러십니까? 어디안 좋으세요?" 그녀는 고개만 저을 뿐 말이 없었다. 그러나 표정이 너무 안 좋았고, 나는 부인의 심장에 생각이 미쳤다. 나는 그녀의 손을 잡아떼고 스카프와 외투를 끌렀다. 그녀는 외투 안에 카디건과 실크블라우스를 받쳐 입었다. 블라우스는 엷은 아이보리색이었다. 그런데 믿을 수 없게도, 난데없이 선홍빛 액체 세 방울이 실크블라우스에 배더니, 흡수지 위의 잉크처럼 빠르게 번졌다. 나는 블라우스의 칼라를 잡아 내리고 그 아래 맨살을 보았다. 상당히 깊게 긁힌 자국이 부어올라 붉은 피가 방울방울 맺혀 있었다. 틀림없이 방금 생긴 상처였다.

"무슨 짓을 하신 겁니까?" 나는 질겁하고 외쳤다. "어쩌다 이렇게 된 거죠?" 나는 핀이나 브로치 같은 것을 찾아 그녀의 드레스를 훑어보았다. 그녀의 손을 잡고 장갑도 살폈다. 아무것도 없었다. "뭘 쓰신 겁니까?"

에어즈 부인은 시선을 떨궜다. "우리 딸이야." 그녀는 중얼거렸다. "그애가 같이 가자고 조르는 거야. 그애가…… 항상 착하지만은 않거든."

그녀의 말뜻을 깨닫고 나는 토할 것만 같았다. 나는 그녀에게서 몇 발짝 물러났다. 그때 퍼뜩 생각난 게 있어서 부인의 손을 다시 잡아 장갑을 벗기고 거칠게 소매를 올렸다. 몇 주 전 깨진 창문에 베인 상처는 흰 피부와는 대조적으로 혈색 좋은 분홍빛을 띠며 완전히 아물었다. 그러나 흉터 중에 여기저기 새로 긁힌 자국이 있는 것 같았다. 한쪽 팔에는 이상하게 생긴 희미한 멍자국도 있었는데, 마치 조그맣고 악착같은 손에 살을 꼬집힌 것 같았다.

부인의 장갑이 땅바닥에 떨어졌다. 나는 떨리는 손으로 장갑을 주워 그녀의 손에 도로 끼워주었다. 그리고 그녀의 팔꿈치를 잡았다.

"에어즈 부인, 집으로 모셔다드리겠습니다."

"그애한테서 나를 떼어놓으려는 거지? 알겠지만 소용없는 짓이야."

나는 돌아서서 부인을 잡고 흔들었다. "그만하세요! 제 말 들리세요? 제발 그런 말 좀 하지 마세요!"

에어즈 부인은 스르륵 내 손에서 빠져나갔고, 나는 다시 그녀의 얼굴을 쳐다볼 엄두가 나지 않았다. 어쩐지 쳐다보기가 딱했다. 나는 부인의 손목을 잡고 잡초가 뒤엉킨 정원을 벗어났고, 그녀는 비교적 얌전히 따라왔다. 우리는 얼어붙은 마구간 시계를 지나 잔디밭을 거쳐 집안으로 들어갔다. 나는 그녀에게 겉옷을 벗을 틈도 주지 않고 곧장 위층으로 데려갔다. 따뜻한 침실에 들어가서야 코트와 모자와 눈 묻은 신발을 벗기고 난롯가 의자에 앉혔다.

그러고 나자 부인 가까이에 있는 물건들이 눈에 들어왔다. 난로 속 석탄, 부지깽이, 부젓가락, 유리잔, 거울, 장식품…… 홀연 그것들이 죄다 모질고 흉악하고 위험하기 짝이 없어 보였다. 나는 종을 울려 베티를 부르려 했다. 그런데 호출벨 손잡이가 힘없이 까딱거렸고, 나는 캐럴라인이 전선을 끊었다는 게 기억났다. 계단 앞까지 나가 조용한 집안이 울리도록 연거푸 소리치자 마침내 베티가 나타났다.

"겁내지 말고." 나는 베티가 입을 열기도 전에 안심시켰다. "에어즈 부인 옆에 있어줬으면 좋겠어, 그래서 부른 거야." 나는 의자를 당겨 베티를 앉혔다. "여기 앉아서 부인에게 필요한 게 있으면 뭐든 챙겨드리고, 내가……"

그러나 사실을 말하자면, 에어즈 부인을 침실까지 데려오긴 했지만 뭘 어떻게 해야 할지 알 수 없었다. 바깥에 소복이 쌓인 눈이 머릿속을 떠나지 않았고, 고립된 저택이 신경쓰였다. 베이즐리 부인만 있었어도 나는 더 차분해졌을 것이다. 그러나 나를 도울 사람이 베티뿐이라니! 심지어 왕진가방도 차에 두고 왔다. 기구도 없었고, 약품도 없었다. 두 여자가 나를 멀거니 바라보는데, 나는 거의 패닉에 빠져 안절부절못하며 서 있었다.

그때 아래층 홀의 대리석 바닥을 밟는 발소리가 들렸다. 문가로 가서 내다보니 캐럴라인이 이제 막 계단을 올라오고 있었다. 나는 가슴을 쓸어내렸다. 그녀는 목도리를 풀며 모자를 벗는 중이었다. 갈색 머리칼이 너저분하게 어깨 위로 떨어졌다. 나는 소리쳐 그녀를 불렀다. 캐럴라인이 깜짝 놀라 위쪽을 쳐다보고 발걸음을 재촉했다.

"무슨 일이에요?"

"당신 어머니 말인데, 잠시만."

나는 다급히 에어즈 부인의 침실로 도로 들어가 그녀 옆에 섰다. 그리고 부인의 손을 잡고 어린아이나 환자에게 말하듯 차근차근 설명했다.

"에어즈 부인, 제가 캐럴라인하고 잠시 얘기를 나눌 겁니다. 방문을 열어놓을 테니 걱정되는 일이 있으면 바로 불러주세요. 반드시 불러야 합니다. 아시겠어요?"

부인은 피곤해 보이는 얼굴로 아무 대답도 않았다. 나는 베티를 의미심장하게 쳐다본 다음 밖으로 나가 캐럴라인을 붙잡고 계단참을 돌아 그녀의 방으로 갔다. 그쪽에서도 방문을 약간 열어놓고 그 바로 안쪽에 섰다.

그녀가 물었다. "무슨 일인데요?"

나는 입술 앞에 손가락을 세웠다. "목소리를 낮춰요…… 캐럴라인, 내 사랑, 당신 어머니 일이야. 아무래도 내가 병세를 잘못 진단한 모양이오, 그것도 아주 심각하게. 내가 보기엔 어머니 병세가 정말 중증인 것 같아. 당신 보기에는 어떻소? 당신 어머니가 방금 내게 하신 말씀은…… 아, 캐럴라인. 내가 지난번에 왔다 간 이후로 어머니에게서 아무런 이상도 눈치채지 못했소? 특별히 힘들어하신다든가, 신경질적이라거나 뭔가를 두려워하지는 않았소?"

캐럴라인은 당황한 것 같았다. 계단참 너머 에어즈 부인의 방을 주시하기 위해 문가로 걸어가는 나를 보면서 그녀가 말했다. "무슨 일인데요? 내가 가보면 안 되나요?"

나는 두 손으로 그녀의 어깨를 잡았다. "잘 들어요. 당신 어머니가 다치셨어."

"다치셨다고요? 어떻게?"

"내 생각에는…… 자해를 하신 것 같소."

그리고 나는 최대한 간략하게 방금 전 에어즈 부인과 함께 담이 둘러진 채마밭에 나갔을 때 겪은 일을 설명했다. "캐럴라인, 어머니는 당신 언니가 자신과 늘 같이 있다고 생각해서. 무척 겁에 질리신 것 같더군! 고통스러워하셨다오! 어머님 말씀이, 당신 언니가 자신을 괴롭힌다시는데. 긁힌 자국도 보았소." 나는 내 목 부근을 가리키며 말했다. "바로 여기, 쇄골 위에. 어떻게 상처를 낸 건지, 뭘 사용했는지도 전혀 모르겠지만. 그런데 어머니의 팔을 봤더니 생채기와 멍자국도 있더군. 전혀 눈치채지 못했나? 당신이라면 뭔가 알았을 것도 같은데."

"생채기와 멍자국이라." 캐럴라인은 애써 기억을 더듬으며 말했다. "글쎄요. 어머니는 늘 자잘한 상처를 달고 사시는 편이라. 진정제 때문에 몸놀림이 더 둔해지셨다는 건 알아요."

"이건 둔하고 자시고의 문제가 아니오. 이건…… 미안해요, 어머님은 정신을 아주 놓으셨어."

캐럴라인은 나를 멍하니 쳐다보다가 얼굴이 서서히 굳었다. 그러고는 돌아서며 말했다. "어머니를 보러 가겠어요."

"잠깐만." 나는 그녀를 다시 방안으로 잡아끌었다.

캐럴라인은 내 손을 뿌리치고 벌컥 화를 냈다. "약속했잖아요! 몇 주 전에 내가 얘기했죠. 이 집에 뭔가 있다고 분명히 당신한테 경고했어. 그랬더니 당신이 시키는 대로만 하면 어머니는 괜찮을 거라고 했잖아요. 그래서 어머니를 지켜보고 또 지켜봤어요. 날마다 어머니 옆에 붙어 있었어. 어머니가 그토록 싫어하시는 약도 억지로 드시게 했고. 당신이 약속했잖아요."

"미안하오, 캐럴라인. 나는 최선을 다했어. 어머님의 상태가 내가 알던 것보다 더 좋지 않았던 거요. 조금만 더 지켜봅시다, 오늘 밤만이라도."

"그럼 내일은 어떡하게요? 또 모레는?"

"어머니는 이제 보통 간병으로는 손쓸 수 없는 지경에 이르셨소. 필요한 준비는 전부 내가 알아서 하겠소, 그건 약속하지. 오늘 저녁에 다 해놓겠소. 그리고 내일 어머니를 다른 곳으로 모십시다."

그녀는 내 말을 이해하지 못했다. 초조하게 고개를 저으며 말했다. "다른 데로 모시다뇨, 어디로? 그게 무슨 말이죠?"

"어머님을 집에 계시게 할 수는 없소."

"그러니까, 로디처럼?"

"안타깝지만 그 방법밖에 없겠소."

한 손으로 이마를 짚는 캐럴라인의 얼굴에 경련이 지나갔다. 나는 그녀가 울음을 터뜨릴 줄 알았다. 그러나 캐럴라인은 웃기 시작했다. 메마르고 소름 끼치는 웃음이었다. "하느님 맙소사! 내 차례는 얼마나 있으면 와요?"

나는 그녀의 손을 잡았다. "그런 식으로 말하지 마요!"

그녀는 내 손가락을 잡아 자신의 손목에 갖다대며 말했다. "아뇨, 정말로. 진단해봐요. 당신은 의사잖아. 나는 얼마나 남았어요?"

나는 캐럴라인의 손을 뿌리쳤다. "글쎄, 어쩌면 아주 금방이겠군. 만약 어머님을 여기 그대로 두고 뭔가 사고가 터진다면! 바로 그게 내가 걱정하는 일이야. 지금 당신 상태를 좀 보라고! 당신과 베티 둘이서 어떻게 해나가려고? 이것이 유일한 해결책이란 말이오."

"유일한 해결책. 또 병원에 입원."

"그래."

"감당할 여력이 없어요."

"내가 도와주겠소. 내가 방법을 알아보지. 우리가 결혼만 하면……"

"아직은 결혼하지 않았잖아요. 세상에!" 캐럴라인은 두 손을 마주잡았다. "당신은 두렵지도 않아요?"

"뭐가?"

"부정 탄 에어즈 가문이."

"캐럴라인."

"왜요, 다들 그렇게 말하지 않나? 로디에 관해서도 벌써 말들이 돈다는 거 알아요."

"지금 남들 얘기에 신경쓸 계제가 아니잖소!"

"오, 아무렴 당신 같은 사람에게는 문제가 안 되겠죠."

그녀는 인정사정없이 쏘아붙였다. 나는 어처구니가 없어 반문했다. "그게 대체 무슨 소리지?"

캐럴라인은 당혹스러운 듯 돌아섰다. "그냥 당신이 계획한 일이, 어머니에게 추천하는 진료법이 어머니가 혐오하실 만한 거라는 뜻이에요. 그러니까 제정신이 돌아오시면 말이에요. 이해가 안 되나요? 어머니는 우리가 어렸을 때 아파도 칭얼거리지 못하게 하셨어요. 우리 같은 집안 사람들은 음…… 책임감을 가져야 한다고, 타의 모범이 되어야 한다고 말씀하시면서요. 만약 우리가 그렇지 못하다면, 보통 사람들보다 더 훌륭하고 용감하지 못하다면, 우리의 존재 가치가 뭐냐고 말씀하셨죠. 당신이 내 남동생을 입원시켰다는 수치심만으로도 충분히 타격이 컸어요. 만약 당신이 어머니마저 입원시키려 한다면, 어머니는 용납하지 않으실 거예요."

나는 가차없이 말했다. "글쎄, 안됐지만 어머니께는 그리 선택지가 많지 않소. 그레이엄을 다시 데려오겠소. 그레이엄이 왔는데도 어머님이 만약 오늘 오후에 나를 대한 것처럼 구신다면, 의문의 여지가 없겠지."

"어머니는 차라리 죽음을 택하실 거예요."

"나 원, 여기 내버려둬도 어머니는 돌아가신다니까! 다른 무엇보다—냉혈한이라고 해도 할 수 없지만 내가 더 걱정되는 건—당신이 잘못될까봐서야. 당신이 또 그런 일을 겪게 할 수는 없소. 로더릭 때 망설인 것을 나는 두고두고 후회했어. 똑같은 실수를 다시 반복하지는 않을 거야. 가능하다면 지금 당장 어머님을 모셔가겠소."

말을 하면서 나는 창밖을 내다보았다. 새하얀 대지는 일광을 머금었지만, 하늘은 어느새 은회색으로 어두워졌다. 그때까지도 나는 정말 심각하게 에어즈 부인을 그 자리에서 바로 데려갈 생각이었고, 내 생각을 그대로 말했다. "할 수 있을 것 같군. 어머님을 진정제로 재운 뒤, 당신과 나 둘이서 어떻게든 다른 곳으로 모실 수 있겠어. 눈 때문에 좀 지체되겠지만, 우선 해턴까지만 옮기면 되니까……"

캐럴라인이 진저리를 치며 말했다. "시립 정신병원으로요?"

"오늘밤에만. 내가 관련 절차를 준비할 동안만 말이오. 어머니를 데려갈 만한 사설병원이 한두 곳 있긴 한데, 적어도 하루 전에는 미리 알려야 하오. 지금 어머니는 면밀한 주의와 관찰이 필요한 상태요. 복잡한 일이 되겠지."

캐럴라인은 비로소 내가 얼마나 진지한지 깨닫고 겁에 질려 나를 바라보았다. "어머니가 마치 위해라도 끼치는 양 말하네요."

"어머니 스스로에게 위험하다고 생각하오."

"몇 주 전에 내가 어머니를 입원시키기를 바랐을 때 선생님이 그렇게 했다면, 이 모든 일은 일어나지도 않았을 거예요. 그런데 이제

와서 무슨 길거리 정신병자 취급하며 정신병원으로 처넣어버리자
니!"

"미안해요, 캐럴라인. 하지만 나는 어머니가 하시는 말을 직접
들었소. 무슨 행동을 하는지 두 눈으로 똑똑히 봤지. 그런데도 내가
어머니를 치료하지 않고 그대로 놔둘 거라 생각하지는 않겠지? 어
머니가 환각에 시달리시는데 그냥 내버려둬야 한다고, 순전히……
계급적 자존심을 손상시키지 않기 위해 그래야 한다고 실제로 생
각하는 건 아니겠지?"

캐럴라인은 다시 얼굴을 감쌌다. 그녀의 손가락이 첨탑처럼 입
과 코를 가렸고, 손끝이 눈 안쪽을 꾹 눌렀다. 그녀는 잠시 침묵을
지키며 나를 지그시 쳐다보았다. 천천히 숨을 들이쉬고 내쉬면서
모종의 결론에 도달한 것 같았다. 그러고는 손을 내리며 말했다.

"네." 캐럴라인이 말했다. "그렇게 생각하지는 않아요. 하지만
다들 보는 앞에서 어머니를 해턴으로 모실 수는 없어요. 나를 결코
용서하지 않으실 거예요. 내일 하세요, 남들이 알지 못하게. 그때쯤
이면 나도 생각이 좀 정리될 거예요."

지프가 죽기 전 며칠 이후로 그녀가 그토록 단호하고 결연한 모
습을 보인 것은 처음이었다. 나는 살짝 겸연쩍어졌다. "좋소. 그렇
다면 나도 오늘밤 당신과 함께 여기 머물겠소."

"그럴 필요 없어요."

"그편이 내 속이 더 편해서 그러오. 저녁 여덟시에 종합병원 근
무가 있지만, 오늘은 취소하지. 긴급 상황이 발생했다고 말하겠소.
맙소사, 이건 진짜 긴급 상황이라고." 나는 손목시계를 확인했다.

"오후 진료를 마치고 와서 밤샘을 할 수 있겠군."

캐럴라인은 고개를 저었다. "그러지 않아도 돼요."

"캐럴라인, 어머니는 세심한 주의가 필요한 상태요. 밤새 말이오."

"내가 하면 되잖아요. 어머니는 나와 함께 계시는 편이 가장 안전하지 않겠어요?"

나는 대꾸하려고 입을 열다 그녀의 말에 머릿속에서 경고등이 켜졌다. 나는 내가 실리와 나눴던 대화를 염두에 두고 있었음을 깨닫고 경악했다. 당시 내 속에서 스멀스멀 올라왔던 역겨운 의구심이 다시 고개를 들었다. 말도 안 되는 생각이었고, 터무니없는…… 그러나 다른 말도 안 되고 터무니없는 사건이 헌드레즈홀에서 일어났다. 만약 캐럴라인이 그 사건에 어느 정도 책임이 있다면? 만약 그녀가 무의식적으로 어떤 흉포하고 음산한 생물을 소환했고, 실제로 그것이 집안을 떠도는 거라면? 단 하룻밤이라도 또 이렇게 에어즈 부인을 무방비 상태로 놔둬도 되는 걸까?

내가 머뭇거리자 캐럴라인은 어리둥절해져서 나를 빤히 쳐다보며 기다렸다. 그녀의 맑은 갈색 눈동자에 한 줄기 의심이 피어났다.

나는 고개를 흔들어 그 미친 생각을 떨어냈다. "좋아." 나는 말했다. "여기서 당신과 함께 계시게 하지. 어머님을 혼자 두지 말 것. 내 요구 사항은 그것뿐이오. 그리고 무슨 일이 생기면 반드시 내게 전화해요. 무슨 일이든지."

그녀는 그러마고 대답했다. 나는 잠깐 그녀를 안았다가, 계단참을 지나 에어즈 부인에게로 데려갔다. 에어즈 부인과 베티는 아까 내가 나갔을 때와 똑같은 모습으로 점점 짙어지는 어둠 속에 앉아 있었다. 나는 전등 스위치를 올리려다 조용해진 발전기가 생각나 난로에서 불을 가져다 기름램프 두어 개를 켜고 커튼을 젖혔다. 방 안은 금방 쾌적해졌다. 캐럴라인이 어머니 곁으로 다가갔다.

"닥터 패러데이가 그러는데 어머니 상태가 그리 좋지 않대요." 그녀는 어색하게 말을 꺼냈다. 그리고 손을 뻗어 어머니의 잿빛 머리칼 몇 가닥을 귀 뒤로 넘겨주었다. "정말 많이 안 좋으세요?"

에어즈 부인은 피로에 젖은 고개를 들었다. "그런 것 같구나." 부인이 말했다. "의사가 그렇다고 하니."

"어머니, 제가 같이 있어드릴게요. 우리 뭐할까요? 책 읽어드릴까요?"

캐럴라인이 나를 쳐다보았고, 나는 고개를 끄덕였다. 그녀는 베티가 앉아 있던 안락의자에 자리를 잡았다. 나는 베티를 데리고 아래층으로 내려갔다. 그리고 베티에게 좀 전에 캐럴라인에게 물었던 것과 같이 최근 에어즈 부인의 행동에서 뭔가 이상한 낌새를 눈치채지 못했는지, 생채기나 베인 상처 같은 자잘한 부상을 보지 못했는지 물었다.

베티는 겁을 집어먹은 듯 고개를 절레절레 저었다. "마님이 또 나빠지신 거예요? 그게…… 그런 일이 또 시작되는 건가요?"

"'또 시작되는' 일 같은 건 없어." 나는 말했다. "네가 무슨 말을 하려는지 다 아는데, 이 집에서 그런 얘기는 두 번 다시 꺼내지 않았으면 좋겠다. 그리고 그렇게 조바심 낼 필요도 없어." 무심결에 워릭셔 억양이 튀어나왔다. "전에 일어났던 일하고는 아무 상관 없어. 그저 에어즈 마님한테 잘해드리고, 정신 바짝 차리고 시키는 대로 잘 따르기만 하면 돼. 잠깐만, 베티." 나는 물러가려고 몸을 돌리는 베티의 팔을 잡고 서둘러 덧붙였다. "캐럴라인 아가씨도 잘 모셔야 한다, 할 수 있지? 지금 믿을 사람은 너밖에 없어. 뭔가 잘못됐다 싶으면 바로 나한테 전화해, 알았지?"

베티는 입을 꾹 다물고 고개를 끄덕였다. 철부지 같던 느낌은 일순 어디론가 사라졌다.

밖으로 나서니 눈부시게 빛나던 눈밭은 어두워진 하늘 아래 그 반짝거림을 잃었고 날은 한층 차가워졌다. 차가 있는 곳까지 걸어가는 고된 여정 덕분에 겨우 사지에 따스함을 유지할 수 있었지만, 일단 차에 올라타자 냉기가 덮쳐와 몸이 떨리기 시작했다. 천만다행으로 시동이 한번에 걸렸고, 리드코트로 돌아가는 길은 더디긴 하나 평온했다. 그러나 집안으로 들어서면서도 나는 여전히 으슬으슬 떨었고, 오후 진료 환자들이 모여드는 소리를 벽 너머로 들으며 난로 앞에 서서도 떨었다. 진료실 싱크대에서 온수를 틀어 거의 끓는 물처럼 느껴지는 물줄기에 손을 녹이고 나서야 겨우 오한이 가시며 마침내 손의 떨림도 멈췄다.

일련의 흔한 겨울철 질병을 치료하면서 나는 평정을 되찾았다. 진료가 끝나자마자 헌드레즈홀에 전화를 넣었다. 캐럴라인의 명료하고 든든한 음성으로 모두 잘 있다는 말을 듣자 훨씬 마음이 놓였다.

그러고 나서 전화 두 통을 더 돌렸다.

먼저 럭비에서 알게 된 은퇴한 방문 간호사에게 전화를 걸었다. 가끔 개인적으로 환자를 맡기는 사람이었다. 그녀는 정신질환 환자보다 신체 부상 환자를 주로 돌봤지만 어쨌든 노련한 간호사였고, 에어즈 부인의 상태에 대한 나의 신중한 설명을 듣더니 하루나 이틀 정도, 즉 내가 더 적절한 의료기관을 찾아 입원 준비를 마치는 데 필요한 기간 동안 기꺼이 부인을 맡아주겠다고 했다. 나는 도로 사정만 괜찮다면 내일 환자를 그쪽으로 데려가겠다고 했고, 우리는 그에 합당한 계약을 맺었다.

두번째 전화는 걸까 말까 한동안 망설였다. 그저 이번 일을 다 털어놓고 얘기할 상대가 필요했던 것이다. 원래대로라면 당연히 그레이엄에게 전화를 걸어야 했지만, 정작 내가 전화를 건 사람은 실리였다. 그는 이 사건에 대해 상세히 아는 유일한 사람이었다. 그동안 있었던 일을 그에게 털어놓자 한결 마음이 놓였다. 전화상으로 구체적인 이름을 언급하지 않고도 충분히 속속들이 전할 수 있었고, 그런 내 얘기에 반응하는 그의 말투는 평소의 유쾌함과 달리 점점 심각해져갔다.

"그거 참 좋지 않은 소식이군." 실리가 말했다. "그리고 정확히 자네가 예측했던 대로 전부 별 피해 없이 지나갔고."

"그런데 자네는 내가 너무 서두른다고 생각지 않나?"

"전혀! 들어보니 일분일초가 아쉬울 판인데."

"신체적 위해가 있었다는 실질 증거는 별로 없어."

"그게 정말 필요할까? 정신적인 면은 확실히 우려할 만해. 솔직히 말해 그런 집안 사람들을 상대로 이런 종류의 조치를 취하고 싶어하는 사람은 없어. 특히, 흠, 다른 관계도 얽혀 있을 때는 절대 그러고 싶지 않겠지. 그렇다고 다른 대안이 있는 것도 아니잖아? 환각이 진행되게 놔뒀다 점점 더 심각해지면? 내일 아침에 내가 가서 도와줄까? 원한다면 그렇게 하지."

"아니, 아닐세." 나는 사양했다. "그레이엄이 할 거야. 난 단지 확인을 좀 하고 싶어서…… 잠깐 실리, 내 말 좀 들어봐." 그가 수화기를 내려놓으려 하기에 나는 급히 붙잡았다. "얘기하고 싶은 게 하나 더 있어. 지난번에 만났을 때 내가 했던 얘기 기억하나?"

그는 잠시 조용해졌다 이내 입을 열었다. "마이어스인가 하는 놈의 헛소리 말인가?"

"그게 헛소리였나? 자네 지난번에는…… 실리, 정말로 위험한 냄새가 나는 것 같네. 나는……"

그는 잠자코 기다렸다. 그러나 내가 말을 잇지 못하자 단호하게 말했다. "자네는 할 만큼 했어. 그런 정신 나간 허튼소리까지 신경 쓰느라 사서 고생하지 말게. 내가 전에도 한번 얘기한 적 있지. 여기서 가장 최우선 사항은 근본적으로 주의를 기울이는 거라고. 아주 간단하잖아. 어쩌면 내일 우리의 환자분은 안 가겠다고 완강히 버틸지도 몰라. 그러나 자네는 그녀가 속마음으로는 간절히 원하는 바를 해주는 거야. 어쨌든 오늘밤은 푹 자고 더는 골치 썩지 말게."

만약 우리 처지가 서로 뒤바뀌었다면, 나도 그에게 토씨 하나까지 똑같은 조언을 했을 것이다. 그래도 나는 확신이 서지 않아 위층에 올라가 술을 마시고 담배를 피웠다. 입맛 없는 저녁을 먹고 착잡하게 레밍턴으로 향했다.

병원에서도 내내 심란한 상태로 근무를 섰고, 자정 조금 전에 집으로 돌아와서도 여전히 우울함이 가시지 않았다. 캐럴라인과 에어즈 부인 생각이 자석 같은 흡인력을 발휘했는지 돌아오는 길에

무심코 리드코트 반대쪽으로 방향을 틀어 헌드레즈 길을 1마일가
량 달리고서야 내가 무슨 짓을 하고 있는지 깨달았다. 기괴하게 창
백한 눈 쌓인 풍경은 불안감만 더해줄 뿐이었다. 검은색 자동차 안
에 앉아 있자니 묘하게 눈에 띄는 듯한 느낌이 들었다. 순간 나는
정말 그대로 헌드레즈홀에 가볼까 싶었다. 그러나 그렇게 늦은 시
각에 저택에 도착해 식구들을 혼란스럽게 해봤자 전혀 좋을 게 없
다는 생각이 들었다. 결국 나는 차를 돌렸다. 차를 돌리면서, 빛줄
기라든가 헌드레즈홀 사람들이 모두 무사히 잘 있다는, 있을 리 없
는 어떤 신호라도 보이지 않을까 하는 마음에 황량한 들판 너머를
바라보았다.

  다음날 아침, 밤새 잠을 설치고 아침을 먹으려 식탁에 막 앉았을
때 전화벨이 울렸다. 그 시각에 전화가 울리는 것은 하나도 이상할
게 없었다. 환자들이 종종 이른 시간에 전화해 그날 바로 왕진을 와
달라고 청하기도 했으니까. 그러나 왠지 그날은 힘든 하루가 될 거
라고 벌써부터 예상하고 잔뜩 예민해진 상태라, 파출부 아주머니
가 전화를 받는 동안 귀를 쫑긋 세우고 긴장한 채 앉아 있었다. 아
주머니는 걱정스럽고 어리둥절한 표정으로 금방 돌아왔다.
  "죄송하지만 선생님, 누가 선생님하고 통화하고 싶다는데요. 누
군지 통 모르겠어요. 헌드레즈홀에서 거는 전화라고 말하는 것 같
기는 한데……"
  나는 포크와 나이프를 내던지고 현관홀로 달려갔다.
  "캐럴라인." 나는 수화기를 들자마자 숨쉴 틈도 없이 말했다.

"캐럴라인, 당신이오?"

"선생님?" 눈이 내린 탓에 통화 음질이 나빴지만 캐럴라인의 목소리가 아니라는 것은 금방 알 수 있었다. 어린애처럼 높고 새된 음성이었고, 패닉에 빠져 흐느꼈다. "아이고 선생님, 와주실 수 있나요? 그러니까 제 말은, 오실래요? 그러니까 뭔 말이냐면⋯⋯"

비로소 나는 베티라는 것을 알아차렸다. 아이의 목소리는 헐떡임과 비명에 툭툭 끊기면서, 말도 안 되는 아주 먼 곳에서 들려오는 것 같았다. 베티가 다시 말했다. "그러니까 뭔 말이냐면⋯⋯ 사고가 나서⋯⋯"

"사고라고?" 나는 심장이 철렁 내려앉았다. "누가 다쳤어? 캐럴라인이야? 무슨 일이야?"

"아이고 선생님, 그게⋯⋯"

"젠장." 나는 소리쳤다. "잘 안 들린다고! 무슨 문제야?"

그때 갑자기 통화음이 선명하게 터졌다. "어, 패러데이 선생님, 아가씨가 말하면 안 된댔어요!"

그 말에 나는 뭔가 나쁜 일이 벌어졌음을 직감했다.

"알았다." 나는 대답했다. "갈게. 내 최대한 빨리 가마!"

나는 쏜살같이 계단을 뛰어내려가 진료실로 가서 가방을 챙기고 모자와 오버코트를 걸쳤다. 러시 부인이 불안한 얼굴로 나를 따라 내려왔다. 그녀는 어려운 분만이나 기타 응급상황으로 뛰쳐나가는 내 모습에 익숙했지만, 이렇게 사색이 된 나는 생전 처음 보았을 것이다. 얼마 안 있으면 오전 외래환자들이 올 터였다. 나는 환자들에게 전화를 걸어 기다리라든지 저녁에 다시 오라든지 딴 데로 가라든지 하여간 어떻게든 해달라고 러시 부인에게 황급히 소리쳤다. "알겠어요. 그런데 선생님……" 그녀는 컵을 내밀었다. "아무것도 안 드셨잖아요! 차라도 한 모금 드세요." 나는 그 자리에서 뜨거운 차를 한입에 꿀꺽 들이켜고 구르듯 집을 뛰쳐나가 자동차에 올랐다.

밤새 또 눈이 내렸다. 폭설은 아니었지만 헌드레즈로 가는 길이 가히 위험천만한 모험이 되기에는 충분했다. 당연히 나는 과속으로 달렸고, 바퀴에 체인을 감았음에도 수차례 미끄러졌다. 그때 만약 다른 차가 오고 있었다면, 안 그래도 참담했던 그날에 또하나의 재앙이 추가되었을 것이다. 그러나 실제로 다들 눈 때문에 운전할 엄두를 내지 못했기에 다른 차량은 거의 보이지 않았다. 차를 몰면서 나는 시계를 확인했고, 속절없이 흘러가는 시간에 애가 끓어 미칠 지경이었다. 그렇게 신경을 곤두세우고 운전했던 때는 그전에도 그후에도 없었던 것 같다. 1야드 1야드를 재다시피 전진했고, 진땀을 흘리며 길이 어서 끝나기만을 바랐다. 대정원 출입문에 이르러서는 아예 차를 버리고 진입로를 따라 미끄러지듯 헤쳐나가야 했다. 서두르느라 평소 신던 신발을 신고 나서는 바람에 두 발은 금세 푹 젖어서 얼어버렸다. 진입로 절반쯤 이르렀을 때 발목을 심하게 삐었고, 아픔을 참으며 계속 달렸다.

가쁜 숨을 내쉬며 녹초가 되어 저택에 도착하자 베티가 현관에 나와 있었다. 소녀의 얼굴을 보고 나는 두려워하던 최악의 상황이 벌어졌음을 대번에 알아차렸다. 계단 꼭대기에 선 베티에게 다가가자 소녀는 거칠어진 조그만 손으로 얼굴을 감싸고 울음을 터뜨렸다.

소녀의 울먹임은 내게 아무런 정보도 주지 못했다. 나는 초조하게 물었다. "어디로 가면 되지?" 베티는 고개를 저을 뿐 대답하지 않았다. 소녀 뒤편의 저택은 고요했다. 나는 계단 쪽을 들여다보았다. "저 위냐? 어서 말해!" 나는 베티의 어깨를 잡았다. "캐럴라인은 어디 있어? 에어즈 부인은 어디 계시고?"

베티는 집 안쪽을 가리켰다. 나는 복도를 급히 달려가 작은 응접실 문에 다다랐고, 문이 빠끔 열린 것을 보고 방문을 열었다. 목구멍에서 주먹으로 쾅쾅 내리치는 것처럼 심장이 두방망이질쳤다.

캐럴라인이 홀로 소파에 앉아 있었다. 나는 그녀를 보고 온몸에서 힘이 빠져나가며 안도감을 느꼈다. "아, 캐럴라인, 천만다행이야! 난 무슨 일이 난 줄 알고…… 세상에 말로 다 설명을 못하겠군."

그때, 거기 앉아 있는 캐럴라인이 무척 이상하다는 것을 깨달았다. 그녀의 얼굴은 창백하다기보다 완전 흙빛이었다. 그러나 떨지도 않았고 매우 평온해 보였다. 그녀는 문간에 서 있는 나를 보더니 고개를 들었다. 더도 덜도 아니게 그저 왔냐는 듯.

나는 캐럴라인에게 다가가 그녀의 손을 잡고 물었다. "무슨 일이오? 무슨 일이 일어난 거지? 어머님은 어디 계셔?"

"위층에 계세요."

"위층에, 혼자?"

나는 돌아섰다. 그녀가 나를 잡았다. "이미 늦었어요."

그러고 나서 띄엄띄엄 그 무시무시한 이야기의 전모가 드러났다.

그 전날 캐럴라인은 내가 지시한 대로 어머니와 함께 머물렀던 것으로 보인다. 먼저 큰 소리로 책을 읽어드렸다. 그리고 에어즈 부인이 꾸벅꾸벅 졸자 책을 옆으로 치우고 베티에게 바느질감을 가져오라고 일렀다. 그렇게 두 사람은 친구처럼 사이좋게 일곱시까지 같이 있었고, 그때 에어즈 부인이 혼자 화장실에 갔다. 캐럴라인은 거기까지 어머니와 동행할 수는 없다고 생각했고, 실제로 에어즈 부인은 손과 얼굴을 씻고 아까보다 '비교적 밝은' 모습으로 돌아왔다. 심지어 저녁식사를 위해 더 세련된 옷으로 갈아입겠다고 우기기까지 했다. 그들은 그즈음 늘 그랬듯 작은 응접실에서 저녁을 먹었다. 에어즈 부인의 식욕은 괜찮아 보였다. 나의 당부에 걱정스럽게 경계를 늦추지 않던 캐럴라인은 어머니를 면밀히 지켜보았지만, 에어즈 부인은 '그냥 평소 때의 어머니'처럼 보였다. 그 말인즉슨, 최근 그녀의 평소 모습대로 '조용조용하고 지친 듯하며, 정신은 산만하지만 전혀 예민하지 않은' 상태라는 뜻이었다. 저녁상을 물리고 모녀는 응접실에 머물며 포터블라디오에서 지지직거리며 흘러나오는 음악 프로그램을 들었다. 아홉시경 베티가 코코아를 가져왔다. 열시 반까지 그들은 책을 읽거나 바느질을 했다. 바로 그때쯤 어머니가 초조해하기 시작했다고 캐럴라인은 말했다. 에어즈 부인은 창가로 가서 커튼을 젖히고 눈 쌓인 잔디밭을 내다보며 서 있었다. 그러다 고개를 한 번 갸웃하더니 말했다. "저 소리 들리니, 캐럴라인?" 그러나 캐럴라인은 아무 소리도 듣지 못했다. 에어즈 부인은 창가에서 서성이다 외풍에 못 이겨 난롯가로 돌아왔다. 반짝 나타났던 초조한 기운은 보아하니 사라진 듯했다. 차분한 음성으로 이런저런 잡담을 하는 에어즈 부인은 다시 '평소 때의 어머니'로 돌아온 것 같았다.

에어즈 부인이 너무도 평온해 보여, 사실 잘 시간이 되었는데도 캐럴라인이 어머니 방에 같이 있겠다고 우기는 게 겸연쩍을 정도였다. 어머니도 자신은 침대에 편안히 누워 담요를 둘둘 말고 있는데 불편한 안락의자에 앉은 딸내미를 보자니 마음이 편치 않다며 캐럴라인을 마다했다. 하지만 캐럴라인은 "닥터 패러데이가 꼭 그래야 한다고 말했어요"라고 답했고, 그녀의 어머니는 빙그레 웃었다.

"벌써 결혼한 것처럼 구는구나."

"어머니도 참." 캐럴라인이 무안해하며 말했다. "이상한 말씀 마세요."

캐럴라인은 어머니에게 진정제를 주었고, 약효는 빠르게 나타났다. 에어즈 부인은 몇 분 되지 않아 잠들었다. 캐럴라인은 까치발로 어머니 곁으로 다가가 이불을 따뜻하게 잘 덮었는지 확인하고 다시 그 불편한 의자에 최대한 편안하게 자리를 잡았다. 그녀는 홍차를 보온병에 넣어 가져다놓고, 램프를 어둡게 켜놓은 채 처음 한두 시간은 소설을 읽으며 비교적 잘 보냈다. 그러나 눈이 아려오기 시작하자 책을 덮고 담배를 한 대 피운 뒤 주무시는 어머니를 그냥 물끄러미 바라보았다. 별다른 이변이 없자 그녀의 생각은 점점 어두워졌다. 그녀는 이튿날 진행될 온갖 일을 마음속으로 그려보았다. 내가 계획한 모든 일, 데이비드 그레이엄을 데려오고 어머니를 입원시키는 일…… 내 제안을 처음 들을 때는 내가 보인 불안함과 긴박감에 떠밀려 겁이 났었다. 그러나 다시 생각해보니 좀 의심스러웠다. 저택에 관한 예의 그 생각이 모락모락 피어났다. 집에 뭔

580

가 있어서, 혹은 뭔가 생겨나서 이 집안사람들을 파멸시키려 한다
는. 그녀는 침대에 힘없이 누운 어머니를 어둠 속에서 바라보며 속
으로 중얼거렸다. '분명히 선생님이 틀린 거야. 틀릴 수밖에 없어.
아침에 말해야지. 이런 식으로 어머니를 데려가게 할 수는 없어. 그
건 너무 잔인해. 내가…… 내가 어머니를 모실 거야. 당장 어머니
와 멀리 떠나겠어. 이 집 때문에 어머니가 아픈 거야. 내가 어머니
를 딴 데로 모시면 다 나으실 거야. 로디도 같이 가야지!'

　캐럴라인의 생각은 그런 식으로 걷잡을 수 없이 내달렸고, 과열
된 엔진처럼 머릿속이 뜨겁게 끓는 느낌이 들기 시작했다. 이윽고
몇 시간이 흘렀다. 그녀는 시계를 확인하고 다섯시가 거의 다 됐음
을 알았다. 한밤의 고비는 이미 넘겼지만, 동이 트려면 아직 한두
시간 더 남았다. 그녀는 화장실이 급했고, 시원한 물로 얼굴도 씻
고 싶었다. 어머니는 여전히 깊이 잠든 듯했으므로, 그녀는 계단참
을 돌아서 베티의 닫힌 방문 앞을 지나 화장실로 향했다. 마침 홍차
도 다 마셨고 눈도 여태 아려서, 담배나 한 대 피우며 마음을 가라
앉히고 머리도 식혀야겠다 싶었다. 카디건 주머니에 있던 담뱃갑
은 비었지만 자기 방 침대 옆 협탁 서랍에 또 한 갑이 있었다. 계단
통 너머로 어머니의 방이 똑똑히 잘 보였으므로, 그녀는 자기 방에
가서 침대에 앉아 담배 한 대를 꺼내 불을 붙였다. 그리고 좀더 편
하게 있으려고 신발을 벗어던지고 다리를 올린 뒤 무릎 위에 재떨
이를 놓고 베개에 기대어 앉았다. 방문을 활짝 열어놔서 계단참 너
머 시야는 확실하게 확보된 상태였다. 나중에 우리끼리 얘기하면
서 캐럴라인은 그 사실을 끊임없이 내게 주지시켰다. 고개만 돌리

면 정말로 어머니의 침대 발판이 어둠 속에서도 다 보였다고. 집안이 무척 고요해서 어머니가 고르게 들이쉬고 내쉬는 조용한 숨소리가 다 들렸다고……

다음 순간 눈을 뜨니, 베티가 아침상을 들고 자기 옆에 서 있었다. 계단참에 에어즈 부인의 아침상 또한 놓여 있었다. 베티는 그걸 어떻게 해야 할지 물었다.

"왜?" 캐럴라인은 텁텁한 목소리로 반문했다. 그녀는 깊은 잠에서 깨어난 참이었고, 왜 자기가 이불도 덮지 않고 옷도 다 입은 채 으슬으슬 떨면서 침대에 누워 있는지, 왜 무릎 위에 재떨이가 엎질러져 있는지 영문을 알 수 없었다. 그녀는 몸을 일으키며 얼굴을 문질렀다. "상을 어머니 방으로 가져가주겠니? 만약 주무시면 깨우지 말고 침대 옆에 놔둬."

"근데 그게 말이에요, 아가씨." 베티가 말했다. "마님이 아직 주무시는 것 같아요. 노크를 했는데 아무 대답이 없으세요. 게다가 안에 들어갈 수도 없는 게, 문이 잠겼어요."

그 말에 캐럴라인은 잠이 확 달아났다. 시계를 힐끔 보니 여덟시가 막 넘은 시각이었다. 커튼이 쳐진 창밖은 환했다. 지면에 눈이 쌓인 탓에 부자연스럽게 밝았다. 그녀는 깜짝 놀라 일어났다. 잠이 부족해 속이 메스껍고 다리가 휘청거렸다. 그녀는 전속력으로 계단참을 돌아 어머니 방으로 달려갔다. 베티가 얘기한 대로 문이 잠겨 있었다. 그녀는 문을 두드렸다. 처음에는 가볍게 노크하다 점점 걱정되기 시작하면서 좀더 세게 두들겼다. 안에서는 아무런 응답이 없었다.

"어머니!" 캐럴라인은 소리쳤다. "어머니, 일어나셨어요?"

여전히 무응답이었다. 그녀는 손짓으로 베티를 불렀다. 무슨 소리 들리니? 베티는 가만히 귀를 기울이더니 이내 고개를 저었다. 캐럴라인이 말했다. "아주 깊이 잠드신 것 같은데. 이 문은 네가 일어났을 때도 닫혀 있었니?"

"네, 아가씨."

"하지만 내 기억에는 분명히 이 방문하고 내 방문 둘 다 열려 있었어. 우리 여벌 열쇠가 있을까?"

"없을걸요, 아가씨."

"그래, 없을 거야. 오, 맙소사! 도대체 왜 난 어머니 곁을 떠났을까?"

몸이 더욱 심하게 떨렸고, 캐럴라인은 아까보다 더 세게 문을 다시 두들겼다. 역시 대답이 없었다. 그때 그녀는 얼마 전에 에어즈 부인이 수수께끼처럼 잠긴 문을 앞에 두고 했던 행동을 자신도 해보기로 했다. 허리를 굽히고 열쇠 구멍에 눈을 갖다댔다. 그리고 열쇠 구멍이 비어 있음을 똑똑히 확인했고, 그 너머 방이 매우 밝다는 것을 알았다. 자연히 그녀는 이것을 어머니가 방에 없다는 뜻으로 받아들였다. 방을 나가 문을 잠그고 열쇠를 가져가버렸을 것이다. 캐럴라인은 허리를 펴고 실제보다 더욱 확신에 찬 목소리로 말했다. "어머니는 안에 계시지 않을 거야, 베티. 집안 어딘가에 계시겠지. 작은 응접실에는 가봤지?"

"네, 그럼요, 아가씨. 가서 불을 피워놓고 왔어요."

"서재에 계실 리도 없고. 삼층으로 올라가셨을 리는 없을 텐데,

아닐까?"

캐럴라인과 베티는 서로를 마주보았고, 둘 다 몇 주 전에 있었던 그 끔찍한 사고를 떠올렸다.

"올라가서 한번 보고 오는 게 낫겠다." 결국 캐럴라인은 말했다. "여기서 기다려. 아니, 다시 생각해보니 여기서 기다릴 필요는 없겠다. 이층에 있는 방을 다 확인하고, 그다음엔 아래층을 확인해. 어머니가 무슨 사고를 당하셨을지도 모르니까."

두 사람은 제각기 다른 방향으로 헤어졌고, 캐럴라인은 위층으로 뛰어올라가 문이란 문은 모조리 열어보며 소리쳐 불러댔다. 그 늘진 복도는 무섭지 않았다. 육아실은 전에 내가 봤을 때와 마찬가지로 아무것도 없이 황량하게 텅 비었다. 그녀는 망연자실해서 어머니의 방문 앞으로 되돌아왔다. 잠시 후 베티도 돌아왔다. 소녀도 아무 소득이 없었다. 방마다 일일이 확인했고, 혹시나 마님이 밖에 나가셨을까 해서 창밖도 내다보았다고 베티는 말했다. 그리고 눈위에 새로 찍힌 발자국도 없고, 마님의 코트도 여전히 현관 앞 옷걸이에 걸려 있고, 부츠도 선반 위에 마른 채로 놓여 있었다고 덧붙였다.

캐럴라인은 신경질적으로 손톱 끝을 물어뜯기 시작했다. 다시 한번 방문 손잡이를 흔들어대면서 문을 두들기고 큰 소리로 불렀다. 역시나 아무 대답이 없었다.

"젠장! 이래봤자 부질없는 짓이지. 어머니는 분명 밖으로 나가신 거야. 마지막 눈발이 날리기 전에 나가셔서 발자국이 덮인 거야."

"코트도 부츠도 없이요?" 베티가 기겁해서 물었다.

또다시 두 사람은 눈빛을 교환했다. 그러고는 돌아서서 계단을 서둘러 내려가 현관문에 걸린 빗장을 벗겼다. 눈부신 빛 때문에 눈도 제대로 떠지지 않았지만, 최대한 빨리 자갈마당을 지나 남쪽 테라스를 따라 잔디밭으로 계단을 내려갔다. 그곳에서, 잔디밭을 덮은 발자국 하나 없는 새하얀 눈에 머리가 어쩔하고 기운이 빠져 캐럴라인은 걸음을 멈추고 눈을 가늘게 뜨고 정원을 바라보았다. 그녀는 손을 둥그렇게 모아 입에 대고 소리를 질렀다. "어머니! 어머니, 거기 계세요?"

"에어즈 마님!" 베티도 소리쳤다. "마님! 에어즈 마님!"

두 사람은 귀를 기울였지만 아무 소리도 나지 않았다.

"옛 정원에 가봐야겠어." 캐럴라인은 앞으로 걸어나가며 말했다. "어제 닥터 패러데이하고 거기 계셨거든. 모르지, 어쩌면 그곳에 다시 가보고 싶어지신 걸지도."

그런데 말을 하다 보니, 바로 앞쪽에 쌓인 눈이 약간 패인 것이 눈에 띄었다. 그녀는 바짝 긴장해서 그쪽으로 다가갔다. 뭔가 조그만 금속 물체가 눈 위에 떨어져 있었다. 처음에는 동전인가보다 했다. 그런데 가까이 가보니, 1실링짜리가 비스듬히 떨어져 있다고 착각한 그것은 사실 기다란 열쇠의 타원형 끄트머리가 반짝인 것이었다. 어머니의 잠긴 방문 열쇠였다—달리 다른 것일 리가 없었다. 하지만 어떻게 그 열쇠가 그곳에, 자국 하나 나지 않은 깨끗한 눈 위에 떨어졌는지 혹은 굴러왔는지 캐럴라인은 도저히 상상이 가지 않았다. 순간 말도 안 되지만 새가 물어가다 떨어뜨렸나 하는 생각밖에 들지 않아, 고개를 들고 위를 쳐다보며 까치나 까마귀가 있나 찾아보았다. 그러나 그녀의 시선이 닿은 곳은 어머니 방의 창문이었다. 한쪽은 커튼이 쳐진 채로 닫혀 있었지만, 다른 쪽은 열려 있었다. 그것도 얼어 죽을 것 같은 날씨에 활짝. 그걸 보고 캐럴라인은 심장이 덜컥 멎는 줄 알았다. 어머니가 스스로 안에서 문을 잠근 후 열쇠를 던져버렸기 때문에 그것이 여기 있는 것임을 퍼뜩 알아차린 것이다. 그녀는 어머니가 아직 방안에 있음을, 쉽게 발견되지 않기를 바랐음을 알았다. 그리고 그 이유도 짐작이 갔다.

캐럴라인은 달렸다—그리고 얼마 안 있어 나 자신도 꼭 그렇게 달렸다—가루처럼 고운 눈을 헤치고 비틀비틀 달려갔고, 깜짝 놀란 베티를 붙잡아 같이 집안으로 들어가 계단을 올라갔다. 열쇠를 자물쇠에 넣으려는데, 손에 든 열쇠가 고드름처럼 차가웠다. 순간 손이 미친듯이 떨려 도무지 열쇠를 제대로 잡을 수 없었고, 납덩이 같은 마음에 절망적으로 문짝을 발로 찼다. 막판에는 자기가 뭔가 착각한 거라고, 이건 이 방 열쇠가 아닐 거라고, 어머니는 안에 계시지 않을 거라고 생각했다…… 그러나 바로 그때 열쇠가 돌아갔다. 캐럴라인은 손잡이를 돌리고 문을 밀었다. 문이 1, 2인치 정도 열리더니, 뒤에 뭔가 있는지 더 열리지 않았다. 뭔가 육중한 것이 문 뒤에서 버티고 있었다.

"제발, 좀 도와줘!" 캐럴라인은 갈라진 목소리로 소리쳤고, 베티가 달려와 함께 문을 밀었다. 이윽고 두 사람이 겨우 머리를 집어넣고 안을 볼 수 있을 정도로 틈이 생겼다. 안을 들여다본 두 사람은 울음을 터뜨렸다. 에어즈 부인이 머리를 축 늘어뜨리고 기묘한 자세로 흉측하게 고꾸라져 있었다. 문지방 바로 안쪽에서 무릎을 꿇고 반쯤 실신한 듯이. 늘어뜨린 잿빛 머리칼에 가려 얼굴은 보이지 않았지만, 두 사람이 문을 더.밀자 머리가 느슨하게 옆으로 돌아갔다. 그때 두 사람은 에어즈 부인이 무슨 짓을 했는지 똑똑히 볼 수 있었다.

그녀는 가운 허리띠로 문 뒤쪽의 낡은 놋쇠 고리에 목을 맸다.

어머니를 풀어 내리고 몸을 따뜻하게 하고 다시 살려보려고 발버둥치는 끔찍한 상황이 몇 분간 이어졌다. 축 늘어진 몸의 무게 때문에 허리띠가 아주 단단히 조여져 도무지 끈을 풀 수 없었다. 베티가 가위를 찾으러 달려나가서 주방용 가위를 가지고 돌아왔지만, 날이 너무 무뎌 두껍게 꼰 비단끈을 톱질하듯 썰어낼 수밖에 없었다. 마침내 올이 다 해진 다음에는 부인의 부어오른 목 살점에서 끈을 말 그대로 비틀어 벗겨내야 했다. 목매단 시체의 외양에는 유난히 괴기스러운 면이 있는데, 에어즈 부인도 흙빛으로 부어서 무시무시하게 보였다. 이미 몸이 차디차게 식은 것으로 보아 숨을 거둔지 꽤 시간이 지났음은 두말할 나위가 없었지만, 그날 나중에 베티에게 들은 바에 따르면 캐럴라인은 에어즈 부인 위로 몸을 굽히고 마구 흔들어대면서 꾸짖듯이―부드럽게 달래거나 슬픔에 찼다기보다 마치 아이와 장난하며 어르듯 일어나야 한다고, 어서 정신을 차려야 한다고 말했다고 한다.

"아가씨는 자기가 무슨 말을 하는지도 모르셨어요." 베티는 부엌 식탁에 앉아 눈물을 훔치며 말했다. "끝도 없이 마님을 흔들어댔고, 결국 제가 마님을 침대로 옮겨야 하지 않느냐고 말씀드렸어요. 그래서 둘이 마님을 일으켜서는……" 베티는 얼굴을 감쌌다.

"아이고 아부지, 정말 소름 끼쳤어요! 마님은 계속 팔에서 미끄러지지, 그럴 때마다 캐럴라인 아가씨는 마님한테 바보같이 굴지 마시라고 말을 거는데, 꼭 마님이 평소에 안경을 잃어버렸다든가 하는 자잘한 실수를 했을 때 늘 그러던 식으로 말하는 거예요. 우리는 마님을 뉘었어요. 하얀 베개에 머리를 얹으니 더 참혹해 보였는데, 캐럴라인 아가씨는 그걸 보지 못한 것처럼 굴었어요. 그래서 제가 말씀드렸죠. '아가씨, 누구라도 불러야 하지 않을까요? 패러데이 선생님을 불러야 하지 않을까요?' 그랬더니 아가씨가 '그래, 가서 의사 선생님한테 전화해! 선생님은 어머니가 멀쩡하다는 걸 알거야' 하고는 제가 방을 나가니까 완전히 딴 목소리로 소리치셨어요. '무슨 일이 있었는지 절대 말하지 마, 명심해! 전화로는 안 돼! 어머니는 다들 듣는 걸 싫어하실 거야! 사고가 났다고만 말해!'

그러고 나서, 선생님도 아시겠지만, 아가씨는 자기가 한 말을 곰곰 생각해보셨을 거예요. 제가 돌아와서 보니 아가씨는 침대 옆에 가만히 앉아 계셨는데, 저를 빤히 보시더니 이러더라고요. '어머니가 돌아가셨어, 베티.' 마치 제가 그 사실을 모른다는 것처럼요. 그래서 제가 그랬죠. '네, 아가씨, 저도 알아요. 정말정말 안타까워요.' 거기서 우린 입을 다물었고, 우리 둘은 뭘 어째야 할지 몰라 멍하니…… 그제야 저는 겁이 났어요, 겁이 나서 죽을 것 같았어요. 저는 아가씨의 팔을 끌었고, 아가씨는 몽유병 환자처럼 일어났어요. 둘이 방을 나온 뒤 제가 문을 닫고 열쇠를 돌렸어요. 그러고 나니 못할 짓을 했구나 싶더라고요. 에어즈 마님을 그 방에 혼자 뉘어놓은 거 말이에요. 정말 다정한 분이셨는데, 저한테 항상 친절하게 대해주셨는데…… 그제야 생각이 났어요. 바로 좀 전에 우리가 마님의 방문 앞에서 도대체 어디 가셨을까 의아해하면서 안에서 뭔 일이 났는지 꿈에도 모르고 열쇠 구멍으로 안을 들여다봤는데, 그동안 내내…… 으헝!" 베티는 또 울음을 터뜨렸다. "패러데이 선생님, 왜 마님이 그런 끔찍한 일을 저지르셨을까요? 대체 왜 그러셨을까요?"

베티가 이 모든 전말을 얘기해준 것은 내가 저택에 도착하고 나서 한참 후의 일이고, 그때는 나도 직접 에어즈 부인의 방에 올라갔다 온 뒤였다. 나는 열쇠를 손에 들고 방문 앞에 서서 용기를 쥐어짜낸 뒤에야 겨우 안으로 들어갈 수 있었다. 또한 나보다 앞서 캐럴라인이 방에 들어갔음을 끊임없이 스스로에게 상기시켰다. 그녀는 문을 밀다 뭔가가 막고 있음을 알았을 테고…… 에어즈 부인의 검게 부어오른 얼굴을 본 순간 나는 진저리를 쳤다. 그러나 최악은 그다음이었다. 시신을 살펴보기 위해 잠옷을 들추니 상체와 사지 여기저기에 자잘한 상처와 멍이, 언뜻 보기에도 스무 군데가 넘게 나 있었다. 몇 군데는 새로 생긴 상처였고, 몇 군데는 거의 아물었다. 대부분 단순히 긁히고 꼬집힌 상처였다. 그러나 한두 군데는 보기에도 소름 끼쳤는데, 누가 물어뜯은 것 같은 모양새였다. 가장 최근 상처에는 아직도 피가 묻어 있었는데, 분명히 죽기 바로 직전에 생긴 것이었다. 즉, 새벽 다섯시에 캐럴라인이 자리를 비우고 나서 아침 여덟시에 베티가 아침상을 가져오기 전까지, 비교적 짧은 그 공백 동안 말이다. 그 어두운 세 시간 동안 에어즈 부인이 어떤 공포와 절망에 사로잡혔는지 나는 짐작도 가지 않았다. 캐럴라인이 자리를 비운 시점에서도 진정제의 약효는 한참을 더 갔을 테니 부인은 자고 있어야 했다. 그런데 어찌된 영문인지 그녀는 깨어나 자리에서 일어났고, 계획적으로 방문을 잠근 뒤 열쇠를 던져버리고 스스로를 고문해 죽음에 이르는 체계적인 행동에 나섰다.

문득 나도 모르게 담으로 에워싸인 옛 정원에서 우리가 나눴던 대화를 떠올렸다. 세 군데서 솟아나던 핏방울이 기억났다. 우리 딸이야, 그애가 항상 착하지만은 않거든…… 그런 게 가능했을까? 정말로? 혹은 그보다 훨씬 심했을까? 설마 딸을 불러들이고 싶은 마음에 그만 뭔가 사악한 것을 끌어들여 힘을 부여하고 만 것일까?

자꾸만 그런 생각이 떠올라 견딜 수 없었다. 나는 이불을 끌어올려 에어즈 부인이 보이지 않도록 덮었다. 베티처럼 나도 그 방과 방이 주는 섬뜩함에서 벗어나고 싶은 강한 욕구와 죄책감에 휩싸였다.

나는 방을 나와 문을 잠그고 작은 응접실로 내려갔다. 캐럴라인은 여전히 정신이 나간 듯 소파에 멍하니 앉아 있었다. 베티가 갖다놓은 차는 손도 대지 않은 채 차갑게 식었고, 베티는 허드렛일을 하는 시늉을 하며 몽유병 환자처럼 응접실과 부엌을 왔다갔다했다. 나는 베티에게 커피를 가져다달라고 시켰고, 진한 커피를 한 잔 들이켜고 나서 천천히 홀로 걸어가 전화를 걸었다.

전날 저녁의 악몽 같은 재현이었다. 먼저 나는 지역 병원에 전화를 걸어 에어즈 부인의 시신을 옮기기 위해 장례차를 불렀다. 그러고 나서 더욱 내키지 않는 기분으로 지역 경찰서 경사에게 전화해 사망 소식을 알렸다. 나는 경사에게 최소한의 사항만 전달했고, 와서 진술을 받아가라고 했다. 그러고는 세번째이자 마지막 전화를 돌렸다.

실리에게 건 전화였다. 그는 막 오전 진료를 끝내고 나서려는 차였다. 통화 음질이 좋지 않았지만, 나는 오히려 그 잡음이 고마웠다. 그의 음성을 듣자 잠시 내 목소리가 떨렸다.

나는 말했다. "패러데이일세. 지금 저택에 와 있네. 실리, 우리의 환자 말인데, 안타깝게도 우리가 그녀한테 당했어."

"우리가 당했다고?" 그는 알아듣지 못했다. 혹은 이해하지 못했다. 다음 순간 그는 숨을 헉 들이켰다. "젠장! 말도 안 돼. 어떤 식으로?"

"최악의 방법으로. 말로는 못하겠네."

"그래, 물론 그렇겠지…… 맙소사, 정말 끔찍하군. 그 고생을 다 겪고 나서!"

"그러게 말이네. 그런데 이보게, 내가 전화한 이유는, 내가 전에 얘기했던 럭비에 사는 그 간호사 알지. 좀 도와주게. 그 간호사에게 전화해 상황을 좀 설명해주게. 지금 내가 할 수가 없어서."

"알겠네, 당연하지."

나는 그에게 연락처를 알려주었다. 우리는 잠깐 더 얘기를 나눴다. 그가 다시 말했다. "그 집안사람들에게는 진짜 끔찍한 일이군. 남은 사람들한테 말이야. 그리고 자네한테도! 정말 유감이네."

"내 잘못이야." 전화선은 여전히 지지직거렸고, 실리는 내 말을 잘못 들었다고 생각했다. 그래서 나는 다시 한번 말했다. "부인을 어제 바로 입원시켰어야 했어. 기회가 있었는데."

"뭐라고? 진심으로 자신을 책망하는 건 아니겠지! 이봐, 정신 차려. 이런 경우를 항상 봐왔잖아. 일단 환자가 마음을 굳히면, 그걸 막을 방법은 거의 없다고. 환자들은 어디로 튈지 몰라, 자네도 잘 알잖아. 쓸데없는 소리 말게, 이 친구야."

"그래, 그런 거겠지."

하지만 말은 그렇게 하면서도 도무지 납득이 되지 않았다. 나는 수화기를 제자리에 내려놓고, 에어즈 부인의 방문 앞으로 굽이져 이어지는 계단을 올려다보았다. 그러다 비참하게 시선을 서서히 떨어뜨리고 고개를 푹 숙였다.

나는 작은 응접실로 돌아가 캐럴라인 옆에 앉아 손을 잡았다. 내 손에 잡힌 그녀의 손은 차디찼고 밀랍인형처럼 감각이 없었다. 나는 가만히 그녀의 두 손을 들어 입술에 갖다댔다. 캐럴라인은 미동도 하지 않았다. 다만 무슨 소리에 귀를 기울이듯 고개를 갸웃했을 뿐이다. 나도 따라서 귀를 기울였다. 우리는 꼼짝도 않고 앉아 있었다. 그녀는 고개를 기울이고, 나는 그녀의 손을 입가에 댄 채로. 그러나 헌드레즈홀은 적막했다. 시곗바늘이 똑딱거리는 소리조차 들리지 않았다. 삶이 집안에 사로잡혀 갇힌 것 같았다.

캐럴라인은 나와 눈을 마주치며 조용히 말했다. "느껴져요? 드디어 이 집이 잠잠해졌어요. 이 집에 씌었던 것이 뭐였든, 놈이 원하던 건 모두 가져가버렸어요. 그런데 가장 끔찍한 게 뭔 줄 알아요? 도저히 용서할 수 없는 게? 놈이 나를 공범으로 만들었다는 거예요."

13

그러나 그 사건에 관해 캐럴라인이 한 말은 그것뿐이었다. 경찰과 장례 인부들이 도착했고, 집에서 시신을 내가는 사이 경찰이 우리의—캐럴라인과 나와 베티의—진술을 받아 적었다. 인부들이 떠나자 캐럴라인은 또 한동안 멍하니 서 있다가, 갑자기 홱 잡아당겨져 실룩실룩 움직이는 꼭두각시처럼 필기용 테이블에 앉더니, 앞으로 며칠 동안 해야 할 일들의 목록을 작성하기 시작했다. 그리고 종이 한 장을 더 꺼내 어머니의 부고를 알려야 할 친구와 친지의 이름을 적어내려갔다. 나는 그런 일은 전부 나중으로 미루기를 바랐다. 그러나 그녀는 고개를 저으며 완강하게 몰두했고, 비로소 나는 캐럴라인이 그런 자질구레한 일들을 처리함으로써 극심한 충격으로부터 자신을 보호하고 있음을 깨달았다. 어쩌면 그게 최선이었으리라. 나는 그녀에게 곧 쉬겠으며 진정제를 먹고 한숨 자겠다는 약속을 받아내고, 소파에서 타탄 담요를 가져다 온기를 잃지 않도록 그녀의 어깨에 둘러주었다. 덧창을 내리는 쿵 소리와 커튼 고리가 딸랑이는 소리를 들으며 나는 저택을 나왔다. 캐럴라인은 전통적인 방식으로 슬픔과 경의를 표하고자 베티를 시켜 온 집안을 어둡게 만들었다. 자갈마당을 가로지르는데 마지막 덧창이 닫히는 소리가 들렸고, 진입로 입구에서 헌드레즈홀을 돌아보니 저택은 슬픔으로 눈이 먼 채 적막하고 새하얀 풍경을 지그시 바라보는 것 같았다.

저택에 머물고 싶은 마음이야 굴뚝같았지만, 나는 나대로 하지 않으면 안 될 음울한 일이 있었다. 나는 집이 아니라 레밍턴으로 차를 몰았다. 자치구의 검시관과 에어즈 부인의 사망 건을 논의해야 했다. 이런 경우 사실을 숨길 수 없다는 것을, 다른 비통해하는 가족을 위해 예전에 내가 가끔 그렇게 처리했듯 그냥 자연사로 넘어갈 방법이 없다는 것을 일찌감치 알았다. 다만 내가 실질적으로 에어즈 부인의 정서불안 증세를 치료해왔고 자해 증거도 이미 보았으므로, 캐럴라인만은 어떻게 사인 규명 심리審理의 시련에서 구해볼 수 있지 않을까 하는 희미한 희망을 품었다. 그러나 검시관은 동정을 표하기는 했지만 용의주도한 인물이었다. 일을 조용히 처리하기 위해 최선을 다하겠지만, 급작스럽고 폭력적인 죽음이라 사인을 밝히기 위한 조사는 반드시 해야 한다고 했다.

"물론 부검도 포함해서 말입니다." 그는 내게 말했다. "그리고 선생님이 사망 신고를 한 의사이므로 통상적으로는 선생님께 부검을 맡기게 되어 있습니다만, 아무래도 이 건과 관계가 있으시죠?"

그는 에어즈 가문과 나의 인연을 알고 있었다. "이번 일은 다른 의사에게 넘기신다 해도 전혀 남부끄러우실 것 없습니다."

나는 잠시 숙고해보았다. 원래 부검을 달가워하지 않았고, 개인적으로 아는 이의 사체일 경우 특히 더 곤혹스러운 일이었다. 에어즈 부인의 가엾은 상처투성이 시신을 그레이엄이나 실리에게 넘길까도 생각해봤지만, 정서상 그건 도저히 용납되지 않았다. 나는 이미 그녀의 기대를 형편없이 저버렸다는 기분이었다. 만약 이 최후의 모욕을 면해드릴 수 없다면, 그렇다면 내 손으로 직접 이 일을 끝마치고 조용히 보내드리는 것이 최소한의 도리가 아닐까 싶었다. 그래서 나는 고개를 젓고 내가 어떻게든 하겠다고 말했다. 정오가 한참 지난 시각이었으므로 오전 진료는 이미 물 건너갔고, 텅 빈 오후가 내 앞에 펼쳐졌다. 나는 검시관 사무실을 나와 곧장 영안실로 향했다. 최대한 빨리 부검을 끝내버릴 생각이었다.

그럼에도 그것은 지독한 작업이었다. 새하얀 타일로 벽을 바른 차디찬 방에서, 트레이 위에 얌전히 놓여 기다리는 도구와 천으로 덮인 시신을 앞에 두고 내가 정말 무사히 끝낼 수 있을까 싶었다. 그러나 일단 천을 젖히자 오히려 침착해졌다. 무엇을 보게 될지 알고 있던 터라 상처를 대했을 때의 충격은 덜했다. 헌드레즈홀에서 예의 꼬집힌 자국과 베인 상처를 봤을 때는 몹시 겁이 났지만, 막상 부검에서는 그 공포감이 상당 부분 사그라졌다. 나는 그런 상처들이 에어즈 부인의 온몸을 덮고 있으리라 예상했다. 그러나 상처는 대부분 본인의 손이 닿는 거리 안에만 있었다. 가령 등 같은 곳은 멀쩡했다. 부인이 그간 겪은 위해의 가해자는 명백히 그녀 자신이었다. 이유는 알 수 없었지만, 나는 그 사실에 안도했다. 나는 서둘러 절개를 시작했다…… 그때 나는 비밀스러운 뭔가를 기대했던 것 같다. 그러나 비밀 같은 건 없었다. 질환의 흔적도 없고, 노화로 인한 자연스러운 신체 기능 저하만 보였다. 최후의 며칠 혹은 몇 시간 동안 에어즈 부인에게 어떤 종류의 힘이 행사됐다는 증거도 나오지 않았다. 뼈 손상이나 장기 울혈의 흔적도 없었다. 사인은 두말할 나위 없이 경부 압박에 의한 질식사였고, 캐럴라인과 베티가 내게 상세히 얘기했던 사실과 정확히 일치했다.

다시 한번 나도 모르게 가슴을 쓸어내렸다. 이번 안도감은 오해의 여지가 없었다. 나는 내 손으로 직접 시신을 부검하고 싶었던 좀 더 내밀한 이유가 있었음을 깨달았다. 캐럴라인을 의심할 만한 세부적인 정황이—어떤 의혹일지, 어떤 식으로 발견될지 전혀 알지는 못했지만—나타날까봐 노심초사했던 것이다. 시신을 부검하기 전까지도 나는 여전히 캐럴라인에 대한 의심을 떨치지 못했다. 그리고 그제야 비로소 의혹이 말끔히 해소된 것이었다. 나는 그런 생각을 품었다는 사실이 부끄러웠다.

나는 최선을 다해 시신을 수습하고, 검시관에게 보고서를 제출했다. 심리는 사흘 후에 열렸고, 증거가 워낙 뚜렷했기 때문에 재판은 약식으로 진행됐다. 평결은 '심적 균형이 무너진 상태에서의 자살'이었고, 모든 과정이 삼십 분도 걸리지 않았다. 가장 힘들었던 것은 재판의 공개적 속성 그 자체였다. 방청객은 매우 적었지만 신문기자가 몇 명 와 있었고, 내가 법정에서 나오는 캐럴라인과 베티를 데려가는 동안 제법 성가시게 굴었다. 관련 기사가 그 주에 중

부지방에서 발행되는 모든 신문에 실렸고, 삽시간에 전국지 한두 군데에도 나왔다. 어떤 기자는 런던에서 헌드레즈홀까지 와서 캐럴라인과의 인터뷰를 따내려고 경찰관 행세까지 했다. 캐럴라인과 베티는 그럭저럭 큰 소란 없이 그 기자를 몰아냈지만, 그런 일이 또다시 일어날 수도 있다는 생각에 나는 간담이 서늘해졌다. 나는 베이커하이드가 사건 이후 잠시 동안 대정원을 막아놨던 일을 기억해내고는, 당시에 썼던 쇠사슬과 맹꽁이자물쇠를 도로 내와 출입문들을 꽁꽁 잠갔다. 그리고 열쇠 하나는 헌드레즈홀에 두고, 나머지 하나는 내 열쇠꾸러미에 끼웠다. 나는 뒷문 열쇠도 한 벌 복사했다. 그러고 나니 한결 마음이 놓였고, 필요할 때마다 자유롭게 저택을 오갈 수 있게 되었다.

당연하다면 당연한 일이겠으나, 에어즈 부인의 자살은 지역 전체를 충격에 빠뜨렸다. 최근 몇 년간 헌드레즈 바깥으로 거의 나오지 않았어도 그녀는 여전히 이름난 명사였고, 다들 그녀를 무척 좋아했다. 그래서 며칠 동안은 어느 동네에 가더라도 내 얘기를 직접 듣고 싶어 안달이 난 사람들이 불러 세우는 통에 제대로 걷기 힘들 정도였다. 게다가 하나같이 "그토록 사랑스러운 귀부인"이자 "그토록 아름답고 상냥하셨던" "진정한 전통적 여사님"이 "불쌍한 두 자녀를 남겨놓은 채" 그런 끔찍한 일을 저질렀다니, 도저히 믿어지지 않는다며 속상해하고 안타까워했다. 로더릭은 지금 어디 있으며 언제 돌아오는지 묻는 사람도 많았다. 나는 그가 친구들과 휴가를 떠났는데 그의 누나가 연락을 취하려 노력중이라고 대답했다. 귀찮은 질문으로 캐럴라인을 성가시게 할까봐, 로시터 부부와 데즈먼드 부부에게만 좀더 진실에 가까운 대답을 해주었다. 나는 그들 부부에게 솔직하게 로드가 지금 클리닉에 입원해 있고 정신 질환으로 치료받고 있다고 설명했다.

헬렌 데즈먼드는 듣자마자 말했다. "어머나 세상에! 어떻게 그런 일이! 캐럴라인이 왜 좀더 일찍 우리한테 얘기해주지 않았을까? 그 집안이 어렵다는 건 대충 짐작했지만, 자기네끼리 어떻게든 꾸려가려고 작정한 것 같았거든요. 아시다시피 남편이 여러 번 도움을 주겠다고 제의했는데, 한사코 거절하더라고요. 우린 그저 돈 문제일 거라고 생각했죠. 상황이 그렇게 나쁜 줄 알았다면……"

"일이 이렇게 될 줄은 아무도 짐작하지 못했습니다."

"하지만 이제 어떡한대요? 그 우울한 큰 집에서 캐럴라인 혼자 살 수는 없잖아요. 캐럴라인은 친구들과 같이 있어야 해요. 이리 와서 우리와 지내는 게 좋겠어요. 아, 그 가엾은 것을 어쩌나. 여보, 가서 캐럴라인을 데려옵시다."

"당연히 그래야지." 빌 데즈먼드가 대답했다.

그들은 당장이라도 헌드레즈홀로 출발할 기세였다. 로시터 부부의 반응도 똑같았다. 하지만 아무리 좋은 마음에서라고 해도 캐럴라인이 이런 간섭을 좋아할지 어떨지 나는 알 수 없었다. 나는 먼저 캐럴라인의 의향을 물어보겠다고 그들에게 양해를 구했고, 예상했던 대로 캐럴라인은 그들의 말을 전해 듣고 손사래를 쳤다.

"정말 친절한 분들이시죠." 캐럴라인이 말했다. "하지만 다른 사람의 집에서 지내다니, 매순간 사람들이 내가 어떤지 살피려고 빤히 바라보는 곳에서 지내다니, 난 못해요. 너무 불행해 보일까봐 혹은 별로 불행해 보이지 않을까봐 내내 신경써야 할걸요. 적어도 당분간은 여기서 지내는 편이 나아요."

"진심이오, 캐럴라인?"

다른 사람들과 마찬가지로 나도 그녀가 말 상대라고는 슬픔에 빠진 가여운 베티뿐인 집에서 혼자 지낸다는 걸 생각하면 마음이 몹시 편치 않았다. 그러나 저택에 머물겠다는 그녀의 결심이 매우 단호했기에, 나는 데즈먼드 부부와 로시터 부부에게 가서 말해주었다. 이번에는 그들이 우려하는 것처럼 캐럴라인이 그렇게 외롭고 의지할 데 없는 처지는 아님을 더욱 간단명료하게 설명했다. 사실상 내가 그녀를 아주 잘 돌보고 있다고 말이다. 그들은 처음에는 무슨 말인지 못 알아듣더니, 잠시 후 내 말이 시사하는 바를 알아차리고 어안이 벙벙해진 것 같았다. 데즈먼드 부부는 얼른 내게 축하 인사를 건넸다. 우선은 그것이 캐럴라인에게 있을 수 있는 가장 좋은 일이라면서, '이루 말할 수 없는 마음의 짐을 덜었다'고 했다. 로시터 부부는 비록 정중하기는 했지만 약간 경계하는 눈치였다. 로시터 씨는 제법 흔쾌히 내 손을 맞잡고 흔들었지만, 그의 부인은 모든 상황에 대해 재빨리 머리를 굴리는 눈치였고, 나중에 알게 된 일이지만 내가 그들의 집을 나오자마자 캐럴라인에게 전화를 걸어 그 얘기가 사실이냐고 확인했다. 지치고 심란하고 무방비한 상태였던 캐럴라인은 별로 할말이 없었다. 네, 닥터 패러데이는 제게 큰 도움을 주고 계세요. 네, 결혼식을 올릴 예정이에요. 아뇨, 아직 날은 안 잡았어요. 거기까지는 아직 생각할 여유가 없네요. 모든 게 '너무 불확실한 상태'예요.

이후로는 적어도 캐럴라인에게 서로 자기집으로 오라고 집요하
게 권하는 일은 없었다. 데즈먼드 부부와 로시터 부부가 우리의 약
혼 소식을 조용히 이웃 한두 집에 흘렸을 테고, 그 이웃들 또한 똑
같이 물밑에서 자기 친구들에게 그 얘기를 전했을 것이다. 이후 며
칠 동안 나를 대하는 동네 사람들의 태도가 미묘하게 달라진 게 느
껴졌다. 사람들은 나를 에어즈 가문의 주치의, 즉 헌드레즈홀에서
일어난 예의 무시무시한 사건에 관한 정보를 캐낼 수 있는 동료 같
은 존재라기보다 존경과 연민을 받을 만한 가문의 일원으로 보기
시작했다. 내가 직접 그 얘기를 전한 유일한 사람은 데이비드 그레
이엄이었고, 그는 그 소식을 듣자마자 자기 일처럼 기뻐했다. 몇 달
전부터 '분명 뭔가 있을 줄 알았다'면서. 앤이 낌새를 맡았지만, 나
한테 부담을 주고 싶지 않았다고 했다. 그는 다만 그런 비극이 있고
난 후에야 이렇게 공개된 것이 아쉬울 뿐이라고 했다. 그러고는 당
분간 캐럴라인을 무엇보다 우선시해야 한다면서, 나의 업무 부담
을 줄이는 방향으로 일정을 다시 짜고 내 환자도 몇 명 자신이 맡겠
다고 자청했다. 그리하여 에어즈 부인이 돌아가신 후 첫 주에는 매
일 헌드레즈홀에서 캐럴라인의 갖가지 일들을 돕고, 상당 시간을
그 집에서 보낼 수 있었다. 가끔은 그녀와 함께 앞뜰이나 대정원으
로 가벼운 산책을 나가기도 했고, 어떨 때는 그저 그녀의 손을 잡고
아무 말 없이 옆에 앉아 있기도 했다. 여전히 그녀가 자신의 비통한
감정을 억제하고 있다는 인상을 받았지만, 그래도 나의 방문이 그
녀의 향방 없는 나날에 어떤 지지대가 되었던 것 같다. 캐럴라인은
저택에 대해서는 일절 언급하지 않았다. 하지만 참 야릇하게도 집

은 계속해서 지나치게 적적하다는 느낌을 주었다. 지난 몇 달간 나는 저택의 삶이 거의 말도 안 되게 축소되는 상황을 목도했다. 그런데 기가 막히게도 이제는, 안 그래도 좁은 생활 반경이 더욱 축소되어버렸다. 어느새 인기척이라고는 어두침침한 방 두세 곳에서 들리는 속삭임과 조용한 발소리뿐이었다.

심리가 끝난 후 다음 난관은 장례식이었다. 캐럴라인과 나는 함께 장례 준비를 했고, 식은 그다음주 금요일에 치렀다. 사인死因의 성질을 감안하여 우리 둘은 장례식을 조용히 치르자는 데 합의했다. 우선 우리의 가장 큰 딜레마는 로드를 부르느냐 마느냐였다. 로더릭이 장례식에 불참한다는 것은 말도 안 되는 일이었기 때문에, 우리는 그의 참석을 어떻게 통제하느냐에 주안점을 두고 심각하게 고민했다. 가령 친구인 척하는 남자 간호사를 동행시켜 버밍엄에서 데려오면 되지 않을까 싶었다. 그러나 굳이 논의할 필요조차 없었다. 내가 직접 클리닉에 가서 어머니의 자살 소식을 알리자, 그의 반응은 섬뜩했다. 어머니를 잃었다는 상실감은 거의 찾아볼 수 없었다. 그에게 중요한 것은 어머니의 죽음 그 자체였다. 로더릭은 자기 안에 묶어두려 무진장 고생했던 그 사악한 '감염'이 기어이 어머니마저 희생시키고 말았다고, 어머니의 죽음이 그 증거라고 생각했다.

"놈은 분명 기다렸던 겁니다." 로더릭은 내게 말했다. "그동안 내내 그 집의 적막함 속에 똬리를 틀고 말이죠. 내가 그놈을 작살냈다고 생각했는데! 하지만 봤죠, 놈이 무슨 짓을 했는지?" 그는 테이블 위로 손을 뻗어 내 팔을 잡았다. "이제 그곳에서 안전한 사람은 아무도 없어요! 누나…… 맙소사! 절대 누나를 그 집에 혼자 두지 마요. 누나가 위험합니다! 얼른 그 집에서 데리고 나와요! 지금당장 헌드레즈홀에서 떨어뜨려놔야 해요!"

순간 나는 불안해졌다. 로더릭의 경고가 사실이라는 생각이 들정도였다. 그때 그의 눈에서 번득이는 광기를 보았고, 나는 그가 얼마나 이성과 동떨어진 곳에서 헤매는지 알았다. 그리고 내가 그의전철을 밟을 뻔했음을 깨달았다. 나는 차근차근 사리에 맞게 그에게 설명했다. 하지만 그의 태도는 점점 난폭해질 뿐이었다. 간호사한두 명이 달려와 로드를 제지했고, 간호사들에게 붙잡힌 채 몸부림치며 고함을 지르는 로드를 남겨두고 나는 클리닉을 나왔다. 캐럴라인에게는 로드가 '전혀 나아지지 않았다'고만 얘기했다. 내 표정을 보고 그녀는 그게 무슨 뜻인지 알아차렸다. 우리는 단 하루일지언정 그가 헌드레즈홀로 돌아왔으면 하는 가망 없는 희망을 포기했다. 그리고 데즈먼드 부부와 로시터 부부의 도움을 받아 로드가 해외에 있으며 건강이 썩 좋지 않아 집으로 돌아오는 긴 여행을감당하기 힘들다는 이야기를 퍼뜨렸다. 그 말을 정말로 믿은 사람이 얼마나 되는지 나는 모른다. 그가 참석하지 못하는 진짜 이유에대해 한동안 소문이 떠돌았으리라 짐작할 뿐이다.

어쨌든 장례식은 로드 없이 진행됐다. 그런 것치곤 제법 잘 치러진 편이었다. 에어즈 부인의 관이 헌드레즈홀을 떠났고, 캐럴라인과 나는 장의사의 차를 타고 영구차를 뒤따랐다. 그리고 저 멀리 서식스와 켄트에서 헌드레즈까지 어려운 걸음을 해준 몇몇 친척과 집안의 가장 가까운 친구를 태운 차가 서너 대 우리 뒤를 따랐다. 날은 어느새 적당히 포근해졌지만 땅에는 여전히 눈이 남아 있었다. 나뭇잎 하나 없는 새하얀 도로에 줄지은 검은색 차량은 을씨년스레 눈에 확 띄었고, 조용히 일을 치르려던 우리의 모든 노력은 결국 수포로 돌아갔다. 에어즈 집안이 워낙 널리 알려진 가문인데다 지역에서 되살아난 봉건적인 분위기도 한몫했다. 무엇보다 헌드레즈홀에서는 항상 비극적인 미스터리의 냄새가 물씬 피어났고, 에어즈 부인의 사망을 다룬 신문 기사 때문에 그런 분위기는 더욱 고조되었다. 농장과 시골집의 입구마다 사람들이 모여 엄숙하면서도 호기심 어린 눈으로 관이 지나가는 것을 지켜보았다. 리드코트 중앙로에 접어들자 인도는 구경꾼들로 인산인해를 이루었다. 우리가 가까이 지나가면 다들 숙연해져 남자들은 모자를 벗었고 여자들 몇몇은 울음을 터뜨렸다. 그래도 하나같이 좀더 잘 보려고 목을 길게 뺐다. 나는 거의 삼십 년 전 칼리지 제복을 입고 부모님 옆에 서서 에어즈 가문의 장례 행렬을 처음으로 지켜봤던 때가 생각났다. 당시 관의 크기는 매우 작았다. 그 생각을 하니 아찔해졌다. 내 인생이 한 바퀴 휘돌아 머리가 꼬리에 닿은 기분이었다. 교회가 가까워오자 군중은 더욱 많아졌고, 캐럴라인이 긴장하는 게 느껴졌다. 나는 검은 장갑을 낀 그녀의 손을 잡고 나직이 말했다. "저들은 그저 경의를 표하고 싶어하는 것뿐이오."

캐럴라인은 사람들의 시선을 피하며 다른 손을 들어 얼굴을 가렸다.

"다들 나를 보고 있어요. 나한테서 뭘 바라는 거죠?"

나는 그녀의 손을 꼭 쥐었다. "힘내요."

"할 수 있을지 모르겠어요."

"그럼, 당신은 할 수 있어. 나를 봐요. 내가 여기 있잖소. 절대 당신 곁을 떠나지 않을 거요."

"절대 내 곁을 떠나면 안 돼요!" 그녀는 기겁한 듯 내 손을 꽉 쥐며 나를 돌아보았다.

교회 경내를 지날 때 조종이 울렸고, 바람 한 점 없는 청명한 공기 속에서 종소리가 이상하리만치 크고 구슬프게 울려퍼졌다. 캐럴라인은 내내 고개를 숙인 채 단단히 내 팔짱을 끼었다. 그러나 일단 교회에 들어서자 그녀는 침착해졌다. 이제 질문에 맞는 답을 하면서 단순히 장례 의례를 따르기만 하면 되었기 때문이다. 마치 지난 며칠간 습관적으로 해야 할 일상의 모든 의무들을 효율적으로 처리했던 것처럼, 그런 자세로 임했다. 심지어 찬송가도 따라 불렀다. 캐럴라인이 노래하는 건 생전 처음 들었다. 그녀의 노랫소리는 말할 때처럼 듣기 좋았고, 잘생긴 입매에서 깨끗하고 풍부한 가사가 흘러나왔다.

장례식 자체는 길지 않았고, 교구 목사인 스펜더 씨는 수십 년 동안 에어즈 부인과 알고 지낸 사이라 그녀에 대한 짤막한 추모 연설을 하는 듯한 분위기였다. 목사는 그녀를 '전통적인 귀부인'이라고 칭했다. 사람들이 자주 쓰는 표현 그대로였다. 그는 에어즈 부인이 '지금과 다른 시절의, 좀더 품위 있던 옛 시절의 일부'라면서, 그녀가 실제보다 훨씬 오래전의 사람인 것처럼, 마치 그녀 세대의 최후의 일인인 것처럼 얘기했다. 목사는 부인의 딸 수전의 죽음도 기억했다. 그는 참석자 대부분이 그때를 기억할 거라고 확신한다면서, 에어즈 부인이 자식의 관을 따라 걸었던 그날을 상기시켰다. 그녀의 하루하루가 마음속으로는 분명 그 관을 따라 걷는 길의 연속이었을 거라고, 자신에게는 그렇게 보였다고 말했다. 그녀의 죽음이라는 비극을 맞아 우리에게 위안이 있다면, 그녀가 딸과 함께 있음을 아는 것이라면서.

목사가 그 얘기를 할 때 나는 참석자들을 힐끔 둘러보았다. 그의 말에 비통하게 고개를 끄덕이는 사람이 상당수였다. 물론 에어즈 부인이 죽기 전 마지막 몇 주 동안 그토록 강력하고 무시무시한 망상에 사로잡혀 자기 주변의 단단하고 생명 없는 사물에 어둡고 고통스러운 주문을 거는 듯한 모습을 본 사람은 그들 중 아무도 없었다. 그러나 교회 앞뜰로 나와 에어즈 가문의 묘역 중 빈 곳으로 향하면서, 스펜더 목사의 말이 어쩌면 옳을지도 모른다는 생각이 들었다. 주문 따위는 없었고, 어두운 그림자도 없었으며, 미스터리 같은 건 존재하지 않았다. 상황은 매우 단순했다. 캐럴라인은 내 옆에 당당하게 서 있었다. 벽돌과 회반죽으로 만들어진 건물일 뿐인 헌드레즈도 역시 당당했다. 그리고 에어즈 부인은, 우울했던 에어즈 부인은 마침내 자신의 죽은 아이와 다시 하나가 되었다.

기도문을 읊고 관이 내려진 후 우리는 묘지를 떠났다. 사람들이 캐럴라인에게 다가와 몇 마디 위로의 말을 건네기 시작했다. 짐 실리와 그의 아내는 캐럴라인과 악수를 나눴다. 뒤이어 건축업자 모리스 밥이 왔고, 그레이엄과 앤도 다가왔다. 그들이 캐럴라인과 잠시 얘기하는 사이 주변을 서성이며 내 쪽을 바라보는 실리가 눈에 띄었다. 나는 잠시 주저하다 옆으로 빠져나가 그에게 다가갔다.

"비참한 날이군." 그가 중얼거렸다. "캐럴라인은 어떻게 잘 추스르고 있나?"

"전체적으로 고려해보면 비교적 괜찮네. 약간 의기소침할 뿐."

실리는 그녀를 응시했다. "그래야겠지. 이제 슬슬 실감이 나기 시작할 거야. 하지만 자네가 잘 돌봐주겠지."

"물론이네."

"그래, 사람들이 그 얘기를 하더군. 실은 자네한테 축하 인사를 건네야 하겠지?"

나는 말했다. "축하에 어울리는 날이라고 보기는 힘들지. 하지만……" 나는 겸연쩍기도 하고 기쁘기도 해서 살짝 고개를 숙였다. "사실이네."

그는 내 팔을 툭툭 쳤다. "잘됐어."

"고맙네, 실리."

"캐럴라인한테도 잘된 일이지. 그녀도 좀 행복해질 권리가 있다고. 내 조언 하나 하지. 일단 이 일이 끝나면 자네 둘 다 망설이지 말고 후딱 해치워버려. 그녀를 멀리 데려가서 근사한 신혼여행을 선물하라고. 싱그러운 새 출발을 할 겸."

"그럴 생각이야."

"그래야 멋진 사내지."

실리의 아내가 남편을 불렀다. 캐럴라인이 나를 찾는 듯 고개를 돌리기에 나는 그녀 곁으로 돌아갔다. 그녀는 다시 내게 단단히 팔짱을 끼었고, 나는 그 자리에서 그녀를 헌드레즈홀로 데려가 무사히 침대에 누이고 싶은 마음뿐이었다. 그러나 의무적인 문상객 시중을 위해 한 무리의 사람들을 헌드레즈홀로 안내해야 했다. 누가 누구랑 같이 차를 타고 갈지, 장의사의 차량에는 누구를 함께 태울지, 누가 개인 차량을 제공해 나눠 타고 갈지 정하느라 몇 분 동안 다들 부산했다. 캐럴라인이 점점 불안해하는 모습을 보고 나는 그녀를 서식스에서 온 이모와 이모부에게 잠시 맡기고 내 차를 가지러 달려갔다. 나의 루비에는 나 외에 세 명을 더 태울 수 있었다. 나는 데즈먼드 부부와 혼자 떨어진 젊은 청년을 태웠다. 청년은 로더릭을 언뜻 닮았는데, 알고 보니 캐럴라인의 사촌이었다. 마음씨 착한 괜찮은 청년이었지만 에어즈 부인의 죽음을 그리 슬퍼하는 것 같지는 않았다. 헌드레즈로 가는 내내 그는 가벼운 화젯거리를 이어갔다. 청년이 마지막으로 헌드레즈홀에 가본 것은 십 년도 전이었고, 이번 기회에 저택을 다시 구경하겠구나 싶어 순진하게도 기뻐하는 눈치였다. 그는 부모님과 함께 헌드레즈에 종종 놀러왔고, 그 집과 마당과 대정원에서 즐겁게 놀았던 행복한 추억이 많다고 했다…… 수풀이 우거진 진입로를 따라 차가 덜컹거리며 나아가자 그는 겨우 입을 다물었다. 월계수와 쐐기풀을 힘겹게 뚫고 널따란 자갈마당에 차를 세우니 그는 도저히 믿을 수 없다는 표정으로 눈먼 저택을 쳐다보았다.

"애석하게도 많이 변했죠?" 우리 네 사람이 차에서 내리는 사이 빌 데즈먼드가 청년에게 말을 걸었다.

"변했다고요?" 청년이 말했다. "전혀 몰라보겠어요! 이건 꼭 공포영화에 나오는 집 같잖아요. 외숙모님이 그런 식으로 돌아가신 것도 무리가……" 그는 당황해서 황급히 말을 끊었고, 젊은이다운 그의 뺨이 확 붉어졌다.

그러나 작은 응접실로 향하는 일단의 조문객과 합류해서 보니, 주위를 둘러보는 사람들 모두 같은 생각을 하는 게 분명했다. 사람들은 스물다섯 명쯤 됐고, 응접실은 말할 것도 없이 너무 비좁았지만 달리 모여 있을 만한 장소가 없었다. 캐럴라인은 가구를 뒤로 밀어 공간을 마련했고, 불행히도 그 와중에 카펫 올이 나가 제일 보기 흉한 부분과 가구 본체의 긁히고 닳은 부분이 다 드러나고 말았다. 손님 중 몇몇에게는 그저 별스럽게 보였을 수도 있지만, 헌드레즈홀의 화려했던 시절을 아는 사람에게는 저택의 쇠락한 몰골이 엄청난 충격으로 다가왔을 터였다. 특히 서식스에서 온 캐럴라인의 이모 부부는 저택의 쇠락을 벌써 볼 만큼 다 돌아보았다. 연회장에서 축 늘어진 천장과 찢어진 벽지도 보았고, 로더릭의 방에서 시커멓게 타버린 잔해도 목격했다. 그리고 그들은 엉망으로 방치된 대정원 끝자락의 무너진 담과 그 바로 안쪽에서 독버섯처럼 울긋불긋 솟아오르는 붉은 임대주택을 멍하니 쳐다보았다. 그들은 경악을 금치 못했다. 데즈먼드 부부나 로시터 부부와 마찬가지로 그들도 캐럴라인이 이런 헌드레즈홀에 혼자 머무르다니 천부당만부당하다고 생각했다. 내가 안으로 들어갔을 때, 그들은 캐럴라인을 한옆으로 끌어당겨 당장 그날 오후에 서식스로 함께 가자고 설득하는 중이었다.

"아직은 떠나는 것에 대해 생각할 수 없어요." 캐럴라인이 말하는 소리가 들렸다. "아직은 아무 생각도 못하겠어요."

"그러니까 우리가 더욱 너를 돌봐야 하지 않겠니, 안 그래?"

"제발……"

캐럴라인은 손가락으로 서툴게 머리카락을 귀 뒤로 넘겼고, 머리카락이 몇 가닥으로 갈라져 그녀의 볼에 달라붙었다. 그녀는 목이 다 드러나는 평범한 검은색 드레스를 입었는데, 목이 너무도 창백해 혈관이 도드라져 보였고, 파란 동맥이 꼭 멍자국 같았다. "제발 그 말씀은 그만하세요." 내가 옆으로 다가갈 때 그녀가 말했다. "호의에서 하신 말씀이라는 건 잘 알아요."

내가 그녀의 팔을 가만히 건드리자 캐럴라인이 살았다는 듯 나를 돌아보았다. 그녀는 부드러운 목소리로 말했다. "왔군요. 다들 도착했나요?"

"응." 나는 조용히 말했다. "다들 왔으니 걱정하지 마요. 다 잘되고 있어. 뭔가 마시거나 좀 먹겠소?"

테이블 위에 샌드위치가 죽 놓여 있었다. 그 옆에서 베티가 캐럴라인 못잖게 창백한 얼굴에 빨개진 눈으로 접시를 채우고 음료를 따르고 있었다. 베티는 장례식에 오지 않았다. 저택에서 사람들을 대접할 준비를 해야 했다.

캐럴라인은 음식 생각만 해도 구역질이 난다는 듯 고개를 저었다. "배고프지 않아요."

"셰리주 한잔하는 게 좋을 것 같은데."

"아뇨, 그것도 싫어요. 하지만 아마도 이모님과 이모부는……"

그들도 그때는 내가 와서 한시름 놓은 눈치였다. 장례식 전에 그들은 나를 집안의 주치의로 소개받았다. 우리는 에어즈 부인과 로더릭의 병세에 관해 잠시 얘기를 나눴고, 내 생각에 그들은 내가 캐럴라인 곁을 가까이서 지키는 걸 보고 다행스럽게 여겼던 것 같다. 일견 당연하게도 그들은 대체로 내가 직업적인 이유로 옆에 있다고 짐작했다. 캐럴라인이 지독히 피곤하고 창백해 보였기 때문이다. 그때 캐럴라인의 이모가 말했다. "선생, 우리 얘기를 좀 거들어 줘요. 로더릭이 여기 있다면 사정이 다르겠지. 하지만 이 커다란 집에 캐럴라인 혼자 계속 살 수는 없잖아. 우리는 얘가 우리랑 같이 서식스로 갔으면 좋겠어요."

"캐럴라인의 생각은 어떻습니까?" 내가 말했다.

여자는 턱을 끌어당겼다. 그녀는 언니인 에어즈 부인을 닮긴 했지만, 좀더 이목구비가 큼직하고 덜 예쁜 편이었다. "전반적인 상황을 고려해봤을 때, 캐럴라인이 자기가 뭘 원하는지 알 만한 상태라고는 생각할 수 없어요! 얘는 지금 겨우 자신을 추스르는 정도야. 분위기를 바꿔보는 게 절대 나쁠 리는 없잖아요. 주치의로서 당신도 내 말에 동의하겠죠."

"주치의로서는," 나는 대답했다. "상당 부분 동의합니다. 다른 점에서는, 글쎄요, 유감스럽게도 캐럴라인이 지금 바로 워릭셔를 떠난다면 저는 매우 안타깝겠지요."

이 말을 하면서 나는 미소를 지었고, 캐럴라인의 팔에 다시 손을 얹었다. 캐럴라인은 내 손의 압력을 느끼고 자세를 바꾸었지만, 내가 하는 말의 대부분은 그냥 흘려들었던 것 같다. 그녀는 모든 것이 제대로 돌아가는지 걱정하며 계속 방안을 이리저리 둘러보았다. 그녀 이모의 표정이 바뀌었다. 순간 멈칫하더니, 약간 사무적인 어조로 입을 열었다. "죄송하지만 성함이 생각나지 않는군요, 선생."

나는 다시 내 이름을 말해주었다. 그녀가 말했다. "패러데이라…… 언니는 한 번도 당신 얘기를 한 적이 없는 것 같은데."

"저도 말씀하셨으리라고 생각하지 않습니다. 그런데 우리는 캐럴라인 얘기를 하던 중이 아니었던가요?"

"캐럴라인은 지금 무척 상처받기 쉬운 상태지요."

"그 말씀에는 저도 동의합니다."

"애가 여기에서 혼자 친구도 없이……"

"그건 실제와 다릅니다. 주위를 둘러보시죠. 캐럴라인에게는 친구가 많습니다. 서식스에서보다 더 많을 것 같습니다만."

여자는 기가 막히다는 듯 나를 빤히 쳐다보았다. 그러다 자기 조카에게로 고개를 돌렸다.

"캐럴라인, 너 진심으로 여기 있고 싶은 거니? 너도 알겠지만 내 마음이 편치 않구나. 만에 하나 너에게 무슨 일이라도 생기면 우리는 우리 자신을 절대 용서할 수 없을 거다."

"저한테 무슨 일이 생기다뇨?" 캐럴라인은 어리둥절해하며 다시 우리 쪽으로 주의를 돌렸다. "그게 무슨 말씀이세요?"

"내 말은, 네가 이 집에 혼자 있다 만일 무슨 일이라도 생기면 말이다."

"시씨 이모, 이제 나한테는 아무 일도 생길 수 없어요." 캐럴라인이 말했다. "더 생기고 자시고 할 게 없는걸요."

내가 보기에 캐럴라인은 매우 진지했다. 그러나 나이든 이모는 조카를 물끄러미 쳐다보았고, 아마도 조카가 농담을 해보려고 안타까운 시도를 한다고 생각했을 것이다. 이모의 표정으로 보건대 정나미가 떨어진 모양이었다. "뭐, 물론 너도 어린애가 아니고, 이모부와 나도 무작정 강요할 수는 없는 노릇이다만."

그때 또다른 손님이 오는 바람에 논쟁은 거기서 끝났다. 캐럴라인은 양해를 구하고 주인 된 도리로 손님을 맞이하러 나갔고, 나도 같이 발걸음을 옮겼다.

모인 사람들 사이의 분위기는, 당연하게도 착 가라앉아 있었다. 추모 연설도 없었고, 애통한 와중에 교구 목사의 예를 따라 어떤 위안거리를 찾아보려는 노력도 없었다. 누가 봐도 비정상적인 집의 상태와 풍경 탓에 죽은 사람이 더욱 처절하게 생각나 그런 식으로 위안을 찾기가 훨씬 더 힘들었다. 게다가 머리 위로 겨우 몇 피트 떨어진 방에서 에어즈 부인이 자살했음을 떠올리지 않기란 불가능했다. 사람들은 여기저기 모여 서서 귓속말로 어색하게 얘기를 주고받았고, 단순히 비통해하는 게 아니라 불안해하고 긴장하는 기색이 역력했다. 이따금 사람들은 캐럴라인의 이모가 그랬듯 약간 초조하게 캐럴라인을 흘끔거렸다. 나는 모여 있는 사람들 사이를 왔다갔다하면서, 이제 헌드레즈홀이 어떻게 될 것인가에 대해 나직이 유추하는 말들을 들었다. 캐럴라인은 집을 포기할 수밖에 없을 거라고, 이곳에는 미래가 없다고 확신하는 투였다.

나는 몹시 억울하고 분했다. 그 자리에 모여 있는 사람들은 그 집에 대해 아무것도 몰랐다. 캐럴라인에 관해서도, 뭐가 그녀에게 최상인지도 전혀 모르면서, 마치 그게 자기네 권리라도 되는 양 억측과 판단을 내렸다. 한 시간쯤 지나 사람들이 인사를 하고 빠져나가기 시작하자 나는 마음이 놓였다. 워낙 많은 사람이 같은 차에 나눠 타고 왔던 탓에 순식간에 사람 수가 줄어들었다. 서식스와 켄트에서 온 손님들도 곧이어 시계를 확인하기 시작했고, 귀가하기 위해 남아 있는 불편하고 머나먼 자동차 여행 혹은 기차 여행을 떠올렸다. 그들은 하나둘 캐럴라인에게 다가가 키스와 포옹으로 감상적인 작별 인사를 건넸다. 그녀의 이모와 이모부는 마지막으로 한번 더 같이 가자고 설득했지만 헛수고였다. 캐럴라인은 일일이 작별 인사를 하면서 점점 더 힘겨워했다. 마치 손에서 손으로 건네지는 한 송이 꽃처럼 시들고 망가져갔다. 마지막 손님들이 떠날 때 캐럴라인과 나는 현관 앞까지 배웅을 나가, 금이 간 계단 위에 서서 그들이 차를 타고 자갈마당을 덜커덩대며 빠져나가는 모습을 지켜보았다. 그러고 나서 캐럴라인은 눈을 감고 두 손으로 얼굴을 감쌌다. 내가 할 수 있는 일이라고는 그녀의 축 처진 어깨에 팔을 두르고 휘청거리는 그녀를 부축해 온기가 남아 있는 작은 응접실로 데려가는 것뿐이었다. 나는 그녀를 난로 옆 윙체어—그녀의 어머니가 사용하던 의자였다—에 앉혔다.

캐럴라인은 이마를 문질렀다. "정말 다 끝난 건가요? 내 평생 가장 긴 하루였어요. 머리가 깨질 것만 같아요."

"당신이 기절하지 않은 것만도 놀랍소. 아무것도 먹지 않았잖아."

"먹을 수가 없어요. 안 넘어가요."

"뭐라도 조금만 먹어요. 응?"

그녀는 내가 무얼 내밀어도 한사코 마다했다. 결국 하는 수 없이 셰리주에 설탕과 뜨거운 물을 타서 주었고, 내가 지켜보는 가운데 아스피린 두 알과 함께 그것을 마셨다. 베티가 테이블을 치우고 방을 정리하기 시작하자, 캐럴라인이 자동으로 도우려고 일어났다. 나는 부드럽지만 단호하게 그녀를 도로 자리에 앉히고, 쿠션과 담요를 더 갖다준 뒤 신발을 벗기고 스타킹에 감싸인 그녀의 발가락을 잠시 주물러줬다. 그녀는 베티가 접시를 한데 모으는 광경을 우울하게 바라보다 이내 피곤함에 항복하고 말았다. 다리를 들어올리고 닳아 해진 의자의 벨벳 천에 뺨을 대고 눈을 감았다.

나는 베티를 보며 검지를 세워 입술 위에 댔다. 우리는 조용히 움직이며 쟁반을 겹겹이 쌓아 들고 발끝으로 살금살금 방을 나섰다. 그리고 부엌으로 내려가 나는 재킷을 벗고 베티 옆에 서서 소녀가 넘겨주는 비눗기 있는 그릇과 유리잔을 싱크대에서 헹구고 닦았다. 베티는 이게 전혀 이상하다고 생각지 않는 것 같았다. 나도 전혀 이상하지 않았다. 헌드레즈홀은 완전히 상궤에서 벗어났고, 소소하고 평범한 집안일을 공들여 하고 있자니—상을 당한 집안에서 이런 경우를 종종 보았는데—나름대로 위안이 되었다.

설거지가 끝나자 베티의 가녀린 어깨마저 축 처졌다. 나는 몹시 배가 고팠음을 깨닫기도 했고, 단순히 베티의 손을 계속 바쁘게 놀릴 요량으로 수프를 한 냄비 데워달라고 했다. 우리는 각자 수프를 한 그릇씩 가지고 식탁에 앉았다. 박박 닦은 소나무 상판 위에 수프 그릇과 숟가락을 내려놓자, 나도 모르게 생각이 많아졌다.

나는 얘기를 꺼냈다. "이전에 이 식탁에 앉아서 뭘 먹었던 건, 베티, 내가 열 살 때였어. 어머니와 함께였는데, 어머니는 바로 지금 네가 앉은 자리에 앉으셨지."

베티는 울어서 빨개진 눈을 들어 나를 보며 머뭇머뭇 말했다. "그거 웃기는 얘기인가요. 선생님?"

나는 피식 웃었다. "뭐 조금은. 그땐 정말 내가 이런 식으로 여기에 돌아와 앉을 줄은 상상도 못했어. 우리 어머니도 분명 꿈에도 생각지 못하셨을 거야. 어머니가 살아서 이 모습을 보시지 못한 게 아쉽군…… 어머니에게 좀더 잘해드릴걸. 아버지에게도. 너도 부모님께 잘해드려라!"

베티는 식탁에 팔꿈치를 올리고 턱을 괴었다. "우리 부모님은 짜증만 나요." 소녀는 한숨을 내쉬며 말했다. "아버지는 날 이곳에 보내려고 그 소란을 떨더니, 이젠 돌아오라고 난리예요."

나는 깜짝 놀라 말했다. "설마 그럴 리가, 진짜로?"

"진짜예요. 신문이란 신문은 모조리 읽고는 이 저택이 너무 괴상하게 변했대요. 베이즐리 아주머니도 똑같은 말을 했어요. 오늘 아침에 왔다가 돌아갈 때 앞치마를 가져가던걸요. 다시는 안 올 거래요. 마님께 일어난 일 때문에 너무 무섭다면서. 불안해서 못 견디겠대요. 차라리 세탁소에 취직해서 세탁부 같은 일을 하는 게 낫겠다고…… 아직 캐럴라인 아가씨께는 말씀 안 드린 것 같아요."

"그래, 거참 안타깝구나. 너도 그만두려는 건 아니지?"

베티는 수프를 먹느라 고개를 들지 않았다. "모르겠어요. 마님이 안 계시니 예전 같지 않아서."

"베티, 제발 그러지 마. 지금 이 집이 기분 좋은 곳이 아니라는 건 나도 알아. 하지만 캐럴라인 아가씨에게는 우리뿐이잖아, 너하고 나 말이다. 게다가 나는 항상 여기서 아가씨를 지켜볼 수도 없잖

아. 하지만 너는 할 수 있지. 만약 네가 나가면……"

"저도 실은 나가고 싶지 않아요. 어쨌든 집으로는 돌아가고 싶지 않아요! 문제는 우리 아버지라고요."

베티는 정말로 갈피를 못 잡는 것 같았다. 그리고 그렇게 엄청난 일을 다 겪고도 소녀가 헌드레즈홀에 보이는 충직함은 제법 감동적이었다. 나는 베티가 수프를 먹는 모습을 좀더 지켜보면서 소녀가 한 얘기를 곰곰 생각해보았다. 그리고 조심스럽게 말을 꺼냈다. "만약에 말이다, 네가 아버지한테, 음, 여기 헌드레즈홀의 상황이 조만간 바뀔 것 같다고 말할 수 있다면 어떨 것 같아?" 나는 머뭇거렸다. "만약에 네가 아버지한테, 그러니까, 캐럴라인 아가씨가 결혼을 하게 될 거라고……"

"결혼이라고요!" 소녀는 굉장히 놀랐다. "누구랑요?"

나는 싱긋 웃었다. "글쎄다, 누구일까?"

베티는 내 말을 알아듣고 얼굴이 빨개졌다. 그리고 바보같이 나도 얼굴이 붉어졌다. 나는 말했다. "지금은 떠들고 다니면 안 된다. 몇 명은 알지만, 대부분 아직 모르거든."

소녀는 점점 흥분해 벌떡 일어났다. "와, 언제 하시는데요?"

"아직 몰라. 날은 정하지 않았어."

"그럼 캐럴라인 아가씨는 어떤 옷을 입으실까요? 검은 드레스여야 하나요, 마님 일 때문에?"

"맙소사, 그럴 리 없잖니! 지금이 1890년대도 아니고. 자자, 수프 마저 먹어."

그러나 베티의 눈에는 눈물이 그렁그렁했다. "아, 마님이 그걸 못 보시다니 너무 안타까워요! 그럼 캐럴라인 아가씨는 누가 식장으로 데리고 들어갈까요? 로더릭 도련님이 하셔야 하지 않을까요?"

"그런데 로더릭 도련님의 건강이 여전히 몹시 안 좋은 상태라."

"그럼 누가 하죠?"

"나도 모르겠다. 어쩌면 데즈먼드 씨가 하지 않을까. 아니면 아무도 없을 수도 있고. 캐럴라인 아가씨 혼자서도 잘할 수 있지 않겠니?"

베티는 충격을 받은 듯 보였다. "그럴 수는 없어요!"

우리는 한동안 결혼식에 관해 잡담을 나누었다. 둘 다 그렇게 힘든 하루를 보낸 뒤라, 이 화제가 주는 밝고 명랑한 느낌이 마냥 반가웠다. 저녁식사가 끝나자 베티는 눈물을 훔치고 코를 풀고는 그릇과 스푼을 싱크대에 담갔다. 나는 재킷을 도로 입고 수프를 또 한 그릇 푼 뒤 쟁반 위에 올리고 잘 덮어서는 위층 작은 응접실로 가져갔다.

캐럴라인은 그때까지 자고 있었는데, 내가 다가가자 화들짝 깨서는 다리를 내리고 반쯤 일어났다. 뺨에는 의자에 기댔던 자국이 구겨진 리넨 모양으로 남아 있었다.

그녀는 비몽사몽인 채 물었다. "지금 몇 시죠?"

"여섯시 반. 수프를 좀 가져왔소. 봐요."

"아." 그녀의 표정이 또렷해졌다. 그녀는 얼굴을 문질렀다. "정말 먹을 수 있을 것 같지가 않아요."

그러나 나는 쟁반을 의자 팔걸이 양쪽에 걸쳐서 솜씨 좋게 캐럴라인을 쟁반 안쪽에 가두었다. 그러고는 그녀의 무릎 위에 냅킨을 펼쳐주며 말했다. "한입이라도 좀 떠요, 응? 당신이 아플까봐 걱정이오."

"먹고 싶지 않아요, 진짜."

"자자. 안 먹으면 베티가 상처받을 거요. 나도 마음이 아플 거고…… 자, 어서요."

그 말에 캐럴라인은 스푼을 들고 건성으로 스프를 휘젓기 시작했다. 나는 발 받침대를 가져와 그녀 옆에 앉아 주먹으로 턱을 받치고 엄숙하게 그녀를 지켜보았다. 그녀는 매우 천천히 한 번에 아주 조금씩 떠먹기 시작했다. 정말 입맛이 없는 듯 억지로 고기 조각과 채소를 넘겼다. 그러나 다 먹고 나니 뺨에 혈색이 돌면서 좀 나아 보였다. 두통도 좀 가라앉았다고 했다. 그냥 죽도록 피곤한 것뿐이라면서. 나는 쟁반을 치우고 캐럴라인의 손을 잡았다. 그러나 그녀는 손을 빼내 입을 가리고는 연신 하품을 했고, 눈에는 눈물이 핑 돌았다.

그러고 나서 얼굴을 닦고, 난로 쪽으로 상체를 내밀고 앉았다.

"세상에." 캐럴라인은 불길을 지그시 바라보며 말했다. "오늘은 꼭 끔찍한 꿈을 꾸는 것 같았어요. 하지만 꿈은 아니죠? 어머니는 돌아가셨어요. 돌아가셔서 묻혔고, 이제 영원히 돌아가신 채로 묻혀 계시겠죠. 실감이 안 나요. 지금도 바로 위층에 계시는 것 같은데. 위층에서 쉬고 계실 것만 같아요. 전에는 이렇게 졸고 있을 때면 로디가 저기 아래층 자기 방에 있고 지프는 여기 내 의자 옆에 누워 있다는 생각이 들기도 했는데……" 캐럴라인이 눈을 들어 혼란스러운 듯 나를 보았다. "대체 어쩌다 이렇게 되어버린 걸까?"

나는 고개를 저었다. "나도 모르겠소. 알았으면 좋겠군."

"오늘 어떤 여자가 헌드레즈홀은 저주받은 집이 분명하다고 말하는 걸 들었어요."

"누가 그런 말을? 그 여자가 누구요?"

"모르는 사람이었어요. 새로 이사 온 사람이겠죠, 뭐. 교회 경내에서였어요. 딴 사람한테 하는 말을 어깨 너머로 들었어요. 마치 저주에라도 걸린 사람을 보듯 날 쳐다보더군요. 내가 드라큘라의 딸이라도 되는 것처럼……" 그녀는 또 하품을 했다. "아, 왜 이렇게 피곤하지. 그냥 푹 잤으면 원이 없겠네."

"아무렴, 그게 당신이 할 수 있는 가장 최상의 일이지. 다만 여기서 당신 혼자 자는 일은 없었으면 하오."

캐럴라인은 눈을 비볐다. "꼭 시씨 이모처럼 말하네요. 베티가 있어줄 거예요."

"베티도 지쳐 나가떨어졌어. 내가 침대로 데려다주지." 그때 그녀의 얼굴에 떠오른 표정을 보고 나는 덧붙였다. "그런 뜻이 아니오! 나를 무슨 짐승 취급하는 거요? 내가 의사라는 걸 잊었군. 나는 항상 젊은 여성들이 잠자리에 들 때까지 지켜본다고."

"하지만 나는 당신 환자가 아니잖아요. 댁으로 돌아가야죠."

"당신 곁을 떠나고 싶지 않소."

"나는 드라큘라의 딸이에요, 잊었어요? 괜찮을 거예요."

캐럴라인이 일어나면서 휘청하고 넘어질 뻔해 나는 재빨리 그녀의 어깨를 붙잡아 세웠다. 그러고는 그녀의 이마로 흘러내린 갈색 머리칼을 뒤로 넘기고 그녀의 양볼을 두 손으로 감쌌다. 캐럴라인은 눈을 감았다. 피곤할 때면 늘 그렇듯 그녀의 눈꺼풀은 축축하게 부어서 벌거벗은 듯 보였다. 나는 그 눈에 가볍게 키스했다. 그녀의 양팔이 관절인형처럼 축 늘어졌다. 그녀는 눈을 뜨고 아까보다 더 단호한 어조로 말했다. "댁으로 가요…… 그리고 고마워요. 지금까지 해준 모든 일 말이에요. 오늘 정말 우리에게 큰 힘이 되어주었어요." 그녀는 순간 말을 끊었다. "그러니까, 나에게 큰 힘이 됐어요……"

나는 코트와 모자를 찾아든 뒤 그녀의 손을 잡고 홀로 나갔다. 홀의 냉기에 캐럴라인은 몸을 부르르 떨었다. 추운 곳에 그녀를 오래 서 있게 하고 싶지 않았지만, 키스를 하고 물러서면서 그녀가 손을 빼려고 할 때, 그녀의 어깨 너머로 계단이 흘긋 보이며 위층의 어둡고 텅 빈 방들이 떠올랐다. 이런 날에 그녀 혼자 쓸쓸히 집안으로 들어가다니, 생각만 해도 끔찍했다.

나는 캐럴라인의 손을 힘주어 잡고 그녀를 도로 끌어당겼다.

"캐럴라인." 나는 입을 열었다.

그녀는 맥없이 딸려오며 저항했다. "제발. 너무 피곤해요."

나는 캐럴라인을 바짝 끌어당겨 귀에 대고 나직이 말했다. "한가지만 말해줘. 우리 언제 결혼할까?"

그녀는 얼굴을 피했다. "자러 가야겠어요."

"언제, 캐럴라인?"

"조만간."

"나는 이곳에 당신과 함께 있고 싶소."

"알아요. 나도 당신의 바람을 알아요."

"나는 지금까지 잘 참아왔어, 안 그렇소?"

"네, 하지만 지금 당장은 아니에요. 어머니가 돌아가신 지 얼마 되지도 않았는데."

"그야 물론 그렇지…… 하지만, 어쩌면 한 달 후에?"

캐럴라인은 고개를 저었다. "내일 얘기해요."

"한 달이면 충분할 거라고 보는데. 그러니까 혼인신고나 뭐 그런 일을 처리하는 데 말이오. 어쨌든 당신도 알다시피 나는 계획을 세워야 해. 일단 날만이라도 정하면 좋겠는데."

"아직 논의해야 할 일이 너무 많아요."

"별로 대수롭지 않은 것들이잖소…… 한 달 후라고 얘기해도 될까? 아니면 넉넉잡아 육 주? 오늘부터 육 주 후면 될까?"

그녀는 피로감과 싸우며 망설였다. 그러더니 "네" 하고 걸음을 옮기며 말했다. "그래요, 정 원한다면. 지금은 자러 가게 좀 놔줘요! 피곤해서 죽을 것 같아요."

그때까지 일어났던 참혹한 일을 감안하면 이렇게 말하기 참 뭣하지만, 장례식 후의 얼마 동안이 내 인생에서 가장 찬란하게 빛난 시기였다. 나는 부풀어 터질 듯한 계획을 품고 저택을 나왔다. 그리고 바로 이튿날 레밍턴에 가서 혼인신고서를 제출했고, 며칠 후 정식으로 날짜를 잡았다. 5월 27일 목요일. 결혼식을 고대하기라도 하듯, 이후 이 주 동안 날도 점점 푸근해지고 낮의 길이도 눈에 띄게 길어졌다. 나뭇잎 하나 없던 나무와 꽃 한 송이 없던 풍경이 갑자기 빛깔과 생기의 향연을 벌이는 듯했다. 그러나 에어즈 부인이 돌아가신 날 아침부터 쭉 덧창을 닫았던 헌드레즈홀은 움트는 계절과 새파란 하늘과는 대조적으로 을씨년스럽고 적막해 답답하게 느껴졌다. 나는 캐럴라인의 허락을 얻어 집안을 활짝 열기로 했고, 4월의 마지막 날에 일층 방을 전부 돌면서 조심스럽게 덧창을 올렸다. 몇 달 동안 닫혀 있던 몇몇 창문은 경첩이 삐거덕거리고 먼지가 구름처럼 피어오르고 페인트칠은 갈라지고 벗겨졌다. 하지만 그 소음도 내게는 긴긴 잠에서 깨어난 생물이 고마워하는 소리로 들렸고, 마룻바닥은 따스한 날을 맞아 양지바른 곳에서 기지개를 켜는 고양이처럼 풍부한 음정으로 삐거거렸다.

나는 캐럴라인 본인이 그와 같은 활기를 되찾은 모습을 보고 싶었다. 살며시 그녀의 감정에 불을 붙여 열의를 일깨워주고 싶었다. 처음의 애통함은 어느 정도 가셨고, 그녀는 어느새 약간 기운이 없는 정도였다. 더 쓸 편지도 없고, 장례식 준비에 몰두할 일도 없으니, 그녀는 목표를 잃고 무기력해졌다. 나는 진료와 왕진을 재개해야 했는데, 그 말인즉슨 제법 오랫동안 캐럴라인을 혼자 놔둬야 한다는 뜻이었다. 베이즐리 부인이 오지 않으니 캐럴라인이 직접 돌봐야 할 집안일이 산더미였지만, 베티 말에 따르면 캐럴라인은 하루 종일 아무것도 하지 않고 그저 앉아 있거나, 창밖을 멍하니 내다보거나, 한숨 쉬고 하품하고 담배 피우고 손톱을 물어뜯을 뿐이었다. 캐럴라인은 결혼식 계획은 엄두도 못 내는 것 같았고, 이후 이어질 변화에도 손가락 하나 까딱할 생각이 없어 보였다. 영지에도 정원에도 농장에도 관심을 보이지 않았다. 심지어 책을 읽지도 못했다. 독서는 따분하고 지겹다면서, 글줄이 그냥 오른쪽으로 들어

가서 왼쪽으로 나오는 것 같다고 했다……

나는 실리가 장례식 때 했던 말—"그녀를 멀리 데려가라고, 싱그러운 새 출발을 할 겸"—을 떠올리며 신혼여행 계획을 짜기 시작했다. 캐럴라인과 함께 카운티를 벗어나 신선한 바람을 쐴 수 있는 온갖 여행지를 상상했다. 야외로, 완전히 색다른 풍경으로, 산으로 혹은 해안과 절벽으로. 잠시 스코틀랜드를 고려해봤다. 그러다 호수 지방은 어떨까 싶었다. 그때 문득 환자 한 명이 얘기했던 콘월이 생각났다. 만(灣)에 있는 호텔에 얼마 전에 묵었다면서, 조용하고 낭만적이고 경치가 끝내준다고 했다…… 운명처럼 느껴졌다. 나는 캐럴라인에게 한마디도 하지 않고 호텔 주소를 알아내 문의하고 일주일 동안 방을 예약했다. '닥터 패러데이와 패러데이 부인' 앞으로. 결혼식 당일 밤은 런던을 떠나는 침대열차에서 보낼 수도 있을 것이다. 캐럴라인이 좋아할 만한 어린애 같은 사치가 아닐까. 그녀와 떨어져서 쓸쓸한 시간이 많았는데, 그럴 때마다 나는 종종 신혼여행을 생각했다. 영국 철도 열차의 좁은 침대, 블라인드에 비치는 은회색 달빛, 기민하게 문 앞을 지나가는 승무원, 반짝이는 철로 위를 조용히 덜컹거리며 흔들리는 기차.

그러는 중에 결혼식 날짜는 점점 다가왔고, 나는 캐럴라인의 기운을 북돋아 예식 계획을 세워야 했다.

"나는 데이비드 그레이엄을 신랑 들러리로 하고 싶소, 당신도 알지." 5월 초 어느 일요일 오후, 우리는 대정원을 느긋하게 산책했다. "친한 친구거든. 당연히 앤도 같이 와야지. 캐럴라인, 당신도 신부 들러리를 생각해놓는 게 좋을 거요."

우리는 블루벨 사이로 걸었다. 자고 일어나니 헌드레즈의 거친 땅이 온통 블루벨 천지가 되었다. 캐럴라인은 허리를 굽혀 꽃 한 줄기를 꺾은 뒤 손가락 사이에 쥐고 돌렸고, 잔뜩 인상을 쓴 얼굴로 빙빙 도는 꽃을 내려다보았다.

"신부 들러리라." 다시 걸어가면서 캐럴라인은 멍하니 되뇌었다. "근데 꼭 있어야 할까요?"

나는 웃음을 터뜨렸다. "당연히 신부 들러리는 있어야지! 당신 부케를 들어줄 사람이니까."

"생각 안 해봤는데. 딱히 부탁하고 싶은 사람이 없어요."

"그래도 누군가 있겠지. 그 친구는 어떻소, 병원의 댄스파티에서 만났던. 브렌다였나?"

캐럴라인은 눈을 껌벅였다. "브렌다? 아, 싫어요. 절대 안 돼."

"그럼 헬렌 데즈먼드는 어떻소? 그 뭐라더라? 신부 들러리 대표? 그녀라면 감격해서 기꺼이 받아들일 것 같은데."

캐럴라인은 잘근잘근 물어뜯은 손톱으로 파란 꽃송이를 하나씩 툭툭 떼어내기 시작했다.

"그러겠죠."

"좋아. 내가 전화해서 말하지, 그래도 될까?"

그녀는 또 인상을 썼다. "그럴 필요 없어요. 내가 직접 말할 수 있으니까."

"이런 자질구레한 일로 신경쓰게 하고 싶지 않아서 그래."

"신부라면 당연히 그런 일에 신경쓰게 마련 아닌가요?"

"다들 그런 건 아니지." 나는 말했다. "특히 당신처럼 온갖 시련을 겪은 신부는." 나는 캐럴라인의 팔짱을 끼며 말했다. "당신을 편하게 해주고 싶어서 그렇소."

"나를 편하게 해준다고요?" 그녀는 내 손을 떼어내며 말했다. "혹시……" 그녀는 말끝을 흐렸다.

나는 걸음을 멈추고 캐럴라인을 바라보았다. "무슨 말을 하고 싶은 거요?"

그녀는 여전히 고개를 숙인 채 계속 꽃송이를 떼어내는 중이었다. 그러다가 고개도 들지 않고 말했다. "내 말은, 꼭 이렇게 서둘러야 하느냐는 거예요."

"흠, 그럼 기다려야 하는 이유가 있나?"

"모르겠어요. 나는 그냥…… 단지 사람들이 이 일로 자꾸 나를 귀찮게 하지 않았으면 좋겠어요. 어제만 해도 패짓 씨네 직원이 고기를 배달하면서 나한테 축하 인사를 하더라고요! 베티는 온종일 그 얘기뿐이고."

나는 싱긋 웃었다. "그게 뭐 나쁜 일이라고. 사람들은 기뻐서 그러는 거요."

"정말 그럴까요? 내가 보기엔 다 비웃는 것 같아. 노처녀가 결혼하면 원래 다들 그러잖아요. 사람들은 우스워하는 거예요, 나를…… 창고에서 꺼내오는 나를 말이에요. 누가 나를 벽장 안쪽에서 먼지를 떨어 갖고 나오는 기분이야."

나는 말했다. "당신은 지금까지 내가 한 일이 그런 거라고 생각하는 거요? 당신한테 쌓인 먼지를 떠는 일?"

그녀는 너덜너덜해진 꽃을 던져버리고 지친 어조로 뾰로통하게 말했다. "아, 당신이 지금까지 무슨 일을 했는지 나야 모르죠."

　나는 캐럴라인의 두 손을 잡고 내 얼굴을 똑바로 보도록 돌려세웠다.

　"나는 당신과 사랑에 빠진 거야! 사람들이 그걸 비웃고 싶어한다면, 그 사람들의 유머 감각이 개똥같이 형편없는 거라고."

　전에는 한 번도 이런 식으로 그녀에게 말한 적이 없었으므로, 순간 그녀는 기겁했다. 그러다 이내 눈을 감고 고개를 돌렸다. 햇빛이 그녀의 머리 위에 앉았다. 나는 다갈색 머리카락 틈에서 회색 머리카락 한 올을 발견했다.

　"미안해요." 캐럴라인이 중얼거렸다. "당신은 항상 내게 잘해줬어요. 그리고 나는 항상 은혜를 원수로 갚았고. 그냥 참 힘들어요. 너무 많이 바뀌어서. 하지만 한편으로는, 아무것도 변한 게 없는 것 같아."

　나는 그녀에게 팔을 두르고 꼭 끌어안았다. "우리가 원하는 대로 바꿔나갈 수 있소, 일단 헌드레즈가 우리 것이 되면."

　캐럴라인은 내 어깨에 뺨을 기댔다. 그러나 다른 데 정신이 팔린 태도로 미루어 보건대, 분명 눈을 뜨고 대정원 너머 저택을 바라보았을 것이다.

　그녀가 말했다. "앞으로 어떻게 될지 우린 한 번도 얘기한 적이 없네요. 나는 의사의 아내가 되겠지."

　나는 대답했다. "기막히게 좋아질 거요. 두고 보면 알걸."

　그녀는 상체를 젖혀 나를 쳐다보았다. "하지만 당신이 헌드레즈에서 어떤 식으로 해나간다는 거죠? 마치 영지를 유지할 돈과 시간이 있다는 것처럼 계속 말하는데. 어떻게요?"

나는 그저 캐럴라인을 안심시키고 싶어 그녀의 얼굴을 물끄러미 쳐다보았다. 그러나 사실대로 말하자면, 어떻게 해나갈지 나도 잘 알지 못했다. 얼마 전에 내가 그레이엄에게 결혼식 후에 헌드레즈 홀로 이사할 계획이라고 말하자, 그는 깜짝 놀라는 것 같았다. 자기 딴에는 캐럴라인이 헌드레즈를 포기하고 둘이 같이 닥터 길의 집에서 살거나 아니면 더 괜찮은 집을 얻을 거라 생각했던 것이다. 결국 나는 '아무것도 정해진 것은 없다'고, 캐럴라인과 나는 아직 '이런저런 생각만 하는 중'이라고 해두었다.

나는 이번에도 엇비슷한 얘기를 늘어놓았다.

"일은 저절로 풀리게 되어 있소. 두고 보면 알아. 금방 다 명확해질 거요. 내 약속하지."

캐럴라인은 실망한 듯 보였지만 별말은 없었다. 내가 끌어안는 대로 끌려오면서도 그녀의 시선이 집요하게 다시 헌드레즈홀을 바라보고 있음을 느낄 수 있었다. 잠시 후 캐럴라인은 포옹을 풀고 조용히 내게서 멀어졌다.

좀더 연애 경험이 많은 사내라면 다르게 행동했을지도 모르겠다. 하지만 나는 무지했다. 나는 일단 우리가 결혼식만 올리면 만사가 잘 풀릴 거라고 생각했다. 나는 그날 하루에 엄청나게 많은 것을 걸었다. 그러나 캐럴라인은 결혼식 얘기를 할 때면 늘 당황스러울 정도로 흐리멍덩하게 나왔다. 거의 아무 말을 하지도 않았지만 말이다. 그녀는 헬렌 데즈먼드에게 연락하지도 않았다. 결국 내가 그녀 대신 그 일을 해야 했다. 헬렌은 무척 기뻐하며 신이 나서 우리의 계획에 관해 이것저것 물어왔고, 그녀의 질문을 듣고 나는 아직도 준비가 많이 부족하다는 것을 깨달았다. 이후에 캐럴라인을 만나서 그 얘기를 했더니, 그녀는 그에 관해 아무런 생각이 없었다. 나는 다시 한번 놀랐다. 캐럴라인은 심지어 결혼식에서 입을 옷조차 생각해놓지 않았다. 내가 헬렌의 도움을 받아야 한다고 하자, '사소한 일로 호들갑 떠는 게 싫다'고 대답했다. 나는 그녀에게 레밍턴에 같이 가서 새 옷을 한 벌 사주겠다고 했다. 어쨌든 전부터 한번 그럴 생각이었다. 그런데 그녀는 '당신 돈을 쓸데없는 데 낭비하지 말라'면서, '위층에 있는 옷 중에 몇 벌 꺼내서 걸치면 된다'고 했다. 나는 그녀의 태 안 나는 드레스와 모자가 머릿속에 그려져 내심 진저리를 쳤다. 그래서 조용히 베티를 불러 캐럴라인의 드레스를 몇 벌 견본으로 가져다달라고 일렀고, 베티와 둘이 그중에서 제일 괜찮다 싶은 것을 골라 레밍턴의 여성복점에 몰래 갖고 가 점원에게 이 사이즈에 맞는 옷을 만들어줄 수 있느냐고 물었다.

나는 점원에게 곧 결혼하게 될 숙녀분의 드레스를 맞출 생각인데, 현재는 건강이 좋지 않아 직접 나올 수 없다고 말했다. 점원 아가씨는 동료 두 명을 불러와 셋이 같이 패턴북을 열어본다, 옷감을 펼친다, 버튼을 고른다 하며 들떠서 수선을 피웠다. 분명 병들어 가냘픈 낭만적인 신부를 상상하는 게 틀림없었다. "그분이 걸을 수 있나요?" 그들은 내게 세심하게 물었다. "장갑은 낄 수 있을까요?" 나는 캐럴라인의 굵고 튼튼한 다리와 일을 해서 거칠어졌지만 모양 좋은 손가락을 떠올렸다…… 우리는 가는 허리띠가 달린 수수한 드레스로 낙착을 보았고, 캐럴라인의 갈색 머리와 밤색 눈에 잘 어울리기를 바라며 밝은 담갈색 천을 골랐다. 그리고 그녀의 머리와 손을 꾸미기 위해 옅은 색 비단으로 만든 단순한 꽃장식을 주문했다. 그렇게 모두 합쳐 11파운드가 좀 넘는 돈이 나갔고, 내 의복 배급표가 모조리 소요됐다. 하지만 일단 돈을 쓰기 시작하니, 물 쓰듯 펑펑 쓰면서 멀미가 날 것 같은 쾌락이 느껴졌다. 여성복점에서 남쪽으로 몇 집 건너에 레밍턴에서 제일 잘나가는 보석상이 있었다. 나는 안에 들어가 결혼반지를 보여달라고 했다. 종류가 많지도 않았고, 대개는 모조 보석이었다. 9캐럿짜리 밝고 화려한 반지는 꼭 울워스에서 팔 법한 디자인이었다. 나는 좀더 비싼 판매대에서 가늘지만 묵직하고 모양이 단순한 금반지를 골라 15기니에 샀다. 내 생애 처음으로 샀던 자동차보다 더 비쌌다. 나는 아드레날린이 왕창 분비되는 가운데 수표를 쓰면서 원래 그 정도 금액은 매일 쓰는 사람이라는 인상을 주려고 노력했다.

내가 추정한 캐럴라인의 손가락 사이즈에 맞게 굵기를 조금 늘리느라 반지를 보석상에 맡기고 나와야 했다. 그래서 펑펑 써버린 돈을 상기할 만한 물건 하나 없이 빈손으로 집으로 향했다. 나의 허세는 1마일마다 꺾였고, 대체 내가 무슨 짓을 저지른 건지 곱씹으면서 핸들을 잡은 손마디가 창백해졌다. 그후 며칠 동안 나는 독신남의 공황 상태에 빠져 은행계좌를 미친듯이 확인했고, 도대체 어쩌자고 언감생심 아내를 건사할 생각을 했느냐고 스스로를 다그쳤다. 또 건강보험제도도 걱정이었다. 나는 자포자기해서 그레이엄을 찾아갔다. 그는 껄껄 웃으며 내게 위스키를 권했고, 이윽고 나는 그럭저럭 마음을 가라앉혔다.

며칠 후 레밍턴으로 가서 반지와 드레스를 찾아왔다. 기억하던 것보다 더 묵직한 반지 덕분에 나는 득의양양해졌다. 반지는 주름 장식된 비단대에 폭 감싸인 채 값나가 보이는 작은 새그린 가죽상자에 들어 있었다. 드레스와 꽃 역시 상자에 담겨 있었고, 그걸 보니 또 기운이 났다. 드레스는 정확히 내가 바라던 대로였다. 순수하고, 매끈하고, 요란하지 않고, 새 옷답게 반짝반짝 광택이 돌았다.

상점 직원들은 그분의 건강이 좀 나아지기를 바란다고 덧붙였다. 다들 꽤나 감상적이 되어 '그분께 행운과 건강을 빌며 오래오래 행복하게 사시길 바란다'고 했다.

그게 화요일이었고, 결혼식이 이 주하고도 이틀 앞으로 다가온 날이었다. 그날 저녁 나는 반지를 호주머니에 넣고 드레스 상자는 자동차 트렁크에 실어두고 병원 근무를 마쳤다. 다음날은 절망적으로 바빠서 도저히 헌드레즈홀에 들를 짬이 없었다. 목요일 오후가 되어서야 간신히 저택에 가볼 수 있었다. 평소처럼 내가 가진 열쇠로 맹꽁이자물쇠를 열고 대정원 출입문을 통과했고, 날이 아주 화창했기에 차의 창문을 내리고 휘파람을 불며 진입로를 따라 올라갔다. 나는 옷상자를 옆구리에 끼고 뒷문으로 몰래 들어갔다. 그리고 지하로 이어지는 계단 모퉁이에서 목소리를 낮춰 베티를 불렀다.

"베티! 거기 있니?"

베티는 부엌에서 나와 눈을 껌벅이며 나를 올려다보았다.

내가 말했다. "캐럴라인 아가씨는 어디 계시지? 작은 응접실?"

베티는 고개를 끄덕였다. "네, 선생님. 하루종일 거기 계셨어요."

나는 상자를 들어올렸다. "이게 뭘 것 같아?"

소녀는 어리둥절한 얼굴로 눈을 게슴츠레하게 떴다. "모르겠는데요." 그러더니 이내 표정이 환해졌다. "캐럴라인 아가씨의 결혼식 물품이군요!"

"아마도."

"와! 저도 봐도 돼요?"

"아직은 안 돼. 나중에. 삼십 분 후에 차 좀 갖다줘. 그때 캐럴라인 아가씨가 너한테 보여줄지도 모르지."

베티는 신이 나서 깡충깡충 뛰며 부엌으로 돌아갔다. 나는 상자가 구겨지지 않도록 조심스럽게 녹색 모직 커튼 사이를 지나 현관 쪽으로 걸어갔다. 그리고 상자를 든 채 작은 응접실로 들어갔다. 캐럴라인은 소파에 앉아서 담배를 피우고 있었다.

방안은 후텁지근했고, 따뜻하고 정체된 공기 속에서 담배 연기가 마치 물에 푼 계란 흰자처럼 끈적끈적하게 맴돌았다. 그녀는 한동안 그렇게 앉아 있었던 모양이었다. 나는 캐럴라인 옆자리에 상자를 내려놓고 그녀에게 키스한 다음 말했다. "이렇게 좋은 날씨에! 이러다 훈제가 되겠소. 저 프랑스식 창문을 열어도 될까?"

그녀는 상자를 쳐다보지도 않았다. 오히려 잔뜩 긴장해서 나를 바라보며 입술 안쪽을 잘근잘근 씹었다. "네, 좋을 대로 해요."

내가 알기로 지난 1월에 그녀와 내가 이 창으로 공사 현장을 보러 나갔던 때 이후로 한 번도 열지 않은 창문이었다. 손잡이는 뻑뻑

해서 잘 돌아가지 않았고, 창문을 밀자 문틀이 삐거덕거렸다. 그 너머 돌계단은 이제 막 생기를 머금기 시작한 덩굴식물로 빽빽하게 뒤덮였다. 그러나 일단 문이 열리자 초록 내음을 띤 촉촉하고 싱그러운 바람이 정원에서 곧장 불어왔다.

나는 캐럴라인 옆으로 돌아갔다. 그녀가 담배를 비벼 끄고 자리에서 일어나려는 듯 상체를 내미는 순간 내가 말했다.

"잠깐, 일어나지 마요. 당신에게 보여줄 게 있어."

"선생님께 할 얘기가 있어요." 그녀가 말했다.

"나도 당신한테 할말이 있어. 당신을 대신하느라 바빴다고. 아, 우리를 대신하느라라고 말해야겠지. 이것 좀 봐."

"그동안 생각해봤는데." 그녀는 내 말엔 아랑곳하지 않고 자기 말만 계속하려 했다. 나 역시 아랑곳 않고 가장 큰 상자를 가져와 앞으로 내밀었고, 그녀는 비로소 상자를 보더니 거기에 붙은 상표를 알아차렸다. 그러고는 대뜸 경계하는 투로 말했다. "이게 뭐예요?"

캐럴라인의 말투에 나는 불안해졌다. "말했잖소. 당신을 대신하느라 바빴다고." 나는 입술을 핥았다. 입안이 바짝 말랐고, 그녀에게 상자를 내밀면서 자신감이 마구 흔들렸다. 그래서 다급히 말을 이었다.

"봐요, 때가 때이니만큼 정말 급작스럽다는 건 알지만, 그래도 당신이 크게 신경쓸 거라고는 생각지 않소. 어차피 별로 전통에 따를 만한 것도 없잖소. 흠, 우리한테는 말이지. 나는 정말 그날이 특별한 날이 되면 좋겠소."

나는 상자를 캐럴라인의 무릎 위에 올려놓았다. 어느새 그녀는 거의 겁에 질린 표정이었다. 캐럴라인은 뚜껑을 열고 곱게 접힌 포장지를 펼쳐 그 아래 놓인 소박한 드레스를 보고 침묵에 잠겼다. 머리카락이 앞으로 드리워져 그녀의 얼굴을 가렸다.

"마음에 드오?" 나는 물었다.

그녀는 대답하지 않았다.

"부디 잘 맞았으면 좋겠는데. 당신의 다른 옷에 맞춰서 만들었소. 베티가 도와줬지. 마치 비밀요원 같았다니까, 베티와 내가 말이야. 만약 맞지 않아도 고칠 시간은 충분하니까 괜찮소."

캐럴라인은 꼼짝도 하지 않았다. 나는 심장이 두근거렸고, 아까보다 더 빠르게 쿵쾅거렸다. 나는 다시 물었다. "마음에 드오?"

그녀는 조용히 대답했다. "네, 아주."

"머리와 손에 장식할 것도 사왔소."

나는 두번째 상자를 건넸고, 그녀는 천천히 뚜껑을 열었다. 상자 속에 있는 비단 꽃장식을 보기는 했지만, 아까와 마찬가지로 포장지에서 꺼내지는 않았다. 캐럴라인은 그저 그것들을 내려다보기만 했고, 앞으로 드리워진 머리칼 때문에 그녀의 표정은 여전히 보이지 않았다. 나는 바보처럼 계속 밀어붙였다. 재킷 호주머니에 손을 넣어 조그만 새그린 가죽상자까지 꺼낸 것이다.

그녀는 고개를 들고 그것을 보더니 화들짝 놀란 눈치였다. 그녀가 벌떡 일어서는 바람에 무릎에서 상자들이 미끄러져 바닥에 흩어졌다.

캐럴라인은 열린 창가로 걸어가 등을 보이고 섰다. 그녀의 어깨가 들썩였다. 두 손을 꼭 쥐어 비트는 모양이었다. 그러고는 말했다. "미안해요, 이거 못하겠어요."

나는 허둥지둥 드레스와 꽃을 주웠다. 그리고 드레스를 도로 개면서 말했다. "용서해요. 이렇게 당신을 놀라게 하는 게 아니었는데. 이건 나중에 봅시다."

캐럴라인이 반쯤 돌아섰다. 음성은 무미건조했다. "드레스 얘기가 아니에요. 전부 다 말이에요. 나 아무것도 못하겠어요. 선생님과 결혼할 수 없어요. 그냥, 못하겠어요."

그녀가 말할 때 나는 여전히 드레스를 개는 중이었는데, 순간 손가락이 떨렸다. 그러나 드레스를 반듯이 마저 개어 상자에 넣은 다음, 상자를 소파 위에 잘 올려놓고 캐럴라인 쪽으로 다가갔다. 그런 나를 보더니 그녀는 온몸이 딱딱하게 굳었고, 표정은 겁에 질리다시피 했다. 나는 한 손을 그녀의 어깨에 얹었다. "캐럴라인."

"미안해요." 그녀는 재차 말했다. "나도 선생님을 정말 좋아해요, 아주 많이. 늘 좋아했어요. 하지만 내가 그 감정을…… 다른 감정하고 혼동했나봐요. 한동안 확신이 서지 않았어요. 그래서 일이 이렇게 어렵게 된 거예요. 당신은 너무 좋은 친구이고, 나도 항상 감사하고 있어요. 날 무척 많이 도와줬죠, 로드 일로도, 어머니 일로도. 하지만 감사하는 마음에서 결혼하면 안 되는 거잖아요. 뭐라고 말 좀 해봐요."

나는 말했다. "캐럴라인, 내 생각엔 당신이 지친 것 같소."

그녀의 얼굴에 낙담한 표정이 스쳤다. 그러고는 어깨를 움츠려 내 손에서 빠져나갔다. 내 손은 그녀의 팔 아래로 떨어졌고, 대신 그녀의 손목을 잡았다. 내가 말했다. "그간 있었던 엄청난 일을 생

각해보면, 당신이 혼란스러운 것도 무리가 아니지. 어머님이 돌아
가시고……"

"하지만 지금 나는 전혀 혼란스럽지 않아요." 캐럴라인이 말했
다. "어머니의 죽음으로 사태를 명확히 이해하기 시작했어요. 내가
원하는 게 뭔지, 원치 않는 게 뭔지. 선생님이 원하는 것이 무엇인
지도."

나는 그녀의 손을 홱 잡아당겼다. "소파로 가지, 응? 당신은 지
쳤어."

캐럴라인은 손을 잡아빼고 더욱 강경하게 말했다. "그런 식으로
말하지 마요! 만날 그 소리만 하잖아요! 가끔은…… 어쩔 땐 당신
이 나를 계속 피곤하게 만드는 게 아닌가 하는 생각이 들어요. 내가
피곤하길 바라는 게 아닌가 하는."

나는 깜짝 놀란 동시에 간담이 서늘해져 그녀를 쳐다보았다. "어
떻게 그런 말을 할 수 있지? 나는 당신이 잘되기를 바라오. 당신이
행복하기를 바란다고."

"그런데도 이해가 안 돼요? 당신과 결혼하면 나는 잘되지도 행
복하지도 않을 거라고요."

내가 움찔했던 모양이다. 캐럴라인의 표정이 약간 풀렸다. 그녀
가 말했다. "미안해요. 하지만 그게 사실인걸요. 나도 사실이 아니
었으면 좋겠어요. 선생님의 마음을 아프게 하고 싶지 않아요. 그 점
에는 아주 많이 신경을 쓰고 있어요. 하지만 이제는 내가 솔직해지
는 편이 선생님한테도 낫지 않겠어요? 마음속으로 당신을 사랑하
지 않는다는 걸 알면서도 당신의 아내가 되는 것보다."

이 마지막 몇 마디를 할 때 그녀의 목소리는 잦아들었지만, 시선은 계속 나를 주시했다. 그녀의 눈빛이 너무도 확고해 나는 겁이 나기 시작했다. 나는 다시 그녀의 손을 잡으려 했다.

"캐럴라인, 제발. 당신이 지금 무슨 말을 하는지 잘 생각해봐요, 응?"

캐럴라인은 고개를 저으며 얼굴을 찌푸렸다. "어머니의 장례식을 치른 후 아무것도 하지 않고 쭉 생각만 했어요. 너무 열심히 생각해서 생각이 실타래처럼 마구 엉켜버렸죠. 그게 이제야 제대로 풀리기 시작했어요."

"내가 당신을 너무 몰아붙였다는 건 알아. 나도 참 바보 같았지. 하지만 우리…… 다시 시작할 수 있지 않을까? 꼭 남편과 아내가 될 필요는 없어. 처음엔 아니어도 돼. 당신이 그럴 마음이 들 때까지는. 그게 문제지?"

"그런 문제가 아니에요. 정말로 아니라고요."

"우리 시간을 좀 가지면 어떨까."

캐럴라인은 손을 잡아뺐다. "이미 시간을 너무 낭비했어요. 모르겠어요? 우리 사이에 있었던 그 모든 일이 실은 단 하나도 진짜가 아니었어요. 로드가 입원하고 나서 나는 너무 불행했고, 당신은 항상 내게 다정하게 대해줬죠. 나는 당신도 불행한 사람이라고, 나 못지않게 달아나고 싶어한다고 생각했어요. 그래서 당신과 결혼하면…… 내 삶이 달라질 수 있을 거라고 생각했어요. 하지만 당신은 전혀 떠날 마음이 없죠, 안 그래요? 그러면 내 삶도 어쨌든 그처럼 바뀌지 않을 테고. 나는 한 다발의 의무를 다른 다발로 바꿔치기할 뿐이죠. 난 의무라면 지긋지긋해요! 더는 못하겠어요. 의사의 아내는 못해요. 어느 누구의 아내도 못해요. 그리고 무엇보다도, 난 여기에서 살 수 없어요."

캐럴라인은 이 마지막 몇 마디를 견딜 수 없다는 듯 혐오감을 담아 내뱉었다. 그리고 내가 말귀를 못 알아듣고 물끄러미 쳐다보자 다시 말했다. "난 떠날 거예요. 내가 당신한테 하고 싶은 말은 그거예요. 나는 헌드레즈를 떠날 거예요."

나는 말했다. "그럴 수는 없어."

"떠나야 해요."

"못 떠나! 대체 어디로 가겠다는 거야?"

"아직 안 정했어요. 처음엔 런던으로 갈 거예요. 그다음엔, 뭐 미국이나 캐나다로 갈지도 모르죠."

차라리 '달에 간다'고 하는 편이 나았을 것이다. 못 믿겠다는 나의 눈빛에 그녀는 재차 말했다. "난 떠나야 해요! 이해가 안 가요? 나는…… 나가야 한다고요. 당장 떠날 거야. 영국은 나 같은 사람한테 전혀 좋을 게 없어. 나를 원하지 않으니까."

"제발." 나는 말했다. "내가 당신을 원해! 당신한테 나는 아무래도 좋은 거야?"

"정말요?" 캐럴라인이 반문했다. "당신이 원하는 건 이 집 아닌가요?"

그 질문에 나는 아뜩해져 아무런 대꾸도 하지 못했다. 캐럴라인은 조용히 말을 이었다. "일주일 전에 당신은 나를 사랑한다고 했죠. 만약 헌드레즈가 우리집이 아니라고 해도 똑같이 나를 사랑한다고 진심으로 말할 수 있어요? 당신은 나와 함께 부부로서 여기 헌드레즈에서 살아갈 생각이었던 거죠, 아닌가요? 대지주와 그의 부인으로…… 하지만 이 집은 나를 싫어해요. 나도 이 집이 싫고. 난 이 집이 죽도록 싫어요!"

"그건 사실이 아니오."

"당연히 사실이에요! 싫어할 수밖에 없잖아요? 이 집에서 어머니가 자살하셨고, 이 집에서 지프가 죽임을 당했어. 로드도 이 집에서 살해당한 거나 마찬가지고. 왜 여태 날 죽이려는 시도가 없었는지 의아할 정도예요. 대신 나는 이렇게 도망갈 기회를 얻었죠. 아뇨, 그런 식으로 보지 마요." 나는 캐럴라인에게 한 걸음 다가갔다. "나는 미치지 않았어요, 지금 속으로 그렇게 생각했다면. 당신이 그런 식으로 생각지 않는다는 것도 장담할 수 없지만. 나를 위층 육아실에 가둘 수도 있겠죠. 창문에 이미 빗장도 걸어놨으니까."

그녀는 완전히 딴사람 같았다. 나는 말했다. "어떻게 그런 지독한 말을 할 수 있지? 당신과 당신 가족을 위해 내가 얼마나 헌신했는데?"

"그러니까 내가 당신과 결혼해서 보은해야 한다는 건가요? 당신은 결혼이 그런 거라고 생각해요, 일종의 보상이라고?"

"그런 게 아니라는 거 잘 알잖소. 빌어먹을! 난 그냥 우리가 같이 하는 삶을 말하는 거요, 캐럴라인. 그걸 송두리째 버릴 셈이오?"

"미안해요. 하지만 말했잖아요. 그 어느 것도 진짜가 아니라고."

내 목소리가 갈라졌다. "나는 진짜요! 당신도 진짜고. 헌드레즈도 진짜야, 안 그래? 도대체 당신이 떠나면 이 집이 어떻게 되겠소?

완전히 무너질 거라고!"

그녀는 나를 외면하며 지친 목소리로 말했다. "글쎄요, 그거야 다른 사람들이 걱정할 문제겠죠."

"그게 무슨 소리지?"

캐럴라인은 미간을 찌푸리며 돌아보았다. "영지를 내놓을 거예요, 당연히. 이 집도, 농장도 모조리 다. 돈이 필요할 테니까."

나는 내가 그녀를 안다고 생각했다. 하지만 전혀 몰랐다. 나는 두려움에 휩싸여 말했다. "농담이겠지. 영지가 산산조각 날 거요. 무슨 일이 일어날지 모른다고. 설마 진심은 아니겠지! 우선 이건 당신 소유도 아니잖아. 당신 동생 소유라고."

캐럴라인의 눈꺼풀이 살짝 파르르 떨렸다. 그녀가 말했다. "닥터 워런하고 얘기했어요. 그리고 그저께 우리 집안의 사무변호사인 헵턴 씨를 만나러 갔어요. 로드가 처음 아팠을 때, 그러니까 전쟁 말기에 헵턴 씨가 대리권을 설정해놨어요. 어머니와 내가 로드를 대신해 영지에 관한 결정을 내려야 할 때에 대비해서. 그 문서가 아직 유효하다고 헵턴 씨가 말하더군요. 그러니까 매매할 수 있어요. 난 그저 로드가 아프지 않았다면 직접 해치웠을 일을 하고 있는 것뿐이에요. 일단 집이 팔리면 로드도 좋아질 거예요. 그리고 로드가 진짜로 나아지면, 뭐 내가 어디서 살게 되든 로드를 데리러 갈 거예요. 그럼 같이 지낼 수 있겠지요."

캐럴라인은 조곤조곤 사리에 맞게 얘기를 해나갔고, 나는 그녀의 말 한마디 한마디가 진심임을 깨달았다. 일종의 극심한 혼란이 목을 조르는 바람에 나는 기침을 하기 시작했다. 경기하듯 속에서

부터 발작적으로 터진 아주 격렬한 마른기침이었다. 나는 그녀에게서 떨어져 열린 프랑스식 창문 틀에 기댔고, 몸서리를 치며 덩굴식물로 뒤덮인 바깥 계단에 거의 토할 뻔했다.

캐럴라인이 나에게 손을 뻗었다. 나는 기침이 가라앉자 말했다. "손대지 마시오. 괜찮으니까." 나는 입가를 훔쳤다. "나도 그저께 헵턴 씨를 봤소. 레밍턴에서 우연히 만났지. 잠시 즐겁게 담소도 나눴는데."

그녀는 내 말뜻을 깨닫고, 처음으로 무안한 표정을 지었다. "정말 미안해요."

"그래도 계속 그 말만 하는군."

"좀더 일찍 말했어야 했는데. 이렇게까지 일을 끌지 말아야 했어요. 나는…… 확신이 필요했어요. 정말 겁쟁이였던 거죠, 나도 알아요."

"그리고 나는 정말 바보였고, 안 그래?"

"제발 그런 식으로 말하지 마요. 지금까지 무척 품위 있고 친절했잖아요."

"하, 이제 리드코트 사람들이 날 얼마나 우습게 볼까! 분수도 모르고 상류계급을 넘본 내 잘못이지, 꼴좋군."

"제발 그러지 마요."

"사람들이 그렇게 떠들고 다니지 않겠어?"

"좋은 사람들이라면 그럴 리 없겠죠."

"그래." 나는 허리를 펴며 말했다. "당신 말이 맞아. 사람들은 이렇게 말할 거야. '가엾고 못생긴 캐럴라인 에어즈. 캐나다에 간다고 해도 어느 남자가 그녀를 원하겠어? 절대 딴 남자를 찾지 못할 텐데 그것도 모르나?'"

나는 일부러 그녀 면전에 대고 말했다. 그리고 도로 방으로 들어가 소파에서 드레스를 집어들었다.

"이건 갖고 있는 게 좋을 거야." 나는 드레스를 둘둘 말아 캐럴라인에게 던졌다. "혹시 알아, 필요하게 될지. 이것도 같이 넣어둬." 나는 꽃장식도 던졌다. 꽃이파리들이 파르르 떨며 그녀의 발치께에 떨어졌다.

그때 조그만 섀그린 가죽상자가 눈에 들어왔다. 그녀가 처음 말을 꺼냈을 때 얼떨결에 내려둔 것이었다. 나는 상자를 열고 묵직한 금반지를 꺼냈다. 그리고 그것마저 캐럴라인을 향해 던졌다. 말하기 부끄럽지만, 나는 정말로 그녀를 맞힐 생각으로 힘껏 던졌다. 그녀는 재빨리 피했고, 반지는 열린 창문 밖으로 날아갔다. 나는 그렇게 날아갔다고 생각했는데, 유리창에 맞고 튕긴 모양이었다. 공기총이 발사된 듯 엄청 큰 소리가 헌드레즈의 적막함을 뒤흔들었다. 그리고 아름답고 고풍스러운 유리창에 난데없이 한 줄기 금이 갔다.

그 광경과 소리에 나는 기겁했다. 캐럴라인의 얼굴을 보니 그녀 역시 두려움에 떨고 있었다. 나는 말했다. "아, 캐럴라인, 용서해요." 나는 두 팔을 벌리고 그녀 쪽으로 한 걸음 내디뎠다. 그러나 그녀는 허둥지둥 뒤로 물러났고, 그런 식으로 나를 피하는 캐럴라인의 모습에 나는 스스로가 역겨워졌다. 나는 몸을 돌려 그녀를 남겨두고 복도로 나왔다. 그러다 하마터면 베티와 부딪칠 뻔했다. 베티는 잘 차린 찻쟁반을 들고 오는 중이었다. 잔뜩 들뜬 눈빛으로,

아까 약속했던 대로 캐럴라인 아가씨의 고운 새 웨딩드레스를 볼 희망에 부풀어.

14

이후 몇 시간 동안 내 마음 상태가 어땠는지 도저히 말로는 설명할 수 없다. 리드코트로 돌아오는 길도 고문이었고, 차를 모는 동안 내 머리는 회초리로 마구 얻어맞아 미친듯이 도는 팽이 같았다. 나쁜 일은 연달아 일어나는 법이라고, 마을로 돌아오는 길에 헬렌 데즈먼드와 마주쳤다. 그녀가 나를 향해 아주 열심히 손을 흔드는 바람에 차마 그냥 지나칠 수 없어 창문을 내리고 이야기를 몇 마디 주고받았다. 그녀는 결혼식과 관련해 내게 물어볼 게 있다고 했다. 방금 캐럴라인과 있었던 일을 헬렌에게 얘기할 수는 없는 노릇이었기에, 나는 얌전히 들으며 고개를 끄덕이고 미소를 짓고 그 문제를 고심하는 척하다 캐럴라인과 상의해보고 알려주겠다고 말했다. 그녀가 내 태도를 어떻게 받아들였는지는 나도 모른다. 내 얼굴은 가면처럼 뻣뻣하게 느껴졌고, 목소리는 반쯤 목 졸린 듯 들렸다. 결국 긴급한 환자가 있다는 말로 간신히 헤어져 집으로 돌아와보니, 정말로 응급 메시지가 기다리고 있었다. 2마일 정도 떨어진 집에 위중한 환자가 있으니 와달라는 요청이었다. 하지만 다시 차를 타고 운전할 생각을 하니 간담이 서늘해졌다. 사고를 내지 않을 자신이 없었다. 잠시 망설이며 고민하다 데이비드 그레이엄에게 쪽지를 썼다. 갑자기 심한 복통이 와서 그러니 이번 환자를 맡아달라고, 그리고 가능하다면 나의 오후 진료 환자도 좀 부탁한다고. 나는 파출부 아주머니에게도 같은 얘기를 했다. 그리고 아주머니가 쪽지를 그레이엄에게 전하고 위로의 답변을 받아오자, 오늘은 이만 쉬라고 보냈다. 아주머니가 나간 뒤 공지를 써서 의원 문 앞에 붙이고, 빗장을 채우고, 커튼을 쳤다. 나는 어두운 진료실에서 책상 속에 넣어둔 브라운 셰리주 한 병을 꺼내 술잔 가득 따라 목이 메도록 연거푸 들이켰다. 창밖으로 사람들이 바쁘게 오가는 모습이 보였다.

달리 뭘 해야 할지 알 수 없었다. 말짱한 정신으로는 폭발해버릴 것만 같았다. 단순히 캐럴라인을 잃었다는 생각만으로도 견디기 힘들었지만, 그녀를 잃음으로써 나는 훨씬 더 많은 것을 잃었다. 지금까지 내가 계획하고 바랐던 모든 것이―내게는 보였다. 나는 볼 수 있었다!―물거품처럼 사라져버렸다! 목마름에 시달리던 남자가 신기루를 좇은 꼴이었다. 환상을 향해 손을 뻗었다가, 그것이 먼지로 변하는 광경을 본 꼴이었다. 그러니 이제 손가락질과 굴욕은 모두 내 차지가 될 터였다. 나는 지금부터 이 소식을 알려야 할 사람들을 떠올렸다. 실리, 그레이엄, 데즈먼드 부부, 로시터 부부, 그 밖의 모든 사람들. 그들이 동정하는 혹은 불쌍해하는 표정이 눈에 선했고, 그 동정과 연민이 고소해하며 화제에 올리는 추문으로 변해 내 뒤통수를 치는 광경이 그려졌다…… 도저히 참을 수 없었다. 나는 일어나서 방안을 어지럽게 왔다갔다했다. 심심찮게 봐왔던, 고통을 잊으려 이리저리 쏘다니는 중병 환자들처럼. 나는 걸으면서 술을 마시다 아예 술잔을 내던지고 병째 들이켰다. 셰리주가 턱 밑으로 흘러내렸다. 한 병을 다 비우자 위층으로 올라가 다른 술병을 찾아 거실 찬장을 뒤지기 시작했다. 이윽고 조금 남은 브랜디와 먼지 쌓인 슬로진, 자선모금 행사 때 복권에 당첨되어 받은 전쟁 전의 폴란드산 증류주—입구가 밀봉된 조그만 통에 들어 있었는데 도무지 열어볼 용기가 나지 않았던 것이다—를 찾아냈다. 나는 그것들을 한데 섞어 끔찍한 용액을 만들어 단번에 삼키고는 쿽쿽거리며 기침을 했다. 신경안정제를 먹는 편이 더 나았겠지만, 아마도 너덜너덜하게 한바탕 취하고 싶었던 것 같다. 셔츠 바람으로 침대에 누워 계속 술을 들이켜다 잠들었던가 기절했던가 하는 기억이 난다. 몇 시간 뒤에 어둠 속에서 일어나 심하게 토했던 것도 기억나고. 그러고 나서 다시 잠들었고, 그다음에 깼을 때는 부들부들 떨었다. 밤이 되어 추워졌던 것이다. 나는 숙취와 수치를 느끼며 이불 속으로 기어들어갔다. 그 이후엔 잠이 오지 않았다. 창밖이 밝아오는 것을 바라보며 머릿속이 얼음물처럼 잔혹하게 맑아졌다. 나는 혼자 중얼거렸다. 네가 그녀한테 차인 건 당연해. 네가 그녀와 사귀었다고 생각한 것 자체가 말이 안 되는 거야. 너를 봐! 지금 네 꼴을 보라고! 너한테 그녀가 가당키나 해?

그러나 자기방어 기제가 작동한 탓인지, 일단 일어나 세수를 하고 메슥거리는 속으로 커피를 한 주전자 끓이고 나자 기분이 좀 나아졌다. 날은 화창하고 포근해 완연한 봄이었다. 전날과 다를 바 없이. 그리고 하루 전의 새벽과 이 새벽 사이에 상황이 이렇게 참혹하게 뒤바뀔 수 있다니 참 요지경이라는 생각이 문득 들었다. 캐럴라인과 있었던 일이 다시 머릿속에서 재생됐고, 그녀의 말과 태도에서 느꼈던 최초의 쓰라림이 어느 정도 가시자 내가 그녀의 말을 그렇게 진지하게 받아들였다는 사실이 오히려 놀랍기만 했다. 나는 그녀가 지치고 우울한데다, 그동안 벌어진 온갖 불길한 사건과 그에 따른 어머니의 죽음에 여전히 충격을 받은 상태임을 상기했다. 캐럴라인은 몇 주 동안 엉뚱한 짓만 계속했고, 기이한 생각에 잇달아 심취했다. 그때마다 나는 그녀에게 정신 차리고 이성적으로 행동하라고 설득해야만 했다. 확실히 이번 일은 무모함의 마지막 잔재일 뿐이고, 극심한 긴장과 불안이 최고조에 이른 탓이겠지? 분명다시 정신을 차리라고 설득하면 되겠지? 나는 하면 될 거라는 확신이 들기 시작했다. 실제로 그녀가 간절히 바랄 거라는 생각까지 들었다. 캐럴라인이 내 반응을 떠보는 거라고, 지금까지 내가 그녀에게 해주지 못한 무언가를 바라는 거라고 말이다.

이러한 결론에 이르자 나는 기운이 번쩍 났고, 최악의 숙취도 날아갔다. 파출부 아주머니가 와서 많이 회복된 나를 보고 안심했다. 아주머니는 밤새 내 걱정을 했다고 말했다. 오전 진료가 시작됐고, 나는 전날 저녁의 겸연쩍은 실수를 만회하기 위해 더욱 세심하게 환자들의 호소에 귀를 기울였다. 나는 데이비드 그레이엄에게 전화를 걸어 이제 다 나았다고 말했다. 그는 마음을 놓았다며 환자 리스트를 넘겨주었고, 나는 남은 오전 시간 동안 부지런히 환자들에게 전화를 걸었다.

그러고 나서 다시 헌드레즈로 출발했다. 이번에도 뒷문으로 살짝 들어가 곧장 작은 응접실로 갔다. 저택은 전날 들렀을 때와 똑같아 보였고, 그전에 들렀던 어느 때와도 마찬가지였다. 그래서 나는 매 걸음마다 점점 자신감이 붙었다. 캐럴라인은 필기용 테이블 앞에 앉아 산더미 같은 서류를 처리하고 있었다. 나는 그녀가 양처럼 순한 미소를 지으며 일어나 나를 맞이할 줄 알았다. 심지어 그녀를 향해 양팔을 벌리고 몇 발짝 다가가기까지 했다. 그때 그녀의 얼굴을 보았고, 그 낯빛에 떠오른 경악은 놓치려야 놓칠 수 없었다. 캐럴라인은 펜 뚜껑을 돌려 닫고 느릿느릿 일어났다.

나는 팔을 내렸다. "캐럴라인, 도대체 이게 무슨 말도 안 되는 일이오. 나는 비참하기 그지없는 밤을 보냈소. 당신이 걱정되어 견딜 수 없었어."

그녀는 성가시고 안타깝다는 듯 얼굴을 찌푸렸다.

"이제 나를 염려할 필요 없어요. 더는 여기 올 필요도 없고."

"오지 말라니? 당신 미쳤소? 당신이 여기 이런 상태로 있는 걸 아는데 내가 어떻게 안 올 수가……"

"내 '상태'가 어떤데요."

"당신 어머니가 돌아가신 지 겨우 한 달밖에 안 됐잖소! 당신은 몹시 비통한 상태야. 충격을 받은 상태고. 지금 당신이 하겠다는 일, 당신이 내린 결정, 헌드레즈에 관한 것이며 로드에 관한 것 모

두 깡그리 후회하게 될 거야. 이런 일을 전에도 본 적이 있소. 내 사
랑……"

"제발 부탁인데 나를 당신의 사랑이라고 부르지 마요."

캐럴라인은 반쯤 애원하듯, 반쯤 못마땅한 듯 말했다. 마치 내가
욕이라도 한 것처럼. 나는 그녀를 향해 몇 발짝 더 다가갔지만, 또
멈추고 말았다. 잠시 침묵이 흐른 뒤 나는 어조를 바꾸어 좀더 다급
히 말했다.

"캐럴라인, 들어봐요. 당신이 지금 나를 의심하는 건 이해해. 하
지만 우리는, 당신하고 나는 어린애 불장난을 하는 게 아니잖소. 결
혼은 우리에게 아주 중대한 일이야. 지난주엔 나도 당신이 지금 이
러는 것처럼 공황 상태에 빠졌소. 데이비드 그레이엄이 위스키로
겨우 나를 진정시켰다고! 당신도 진정이 되면, 아마……"

캐럴라인은 고개를 저었다. "지금 나는 지난 몇 달 동안의 그 어
느 때보다 차분해요. 당신과 결혼하기로 한 그 순간부터 잘못됐다
는 걸 알았어요. 그리고 어젯밤에 처음으로 마음이 편해졌어요. 애
초부터 선생님한테, 또한 나 자신에게도 좀더 솔직하지 못했던 것
이 안타까울 뿐이에요."

캐럴라인의 어조는 이제 못마땅한 차원을 넘어 그저 냉정하고
침착하고 쌀쌀맞을 뿐이었다. 그녀는 집에서 직접 만든 옷을 걸쳤
다. 너덜너덜한 카디건에 여기저기 기운 스커트를 입고, 머리카락
은 뒤로 넘겨 검은 리본으로 질끈 묶었다. 그런데도 이상하게 멋있
고 차분해 보였으며, 지난 몇 주간 그녀에게서 한 번도 보지 못했
던, 뚜렷한 목표가 있는 사람의 야심찬 분위기가 감돌았다. 아침 내

내 환하게 타올랐던 내 자신감이 허물어지기 시작했다. 그 바로 밑에서 전날 밤의 두려움과 굴욕감이 스멀스멀 기어올랐다. 그제야 나는 주위를 제대로 둘러보았는데, 방이 미묘하게 달라 보였다. 더 깔끔하고 밋밋해졌고, 서류를 태우던 중이었는지 벽난로에는 재가 한 무더기 쌓여 있었다. 금이 간 유리창에 눈길이 닿자 전날 그녀에게 퍼부었던 말이 수치스럽게 되살아났다. 그때 방안의 낮은 탁자 위에 내가 그녀에게 준 상자들이 단정히 쌓여 있는 게 보였다. 드레스 상자와 꽃장식 상자, 그리고 섀그린 가죽상자였다.

내 시선을 알아차린 캐럴라인은 그쪽으로 걸어가 상자를 들었다.

"이거 도로 가져가요." 그녀는 조용히 말했다.

"바보 같은 소리. 내가 그걸 가져다 대체 무엇에 쓰겠소?"

"반품하면 되죠."

"그러면 아주 제대로 멍청이로 보이겠군그래! 싫소, 당신이 가지면 좋겠어, 캐럴라인. 우리 결혼식 때 입어야지."

캐럴라인은 대답하지 않았다. 그녀는 상자들을 내밀고 있다 결국 내가 받지 않을 것이 분명해지자, 마분지 상자 두 개는 내려놓고 섀그린 가죽상자만 손에 들었다.

그녀는 단호하게 말했다. "정말 이건 도로 가져가요. 지금 받지 않으면 그냥 우편으로 부치겠어요. 반지는 테라스에서 찾았어요. 예쁜 반지더군요. 언젠가…… 선생님이 다른 사람한테 이 반지를 주게 되길 빌어요."

나는 역겨움에 끙 소리를 냈다. "그건 당신 손가락에 맞춘 거야. 이해가 안 되나? 다른 사람 따위는 있을 수 없다고."

캐럴라인은 반지를 내밀었다. "가져가요, 제발."

나는 마지못해 상자를 받았다. 하지만 호주머니에 넣으면서 일부러 호기롭게 말했다. "일단은 맡아두겠소. 임시로 말이오. 이걸 당신 손가락에 끼워줄 때까지 가지고 있을 거야. 잊지 마요."

그녀는 거북한 표정이었지만 여전히 침착하게 말했다.

"그러지 마세요. 힘들다는 건 알지만, 부디 일을 더 어렵게 만들지 말아줘요. 내가 아프다거나 겁에 질렸다거나 바보가 됐다고 생각하지 마세요. 내가—뭐라고 말해야 할지 모르겠지만, 여자들이 이따금 그러듯—괜히 연극을 한다거나 남자를 시험한다고 생각하지도 말고요." 그녀는 얼굴을 찡그렸다. "내가 그런 어리석은 짓을 할 리 없다는 걸 잘 아시리라 믿어요."

나는 대답하지 않았다. 다시 한번 공황감이 밀려들었다. 그녀를 원하지만 가질 수 없다는 단순한 이치에 낙심천만해 공황 상태에 빠졌다. 캐럴라인은 반지를 건네려고 내게 가까이 다가온 상태였다. 우리 사이를 가르는 것은 1야드 정도 두께의 차갑고 맑은 공기뿐이었다. 나의 육신이 그 공기를 통과해 그녀에게 끌려가는 것 같았다. 너무도 명백하고 너무도 간절히 끌려, 그녀 쪽에서 끌림에 아무런 화답도 없다는 게 도저히 믿기지 않았다. 그러나 내가 캐럴라인을 향해 손을 뻗자 그녀는 한 발짝 물러났다. 그녀는 사과하는 투로 거듭 말했다. "제발 이러지 마세요." 나는 다시 손을 내밀었고, 그녀는 더 빨리 피했다. 전날 그녀가 나한테 겁을 먹고 허둥지둥 물러나던 모습이 떠올랐다. 그러나 이번에는 무서워하는 것 같지 않았다. 캐럴라인이 다시 입을 열었을 때는 사과의 기색마저 온데간데없었다. 그녀의 목소리는, 내가 기억하기로 우리가 처음 알게 되어 이따금 그녀를 어렵게 느끼던 때의 그 목소리에 가깝게 들렸다.

캐럴라인은 말했다. "만일 선생님이 나를 조금이라도 생각해준다면, 다시는 이러지 마세요. 나는 선생님을 무척 좋아하는데, 이런 일 때문에 마음이 변하게 된다면 참으로 안타까울 거예요."

나는 전날 못지않게 처참한 상태로 리드코트로 돌아왔다. 하지만 이번에는 가까스로 오후 진료를 마쳤다. 그러나 밤이 내 앞에 꾸물꾸물 펼쳐지자 불안이 엄습해왔다. 나는 또 방안을 쏘다니기 시작했다. 앉아 있을 수도 일을 할 수도 없었다. 단 한순간에—고작 말 몇 마디에—나는 캐럴라인에 대한 권리를, 헌드레즈홀에 대한 권리를, 우리의 밝은 미래에 대한 권리를 상실해버렸다. 생각만 해도 기가 막히고 속이 탔다. 도대체 어처구니가 없었다. 도저히 이대로 묵과할 수 없었다. 나는 모자를 쓰고 차에 올라 다시 헌드레즈로 향했다. 캐럴라인을 붙잡고 그녀가 제정신을 차릴 때까지 마구 흔들어대고 싶었다.

하지만 그때 더 좋은 생각이 떠올랐다. 나는 헌드레즈 교차로에서 북쪽으로 방향을 틀어 레밍턴으로 향하는 길로 들어섰다. 그리고 에어즈가의 사무변호사인 해럴드 헵턴 씨의 집으로 차를 몰았다.

나는 시간을 전혀 생각지 못했다. 헵턴가의 하녀가 나를 집안으로 안내하는데, 수저 부딪는 소리와 두런두런 말소리가 들렸다. 홀에 걸린 시계를 보니 여덟시 반이 막 넘었다. 나는 가족들이 식당에 모여 저녁을 먹을 시간임을 깨닫고 당황했다. 헵턴 씨도 냅킨을 손에 들고 입가에 묻은 그레이비소스를 닦으며 나를 맞이하러 나왔다.

"죄송합니다. 제가 무례를 범했군요. 나중에 다시 오겠습니다."

그러나 그는 쾌활하게 냅킨을 치웠다.

"아니, 그럴 리가! 어차피 거의 다 먹었고, 디저트로 푸딩을 먹기 전에 잠시 쉬는 것도 좋지. 사내의 얼굴을 보는 것도 좋고. 나는 이 집에서 여자들에 둘러싸여 있거든…… 이리 오게, 더 조용한 데로 가지, 응?"

그는 나를 서재로 데려갔다. 황혼에 물든 저택의 후원이 내려다보이는 곳이었다. 저택은 훌륭했다. 헵턴 씨 부부는 상당한 재력가였고, 그럭저럭 재산을 잘 유지해왔다. 내외가 둘 다 그 지역 여우사냥클럽의 핵심 멤버인지라, 벽에 각종 사냥대회 기념품과 수확물, 트로피와 모임 사진 등이 걸려 있었다.

그는 문을 닫고 내게 담배를 권한 뒤 자기도 하나 빼어 물었다. 나는 잔뜩 긴장해서 의자에 앉았고, 그는 책상 모서리에 걸터앉았다.

나는 말을 꺼냈다. "오래 있지는 않을 겁니다. 제가 온 이유는 알고 계시겠지요."

헵턴 씨는 담배에 불을 붙이는 데 정신이 팔려 어정쩡하게 손짓을 했다.

나는 다시 말했다. "캐럴라인과 관련된 일입니다. 그리고 헌드레즈와도."

그는 라이터를 닫았다. "자네도 알겠지만, 에어즈가의 재정에 관한 사항은 일절 함구할 수밖에 없네."

"그렇다면," 나는 말했다. "제가 조만간 그 집안의 일원이 될 예정이었던 것은 알고 계십니까?"

"그래, 그 얘기는 들었지."

"캐럴라인이 결혼식을 취소했습니다."

"유감이네."

"역시 이미 알고 계셨겠지요. 공교롭게도 제가 알기도 전에. 그리고 캐럴라인이 계획하는 일도, 저택과 토지에 관한 일도 다 아실거라 믿습니다. 로더릭이 일종의 대리권을 설정해놨다던데, 맞습니까?"

그는 고개를 저었다. "그건 말해줄 수 없네, 패러데이."

"캐럴라인이 일을 그렇게 진행하도록 놔두시면 안 됩니다! 로더릭이 아프긴 하지만 이런 식으로 코앞에서 재산을 강탈당할 정도로 병세가 심각하진 않습니다! 이건 도덕적으로 옳지 않아요."

헵턴 씨가 말했다. "당연히 이런 경우에는 합당한 의료기록을 보지 않고 일을 진행시키지 않지."

"맙소사." 나는 소리쳤다. "제가 로더릭의 주치의입니다! 그렇게 치면 캐럴라인의 주치의이기도 하고요!"

"이보게, 목소리를 좀 낮춰주겠나?" 그는 사무적인 어조로 말했다. "자네가 직접 로더릭을 닥터 워런의 소관으로 하겠다는 서류에 사인했네, 자네도 기억할 텐데. 내 두 눈으로 직접 확인했어. 워런은 그 가엾은 청년이 스스로 일을 처리할 수 있는 상태가 전혀 아니라는 점에 동의했어. 앞으로 한동안은 분명 그럴 거라고 했네. 나는 다만 워런이 여기 있다면 자네한테 해줬을 얘기를 대신할 뿐이야."

"그렇다면 워런과 직접 얘기해야겠군요."

"얘기하게, 좋고말고. 하지만 내가 그의 지시를 따르는 건 아닐세. 나는 캐럴라인의 지시를 받지."

이리저리 돌리는 그의 말에 나는 짜증이 났다. "이 건에 대해 의견이 있으실 텐데요. 그러니까 개인적인 소견 말입니다. 이게 완전히 어리석은 짓이라는 걸 아시잖습니까."

그는 담배 끝을 살폈다. "글쎄, 나는 잘 모르겠군. 확실히 이 지역 입장에서는 또하나의 유서 깊은 가문을 잃는 것이니 참으로 체면이 서지 않는 일이긴 하지. 하지만 그 저택은 캐럴라인의 코앞에서 무너져내리고 있어. 영지는 전반적으로 적절한 관리가 필요하고. 어떻게 캐럴라인이 그걸 다 유지하기를 바라겠나? 그 수많은 불행한 기억 말고 그 집이 그애에게 줄 수 있는 게 뭐가 있겠나? 부모님도 안 계시지, 남동생도 없지, 남편도 없는데."

"제가 그녀의 남편이 될 예정이었습니다."

"그거야말로 내가 뭐라 말할 수 있는 성질의 것이 아니니…… 유감이네. 자네에게 별 도움이 못 되는군."

나는 말했다. "이 일이 더 진행되는 것을 막아주십시오. 캐럴라인이 제정신을 차릴 때까지! 로더릭의 병세가 어떤지 말씀하셨잖습니까, 그러니 자명하지 않은가요? 캐럴라인도 전혀 멀쩡한 상태가 아닙니다."

"그렇게 생각하나? 내가 지난번에 그애를 봤을 땐 아주 멀쩡한 것 같던데."

"저는 지금 신체적인 질병을 얘기하는 게 아닙니다. 그녀의 신경, 그녀의 정신 상태를 고려하는 거죠. 캐럴라인이 지난 몇 달 동안 겪어야 했던 끔찍한 일을 염두에 두는 겁니다. 그 부담감이 그녀의 판단력에 영향을 미치고 있습니다."

헵턴 씨는 당혹스러운 표정이었지만, 동시에 살짝 재밌어하는 것 같았다.

"친애하는 패러데이." 그가 말했다. "사내들이 차일 때마다 자기 애인을 정신병원에 넣으려 든다면……"

그는 손바닥을 펼쳐 보이며 말끝을 흐렸다. 그의 표정을 보고 나는 스스로를 웃음거리로 만들었다는 걸 깨달았고, 순간 내가 처한 현실을 자각하고 지푸라기 하나 잡을 수 없는 철저한 절망감을 맛보았다. 그러나 그러한 인식은 받아들이기 너무 힘들었다. 나는 현실에서 도피했다. 그를 만난 건 시간낭비였다고, 그는 나를 전혀 좋아하지 않는다고, 내가 그의 '클럽'에 속하지 않기 때문이라고 스스로를 타일렀다. 나는 일어나서 문 쪽으로 걸음을 옮겼다. 그리고 재떨이—여우사냥을 모티브로 백랍으로 제작한 것이었다—를 찾아서 담배를 비벼 껐다.

나는 말했다. "가족분들께 돌아가셔야지요. 폐를 끼쳐서 죄송합니다."

그도 일어섰다. "신경쓸 것 없네. 자네 마음을 좀더 편하게 해줄 방법이 있으면 좋겠는데."

그러나 우리 둘 다 건성이었다. 나는 그를 따라 현관홀로 나온 뒤 악수를 하고 시간을 내준 데에 감사를 표했다. 그는 열린 문 앞에서 선명한 저녁 하늘을 올려다보았고, 우리는 길어진 낮의 길이에 관해 사교적인 대화를 나누었다. 나는 차로 돌아와서, 커튼을 젖힌 그 집 식당 창문으로 헵턴 씨가 식탁 앞 자기 자리로 돌아가는 모습을 흘깃 보았다. 아내와 딸들에게 내가 찾아온 이유를 설명하는 모양이었다. 그는 고개를 절레절레 젓고 어깨를 으쓱하더니, 다시 저녁 식사를 하기 시작했다.

나는 그날도 엉망진창으로 밤을 보냈고, 또 짜증스러운 하루가 밝았다. 그 한 주는 비참함의 연속이었고, 나는 비통함에 질식해 죽을 것만 같았다. 그때까지 누구한테도 사실대로 얘기하지 않았다. 오히려 몹시 즐거운 척 연기를 계속했고, 어느새 환자 대부분이 앞으로 다가올 결혼식 얘기를 듣고는 축하 인사를 건네며 미주알고주알 얘기하고 싶어했다. 토요일 저녁이 되자 나는 더는 감당할 수 없었다. 그길로 데이비드와 앤 그레이엄에게 가서, 그들의 행복하고 아담한 집 소파에 앉아 머리를 감싸쥐고 자초지종을 모조리 털어놨다.

두 사람은 매우 다정하게 대해주었다. 그레이엄은 다짜고짜 말했다. "이거야 원 미치지 않고서야! 캐럴라인이 제정신이 아니군그래. 아, 그냥 결혼 직전에 흔히 있는 변덕일 거야. 앤도 완전히 똑같았다고. 앤이 나한테 약혼반지를 몇 번이나 돌려줬는지 난 세다가 까먹었네. 우린 그 반지를 '부메랑'이라고 불렀지. 여보, 그거 기억나?"

앤은 미소를 지었지만, 걱정스러운 표정이었다. 무슨 일이 있었는지 그들에게 말하면서 나는 캐럴라인이 한 말을 그대로 들려주었는데, 분명 앤은 자기 남편보다 더 깊게 그 말을 새겼던 것이다.

앤은 천천히 말을 꺼냈다. "이 사람 말이 맞을 거예요. 캐럴라인은 전혀 변덕을 부리는 타입의 여자로는 보이지 않지만요. 하지만 최근에 상황이 상당히 안 좋게 흘러갔고, 이젠 어머니도 없이 거기 혼자 있으니…… 신경써서 캐럴라인과 좀 친하게 지낼걸 그랬어요. 캐럴라인은 어쩐지 친구 따윈 필요 없는 듯 보여서. 그래도 좀 더 노력해볼걸 그랬네."

"뭐, 아직 늦은 건 아니잖아?" 그레이엄이 반문했다. "내일이라도 가서 패러데이 대신 얘기를 해보면 어때?"

앤이 나를 쳐다보았다. "그랬으면 좋겠어요?"

그녀의 말이 딱히 성의 있게 들리진 않았지만, 그때 나는 필사적이었다.

"아, 앤, 그래주면 무척 고맙겠어요. 정말 그래주겠어요? 나는 도저히 어찌해야 할지 모르겠습니다."

앤은 내 손 위에 손을 얹고 도움이 될 수 있다면 기쁘겠다고 말했다. 그레이엄이 거들었다. "그래, 패러데이. 우리 집사람은 달콤하게 혀를 놀리는 스탈린이 되기도 한다고. 이제 다 잘 풀릴 거야, 두고 보라고."

그레이엄이 하도 편하게 말해서 그렇게 법석을 떤 내가 바보같이 느껴졌다. 그날 나는 그 사달이 난 이후 처음으로 단잠을 잤고, 일요일 아침에 일어나서도 약간이나마 마음이 편했다. 그날 느지막이 앤을 태우고 헌드레즈홀로 갔다. 나는 집으로 들어가지 않고 차 안에서 앤이 현관 앞 계단을 올라 초인종을 누르는 모습을 초조하게 지켜보았다. 베티가 문을 열었고, 한마디 말도 없이 앤을 안으로 안내했다. 현관문이 닫히고 난 뒤 앤이 금방 나오리라 생각했는데, 이십 분가량 지나서야 나왔다. 나에게는 불안의 모든 단계를 지나 거의 낙관에 이를 정도로 긴 시간이었다.

그러나 앤이 나왔을 때—무표정한 캐럴라인이 같이 나와 내 차를 아무 생각 없이 힐긋 쳐다보더니 다시 불그스름하게 어두운 현관홀로 들어가 문을 닫았다—나의 가슴은 철렁 내려앉았다.

차에 올라탄 앤은 처음에는 아무 말도 하지 않았다. 그러더니 고개를 절레절레 저었다.

"정말 유감이에요. 캐럴라인은 아주 단단히 마음을 정한 모양이에요. 이 모든 일에 질색하더군요. 당신을 거짓으로 대한 점에 대해서는 면목이 없대요. 하지만 결심은 아주 단호했어요."

"정말입니까?" 나는 닫힌 현관문을 흘끔 쳐다보았다. "당신이 여기까지 온 것에 화가 나 오히려 더 심하게 말한 것 같진 않던가요?"

"그건 아닐 거예요. 친절하기만 했어요. 사실 나를 보고 기뻐하는 눈치였죠. 당신을 걱정하더군요."

"나를?"

"네. 당신이 남편과 나한테 얘기를 털어놓았다니까 무척 반기던걸요."

앤은 위로랍시고 그렇게 말했다. 하지만 우리 사이가 끝났다는 얘기를 다른 사람들한테 했다는 말을 듣고 캐럴라인이 기뻐했다는 사실에—그녀는 실상 나에 대한 책임감을 다른 친구들한테 미루게 되어 기뻤을 것이다—나는 두려움이 일면서 속이 메스꺼워졌다.

그 두려움이 내 표정에 드러났나보다. 앤이 말했다. "사정이 달랐으면 좋았을 텐데. 진심으로요. 당신 대신 할 수 있는 말은 다 했어요. 캐럴라인도 사실 당신에 대해 무척 호의적으로 얘기했는데! 그녀는 당신을 아주 많이 좋아해요, 그건 장담할 수 있어요. 하지만 그러면서도, 음, 당신에 대한 감정에 뭔가 빠진 게 있다고 하더군요. 그쪽 방면에서 여자의 감은 절대 틀리지 않는 법이라…… 그리고 다른 문제는, 그러니까 헌드레즈를 팔고 집을 나가는 일 말이에요. 그것도 아주 작정을 했더라고요. 이미 짐을 싸기 시작했던데, 알고 있었어요?"

"뭐라고요?"

"그러느라 며칠째 경황이 없는 모양이던데. 벌써 집안의 가구와 물건의 값을 알아보려고 중개인이 다녀갔대요. 그 훌륭한 것들을 죄다 팔아치우다니! 참 안타까운 일이에요."

순간 나는 아무 말도 못하고 뻣뻣하게 앉아 있었다. 그러다 "도저히 못 참아" 하고 내뱉고는 차 문손잡이를 홱 젖히고 밖으로 나갔다.

앤이 나를 쫓아오며 불렀던 것 같다. 나는 돌아보지 않았다. 화가 머리끝까지 치솟아 성큼성큼 자갈마당을 가로지른 뒤 현관 앞 계단을 뛰어올라 어깨로 문을 밀쳤다. 캐럴라인이 문 바로 뒤에 베티와 같이 있었다. 두 사람은 대리석 바닥에 홍차상자를 내려놓는 중이었다. 각종 상자와 궤짝이 계단통에 흩어져 있고, 현관홀 자체도 싹 치워져 벽면에 뭔가 있었다는 흔적만 남았다. 장식품도 다 사라지고, 테이블이며 장식장이 망가진 파티의 어색한 손님처럼 이상한 각도로 엉거주춤 놓여 있었다.

캐럴라인은 낡은 작업 바지 차림이었다. 머리칼은 터번처럼 꼬아 올렸고, 소매는 걷어붙인데다 손은 더러웠다. 그런데 이번에도, 심지어 분기탱천한 상황이었는데도 나의 피가, 나의 신경이, 나의 온몸이 그녀를 향해 지독하고도 간절히 끌리는 느낌이었다.

그러나 캐럴라인의 표정은 냉랭했다. 그녀가 말했다. "당신에게 할말은 없는데요. 앤하고 얘기를 다 끝냈어요."

"캐럴라인, 나는 당신을 포기할 수 없소."

그녀는 어이없다는 듯 눈동자를 굴렸다. "포기해야 해요! 그 길밖에 없어요."

"캐럴라인, 제발."

그녀는 대답하지 않았다. 나는 옆에서 민망한 듯 서 있는 베티를 보았다.

"베티, 잠깐 나가 있어줄래?"

그러나 베티가 나가려 하자 캐럴라인이 붙잡았다. "아냐, 나갈 필요 없어. 닥터 패러데이와 나는 할말도 없고, 네가 듣지 말아야 할 말도 없으니까. 저 상자나 가서 마저 정리해."

베티는 잠시 망설이다 고개를 푹 숙이고 반쯤 돌아서서 걸어갔다. 나는 절망에 휩싸여 묵묵히 서 있다 목소리를 낮추어 말했다.

"캐럴라인, 이렇게 애원할게. 다시 한번 생각해봐요. 당신이 내게…… 애틋한 감정이 좀 모자라다 해도 상관없어. 그래도 뭔가 정은 있잖아, 있다는 거 잘 알아. 아무것도 없는 척하지 말아줘. 그때 댄스파티에서, 아니면 테라스 밖에 서 있었을 때……"

캐럴라인은 지쳤다는 듯 말했다. "실수였어요."

"실수 같은 건 없었소."

"있었어요. 처음부터 끝까지 몽땅 실수였어. 내가 실수했어요, 그래서 미안해요."

"나는 당신을 보낼 수 없소."

"맙소사! 내가 당신을 증오하길 바라나요? 제발 부탁인데 자꾸 이렇게 오지 마세요. 다 끝났어요. 하나도 남김없이 죄다."

갑자기 화가 불같이 치밀어 나는 캐럴라인의 손목을 잡았다.

"어떻게 그런 식으로 말할 수 있지? 어떻게 이럴 수 있어? 빌어먹을, 지금 당신이 하는 짓을 봐! 이 집을 망가뜨리고 있잖아. 헌드레즈를 버리다니! 어떻게 그럴 수 있어? 어떻게, 어떻게 감히 당신이? 전에 당신 입으로 이 집에 산다는 건 일종의 협정이라고 하지 않았나? 당신 쪽에서 약속을 지켜야 한다며? 이게 지금 약속을 지키는 거야?"

캐럴라인은 손목을 비틀어 뺐다. "그 협정 때문에 내가 죽을 판이에요! 일 년 전에 어머니와 동생을 데리고 이 집을 떠났어야 했어."

캐럴라인은 다시 일을 하려고 돌아서서 걸어갔다. 그녀가 가는 모습을 지켜보며 나는 침착하게 말했다. "당신, 그 말 진심이오?"

나는 또 한번 그녀의 자신만만하고 단호한 분위기에 충격을 받았다. 그녀는 뒤로 돌아 나를 보며 미간을 찡그렸다. 나는 말했다. "일 년 전 당신은 어땠지? 이 집이 당신의 시간을 축낸다고 불평했어. 늙은 어머니와 아픈 동생도 있었지. 그때 당신의 미래는 어땠지? 그런데 지금 당신을 봐. 당신은 자유야, 캐럴라인. 아마 헌드레즈가 팔리면 돈도 꽤 생기겠지. 내가 보기에 당신은, 스스로도 알겠지만, 진짜 제법이야."

캐럴라인은 순간 나를 빤히 처다보았고, 이내 얼굴이 벌겋게 달아올랐다. 나는 방금 한 말이 얼마나 끔찍한 의미인지 깨닫고 사색이 됐다.

"캐럴라인, 용서해요."

"나가." 그녀가 말했다.

"제발……"

"나가. 내 집에서 당장 나가."

나는 베티를 보지 않았지만, 왠지 소녀의 표정이 보였다. 당혹과 놀라움과 안타까움이 드리운 표정이었다. 나는 뒤돌아서 현관문을 더듬었다. 그리고 얼이 반쯤 나간 채 계단을 내려가 자갈마당을 지나 차 있는 데로 갔다. 앤이 내 얼굴을 보고 조용히 말했다. "소용없죠? 이루 말할 수 없이 유감이에요."

나는 아무 말 없이 리드코트로 돌아왔고, 결국 참패했다. 캐럴라인을 잃었다는 사실보다 그녀의 마음을 되돌릴 기회가 있었는데도 그걸 날려버렸다는 생각에 완전히 기가 꺾였다. 내가 캐럴라인에게 했던 말과 거기 함축된 뜻을 생각하니 창피해서 고개를 들 수가 없었다. 그러나 수치심은 잠깐이고 비참함은 계속된다는 것을, 따라서 헌드레즈에 다시 가서 더 주워 담을 수 없는 말을 내뱉고 끝나리라는 것을 마음속으로는 알고 있었다. 그래서 이 문제를 돌이킬 수 없도록 완전히 끝장내기 위해, 앤을 집에 내려주고 곧장 데즈먼드 부부에게 가서 캐럴라인과 내가 헤어졌으며 결혼식은 취소되었다고 알렸다.

내가 그 사실을 공식적으로 말한 것은 처음이었는데, 생각했던 것보다 쉽게 입이 떨어졌다. 빌과 헬렌으로 말하자면, 측은하게 여겨주었다. 그들은 내게 와인과 담배를 권했다. 이 소식을 들은 사람이 또 있느냐고 묻기에 아마 당신들이 첫번째일 거라고, 알리고 싶은 사람들한테 마음껏 알리라고, 나는 상관없다고 대답했다. 사람들이 다들 빨리 알수록 좋다고.

"돌이킬 수 있는 일말의 가능성도 없나요?" 헬렌이 나를 지그시 바라보며 물었다.

"아쉽지만, 전혀." 나는 유감스럽다는 듯 미소를 지었고, 내가 결별을 받아들였다는 사실을 암시하는 데 그럭저럭 성공했던 것 같다. 캐럴라인과 내가 함께 그와 같은 결정을 내렸다는 인상을 주기까지 했다.

리드코트에는 술집이 세 곳 있었다. 나는 딱 술집이 여는 시간에 맞춰 데즈먼드 부부의 집을 나왔고, 세 가게를 다 돌며 술을 마셨다. 마지막 가게에서는 그 집에 있는 유일한 주류였던 진을 한 병 사서 집으로 가져왔다. 그리고 또 한번 진료실에 선 채로 병나발을 불며 알코올을 몽땅 들이켰다. 그러나 이번에는 그렇게 마셨는데도 좀처럼 취하지 않았고, 캐럴라인의 모습을 떠올리자 이상하게 머리가 맑아졌다. 마치 지난 며칠간의 미친 짓 때문에 격렬한 감정을 일으킬 능력이 소진된 듯했다. 나는 진료실을 나와 위층으로 올라갔다. 최근 들어 연극 무대처럼 조잡하게 느껴졌던 나의 집이 이제 내가 발걸음을 내디딜 때마다 그 지긋지긋한 색상과 선이 뚜렷해지고 공고해지는 느낌이었다. 그러나 어쩐지 그마저도 별로 대수롭지 않게 여겨졌다. 좀 비참한 기분을 만끽하려고 나는 다락방 침실까지 기어올라가 헌드레즈에서 가져온 물건이나 그 집과 연관된 모든 것을 닥치는 대로 꺼냈다. 거기에는 물론 엠파이어 데이 메달과 내가 헌드레즈를 처음 방문한 날 에어즈 부인이 준, 우리 어머니가 있을지도 혹은 없을지도 모르는 세피아색 사진도 있었다. 뿐만 아니라 지난 3월에 부엌 쪽 전성관 송화구에서 떼어낸 상아 호루라기도 있었다. 그날 조끼 호주머니에 집어넣었다 깜빡하고 집까지 가져온 것이었다. 그러고는 장식단추와 커프스단추를 넣어두는 서랍에 보관했던 모양이다. 이제 그것을 꺼내 침대 옆 협탁 위에, 사진과 메달 옆에 내려놓았다. 저택과 대정원의 열쇠도 내려놓았고, 그 옆에 캐럴라인의 반지가 든 새그린 가죽상자도 놓았다.

메달, 사진, 호루라기, 여벌 열쇠, 그리고 한 번도 끼어보지 않은 결혼반지. 이것들이 헌드레즈에서 보낸 나의 시간을 아우르는 전리품이었다. 기이한 소규모 컬렉션 같았다. 한 주 전까지만 해도 이걸로 나 자신을 이야기 속 영웅으로 삼아 한 편의 동화를 지을 수도 있었다. 이제는 너무 아픈 기억의 파편이지만. 나는 뭔가 의미를 찾으려고 뚫어지게 쳐다보았으나, 실패했다.

열쇠는 도로 내 열쇠 꾸러미에 걸었다. 아직은 이걸 포기할 수 없었다, 아직은. 하지만 다른 것은 누가 볼까 우세스러워 숨겨버렸다. 나는 일찍 잠자리에 들었고, 이튿날 아침 늘 반복되는 따분한 업무를 항상 해오던 대로 시작했다. 헌드레즈와 관계하기 전에는 그토록 몰두했던 일상 업무를. 그날 오후, 헌드레즈홀과 그에 속한

땅이 지역 공인중개사를 통해 매물로 나왔다는 것을 알았다. 낙농
장에서 일하던 마킨스에게는 농장을 떠나든가 직접 매입하라는 선
택지가 주어졌고, 그는 떠나기로 했다. 자기 힘으로 사업을 꾸릴 자
금이 없었던 것이다. 갑작스럽게 농장을 내놓는 바람에 마킨스의
처지가 곤란해져 굉장히 억울해했다는 소문이 들렸다. 그 주가 흘
러가면서 더 많은 정보가 귀에 들어왔다. 헌드레즈홀에 화물차가
드나드는 광경이 목격됐고, 저택은 천천히 안에 든 것을 비워나갔
다. 자연히 대부분의 사람들은 그것이 캐럴라인과 나의 계획 중 일
부라고 여겼고, 나는 며칠 동안 결혼식은 취소되었으며 캐럴라인
혼자 이 지역을 떠날 거라고 재차 설명해야 했다. 그러다 소문이 퍼
졌는지 갑자기 질문이 뚝 끊겼고, 그다음에 이어진 어색함은 이루
말할 수 없이 견디기 힘들었다. 나는 다시 병원 근무에 전념했다.
당시에는 할 일이 엄청나게 많았다. 나는 헌드레즈에 더는 가지 않
았다. 대정원을 가로지르는 지름길도 포기한 지 오래였다. 불안할
정도로 자주 캐럴라인 생각도 하고 꿈도 꿨지만, 그녀의 머리카락
한 올도 보지 못했다. 그리고 마침내 헬렌 데즈먼드로부터 캐럴라
인이 5월 마지막 날 조용히 카운티를 떠나기로 했다는 소식을 전해
들었다.

그후로 내 소망은 딱 하나였다. 5월이 가능한 한 빨리, 가능한 한
고통 없이 후딱 지나가는 것. 나는 진료실 벽에 달력을 걸어놓았는
데, 처음 결혼식 날짜가 정해졌을 때 신이 나서 27일 칸에다 잔뜩
표시를 해놓았다. 그런데 이제는 자존심 혹은 오기로 달력을 치우

지 않고 버텼다. 나는 그날이 지나가는 것을 보고 싶었다. 그로부터 나흘 후면 캐럴라인은 나의 인생에서 완전히 사라질 것이고, 일단 6월 달력으로 넘어가기만 하면 나는 새사람이 될 거라는 미신에 가까운 믿음이 들었다. 그런 와중에도 나는 표시해놓은 날짜가 다가오는 것을 간절함인지 두려움인지 모를 초조한 기분으로 지켜보았다. 5월의 마지막 주가 되자, 나는 갈수록 산만해져 통 일에 집중할 수 없었고 밤잠도 설쳤다.

결과적으로 그날은 비교적 평탄하게 지나갔다. 한시에—우리의 결혼식이 열리기로 한 시각이었다—나는 나이 지긋한 환자의 침대 옆에 앉아 일에 집중했다. 환자의 집을 나설 때 한시 반 종소리를 들었는데도 별 느낌이 없었다. 어느 커플이 등기소의 우리 자리를 차지했으려나 막연히 궁금했을 뿐이다. 나는 환자를 몇 명 더 보았다. 오후 진료는 꽤 한가했고, 나는 저녁시간을 집에서 보냈다. 열시 반이 넘자 피곤해서 잠자리에 들어야겠다 생각했다. 실제로 나는 신발을 벗어던지고 침실용 슬리퍼로 갈아신은 뒤 위층으로 향했다. 그때 누군가 진료실 문을 미친듯이 두드리며 벨을 눌렀다. 숨이 차서 거의 말도 못하는, 열일곱 살쯤 되어 보이는 남자애였다. 그애는 배가 아파서 죽을 지경인 매형 때문에 나를 부르러 약 5마일 반을 달려왔다. 나는 소지품을 챙긴 후 차에 소년을 태우고 아이의 누나 집으로 향했다. 가서 보니 상상할 수 있는 최악의 집이었다. 지붕에 구멍이 숭숭 뚫리고 창문 틈새가 여기저기 벌어진 폐오두막은 수도도 전기도 들어오지 않았다. 그들 일가족은 옥스퍼드셔에서 일자리를 찾아 북쪽으로 올라온 무단거주자들이었다. 가족들 말로는 남자가 '시도 때도 없이' 며칠씩 앓으며 토하고 열이 났고 복통을 호소했다고 한다. 그들은 피마자기름으로 어떻게든 치료해보려 했지만, 요 몇 시간 사이에 상태가 너무 나빠져 점점 겁이 났다. 담당의도 없어서 누구를 찾아가야 할지 몰랐다. 결국 지방신문에서 본 내 이름을 기억하고 나를 찾아온 것이었다.

그 불쌍한 남자는 촛불을 켜둔 거실의 바퀴 달린 침대 비슷한 것 위에 옷을 다 입은 채로 낡은 군복 외투를 덮고서 누워 있었다. 열이 높은데다 복부가 팽창한 상태였고, 내가 진찰을 시작하자 아파 죽겠는지 고래고래 소리를 지르고 욕을 퍼부으며 무릎을 당겨 힘없이 나를 발로 차려고 했다. 척 보아도 급성맹장염이었다. 당장 병원으로 옮기거나 아니면 맹장이 터지는 위험을 감수해야 했다. 가족들은 수술을 위해 입원하는 데 드는 비용 생각에 입을 딱 벌렸다. "여기서 어떻게 좀 해주시면 안 될까요?" 남자의 아내는 내 소매를 잡아끌며 계속 물었다. 아내와 장모는 알약 한 병을 삼키고는 배가 씻은 듯이 나은 여자애를 안다면서, 그와 똑같은 처치를 해달라고 빌었다. 심지어 남자도 그 방법을 고집했다. 만약 내가 그의 '뱃속의 독을 씻어내기만 하면' 자기는 나을 것이며, 바라는 건 그것뿐이고 봐줄 수 있는 것도 그것뿐이라고 했다. 망할 의사 놈들이 잔뜩 와서 자기 배를 쨌다면 가만두지 않겠다며.

그러더니 심한 발작을 일으키며 토했고, 말을 할 수도 없는 상태에 이르렀다. 가족들은 혼비백산했다. 결국 나는 그의 가족들에게 병세가 대단히 심각하다는 것을 간신히 납득시켰다. 문제는 이제 어떻게 지체 없이 그를 병원으로 옮기느냐였다. 가장 좋은 방법은 응급차를 부르는 것이었다. 그러나 오두막이 있는 곳은 아주 외져서 가장 가까운 전화도 2마일 떨어진 우체국에 있었다. 결국 내 차로 직접 옮기는 수밖에 없었다. 나는 소년과 함께 남자를 바퀴 달린 침대에 실은 채 밖으로 데리고 나가 조심스럽게 내 차 뒷좌석에 태웠다. 남자의 아내가 그 옆에 몸을 구겨넣었고, 소년이 조수석에 앉았다. 부부의 아이들은 늙은 장모가 남아 돌보았다. 7, 8마일쯤 되는 거리를 대부분 소로와 시골길로 달려야 하는 상당히 지독한 여정이었고, 남자는 차가 덜컹거릴 때마다 신음과 비명을 질러대고 이따금 그릇에 토했다. 여자는 울기만 할 뿐 별 보탬이 되지 못했다. 소년은 무서워서 반쯤 정신이 나간 상태였다. 유일한 우리 편은 기름램프처럼 밝은 보름달뿐이었다. 일단 레밍턴 길에 들어서자 나는 속력을 낼 수 있었다. 열두시 반쯤 되어 우리는 병원 앞에 도착했고, 이십 분 후 남자는 수술실로 들어갔다. 그때는 상태가 너무 나빠 보여 더는 가망이 없을까봐 진심으로 걱정됐다. 나는 여자와 소년과 같이 대기실에 앉아 있었다. 수술 결과가 나올 때까지 그들 옆을 떠나면 안 될 것 같았다. 마침내 외과의사인 앤드루스가 나와 수술은 잘되었다고 말했다. 맹장이 천공되기 전에 절제했고, 덕분에 복막염의 위험은 없었다. 남자는 몸이 좀 약해지긴 했지만 그 외에는 순조로이 회복되는 중이었다.

앤드루스는 사립학교 출신으로 몹시 현학적인 말투를 썼고, 여자는 걱정 때문에 얼이 나가 하나도 못 알아듣는 눈치였다. 내가 남편은 살았다고 설명해주자 여자는 한시름 놓으면서 거의 기절할 뻔했다. 여자는 남편을 보고 싶어했지만 가능할 리 없었다. 병원에서 여자와 소년을 대기실에 밤새 머물게 놔둘 리도 만무했다. 나는 리드코트로 돌아가는 길에 그들을 집까지 태워다주겠다고 했지만, 그들은 병원 근처에 머물고 싶어했다. 십중팔구 다음날 아침 병원으로 돌아올 버스비를 걱정했을 것이다. 그들은 레밍턴 바로 근교에 망아지와 달구지를 빌려줄 친구들이 있다고 했다. 소년이 그걸 타고 돌아가 늙은 어머니에게 다들 잘 있다고 알려주고, 여자는 시내에서 하룻밤 지내고 아침에 남편을 보러 돌아오겠다는 것이었다. 그들은 아까 뱃속을 씻어낸다는 생각에 집착했던 것처럼 이제는 망아지와 달구지를 병적으로 고집했다. 나는 내심 그들이 어디 도랑 같은 데 가서 날이 밝을 때까지 자고 오는 게 아닐까 생각했다. 어쨌든 나는 한번 더 태워다주겠다고 제의했고, 이번에는 그들이 받아들였다. 그들이 가자고 한 곳은 또다른 무단거주자의 오두막이었다. 개와 말 한두 마리를 집 바깥에 매어놓은, 그들의 집과 별반 다르지 않게 형편없는 곳이었다. 차가 들어오자 개들이 미친듯이 짖어댔고, 집주인이 엽총을 들고 오두막 문을 열었다. 그러나 찾아온 사람이 누군지 알아보고는 총을 내리고 안으로 기꺼이 맞아들였다. 그들은 나보고도 들어오라고 했다. '차와 소다수는 충분히 있다'고 따뜻하게 말하면서. 순간 나는 들어갈까 생각했다. 그러나 결국 거절하고 작별 인사를 했다. 문이 닫히기 전에 힐끔 안을 들여다봤는데, 바닥이 매트리스와 잠자는 몸뚱이로 난장판이었다. 어른, 아이, 아기, 개, 그리고 아직 눈도 안 뜬 강아지까지 꼼지락댔다.

병원까지 전속력으로 달려가 살 떨리는 기다림 끝에 안도하고 났더니, 이 모든 사건이 어쩐지 한바탕 꿈 같았다. 발걸음을 돌려 내 차로 돌아오니 그와 대조적으로 무척 고요하고 쓸쓸한 느낌이 들었다. 환자들의 드라마에 푹 빠졌다 나오는 일은 참 이상야릇하다. 특히 밤에는. 이런 일을 한번 겪으면 완전히 녹초가 되기도 하지만, 동시에 묘하게 정신이 확 깨면서 초조해지기도 한다. 달리 생각할 만한 거리도 없는 터에, 지난 몇 시간 동안 일어났던 일이 끊임없이 반복되는 필름처럼 아주 상세하게 머릿속을 계속 맴돌았다. 진료실 문 앞에서 말도 못하고 헉헉거리던 소년. 무릎을 세워 힘없이 나를 차내려던 남자, 구토와 고함소리. 여자의 눈물. 앤드루스, 그 외과의사다운 태도와 음성. 말도 안 되는 오두막. 잠자는 몸뚱이와 강아지. 무한 반복되는 이미지가 집요하게 달라붙어 아주 진을 빼는 바람에 나는 그 주문을 깨기 위해 창문을 내리고 담배에 불을 붙였다. 어두운 차 안에서 부드러운 달빛이 파리하게 빛나는 가운데 전조등이 내 두 손을 밝히는데, 어쩐지 이번 여정이 지난 1월에 병원 댄스파티가 끝나고 돌아오며 겪었던 그 여정과 닮았다는 생각이 들었다. 손목시계를 보았다. 새벽 두시였다. 나의 신혼 첫날밤일 수도 있었던 시각. 나는 지금쯤 기차 안에서 캐럴라인을 품에 안고 누워 있어야 했다.

상실감과 비통함이 들고일어나 또다시 해일처럼 나를 덮쳤다. 사상 최악이었다. 집에 가고 싶지 않았다. 우울하고 비좁은 내 집의 텅 빈 침실에 들어가기 싫었다. 나는 캐럴라인을 원했다. 캐럴라인을 원했지만 가질 수 없었다. 그게 내가 생각할 수 있는 전부였다. 그때쯤 나는 헌드레즈 길에 접어들었고, 그녀가 이렇게 가까이 있는데도 닿을 수 없다니 온몸이 부들부들 떨렸다. 나는 담배를 집어던지고 차를 세운 뒤 지독한 흥분이 어느 정도 가실 때까지 기다려야 했다. 그래도 여전히 집으로 갈 엄두가 나지 않았다. 나는 다시 차를 몰아 천천히 달렸다. 얼마 안 있어 그 어둡고 수풀 무성한 연못으로 이어지는 갈림길에 이르렀다. 나는 그쪽으로 핸들을 꺾어 덜컹거리며 길을 따라 올라가 캐럴라인과 내가 차를 세웠던 곳에 멈췄다. 내가 그녀에게 키스를 시도했고, 그녀가 처음으로 나를 밀어냈었던 그곳.

달은 휘영청 밝고 나무들이 그림자를 드리운 가운데 수면은 우유처럼 뿌옇게 보였다. 풍경 전체가 잘못 현상해 약간 초현실적으로 보이는 한 장의 사진 같았다. 풍경을 물끄러미 바라보고 있자니, 풍경이 나를 빨아들이는 듯했다. 나는 시간과 공간을 초월한, 완전한 이방인이 된 기분이었다. 그리고 담배를 한 대 더 피웠던 것 같다. 금방 추워져 뒷좌석을 더듬어 차에 두고 다니는 낡은 빨간색 담요—캐럴라인을 덮어주었던 그 담요—를 찾아 둘러쓴 기억도 난다. 피곤한 기운은 전혀 없었다, 일반적인 뜻에서는. 나는 거기 그러고 앉아 맑은 정신으로 밤새 깨어 있을 생각이었던 것 같다. 하지만 이내 옆으로 몸을 돌리고 다리를 끌어당긴 뒤 의자 등받이에 뺨을 묻었다. 그러고는 곧장 뒤숭숭한 잠에 빠져들었다. 꿈속에서 나는 차에서 내려 급히 헌드레즈로 걸어갔다. 그런 내 모습이, 극도로 흥분한 상태에서 부자연스러울 정도로 선명하게 보였다. 좀 전에 병원으로 서둘러 달려가던 장면을 자꾸 머릿속에 떠올렸던 것처럼. 은빛으로 빛나는 풍경을 지나 헌드레즈 대정원의 출입문을 연기처럼 통과하는 내가 보였다. 헌드레즈 진입로를 따라 올라가는 모습도.

그런데 거기서부터 공황 상태에 빠져 혼란스러워졌다. 진입로가 변했는지 이상하게 틀어졌고, 말도 안 되게 길어지고 얽히고설킨 데다 그 끄트머리에는 칠흑 같은 어둠뿐이었다.

나는 아침 햇살 속에서 누그러지고 우그러진 채 잠에서 깨어났다. 여섯시가 막 지난 시각이었다. 자동차 창문에 맺혀 있던 물방울이 또르르 굴러떨어졌고, 머리 위가 허전했다. 모자가 어깨와 등받이 사이로 떨어져 손쓸 수 없을 정도로 찌그러졌다. 담요는 허리춤에 뭉쳐 있는 것이 밤새 담요와 씨름이라도 한 모양이었다. 나는 신선한 공기를 찾아 자동차 문을 열고 엉금엉금 기어나왔다. 발치에서 무슨 소리가 났다. 들쥐인 줄 알았는데, 고슴도치 한 쌍이 타이어에 코를 문지르다 기다랗게 자란 수풀 속으로 막 사라졌다. 고슴도치가 지나간 자리에 길고 검은 자국이 남았다. 아침 이슬이 맺힌 풀숲은 옅은 빛을 띠었고, 연못 위에는 살짝 물안개가 어렸다. 수면은 어느새 뿌연 흰색이 아니라 회색이었다. 한밤중에 물씬 풍겼던 초현실적인 분위기는 온데간데없었다. 내 기억 속에 남은, 공습이 한바탕 도시를 훑고 간 뒤의 느낌과 제법 비슷했다. 폭탄이 여기저기서 마구 터질 때는 세상이 산산조각 날 것만 같았는데, 눈을 껌벅이며 방공호에서 기어나오면 좀 그을리기는 했지만 멀쩡히 서 있는 집들이 보였던 것과 같은 느낌.

그러나 이제는 그저 허탈할 뿐이었다. 눈부심은 없었다. 폭풍 같던 열정은 싹 사라졌다. 커피를 마시고 면도를 하고 싶었다. 그리고 화장실이 아주 급했다. 나는 한옆으로 가서 일을 봤다. 그러고 나서 머리를 빗고 구겨진 옷을 최대한 폈다. 나는 차에 시동을 걸었다. 축축하고 차가워진 탓에 단번에 걸리지 않았다. 그러나 보닛을 열고 점화플러그를 닦아주자 살아났다. 조용한 시골에 엔진 소리가 요란하게 울렸고, 새들이 겁에 질려 나무에서 날아올랐다. 나는 소로를 빠져나와 금세 헌드레즈 길에 들어섰고, 곧이어 리드코트 방향으로 길을 꺾었다. 도중에 만난 사람은 아무도 없었지만, 동네는 막 활기를 띠기 시작했다. 노동자 가족들은 벌써들 일어났고, 빵집 굴뚝에서는 연기가 피어올랐다. 해가 아직 낮아 그림자가 길었고, 자갈마당이 딸린 교회와 붉은 벽돌집과 상점가와 인적 없는 보도와 차 없는 도로의 자잘하고 세세한 모습이 전부 맑고 선명하고 아름답게 보였다.

나의 거처는 중앙로 끄트머리에 있었다. 가까이 가면서 보니 진료실 앞에 웬 남자가 서 있었다. 그는 야간벨을 울리다 손차양을 만들어 이맛전에 대고 현관문 바로 옆 서리 낀 유리창으로 안을 들여다보았다. 모자를 쓰고 외투 깃을 올린 남자의 얼굴을 알아볼 수는 없었다. 환자겠거니 생각하자 마음이 무거워졌다. 그때 자동차 소리를 듣고 남자가 고개를 돌렸다. 데이비드 그레이엄이었다. 하는 양을 보니 뭔가 나쁜 소식을 가져왔다는 짐작이 들었다. 차를 가까이 대면서 그의 표정을 보고는 아주 불길한 소식이 틀림없다고 확신했다. 나는 주차를 하고 차에서 내렸다. 그가 지친 모습으로 다가왔다.

그레이엄이 말했다. "자네를 찾던 중이었네. 아, 패러데이……"

그는 한 손으로 입가를 쓸었다. 무척 고요한 아침이었고, 면도를 하지 않은 그의 턱에 손바닥이 스치는 거친 소리가 들렸다.

내가 말했다. "뭔데? 혹시 앤이?" 그게 내가 생각할 수 있는 전부였다.

"앤?" 그는 피곤해 보이는 눈을 껌벅였다. "아냐. 그게…… 패러데이, 미안하지만 캐럴라인 일이네. 헌드레즈에서 사고가 났어. 정말 유감이야."

헌드레즈홀에서 새벽 세시경에 전화가 걸려왔다. 베티가 끔찍한 목소리로 처절하게 나를 찾았다. 나는 당연히 그 시각에 집에 없었고, 교환원은 그 메시지를 그레이엄에게 전했다. 그레이엄은 자세한 내용은 하나도 없이 그저 가능한 한 빨리 헌드레즈홀로 와달라는 얘기만 들었다. 그는 황급히 옷을 걸치고 곧장 저택으로 차를 몰았다. 그러나 쇠사슬로 잠긴 대정원 출입문에서 길이 막혀버렸다. 베티가 맹꽁이자물쇠를 채워둔 것이다. 그는 멀리 돌아서 다른 출입문으로 들어가려 시도해봤지만 거기도 꽁꽁 잠겨 있었고, 타고 넘기에는 문이 너무 높았다. 베티에게 전화를 하기 위해 집으로 차를 돌리려는 찰나, 새로 짓는 임대주택 단지와 대정원 사이 담장에 틈이 있다는 사실에 생각이 미쳤다. 임대주택의 정원은 이제 기초를 다지는 단계였고, 굵은 철망으로 울타리를 쳐놓았다. 그레이엄은 그 울타리를 기어올라 넘어서 헌드레즈홀까지 걸어갔다.

베티가 나와 문을 열어주었는데, 아이의 손에 들린 기름램프가 덜덜덜 떨렸다. 그레이엄의 말에 따르면 베티는 '히스테리를 넘어서서' 충격과 공포로 말도 제대로 못했다고 한다. 아이의 안내를 받아 집안에 들어서자마자 그는 그 이유를 알았다. 베티 뒤에, 분홍색과 검붉은색 대리석 바닥에 캐럴라인이 달빛을 받으며 누워 있었다. 잠옷 차림이었는데, 밑단이 훌렁 뒤집어져 엉켜 있었다. 맨다리가 다 드러났고, 머리카락은 주위로 흩어져 꼭 후광처럼 보였다. 그늘이 워낙 짙었기에 순간 그레이엄은 캐럴라인이 실신했거나 발작을 일으켜 거기 쓰러져 있나보다 생각했다. 그는 베티한테서 램프를 받아들고 가까이 다가갔다. 오싹하게도 캐럴라인의 머리카락이 바닥에 흩어져 있다고 여겼던 것이 사실은 검게 물든 피였다. 그는 캐럴라인이 위층 계단참 어딘가에서 떨어졌음을 직감했다. 자동적으로 그는 위를 쳐다봤고, 난간이 부서진 데가 있나 살폈다. 어디한 군데 망가진 데라곤 없었다. 그레이엄은 램프를 또하나 켜고 시신을 간단히 살폈다. 캐럴라인은 이미 오래전에 숨을 거둔 게 분명했다. 머리를 대리석 바닥에 부딪힌 순간 즉사했을 것이다. 그레이엄은 담요를 가져와 시신을 덮은 뒤 베티를 데리고 지하로 내려가 차를 끓이도록 했다.

그는 무슨 일이 있었는지 설명을 듣고자 했다. 그러나 실망스럽게도 베티는 그에게 해줄 말이 별로 없었다. 소녀는 한밤중에 계단참에서 캐럴라인의 발소리를 들었다. 그래서 무슨 일인지 알아보려고 방에서 나오다 캐럴라인의 몸뚱이가 떨어지는 장면을 목격했고, 이어서 아래쪽 대리석에 부딪혀 깨지는 무시무시한 소리를 들었다. 베티가 해줄 수 있는 말은 그게 다였다. 소녀는 '도저히 그 일을 생각할 수 없는' 상태였다. 달빛 아래 캐럴라인이 떨어지는 광경은 베티의 일평생 가장 무서운 장면이었다. 눈을 감아도 여전히 그 장면이 보였다. 소녀는 자기가 '절대로 다시는 회복되지 못할' 거라고 생각했다.

그레이엄은 베티에게 진정제를 주고 얼마 전에 내가 한 것과 똑같이 헌드레즈의 구식 전화기로 경찰과 장의차를 불렀다. 또한 내게도 전화를 걸어 사고 소식을 알리려 했다. 하지만 이번에도 당연히 나는 전화를 받지 않았다. 그는 경찰과 장의차 등 차량이 금방 도착할 거라고 예상했고, 꽁꽁 잠가놓은 대정원 출입문이 생각났다. 그래서 베티에게서 맹꽁이자물쇠의 열쇠를 받아 달빛에 환히 빛나는 대정원을 지나 자기 차로 돌아왔다. 그레이엄은 저택을 나오니 마음이 놓였고 다시 그 집에 들어가기가 꺼려졌다고 했다. 이성적으로는 말이 안 되지만, 꼭 그 집에 우환이 들러붙은 것 같았고, 그 집 바닥과 벽에 사라지지 않는 감염균이 돌아다니는 듯한 기분이 들었다고. 그래도 그는 후속 조치를 전부 감당하며 그곳에 더 머물렀다. 경사가 도착했고, 캐럴라인의 시신을 장의차에 실었다. 다섯시가 되어서야 모든 게 마무리되었다. 이제 남은 것은 베티뿐이었다. 아이가 너무 혼란스럽고 불쌍해 보여 그레이엄은 베티를 자기 집으로 데려갈까 생각했다. 하지만 또다시 헌드레즈홀과의 관계를 오래 끄는 것이 묘하게 영 내키지가 않았다. 그렇다고 아이를 혼자 그 무시무시한 곳에 남겨둘 수도 없는 노릇이었다. 결국 그는 베티가 짐을 다 싸가지고 나올 때까지 기다렸다가 9마일 정도 떨어진 소녀의 집까지 태워다주었다. 베티는 가는 내내 부들부들 떨었다고 한다. 그러고 나서 그레이엄은 리드코트로 돌아와 앤에게 무슨

676

일이 있었는지 말해주었다. 그다음에 나를 찾아온 것이었다.

그레이엄이 말했다. "자네가 할 수 있는 일은 하나도 없었어, 패러데이. 그리고 솔직히 호출이 나한테 온 게 천만다행이었다고 생각하네. 고통은 없었을 거야, 그 점은 내가 장담하지. 하지만 캐럴라인의 상처는, 흠, 주로 머리 쪽이었어. 자네가 볼 만한 광경은 아니었지. 나는 다만 자네가 다른 사람한테서 그 소식을 들을까봐. 자네는 환자가 생겨서 나갔다 왔겠지?"

그때 우리는 나의 진료실 이층 거실에 있었다. 그레이엄이 나를 데리고 올라가 담배를 한 대 권했던 것이다. 그러나 담배는 내 옆에서 타들어갈 뿐이었다. 담배는 한 모금도 물지 않았다. 나는 안락의자에 상체를 내밀고 앉아 팔꿈치를 무릎에 괴고 양손으로 머리를 감싸쥐었다. 그러고는 고개도 들지 않고 웅얼거렸다. "응, 급성맹장염이었어. 한동안 상태가 무척 안 좋아 보였지. 내가 직접 환자를 레밍턴으로 데려갔네. 앤드루스가 수술했고."

그레이엄이 다시 입을 열었다. "그래, 자네가 할 수 있는 일은 정말 아무것도 없었어. 하지만 병원에 있는 걸 알았으면 좋았을걸. 그럼 좀더 빨리 연락이 닿았을 텐데."

나는 이야기를 한데 꿰어맞춰 그의 말을 이해하기까지 좀 시간이 걸렸다. 그래도 어찌어찌 그레이엄이 내가 밤새 레밍턴에 있었던 걸로 착각했다는 걸 깨달았다. 나는 그에게 사실대로 말하려고 입을 뗐다. 캐럴라인이 추락했을 그 시간에, 빌어먹을 우연으로 헌드레즈에서 겨우 1, 2마일 떨어진 곳에 차를 세워놓고 잠이 들었다고. 그러나 얼굴에서 손을 떼는 순간 전날 밤 나의 이상한 상태가 기억났고, 묘한 수치심이 느껴졌다. 그래서 잠시 머뭇거리다 타이밍을 놓치고 말았다. 그 얘기를 꺼내기에는 너무 늦어버렸다. 그레이엄이 당혹스러워하는 내 표정을 애통함으로 오인했던 것이다. 그는 연신 뭐라 말해야 할지 모르겠다고, 정말 유감이라고 나를 위로했다. 그레이엄이 내게 차를 마시겠느냐, 아침을 해줄 테니 먹겠느냐 물었다. 나를 혼자 내버려두고 싶지 않다면서. 그는 자기 집에 같이 가자고, 자기와 앤이 함께 있어주겠다고 했다. 그러나 그 모든 제의에 나는 고개를 저었다.

어떤 말도 통하지 않는다는 것을 알자 그레이엄은 천천히 자리에서 일어났다. 나도 그를 배웅하려 일어났고, 우리는 계단을 내려가 진료실 문 앞에 섰다.

그레이엄이 말했다. "자네 얼굴이 몹시 안 좋아, 패러데이. 나랑 같이 가세. 자네를 이대로 두고 가면 앤이 나를 평생 용서하지 않을 거야. 자네 정말 괜찮겠나?"

나는 대답했다. "그래. 괜찮을 거야."

"여기 앉아서 곱씹고 있지는 않을 거지? 오만 가지 생각이 들겠지만." 그는 우물쭈물 말했다. "그래도 괜히 쓸데없는 생각을 깊게 하느라 스스로를 괴롭히지는 말게, 응?"

나는 눈을 가늘게 뜨고 그를 응시했다. "쓸데없는 생각?"

"그러니까 내 말은, 캐럴라인의 정확한 사인이 뭔가 하는 뭐 그런 거 말일세. 부검을 해보면 어느 정도 밝혀지겠지. 일종의 발작이 있었을 수도 있고, 낸들 아나? 사람들은 이러쿵저러쿵 얼토당토않은 추측을 해대겠지만, 아마 흔한 사고였을 거야. 무슨 일이 있었는지 누가 확실히 알겠나…… 가엾은 캐럴라인. 그 고생을 하고 이렇게 끝나다니. 더 행복한 삶을 누려야 마땅했는데, 안 그런가?"

나는 내가 캐럴라인이 추락한 이유조차 궁금해하지 않았다는 것을 깨달았다. 마치 그녀의 죽음이 논리조차 압도해버리는 불가항력의 운명이었던 것처럼. 흐리멍덩한 머리로 그레이엄의 말을 되짚어보다 문득 뭔가 이상한 점을 눈치챘다.

"자네 설마 캐럴라인이 고의로 그랬다는 건 아니지? 그게…… 자살이라는 건 아니겠지?"

그는 서둘러 대답했다. "이런, 그런 게 아냐. 내 말은 다만 그녀의 어머니가 돌아가신 일도 있고 하니 사람들이 궁금해할 거라는 거지. 이봐, 도대체 그게 무슨 상관이야? 다 잊어버리라고, 응?"

"하지만 자살이었을 리 없네." 나는 말했다. "실족했거나 중심을 잃었겠지. 그 집은 밤에는 발전기를 꺼놓으니……"

그러나 나는 달빛에 생각이 미쳤다. 천장의 유리돔을 통해 계단통으로 쏟아져 들어오는 달빛. 단단하기 그지없는 헌드레즈의 난간도 떠올랐다. 그 익숙한 계단참과 계단을 따라 흔들림 없이 굳건하게 발을 내딛는 캐럴라인의 모습이 그려졌다.

나는 그레이엄을 물끄러미 쳐다봤고, 그는 갖가지 복잡한 생각이 내 머릿속을 휘젓고 있음을 알아차렸다. 그는 내 어깨에 손을 얹고 단호한 어조로 누차 당부했다. "아무 생각도 하지 말게. 지금은 하지 마. 끔찍한 사고지만 이미 다 끝난 일이야. 자네 잘못이 아닐세. 누구라도 어쩔 수 없는 일이었어. 내 말 알아듣겠지?"

사람이 받아들일 수 있는 슬픔에도 한계가 있는 모양이었다. 한 잔의 물에 소금을 자꾸 넣으면 어느 순간부터 더는 소금이 녹지 않 듯 말이다. 한동안은 생각에 생각이 꼬리를 물고 불안하게 빙빙 맴 돌더니, 이윽고 제풀에 지쳐 나가떨어졌다. 이후 며칠간 나는 비교 적 차분하게, 마치 아무 일도 없었던 것처럼 조용히 지냈다. 어떻 게 보면 나로서는 아무 일도 없었다는 말이 틀리지 않았다. 이웃과 환자들은 내게 무척 다정하게 굴었다. 비록 그들도 캐럴라인의 죽 음에 적절한 애도를 표하기 위해 무던히 애쓰는 것 같았지만. 에어 즈 부인이 숨을 거둔 지 얼마 되지도 않은 상황에서 캐럴라인의 죽 음은 너무도 급작스러웠고, 그즈음에 있었던 헌드레즈의 온갖 미 스터리와 비극에 비춰봐도 너무 심한 일이었다. 그레이엄이 예상 했던 대로, 추락의 원인에 대한 숨죽인 논쟁이 벌어졌다. 거의 대부 분이 자살설을 선호했고, 로더릭을 연상했는지 정신병을 언급하는 사람도 적지 않았다. 다들 부검으로 뭔가 밝혀지리라 기대했다. 그 러나 부검 결과는 아무것도 속 시원히 풀어주지 못했다. 캐럴라인 이 극히 건강한 상태였음을 보여주었을 뿐이다. 어떠한 타격도 발 작도 심장마비도, 몸싸움의 흔적도 없었다.

그 문제를 미결로 남긴다 해도 나는 암울하나마 받아들였을 것 이다. 아무리 논쟁을 벌이고 고심한다 해도 캐럴라인이 살아 돌아 올 리는 없으니까. 그 어떤 것도 그녀를 내게 되돌려주지 못할 것이 었다. 그러나 공식적인 차원에서는 사인에 관해 결론을 내야만 했 으므로, 육 주 전 에어즈 부인이 자살했을 때와 마찬가지로 자치구 검시관이 심리를 소집했다. 나는 정말 참담하게도 에어즈가의 주치의라는 이유로 출석 요청을 받았다.

나는 그레이엄과 함께 재판정에 나가 그의 옆자리에 앉았다. 6월 14일 월요일이었다. 법정은 그리 붐비지 않았고 날은 화창했다. 장례식 조문객처럼 무거운 검은색 혹은 회색 차림의 사람들로 이내 법정 안이 후끈해졌다. 나는 앉으면서 주위를 힐끔 둘러보았고, 각양각색의 방청객을 알아보았다. 신문기자, 에어즈가의 친구, 빌 데즈먼드와 로시터 부부. 심지어 실리도 와 있었다. 그는 나와 눈이 마주치자 고개를 살짝 숙였다. 캐럴라인의 서식스 이모와 이모부가 해럴드 헵턴과 같이 앉아 있는 모습이 보였다. 나는 그들이 로더릭을 만나러 갔다가 그가 보인 반응에 적잖은 충격을 받았다는 말을 전해 들었다. 분명 누이가 죽었다는 소식에 완전히 미치광이가 되어버렸으리라. 그들은 헌드레즈에 머물면서 로더릭을 대신해 엉망진창인 영지의 재정 문제를 최대한 해결하려 애쓰는 중이었다.

캐럴라인의 이모는 안색이 안 좋아 보였다. 나와 눈이 마주치는 것을 피하려는 듯했다. 그들 부부는 우리의 결혼식이 어떻게 됐는지 헵턴에게 들었을 것이다.

심리 절차가 시작되었다. 배심원단이 선서를 했다. 세드릭 리들 검시관은 사건의 개요를 간략히 설명하고 증인들을 앞으로 불러냈다. 증인 수도 얼마 되지 않았다. 먼저 그레이엄이 앞으로 나가 사건 당일 밤 헌드레즈홀에 가게 된 경위를 형식에 따라 진술하고, 캐럴라인의 사망 정황에 관한 그의 결론을 제출했다. 그는 부검 결과를 재차 언급하면서, 자기 소견으로는 어떠한 신체적 위협의 가능성도 떠올릴 수 없다고 말했다. 그리고 '사고 혹은 의도에 의한'—그의 표현에 따르자면—단순 추락에 무게를 두고 있다고 덧붙였다.

다음으로 지역 경사가 나왔다. 그는 저택에 누가 침입한 흔적은 전혀 없었고, 문과 창문은 모두 단단히 잠겨 있었다고 증언했다. 그리고 캐럴라인의 시신 사진을 몇 장 제출했는데, 배심원과 그 외 한두 사람이 돌려 보았다. 나는 사진을 보지 않았고, 안 봐서 다행이었다. 배심원의 반응으로 미루어 몹시 참혹한 모습인 것이 분명했다. 경사는 헌드레즈홀의 삼층 계단참과 단단한 난간 사진도 몇 장 제출했다. 리들은 그 사진을 유심히 살펴보고, 난간의 입체적인 모양—너비, 바닥부터의 높이—에 대한 자세한 설명을 요구했다. 그리고 그레이엄에게 캐럴라인의 신체 사이즈를 물었다. 그레이엄이 얼른 자신의 공책을 훑어보고 수치를 얘기하자, 리들은 임시변통으로 서기 한 명을 난간 대신 세워놓고 캐럴라인과 키가 비슷한 여자 법원사무관을 불러 그 옆에 서게 했다. 난간은 그녀의 엉덩이 바로 위 높이였다. 검시관은 그 정도 높이면 난간 너머로 쉽게—가령 발이 걸린다든가 해서—떨어질 것 같은 기분이 드느냐고 여사무관에게 물었다. 그녀는 대답했다. "절대 쉽지 않을 것 같습니다."

리들은 경사에게 내려가라고 한 뒤 베티를 불러냈다. 소녀는 당연히 주요 증인이었다.

캐럴라인이 죽기 두 주 전, 내가 마지막으로 헌드레즈를 방문했던 그 재앙과도 같은 날 이후로 처음 그애를 보는 셈이었다. 베티는 아버지와 함께 심리에 참석해 법정 한구석에 아버지와 나란히 앉아 있었다. 베티가 앞으로 나왔고, 조그맣고 가냘픈 소녀의 모습은 법정을 채운 어두운 정장 차림의 남자들 사이에서 더욱 여려 보였다. 소녀의 얼굴은 창백했고, 옅은 색 앞머리를 한쪽으로 넘겨 굽은 핀을 꽂았다. 거의 일 년 전 내가 처음으로 헌드레즈홀에 갔을 때 본 바로 그 모습이었다. 다만 옷차림에 좀 놀랐는데, 내가 그애의 팔러메이드 복장에 익숙한 탓이었다. 베티는 단정한 치마에 재킷을 걸치고 그 안에 하얀 블라우스를 받쳐 입었다. 그리고 징 박힌 굽 낮은 구두와 솔기가 있는 짙은 색 스타킹을 신었다.

베티는 불안한 듯 고개를 푹 꺾고 성서에 키스를 했지만, 선서를 따라 하고 리들의 사전 질문에 대답할 때는 목소리가 힘 있고 명료했다. 베티의 증언이 기본적으로는 그애가 이미 그레이엄에게 말한 것에 대한 상세 기술이리라는 것은 알았지만, 그 얘기를 더 자세히 다시 들어야 한다니 끔찍한 기분이었다. 나는 앞에 놓인 탁자에 팔꿈치를 괴고 한 손으로 눈을 가린 채 앉아 있었다.

베티의 증언이 시작됐다. 5월 27일 저녁에 소녀와 에어즈 양은 일찍 잠자리에 들었다. 당시에 저택은 '우스운 모양새'였는데, 카펫과 커튼과 가구가 사실상 거의 치워진 상태였기 때문이다. 에어즈 양은 31일에 카운티를 떠날 예정이었고, 같은 날 베티도 부모님 집으로 돌아갈 참이었다. 저택을 중개인에게 넘기기 전에 해치워야 할 온갖 잡일을 하느라 마지막 며칠은 정신이 없었다. 그날도 빈방을 치우고 청소하느라 매우 피곤했다. 아니다, 에어즈 양은 의기소침해 보이지 않았고, 전혀 낙담한 상태도 아니었다. 자기처럼 그저 열심히 일을 했을 뿐이다. 오히려 자기보다 더 열심히 했다. 베티가 볼 때 에어즈 양은 떠날 날을 손꼽아 기다리는 것 같았다. 비록 앞으로의 계획을 별로 입에 담지는 않았지만. 에어즈 양은 '다음에 이 집에 살게 될 사람을 위해 깔끔하게 정리해놓고 떠나고 싶다'고 적어도 한 번 이상 얘기했다.

베티는 열시쯤 잠자리에 들었다. 반시간 정도 후에 에어즈 양이 자기 방으로 들어가는 소리가 들렸다. 에어즈 양의 방은 베티의 방에서 계단참만 돌면 바로이기 때문에 그 소리를 확실히 들었다. 그렇다, 이층 계단참이었다. 바로 위에 삼층 계단참이 있고, 둘 다 같은 계단통으로 현관홀이 내려다보이고, 둘 다 천장의 유리돔 덕분에 환했다.

새벽 두시 반쯤 소녀는 계단이 삐걱거리는 소리에 잠이 깼다. 처음엔 무서웠다. 그건 왜죠, 라고 리들이 베티에게 물었던가? 소녀는 잘 모르겠다고 했다. 아마도 저택이 너무 크고 쓸쓸해서 밤에는 좀 불안하기 때문이었을까? 그렇다, 그래서 그런 것 같다. 어쨌든 무서움은 금세 사라졌다. 에어즈 양의 발소리라는 것을 깨달았기 때문이다. 어쩌면 화장실에 가려고, 어쩌면 부엌에 내려가 따뜻한 차를 한잔 마시려고 일어났나보다 짐작했다. 그때 삐걱대는 소리가 더 들렸고, 놀랍게도 에어즈 양이 아래가 아니라 위로, 즉 저택의 삼층으로 향하고 있음을 알았다. 에어즈 양이 왜 그랬다고 생각하느냐고? 소녀가 어떻게 알겠는가. 위층에는 빈방 외에는 아무것도 없는데? 그렇다, 아무것도. 소녀는 에어즈 양이 위층 복도를 따라 마치 어둠 속을 더듬어 나아가듯 매우 천천히 걷는 소리를 들었다. 그러다 걸음을 멈추고 무슨 소리를 냈다.

에어즈 양이 소리를 냈습니까? 무슨 소리였죠?

뭔가를 소리쳐 불렀어요.

그래요? 뭐라고 불렀습니까?

"당신"이라고 불렀어요.

그 말에 나는 고개를 들었다. 리들이 멈칫하는 모습이 보였다. 안경알 너머로 베티를 쏘아보며 그가 말했다. "에어즈 양이 그렇게 소리치는 것을 들었다고요, '당신'이라고."

베티는 우울하게 고개를 끄덕였다. "네, 검시관님."

"그에 대해 확신합니까? 그냥 큰 소리를 낸 건 아닐까요? 감탄하거나, 신음소리를 내거나?"

"아, 아녜요, 검시관님. 진짜 분명히 들었어요."

"그래요? 그럼 정확히 어떤 식으로 부르던가요?"

"마치 잘 아는 사람을 본 것처럼 소리쳤어요, 검시관님. 하지만 그 사람을 두려워하는 것 같았어요. 엄청나게 무서워하는 것 같았어요. 그후에 아가씨가 뛰는 소리를 들었습니다. 계단 쪽으로 도로 뛰어왔어요. 저는 침대를 박차고 나와 문으로 가서 재빨리 열었어요. 그리고 그때 아가씨가 떨어지는 걸 봤습니다."

"추락하는 것을 분명히 봤나요?"

"네, 검시관님. 달빛이 무척 밝았거든요."

"그럼 떨어지면서 무슨 소리를 내지는 않았습니까? 다시 생각하기 괴로울 거라는 건 압니다. 하지만 베티 양이 보기에 에어즈 양이 발버둥치는 것 같았습니까? 아니면 팔을 옆구리에 붙이고 곧장 떨어지던가요?"

"아가씨는 아무 소리도 내지 않았습니다. 다만 숨을 헐떡였어요. 그리고 아뇨, 곧장 떨어지지는 않았습니다. 팔다리를 마구 휘저었어요. 마치…… 마치 고양이를 잡아 들어올렸을 때 고양이가 내려 달라고 그러는 것처럼."

베티의 목소리는 이 마지막 몇 마디에서 잦아들었고, 어느새 완전히 목이 메었다. 리들은 법원 서기 한 명을 시켜 소녀에게 물을 한 잔 따라주게 했다. 그러고는 베티에게 매우 용기 있게 잘해주었다고 칭찬의 말을 건넸다. 나는 이 모든 것을 봤다기보다 들었다. 나는 다시 손으로 눈을 가리고 앞으로 몸을 숙였다. 그 기억이 베티에게 지나치게 버거운 것이라면, 나에게도 못지않게 버거운 것이기 때문이었다. 내 어깨를 짚는 그레이엄의 손길이 느껴졌다.

"자네 괜찮나?" 그가 귓속말로 물었다.

나는 고개를 끄덕였다.

"정말 괜찮아? 얼굴이 파랗게 질렸어."

나는 허리를 세웠다. "응, 괜찮네."

그레이엄은 주저하며 손을 거두었다.

베티도 어느새 침착성을 되찾았다. 어쨌든 리들의 심문도 거의 끝나갔으니까. 그는 소녀를 이곳에 서도록 하게 해서 유감이라고 말했다. 그리고 해결해야 하는 수수께끼가 딱 하나 남았다고 덧붙여 물었다. "아까 에어즈 양이 떨어지기 바로 전에 두려움에 떨면서 마치 누군가 아는 사람한테 말하듯 소리치고 나서 달렸다고 했는데, 추락 전이나 추락 후에 그곳에서 다른 발소리나 음성, 그 밖의 다른 소리라도 들렸습니까?"

"아뇨, 검시관님." 베티가 말했다.

"집안에 다른 사람이 없었다는 건 확실하지요, 에어즈 양과 베티

양 말고는."

베티는 고개를 끄덕였다. "예, 검시관님. 그렇습니다……"

소녀는 망설였고, 그 망설임 때문에 리들은 소녀를 더욱 유심히 관찰했다. 아까도 얘기했듯 그는 용의주도한 인물이었다. 방금 전까지만 해도 그는 베티에게 그만 내려가라고 말하려 했다. 그러나 지금 그는 이렇게 물었다. "뭐죠? 뭔가 더 할말이 있습니까?"

베티가 말했다. "모르겠어요, 검시관님. 말하고 싶지 않아요."

"말하고 싶지 않다고요? 그게 무슨 뜻입니까? 이곳에서 베티 양은 부끄러워하지도, 두려워하지도 말아야 합니다. 이곳에 우리는 사실관계를 확인하기 위해 나왔어요. 진실이 생각나면 진실을 얘기해야 합니다. 자, 그게 뭐죠?"

베티가 입술 안쪽을 깨물며 말했다. "집안에 사람은 없었어요, 검시관님. 하지만 저는 뭔가 다른 게 있었다고 생각합니다. 캐럴라인 아가씨가 집을 떠나는 걸 원치 않는 무언가가요."

리들은 어리둥절한 표정이었다. "뭔가 다른 것?"

"아이고 검시관님." 베티가 말했다. "귀신 말이에요."

소녀는 아주 작은 목소리로 말했지만, 쥐죽은듯 고요한 법정 안에서 소녀의 말은 뒤쪽까지 선명하게 들렸고, 모인 사람들에게 무척 깊은 인상을 주었다. 사람들이 술렁였고, 어떤 사람은 웃음을 터뜨리기도 했다. 리들은 법정 안을 한 바퀴 쏘아보고 나서 베티에게 그게 도대체 무슨 뜻이냐고 물었다. 그러자 기가 막히게도 베티는 그에게 열심히 설명하기 시작했다.

소녀는 저택이, 소녀의 표현을 그대로 옮겨보면, '아주 예민한'

상태였다고 말했다. 소녀는 '그 집에 귀신이 산다'고 했다. 지프한테 질리언 베이커하이드를 물도록 시킨 것이 바로 이 귀신이었다. 그놈이 화재를 일으켰고, 그 화재 때문에 로더릭 도련님이 미쳐버렸다. 그다음에 귀신은 '에어즈 마님에게 말을 걸어 끔찍한 얘기를 했고, 그래서 마님이 자살했다'. 그리고 이제 귀신은 캐럴라인 아가씨마저 죽였다. 아가씨를 삼층 계단참으로 유인해 밀었거나 놀래서 떨어지게 했다. 귀신은 '아가씨가 집에 있기를 바라지도 않았지만, 나가버리는 것도 원치 않았다'. 그놈은 '원한에 사로잡힌 귀신이고, 그 집을 혼자 차지하려고 한다'.

내 생각에 헌드레즈홀에서는 그런 소리를 하면 연신 면박만 받았던 베티가 그 순간 자기 앞에 있는 청중을 최대한 활용해보자고 천진난만하게 마음먹었던 것 같다. 방청객이 다시 수군거리기 시작하자 소녀는 목소리를 높였고, 말투는 점점 고집스러워졌다. 나는 법정 안을 힐긋 돌아보았다. 몇몇 사람은 아예 대놓고 웃었지만, 대부분은 홀린 듯 반신반의하며 소녀를 뚫어지게 쳐다보았다. 캐럴라인의 이모와 이모부는 분개한 듯 보였다. 신문기자들은 당연히 그걸 다 받아 적느라 바빴다.

그레이엄이 얼굴을 찡그리며 내 쪽으로 고개를 숙이고 물었다. "자네는 다 알고 있었나?"

나는 대답하지 않았다. 괴상망측하고 어리석은 이야기가 끝났고, 리들은 정숙을 외쳤다.

"글쎄요." 장내가 조용해지자 그는 베티에게 말했다. "몹시 놀라운 이야기를 들려줬군요. 그러나 나는 귀신 사냥 같은 방면으로는 전문가가 아니라서 뭐라고 말을 할 수가 없네요."

베티는 얼굴이 빨개졌다. "이건 사실이에요, 검시관님. 거짓말하는 게 아니라고요!"

"네, 알겠습니다. 이거 하나만 물어보지요. 에어즈 양 본인도 헌 드레즈의 '귀신'을 믿었습니까? 베티 양이 언급한 그 끔찍한 일들이 전부 귀신의 소행이라고 에어즈 양도 생각했습니까?"

"아, 네, 검시관님. 아가씨는 어느 누구보다 굳게 믿었어요."

리들의 표정이 심각해졌다. "고맙습니다. 진심으로 감사를 표합니다. 덕분에 크나큰 실마리를 얻게 된 것 같군요, 에어즈 양의 심리 상태에 관해서."

그는 베티에게 증인석에서 그만 내려가라고 손짓했다. 베티는 그의 말과 손짓에 당황해 머뭇거렸다. 리들은 더 명확하게 퇴장 지시를 내렸고, 소녀는 도로 아버지 곁에 가서 앉았다.

그다음은 내 차례였다. 리들은 내 이름을 호명하며 앞으로 나오라 했고, 나는 일어나 증인석에 가서 앉았다. 섬뜩한 기분이었다. 형사재판에 피고인 신분으로 나선 것처럼. 서기가 내게 선서하라고 했고, 나는 선서를 하다 목청을 가다듬는 바람에 한번 더 맹세를 읊조려야 했다. 나는 물을 청했고, 리들은 참을성 있게 내가 물을 마실 때까지 기다렸다.

그러고 나서 조사를 시작했다. 그는 지금까지 우리가 들은 증언 내용을 청중에게 간략히 환기시켰다.

우리의 임무는 에어즈 양의 죽음을 초래한 추락 사건을 둘러싼 정황을 판단하는 것이고, 그가 아는 한 우리 앞에는 여전히 몇 가지

가능성이 놓여 있다. 그의 생각에 타살은 그 가능성에 속하지 않는다. 증거 가운데 그쪽을 가리키는 것은 하나도 없다. 또한 닥터 그레이엄의 보고서를 감안하면, 에어즈 양의 신체적 건강에 이상이 있을 가능성도 별로 없다. 그러나 이유야 어찌됐든 그녀 스스로 자신의 건강에 이상이 있다고 믿었을 가능성은 충분히 있고, 그 믿음으로 인해 그녀가 추락할 정도로 깜짝 놀랐거나 허약해졌을 수는 있다. 혹은 에어즈가의 하녀가 에어즈 양이 소리를 질렀다고 주장한 것을 감안한다면, 그녀가 뭔가 다른 것 때문에 깜짝 놀랐다는 결론에 이를 수도 있다. 그녀가 뭔가를 보았거나 혹은 보았다고 착각해 결과적으로 발을 헛디뎠을 수도 있다. 그러나 이러한 가설은 헌드레즈 계단 난간의 높이와 견고함에 반한다.

그런데 여기에 두 가지 가능성이 더 존재한다. 둘 다 자살의 형태이다. 에어즈 양은 완전히 맑은 정신 상태에서 계획을 세우고, 사전에 짜놓은 대로 스스로 목숨을 끊으려 계단참에서 몸을 던졌을 수도 있다. 즉 '펠로 데 세'*인 것이다. 혹은 에어즈 양이 헛것을 보고 일부러 뛰어내렸을 수도 있다.

리들은 공책을 흘긋 보고 내게로 고개를 돌려 계속해서 이야기했다. 자신이 알기로 나는 에어즈가의 주치의이다. 에어즈 양과 나는 또한—이것을 화제로 올릴 수밖에 없어 유감이지만—최근에 약혼했던 사이로 알고 있다. 가능한 한 주의를 기울여 질문하겠지만, 그

---

* Felo de se. 자기 자신에 대한 중죄인이라는 뜻의 라틴어로, 자살을 일컫는 고풍스러운 법률용어.

래도 사망 당일 밤 에어즈 양의 심리 상태에 대해 힘닿는 대로 규명하고자 한다. 그리고 내가 자신을 도와줄 것으로 기대한다고.

나는 다시 한번 목청을 가다듬고 최선을 다하겠다고 대답했다.

그는 내가 마지막으로 캐럴라인을 본 것이 언제냐고 물었다. 나는 5월 16일 오후에, 내 동료 의사의 아내인 그레이엄 부인과 함께 헌드레즈홀을 방문했을 때 그녀를 마지막으로 보았다고 대답했다.

그는 당시 캐럴라인의 정신 상태에 관해 물었다. 그녀와 내가 아주 최근에 파혼한 것이 사실이냐고.

"네." 나는 대답했다.

그 결정은 쌍방 간 합의에 의한 것이었습니까?

"제 질문을 양해해주시기 바랍니다." 그는 덧붙였다. 아마도 나의 표정 때문이었을 것이다. "이 법정에서 제가 확실히 하려는 것은, 결별이 에어즈 양에게 과도한 고통을 미쳤느냐 하는 것입니다."

나는 배심원단을 흘긋 쳐다보았고, 캐럴라인이 이 모든 것을 얼마나 혐오했을지 생각했다. 우리가 이렇게 검은 정장을 차려입고 그녀 생애 최후의 날을 옥수수밭에 날아든 까마귀떼처럼 콕콕 쪼아대고 있다는 생각을 하면 그녀가 얼마나 넌더리를 낼까.

나는 나직이 말했다. "아니요, 그 때문에 그녀가 과도한 고통을 받았을 거라고는 생각지 않습니다. 그녀 쪽에서 그러니까…… 심경이 바뀌었습니다. 그뿐입니다."

"심경이 바뀌었다라, 알겠습니다…… 그러한 심경 변화의 결과 중 하나가 분명 에어즈 양이 가문 대대로 내려오는 저택을 팔고 카운티를 떠나기로 결정한 것이겠군요. 그 결정을 당신은 어떻게 이해하셨습니까?"

"글쎄요, 상당히 놀랐습니다. 극단적이라고 생각했습니다."

"극단적이라고요?"

"비현실적이었습니다. 캐럴라인은 미국이나 캐나다로 이민을 가겠다고 했습니다. 자기 남동생도 데려갈 수 있을 거라고 했죠."

"그녀의 남동생 로더릭 에어즈 씨는 현재 정신질환자를 돌보는 사설기관에 입원해 있지요."

"네."

"제가 알기로 그의 상태는 상당히 위중합니다. 에어즈 양은 동생의 질환에 당혹스러워했습니까?"

"당연히 당혹스러워했습니다."

"지나치게 당혹스러웠을까요?"

나는 잠시 생각해보았다. "아뇨, 그렇게는 말하지 않겠습니다."

"에어즈 양이 티켓이나 예약권, 그러니까 미국행 혹은 캐나다행과 관련된 어느 것이든 당신에게 보여준 적이 있습니까?"

"아니요."

"그런데 당신은 에어즈 양이 진심으로 그럴 생각이라고 받아들였습니까?"

"글쎄요, 제가 아는 한은 그렇습니다. 그녀는 이런 생각을 가지고 있었어요." 나는 잠시 뜸을 들였다. "그러니까, 영국이 자신을 원하지 않는다고요. 이곳에는 지금 자신을 위한 장소가 아무 데도 없다고."

젠트리 출신의 방청객 한두 명이 이 말에 정색하고 고개를 끄덕

692

였다. 리들 본인도 숙고하는 듯 한동안 아무 말 없이 자기 앞에 놓인 서류에 뭔가 끼적였다. 그리고 배심원단을 향해 돌아섰다.

"저는 에어즈 양의 이 계획이 매우 흥미롭군요." 그는 배심원단에게 말했다. "우리가 이걸 얼마나 진지하게 받아들여야 할지 잘 모르겠습니다. 다들 아시다시피, 한편으로 우리는 에어즈 양이 새로운 인생을 시작하려 했고, 잔뜩 기대하고 들뜬 상태였다고 들었습니다. 그러나 다른 한편으로 그 계획이란 것은 닥터 패러데이가 말씀한 바와 같이, 여러분도 그리고 저도 인정해야겠습니다만, 상당히 '비현실적으로' 들렸을 겁니다. 그 계획을 뒷받침하는 증거는 전혀 존재하지 않습니다. 사실 모든 증거는 에어즈 양이 삶을 시작하기보다 끝내는 데 더욱 관심을 기울였음을 암시합니다. 그녀는 얼마 전에 결혼 약속을 파기했습니다. 가문의 재산을 대부분 처분했고요. 그리고 빈집을 잘 정리된 상태로 남기는 데 신경을 썼습니다. 이 모든 것이 신중하게 계획되고 사리에 맞는 자살을 가리킬 가능성도 있습니다."

리들은 다시 내 쪽으로 돌아섰다.

"닥터 패러데이, 에어즈 양이 자살을 감행할 수 있는 부류의 사람이라는 생각이 든 적 있습니까?"

나는 잠깐 사이를 두고 대답했다. 누구라도 제대로 상황만 주어진다면 자살할 수 있다고.

"자살에 관해 에어즈 양이 언급한 적이 있습니까?"

"아니요."

"그녀의 어머니는 최근에 아주 비극적으로 생을 마감했습니다.

그것이 에어즈 양에게 영향을 미쳤겠지요?"

"누구라도 예상할 수 있듯 그녀에게 영향을 미쳤습니다. 그 때문에 무기력하고 의기소침했습니다."

"그 때문에 에어즈 양이 생에 대한 의욕을 잃었다고 말해도 되겠습니까?"

"아니요, 나는…… 아뇨, 그렇게까지는 말할 수 없습니다."

리들은 고개를 갸웃했다. "그럼 그녀의 정신적 균형에 영향을 미쳤다고는 말해도 됩니까?"

나는 주저했다. "사람의 정신적 균형은," 이윽고 나는 입을 열었다. "때로는 측정하기 까다로운 것입니다."

"분명히 그렇습니다. 바로 그렇기 때문에 제가 에어즈 양의 심리 상태를 측정하려고 이토록 고생하는 거겠지요. 거기에 대해 의구심이 든 적이 있습니까, 닥터 패러데이? 전혀 아무런 의심이 없었나요? 그 '심경의 변화'가, 가령 두 사람의 결혼에 대해 말입니다. 그것이 그녀다운 행동으로 보였습니까?"

이번에도 나는 주저하다가 사실 캐럴라인이 그녀 생의 마지막 몇 주 동안 변덕을 부리는 것 같았다고 인정했다.

리들이 말했다. "'변덕을 부린다'는 게 무슨 뜻이지요?"

나는 대답했다. "생각이 딴 데 가 있었고, 그녀답지 않았습니다. 그녀는…… 기묘한 생각을 했습니다."

"기묘한 생각이라고요?"

"그녀의 가족에 대해, 그리고 집에 대해서요."

이 말을 하면서 나는 목소리가 잠겼다. 리들은 베티를 눈여겨봤을 때처럼 눈을 가늘게 뜨고 나를 바라보며 물었다. "에어즈 양이 귀신이나 유령 같은 존재에 대해 당신에게 언급한 적이 있습니까?"

나는 대답하지 않았다.

그는 말을 이어갔다. "우리는 방금 전에 에어즈가의 하녀에게서 헌드레즈홀의 삶에 대한 몹시 독특한 설명을 들었습니다. 그래서 묻는 겁니다. 이것이 중요한 사항임을 잘 아시리라 생각합니다. 에어즈 양이 귀신이나 유령에 관해 당신에게 얘기한 적이 한 번이라도 있습니까?"

나는 결국 대답했다. "네, 있습니다."

사람들이 더욱 술렁였다. 이번에 리들은 그들을 무시했다. 똑바로 나에게 시선을 고정하고 물었다. "에어즈 양은 진심으로 자기 집이 귀신에 들렸다고 믿었습니까?"

나는 마지못해 캐럴라인은 헌드레즈홀이 어떤 영향력 아래 놓여 있다고 믿었다고 말했다. 어떤 초자연적인 힘의 영향력 아래. "그녀가 실제로 유령이 있다고 믿었으리라 생각지 않습니다."

"그러나 이…… 초자연적인 힘의 증거는 보았다고 믿었다?"

"네."

"그 증거란 것이 어떤 형태를 띠었습니까?"

나는 숨을 한번 들이마셨다. "캐럴라인은 남동생이 아무래도 그 때문에 정신이 온전치 못하게 됐다고 믿었습니다. 자기 어머니 또한 그것의 영향을 받았다고 믿었고요."

"그러니까 아까 에어즈가의 하녀 말처럼 에어즈 양도 어머니의 자살이 그 힘 탓이라고 믿었다는 거죠?"

"대체적으로, 네, 그렇습니다."

"당신은 그녀의 그러한 믿음을 부추겼습니까?"

"당연히 아닙니다. 저는 그것을 개탄했습니다. 병적인 증상이라고 생각했습니다. 저는 그러한 생각을 말리려고 무척이나 노력했습니다."

"그럼에도 그 믿음을 고집했다?"

"네."

"당신은 그것을 어떻게 설명하시겠습니까?"

나는 비참한 심정으로 말했다. "설명하지 못합니다. 할 수 있다면 좋겠습니다."

"그것이 정신착란의 증거라고 생각지는 않습니까?"

"모르겠습니다. 캐럴라인 본인은…… 가문의 오점에 대해 얘기했습니다. 그녀는 두려워했습니다, 저도 그건 압니다. 하지만 그건 이해해야 합니다. 저택에서 갖가지 사건이 일어났고…… 뭐라 말해야 할지 모르겠습니다."

리들은 곤혹스러운 표정으로 안경을 벗고 콧등을 꾹 눌렀다. 그리고 안경다리를 다시 귀에 걸치며 말했다. "닥터 패러데이, 제가 에어즈 양을 적어도 한 번 이상 만났다는 말씀을 드려야겠군요. 이 안에 있는 분들 대부분은 저보다 훨씬 더 그녀를 잘 알고요. 우리 모두 그녀가 매우 신중하고 침착한 아가씨였다는 의견에 동의할 겁니다. 아까 헌드레즈의 하녀가 초자연적인 환상에 빠졌던 것과는 전혀 별개의 상황입니다. 그렇게 영리하고 건강하고 좋은 집안에서 교육받은 캐럴라인 에어즈 같은 아가씨가 자신의 집이 귀신에 씌었다고 여기다니. 글쎄요, 분명 아주 심각한 퇴행이 일어났던 게 아닐까요? 이것은 지독히 애석한 경우이며, 당신 입장에서는 한때 깊이 사랑했던 사람이 정신적으로 불균형한 상태에 있었음을 인정하기가 무척 어려우리라는 건 압니다. 하지만 우리가 지금 여기서 다루는 문제가 집안 내력으로서의 정신이상—에어즈 양 본인의 표현을 빌리자면 가문의 '오점'이 되겠지요—사례라는 것이 제게는 명약관화해 보입니다. 그렇다면 그녀가 죽기 직전에 외쳤다는 '당신!'이라는 말은 어떤 환각에 대한 반응으로 볼 수 있지 않을까요? 광기가 이미 그녀를 사로잡았다는 뜻으로? 우리는 절대 알 수 없겠지요. 그럼에도 저는 배심원단 여러분께 '정신이 건강치 못한 상태에서 자살'이라는 평결을 강력히 제의하고 싶습니다."

"그러나 저는 의사가 아닙니다." 리들은 말을 이었다. "당신은 에어즈가의 주치의이니, 그러한 평결에 당신의 지지를 얻고 싶군요. 만약 내게 지지를 표명할 수 없다면, 그렇게 말씀해주세요. 아주 명백하게. 그럴 경우 배심원단에게 제시할 저의 주장은 달라져야 할 겁니다. 지지해줄 수 있습니까, 없습니까?"

나는 손을 내려다보았다. 두 손이 바르르 떨렸다. 법정 안은 무척 더웠고, 배심원의 시선이 끔찍하게 의식되었다. 또다시 이곳에서 형사재판이 진행되는 듯한, 내가 개인적으로 죄를 짓고 재판을 받는 듯한 기분이 들었다.

오점이 정말 있었나? 그것이 에어즈가 사람들을 괴롭히고, 날이 가고 달이 갈수록 심해져 결국 가문을 파멸시켰나? 그것이 분명 리들이 믿는 바였고, 나도 한때 믿었던 바였다. 나도 그가 한 것처럼 내가 원하는 이야기가 나올 때까지 증거를 제시했을 것이다. 그러나 그 이야기에 대한 나의 확신이 흔들리고 있었다. 헌드레즈홀을 집어삼킨 재앙은 그보다 훨씬 더 낯선 것이라는 생각이 들었다. 재판정 안의 좁고 평범한 방에서 깔끔하게 규정될 수 없는 성질의 것이었다.

그렇다면 과연 그것은 무엇이었을까?

나는 고개를 들어 따가운 눈총의 바다로 시선을 돌렸다. 그레이엄과 헵턴과 실리와 눈이 마주쳤다. 실리가 살짝 고개를 끄덕이는 것 같았다. 하지만 말하라고 독려했던 것인지 침묵을 지키라고 했던 것인지는 모르겠다. 나는 베티를 보았다. 소녀의 말갛고 혼란스러운 눈동자가 나를 바라보고 있었…… 문득 그 이미지 너머로 다른 이미지가 겹쳤다. 달빛으로 환히 빛나는 헌드레즈의 계단참이었다. 다시 난간을 따라 흔들림 없는 걸음을 내딛는 캐럴라인이 보이는 것 같았다. 마치 누군가 낯익은 목소리로 위에서 부르는 듯 반신반의하며 계단을 오르는 그녀가 보였다. 자기 앞에 무엇이 있는지 알지 못한 채 어둠 속을 나아가는 그녀가 보였다. 그때 나는 그녀의 얼굴을 보았다. 내 주위를 둘러싼 얼굴들처럼 생생하게. 캐럴라인의 표정에 떠오른 인식과 이해와 공포를 보았다. 순간 나는 어둡고 섬뜩한 뭔가의 윤곽까지 알아본 것 같은 기분이 들었다. 그것이 거기에 있는 듯, 달빛 어린 그녀의 눈동자에 비친 듯.

나는 내 앞의 나무난간을 꼭 붙들었다. 리들이 내 이름을 부르는 소리가 들렸다. 서기가 황급히 물을 더 갖다주었다. 법정 안이 더욱 술렁거렸다. 그러나 현기증은 이미 가셨고, 언뜻 눈앞을 스쳤던 헌드레즈의 악몽의 파편은 어둠 속으로 후퇴했다. 게다가 어쨌든 그게 무슨 상관인가? 이제 다 끝나버렸는데. 다 부질없고 다 사라졌다. 나는 얼굴을 닦고 좀더 침착하게 서서 리들을 향해 힘없는 목소리로 말했다. 그렇다. 나는 그의 주장을 지지한다. 나는 캐럴라인의 정신 상태가 생의 마지막 몇 주 동안 점점 흐려졌다고 생각하며, 그녀의 죽음이 자살이라고 믿는다.

리들은 내게 감사를 표하고 내려가라고 이른 다음 사건을 요약했다. 배심원단이 퇴장했고, 그토록 명징하게 향배가 드러났으니 논쟁을 벌일 것도 별로 없었다. 그들은 금방 돌아와서 예상했던 대로 평결을 내렸고, 형식적인 절차가 뒤따른 후 심리는 마무리되었다. 사람들이 일어나자 여기저기서 의자가 바닥을 긁으며 삐거덕거렸다. 목소리들이 높아졌다. 나는 그레이엄에게 말했다. "제발 빨리 나가세, 응?"

그는 내 팔꿈치를 잡고 법정 밖으로 나를 이끌었다.

나는 그 주 후반에 나온 신문은 하나도 보지 않았다. 그러나 헌드레즈가 '귀신에 들렸다'는 베티의 말이 대문짝만하게 실렸다는 건 안다. 일부 엽기적인 사람들은 헌드레즈홀을 한번 둘러보기 위해 부동산 중개업자한테까지 접촉해 저택을 살 것처럼 고객 행세를 했다는 것도 안다. 한두 번 헌드레즈 길을 지나다 대정원 출입문에 자동차나 자전거를 세워놓고 철제문 틈으로 안을 엿보는 사람들을 마주치기도 했다. 마치 성이나 대저택처럼, 헌드레즈홀이 여행객에게 매력적인 구경거리가 된 모양이었다. 같은 이유로 캐럴라인

의 장례식에도 구경꾼이 모여들었다. 그녀의 이모와 이모부는 장
례식을 최대한 조촐히 치렀다. 교회의 조종도, 화환 장식도, 경야도
없이. 실제 문상객은 그리 많지 않았고, 나는 멀찌감치 뒤쪽에 서
있었다. 나는 한 번도 끼워주지 못한 결혼반지를 가져갔고, 관이 내
려가는 동안 호주머니 안의 반지를 손가락 사이에서 빙글빙글 돌
렸다.

15

 그게 벌써 삼 년 전 일이다. 이후로 나는 일에 빠져 지내느라 여념이 없었다. 새로운 건강보험제도가 시행됐지만 우려했던 바와 달리 나는 환자를 잃지 않았다. 실상 손님이 더 많아졌는데, 아마도 에어즈가와 나의 관계도 한몫 거든 듯싶다. 그 옥스퍼드셔의 무단거주자들처럼 많은 이들이 지방신문에 실린 내 이름을 보고 나를 '전도유망한 사람'으로 여기는 모양이었다. 현재 나는 인기 있는 의사라는 얘기를 듣고, 나의 방식은 견실하다는 평을 듣는다. 나는 여전히 리드코트 중앙로 끝에 있는 닥터 길의 옛 진료소에서 의원을 열고 있다. 이곳은 여전히 독신남에게 딱이다. 그러나 마을이 급속도로 팽창해 새로이 젊은 가족들이 많이 생겨나면서, 상담실과 진료실이 갈수록 시대에 뒤떨어져 보이게 되었다. 그레이엄과 실리와 나는 사무실을 합쳐 새로운 의료센터를 열자고 의기투합했고, 모리스 밥에게 건물 공사를 맡기자는 얘기가 진행중이다.

로더릭의 상태는 불행히도 나아질 기미가 보이지 않는다. 나는 그의 누이가 세상을 떠난 것을 계기로 그가 망상에서 헤어날지도 모른다고 기대했다. 기왕 일이 이렇게 됐으니 이제 로더릭이 헌드레즈홀을 꺼릴 이유가 없지 않겠는가? 그러나 캐럴라인의 죽음은 오히려 정반대 효과를 가져왔다. 로더릭은 그 집의 비극이 모조리 자기 탓이라면서, 아예 작정하고 자신을 벌주려는 것처럼 보인다. 불에 지지고 때리고 데이는 등 하도 여러 번 자해하는 바람에 그는 거의 진정제를 달고 살며, 지금은 한때 로더릭이었던 청년의 허울에 지나지 않는다. 나는 틈이 나면 그를 면회하러 간다. 전보다는 좀더 편해졌는데, 에어즈가의 수입원이 완전히 씨가 마르면서 그가 상대적으로 비싼 닥터 워런의 사설 클리닉에 더는 남을 수 없게 됐기 때문이다. 이제 그는 시립 정신병원에 입원해 있고, 열한 명의 다른 사내와 병실을 같이 쓴다.

헌드레즈 대정원 가장자리의 임대주택은 엄청난 성공을 거두었다. 그래서 작년에 열두 채를 더 지었고, 또다른 건설 계획이 추진중이다. 거기 사는 가구 가운데 상당수가 내 단골이어서 나는 그곳에 자주 들르는 편이다. 임대주택 단지는 깔끔한 화단과 텃밭이 딸려 있고 아이들을 위한 그네와 미끄럼틀도 있어 꽤 아늑하고 쾌적하다. 실제로 바뀐 것이 있다면 딱 하나, 단지 뒤쪽의 철망울타리를 나무울타리로 교체한 것뿐이었다. 이곳 거주자들이 직접 요구한 사항이었다. 그들 중 누구도 자기네 집 뒤쪽 창문으로 헌드레즈홀이 내다보이는 것을 좋아하지 않는 것 같다. 저택을 보면 '소름이 돈는다'나. 다양한 헌드레즈 귀신 이야기가 주로 젊은 사람들과 새로 이주해온 사람들, 즉 에어즈가를 실제로 알지 못하는 사람들 사이에서 돌고 돌았다. 내가 알기로 가장 인기 있는 이야기는, 잔혹한 주인에게 학대받다 위층 창문에서 몸을 던졌다든가 혹은 창밖으로 떠밀려 살해당했다든가 하는 하녀 아이의 원한이 떠돈다는 것이다. 그 아이는 창자가 끊어질 듯 끊임없이 흐느끼며, 헌드레즈 대정원에 정기적으로 출몰하는 것 같다.

나는 임대주택 단지 앞길에서 우연히 베티와 한 번 마주쳤다. 소녀의 친척이 그곳에 살았다. 캐럴라인이 세상을 떠나고 몇 달 후였다. 주차를 하는데 웬 젊은 아가씨와 청년이 텃밭 출입구로 나오는 것이 보였다. 잠시 후 나는 자동차 문을 닫고 그들이 지나갈 수 있도록 비켜섰는데, 그 젊은 아가씨가 멈칫하더니 말을 걸어왔다. "저 모르시겠어요, 패러데이 선생님?" 나는 그 아가씨의 얼굴을 빤히 쳐다보았고, 큰 회색 눈동자와 조그맣고 삐뚤빼뚤한 치열을 알아보았다. 안 그랬다면 전혀 모르고 지나칠 뻔했다. 베티는 한창 유행하는 스윙스커트 스타일의 싸구려 여름 원피스를 입고 있었다. 엷은 머리 색은 더욱 밝아졌고 파마도 한데다 입술과 볼에는 빨갛게 립스틱과 연지도 발랐다. 키는 여전히 작았지만 가냘픈 몸매는 온데간데없었다. 어쩌면 몸매를 풍성하게 보이게 하는 어떤 인공적인 방법을 발견했는지도 모르겠다. 아마 열여섯이 다 되었을 것이다. 아직 부모님과 함께 살고, 어머니는 여전히 '바람난' 상태라고 했다. 베티는 기어이 자기가 원하는 일자리를 얻어서 자전거 공장에 다니고 있었다. 일은 따분하지만 다른 여자애들과 같이 있

어서 '재미있다'고 했다. 저녁과 주말은 온전히 제 시간이고, 코번
트리로 자주 춤추러 다녔다. 베티는 말하는 내내 옆에 있는 청년의
팔짱을 끼고 있었다. 스물둘이나 스물셋, 혹은 로더릭과 얼추 비슷
한 또래로 보이는 청년이었다.

베티는 심리나 캐럴라인의 죽음에 관해서는 일절 언급하지 않
았는데, 그녀의 수다가 계속되는 사이 나는 베티가 헌드레즈홀에
관한 얘기는 절대 꺼내지 않을 거라는 생각이 들었다. 그 모든 음침
한 막간의 이야기가 그녀에게는 아무런 흔적도 남기지 않은 듯했
다. 그때 베티가 방문했던 집의 사람들이 밖을 내다보며 청년을 소
리쳐 불렀고, 청년이 자리를 뜨자 베티의 해맑은 태도가 좀 사그라
진 듯했다.

나는 나직이 물었다. "베티, 너는 헌드레즈홀에 이렇게 가까이
오는 게 꺼림칙하지 않니?"

베티는 얼굴을 붉히며 고개를 끄덕였다.

"하지만 그 집엔 다시 가지 않을 거예요. 백만금을 준대도 싫어
요! 항상 꿈까지 꾸는걸요."

"꿈을 꾼다고?" 이제 나는 그런 꿈은 전혀 꾸지 않았다.

"악몽은 아니에요." 베티가 말하며 콧잔등을 찡그렸다. "웃기는
꿈이에요. 대부분 에어즈 마님에 관한 꿈이죠. 꿈에서 마님은 나한
테 보석이며 브로치 같은 걸 주려고 애써요. 그런데 나는 받고 싶
지가 않아요, 왠지 모르겠지만. 그래서 결국 마님이 우시는 거예
요…… 가엾은 마님. 그렇게 훌륭한 귀부인이셨는데. 캐럴라인 아
가씨도 그렇고요. 두 분이 그런 일을 당하다니, 세상 참 불공평해

요, 그렇죠?"

나는 그 말에 동의했다. 우리는 더이상 할말이 없어 그렇게 잠시 우울하게 서 있었다. 우리 둘이 다른 사람 눈에는 그저 평범하게만 보이겠지 싶었다. 그러나 그 끔찍한 세월의 잔해에서 벗어난 베티와 나는 유일한 생존자였다.

그때 청년이 느긋한 걸음걸이로 우리 쪽으로 돌아왔고, 베티는 금세 도로 앙증맞은 여자애가 되었다. 그녀는 작별 인사로 악수를 건넨 뒤 청년의 팔짱을 끼고 버스정류장으로 걸어갔다. 이십 분 후 내가 차로 돌아왔을 때도 두 사람은 여전히 거기에 있었다. 그들은 벤치에 앉아 장난치며 떠들어댔다. 청년은 베티를 자기 무릎 위에 앉혔고, 그녀는 발을 쳐들고 마구 구르며 웃어댔다.

헌드레즈홀은 아직도 팔리지 않았다. 아무도 그 저택을 살 만한 돈이 없거나 의향이 없었다. 한동안 카운티 의회에서 그곳을 교사양성센터로 만든다는 말이 있었다. 그다음에는 버밍엄의 한 사업가가 사들여 호텔로 개조한다는 말이 언뜻 들렸다. 그러나 소문이 표면화되자 다 없었던 일이 되었다. 최근에는 소문도 좀 잠잠해지기 시작했다. 아마도 헌드레즈홀의 외관 때문에 사람들이 흥미를 잃었을 것이다. 당연히 이제 정원은 도저히 손쓸 수 없을 만큼 수풀이 우거졌고, 테라스는 잡초에 가려 보이지도 않았다. 아이들이 벽에 낙서를 해대고 창문에 돌을 던지는 바람에 헌드레즈홀은 혼돈 한가운데에 우두커니 앉아 있는 상처입고 피폐한 짐승처럼 보였다.

나는 바쁜 일정이 허락할 때마다 그곳에 들른다. 자물쇠는 전부 예전 그대로이고, 나는 아직도 여벌 열쇠를 갖고 있다. 아주 가끔 내가 없을 때 누군가—부랑자 혹은 무단침입자가—이곳에 와서 문을 억지로 열려고 애쓴 흔적이 보인다. 그러나 문은 견고하고, 헌드레즈홀의 명성이 웬만한 외부인의 접근을 막는다. 게다가 안에는 훔쳐갈 만한 것도 없다. 캐럴라인이 죽기 전 몇 주 동안 팔지 못한 것은 그녀의 이모와 이모부가 처분했다.

나는 아래층 방들은 덧창을 닫아놓는 편이다. 삼층은 최근 들어 좀 걱정스러운 상태다. 악천후에 지붕 슬레이트가 쓸려나가 여기저기 구멍이 났다. 제비 가족이 주간 육아실로 쓰던 방에 날아들어와 둥지를 틀었다. 나는 빗물을 받으려 들통을 갖다놓고, 심하게 깨진 유리창에는 판자를 댔다. 종종 집안 전체를 돌아다니며 먼지와 쥐똥을 치운다. 연회장 천장은 아직 붙어 있긴 하지만, 불어터진 치장벽토가 무너져내리는 건 시간문제일 뿐이다. 캐럴라인의 방은 계속 색이 바랜다. 로더릭의 방에서는 지금도 희미하게 탄내가 난다…… 이 모든 것에도 불구하고 저택은 여전히 그 아름다움을 간직하고 있다. 어떻게 보면 그 어느 때보다 더 아름답다. 카펫과 가구와 생활의 잡동사니가 없어져 집 본연의 선과 조지 양식의 대칭, 빛과 그림자 사이의 아름다운 움직임, 각 방의 완만한 점진적 배치를 제대로 감상할 수 있기 때문이다. 어슴푸레한 공간을 하릴없이 어슬렁거리면, 건축가가 이 집을 지은 당시의 모습이 보이는 듯도 하다. 회반죽은 갓 세공하여 떨어진 곳 하나 없고 표면은 흠 하나 없는. 그런 순간에는 에어즈가 사람들의 자취를 찾아볼 수 없다. 마치 봄 잔디가 발자국을 덮어버리듯 이 집이 그 집안사람들을 지워버린 것 같다.

나는 삼 년 전이나 지금이나 헌드레즈홀에서 도대체 무슨 일이 일어난 건지 이해하지 못한다. 한두 번인가 그에 관해 실리와 얘기를 나누기도 했다. 그는 예전의 합리적인 관점을 고수하면서 헌드레즈가 사실상 역사의 흐름에 패배한 것이라고, 급변하는 세상에 발맞추는 데 실패해 쇠망한 것이라고 단호히 주장했다. 실리의 견해에 따르면, 에어즈가 사람들은 시대에 맞춰 나아가지 못하고, 그저 은둔―자살과 정신이상―을 선택한 것에 불과하다. 영국을 한 번 둘러보라고 그는 말한다. 유서 깊은 상류층 집안이 십중팔구 똑같은 식으로 사라지고 있다.

그 가설에도 나름 일리가 있다. 하지만 나는 때때로 혼란스럽다. 나는 그 순했던 가엾은 지프를 기억한다. 로더릭의 방 천장과 벽면에 나 있던 이해할 수 없는 검은 그을음 자국을 기억한다. 에어즈 부인의 실크블라우스 위로 솟아나던, 내가 직접 목격한 세 방울의 피를 기억한다. 그리고 캐럴라인을 생각한다. 죽기 바로 전에 달빛 환한 계단참을 가로질러 걸어가던 순간의 캐럴라인을 생각한다. '당신!'이라고 외치는 그녀를 생각한다.

나는 실리가 말했던 또하나의 가설, 좀더 기묘한 가설을 한 번도 그에게 상기시키지 않았다. 헌드레즈와 관련된 누군가의 불안정한 무의식이 낳은 사악한 씨앗, 탐욕스러운 그림자, 어떤 낯선 존재, '리틀 스트레인저'에게 이 집 자체가 잡아먹혔다는 가설 말이다. 외로이 혼자 그 집을 방문할 때면 나도 모르게 주위를 경계하게 된다. 이따금 어떤 존재가 느껴질 테고, 시야 가장자리에서 뭔가 움직이는 것이 보일 테고, 내 심장은 공포와 기대감에 덜컹 내려앉을 것이다. 그 비밀의 실체가 드디어 내 앞에 드러나려나보다 생각할 것이다. 나는 캐럴라인이 보았던 그것을 보고, 그녀가 알아차린 그것을 알게 될 것이다.

그러나 헌드레즈홀에 낯선 존재가 출몰한다고 해도, 그 존재는 내 앞에 모습을 드러내지 않는다. 나는 고개를 들고 이내 실망할 것이다. 내 눈에 보이는 것은 금이 간 창유리뿐이고, 거기에서 이쪽을 지그시 노려보는 일그러진 얼굴은, 간절히 원했으나 원을 이루지 못한 얼굴은, 바로 나 자신이니까.

내게 힘을 주고 나의 초기 원고를 읽어준 너그러운 이들에게 감사를 표한다. 앨리슨 오람, 샐리 O-J, 앤터니 토핑, 히라니 히모나, 제니퍼 본, 테리 본과 케리 윌리엄스. 또한 나의 에이전트 주디스 머리에게 고마움을 전하고, 나의 영국과 미국, 캐나다의 편집자인 레니 구딩스와 메건 린치, 라라 힌치버거에게 감사를 전한다. 원고를 읽고 비평을 해준 그리니 & 히튼, 리틀 브라운, 리버헤드, 그리고 매클랜드 & 스튜어트의 직원들에게 감사를 표한다. 근육에 대해 조언해준 힐다 월시에게 감사하며, 워릭셔의 삶에 대한 나의 어설픈 질문들에 참을성 있게 답해준 앤절라 휴윈스에게 특별히 감사드린다. 또한 루시 본에게도 특별히 감사드린다.

『리틀 스트레인저』중 일부는 위드비 섬에 있는 여성 작가 쉼터 헤지브룩에서 보낸 영감 넘치는 한 달 동안 쓰였다. 내가 방문하고 머무를 수 있게 해준 헤지브룩 직원들과 거기서 만난 작가들에게 깊은 고마움을 전한다.

또한 다양한 논픽션 작품들에 빚을 졌다. 그 목록은 다음과 같다. 에드먼드 거니, 프레더릭 W. H. 마이어스와 프랭크 팟모어의 『현세의 환영』(런던, 1886), 캐서린 크로의 『자연의 암흑면』(런던, 1848), 해리 프라이스의 『영국 전역의 폴터가이스트』(런던, 1945), 헤리워드 캐링턴과 낸더 포더의 『귀신 들린 사람들』(뉴욕, 1951), 낸더 포더의 『폴터가이스트의 흔적에 관하여』(뉴욕, 1958), A. R. G. 오언의 『폴터가이스트는 설명이 가능한가?』(뉴욕, 1964), 케네스 레인의 『모 의사의 일기』(런던, 1982)와 『서부 시골 의사』(런던, 1984), 존 펨버턴의 『웬즐리데일의 윌 피클스』(런던, 1970), 돈 로버트슨의 『시골 의사』(커크비 스티븐, 1999), 제프리 바버의 『시골 의사』(입스위치, 1974), 제프리 타이악의 『워릭셔 전원 주택』(치체스터, 1994), 조지 휴윈스가 쓰고 앤절라 휴윈스가 감수한 『딜런가 사람들』(런던, 1981), 앤절라 휴윈스의 『메리, 여왕 이후』(옥스퍼드, 1985).

헌드레즈홀.

조지 왕조 시대에 세워진 에어즈 가문의 헌드레즈홀은 집사, 가정부, 메이드, 풋맨, 정원사 등등 못해도 고용인이 스무 명은 넘어야 유지가 되는 어마어마하게 넓은 부지의 외딴 대저택이다. 그러나 재산을 거의 다 날리고 빚에 쪼들리는 에어즈가의 세 식구는 무너져가는 대저택에 어린 하녀 한 명만 겨우 둔 채 은둔에 가까운 생활을 하고 있다. 말이 은둔이지, 가장 가까운 이웃이라도 차 타고 삼사십 분은 나가야 하는데 그 기름값을 감당할 수 없어 별수없이 고립된 신세니 사달나기 딱 좋다. 조금만 유지 보수가 부족해도 금방 흉가 꼴이 나는 낡고 거대한 저택은 안 그래도 고딕 호러의 단골 소재다. 헌드레즈홀의 분위기는 에드거 앨런 포의 『어셔가의 몰락』을 연상시키는 바가 없지 않으며, 이 집을 들락거리는 외부인이

1인칭 관찰자 시점으로 이야기를 풀어간다는 점에서도 비슷하다. 심지어 이 집의 주인이자 가문의 적자 로더릭은 어셔가의 마지막 후예와 이름도 똑같다.

그러나 『리틀 스트레인저』를 공포소설 혹은 케케묵은 귀신 들린 집 타령으로만 본다면 이야기가 너무 싱겁다. 전개가 지나치게 느긋하고 유령 또한 하는 짓이 영 게을러 공포물로서의 긴장감은 고무줄처럼 늘어진다. 그렇게 뭔가 지루하다 싶어질 즈음 퍼뜩 섬뜩해지는 것은, 화자인 나 닥터 패러데이가 하는 말을 전적으로 믿어서는 안 되겠다는 기분이 들기 때문이다. 이거 단순한 귀신 얘기가 아니라 혹시 중첩에 중첩을 거듭한 추리소설인가?

세라 워터스는 전작 『나이트 워치』(문학동네 출간 예정)를 끝내고 나서도 여전히 1940년대에서 벗어나지 못하고 있었다. 늘 전후戰後 세계에 관심이 많았던 그녀는 뭔가 할 얘기가 더 남았다고 느꼈다. (실제로 세라 워터스의 최근작 세 편은 모두 1, 2차대전의 여진이 채 가시지 않은 전후 영국을 배경으로 한다.) 2차대전 후 사회가 재편되면서 견고했던 신분 장벽이 무너지고 전통적 상류층이 몰락하는 과정이 그녀의 흥미를 잡아끌었고, 이 작품은 '전쟁이 영국의 계급 체계를 어떻게 뒤흔들었는가' 하는 화두에서 출발했다.

마을에서 유일하게 일자리와 급여를 제공하는 고용주 노릇을 함으로써 대대로 지역 공동체의 핵심이자 유지로 군림해왔던 영국의 대지주들은 20세기 초 두 번의 전쟁을 거치며 땅과 재산을 잃고 한 세대 만에 급격한 쇠락의 길로 들어선다. 에어즈가도 예외는 아니었다. 옛 영화를 간직한 구식 상류계급의 마지막 세대 에어즈 부인과 심려 깊고 호방한 딸 캐럴라인, 그리고 전쟁 때 입은 부상으로 다리를 저는 아들 로더릭은 헌드레즈홀을 유지하기 위해 안간힘을 쓰지만, 이미 빚더미에 올라선 그들에게 낡고 거대한 저택은 정서적으로나 경제적으로 벗어날 수 없는 늪이었다. 좋았던 옛 시절의 기억은 오히려 현재의 곤궁함을 비참하게 부각하고, 집에 들어가는 엄청난 유지 보수 비용은 그들의 신경줄과 돈줄을 옥죈다. 한편 그런 그들을 연민과 질시가 뒤섞인 감정으로 지켜보며 이야기를 풀어가는 1인칭 화자인 나, 닥터 패러데이는 노동자계급에서 중상류계급으로 성공적으로 올라선 자수성가형 인물이다. 그의 어머니는 헌드레즈홀에서 유모로 일했으니 어찌 보면 주인과 하인의 관계가 경제적으로 슬며시 역전된 셈이다. 작가는 그로 인해 발생하는 계급적 앙금과 미묘한 심리적 낙차를 섬세하게 잡아내어 시대 분위기를 꼼꼼하게 재현하는 동시에 구성 면에서는 화자의 신뢰성을 무너뜨리는 데 솜씨 좋게 써먹는다.

(여기서부터 스포일러가 있습니다.) 만약 이 책이 추리 장르에 속하며 진짜 범인이 닥터 패러데이라면 사실 이건 반칙도 이만저만한 반칙이 아니다. 애거서 크리스티가 맨 처음 『애크로이드 살인사건』을 발표했을 때도 엄청난 논란을 불러일으켰다. (그러고 보니 『애크로이드 살인사건』의 화자도 대저택의 주치의였고 그의 누이 이름은 캐럴라인이다.) 기본적으로 독자들은 1인칭 화자에 자신을 투사해서 그의 논리와 감정에 따라 상황을 바라볼 수밖에 없다.

그런데 화자가 점점 수상해지고 그의 서술을 믿을 수가 없다니, 이 불편한 거리감은 자칫 독서 과정 전체의 피로도를 높인다. 작가는 1인칭 화자에 대한 호감도와 신뢰감을 서서히 허물어뜨리며 애매한 암시를 통해 독자의 마음속에 의심을 불어넣지만, 실제로 어떻게 된 일인가에 대해서는 끝까지 속시원히 설명해주지 않는다.

적어도 애크로이드의 닥터 셰퍼드는 사실관계를 명확히 진술했고 자신의 감정을 거의 드러내지 않았다. 그러나 닥터 패러데이는 저택에서 벌어지는 기이한 현상들과 명확하게 드러나지 않는 낯선 존재 뒤에 숨어서 사실관계를 뭉뚱그린다. 현상을 독자에게 전달하는 척, 이성적으로는 정신병리학적 해설을 내세우면서 감성적으로는 연민과 사랑을 덧씌워 독자를 호도한다. 그래서 그가 사실 전달을 의식적으로든 무의식적으로든 왜곡하고 있다는 느낌을 받는 순간, 이야기는 '토탈 리콜'이 된다. 어디까지가 진실인가, 어디까지 믿어도 되나. 이 때문에 어떤 평자들은 헨리 제임스의 『나사의 회전』을 거론하며 이 작품의 장르적 정체성을 환상소설의 경계로까지 밀어붙이기도 했다. 어느 리뷰어의 말마따나 이 책은 다 읽고 나서 안전하게 결론을 낸 후 깔끔하게 보따리를 싸서 책장에 집어넣을 수가 없는 것이다.

번역을 하면서 가장 고심했던 부분은 캐럴라인과 닥터 패러데이가 서로를 대할 때의 말투였다. 나이는 패러데이가 열서너 살 위였지만 계급으로는 캐럴라인이 위였다. 아직 신분에 따른 위계가 뚜렷한 시절이었고, 캐럴라인이 초반에 패러데이에게 가볍게 말 놓으라고 하지만 그렇다고 스스럼없이 말을 놓을 수 있는 상대는 아니었다. 애매한 타협으로 패러데이의 경우 예사높임과 두루높임, 두루낮춤을 섞어서 쓰게 했는데, 그럼에도 패러데이가 캐럴라인에게 지나치게 하대한다는 느낌이 들었다면 이는 전적으로 역자의 미숙함 탓이므로 양해를 구한다.

끝으로 세라 워터스 특유의 사랑 얘기가 등장하지 않아 섭섭해할 제諸 독자들께 한마디 고하자면, 캐럴라인 에어즈가 닥터 패러데이와 파혼한 이유가 그의 속셈을 알아차렸기 때문만은 아닐 거라고 생각하는 사람이 나 혼자는 아닐 성싶다. (작가는 영국의 여성 커뮤니티 '애프터 엘렌'과의 인터뷰에서 이 질문에 껄껄 웃으며 딱히 염두에 둔 것은 아니었다고 답했지만 말이다.)

엄일녀

옮긴이 **엄일녀**
서울대학교 언론정보학과를 졸업하고 출판 기획과 잡지 편집을 겸하다 전업 번역가로 활
동하고 있다. 옮긴 책으로 『비바, 제인』 『섬에 있는 서점』 『여자는 총을 들고 기다린다』
『고저스』 『거짓말 규칙』 『비극 숙제』 『샬럿 스트리트』 『너를 다시 만나면』 『미스터 세바스
찬과 검둥이 마술사』 『함정』 등이 있다. 『리틀 스트레인저』로 제10회 유영번역상을 수상
했다.

문학동네 세계문학
리틀 스트레인저

1판 1쇄 2015년 9월 22일 | 1판 3쇄 2020년 9월 3일

지은이 세라 워터스 | 옮긴이 엄일녀 | 펴낸이 염현숙
책임편집 이원주 | 편집 이현정 류현영 | 독자모니터 전혜진
디자인 고은이 이원경 | 저작권 한문숙 김지영 이영은
마케팅 정민호 이숙재 양서연 박지영 | 홍보 김희숙 김상만 지문희 우상희 김현지
제작 강신은 김동욱 임현식 | 제작처 영신사

펴낸곳 (주)문학동네
출판등록 1993년 10월 22일 제406-2003-000045호
주소 10881 경기도 파주시 회동길 210
전자우편 editor@munhak.com | 대표전화 031) 955-8888 | 팩스 031) 955-8855
문의전화 031) 955-3578(마케팅) 031) 955-2652(편집)
문학동네카페 http://cafe.naver.com/mhdn | 트위터 @munhakdongne
북클럽문학동네 http://bookclubmunhak.com

ISBN 978-89-546-3718-3 03840

잘못된 책은 구입하신 서점에서 교환해드립니다.
기타 교환 문의 031) 955-2661, 3580

www.munhak.com